勿忘我

黄世中／著

黄山书社

目　　录

楔　子

勿忘我，爱之花

勿忘我是爱情之花，象征着永恒的爱，象征着爱人之间的心灵相契。

几乎所有的花，都有她们的花语。勿忘我的花语是什么呢？

勿忘我寓意为“请不要忘记我真诚的爱”，“请想念我，衷心地希望，一切都还不晚，我会再次归来，给你幸福”。

所以，勿忘我的花语是：永恒的爱，浓情厚谊，永不变的心，永远的回忆。

相传在一个古老的国度，一位青年和恋人在河边散步。他的恋人发现了一朵娇小美艳的蓝色花朵，爱慕不已，于是请求青年为她摘一小束。勇敢的青年，在摘花时不慎失足落入水中，衣服泡在水里，十分沉重，使他无法游泳，甚至无力呼吸，并一直漂向死亡的深渊。青年不顾自身的安危，把花扔给了他的恋人，并且用力呼喊着“勿忘我”！其后即沉没于水中。

女子日夜哀伤，哭泣，将蓝色小花佩戴在发髻，用以表达至死不渝的爱情。而那朵美丽的蓝色小花，因此被人们称为“勿忘我”。

勿忘我有“永恒”的意味，被视为“花中情种”，也有人称它为“不凋花”，“相思草”。青年男女互赠勿忘我，表达着深切的情意。将勿忘我制成干花，颜色长久不褪，很适合夹在书中或作为定情的信物。

如果你将一小束勿忘我，插在花瓶中，不要加水，久而久之，她就会变成干花。唯一的不同就是它永远都不会凋谢、不会褪色，她永远活着！就是这样的“永恒”，让人们永远牢记心中，恰如其名：勿忘我！

序　曲

（一）灵峰歧海

这是中国东南沿海一处丘陵地带，三面环海，像是一个伸入海中的小半岛。半岛西面的戴云山，终日云雾缭绕，高耸入云，从南到北将半岛遮掩起来，使它与外界形成一种自然的隔绝，屏挡着半岛与山外的往来。里面发生什么事情，山外人也都不大清楚；而外面的人也很少进到半岛，可以说是“天高皇帝远”的地方。

在泉城晋县与惠县交界的洛阳古镇以北，有一个深入大海的半岛；半岛名叫灵歧，什么时候开始这样称呼，很难考证清楚。

从戴云山东麓起，一条叫灵峰山的山脉由西向东横亘，直到海滨，这大概就是灵歧“灵”字的由来了。

至于“歧”，就是歧海，当地人叫“港”“海港”“海湾”，也叫“歧海”。灵峰和歧海，各取一个字，合起来就是“灵歧”。

“歧海”似乎也有古义可查。《山海经·海内南经》就有记载：

> “瓯居海中。”晋人郭璞注：“在歧海中也。”

明代状元杨慎在《升庵笔记》中说：

> “郭（璞）注歧海，海之歧流也，犹云稗海。”

考《广雅·释诂二》：“稗，小也。”原来歧海就是稗海，就是小的海。到唐代，南方靠海的人仍称“歧海”，闽粤似乎都有这种称呼，唐人诗中就有“歧海”。

广东紧靠南海的香山(孙中山的故乡,现在叫中山市)人郑愚,唐文宗开成二年(837 年)进士及第,与李商隐同年,官至礼部侍郎。他的《幼作》诗云:

台山初罢雾,岐海正分流。
渔浦扬来笛,鸿逵翼去舟。

“歧海”同“港”“海港”,是同一个意思;有时也叫“海湾”。歧就是分支,分叉;歧海就是大海之歧支,分叉,深入而伸进陆地的小海港。所以半岛北面,灵歧人叫北歧,也叫北港;南面,叫南歧,也叫南港。“港”就是小海,就是郭璞说的“海之歧流”。

灵峰山再往东,快到海边时,似乎突然断了,形成一个山谷;谷东突地又矗起一座独立的山峰。远看山巅,像一个马头,“马脖”上又生出六扇扁形的山岭,像是马的鬣毛;有说是“龙旗”,是李家庄的风水所在。灵歧人都称这六扇山岭叫龙旗山;有人怀疑说应该是“龙鬐山”,因为鬣毛像“鬐”,不是“旗”;也有人认为六片山岭像六面旗子,所以叫“龙旗”没有错。

龙旗山的走势似乎又向东伸入海中,但到滨海的悬崖峭壁时断了。可是,隔了一片小海峡,又有一座山高高隆起,十分险峻,像是龙马的背脊;但当地人说是老虎的背脊。有人猜想,海中这座高山,本来应该是同灵峰山脉相连的。在远古的某一个时期,海水泛滥,淹没了山脉相对较低的一段,使它沉入海中。而东端的那座高峰没被淹没,就仍然屹立海中。灵歧人称这海中高峰不叫山,叫蝴蝶岩。据说岩下有一个洞叫“尾蝶洞”,也叫“仙姑洞”,是“尾蝶仙姑”的洞府,灵歧人称蝴蝶叫“尾蝶”。但好像没有什么人进过这个洞。

发源于戴云山的灵峰溪,从西向东,经过上坑、中坑、下坑、坑尾四座较大的村落,然后流入歧海。位于灵峰山脉的中段有座笔架山,是灵峰山脉的分支,由三座小山阜相连,形同笔架。乡人说,这是灵歧的文脉所在。

依据灵峰溪的流向,从西向东居住着三姓家族:李姓,黄姓,赵姓。三姓在整个灵歧古镇有一万多人口。先是李姓,后来是黄姓,再后来是赵姓,都是由族长带了族人搬到这里来开基的,依照古义古称,都称“庄”。中坑李家庄,下坑黄家庄,坑尾赵家庄。据说李姓最早来时,看上灵峰山南一大片土地,就取名“中坑”,取义带有“中心”的意思。然后黄姓在灵峰溪的南面,占地安了家,叫“下坑”。又迟一些时候,赵姓在溪南靠海的地方安了家,取名叫“坑尾”。

这样在灵歧就有了“中”“下”“尾”三个坑了。中坑在灵峰溪北,下坑、坑尾在溪南。

关于这灵歧三大姓从什么时候起,迁徙到这里,有许多说法。

李姓的来历,有说是东晋衣冠南渡时,北方有一李姓人家率领整个家族,一直南逃到这里。有说是唐朝末年，黄巢起义，中原震荡，唐皇室裔孙有一支逃难南奔，率先到这里，定居开基，传下了李家庄。

稍迟，又有了黄姓。族谱记载，黄姓在唐末五代时期，从光州固始县（今属河南省）举族南迁，多处流徙，后来到了灵歧。

到了宋末，谢太后降了蒙古人，元朝建立以后，一支赵姓皇族的子孙，南逃到灵歧，赵家庄人就是赵宋皇帝的后裔。

李、黄、赵三家可谓书香门第，只是到清朝末年，除了李家的第三十三代李开先中了举人外，黄、赵两家裔孙都没有什么功名。乡人说，笔架山就是李家庄的文脉所在，李家祠堂离笔架山最近，又兴办了家塾，民国时成了灵歧古镇著名的小学。

除了三家以外，还有一个村落，聚居有许多姓，因为何姓居多，就称为何家村。

（二）李　家

在李家庄最为显耀的是李家大祠堂。祠堂里敬奉着开基的祖先，自一世祖到五世祖，以及有功名的祖宗。祠堂后厅，高高挂着一个大匾额，镌刻着“父子进士”四个阳文大字，左边下面有“天圣？年”。哪年？字迹漫漶，看不清楚。查“天圣”，应是北宋仁宗的年号，共十年（1023 年—1032 年）。祠堂内厅左边有五个进士匾额，右边有五个举人匾额；中厅左“会魁”，右“解元”，还有“奉直大夫”，“奉正大夫”。外厅中间是“博学宏词”，左右匾额是什么，忘了。下了外厅，就是天井。大门内是玄关。

以前，每逢春秋两祭，李家庄在外做官的人都要回乡祭祖。高小以上的读书人，按学历高低排在做官的人后面，排队进入祠堂。大门口两旁站着奉礼郎，手捧酒壶、酒杯，有的捧着香炉、烛台。排队进入祠堂的人，到了大门口，三人成一横排，一人端酒，一人点香，一人点烛，高呼“一进香”“二进烛”“三进酒”。祖宗神牌前供着三牲，有的人家当年有大喜事，则供一只“全牛”“全猪”或“全羊”。

还有，清明扫墓时，要到开基的一世祖至五世祖墓地，清扫，烧香，烧纸钱，敬饭，敬肉，洒酒奠祭。然后子孙围在坟地上，将祭奠过的饭菜酒，饱餐一顿。这一餐是免费的，饭菜和酒都是由栽种李姓公田的户主煮好，挑到公墓给扫墓的人吃。用餐以后，由耆老耆宿给子孙们讲讲祖先的一些光耀族群的历史，一般都是讲先祖们如何刻苦攻书，考上举人、进士；有时也讲一些祖先行善积德的事，以勉励后辈。吃不完的要挑上海岸，撒入歧海，祭海神，这也是李家祖宗的规矩。

灵歧中坑李家庄族长李先，字开先，号晚达，以字行。有藏书楼称“晚晴轩”，取自李商隐《晚晴》中的诗句：

天意怜幽草，

人间重晚晴。

李开先特别喜欢李白、李贺、李商隐的诗，喜欢李煜、李清照的词，他收集有许多“五李”别集的不同版本，而且存有许多复本，于是在“晚晴轩”中另辟一个“五李藏书阁”。

李开先于清同治七年戊辰(1868年)中秋那日出生，光绪解元，曾在云南任过知县。回乡后，重修祖屋，命名为“解元祖厝”，灵歧人称屋叫“厝”。祖厝加上李家清韵花园，占地不下两百亩。李家清韵花园紧靠祖厝，有墙垣环绕。围墙(灵歧人称墙垣，也叫半墙)的东、西、北三面开门。门外地面十分宽旷，显示了灵歧镇第一大户人家的气派。祖厝朝南，面向灵歧大街。大门两侧石狮子外，立着两座石碑，字迹已经漫漶不清，灵歧人管它叫“旗官石”。据说，哪一朝的祖上连中解元、会元，只是没有出过状元。但清朝初年，哪一位祖先应了博学鸿词试，与黄家庄祠堂的“博学鸿词”牌子并驾为灵歧“双鸿博”。

李开先夫人赵氏，名淑，是赵家庄庄主赵平原举人的大妹。

李开先膝下无子，生有两个女儿。长女名文清，字清音，光绪二十一年乙未(1895年)正月出生；次女文韵，字协声，生于光绪二十二年丙申(1896年)冬天，两姐妹只差一岁多，都是在云南出生的。李家“清韵花园”就是取文清、文韵各一个字起的名。据传李文韵辛亥前一年参加了同盟会，武昌起义后，取道上海，与沪上有名的侠女张竹君一起，化装成护士，送黄克强、徐佩萱夫妇乘江轮赴武昌。后来在一次战斗中牺牲了，这也是李开先后来决心为女儿报仇，毅然加入同盟会，率领当地士绅光复泉城的一个重要原因。

李开先参加过同盟会，民国年间，还在泉城当过几年教育局长，后来不满官场腐败，愤而离职。但他是一个血性男儿，抗战时，倾其家产支持儿子李汝成组织“灵峰山抗日血魂游击队”，并任副司令，负责募捐经费和管理财务工作。后来遭到日军的报复，李家庄被夷为平地，解元祖厝也全被炸毁，夫人赵淑惨遭日本人杀害，四岁的孙子李旦被日军活埋。

抗战后期和解放战争时期，李家已经完全的破落了，李开先只能住到笔架山边的圆通寺后堂，过着艰难的日子。

李开先与黄家庄庄主黄平泽是两连襟。夫人赵淑与黄家庄庄主黄平泽夫人赵妍，是两姐妹。

开先公长女李文清的未婚夫，就是黄平泽长子黄景熙；黄景熙名晖，以字行。

李文清于宣统三年(1911年)夏，与黄景熙未婚先孕，生了个儿子。为了李家的名声，李开先将这个外孙说成是收养来的儿子，给外孙取名李玉，字汝成。取喻“艰难困苦，玉汝于成”，张载所谓“贫贱忧戚，庸玉汝于成也”。

据说李汝成出生前，黄景熙到广州参加黄花岗起义，不知所终，就是“失踪”了。

经多方寻找,没有一点线索,成为灵歧历史上的一个"谜案"。后来李文清上了三清观,生下李汝成,寄养在三清观,自己也就出家当了女道士,法名紫文。

灵歧传说李文清的一些隐事,都是含含糊糊。直到1949年,李汝成突然改姓黄,叫黄汝成,大家对事情才有些了解。

李文清同三清观道长宋紫云师傅,也都参加了"灵峰山抗日血魂游击队",抗击日本侵略者;宋紫云被任命为游击队的副司令。

抗战期间,李汝成同共产党人高云岚,共同组织和成立了"灵峰山抗日血魂游击队",并任游击队司令员,高云岚任政治委员兼副司令。

李汝成的妻子叫郭丁香,厦门鼓浪屿人,1986年因病去世。

说起李汝成和郭丁香的结合,却是有一段故事的。

民国二十六年丁丑七月初八(1937年8月13日),日本军队进攻上海,"八一三"淞沪抗战爆发。从8月到10月,中国军民英勇抗击日军,死伤数十万人。11月,国民革命军128师,受到88师谢晋元将军率团"四行守卫战"的鼓舞,在浙江嘉善发起阻击日军的战斗。李汝成当时正好从上海浦江大学毕业,出于爱国之情,他带领几个同学到嘉善劳军,并参加战斗,左胳膊被弹片击中负伤。郭丁香,当时是林风眠杭州艺专国画专业的学生,从杭州去嘉善128师伤兵营慰问,与李汝成认识相爱。李汝成负伤后,就和郭丁香回到鼓浪屿结婚。

郭丁香父母早逝,家住鼓浪屿中正路27号。哥哥郭影秋比丁香大了十多岁,早年,就读于上海大夏大学文哲系,毕业后回鼓浪屿,妻子叫任红梅。夫妻俩似乎都没有什么正式的工作,有时帮朋友代上几堂课而已。不久,夫妻俩就外出,也不知到哪里"谋生"去了。家里长年关了门,李汝成和郭丁香就住在郭家旧屋。

李汝成与郭丁香结婚后,曾一同回灵歧老家住了一段时间。

由于李汝成的经历,更因为他的人品,他成为灵歧十八个村庄的领袖人物,被省里任命为南江府兼泉城国民党党部主任委员,后来调任厦门党部主委,未久任泉漳厦联合党部主任、书记长。

李汝成曾在灵歧育英小学为乡亲作了一次演讲,介绍128师当年英勇抗击日军的情况,悲壮慷慨,声泪俱下。他说:

> 128师大多由湖南人组成,主要是湘西凤凰地方人,所以他们在军中,常常自称"湘西军"。凤凰是座古城,也叫镇竿。这里的人很会打仗,擅长夜战,可以避开日军的炮火。在漆黑的夜里与敌人展开肉搏,每个人都露出左臂,拿着刺刀和大刀。敌我双方短兵相接,夜里看不清是敌人还是自己人,只要摸到双臂都有袖子的,拔刀就砍。我们血战了七天七夜,抢了阵地,又丢了;丢了,又夺回来,就这样像拉锯一般。七天中,我们虽然伤亡了两千八百多官兵,但为驻守上海的主力大军的撤退和辎重的转移,赢得了时间。

李汝成演讲时慷慨激昂，声音洪亮，乡亲们感觉到整个小礼堂都震荡起来。他的音容笑貌，至今仍深深刻在灵歧人的心中。以来李汝成抛妻别子，同一班人去了台湾。中华人民共和国成立以后，大陆和台湾交通中断，无法返乡，直到 1991 年，李汝成才从台湾回到大陆，郭丁香都已经逝世五年了。

除了收养外孙黄汝成当儿子，改名为李汝成外，更早一年，李开先还收养过一个“女丐”不满周岁的小孩陈法文当儿子。

这个“女丐”原籍山东蓬莱，俗名叫颜雪梅，字净碧。她给儿子起名法文，字景祥，取意效法、景仰文天祥。颜雪梅带了儿子法文，一路自北而南，原准备去广州寻找丈夫，路过戴云山时，遇上绿林强盗，盘缠、行李都被抢了，流落到灵歧。后来知道丈夫在广州庚戌新军起义中已经牺牲，就寄居在灵歧古镇，自己上了三清观当道姑，儿子则交托给李开先。因为陈法文父亲的原籍在苏南，那里是战国四公子之一楚国春申君黄歇的封地，李开先就给他改名叫李春申，字梦歇。

灵歧传闻说：李家最初收养的是“女丐”的两个儿子，另一个就是李汝成，后来又说只是李春申一个。前后说法不一，其中应该是有一些隐情的。

李开先那年已经四十三岁，有了两个儿子，真是高兴。但是，过后不久，有算命先生判李开先命中无子，须先弃养数年，让穷苦人家或道观收养。如送道观让仙人代养三五年，更能求得神仙保佑。李开先原本并不相信“怪力乱神”，无奈心里总像挂着一块石头，不得安宁。他忽然想到：

东晋谢玄独子谢瑍，生了一个儿子谢灵运；也有算命占卦的说“单丁难养”，就送到钱塘杜明师道观寄养十五年；过年才回一次家，像客人一样，因此小名谢客。对了，三清观宋道长关系密切，不正可以托付吗？

后来就送李春申、李汝成到三清观寄养。

李春申，也就是陈法文，父亲叫陈汉声，在广州庚戌新军起义中牺牲了，陈法文成了遗腹子。宣统二年庚戌(1910 年)四月出生，大李汝成一岁多。据说两人小的时候像是一对“亲兄弟”，却是两辈人。李春申是李开先的养子；而李汝成却是李开先长女李文清的遗腹子，算起来，应该是李开先的外孙了。

李春申同李汝成同年毕业于上海浦江大学，毕业后回乡帮父亲管理商铺，娶妻赵杏之，是赵家庄举人赵平原的孙女。

李春申于 1939 年 4 月 12 日，阴历二月二十三，生了个儿子，取名李旦，义取旭日；字梦姬，以周公姬旦取义。由于年月日时皆属卯兔，小名就叫兔子旦。

李开先还有一个弟弟，叫李芳，字开芳。据说光绪年间，南江知府抓捕他的罪名，是他的字连姓，同太平天国将领李开芳同姓名，被人告发；未久即瘐毙狱中。但据后来官场透露，南江知州企图霸占他在府城的一家大银号。那时，李解元正好在云南任县令，家里再没有人为他出头说情，也无人敢替他申冤。李开芳死后不久，李开先受到弟弟的牵连，曾被上司训斥。他因此看破仕途，辞职归乡。弟弟明显被冤枉，受人陷害，使他对清廷的腐败、残酷和卑劣有了比较深刻的认识。

（三）黄　家

黄家庄族长黄渊潭，字平泽，与解元公李开先同庚。夫人赵妍，是李夫人赵淑的胞妹；算起来两人还是连襟。黄、李二人，平时交往频繁，关系密切。两个人都学问渊博、饱读诗书，人称灵歧“十车书”，就是说他们两人各有“五车”。黄渊潭家中藏书极丰，经、史、子、集，应有尽有。据灵歧耆宿传谈，黄渊潭父亲读书过目不忘，可是一连考了十二科，连个举人也没考中。他后来不再科考，在灵歧当了一名塾师。平时无事不出门，只是躲在他那个听雨轩藏书楼上读书；去世以后，听雨轩藏书楼就由黄渊潭经管。说起“听雨轩”书阁的来历，可以从墙上蒋竹山的《虞美人》词条幅窥知一二：

少年听雨歌楼上，
红烛昏罗帐。
中年听雨客舟中，
江阔云低、断雁叫西风。

而今听雨僧庐下，
两鬓苍苍也。
悲欢离合总无情，
一任阶前、点滴到天明。

黄渊潭，字平泽，灵歧人多称他平泽公，也称他渊潭老。他看到父亲辛苦一辈子，一事无成，什么也没有得到。科举、功名伤害了他一生，磨平了他的棱角，消耗了他的锐气，且徒受乡人的轻蔑，成为灵歧人街谈巷议的笑料。因此，黄渊潭也看破世情，淡泊名利，不再以功名为事。而李开先入世较深，对功名看得比较重一些，日日攻读，终于考上举人，只是没能考中进士，终生感到遗憾。有人说，是被他弟弟李开芳的事牵连的。一天，两连襟相聚，小酌闲聊。黄平泽劝慰李解元：什么事都要能放得下，“放下即实地”，并且随口吟诵了《红楼梦》中那首有名的《好了歌》：

世人都道神仙好，惟有功名忘不了。
古今将相在何方，荒冢一堆草没了。

黄渊潭说：“老哥是聪明人，功名可遇不可求，万有皆为瞬息。即便争元作相，又如何？你入世太深，老弟之言，恐不中听。”

李开先对黄渊潭的话，甚不以为然，只是淡然道：“读书人，唯圣贤之言是听。《好了歌》所道，还有金钱、娇妻、儿孙三项。合老弟所诵，则名、利、妻、儿，谁人能放得下？不过，我觉得，更重要的是国家和民族，儒者以是为务，道家消极处世，予所不取也。”

黄渊潭道：“但是，单是圣贤之书，尚不足以治生，唯老庄之学，或可补之。此之谓‘儒道互补，始是全生’。老哥若能以儒为主，兼济以道，就是全人了；我此生唯以道为信，未能儒也。”说罢，两人相视大笑。

黄渊潭有两个儿子，长子黄景熙，前面已经说过；次子黄行远，很有生意头脑，辛亥之前就转而经营商业。老三是个女儿，叫黄紫薇，辛亥武昌起义后，同解元公小女李文韵一起赴武汉，同李文韵一样，不知所终，据传两人都在战斗中牺牲了。

黄渊潭奉行“以道为主，儒道互补”，能进能退，辛亥之前就看破仕途，随儿子行远投身商业，民国以后，他的“灵歧布行”，生意极为红火，在泉城一带已经小有名气，不到两三年就成了灵歧古镇的首富。

黄家虽不参加抗日游击队，但多少也帮助了李开先，有意以较高的价格买下李家的五十亩水田，使李开先能有钱支付游击队的经费。

黄行远的儿子黄翃，字鹏飞，与李汝成的儿子李晟，在南江中学初中部是同学，由于祖父卧病在床，也决定弃文从商，就毅然休学，到龙江市园山琵琶坂水仙花圃当了名营销员，后又调任龙江香草园技术科长。

（四）赵家与何家

灵歧坑尾赵家庄族长赵平原，字亦胜，也是光绪举人。赵平原的大妹赵淑，嫁给李开先；小妹赵妍嫁给黄渊潭。赵平原只有两个儿子，长了赵孟颙，字谦之，生于光绪十六年庚寅（1890 年）。民国十三年（1924 年），上海浦江大学毕业后，考上黄埔军校，不知是第几期。后来国共分裂，赵孟颙加入了共产党。次子赵仲頫，字尚之，夫妻早逝，逝前生养了一个女儿，取名赵杏之，成人后，嫁给李开先养子李春申为妻。

不知什么时候，何姓和另外一些姓的人家，也来到灵峰山西麓定居，他们看有中坑、下坑、坑尾的村名，就给自己的村子起名叫“上坑”。

上坑村都是散户、杂姓，不是同一个家族，同一个姓。村里人都知道他们是陆续从外地，或从戴云山西部搬到灵歧。有何姓，也有陈姓、林姓、张姓、苏姓、王姓、高姓、程姓……零零星星，又来得最迟，因为以何姓人较多，所以三大姓人也随意称上坑村叫“何村”。后来散户越来越多，“何村”就叫“何家村”。村人看到灵歧三大姓都叫什么“庄”，也就给自己起名叫“何家庄”。有一个财主自称头人，名字叫何友良。何友良是个土财主，原本没有命字；他听说李、黄、赵三个庄主都有名有字，也就给自己命了个字叫“何有良”。很简单，只是把“友”改成“有”，取义很清楚，就是说自己虽然是财主，但是个“有良心”的人。

何有良总算是村里的头人，管管散户还是绰绰有余。村里有什么事情也还得尊重他。何有良的二儿子何其旺，不会读书，却很会经营，除了种田外，兼营锻铁、打造农具等等。发财以后，不断买进土地，扩大地盘，李、黄、赵三家还是挺愿意同他联络，知道他希望把何家“村”，改称叫何家“庄”，也让他去改，去称呼。

何有良名声不怎么好。一次，有个佃户交不起租子，何有良的管家把那佃户家中的大鼎(铁镬，灵歧人称鼎)拿走，不让做饭。尽管是管家假主人之威胡作非为，但佃户还是骂何有良，叫他“何无良”。从此叫开，何有良成了“何无良”。大人每每给孩子解释说：“何无良，就是多么没良心，何等没有良心！”事实也的确如此，1942年，就是何有良暗中检举李家抗日，使得李开先夫人赵淑惨遭日本人杀害，孙子李旦被活埋。

何友良长子何其兴，义取“何等兴旺”“多么兴旺发达”！何其兴也在上海浦江大学毕业，后来也考上黄埔军校。抗战胜利以后，任职龙江府国民党党部副主委，认为主任委员李汝成是晚辈，骑在自己的头上，很不服气。终于在策划龙江府漳城国民党党部起义时，暗中陷害李汝成。这是后话。

（五）三清观与蝴蝶洞

灵峰东山上有一座道观叫三清观，一位叫宋紫云的女道长在这里修炼。从灵峰溪流的北岸上山，要攀登一千零八十级石磴。这是一条山嶝小道，山嶝分碎棱石、鹅卵石、板条石三段，都是三百六十级。碎石有锋棱，灵歧人都打赤脚，很难走；心不诚的人，走一小段就会往回走，甚至一看就不想上去，所以这第一段就叫“回头路”。中间一段，鹅卵石一粒粒高高突起，又很滑；赤脚只能用脚板弯的地方，不仅脚板，连脚尖和后跟都戳得很痛，走得又痛又肿，连连叫苦叹气，所以中段就叫“苦气路”。过了“苦气路”，说明这个人是诚心来求仙的。最后才是花岗岩板条石三百六十级直通观门，上山求仙的人，走得“心平气和”，大家就称它叫“心平路”。说是心诚，路就平了，好走了。

三清观道长宋紫云，很有些来历。

据说她原是山东登州府蓬莱县人氏，是蓬莱道观的女冠。十六岁时就练得一身好武艺，从蓬莱到了天津，加入义和团的红灯照。当年八国联军进入北京，义和团失败了，除了少数队伍突围出来，大部分拳民都被杀害。宋紫云后来又进入北京，负责保护庄亲王的王府。庄亲王死了，她又重新受箓，再次入道。为了避开屠杀，一路南来，看上了灵峰山岩窟这块宝地，才决定在这里修炼。

关于宋紫云的传说很多,传得神乎其神。

据说宋紫云在京城,见过慈禧太后;后来被外国的“黄毛白皮人”赶出京城,太后和皇上出逃。宋紫云和一些人手拿红灯,跟着太后和皇上从北京逃出。队伍逃到了从前唐朝的都城一个叫长安的地方,宋紫云拿红灯一照,唐太宗显灵,有大队石人石马出来护驾。

还有传说,有人看见紫云仙姑在山上打拳头,力气大得很,一棵树都能拔起来;有时运一会气,双手在胸前抖动几下,一声吆喝,两手向前一推,顿时飞沙走石,“啪”地一声巨响,就树倒,石碎,叫铁砂掌……

尽管传说很多,但关于仙姑的真名究竟叫什么,谁也说不出,都说是“真人不露脸”,“紫云”是玉皇大帝所赐。但是,这一条一千零八十级山蹬是她出钱修的,灵歧人几乎没有人不知道。至于她为什么那么有钱,有说是她从京城跑出来时,救了一个王爷,王爷为了报答她,给了她二十万银票;也有说是红灯照的林黑儿圣母,送她沿途逃难作盘缠用的。

但是据李家庄解元公李开先说,宋紫云的情况大致是这样的:

庚子年(1900 年)五月,河北的义和团得到了慈禧太后的允许,进入了北京。他们派人到天津,招呼天津的义和团进京协同办事。宋紫云原来在山东登州府蓬莱阁道观学道,本家姓颜,有个俗名叫风荷,字菡绿;妹妹颜雪梅,字梅雪。母亲早逝,是父亲把两姐妹养大,教两姐妹读书和武功。父亲被洋教打死以后,姐妹一心想为父亲报仇。后来听闻天津卫黄连圣母成立女子“红灯照”拳会,就同妹妹毅然离开蓬莱,赴天津参加了“红灯照”。

加入“红灯照”的女子,身穿清一色红衣红裤,左手还拿着一把红色折扇,一个个练就一身高强的扇子功,往人头上轻轻一点,脑颅里面就会有散裂的痕迹,头晕不能做事。“红灯照”有十几支队伍,宋紫云这一支人数最多,战斗力也最强。由于宋紫云在蓬莱道观曾练就一身高强的武艺,她的飞天刀、滚龙剑、八卦拳和铁砂掌几项武功,在天津卫的一次拳击比武中,打败了各路高手,这使她成为黄连圣母手下“红灯照”的一支劲旅。她们首发京畿,八月在北京抗击八国联军。大约八月半时,八国联军攻进北京,光绪和慈禧仓皇出逃。义和团在北京,大部分人战死,逃出京城的人,又遭到清兵的追杀;她的妹妹也是在这时候逃散了的。

宋紫云在京时,负责保护庄亲王载勛和他的王府,京城被攻占以后,庄亲王让她们一个小分队保护他出城逃难,并指定由宋紫云负责。庄亲王知道慈禧和光绪皇帝逃往西安,也带着全家逃到了西安,选择一座道观暂时居住。这道观全是女冠,道长叫宋紫阳。王爷一家同宋紫阳道长关系非常融洽,平日里谈话、讲说,对义和团和各地拳会,都很钦佩。宋紫云就逐渐和紫阳道长相好起来,并告诉她自己也曾是女道士;清廷既然不可信,不可靠,她决定再次看破红尘,重新入道;与宋紫阳道长既是师徒,又结为道中姐妹,故起道号宋紫云。

不久，宋紫云知道朝廷开始同外国人连手杀戮义和团成员，同时严酷惩治倾向义和团的官员。由她负责保护的庄亲王载勋，也于庚子年底被削去王爵，送交宗人府软禁。开始，载勋还可以由姬妾和儿子陪伴；后来很快就被抓到山西，关在蒲州宗人府的御史行台。辛丑，也就是光绪二十七年（1901 年）正月，庄亲王载勋被慈禧以“庇拳启衅”的罪名“赐自尽”。王府给了宋紫云一大笔银票，紫阳道长亲自给她授箓，让她一直往南逃。

尽管宋紫云再入道籍，与宋紫阳道长结为道中姐妹，但是，她对于道教已经产生了许多怀疑：既然义和团每个人都有符咒保护，都有神灵，怎么就打不过坏人呢？

再说，三清观里面有个暗道叫岩窟，又称蝴蝶洞。

灵峰山的三清观，原先是一个废弃的洞穴，叫岩窟洞。早在宋代就有传说，说是东南沿海开发以前，为土著族民所聚居，由十八个洞主统率，盘踞在东南地域。灵峰歧海正是第十八洞，是由唐代的容州西原土著黄家洞迁移过来的。

西原土著，从唐代起，就居住在容州，过着穴居的生活，其中最大、最有势力的就是“黄家洞”。由于安史之乱，中原鼎沸，唐朝中央政府没有能力管辖到周边的土著。“黄家洞”曾率领容州的西原土著多次反抗唐朝的苛逼侵扰。从唐肃宗至德年间，一直到唐懿宗咸通的一百多年，由于唐廷官兵的残酷镇压，一部分西原土著在黄家洞首领的带领下，从五代到宋初，完成了大迁徙。唐朝诗人李长吉就曾有《黄家洞》诗：

雀步蹙沙声促促，四尺角弓青石镞。
黑幡三点铜鼓鸣，高作猿啼摇箭箙。
彩布缠骹幅半斜，溪头簇队映葛花。
山潭晚雾吟白鼍，竹蛇飞蠹射金沙。
闲驱竹马缓归家，官军自杀容州槎。

其中有一小股人迁徙到了东南沿海的灵峰歧海一带，占据了灵峰山的岩窟。

据传北宋时候，杨文广征服东南十八洞时，打下了十七个洞，这第十八洞却找不到。及至奉命镇守海疆时他才发现，并让士兵深掘洞外的堆土，才进到洞中。据说岩窟的这个蝴蝶洞，就在灵峰山东南麓靠海的山崖中。古时由于洞口经常飞出许多大蝴蝶，有人追捕，进入洞中，结果迷了路，几天以后才出来，灵歧人就称之为“迷蝶洞”。

灵歧有许多关于“蝴蝶洞”的传说。说是杨文广征东南十八洞时，只有迷蝶洞的洞主不肯投降。在打下第十七洞“鹭江洞”以后，找不到第十八洞。请示朝廷，诏谕镇守海疆，继续寻找。

不久，接到一个牧羊人报告，自称羊群过了戴云山，一直向东，到了滨海，有羊掉进一个深坑。牧羊人从坑沿顺溜而下，约莫五丈多深，然后沿着长满杂草的小径再往前，不知走了多少路，忽然出现许多蝴蝶，从一个洞口飞出来。这牧羊人胆大又好奇，走到洞口一看，这洞倾斜而下，有石阶，看不到底。牧羊人脱下草鞋，解开搓成草带，然后用火石，互相击打，点燃了草带。借着草带的微光，沿着洞壁，一步一步往下走。不知道走了多少级石阶，仿佛听见风涛海浪的声音。这时心里有些后怕，就暂时停下脚步，仔细一听，海浪的声音，似乎就在头顶上。进又怕；退，说不定比往前的路还要长。只好硬着头皮再往前走。

不知又走了多少路程，洞中逐渐露出一丝光亮。牧羊人向着有光的地方大步地跑着，面前突然现出一个洞门。

他一走出洞门，由于阳光太耀目，一时眼睛都张不开。当他想张开眼睛时，两只手已经被什么东西制压住。一看，竟有许多人，一堆堆，围成一圈正在吃饭。坐在高处的一个人，穿戴特别，可能是一个头人，笑着问：

“又送来一个，怎么处置？扔了？吃了？”

一群人大跳大叫，有两个人已经拿起刀了……

牧羊人赶紧跪下，连连磕头。最后用一百多只羊换回了一条命。

就这样，这个牧羊人赶紧跑到杨文广兵营里报告情况，并带路指认洞口。“迷蝶洞”终于被攻进，洞主被生擒。由于杨文广的善待，洞主不仅俯首请罪，而且愿意交出数百个部属。经询问交谈，原来洞主本来也是中原人氏。

据“迷蝶洞”的洞主说，黄巢起义时，打到东洛，他们祖先率领整个家族，往南奔逃，沿途遭兵匪屠戮抢掠，到了戴云山，北有追兵，南有土著，进退无路。于是向东到了灵峰山岩窟道观，给了道长一些银两，暂借岩窟观居住。后来，那个道长病死了，道观也就不存了。再后来发现观后有一个洞穴，一家人进了洞，往下，往前走，结果从海底隧道口爬上去，原来是歧海中的一座大山，当地土人说这山叫“虎岩山”，山上有一块大石头，形状像一只老虎，大概因此而得名。一家人就在虎岩洞里，垒了几间房子，在“虎岩山”上开荒、打鱼为生。再后来，东南大乱，泉城人陈洪进，杀害了清源节度使，许多散兵游勇，进入灵歧骚扰，没法种田、打鱼，日子过不下去了，也就学土著，自称洞主，起名“蝴蝶洞”，归“鹭江洞”管辖，每年按时进贡。

就这样，“蝴蝶洞”有时也干些杀人越货的事。有些人在岩窟观一带失踪，都是他们做的。老百姓传得很神，说岩窟有车轮大的蝴蝶，专门迷人进洞，然后把人吃掉，所以灵歧一带称叫“迷蝶洞”。

根据传说，这“蝴蝶洞”至少也有一千多年的历史了，而岩窟道观后来只剩下一个地名叫“岩窟”，就是现在的三清观旧址。

宋紫云于光绪二十八年壬寅（1902 年）来了以后，为了防备清廷万一来抓捕，就开始设计要挖一个地洞。后来，她居然从宫观后院发现了一条隧道，有石阶，可以上下。再后来，又发现隧道通到海底，从海底隧道过去，再往上有暗道掘成的山蹬，就是岩窟。这岩窟直通歧海中间的一座大山，就是"虎岩"，宋紫云凭借红灯照拳会学到的一套软硬功夫，单靠一个人的力气，居然在虎岩洞口内外的密林里，起了一间密室，并且在洞口造了一口井，筑了井栏，加上井盖作为掩饰。

但是，有一条从岩窟山嶝转而下通海面的暗道，却是宋紫云入住以后的新发现。有一天，宋紫云将提灯灌满了洋油，准备将庄亲王所赐珠宝和部分金子藏到岩窟，她从隧道一直下到海底，又经过海底隧道，上了暗道山嶝……就在山嶝近半的地方，她发现一直往前是"虎岩"的出口，而在右手方向，似乎另外伸出一条往下的斜坡，虽然没有层级，但自然生成的高高低低的钟乳岩，很容易上下攀登。她慢慢下去，不仅发现一个很大的洞穴，洞穴边缘，还有活动的水流。奇怪，这两条细细的小水沟，流到什么地方去？她壮壮胆，沿着水流的方向走，很快，洞穴又逐渐变得小了，变得越来越狭窄，两条小水沟居然汇成了一股水流，发出潺潺的声音。水流两边越来越狭窄。由于倾斜的坡度不大，宋紫云一手提着灯，一手摸着两旁的崖壁一直跟着流水下去……忽然前方露出一点微光！宋紫云继续往前，原来又是一个洞口。她很快作出判断，这洞口显然比"虎岩山"上的出口要低得多。能不能从这里到达海上呢？宋紫云看看灯油还很多，就大胆再往前，一直到了洞口边上。她蹲在一块小岩石的后面往洞外看：像是一片汪洋的港湾，波浪不大；在港湾尽头似乎有一座长条形的巨岩隔着外海的海水，不时有浪花冲起，发出哗哗的浪涛声……

"没有错，这里是虎岩山麓通向歧海自然生成的一条隧道。"宋紫云想，这个出口，也许因为那座长条形的、屏障似的巨大岩石，阻挡了人们的视线，所以几千年来就一直没有被发现。她笑了笑，自言自语道："蝴蝶洞，哪里还有什么蝴蝶？称为岩窟，倒还是名副其实。"

辛亥以后，灵峰山三清观，住了七个道姑：道长宋紫云，俗名颜风荷。紫云的妹妹紫雪，俗名颜雪梅。紫文，俗名李文清。另有四位小道姑道清、道静、紫霄、紫丹。

民国三十年，阳历 1941 年 11 月，三清观宋紫云参加了李家庄李汝成、李开先组织的灵峰山抗日血魂游击队，并任副司令。由于游击队在戴云山阻击日军，灵峰山遭到日本飞机的轰炸和"围剿"，李家庄被炸毁，夷为平地，老百姓被屠杀了二百多人。李开先的夫人赵淑，在日寇的"围剿"中也被杀害了。三清观也不能幸免，道观大厅几乎全被炸毁。

（六）圆通寺与圆智庵

在李家庄的西面，笔架山和何家村之间有一座寺庙，叫圆通寺。圆通寺的住持，几年前云游五台山去了，就再也没有回到庙里来，圆通寺就空了好几年。

何家村有一个叫何友生的人，据说与何友良还是本家，是远房的堂兄弟。祖上因为赌博输了钱，几十亩地都卖给了何友良的祖父。到友生这一代，不会读书，又不会营生,他看上圆通寺的产业,有屋,有水田,有山园,还有年节各处来上香许愿,供佛的礼钱和供品,就向何友良提出想要出家,入住圆通寺。但是,圆通寺是多年前李家庄的解元公李开先捐资修建的,这个事必须经得李开先的同意。于是何友生就求助何有良,让他找解元公说说情。

后来何友生进入圆通寺,给自己起了个法号叫圆海,后来同一个北方逃难来的女施主朱二妹好上了,就还俗娶朱二妹为妻,还生了个儿子叫何晓钟。后来何友生不知得了什么病,死了。朱二妹就削发为尼,法号智通,把圆通寺改名为圆智庵。

第一章　毕业分配

（一）柳浪闻莺，没有莺声

在武林师范学院的两年很快就过去了。除了“右派”和“中右”不分配工作，送到各地农场参加劳动外，其他同学都进行毕业分配。

1958 年 8 月 15 日，农历七月初一，星期五。学校发扬民主，对毕业生分配去向，一个个抄写在人事处的布告栏里，听取全体同学的意见。

根据各地接受分配的名额，李晟是泉州人，被分回原籍闽南，到漳州市教育局报到。而同班同学李晓雪是“左派”，她是漳州人，却留校分配到历史系办公室任见习秘书。

晚上，已经八点半了，李晓雪找了李晟，说：“我有重要的事情同你商量，希望得到你的帮助。”

李晟还从来没有看到晓雪那样严肃认真的样子，就问道：“我们是同乡，说，有什么事？只要我能做到，一定帮你。”

“我是漳州人，我想同你调换分配地点……”

“不行不行，我不适合在校长办公室当秘书——”

“这我知道，你喜爱文史专业，学问也好，我可以给校长说，帮你调整为见习助教。走，一起到湖滨六公园，我们前年坐过的地方，谈谈好吗？”

“晓雪，我很感谢你，两年来得到你的许多帮助。你说，我怎样才能帮助你，我会努力去做的。六公园远了一点……咱们到‘柳浪闻莺’怎么样？”

“走！”

李晟跟着李晓雪，两人一前一后，从南山路 98 号武林师范学院大门，横跨过南山路，就到了柳浪闻莺公园中间的一座八角亭。

“坐下，你不愿意同我并排坐，咱们就对着面坐。”

李晟想到，明后天大家就各奔东西，说不定从此天南地北，能不能再见面，也很难说。心里一阵沧桑，说：“我们是同乡，并排坐有什么关系？”

李晓雪沉默了很久，说：“谈工作调配前，我有几个问题问你，既是第一次，也是最后一次，你只要如实回答我，我就很感谢你……”

“你问吧。”

“我问你，你有没有心中人？时髦的说法，就是你有没有恋人或女朋友？”

真是太突然了！怎么回答？李晟思索了一下，就按照李晓雪的意思，“如实回答”说：“有。”

“什么时候？”

“高中就开始了。”

“叫什么名字？”

“叫陈缓歌。”

“怎么认识的？”

“初中、高中六年同班同学。”

“现在在哪里？”

“在福州，前年考进省医学院，医疗系五年。”

“你爱她吗？”

“爱。”

“她爱你吗？”

“爱。”

“长得漂亮吗？”

“很漂亮。”

“你准备和她结婚吗？”

“是。”

……

透过公园里微弱的灯光，李晟看了晓雪一下，她低着头，似乎很平静。但是看得出，她心中感情的波澜正在翻腾着，不禁产生了深深的同情。

李晓雪忽然抖擞一下精神，抬起头来看着李晟，说：“你很诚实，在我们的交往中，你没有逢场作戏，没有欺骗我，没有欺骗陈缓歌，更没有欺骗你自己。交了你这样的朋友，我很高兴，也很放心。我们会是永久的朋友，至少在我的心中！”

“你也会是我心中永远的朋友！”

“下面的问题，你可能很难回答。不要紧，还是如实回答。怎么想就怎么说。”

“你问。”

“你爱我吗？”

“我喜欢你。”

“‘爱’和‘喜欢’有不同吗?”

“‘喜欢’可以是人,可以是物;可以是异性,可以是同性;可以是艺术,可以是学问……人世间可以喜欢的人、事、物,包括地方景色、山川风物等等,可以是许多许多。但是,‘爱’是两心相许,海枯石烂,共度一生的人,只能是一个!一个人可以‘喜欢’许多异性,包括他(她)的容貌、穿戴,性格、品行,但是把心交出去,给所‘爱’的人,却只能是一个!如果有两个,就是对‘爱’的亵渎。”

“非常好,一篇爱的哲学宣言!”

“最后一个问题,你可以回答,也可以不回答。”

“你问,我一定如实回答。”

“如果你不是先遇上陈缓歌,你会爱上我吗?你可以不回答。”

李晟毫不犹豫地说:“会,我会爱上你!”

李晓雪一听,眼泪簌簌地流下来,抽噎了好一会,竟伤心地哭了起来。好久好久,才停下来,说:“你很诚实,今天晚上,你使我感到心灵的轻松和满足。谢谢你,我的同学,我的同乡。我会祝愿你和陈缓歌永世相爱,白头偕老。在离别的前夜,我有一束蓝色的小花赠送你,你可以将它夹在书中,它即使干了,却永不褪色,花香依旧……”

李晟问道:“什么花?”

“她叫勿忘我,她有着紫色的忧伤……”

“好了,下面我们谈谈调整工作的事。我父母希望我回老家漳州工作,今天和中文系一班班长张欣谈起这事。张欣一听,就说,希望我同她对调。她被留在中文系任见习助教,但她希望进校长室,搞行政工作,将来可以任校长办公室秘书。所以我想到你,你能否把漳州市的名额让给我,我顶你的名额去漳州;你顶张欣的名额去中文系当见习助教;她顶我的名额进校长室任秘书。这样是不是会委屈了你?”

“你让我想一想……”

“有困难,不要勉强,还是刚才说的,如实的回答。”

李晟首先想到,这样对调,符合她们两个人的意愿。三个人当中,有两个人获得遂心的工作,就已经是值得了。而自己呢?说实在的,在高校当助教,比起中学教书,学习的时间,进修的机会或许会更多……分配到漳州,除了可以同黄翊在一个城市工作外,似乎也没有太大的意义。至于缓歌,谁知道三年后毕业,会分到哪里去呢?再说,自己当年也就是不愿意留在本省,才会往青岛、杭州走……将来陈缓歌分配哪里,自己也可以调到她那里,而且那已经是几年以后的事了……再说,李晓雪对自己的钟情和爱,很令自己感动!就为了这个“爱”,调整一下分配,让她回家乡去,也算是对她付出真情的一种回报!李晟这样一想,就愉快地答应了。

“太好了!”李晓雪竟情不自禁地站了起来,朝李晟的额头,轻轻点了一下,说:

“怎么样？就要分离了，敢不敢吻别一下？”

李晟牵起晓雪的左手，在她的手背上，也轻轻一吻。

两人愉快地离开了柳浪闻莺的八角亭，李晓雪拨开路边一绺低垂的柳枝，道：“今晚只有‘柳浪’，没有‘莺声’。”

说罢，沉默了一会，又忽然感慨道：“柳枝虽然婀娜，却听不见黄莺的鸣叫……”

回到宿舍后，李晟在灯下仔细地看着晓雪赠送的蓝色小花，似乎想从花中寻绎它的真义。是呀，“勿忘我”就是她寄托的深意，这蓝色忧伤的小花……

（二）从柳浪闻莺到众安桥

第二天，8 月 16 日上午，李晟陪同李晓雪和中文系的张欣，三个人一起到了人事处，很快就把分配的方案调整了。

随后，李晟再陪李晓雪赶到武林城站（火车站），帮她排队，买了 18 日鹰潭中转鹰厦铁路，到郭坑小站的火车票。

回到宿舍，李晟迅速写了三封信，分别寄家里、陈缓歌和黄翃，告诉他们自己留在武林师范学院，中文系任见习助教。他估计 19 日可以办理好报到手续，报到以后就回家，大约 22 或 23 日能到家。在家五到七天，8 月的最后一天必须再赶回杭州。

17 日一天，李晟整理行装，将三十九箱书捆绑好，然后寄存在办公大楼楼梯下一个放杂物的楼梯间。他将杂物清理完毕，请示了人事处，没用的东西都当垃圾倒掉，有用的整理好封存在角落里。自己的三十九箱书整齐地叠放在一起，然后将门锁好。根据人事处的意见，这个楼梯间的钥匙就由他保管。

放好书，锁了门，李晟又赶到武林城站去买开往鹰潭的火车票。鹰厦铁路还没有走过，他不想买联票，决定到鹰潭以后再买开往厦门的车票。

李晟问，鹰潭到厦门直快车票的价格。算一算厦门到泉州，泉州再到家乡灵歧古镇的车费。在留足到家的费用后，李晟身上还有几十块钱，就再乘公共汽车，到湖滨西泠印社旁边一家杭州特产商店，买了一把西湖都锦生丝织厂生产的丝绸太阳伞、一打丝织的手绢，作为给陈缓歌的礼物，并让缓歌转送几条手绢给她的两个嫂子大、小张翎；买了一件丝绸的衬衫准备邮寄鼓浪屿给母亲；六条丝绸手绢，送给三清观六个道姑；又给伯父和祖父各买了一件真丝的衬衫。

李晟买好了东西，心里感到从来没有过的轻松。这或许是他有生以来，至少是读书以来十四年间的第一次松弛感。他决定在街上溜达溜达，认识认识武林这著名的风景城市。李晟一个人从湖滨路转到了平海街，还没走几步，就看见右手转弯的一条大巷子，端端正正的楷书，写着“东坡剧院”。李晟在武林市两年时间，很少逛街，竟连东坡剧院在平海街都不知道。他走近看了一看，大门却也一般，似乎同苏东坡的名字不大相称。

李晟觉得应该再去看一看西湖,又从原路倒回,再到湖滨。站在湖滨六公园,细细品赏西湖的湖光山色:宝俶塔高高耸立着,只是过了九点钟,已不见湖面上的塔影,湖水在微风轻轻吹拂下,泛起了层层涟漪。只有蜿卧在湖上的白堤到“平湖秋月”一线,点缀着许多游人。

“美呀!我以前怎么就没有感觉到西湖微涟的柔和静美呢?那许多游人竟也像是特意点缀在画面上一般,简直是一幅美丽的风景画!”

李晟呆呆地站在西湖边上想,同样的西湖,在俗世的人、在奔走于生计的人眼里,不过是一窟大池塘。在艺术家、在有心品鉴的人的眼中,她有西施般美丽。难怪苏东坡说,“欲把西湖比西子,淡妆浓抹总相宜”。看来自己这两年在武林,真是有负于西子湖了。

“好吧,以后工作在武林,我会好好补偿你的。”

李晟忽然想到,去年清明节,自六和塔搬到南山路98号校舍,对“柳浪闻莺”就有着深切的感情。虽然夏日听不到莺声,但是那柳浪的飘拂,就使人产生一种柔媚娴丽的美感。他不假思索地又转回南山路。

到了,美丽的“柳浪闻莺”!柳林衬托着紫楠、雪松、碧桃,在海棠、月季和广玉兰的簇拥下,杂树繁花,异草名木,真是赏心悦目。临水眺望,远处苍穹和近处清波尽收眼底,令人心旷神怡……李晟忽然想到,李晓雪的勿忘我是不是在“柳浪闻莺”摘的呢?他沿着林湖的石板路,从西走到东,然后折入园中的八角亭,居然在亭北靠近围墙的墙角下,看见了两丛蓝莹莹的勿忘我。李晟爱抚地轻轻采了一朵……

李晟是个书呆子,尽管不会玩,但从书本上知道西湖风景的来历、典故却是熟谙于心。他静静地坐在“柳浪闻莺”八角亭的石碑下,想起明末张岱的《西湖梦寻》中记载的“柳洲亭”,不知这亭子是否就是“柳洲亭”?搜索枯肠,才想到张岱说过,柳洲亭在南宋初年叫丰乐楼,是宋高宗御花园内的建筑。

柳洲亭,宋初为丰乐楼。高宗移汴民居杭地嘉、湖诸郡,时岁丰稔,建此楼以与民同乐,故名。门以左,孙东瀛建“问水”亭。高柳长堤,楼船画舫会合亭前,雁次相缀。朝则解维,暮则收缆。车马喧阗,驺从嘈杂,一派人声,扰攘不已。

咳,人事沧桑,一千年来,变化如此之大!许多外省异乡的游子也都能进入这皇帝的园林。不知道一千多年前的皇家花园里,是否已经有了勿忘我?亦不知再过一千年,这里又将如何了?记不起谁人所作的《柳浪闻莺》的诗:

柳阴深霭玉壶清,
碧浪摇空舞袖轻。
林外莺声啼不尽,
画船何处又吹笙。

诗写得很一般，而且林外也并无莺声，李晟不禁有点索然。昨天晚上晓雪赠送蓝色勿忘我小花的情景重又浮现出来，心中不禁掠起一丝惆怅……

李晟决定回故乡之前，再去一趟众安桥旧书摊，看看能不能淘到几册好书。于是又漫步到解放街，转中山路，去众安桥。

众安桥旧书摊集中在一条小街上，几乎都是棚屋。所有摊主都招呼李晟进去看一看。他转到第六家最熟悉的徐姓书摊，打了招呼就走进店。

“最近有收到什么好书了？”

“有几册进步书局的《笔记小说大观》，不过都是小开本，字很小……”

徐摊主说着就拿出来。李晟一看，有《履园丛话》《涌幢小品》，可以买，问了价钱只要二角四分，就买了下来。

（三）“勿忘我”

李晟忽然又想起李晓雪赠送的蓝色小花勿忘我，就问摊主道：“有花卉的书吗？”

“有！《广群芳谱》。”说着就将两种书拿出来给李晟看。

李晟随意一翻，就看到了《广群芳谱》说到一种花叫曼陀罗。

《广群芳谱》引《法华经》曰：佛说法时，天雨曼陀罗花。看来，此花与佛门有缘。

李晟想，“这说的是曼陀罗，并不是勿忘我……对呀，勿忘我似乎是从西方传到中国的。”说罢就在旧书摊上翻到一部《大独日辞典》，他仿佛记得这种花同德国的骑士阶层有一定的联系。他终于找到了“勿忘我”，又从勿忘我连带查到《植物学辞书》中的许多有关的资料。

原来勿忘我确实是从西方传进东土。她的英文学名叫 Forget Me Not！

勿忘我属于多年生草本，高 30~60 厘米。全株光滑无毛，茎不分枝。叶大部分基生，平铺地面；具短柄，柄有翅；叶片倒卵状匙形，长 8~10 厘米，宽 3~6 厘米，先端圆形，基部渐狭成短柄，边缘具微波状齿，下面羽状叶脉明显；茎生叶对生，2~3 对，无柄，匙形，长 1.5~2 厘米，宽 0.7~7 厘米，先端钝，基部圆，半抱茎，边缘具波状齿。

勿忘我属轮生聚伞花序，每轮有花 5~8 朵，每花下有 2 枚小苞片，苞片线状披针形；花梗长 8~10 毫米；萼筒短，花萼 4 深裂至基部，裂片线状披针形；花冠钟形，半裂，淡绿色，长 1~1.2 厘米；雄蕊 4，着生于花冠裂片间弯曲处，与裂片互生；子房不完全 2 室，无柄，花柱短，腺体轮状着生于子房基部。

勿忘我分布于欧洲以及伊朗、巴基斯坦、克什米尔、印度等地区，明清之交传入江苏、福建、四川、云南，还有西北、华北与东北的一些地区。生长于海拔 200 米至 4,200米的地区，多生于山地林缘、山坡、林下以及山谷草地。

……

李晟忽然想起：陈缓歌知道不知道“勿忘我”？她会不会对我说：“勿忘我！”

李晟再三叮嘱六号旧书摊徐摊主道：“替我留心一下，如果有专门的书讲‘勿忘我’的花！记住一定留给我。”

李晟转悠了一个上午，有点累了，就趁摊主叫“坐”时，坐了下去。

“毕业了，分配到哪里了？”

“留校，留在武林师范学院。”

“那好呀，以后可以常来众安桥。”

“对了，走了两年众安桥，还不知这名称的来历，怎么样，说来听听。”

众安桥旧书摊主人都富有学问，对于前朝的掌故，一坐下来，只要你爱听，那是三天三夜也说不完。据徐摊主的说法，众安桥还真是有些来历：“众安桥”是北宋元祐四年（1089 年）苏轼任杭州通判时，捐俸银五十两银子，设立一处医坊叫“安乐坊”，三年医治病民上千人。老百姓感念他的德政，就称呼“安乐坊”旁边的桥梁为“众安桥”。此桥是南宋时进御街入朝的必经之桥。绍兴十一年（1141 年）十二月二十九日，岳飞被毒杀于大理寺狱风波亭，岳飞的义子岳云和大将张宪又在众安桥被杀害。不久，有一个殿司小校，名叫施全的，对秦桧之枉杀忠良十分愤慨。一天凌晨，伏在“众安桥”下，准备刺杀秦桧，没有成功，被捕后被磔死。秦桧死了以后，武林人在桥上建了一座忠烈祠纪念施全。到清朝同治六年（1867 年），因传闻“众安桥”河下为岳飞遗骸初葬的地方，武林典史，吴延康提领，建了显忠庙与岳墓。民国二十年（1931 年）填河建路时，众安桥就废了，至今只存几杆桥栏。

李晟走出徐老板的书摊，右边不远处确有几根桥栏，不过那里已经不像一个高桥的位置，只是比平地略微有点坡度。

李晟带了几册小书离开众安桥，忽然又动了看看武林门的兴念。于是上了公交车，买了直达武林门的车票。

这武林门的来历，他却是知道的。坐在公交车上，李晟又在回忆是哪一本书上看到武林门的记载。

他仿佛记得，武林门是隋文帝杨坚筑武林城时，建造的北关门，武林人给它一个吉祥的名字，叫“百官门”。明初武林城百姓因为北关门外有座虎陵山，也就称这北门叫“虎陵门”。《西湖游览志》记载：

虎陵山土阜陂陀，高可三丈，广不满百步……狼虎出焉，故名虎林（陵）。吴音承讹，转“虎”为“武”，故讹传为“武林”。最终这座城门名称就从“虎陵门”变成了“武林门”了。

李晟在武林门下了车，广场上有“古武林”石碑一块，古色古香，竖立在广场中央。往北一眺，武林路北端，正处下城、拱墅、西湖三区的交界处，地理位置十分重要。李晟想：这么重要的地方，怎么就一直没有来过？

反正回去吃午饭已经迟了，索性花一角钱，吃碗阳春面再回学校也不迟。

多么轻松愉快的一天！

（四）入住松筠大厦

第二天，人事处就通知李晟到松筠大厦中国语言文学系办公室报到。报到后，他很快就到了古代文学教研室。恰好教研室秘书兼老师林梅雪，正在草拟下学期的授课表和任教老师名单。

林梅雪昨天就知道历史系一位高材生分配到中文系任教古代文学。

梅雪看校办副主任黄淑安领了一个年轻人走进门，立即站了起来说："黄主任带新老师来支援我们了？"

"给你们分配一位历史系的高材生——"

"很年轻嘛……不是说还有一位老教师分来？"

"老教师不愿教书，去了报社了……"

林梅雪听罢，就同李晟握了握手，道："欢迎李老师来中文系。昨天就知道李老师分到我们教研室。"

"就不要叫我'老师'了，就叫'小李'吧。"

"我正在排下学期的功课表，你想上公共课中国通史，还是古代文学？喜欢上哪一段，先秦，汉魏六朝，唐宋还是元明清？""

"古代文学现在缺哪一段功课的老师？"

"先秦和唐宋两段各缺一名。"

李晟一听高兴地说："我最喜欢这两段。先秦可以同古史和诸子哲学结合起来教学与研究；唐宋诗词是中华瑰宝，研读诗词，可以感受音声、节奏的艺术之美。"

"噢，还真不简单呢。唐宋文学缺了两个老师。'赶鸭子上阵'，连我这个行政秘书都得上课了。如果你想上唐宋诗词，四个班级只有我一个人，我们搭档一个人上两个班级。但是先秦的李教授，今年又调回山东老家，你能兼起来吗？"

"能，能，没问题，绝对没问题。"

"那基本上就可以定下来了，我就越俎代庖了，同系主任说一说，一个人顶上两个用，何乐而不为呢？"

校办副主任黄淑安看事情已经办妥，就告辞回去。

林梅雪立即安排李晟到松筠大厦六楼的单身教工宿舍。就这样，李晟又转到校办公大楼的一楼楼梯间，在校内叫了一辆三轮车，把书和被铺等行李，运到中文系松筠大厦六楼朝北的612房间。

李晟把房间整理了一下，便走出门。好呀，宿舍门正对的是武林城北山的余脉。李晟看了一会，想下楼看看松筠大厦四周的环境。正准备锁门，就看见行政秘书林梅雪走了过来，说："我们是两隔壁，我是611。好，今后互相学习，互相帮助……对了，我刚才已经找了系主任，他很高兴，同意这样安排，答应了。”

“好呀，不知道能不能教好？请多多帮助。”

“你去哪里？”

“我想到楼下周围看看。”

“好，我陪你一起去看看。”

“这不麻烦你吗……也好，可以给我介绍介绍系里的情况。”

“先给你说说古代文学教研室的一些情况。”林梅雪一边说，一边往李晟房间瞥了一眼：“哦，你有这么多的书呀？以后需要什么书就找你借了，可以吗？”

“当然，你也一定有很多书吧，让我瞧瞧，方便吗？”

“我书不多，不多，同你比，差得远呢。”梅雪一边说，一边就开了门，让李晟先进了门，随后才进房间。

李晟将三排书橱草草看了一下，不错，有一些书是自己所没有的。他看到一部线装版的，纪晓岚评点的《瀛奎律髓》，还有清嘉庆版的金圣叹《贯华堂唐诗说》，都是自己多次想买而没有买到，不禁将两部书翻了又翻……

“怎么？你没有这两部书？要看，你先拿去。我过几天要回一趟家，也用不到。”

“不，以后再向你借，我明后天也回老家去。”

“我看了你的一些材料，你家在泉州？你准备取道厦门，那要绕一个大圈了。其实你可以经过我的家乡东瓯，然后南行。”

“我也想过，但现在不行，这条线路还不通火车，乘坐汽车得四天时间。”

“是呀，我老家什么都好，就是没有铁路，不通火车。本来听说金华到东瓯的铁路就要开工了，不知为什么，说是苏联专家撤走了……”林梅雪说到这里，立即把声音放得很低说：“据说中苏关系有些紧张，苏联援建的 146 项工程，赫鲁晓夫撕毁了全部合同，这条铁路也被‘撕毁’了。”

“你知道得很多，我好像什么也不知道。”

“你大概都钻到书里去了，开个玩笑，你会不会也是‘两耳不闻窗外事’，小心，我们系里的总支书记爱整人。”

“不，不，我很喜欢看报纸。”

“你家里还有什么人？”

“曾祖父、伯父、母亲、妹妹……”

“没有了？”

“没有了……”

梅雪带李晟绕到松�大厦的后面，紧靠的山坡下，林木森郁。李晟不禁“啊”了一声：“都是五针松和凤尾竹！”

“所以叫做‘松筠大厦’。”梅雪笑笑回应了一句。

第二章　兄弟情谊

（一）不当财神

李春申的“扁华堂”药房开张两年多，生意并不好，而想通过卖药成为一个“土郎中”的愿望，也没有实现。

民国三十五年十二月十六，阳历已经过了元旦，1947 年 1 月 7 号了。灵歧家家户户过“尾牙”，尤其是商家，在这一天晚上，都要宴请店员伙计，以及提供自己生意的“牙郎”和有关系的客户。

根据灵歧的习俗，大约从十二月初十开始，到十六“尾牙”这一天，商家都要盘点一年的账目，所有金钱、货物往来都得在“尾牙”这一天结算清楚，欠人家的钱都必须还清。灵歧有一句俗语：“尾牙爆竹一声哮，欠钱没还就开跑。”

李春申看看身上的小账本，还记着：欠黄行远布店一元五角。那是日前到黄家布行附设杂货店，买了几条毛巾和肥皂欠下的。那天钱带少了，所以暂时挂账一块多钱。李春申觉得虽然不是什么大钱，也应该在今天还给黄行远，好让人家结好账目。于是决定药房提前打烊，到黄家庄去还钱。

李春申关了药店，一路向东，又转向南，还没走到灵峰溪桥，远远看见行远正从桥上走下来，老远就招呼道：“今天是‘尾牙’，你不在药房里做账，跑来这里做什么？”

两人很快就走近了，春申道：“日前到你店里剪了一块布，还欠一元五角呢。喏，碰上你，正好给你，也可以在‘尾牙’前算清账目。”说着就从口袋里掏出钱来，递给了行远。行远看看李春申，觉得春申为人很诚实，是一个老实人，是一个可交的朋友，就客气道：“算了吧，这么一点小钱，你也记挂在心，不显得不够大气吗？”

春申道：“俗话说，‘相送不论，买卖算分’，你就不要客气了……”

“好好好，不客气，那我就收下了。”一面将钱放到口袋里，一面道：“咳，你还真认真，这一点小钱我哪里还记账呢？走，到你那里聊聊天去。”李春申笑着道：“欠钱还钱，自古如此。你这个‘灵歧财神’，请都请不来呢。到我那里坐坐，我也好沾点财运。”两人一路说着，就到了李家“马槽”楼下的扁华堂小药店。

黄行远比李春申要大几岁，生意又做得好、做得大。他觉得春申为人过于诚实，不像是个做生意的料子，既然踏进“从商”这一行了，就要按这个行当的规律办事，除非自己不想成功。因此就有意想启发启发他，一坐下来就开腔道：“一块五角钱的事，你也那么认真！你这人太老实，胆子又小。我说呀，光靠心地好，能做生意吗？听说，人家叫你看病开药，你却说自己‘医学知识不够，还没有从医的经验’……告诉你，不要说当医生，你连钱怎么赚也还没有学会呢！”

春申笑了笑，问道：“行远兄，有什么见教，再说，再说——”

“真要听啊？”

“听。”

“有一本书你读过没有？书名叫《影谭》，清朝人管世颢，可能‘颢’字左边再加三点水，写作‘灏’，一下子记不清了。不过，管他这‘颢’是有水的，还是没有水的，‘水’有什么用？金木水火土，这‘金’钱是最要紧的了……怎么样？确实要听我说‘笑话’了。”

“洗耳恭听。”春申也开一句玩笑。

“《影谭》是一本骂世小说，只是看你怎么去领会了，其中有一篇《财神》，咳，讲怎样的人才能发财，真是把当今的生意人骂得狗血喷头！”

“这书倒还没有读过，是你家的藏书？”

“家父所藏。你知道家父是一个有名的书呆子，前清时考了好几科举人，都没考上。清末，就是读了这本书才开了窍，放下臭架子，脱下长衫，开了灵歧布行。怎么样，现在我家经济上是绝对胜过你家了！哈，古话怎么说的，叫‘风水轮流转’，还有‘三十年河东，三十年河西’。当然，当然，李家的中道衰落，主要是由于日本鬼子飞机的轰炸。但是，人不能一趴下去，就不起来了……”

“好，不说了，你想听，我就说说这篇《财神》。”

“《财神》的故事说，武昌有个读书人叫吴均，才华富赡而家贫不能自存，妻子耐不住穷困，就同吴均离婚了。吴均忧愤成疾，弥留时灵魂忽然离体云游，也就是所谓‘神灵出窍’了。

“吴均的灵魂一路游走，忽然在路上遇见了亡友陈某，高轩大马，衣冠华丽。原来陈某死了以后，在财神爷赵公那里当差。吴均向陈某诉说了自己的困境，并向他求助。陈某欣然应允，就带吴均去求财神赐予富贵。

“财神道：‘吴均，你眉间只是清雅之气，而脸皮细薄，非大富贵之相。本神与你另换一副脸皮，这副脸皮特别厚。’说罢，早有左右按住吴均的头脸，取出刀具，刮削起来。吴均痛得大声呼叫。财神道：‘忍之！脸皮不厚，何来富贵？现在就是给你换一张厚的脸皮。’吴均只好忍痛，让两人削刮完毕，并植上一张厚厚的脸皮。

“财神一看，又道：‘更须换心。人者，仁也；仁慈之心红，应去红换黑。心不黑，焉能富贵？’陈某谓财神曰：‘吴均肚中似乎已经有些黑。’左右走近吴均，对着他的腹部仔细端详后，报告财神道：‘吴均肚里只是一些墨水，非心黑也。’财神立即喝令：‘取虺蜴之心，虺蜴之心毒而忍；再取虎狼之心，虎狼之心狠而贪。有如此之黑心，则自然富贵也。速速换之！’吴均一听大惧，才想磕头求免，胸部早挨了一刀，心口大痛，惨叫一声，不觉醒来……

“吴均醒了以后，心口仍怦怦直跳，耳边好像还听到财神的愤愤之声：‘脸皮虽然厚了，可心肝不黑，只配去当叫化子。’

“据说，吴均虽遇财神而不听教诲，未曾换黑心，一直穷困，未能富贵。惟脸皮已经厚了，遂敢于出门乞讨，因此不致饿死。”

黄行远讲完，诡秘地一笑：“老弟，怎么样啊？知道不知道世间本来就有一种‘脸厚心黑’的家伙。你既然从商，自己操守‘商德’，可你遇上这种人，怎么办？有时免不了要‘以其人之道反治其人之身’，那你就得学一点‘脸厚心黑’”

李春申也报以一笑，不知该怎么回答行远。

“怎么样？春申老弟，是我说错了吗？”

春申苦笑了一下，回答道：“可这‘脸厚心黑’的事，也是人做的吗，那不就是虺蜴豺狼的奸商了吗？”

“我这是讲个故事，启发启发你，不是叫你去当奸商。是告诉你世间就有这种人，你应该看透世情，不能把别人都当作‘人’。有的人，有时候就是虺蜴豺狼，不提防不仅挣不了钱，而且要吃大亏的！”

行远走了以后，李春申心里想：“人不成为人，而一心要变成虺蜴豺狼，是何世道人心？我宁可贫穷，也不能去当‘财神’！”他忽然想起孟子的话：

富贵不能淫，
贫贱不能移，
威武不能屈，
此之谓大丈夫！

李春申霍地站了起来，将药铺的门关上。

（二）尾　牙

李春申特地转到圆通寺看父亲和汝成，想让父亲、弟弟和丁香到“马槽”过尾牙节。他先到汝成、丁香家，把行远的话一五一十地说给汝成和丁香听，汝成心里想：行远所说不无道理。丁香却笑了笑说道：“俗语说，‘财大气粗’，你看他那教训人的样子！但是却说走了嘴——”

春申问：“说走了嘴？”

“他讲那个财神的故事，不是明明招供自己‘脸皮厚，心肝黑’吗？”

“是呀，不过他能赚钱；我们却脸皮薄，心也黑不起来。我是宁可一世贫穷，也不做那种人！你看他那个布行大门上还写着‘居仁由义，童叟无欺’呢……”

李汝成道：“行远虽然经商，还不是那种见利忘义的人。”说罢，他倒觉得大哥确实太过于老实，老实得近乎呆板，毕竟是行远长期经商，勘破世道人心。

春申又转到父亲住处，说明了来意后，也将黄行远表兄的一席话，说给父亲听。没想到，父亲说：“行远有头脑、会思考，将人世看透，人心剥尽……儿子啊！你从小心地善良，胆小怕事，而行远是从商场上滚打跌爬出来的，他的话没错。他看你为人太过于诚实，所以才讲了这个故事，给你当头棒喝。我想，他是让你知道世人的‘脸厚心黑’‘虺蜴豺狼’之心，不是让你也去学着做。”

春申听了，虽恍然有所悟，但是心中还是有些疑惑：“世事人情会是这样的吗？”

春申说自己准备了几个小菜，想请父亲和弟弟一家到“马槽”过“尾牙”。还特意说了“有好酒”。

李开先笑得咧开嘴，道：“我知道，儿子是担心父亲懒得走动不去，所以特地拿酒来引父亲走一趟——”

“不不，儿子有那么一间小店，也算是个小生意人。生意人，在尾牙，不是都要请客人的吗？咱们没有主顾需要请，还是自己一家人围在一起谈谈，多舒心啊！”

“好，都去！汝成、丁香去吗？”李开先问。

“都去，李晟正好放假回家，还有小栀子李馨，都去，这样才热闹！只不过没有什么好的菜，尽是家常货。”

李开先和李汝成、丁香，连同两个孩子都到了“马槽”。

李开先一看，门上还只贴着一张“福德正神”。

李春申道：“不想请出土地公，也不摆什么‘五味碗’了。”

“很好，很好，什么土地公、土地婆的，土地公能显灵，咱李家也不会被炸成废墟——”

大家坐定以后，春申道：“全家人在一起食‘尾牙’，我只准备了润饼皮，包豆芽和炒蛋丝，算是主食吧；另外就是买了两斤牡蛎，番薯粉煎蠔子，再放一点虎苔、落花生；还有，就是一个大猪蹄膀，红烧的；最后就是一盘烤鸡腿，昨天就烤了，有十八个，每人三个……”

李开先高兴地接着“三个”两个字，道：“好呀，‘无三不成礼’，难为儿子，真会张罗。对了，你说有好酒，什么酒……”

“马上来了!”李春申进了卧房,提出两坛子绍兴花雕出来。李开先一看,高兴了:“好呀,花雕好!”一边接过花雕,一边念道:“花雕酒、加饭酒、女儿红、都是浙江绍兴的名酒。汝成,今天也应该喝一点,这不是烧酒,只有十五度酒精。”

“好啊,难得一家人高高兴兴一起吃顿饭,今天晚上就陪父亲喝一杯。”

父子、母子、母女、祖孙六个人,桌上一大盘润饼包豆芽、蛋丝,一缸子蠔子煎,一大盘烤鸡腿,一大锅红烧蹄膀,真是够丰盛的了,唤起了一家人浓浓的亲情。

春申问:“父亲,听说绍兴‘女儿红’就是绍兴花雕,是不是这样?”

“有关系,但也不全是。应该说,先有‘女儿红’,后来‘女儿红’出了名了,就装进彩绘雕塑有各种人物、花卉图案的酒坛里,人们看坛子外面漂亮的图案雕塑,就给起名叫‘花雕’。现在两种名称并存。普通宴会,一般就叫‘花雕’,如果是女宾相聚会饮,特别是嫁女儿时宴请亲朋好友,那就要用‘女儿红’名称的酒。”

“噢,还有这个讲究!”汝成觉得这酒名还真有意思,就再问父亲:“为什么叫‘女儿红’?‘红’字,顾名思义,就是一种红酒了,可为什么要加上‘女儿’呢?”

“这说来就话长了”。

丁香道:“简单说就行,还是让父亲多吃菜,多喝一点酒——”

李晟抢着说:“不,爷爷说详细一点,我要听……”

“李晟要听,好,爷爷就多讲几句。”李开先看孙子爱听他讲话,就说:“先说说看,你这个学期有没有考第一,考第一了,爷爷就讲。”

汝成道:“是全班第一。”

李开先点了点头,说道:“你们都知道西晋有所谓‘竹林七贤’,以前我讲《广陵散》时说过的。其中最有名的一个叫嵇康。嵇康有个孙子叫稽含,他写过一本书,叫《南方草木状》,里面有记载……我想想看,还能不能记得住,可能漏掉几句:

> 南人有女数岁,既大酿酒,候冬,陂地竭时,置酒罂中,密固其上,瘗陂中。至春潴水满,亦不复发矣。女将嫁,乃发陂取酒,以供宾客,谓之女酒,其味绝美。”

“爷爷,都是古话,听不懂。”李晟说。

“好好,用今天的话简单说一下。《南方草木状》有一则记载说:绍兴一带人,生了女儿,就开始大量酿酒,装到酒坛里。冬天时,池塘中的水干了,再把酒坛密封,埋在池塘干泥的底下。即使来年春天积水满塘,也不能挖出来。过了十几二十年,女儿要出嫁了,才把酒挖出来,招待宾客。后来称这种酒就叫‘女儿酒’或‘女儿红’……好,爷爷讲好了,小李晟听懂了没有?”

“那,还有,还有,爷爷刚才说的,还有一种叫‘加饭’,是什么酒?”

“‘加饭’的历史也很悠久了,这种酒加了糖和糯米饭,所以就叫‘加饭’。据说越王勾践向吴国复仇时，把老百姓犒劳军队的‘加饭酒’，倒进一条小河里，让士兵把身子俯在河岸上，对着水流喝水。勾践说，这水全是酒；这酒是百姓慰劳我们的，我们一定要打胜仗回来报答百姓。最后胜利归来，大家就称勾践投酒的小河，叫‘投醪河’。”

“现在还叫‘投醪河’吗？”

“是，还叫‘投醪河’”

“那这酒不是有两千多年了……”

李开先想想，应该换个话题：“李晟，你在北港读书，第几册了？”

“第五册读过了。”

丁香道：“李晟每学期在全班七十四个人当中，都是第一。”

李开先高兴得又说又喝，连连说着“后继有人了，后继有人了！”李汝成也高兴得喝了好几盅。

李晟放寒假了，昨天刚刚回家，能同祖父、大伯父亲、母亲、小妹在一起吃饭，觉得还是家里真好。他说：“发成绩单那一天，级任老师找我谈话，说是下学期黄家庄育英小学又恢复办学了，问我还到不到圭峰小学读书。我说，家乡如果有学校读书，说不定不会来了。父亲，你知道吗，林玉霞老师也在圭峰小学当一年级级任老师。她也希望我继续去圭峰读书，说是我们级任老师托她找我。还说，圭峰小学老师好，学校规模大；全县会考，好几回都是第一。还有陈缓歌，听说我下学期可能不再到圭峰读书，都哭了。”

“汝成，你看，好学生，到处有人留！”

“但是，育英小学离家总是近一些，再说费用也会省一些。这事，是要仔细斟酌，商议……”汝成回答道。

（三）突然咯血

人生，有时真是“不测风云”，祸福往往来得很突然。

这一天，李汝成因为高兴，多喝了几小杯酒，结果半夜呕吐了。丁香赶紧起床收拾脏污东西，结果发现呕吐物里居然有血，还是鲜血。

第二天，李汝成觉得头重脚轻，额头还微微有些热度。起不了床，就晕晕乎乎又躺了一天。

经过一天多的卧床休息，李汝成似乎精神好了一些。早晨起来以后，郭丁香建议他到泉城医院或莆田“圣路加”医院去看看。汝成笑了笑说：“没那么严重。记住，不要让父亲和李晟知道……虚弱一些就是。还有，更不要让外人知道，传开了不好。而且，传话时常走样，别人还以为我得了什么大症。”

李汝成突然想起了《吕氏春秋》中记载“宋人挖井”的故事，微微笑了一下道：

“知道有人挖井,挖出一个人的事情吗?”

“没听说,那一定是死人。”

“说是宋国有一户人家,姓丁——”

“我叫丁香,可是姓‘郭’,不姓‘丁’,不要挤对人呀!”

“没有欺负你,我说的是故事。”李汝成爱抚的看着妻子,继续说他的故事:

这个姓丁的人家,院子里没有水井,每天都要出门到很远的地方打水,经常得有一个人在外面忙着。后来他家在院子里挖了一口井,就对外面人说:“我家挖了井以后,好像挖到了一个人。”听的人传给自己的朋友说:“丁家人挖井,挖出了一个人!”一传十,十传百,事情就这样传开了。有当官的听说了,连忙告诉了宋国的国王。国王派人到丁家了解。姓丁的说:“我的意思是说,省了一个在外打水的人,就好像挖到一个人,不是从井里挖出一个人来。”

“哈,我知道,你是说,话传多了,会走了样。这故事,我好像听你讲过两次了。”

“哈,我讲过两次了?那怎么不说,让我又讲了一次。”

“让你高兴呗……”丁香说了,就对汝成眨眨眼,道,“只要你能高高兴兴,病就会好了。”

“你还真有心。”

“谁让我们是夫妻呢!”

汝成乘高兴,又讲了一个传说:

有个人早晨在门口刷牙,把漱口的水吐在地上,恰好吐在一小片鸡毛上面,鸡毛旁边还有一点血。这事情虽然他没说出去,心里却一直不踏实。一天就对妻子说:“那天我把漱口的水吐在地上,看到水里有一点血丝,还有一小片鸡毛。”他妻子就同邻居说:“我丈夫一天早上漱口时,吐了一口血,血里还有一根鸡毛。”邻居传开说:“某某人吐了一大口血,还吐出好多的鸡毛。”就这样互相传播,最后成了:“某某人大吐血,吐了一缸子血,还吐出一只鸡来。”

“哈哈,杜撰、胡编。刚才那故事,你说在《吕氏春秋》里有记载,那这故事呢?我猜一定是李汝成《李氏春秋》的记载了,是不是?”

两夫妻就这样说说笑笑,汝成居然觉得精神好多了,就决定起床,到外面走走。不知不觉,就走到圆通寺后堂西侧,父亲的住处。

“父亲,我在外面转转,顺路来看看你。”李汝成轻轻敲了一下门。

门开了,站在门槛边,李开先似乎感觉到汝成脸色很苍白,赶紧让进门,疑惑地问道:“你脸色不大好看呀。”

“就是昨天‘尾牙’,在大哥‘马槽’处,多喝了点酒,吐了。”

“现在没事了?”

“没事。不过听丁香说,还咯了一点血。”

“多不多?”

“有一点。”

“你分析是胃里，还是咽喉，还是气管，肺部？”

“还没有去想呢。不过，我今天凌晨醒来时睡不着，就拿医书翻了一下。书上说，咯血首先要考虑的是肺结核。肺结核，肺部会有空洞，空洞里面突出的血管，常有腐败的痰液，刺激血管破裂，这种情况，咯血量大。还有一种，由于结核性炎症，是肺的实质性出血，咯血量比较少，而且呈现着连续性和间歇性，三天两头，就会咯一次血。根据出血量，可能是第二种。得再观察几天，看看有没有再咯。还不敢告诉丁香，怕她担心。”

“那就是说，不管哪一种，都是肺结核？”李开先有点担心，他知道，国人叫“肺痨病”，目前的特效药，只有盘尼西林，只是很贵，而且很难买到。但还是安慰道：“你的分析不一定对，有可能只是咽喉、气管，或者食道被酒刺激了才出血。观察几天也好，最好去照照 X 光，就是透视一下……即使是这种毛病，也不要紧，听说现在发明了一种药，叫盘尼西林，已经可以治疗这种毛病，不必担心。”

“父亲说的是，我不会担心。听说盘尼西林很贵，就是要多花一些钱。”

“如果是针剂，一支要法币几百块钱……”李开先像是提醒似的。

“天价，那么贵？大哥那里有一本西药的药书，我会借来看看，到底价格多少？”

李开先道：“有一天到‘马槽’闲聊，我就是在那里看到的。据书上说，好像是五年前英国牛津大学三个教授发明的，去年这三个人还获得诺贝尔奖。英国、美国已经能大批量生产。按理说，能大批量生产了，就不应该那么贵。”

李汝成感叹道：“问题是中国没有，进口商人以为‘奇货可居’，患病的人为了救命，只好让他们胡乱开价了。”

“是这样，能治好病，钱也得给人家赚。”

“大哥前几年在鼓浪屿‘救世医院’时，盘尼西林还没有发明……现在不在医院任职了，恐怕也没有什么门路买到。”

“不过，现在比较大的医院，应该会有了。莆田‘圣路加’是英国人办的，鼓浪屿‘救世医院’是美国人办的。估计这两所医院都会有盘尼西林。”李开先又回忆起往日报纸上说的事，继续道：“记得去年哪一家报纸，登了一篇小文章，说是盘尼西林这种药，中国唐朝时，长安一个裁缝就已经发现了。说是这个裁缝的手被剪刀划破了手指，他随意把发了霉、长出绿毛的糨糊，抹在伤口上，伤口居然很快就愈合了。据说那绿毛就是盘尼西林的抗菌素。”

李汝成又感叹道：“嗨，或许是吧。但是，就没有传下来，说说有什么用？中国古代不是有所谓‘四大发明’吗，像火药，中国发明了，拿去放焰火用，传到外国，人家用来制造子弹、地雷、炸弹。焰火放起来固然好看，总不如人家船坚炮利。自己的大门让人家给攻破了，可国人就爱讲‘火药，我们祖先早就发明了’。阿 Q 精神！鲁迅就尖锐地讽刺：‘我们祖先也曾经阔过的！’”

“儿子，说得好，说得好！”

（四）哀《断机教子》

正月十九，是灵歧古镇“正月头”最后一个热闹的“搬戏”节日，是李汝成临去莆田圣路加医院的前一个晚上。

灵歧古镇每年都请了梨园戏、高甲戏两个戏班对面搭台演出，各个庄子都捐了许多钱。

黄家庄黄行远的布行、杂货店，去年生意大好，又决定再办“灵歧育英小学”，并且张贴招生广告，每个年级都要招收插班生，并定于正月二十二，星期六注册缴费，二十四正式上课。由于小学聘请的几位老师，都来自漳城，漳城就在九龙江边上，所以也称龙溪。考虑到龙溪流行一种乡土戏，叫“歌仔戏”，雅称“芗剧”。十八乡头人决定，正月十九晚上增加一台“歌仔戏”，算是对来自漳城老师的一种尊重和欢迎。

李汝成终于决定先到莆田英国人开办的“圣路加”医院做X光透视。初步定下正月二十，阳历1947年2月10日启程。

从灵歧到莆田可以走公路，也可以走小路。李汝成因为多次咯血，决定请两个轿夫，坐轿子到莆田。

正月十九晚上，李汝成把李晟叫来，说：“儿子，我知道北港圭峰小学，还有陈家，都很喜欢你，希望你再到那读书。但是，父亲生病了，明天就要到莆田英国人办的‘圣路加’医院看病。看病要花钱，父亲没有钱送你到北港读书了。你就给陈家小姐姐回封信，把情况给她说明一下，请她原谅，并且让她转告学校的老师。”

“父亲，我知道了。‘尾牙’晚上母亲就告诉我了，陈缓歌那里的信我也寄去了，还给级任老师和林玉霞老师都写了一封信，说明不能去圭峰读书的原因。”

“好，晚上就跟母亲去看戏吧，父亲要安静，要休息一会。”

郭丁香将李馨哄哄睡觉后，就带了李晟离开圆通寺，走过李家庄大街的残砖碎瓦，跨过灵峰溪桥，到了黄家庄祠堂南面的大砖埕。梨园、高甲都已经在演出了，只有漳城龙溪的歌仔戏还在密锣紧鼓准备，还没有出演。郭丁香看了看戏台前挂的牌子：

《雪梅教子》
《商辂连中三元》

她忽然有一种预感，虽说盘尼西林已经发明，但是汝成的病，恐也要一年半载才能治好回家，李晟的教育不就要自己孤力独挑了吗？她决定就看这出戏，看看雪梅是怎样教儿子的，也让李晟知道商辂如何刻苦用功，终于连中解元、会元、状元。锣鼓很快就停了，演出开始：

雪梅织布，叫了声："儿子，今天的书读了吗？"

台后应声道："读了。"

"字写了没有？"

"我先玩一会，晚上再写。"

"最近夫子教你读什么书？"

商辂一边上，一边说道："大娘，我肚子饿了……"

"我刚才问你，夫子教你什么书了？"

"还不是《四书》，什么《论语》《孟子》《大学》，还有'中'……对了，是《中庸》。《中庸》还没有教呢，我就记住了。"

"今天夫子教什么？你背来大娘听一听。"

"'大学之道，在明明德，在亲民，在止于至善……止于至善……'大娘，替我说一句嘛——"

"'知止而后有定'。"

"'知止而后有定……有定'。咳，《四书》《四书》，连朱老夫子'集注'，读得头都大起来了——"

"辂儿，你已经七岁了，还不勤苦读书？"

"我不想读了。"

"中午夫子来说，你不好好读书，让我教训你——"

"我母亲也没有教训我，我不是你生的，你就要训我、骂我。"

"你听谁说不是我生的？我打你——"

"祖母，大娘要打我。祖母、奶奶，快来呀，我是二娘生的，她要打死我！"雪梅气极，说道："好，从今以后我不会打你了，我发誓！"说着，就拿起剪子，忍痛将机杼上织好的布匹，一剪两断……

雪梅伤心地唱道：

雪梅立誓不再嫁，
守着家门伴儿子；
望子读书能成器，
枉抛心力费心机。

郭丁香已经是泪流满面。李晟看在眼里，拉着母亲的手，说："我们回去吧。我会勤苦读书报答母亲的。商辂这一年七岁，我已经十岁，比他懂事，我不会像商辂那样让母亲伤心。"

“走，你父亲明天要到莆田‘圣路加’医院看病，母亲也不想看了。商辂后来勤苦读书，省试、礼部试、殿试，连中三元。明朝三百年，就只有商辂一个人。”

“母亲，现在没有‘三元’了，就是考上初中、高中、大学，是不是‘三元’？”

“这……母亲还说不准，回去问父亲。”

郭丁香怕吵醒汝成，到门口时叫李晟进门时，脚步要轻一些。轻轻地先只开了一条缝，丁香母子挨着身子，进了门，还踮着脚轻轻地走。

其实丁香和李晟进门时，李汝成都知道。他一直没有睡着，他在盘算着怎么节省费用，多留一点钱给丁香母子，还有李晟的学费呢。

李汝成轻轻地咳了一声，丁香问：“把你吵醒了？”

“没有，我只是静卧休息。李晟呢？”

李晟听到父亲叫他，在隔壁就应声道：“父亲还没有睡呀？我正有问题问父亲呢。”

“什么问题呀？”

“我们晚上看了歌仔戏《断机教子》，商辂后来连中三元，现在是不是考上初中、高中、大学，叫‘连中三元’？

“有人这样打比方，不过，好像还不够，应该是大学毕业获得学士学位，研究院毕业又得了硕士、博士学位，才能相比。而且都要第一名，第一名才叫做‘元’。像祖父清朝时中了解元，就是全省举人第一名，后来就做官去了，其他两个‘元’就没有再中了。”

“真可惜！我以后不做官，我要‘连中三元’，报答父亲母亲。”

李汝成摸了摸李晟的头，说：“父亲明天一早就要到莆田去。明朝有商辂这个人，确实连中三元。但是秦雪梅，只是做戏。做戏和历史不一样，这你现在还不懂。父亲从‘圣路加’回来以后，同你讲商辂，好吗？”

“父亲母亲都讲到‘圣路加’，这是什么医院？为什么要去‘圣路加’？伯父从前不是在鼓浪屿‘救世医院’吗？”

李汝成觉得时间不早，李晟应该睡觉了。但是这孩子就是喜欢问，似乎对不理解的事情，只要有机会就要问。明天要出门了，就给孩子说一下吧：“‘圣路加’医院是英国人开办的，恰好已经五十年了。儿子记性好，还记得伯父在鼓浪屿的‘救世医院’，那是美国人办的。比较起来，‘救世医院’医疗水平比‘圣路加’还要好。但是鼓浪屿离我们家远，莆田近，所以父亲就先到莆田去，懂吗？”

李晟似懂非懂地点点头，又提了一个问题：“为什么都是外国人办医院呢？中国人有没有办医院？”

“有啊，中国人办的大多数是中医医院，外国人办的医院叫西医医院，因为欧洲和美洲国家都在中国的西面，所以中国人就称他们叫‘西医’。但是也有中国人办西医医院的。清朝末年，广州有一个叫张竹君的女子，最先在广州，后来又到上海办了很大的西医医院，是中国最早的西医医院。

“父亲明天一早就起程，下一次回家时再讲给你听……”

（五）独力撑持

第二天清晨，1947年2月10日，民国三十六年丁亥，正月二十早上。李晟还没有睡醒，李汝成出门前，走进儿子的小房间，本来想在儿子额头上亲一下，突然想到自己患的是肺结核，担心会传染，就不敢亲儿子，克制着退出了……

李汝成雇的是一顶小轿子，由两个轿夫抬着，当天中午就住进了莆田“圣路加”医院。这所医院虽然是英国人开办的，但是已经换了一位中国人当院长。住院以后，李春申就提出要盘尼西林针剂。这位院长只说：“先住下来，透视一下，确诊以后再说。”

这位中国人院长，同国外联系不紧密，消息不大灵通，医院里根本就还没有进过盘尼西林。只是想多赚病人的钱，就糊弄说：“你这病还在疑似之中，是不是肺结核，还要观察。可以先用别的药，配以中药辅助治疗，这是本院最新的治疗理念。盘尼西林我们很快就会去进货。”

由于住到医院以后，李汝成似乎觉得有了依靠、有了希望，心情也平稳多了，竟然有半个月都没有咯血。可是到了二月初七，又开始咯血，同时感到头晕，胸口疼痛。这一次咯血，胸口发痛，引起医院的重视。第二天再安排了X光造影，确诊是肺结核。可是医院里盘尼西林针剂还是没有进到。

李汝成觉得有些悲观，也想到死亡。尤其是，几天来已经有三四个肺结核晚期病人死了，心里难免恐慌起来，好在医生告诉他说，“还是初期，很快就能治好”。3月6日，农历二月十四，惊蛰那一天，雷声大作，李汝成一个晚上都睡不着觉。没有想到，进了“圣路加”二十多天，病情一点起色都没有，大哥给自己筹的钱也快用光了。李汝成给丁香写了一封信，安慰她说虽然诊断是结核，但还是早期，很快就会治好。可是，身边的钱不多了，让她到黄家庄“灵歧布行”，向黄行远商借一点钱，最好能借到三千块钱，少也得借个两千，月利可以给到一分，把三分七水田做抵押。

郭丁香按汝成的吩咐，找到黄行远。黄行远对汝成表弟的病很同情，也很担心，很快就托“中人”写了契约，月利只收五厘。

郭丁香决定把三千元钱，亲自送到莆田医院。她估算了一下，如果天没亮就出发，十二铺路走个十二小时也就到了。在医院过一两夜，就可以回家。于是买了几斤大米，十几斤番薯送到父亲那里，同李开先商量，让李晟、李馨中餐、晚餐同他一起吃饭。李晟上学后，把李馨带到西侧，请他照看照看。

3月15日，二月二十三，是周末，郭丁香天没亮就起身，步行了整整一天，到了“圣路加”医院。她分明看到丈夫不仅没有什么起色，比一个月前还消瘦了许多，心里就有点慌张。想起了正月十九晚上看歌仔戏雪梅《断机教子》，想到此后自己必须独力撑持，眼泪就簌簌流了下来。

郭丁香来了，汝成最放不下的是孩子，父亲年老了，怎么能照顾李晟、李馨呢？两夫妻商量了一个晚上，丁香只能在医院住两个晚上，第三天一早就得赶回灵歧。

第二天汝成和丁香商定了以下事项：

早日转到鼓浪屿"救世医院"继续治疗；

搞副业，多养几头猪，半年到八个月就可以生利；

找黄渊潭，租几亩地种，租米可以给他三到三成半，农忙时请短工；

李晟十岁了，让他学会干家务，参加一些辅助性的农业劳动；

让父亲定个大致计划，教李晟读书。

诸事安排停当，郭丁香虽然不忍心离开丈夫，但心里挂着两个孩子，第三天一早就离开医院。她只走了十个小时就到了家。家里一切如旧，祖孙生活安排得很协调。父亲还教李晟读书，丁香把同汝成商量的五条说给父亲听。李开先觉得都很好，只是问："向黄家租田种，你一个人能成吗？"

"农忙请短工，没有问题。教会李晟，让他放学时也到田里帮忙。"

"到海边捡海菜喂猪还行，其他农活，十岁孩子能做得了什么？"

"孩子虽然小，但个子高，有力气。咱们可以多租山园、旱田，种番薯、落花生，产量高，农活也不难。番薯叶、番薯藤还可以喂猪……水稻就只有那三分七厘，平时戽戽水就可以，大旱才要车水，能做就做，不能做就同人家交换帮工，再不行就雇短工。"

"也好，民以食为天，国靠农立国。让孩子亲身体验一粥一饭来之不易，对他读书、成长也有好处。"

郭丁香离开莆田"圣路加"没几天，李汝成就办理了出院手续，直接从莆田乘汽车到厦门，再乘轮渡到鼓浪屿，住进"救世医院"。

鼓浪屿"救世医院"开始也没有盘尼西林，但医院的医生许多人都认识李汝成的兄弟李春申，知道他大哥曾经在医院当过三年多的院长助理，同美国院长霍普金斯私人关系很好，立即致电霍普金斯老院长。霍普金斯迅速代医院买了盘尼西林，航空邮寄到鼓浪屿。

李汝成的肺结核终于在特效药盘尼西林的治疗下，好了，出院回家。

第三章　感悟人生

（一）相对如梦寐

李汝成经过了近一年的住院治疗。所有的花费，全是郭丁香租种几亩山园的落花生，榨成花生油出售。油榨了，剩下的"花生渣"用来喂五头大猪，冬天再把大猪扛到集市去卖。就是这两笔钱，支撑着李春申的治病费用。只是向行远借的三千元还没能还清。

其实，就在丁香向黄行远商借三千元后两三天，李春申就知道了这件事。他知道弟弟和丁香不好意思再向他要钱，就立即悄悄地把三千元，外加些少利息，还给了黄行远，并告诉行远，"这事不能让汝成和丁香知道"。

黄行远听了，心中一震。春申和汝成的兄弟情谊实在令人感动，就对春申说道："我虽然是一个商人，商人'重利轻义'，但是，我们是表兄弟，你看我们两边的母亲是亲姐妹，你能拿出三千块钱，我就不能拿一点钱帮助汝成表弟吗？这样吧，你就拿个一千五百块吧，另外一千五，算是我给汝成表弟治病的钱。像你所说，这事不能对汝成说起，以后知道了，以后再说。"

李春申显然受到了感动……

李汝成在鼓浪屿救世医院治疗肺结核，基本控制住，就出院回家。

医生交代说："回去以后，每天两片雷米风，泉城当地医院随访就可以了。再发现咳血，随时联系。"

李汝成终于回到了家，父子、兄弟、夫妻、儿女见面。如同隔世，真是悲喜交集！他先到圆通寺后堂东侧见过父亲，就转到西侧，进了自家门。一见到丁香，只说了一句"算是死里逃生"，眼泪就流了下来，夫妻相拥而泣。离别一年了，小栀子看到父亲，虽然有点生分，大约很快记得了，就走近，靠在父亲的身旁。李晟已经懂得了父亲、母亲久别重逢的心情，想到同父亲一年不见，母亲的辛苦劳累，不觉在一旁流下了眼泪。他急忙转到小灶间，帮妈妈洗菜去……

李汝成忽然破涕为笑，道："真是杜甫诗里说的，'相对如梦寐'！"

栀子一听，就在一旁念起了妈妈教她的杜甫诗《羌村三首》：

峥嵘赤云西，日脚下平地。
柴门鸟雀噪，归客千里至。
妻孥怪我在，惊定还拭泪。
世乱遭飘荡，生还偶然遂。
邻人满墙头，感叹亦歔欷。
夜阑更秉烛，相对如梦寐。

李汝成高兴地蹲下身子，紧紧抱起小女儿，亲了又亲。

"爸爸有胡子……"

一句话，说得汝成、丁香都笑了起来。丁香道："听听，女儿给你提醒了，晚上，要让父亲和大哥过来'聚餐'，还不赶快去把胡子刮了？"

（二）儒商和义利之辨

丁香在两天前，就知道汝成就要返家，心中有说不出的高兴。丁香决定在自家好好做几个菜，庆祝丈夫的"新生"，请父亲和大哥春申也来。

这一次，丁香是亲自到了"马槽"，说汝成治好病回家，希望兄弟聚一聚，说说话。

春申道："我想，弟妇是不是把行远也一起请过来……"

丁香道："应该的，家里还欠着行远几千块钱呢。表兄弟总是很亲的亲戚。"

李春申心里只是想，让丁香答谢行远的慷慨解囊，并没有将免去三千元的事告诉她。

晚餐，一大家子人围在一起，非常的热闹。

李开先、黄行远、李春申、李汝成、丁香、李晟、李馨，算是三个客人，四个主人吧。

行远还从没在汝成家用过饭，显得特别高兴，道："今天第一次尝尝丁香的厨艺。"说着就夹起一片霉干菜炖肉，细细品味道，"很好呀，这肉好像特别香！"

丁香道："猪肉还不就是小摊子上买来的三层肉，主要是汝成从鼓浪屿带回的霉干菜好吃。"说着就起身，走到隔壁小房间。一会回来，拿了六袋子霉干菜，分给了行远、春申和父亲，道："回家炖猪肉。最好是'慢慢锅'，炖四小时。霉干菜放下面，稍微放几调羹绍兴花雕，浸浸湿，然后，三层肉铺在上面，再倒进一点绍酒，不要放酱油。”

“不用酱油？”

“是，这霉干菜本身已经是酱油、味素和许多香料调好了的。”

李开先感慨道：“看来制作霉干菜也有学问，我就不知道，霉干菜已经用酱油、味素和各种香料调过了。要是让我烧的话，准定先倒进许多酱油，哪还能吃……”

春申道：“每一个行当都有学问。厨房有厨房的学问，做生意有做生意的学问，做官有做官的学问，学问有高低，但行业之间没有大小——”

汝成看了看行远，接着道：“大哥说得对。像行远做生意，在我们灵歧就是最有学问的了。”

行远笑笑道：“今天还是第一次听到，做生意也是学问，那我可就做到底了！”

李开先道：“做生意在于处理好‘义’和‘利’的关系，不讲‘利’，那又何必做生意？但是讲‘利’，必须是生财有道，这‘道’，就是‘义’，就是‘道义’。”

春申道：“父亲说得非常对，咱们行远表兄做生意，最讲‘道义’，还经常对亲友施以援手，又能赚钱，又博得好名声。”

行远道：“大家给我说了许多好话，惭愧、惭愧！晚上真是一个好机会，很想听听李大伯再说说这‘义利’问题。”

李开先一听，就觉得行远不是一般生意人，是一个想弄通世道的商人。他想，应该给晚辈说说“儒商”和“义利之辨”的问题。他思考了一下，道：“《论语·颜渊》说，‘克己复礼为仁’；《大学》说，‘格物致知，诚意正心，修身、齐家、治国、平天下’。从孔夫子以后，中国历史儒学精神几乎无处不在，自然也渗透到商业道德之中了。”

春申问道：“父亲，‘儒商’，是否就是‘儒’加‘商’，商人有了文化修养就是‘儒商’？”

李开先笑笑答道：“商人又有文化，恐怕还不能说就是儒商。如果文人加商人，有文化的商人就是‘儒商’，那么，春秋时的陶朱公范蠡，就是‘儒商’了？其实不然，那时孔儒精神还没有开始呢，当然不能称为儒商。不过战国时梁惠王的宰相白圭，大约可以称为中国历史上第一个大儒商。他经商，就取儒家的‘智、勇、仁’。‘智’就是筹划谋略；‘勇’，就像善于用兵，勇于决断；‘仁’就是取之有道，不以利害义。”

黄行远插问道：“听说陶朱公后来将赚取的大部分财富散给了穷人，有这事吗？”

李开先答道：“史书记载，范蠡‘富，好行其德’。他从《老子》书中得到启发。老子说：‘圣人不积，既以为人，已愈有；既以与人，已愈多。’他意识到物聚必散，天道使然，也就是说人有盛衰，泰终必否。久负盛名，不祥随之的道理。”

行远听了，十分钦佩，心里觉得，李开先确实学问渊博，名不虚传，难怪能考中解元。春申、汝成和丁香听了，也连连点头，大家都在等解元公接下去再说说。

“当然了，做生意自然是要营利的。《论语》中就说：‘富贵而可求也，虽执鞭之士,吾亦为之。’可见儒家并不一味反对谋利益。但夫子也说,“不义而富且贵,于我如浮云”,要弄清楚‘义’和‘利’的关系,要区分什么是合于‘义’的‘利’,什么是不符合‘义’的‘利’。我觉得,前者的求利是‘取之有道’,后者的求利则是‘小人喻于利’,是‘苛剥横夺’,为君子所不取。所以,儒商的‘利’,是‘利以义取’,反对的是‘为富不仁’。归根结蒂,儒商就是‘援儒入商’的一种‘利他’的境界;最起码也应考虑‘己所不欲,勿施于人’。可以这么说吧,经商是追求功利的,但是,却是以一种超功利的精神去追求功利;追求功利,就是‘利’,超功利的精神,就是‘义’。所以,《易经·乾卦》中说,‘义者,利之和也’,‘利物足以和义’,也就是说,‘义’是万物各得其分,不相妨害,利益达到各方面的‘中和’;‘利’,则是各方利益得到充分照顾,是使利和义达到‘中和’的准则。这似乎说得深了一点,我也并没有理解透彻……行远,你看,李伯伯是不是将‘儒商’和‘义利之辨’说清楚了?”

行远真诚地回答道:“清楚清楚,能听明白。”

汝成忽然问道:“当年我们游击抗日时,高云岚曾说到‘儒将风度’,这好理解,‘儒商’是不是也有一定的‘风度’?”

李开先皱了一下眉,思考了好一会,道:“儒商风度,还真是不好说。我试试看,随便说一点,大家来补充。《论语季氏》引用孔子的话说,‘君子有九思:视思明,听思聪,色思温,貌思恭,言思忠,事思敬,疑思问,忿思难,见得思义。’这九种‘思考’说,看,要思考看清与否;听,要思考是否听清楚;自己的脸色,要思考是否温和;容貌要思考是否谦恭;言谈,要思考是否忠诚;办事要思考是否谨慎严肃;遇到疑问,要思考是否应该向别人询问;忿怒时,要思考是否有后患,获取财利时,要思考是否合乎义的原则。我想,夫子的‘九思’是否就是对人风范的要求,那么,‘儒商’起码也应该按照一般人的要求去做。这是一种‘自律’的精神!”

李晟忽然插了进来,问祖父:“祖父说的‘义利’,是谁先提出来的,真是了不起!”

丁香道:“大人讨论问题,小孩少插嘴——”

“不,不,李晟的问题,提得好!”

李汝成摸了一下李晟的头,道:“祖父说李晟问题提得好……父亲说说看。”

“最早自然是孔孟的‘先义后利’,其次是荀卿的‘见利思义’。儒家以外,像墨子提出‘义利合一’,老庄提倡‘不言义利’,法家韩非则提出‘趋利避害’。下至西汉,董仲舒主张‘义利统一’。到了宋代,温州,也就永嘉学派的巨擘叶适,提出‘以利与人’。他认为离开了利就无所谓义,认为只有给百姓以实际的利益,才能显示出道义的功用……”

“听了李伯伯说的,我就永远做一个‘儒商’,一个‘以利与人’的儒商,一个有良心的商人!”

李汝成突然心血来潮,问道:“父亲,我能做儒商吗?”

“你缺乏经商的才干,你可以做个‘儒将’,你看抗日游击队时,你就能指挥高云岚、叶知秋,统率许多人。父亲没说错吧!”

春申也笑笑问:“我呢?”

“春申嘛,心地特别善良,只是胆子小了一点,现在有一爿‘扁华堂药铺’……我看你可以当个‘儒医’。”

“祖父,我要‘以利与人’,这个永嘉人叫叶什么的人,说得最好!”

李开先笑着道:“虎子晟,你还小,还不是‘儒’,现在还不是谈‘儒商’‘儒将’‘儒医’的时候,就先当个‘儒生’吧。”

丁香听了,很高兴,道:“小虎子,先把‘儒生’当好,以后从文、从武、从商、从医,就任你选择了!”

(三)父亲的鞭子

时光荏苒,春去秋来,又是一年的除夕,民国三十七年戊子十二月三十。

李开先、李汝成一家,同去年一样相聚“分岁”。不过,今年都到“马槽”春申住处过年。

除夕吃饭前,春申给了李晟一个“袁大头”的银元,又抱起小栀子李馨亲了亲,也给了一个银元,说是给他们兄妹的“压岁钱”,还说了一声:“记住呀,睡觉的时候,要压在枕头底下。”

丁香听到了,就说:“大哥这么客气……好吧,谢谢大伯。”李晟和小栀子都说了声“谢谢大伯”,高高兴兴地把银元放到口袋里。

一家人刚吃完年夜饭,李晟同班同学李晓白、赵家璧就来相约,一起到黄家庄黄翃家看焰火。李晟看了父亲一眼,像在询问父亲,能不能去?李开先在一旁说道:“让孩子去吧。今天高兴,酒喝多了,我坐一会儿,也回去休息。”说完,也拿出一个“袁大头”银元给李晟:“给,祖父给虎子的压岁钱。”

李晟看了看父亲,汝成道:“祖父给你,就拿去吧,说谢谢。”

“谢谢祖父。”

李汝成看有同学作伴,就说:“去吧,除夕和同学一起玩玩,早一点回家。”

李晟、李晓白、赵家璧三个人,走过李家庄废墟似的大街,跨过灵峰溪桥,很快就到了黄翃家。

黄翃的祖父渊潭公,正和黄翃的父亲行远伯伯在喝酒,说话。黄翃就提议:“大家到我们家祠堂,也就是育英小学里玩玩。”

李晟想:怎么没有放焰火呢?大概焰火价格贵,今年没有买。所以,原想问一问,就不好意思开口。本来就是为了看焰火才来的,既然没有焰火,是不是就回家?可又怕扫了大家的兴致,也就不再说了,只是默默地跟在三个人的后面。

四个人往街东，再拐向南面一条大巷，就到了小学。学校边门有两家同学黄慰萱和黄晚成，黄翃喊了两声，叫他俩也一起到祠堂里玩。

黄翃开了边门，让大家进去。

李晟突然想起钻“后洞”的事，就问：“黄翃，记得我们三年级时，每天早晨钻‘后洞’的事吗？”

“咳，为这事，我还被祖父叫去骂了一顿。那时大家每天比赛谁起得早，睡一觉就起床到学校，根本就不知道是几点钟。有一次我半夜醒来，以为迟了，就赶快起床到学校，一个人都没有。我就动脑筋钻到神龛下面的‘后洞’里去看看。好家伙，神龛下面那个‘后洞’，东西四五丈长，原来是相通的。我就躲在里面想吓吓同学，不知怎么就睡去了。朦胧中听到有什么声音，我吓了一跳，以为是鬼魂出现来捉人了，躺着屏着气，一动也不敢动。再仔细一听，原来也是有同学提早到学校了。再来，我听到划火柴的声音，只是洞太深，没有看到火光。我就故意发出一声怪叫，算是学鬼叫的声音，其实我也不知道鬼是怎么叫的。结果，那同学吓得往外跑，还大呼大喊：‘有鬼，祠堂里有鬼……’”

“记得，记得。那个同学好像是何家村的，听说吓得病了好几天，叫什么名字，我也忘了。”赵家璧说。

“是有这事，好像是三年级还是四年级时候，大概1946年下半年吧，灵歧发生鼠疫，据说日本人投降以后，从飞机上撒下了许多带病的老鼠……那个同学就是生疫症死的。那年，何家村死的人最多，都死于鼠疫，据说死了二十九个人。”黄翃问大家还钻不钻一次“后洞”，李晟今天穿了一件新衣，而且口袋里，还有祖父、伯父给的压岁钱，就说：“新年了，还是玩别的吧。”

黄慰萱提议说：“大人过年时都打‘天九’，搓麻将，我们也来玩一下‘天九’。这个简单得很，用两粒骰子一丢，每人分两块牌，一翻牌，谁输谁赢就出来了，不像麻将那么难。”

“好，谁家有‘天九’牌，去拿！”

慰萱说：“我家有，出边门就到家，我去拿。”说着就开了门出去。

黄翃道：“等慰萱来了，大家比比看，今天谁的压岁钱多？”

慰萱取来了‘天九’牌，刚进门，听到要比压岁钱，就说：“黄翃家最有钱，黄翃先说。”

“我有八个‘袁大头’。好，大家都说出来。”

原来，自去年冬以来，因为国共内战，物价飞涨，法币先是改成金圆券，后来说是金圆券也不用了，老百姓不约而同地都用起民国初年的银元、银角子了。银元最值钱的是印刻有袁世凯头像的“袁大头”，其次是孙中山头像的“中山银”，最次为一种刻印一只老鹰的，叫“大鸟”。而银角则有一角二角两种。

此外，还有铜板，清朝的，有“光绪元宝”，民国的有交叉着两面国旗的图案。一个银角子可以换十个铜板。还有一种是铜钱,中间有一个方孔。已经不能用了,小孩子都拿它做毽子,平时踢毽子运动用。但是,过年时候,大人给小孩的“压岁包”都得是银元,据说银元重,才“压”得住“岁”,来年才会有好运气。不过,也只是让孩子口袋里放一两个晚上,特别是除夕必须“压”在枕头底下。然后,由大人重新拿回去,作为新正以后开学时交学费用。

当黄翃说出自己有八个大洋以后,大家都很羡慕,虽然没有黄翃多,但也都一个个地报出:有五六个银元的,也有七块的,都说了。李晟只有两块钱,本来不想说,但是大家都说了,不好意思不说,就轻轻说了一句:“两元……”

黄翃笑了起来,道:“我八块,一个人顶上四个李晟。”

开始赌“天九”了,黄翃主动提出做庄,按灵歧的赌俗,一盘四个人,如果庄家全赢,就是说赢了三个人(只赢一个两个不算),每人的押注,必须加一倍钱给庄家;如果庄家全输给另外三家(只输给一家两家也不算),庄家也必须加倍输钱。

黄慰萱还把家里的筹码也拿了来。筹码分为红色、黄色和蓝色,一个红色筹码等于一个大洋;黄色一个就是一角钱;蓝色一个代表一个铜板。黄翃说要玩就玩真的,不用筹码。他立即回家去,在自家的“灵歧布行”柜台里面,开了两个放零钱的抽屉,一个抽屉有三十多个银角,一个抽屉有两百多个铜板,都装到大裤袋里面。一进门,黄翃就把零钱放在赌桌上,说:“我今天豁出去了,八块压岁钱,三十多银角就是三块多,两百多铜板就是两块多,大约今天口袋里有十三元多。怎么样?有谁敢同我争当庄家的吗?”

黄慰萱说:“庄家当然是你,我们只有几块钱……”

下面是决定哪四个人先玩,李晟说自己一点都不懂,钱也不多,不想玩。大家都同意。接着是赵家璧,说自己先看看,暂时也不参赌。这样四个人就是黄翃,黄慰萱,黄晚成和李晓白,赵家璧和李晟在一旁“观战”。

黄翃说:“银元不同品种,成色不一样,我听父亲说,‘大鸟’和‘孙中山’两种,一个兑换十个银角,或者一百个铜板;但是如果是‘袁大头’,虽然只重了一厘五,但成色好,可以兑换十一个银角子,或者一百一十个铜板。”

赌盘开局前,黄慰萱、黄晚成、李晓白三人都拿出大洋同黄翃调换铜板,每人拿出一个银元,调五个角子、五十个铜板,还没有人拿出“袁大头”来换。

开赌了,李晟一看,背面都是黑颜色,一共三十二张牌子,两个一叠,叠成十六叠。

押注了,黄慰萱押了一个银角,黄晚成跟上去,也是一角,李晓白只押了五个铜板。

庄家要丢骰子了,两个骰子,每一个都是从一点到六点。黄翃看起来非常起劲,只见他拿起两个骰子,放在嘴前用力一吹,再在两个手掌心摩了几下,一骰,十点。下手先取牌,然后轮转着,每人两块牌。

翻牌了，四个人同时翻出两张牌，黄翃吃进两个银角子，而输了五个铜板。李晟一边仔细看，一边向赵家璧请教。

原来这种赌具跟骰子的点数是一样的，两块牌相当于四粒骰子的点数，而以牌的花色和点数论输赢。譬如两个六点组合成一块牌，就叫做"天"；两个"天"就成了"天对"。两个一点，就组成一块"地"；两个"地"就成"地对"。还有两个四点的"人"，等等。

赵家璧说："但是最大的是一个红三点和一个红六点组成的，叫'皇帝'。可以把'天''地''人'三个对子都吃掉。如果不是'对'，那就以花色和点数论高下。譬如一个牌是'天'，外加一个七点，合为十九点，就叫'天九'，它要比'地九'大，也比'人九'大。'人九'就是两个'四四'组合成一张'人'，外加一张'五六'组合的'梅花头'，也是十九点，那是'人九'，按天、地、人的高下次序，输赢就很清楚了。"

大约过了两个多小时，黄晚成和李晓白口袋里的几块压岁钱就输得精光，只好失意地走了，说是回家再去取钱，但是两个人都没有再回来。

走了两个人，必须补上两个人，李晟也被怂恿着上了牌桌。李晟用了一个"袁大头"，向黄翃换了一百一十个铜板，就算正式上赌。这是有生以来第一次赌博。真想不到，"旗开得胜"，抓了一张十二点的"天"，一张上三下六的"九点"；两张相合，叫什么"天九王"。庄主黄翃是"天"加八点，他说叫"天将"，少了李晟一点，输了。其他两人也都说李晟"手气旺"。第一注赢了十个铜板以后，就连连"中彩"，几乎"大获全胜"。由于李晟赢了，手头钱最多，大家就推他做庄家。做就做吧，几个小时以后，李晟把黄翃、黄慰萱、赵家璧三个人口袋里的钱全都扫光了。大家一盘算，赵家璧输五元，慰萱输了七元，黄翃把八元压岁钱都输光，还将三十多银角和二百多铜板也输掉了，三人合共输了二十五元八角。可李晟一算，口袋里的钱总共是四十元八角。除去自己的两元压岁钱，还赢了三十八元八角。还有十三元钱是怎么来的呢？大家想了好一会，才想起是先前回家的黄晚成和李晓白两人输的钱，一个输了六元，一个输了七元。

黄翃输得最多，把家里布店柜台里的零钱都拿来输掉了，还不知道他祖父、父亲会不会骂他？李晟心里很过意不去，心想把钱还给他，可另外两个同学还在，要还，他们输的钱也得还……自己家里不是很缺钱吗？割了一天稻子才挣得四角钱！

李汝成等了一个晚上，不见李晟回家，心里又担心又生气：这孩子从来没有半夜不回家的事。他有点烦躁，说了一声："丁香，我去黄家庄看看，难道还在放焰火？你就在家等李晟，说不定我出去，他就回来了。"

过了约一个钟头时间，李汝成回家，一进家门就问："丁香，李晟回来了没有？"

"你没找到他？"

"没有，黄行远说，黄翃也一个晚上都没在家。我在他家坐着等了一会，快一点钟了，就只好先回家了……"

丁香也有点发愁了："这孩子会跑到哪里去呢？"

李汝成才坐下，又急急忙忙起身，说："不行，我还得灵峰溪岸边上去看看。"

过了半个多小时，汝成回来了，李晟还是没有回家。

李汝成就只好先躺着，可是在床上一样心神不定。又想：会不会上了三清观，不可能呀；去了赵家庄，也不会；去何家村，自从割稻子那回以后，就再也没有看孩子去过。越想心里越是烦躁。李汝成决定：李晟晚上一回来，就好好教训他一顿！

李晟非常高兴的回家。汝成一听到李晟上楼的脚步声，就把油灯点亮。李晟走到桌子前，就把口袋里的银元、银角和铜板哗啦哗啦地掏在桌上，并且很兴奋地描述"赌天九"大获全胜的情况。

李汝成强忍着脾气，细心地听儿子的叙述，平静地问起哪几个人参加，叫什么名字，读书好不好，家住哪里，他们各人输多少钱，等等。李晟一一作了回答。李汝成拿出随身带的小本子记了下来。李晟对父亲夸口说："今天好运气，祖父、伯父给的两元压岁钱，不仅没有输掉，还赢了三十八元八角。真是'旗开得胜'，'横扫千军如卷席'！"接着李晟又建议说："拿十元给祖父买好吃的东西。其他都给父亲、母亲。我只留两块压岁钱当赌本，手气很旺，明后天再去战它一战。"

李晟一边说，一边脱了衣服就钻进被窝里，才合上眼睛，就听见大街上鸣起了爆竹，新正开始了！

忽然，李汝成将被子揭了起来，李晟刚张开眼睛，"啪！"，一支竹鞭打在腿上，然后又把李晟身子一推转，紧接着屁股上一鞭一鞭落下来。李晟痛得直嚎叫，赶紧翻转身坐了起来，鞭子却又像雨点一般打在背上、手臂上和大腿上。李晟爬到床角落，无处可躲。除了头部和脸上，几乎体无完肤。他叫了一声"母亲"，不知母亲是故意不理，还是爆竹和竹鞭子打在身上的声音，混杂在一起听不清，母亲一直没有上楼……

李晟偷偷看了父亲一眼，李汝成脸上毫无表情，还是一鞭一鞭地抽。直到后来，丁香在楼下劝了几声，汝成才停手。

第二天醒来时，大约已经是正月初一的中午了。忽然，父亲又上楼来，看了看李晟身上血肿的地方，仍然毫无表情，他一边看伤痕，一边说："子曰：'不义而富且贵，于我如浮云。'得之易，失之亦快！所有赌棍皆至倾其家、荡其产。你同学好友之钱，是他们父母辛苦所得。你带路，我与你一户一户送还给人家。"

李晟觉得父亲说得对，他什么钱都不想要了，只要不再惹父亲、母亲生气，只要不再挨打，就赶紧穿好衣服，在前面带路。

李晟同父亲先到黄家庄黄慰萱家，恰好慰萱和他母亲都在门口。李汝成说明了来意，把七个大洋还了。他母亲骂了慰萱两句，说："那七块钱是给你开学时交学费，买书、买簿册的钱，你怎么拿去赌了？等你父亲回来，我告诉他打你个半死。"说罢，将钱点了又点，"没错没错，不能再给他，我交给他父亲。"

李汝成转过身对慰萱笑笑说："你们是同学，以后可不能再赌了。"说着，就不露声色地从裤腰里抽出一支竹尺，拉起李晟的左手，啪啪就打了七下手心，一边打一边对慰萱说："李晟赢了你七元钱，我就替你打他七下。以后如果你再同李晟赌博，我连你也打了。"

慰萱母亲说："说得是，你也替我打他几下……"

这时围了许多人来观看，也有来劝阻的。李晟愧疚难当，无地自容。忽然李汝成拱手对围观的人说："不能再同我儿子赌钱，我会失手将他打死。"说罢，将李晟内外上衣掀开，露出背上的鞭痕。又把裤脚拉起来，李晟这时才看清自己双腿已经血肉一片模糊。李晟又带父亲去黄晚成家，又是一样的场景，还了六元钱，打了六下手板。然后是黄翃家，还了十三元八角钱，打了十三下，说："李晟赢了你十三元八角，我替你打十三下手板，八角钱就便宜他了。"然后到赵家璧家，再转到李晓白家……

这是李晟一生唯一的一次，也是最后一次赌钱，是李晟出生后，经历的第十一个春节，1949 年 1 月 28 日发生的事。

李汝成打孩子的事，李开先很快就知道了，把汝成叫到自己住处，狠狠地责问了一顿："李晟是很乖的孩子，从小就善良，胆子也小。你忘记了？为了给家里挣四角钱，给何其旺家割稻子，头额都被打得流血。你这样打孩子，伤了孩子的心不说，会把他的胆子打得更小了……"

其实，打了孩子以后，李汝成回想起来，心里很不忍。赌钱是不对，但是打得太狠也不对。

李汝成想到孩子的许多好处，不说别的，每学期读书都是第一，学校把孩子这两个学期的学费都免了。为了挣四角钱，替人割一整天稻子。从不贪玩，星期天也不外出。不仅会割稻子，还学会了戽水，车水，磨面，拔花生……我怎么能在大庭广众之下打孩子给人家看？孩子的尊严都没有了……

李汝成越想越懊悔！但是，他想：这样打他一次，也许对孩子一生会有好处，至少让他远离赌博，不再存有各种侥幸心理。

（四）附　记

李晟有记日记的习惯。年年除夕，他都要回忆 1949 年 1 月 28 日，戊子年大年夜赌博，被父亲鞭打的事情。1985 年 2 月 19 日，农历甲子年十二月三十，李晟已经四十有七，忆及赌博挨打的事，他在日记里写道：

想起赌博，至今仍心跳不已。从那次挨打以后，每逢看见人家玩扑克、打天九、搓麻将、掷骰子赌钱，我就赶快借故走开，心里有一种很不自在的感觉，似乎那鞭子就要落下来。父亲那毫无表情地举着鞭子抽打的一幕,就会清晰地浮现在眼前。今天反思这一件事,我不知道如何评价父亲的教子方法!父亲的鞭子,使我一生远离赌博,甚而因此极端憎恨赌棍,经济赌棍、政治赌棍、学术赌棍……

父亲的鞭子,使我懂得一切靠侥幸、靠投机取巧去谋取私利,都是卑下、可耻,不可取的。

父亲的鞭子,使我懂得人应该踏在坚实的土地上,一步一步跋涉,跨过一个一个坎坷,不管前途如何得坑坑洼洼。就像写文章"爬格子"一样,一格、一格地"爬"过去……

但是父亲的鞭子,也使我一生变得非常谨小慎微,一切只求平稳从事,不敢冒一点风险。所以,我只能在故纸堆中抉剔爬疏,寻址考据,从事一些不起波澜的工作。被打约一年后,父亲失踪了,据母亲从新加坡同乡处得知,父亲确实去了台湾;不知道父亲还记得这件事吗?

每当忆及此事,父亲的音容,话语,他毫无表情地举起鞭子,"不义而富且贵,于我如浮云","得之易,失之亦快"……时常在耳际萦回。

虽然我很不赞成"棍棒下面出孝子",但我对父亲的人品非常倾服,十分感念。想起父亲时常流泪。如果父亲没有失踪,或者是去了台湾能早日归来,再一次举起他的鞭子,我会跪在地上,再不嚎叫,我会亲眼看着父亲那毫无表情地,一鞭一鞭地,落在我的身上……

父亲,举起你的鞭子吧!

(五)生命的价格

李晟第二次插班到北港的圭峰小学,他依然受到老师与同学们的欢迎。第一个月泉城全市月考,统一出题、统一考试。他的国语、数学、历史、地理、自然五门功课都得了一百分,公民九十五分,总平均九十九点一六分,不仅在高二班第一,而且是全校最好的成绩。本校自测科目,体育、音乐、美术、劳作等功课,成绩都在九十五分以上,得到校长、老师的表扬。

月考后第一次全校晨会,说是来了一位新校长。李晟因为是插班生,是最后一个学号,站在班级纵队的最后面。他踮起后脚跟,就是看不清新校长什么样子;只能低着头,听听校长说什么。新校长说了自己刚刚到学校,希望得到全体老师、同学的支持;还讲了自己在校长任上的一些打算,不久将制定一个计划,让老师同学们讨论,提提意见和建议。

校长讲话中,比较鼓舞师生的话是:"圭峰小学月考总平均成绩,名列泉城全市第二名，晋江专区第六……”全体老师、同学听了都非常雀跃，热烈鼓掌。掌声结束后，校长突然提高声音，喊了一声：“高二班的李晟在吗？”

李晟吓了一跳，级任老师就站在身旁，代为回答说：“李晟在这里。”

“请李晟同学到讲坛上来一下……”

李晟像体育课体操训练那样，慢跑到讲台下，向新校长敬了个礼：“李晟到！”

李晟刚报告完毕，仔细看了一下校长，好像有些面熟，可一下子却想不起哪儿见过。校长对李晟说：“站到台上来。”

按规矩，这是升旗的司令台。李晟按规定，先敬了个礼，然后登上台面，对着校长再次敬礼；这一下他想起来了，新校长曾是灵歧育英小学的校长郭端修，只是会场肃穆，不敢打招呼。

校长兴奋地说：“告诉大家一个好消息，李晟这一次获全晋江专区统一考试第一名。他就是李晟！

“大家都看到了……好，李晟可以归队了。

“据林玉霞老师说，李晟本来在灵歧育英小学读书，我多年前也曾经在育英小学当过校长……看，我们圭峰小学是泉城著名的学校，第一名却是来自一所‘名不见经传’的小学校。本来我来圭峰还有一点胆怯，现在李晟的第一给了我启发，只要努力团结全校老师、同学，我也一定能够胜任！”

新校长的话，证实了他就是郭端修。

大约过了两个多星期，一次作文课，国语老师林益茂出了个题目：

《日记一则》，题目自定。

要求两节课连在一起不下课；两节课八十分钟，连下课时间九十分钟内必须完成，作为期中国语考试成绩的百分之四十。

李晟在父亲、母亲的督促下，养成了每天写日记的习惯，但都比较简单。可是这是作文课，要写成一篇文章，同平时的日记就不一样。李晟搜索枯肠，几乎把自己的日记都筛检了一遍，只记得4月4日儿童节前一天，他回忆有一则日记：

1949年4月3日　星期日　阴雨

今天是星期天，去黄家庄看黄翃。在黄家灵歧布行前面，有一个女乞丐，脸色灰黑，脸上布满了皱痕，衣衫褴褛。地上的破碗里，放着一个铜板，向行人乞讨。这个女乞丐手里还抱着个婴儿，一双大眼睛转来转去，看着街上的行人；看到别的小孩吃着手里的东西，就伸出小手哇哇地叫，他一定是饿了。女乞丐的边上有一块牌子，写着：六个月，男孩，卖钱，银元两个或铜板两百。我问她：“你会写字？”她说：“街上有个人帮忙写的。”

我又问：“你怎么舍得卖儿子？”

女丐说：“他父亲已经饿死了，再不卖，我们母子都要饿死。有钱人家买去，儿子就有救了。我有两百钱，加上讨饭，至少有一年好活。”啊，多么可怜！有的人很有钱，有的人穷得卖儿卖女。为什么会是这样？

李晟记得“衣衫褴褛”四个字是父亲改动过的。原来自己写的是“衣服破破烂烂”。父亲说：“下面一句说‘破碗’，已经有一个‘破’字，这里又有两个‘破’，改一下吧。”李晟一直觉得父亲改用‘衣衫褴褛’，改得好。可是，这日记如果不加改动，照搬过来当作文，毕竟不像一篇文章。

李晟在构思中，忽然回忆起两天前，也就是清明节那天，灵歧镇里都传说：那个女丐在黄家庄大街上跪地大哭，叫着“我的儿子”，“还我儿子”，最后倒在地上滚来滚去，希望有人告诉她，是谁买走她的儿子；她在绝望以后，一个人悄悄到了歧海，跳到海里，死了。

原来把她儿子买去的人没有银元，给了她一张五十万的钱，是一种叫“金圆券”的纸币。说是这些“金圆券”当天可以买一百斤大米，两天过，变成一堆废纸了，可儿子被抱走，再也找不到那个人……女丐伤心悔恨，就跳海了。

李晟似乎来了灵感，他决定用《生命的价格》为题，副题“金圆券买走了一条人命”作为《日记一则》的自定题目。

李晟的作文，从清明节那天听到一个卖儿子的女丐跳海自杀写起，然后倒叙自己于两天前遇见乞丐和她小儿子的情况，第三段对纸币变成废纸，指出金融危机，纸币贬值，贫苦百姓卖儿卖女，甚至连自己的命都送掉了。最后归结到题目。

过了一个星期，林益茂老师上作文评讲课，先分发作文，让大家先看自己作文的成绩，老师改动的地方和评语。

李晟拿到作文一看，老师给自己的作文打了一百分，他吃了一惊：是不是看错了？可明明写着一百分……再看看评语：

题目警策。写了一个有关国计民生的重大问题。末了的议论也很深刻。评语后面还附有一段长长的文字：知道什么是金圆券吗？要多读书，多看报。下面录下报纸上有关消息，供参考：

金圆券去年八月开始发行，面额从一元到一百元，发行二十个亿。每一元可以兑换三百万元法币。可是由于物价飞涨，最近金圆券的面额增至五十万、一百万，发行量也达到一百三十万亿。纸币印得多，物资却越来越匮乏。这样一来，一斤纸币一大沓，换不到一斤大米，所以就变成废纸了。报上还刊登，有一个造纸厂低价买进许多金圆券制作纸浆，作为造纸的原材料……

接着，老师把已经油印好的李晟的作文《金圆券买走了一条人命》，发给大家，每人一份逐句逐段进行讲评。

（六）矛与盾之间

一个星期过，李晟就从陈缓歌和林玉霞老师那里，听到一些传闻：

据说，圭峰小学的部分老师与郭校长之间产生了不和，矛盾很尖锐。原因是郭校长以前都在小规模学校任职，到圭峰这样的市重点小学当校长，还是第一回。有的老师认为他的资格不够，还把他在晨会上说的话，歪曲成："圭峰小学是著名的学校，第一名却是我当过校长的育英小学的学生。可见'圭峰'也没有什么了不起……"

还有几个改作业不认真的老师，被校长抽查到非常不满，就向当地的乡绅告状，说校长"资格不行，言行不当，狂妄自大，瞧不起圭峰小学……"，要求更换校长。

学校流言四起，高年级的学生都卷入了北港本地老师与郭端修校长之间的纠纷。有一天中午，高四毕业班的几位学生到了李晟高二教室，还没进教室门，就嚷嚷："喂，李晟，说说你第一名是真的还是假的？"

有一个大个子故意俯下身子，眼睛几乎碰到李晟的饭缸子，突然哈哈大笑说："我以为李晟肚子里都是墨水，原来都是臭番薯……"

另一个一本正经地奚落道："重大发现，重大发现！番薯好消化，李晟听了老师的课为什么都能吸收、消化了呢？就是番薯起了作用——"

陈缓歌每天下午提前到学校，利用中午时间，同李晟讨论课外的数学练习题。恰好，陈缓歌到了教室。

"喂，别说些损人的话。吃番薯好消化、成绩好，那你天天吃米饭，就是'饭桶'了？"

"嗨，哪来的小丫娘，你护着他，你是他的老婆呀？"

陈缓歌脸上一下羞得通红……

"哈哈哈……哈哈哈，走！"几个毕业班的学生一边哼着小曲，一边走了。

李晟回家后，把校长、老师不和，矛盾很尖锐的情况向父亲说了。李汝成静默了好久，问儿子："那你有什么打算？"

"小心谨慎，不要同人家争论，这个学期读完了再说。"

"儿子说得对，校长、老师有矛盾，千万不要卷进去。一边是矛，一边是盾，一旦卷进去，你就处在'矛'和'盾'之间，矛刺你，盾推你去挡，被刺伤的还是你。"

"父亲，这'矛'，我知道是一种很锋利的武器，可这遮挡的东西为什么叫'盾'？去年在育英小学，我乒乓比赛得了冠军，老师奖给我两个'盾牌'的乒乓球，是不是就是这个'盾'？"

李汝成对于儿子的好学、爱提问题，非常高兴。俗语说，"学问学问，学了还要问"。儿子除了喜欢读书外，比平常孩子最大的不同之处，是不懂就问。这一点很重要,所谓人的聪明大概就是这“勤学好问”四个字了。他想认真地回答儿子提出的问题,就说:“光知道矛是一种锋利的武器还不够,还应该大致了解它的基本构造和用途。说说看,以前跟你讲过,记得吗?矛的构造。”

“记不住了。只记得父亲说,矛分矛头和矛柄。矛头又是矛身和矛……那个字读不出来了,好像左边有‘骨’旁,右边……”

汝成接道:“右边一个‘介’,形声字,就读‘介’——”

“骱,什么意思,记不住。”

“算了,这个字不常用,记不住也没什么关系。简单说,就是骨头、关节衔接的地方,所以它有‘骨’旁。这里借用来比喻矛身与直筒相接的所在。矛身中部高,叫矛脊,矛脊向左右两边渐渐倾斜,渐渐薄了,成为锋利的双刃叫矛叶。矛身的尖端则须打制成锐利的锋头。这样就可以往前直刺,往左右劈杀……好了,这些记住没什么用处——”

“矛的柄呢,‘丈八蛇矛’真有一丈八尺?”

“没那么长,古时尺寸短,大概也就今天一丈左右。”

“记得父亲说过,矛的柄有毛竹做的。”

“是这样。有木头做的,有毛竹做的。毛竹柔软一些,不容易折断。你刚才问的‘盾’和‘盾牌’,其实是一回事。盾,最早叫做‘干’,就是干戈的‘干’,是‘盾’字形的简化。‘盾’的上面就是盾牌的形状,下面的那个‘目’,是个图形,代表身体,意思说手拿着一块牌子,把人的身体遮住,防备敌人的矢剑戈矛。打仗时一般是左手持盾,右手执戈,或左手持盾,右手执矛,左守右攻或右守左攻。矛和盾是相反相成的,一个进攻,一个防守。所以韩非子在《说难》中讲了一个矛盾的故事。这个故事,父亲在你小时候,给你讲过,应该还记得吧——”

“这个记得,说楚国有个卖盾兼卖矛的人,我还会背诵:楚人有鬻盾与矛者,誉之曰:‘吾盾之坚,物莫能陷也。’又誉其矛曰:‘吾矛之利,于物无不陷也。’或曰:‘以子之矛,陷子之盾,何如?’其人弗能应也。夫不可陷之盾,与无不陷之矛,不可同时而立。”

“那么你说,你们学校一些老师和校长之间闹‘矛盾’,就是两方你攻我防,我攻你守,互相格斗。你说你如果卷到这矛和盾中间,老师和一些当地的高年级学生,他们攻校长,就是‘矛’。如果你站在校长一边,‘矛’刺的时候,不就刺到你了。如果你站在‘矛’一边,‘盾’往‘矛’那边一推,你在中间,被推、被刺的自然也就是站在中间的人了。”

“父亲,我懂了。任何时候都不要卷入矛和盾之间!但是,但是……如果一方是对的,是正义的呢?”

“那又当别论。只是要问问自己的介入是否有助于矛盾的解决……”

学期结束之前,黄家庄育英小学通知,下学期又重新开办了,希望灵歧本地学生就在育英小学读书。新的校董事长黄行远，还特地到了圆通寺找李汝成，说是只要李晟报读“育英”，学费全部免去，月考、学期考还有奖励。

李晟拿到成绩单，他仍然获得全班第一。圭峰小学郭端修校长，找李晟谈话，希望他下学期继续在圭峰小学读书。李晟如实地告诉说：“父亲生过病，现在又失业在家。家里没有钱，靠母亲一个人租种几亩山园，入不敷出很困难。育英小学答应全部免去学费，就近读书还能帮助母亲种地。父亲的意思就报读‘育英’。”

郭校长说：“你先慢一点在育英报名注册，我们也会给你把全部学费免去……”

1949年7月29日，星期五。暑假快要过去了，李晟一直在等圭峰小学免除学费的通知。可是，一点消息都没有。父亲又在三个月前再次赴漳城，母亲一个人也拿不定主意，再没有人可以商量。下星期一就是各个学校开学的日子，李晟只好在星期六，开学前两天，去黄家庄育英小学报名注册了。刚回到家，却看到陈缓歌突然来找他。进了门，还没有坐下，就说：“郭校长调走了。我每年的压岁钱都留起来，积了些钱，你拿去交学费，到圭峰小学吧，我们还可以同班读书，互相帮助。”

李晟将注册单据拿出来，交给陈缓歌。陈缓歌一看，知道李晟已经在灵歧育英注册了，心中很是失落。她终于怏怏地走了……

当天晚上，李晟在日记中写道：

> 我好像长大许多了。人生有时很无奈，要抵挡自然的风雨，像惊蛰那天的狂风暴雨，在洪水中趟过小桥。但是自然的风雨并不可怕，令人伤心的是社会的风雨。家里贫困，官绅人家就可以把祖父的铁鼎都端走。父亲生病了，母亲十分劳苦，自己为了几角钱，就得帮人割稻子。吃了一片白萝卜，竟被误会是专挑肥肉吃，还要挨打。但是，还有比自家更穷困的人，他们卖儿卖女，一张金圆券，买走了女丐的一条性命。人生，时常会犯错误，就像赌博，虽然是偶然那么一次，也很不应该。读书不好，自然有烦恼；但读书好也未必就是好事，有人称赞，有人嫉妒。父亲说，人不能夹在矛和盾之间。可是，当你知道矛盾来时，可能已经夹进去了，那只能接受前刺后推……

第四章　节节败退

（一）父子冲突

大约三个月前，1949 年 4 月 20 日，农历三月二十三，李汝成接到省党部书面《通知》，征召他出山。仍任泉城、漳城、厦门三地联合党部主任委员，实际任职还在漳城。《通知》还不是正式文件，只是征求他本人的意见。

当天晚上，李汝成将《通知》拿给父亲看。李开先大皱眉头，想了很久，问："你怎么打算？"

"国家有难，理当出去。"

"再到漳城？怎么同何其兴相处？"

"正因为何其兴在漳城，搞得乌烟瘴气，才应该去进行整顿。"

"没有别的选择了？"

李汝成对父亲的想法，一下子领会不过来，就说："通知里就是这样……"

"没有别的选择？"李开先同样问题，又问了一次。

"选择什么地方？"

"就在灵歧，在咱们老家。我的意见，现在的时局，再也不能出去了！"

"为什么？"

"太平时候，把你给撤了，危险到了，叫你出山。这样的政府有诚意吗？能取信于民吗？"

李汝成沉默了好长时间，突然说："大家都不愿意为国家分忧，那还指望什么人呢？"

李开先知道，儿子想出去，无法勉强，但还是想再进行说服，让他不要出山。李开先在想，用什么来说服儿子呢……

“你考虑过吗？丁香和李晟、李馨怎么办？”

“还住在圆通寺……不，我带走也行。”

“这种战火纷飞的日子，能带走吗？”

“南京不是还在吗？”

“儿子啊，你怎么都不看报呀？”

“报上有什么新的消息吗？”

“报纸上说4月7日，农历三月初十，国民政府代总统李宗仁致电毛泽东，表示‘决心谋和’，‘与贵党携手’。”

“那不是很好吗？国共合作，咱在游击队时，同高云岚不是合作得很好吗？”

“此一时，彼一时，当时是国共合作，一致抗日。现在，你看，就是前两天的报纸登载的4月13日，农历三月十六，国民政府代表团抵北平，在故宫与中共代表团，举行正式会谈。双方达成了《国内和平协定》共八条二十四款。中共代表宣布：南京政府必须于4月20日以前表态。如果拖延，后果自负。”

“我最近没有看报，那八条怎么说的？”汝成问道。

“八条共有二十四款，很长记不住。你只要看看第四条的第七款，有一句：双方确认，南京国民政府所属的一切武装力量，一切陆军、海军、空军、宪兵部队、交通警察部队、一切地方部队、一切军事机关、学校、工厂及后方勤务机构等，均应依照民主原则实行改编为人民解放军。”

“这不很明显，国民政府不行了，在兵败如山倒的情况下，同意将军队交给共产党吗？而且限令20号为答复的最后期限。今天已经21号了。看看《海滨日报》的消息吧。”

李开先说着就到枕头底下，把当天泉城的报纸拿出来，给了李汝成。汝成一看，头版头条：

国民党中常会发表声明：拒绝接受《国共和平协定》

下面的引题是：

和平谈判宣告破裂，国民党和谈代表张治中留在北平

李开先已经有点苦口婆心了，说道：“儿子啊，不能再出去了，人要识时务。‘识时务者为俊杰’。说实在话，国民党官僚，从上到下，贪污腐败成风，早已经病入膏肓，谁也救不了。人家早就跑掉了，知道你还有‘一腔热血’，把你骗出去当牺牲品，懂吗？”

“救国，就是救民，我曾经任过泉漳厦联合党部主委，我能坐得住吗？父亲，您

今天是怎么了,怎么不支持儿子呢?以前,您并不是这样,您一直叫我们要为国家、民族牺牲自己。正如顾炎武所说的:‘天下兴亡,匹夫有责’!”

“不不不,孟子曰:‘民为贵,社稷次之,君为轻。’你说的救国,这个‘国’,不等于‘天下’。你忘记了,这八个字,是梁任公引用顾炎武的话,自己归纳出来的。但是,顾炎武并不这样说,他是把‘国’与‘天下’区分开来的;也就是说,‘国’与‘天下’是有所不同的。顾氏在《日知录》卷十三《正始》篇说:‘有亡国,有亡天下,亡国与亡天下奚辩?曰:易姓改号,谓之亡国;仁义充塞而至于率兽食人,人将相食,谓之亡天下。保国者,其君其臣、肉食者谋之;保天下者,匹夫之贱,与有责焉耳矣!’国民党政府即使倒台了,也只是‘易姓改号’,亡了这个党国罢了,并不是‘亡天下’。我们无需为一个腐朽的‘国’,易姓改号而牺牲自己。儿子,父亲说的是不是?”

“父亲……”

“你不能去,你是我的儿子!”

“我不是!”李汝成猛地叫了一声,站起来就走出去了。

“你要气死我……”

(二)再赴漳城任职

奇怪,任命书来得如此之快!

21日,第二天,国民党省党部的文件就下达了,正式任命李汝成为泉漳厦联合党部主任。丁香一直不放心,说:“昨天才接到的《通知》,还是‘征求意见’,这么快,今天正式的文件就下达了?会不会像父亲说的:人家早就跑掉了,知道你还有‘一腔热血’,把你骗出去当牺牲品。”

李汝成却不这样看,他认为,这正是他施展抱负的时候,说:“我们不能只想当太平时候的官,艰难困苦,正是考验我们的时候。孟子说过,‘天将降大任于斯人也,必先苦其心志,劳其筋骨,饿其体肤,空乏其身,行拂乱其所为,所以动心忍性,增益其所不能’。”

丁香知道,连父亲都没办法说服他,自己又能怎么样!

22日报载:

> 4月21日,共军开始横渡长江……

23日报载:

> 4月22日,江阴要塞炮台总长率守军七千多官兵投向共产党……

24日报载：

> 4月23日，共军攻陷南京，首都失守。海军司令林遵率第二舰队二十五艘舰艇投降共军，镇江二十七艘舰艇投降……

据说上海、杭州、福州等地的国民党官员，卷走了多年搜刮来的金银财宝，都纷纷逃跑了……

25日报载：

> 国军撤出太原……

26日，天蒙蒙亮。李汝成没有禀告父亲，把丁香、李晟和小女儿栀子，都留在圆通寺。临走时，悄悄地在小女儿栀子的额上轻轻吻了一下。他站在床头，本来想同丁香吻别。转而一想，万一醒了，自己就走不了了。横下一条心，再看一眼虎子李晟，然后提了行李，把门轻轻地虚掩着，走出了圆通寺大门。李汝成到国民党漳城党部去了。

26号早上，李开先还没有起床，就听见丁香很急的敲门声，在门外迫不及待地说开了："汝成不见了，柜子里的衣服都不见了，肯定走了，去漳城了。"

李开先开了门，让丁香进去，说："他是狠心把老婆孩子都丢下，自己走了。你去把春申叫来，商量商量。"

春申来了，只说了一句："昨天下午，到药店找我要了一点钱，说是有用，其他什么也没有透露。"三个人除了说两句埋怨的话，也想不出怎样劝汝成回家。

李开先道："走一趟漳城，没有的话，回家时顺便转到厦门去看看。春申准备一下，明天就出发。"

29号，李春申才走两天，丁香就接到汝成从泉城寄来的信。信上除了表示对她和孩子的歉意外，只说自己是根据省党部的任命，到漳城执行任务去。信中特别提到几句话："你也知道，我并不是养父的儿子，是他的外孙。那年在三清观，我和春申大哥跪认自己的母亲，那一天你就很清楚了。我是苦命的母亲李文清的遗腹子，我的父亲黄景熙在辛亥年黄花岗起义时就牺牲了；我必须继承死去的父亲的遗志。我是黄渊潭的长孙。时局维艰，我若为党国捐躯，你就带了李晟、李馨到黄家去。按黄渊潭的意思，该改姓黄，就改姓。"

过了一个多星期，李春申回家了，说："在漳城，见到了汝成，他说国和家只能选择一头，暂时无法回家。在党部，也看到何其兴，故意装做很客气似的，还把汝成吹捧了一番，说什么汝成到了漳城，他的担子就卸下了。"

5月28日，报载：

27日,国军从上海撤退,守军十五万三千人为国捐躯。

李开先和丁香合写了一封十分恳切的信,叫汝成迅速回灵歧。可是,一直没有接到汝成的回复。

(三)路在何方?

李汝成的工作基础,只能是泉城。

离开了泉城,离开了灵歧古镇,离开了高云岚、叶知秋、宋紫云等人的"运筹帷幄",李汝成在漳城党部的工作,一直打不开局面。

漳城三股势力使他很头痛:共产党拉他向左,何其兴要他积极反共,地方势力要他滚回泉城去。加上在家这段时间,有了一个小女儿,丁香家务烦剧,来信时,时有怨言;父亲在灵歧无处居住,只能在圆通寺暂时栖身,对自己再次出山又不理解……一个男子汉,上不能孝养父母,中不能帮助兄弟,下又不能给妻子孩子过上好日子……这一切都使他感到烦躁不安。有时他真想放弃从政,回家去躬耕养老,过过安稳的日子。

一天,李汝成在党部办公室同何其兴闲聊时,无意中说起自己心中的烦恼,没想到何其兴挖苦他说:"你这人不会做官……此中大有学问!"

"那你倒是说说看,官应该怎么做?"

"你真要听啊?要我说呀——

"首先是平衡各派势力、各色人等,然后仔细分析,推敲,哪个派,哪个人,能给自己什么好处,多少好处,再决定自己的立场和态度。

"其次呢,要懂得让下面的人,永远处在矛盾纠葛之中,他们利益冲突了,就必然来求你支持、帮助,大家求你了,你不用伸手,好处自然就来了。

"那第三嘛,就是施点小恩小惠,拉几个人,死心塌地当你的亲信,他们可以替你鞍前马后,到处张罗。你不用出面,就可以呼风唤雨,要权有权,要钱有钱,要东西有东西。不过,'亲信'要经常换,这些人大都是小人,你不能有什么把柄落在他们手里,却要捏住他们的喉咙……"

"还有呢?"

"三条还不够呀?虽然说的是现实的各种关系,其实,这三条历史书上,都写得清清楚楚。所以我说你呀,就是个'书呆子',读那么多书干什么!"

李汝成一听,张大眼睛看着何其兴,心里想:"太可怕了!"就随口回了一句:"不是说做官要为党国负责,要为老百姓做主吗?那怎么体现呢?"

"咳,你这个书呆子!所以我说嘛,你这个人不会做官。你不看看,现在有几人是为党国,为百姓?那是嘴巴上说说而已,全都是为自己!

“就说你家吧，搞什么抗日游击队，好了，现在怎么样了，破产了，父亲连个居住的地方都没有了……”

“可做官并不是为了赚钱。”

“哈哈，不赚钱，谁还做官！”

“可是，如果想赚钱，还不如直接去做生意。”

“恕我直言，老弟，像你这样的人，即使做生意，也准定赔本。”

过去，李汝成还一直把何其兴认作同乡，是浦江大学的老学长。今天一席话，真让他“大长见识”，也开始认清了何某人的面目，使他对官场有一个清醒的认识。他想在适当的时候辞职回乡，离开这龌龊的官场。可自己清廉一生，就这样离开政坛，又不大甘心。

其实在离开灵歧的时候，他已经感觉到自己的党国不行了，淮海战役失败了；国共谈判破裂了；长江天险已经无可倚仗，蒋总裁又跑到奉化，可能彻底引退；……路在何方？自己的归宿在哪里呢？在漳城，他也没有办法去平衡各派势力，最终恐怕还是要回家的。只是，他还不想马上回去，他想看一看，这盘棋的结局，究竟会是怎么样。

如果共产党确实廉洁奉公，当然也可以同何其兴一起策划起义……但，这可行吗……路究竟在哪里？

（四）全省解放

1949 年 8 月 5 日，邮局送了一封“迟到”的信到扁华堂药铺，收信人是李汝成和李开先。李春申立即送到圆通寺后院给父亲。李开先拆开后，立即先看落款是谁人？一看，只署了一个“叶”字。李开先马上想到是叶知秋。信封上，写明李汝成和李开先收。邮戳是福州，就更无可疑了。只是信中却没有收件人的名字，只有一段文字：

> 高已从江山到了省城，让转告三野第十兵团叶、韦带领下，分三路入闽。高 7 日至浙江江山，越仙霞岭。14 日入浦城，旋至建阳，直抵福州，拟再南下泉城、厦门、漳州，或即留省城。待地址确定，再同二位联系。7.15

李开先一看信末署的时间是 7 月 15 日，就知道时局混乱，邮局送信也积压，不准时了。

李开先把信递给春申。春申阅过，说：“我去把丁香叫来，商量商量，是不是赶紧让汝成回家？”

李春申带着叶知秋写的信和高云岚转告的话，又一次赴漳城。这一次，对李汝成算是有所震动。但是，是否立即回灵歧，李汝成还是拿捏不准。这一次，他是把心里话都掏出来了："大哥，国民政府形势确实不妙，想再挽回时局，很难了。我也知道，许多大官都是一逃了之，有的都已经逃往香港和台湾。可是，奇怪的是，像何其兴这样的贪官，居然不跑，还在我的面前夸下海口：'为党国献身的时候到了！'不知道葫芦里卖的是什么药？我这几天正在仔细观察，又看不出他有什么动静。如果连何其兴都'坚守岗位'，我怎么能打退堂鼓一走了之呢，这不仅被这个家伙耻笑，也对不起下属许多同事。你说呢？所以，我还想再等一段时间，到真的需要走，当然是回灵歧了。回去把我的意思向父亲禀明，我就不再写信了。丁香和李晟、李馨，还需大哥多多照料……对了，如果有高云岚和叶知秋的消息，要赶快告诉我。我知道高是公开的共产党，叶是以秘密的共产党身份加入国民党，都是我们所佩服的人……可是，很遗憾，自己的国民党都出了一些什么样的人？！"

李春申回程取道厦门，顺便到自己曾经任职过的"救世医院"看看。刚刚到了轮渡码头，就看见许多学生在渡口散发传单，也递给他一张《解放战争公报》：

> 自1946年7月1日起至1949年6月30日止，人民解放战争的三年中，解放军歼灭、改编国民党军队及起义、投降的国民党军，共五百六十九万一千四百人，解放土地面积六十七万七千平方公里，解放人口一亿四千三百二十万零七千人，解放城市六百零八座。

春申回到灵歧，将汝成的口信告诉了李开先和丁香。丁香皱着眉头，一筹莫展。李开先长长地叹了一口气："本来就不该再出山！"

进入8月，灵歧这样的古镇，也是各种消息漫天飞：

湖南全省已经被占领，省主席程潜和兵团司令陈明仁，投降了共产党……

在香港的国民党立法委员、中央委员龙云、刘斐、黄绍竑、贺耀祖……四十四个人宣布脱离蒋介石，投降毛泽东……

1949年8月17日中午，更传来消息：守福州的国民政府军队被解放军打跑了，福州已经是共产党的天下了，福州人在街上大游行，欢迎解放军，向解放军献茶，敬茶……这一下，李开先更加坐不住了，一个人踱到"马槽"，春申看见了，赶紧迎出药店，把父亲搀进门。

"福州的消息听到了吗？"

"消息很多，不知真假……"

"我看就是真的……我想亲自跑一趟福州，不算远，同漳城差不多路。"

"父亲去不如我去。父亲年纪大了……不就是听听消息吗？"

"省城如果解放了，那泉城、厦门、漳城就很快了。当然，都是因为汝成……我想去找找看，能不能见到叶知秋，说不定还能碰上高云岚呢。"

“找叶知秋和高云岚，倒是好主意。她们两个，抗战时毕竟同我们一起在灵峰游击队战斗过。前一回不是有信吗，让我们有事同她们联系……就是不知道具体的住处。”

“这不难，如果福州真的解放了，那么叶知秋很可能就在共产党政府里。如果不是，就先回来，或者直接再走一趟漳城。这一次，一定得把汝成叫回来——”李开先实在担心汝成。虽然是外孙，但这是女儿文清和景熙的骨肉，还是遗腹子。李开先想到这里，不觉滴下两滴老泪。

李春申知道父亲的心事，说：“父亲，我去，我到福州走一趟。”

四天后，李春申就从福州回到灵歧。福州确实是8月17日解放。叶知秋和高云岚也都碰见了，两个人都忙极，只是在解放军的营房门口说了几句。最后，高云岚让春申转告汝成：“汝成抗战有功，人民会原谅的，叫他赶快回头！”

这一次，李春申觉得收获很大，了解了许多真实的、准确的消息。

据李春申向父亲描述的情况，大致是这样的：

京沪杭战役以后，蒋介石集中18万余人退守福建和东南沿海岛屿，福州守军有福州绥靖公署主任朱绍良和李延年兵团6万多人。他们计划利用有利地形，节节抵抗，将解放军阻于福州外围。

解放军第三野战军，第十兵团，在司令员叶飞、政治委员韦国清的指挥下，7月上旬就已经开始进军福建。8月11日发起福州战役，以一部直插国民党军的右翼，断其陆上退路；另一部猛插左翼，断其海上逃路。主力从正面进攻，激战五天五夜，到16日晚上，福州守军弃城向厦门、平潭方向逃窜，朱绍良和李延年两个家伙乘了飞机逃台湾去了。

形势发展十分迅速。

8月31日凌晨，闽浙赣游击队闽中支队，配合解放军第十兵团八十七师攻入泉城。

9月19攻克漳城。

泉城解放以后，李汝成便与何其兴约定：封存历届国民党党部档案及武器，等待解放军进入漳城，向叶飞兵团步兵九十二师投降……

第五章　无处可躲

（一）抓的就是你

李汝成与何其兴、党部秘书约好：9 月 20 日，闰七月二十八，上午八点，在办公室集中，一起到解放军九十二师二七六团投诚，并交出党部印信及档案室、武器库钥匙。

但何其兴 19 日晚上特地找到李汝成，说："解放军二七六团，20 日有重要任务。据说是配合二七五团追歼逃往石码的六十八军军部和第八十一师师部。"

"有重要任务，那就推迟一天。"李汝成道。

21 日上午，李汝成提前十分钟就到了办公室，大约等到八点十五分，何其兴和党部陈秘书就一直没有来。正在狐疑，陈秘书慌里慌张地跑进办公室，说："快走，何其兴很快就带解放军，抓你来了……"

"抓我？"

"很快来了，抓的就是你。"

"为什么？"

"早上，我正准备到办公室来，走到解放军二七六团团部门口，恰好看到何其兴正同一个解放军军官模样的人在说话。我悄悄躲在门边一条小弄口，听到何其兴说：'本来昨天就要来投诚的，没有想到遭到党部主任李汝成的坚决反对。我是副职没办法。李汝成甚至向党部部属布置分散潜伏。得赶快派人去一网打尽，再迟了就都逃跑了。这一批人潜伏在城内，非常危险后果很严重。'"

"那个军官模样的人说，'等汇报以后，马上行动'……我就赶紧跑过来了。李主任得快走！"

"有这样的事？可……档案室和武器库的钥匙还在我身上呢，怎么办？"

“你先交给我，我会找机会，替你澄清。”

李汝成来不及思考，就把两把钥匙交给了陈秘书，说了声“谢谢，以后我会报答你的。”说着就拿了随身一个手提袋，慌里慌张地闪出大门跑了。

李汝成近乎“落荒而逃”，跑到中华路，又跑到圆环。

“躲哪里去呢?”

“对了，厦门还没有解放，先到鼓浪屿去，中正路二十七号房子虽然被日军破坏了，暂时还可以住几天，邻居也不至于怀疑什么。”

李汝成不敢乘车，只是步行。有时路上碰到解放军，或者人多的地方，都把旧帽子的帽檐拉得低一些。当天晚上十点多才跑到厦门，好在还能赶在十一点钟以前轮渡到鼓浪屿。

李汝成困极，一直睡到22日中午才起身。胡乱走到街上买了一点东西充饥，就踱到码头想听听消息。

码头上学生散发传单，他也不敢走近去要，随便在地上捡了一张，说的是解放军九月以来，解放了莆田、惠安、泉城、漳城，都是已经知道的消息。有一张传单，看来是最新的：

漳城近日新解放的县城：
长泰:9月19日
石码:9月20日
海澄:9月21日
南靖:9月22日

“泉城已经解放，恐怕回不去了……”李汝成想，“要回去，也得在晚上时间，偷偷到灵歧。”心里一直拿不定主意，就这样在鼓浪屿中正路27号住下去，一天一天拖了下来。

10月1日，整个鼓浪屿锣鼓喧天，鞭炮连珠，像沸腾起来一样。李汝成打开窗户一看，还没有看清楚游行队伍高举的横幅，一股浓烈的爆竹火药香就飘进房间里来。队伍中有人高喊着口号:“庆祝中华人民共和国成立!”

“中国共产党万岁!”

一直躲到10月15日，李汝成想到应该回灵歧，至少也得回去把丁香和两个孩子安顿好。可是，厦门解放的炮声打响了。

解放军解放厦门的战役，就是从登陆鼓浪屿拉开序幕的。解放军渡海登陆，采用佯攻鼓浪屿的作战策略，调动敌人纵深机动部队救援，而解放军主攻方向则放在厦门岛北部的高崎。两个团各两个营的船队，扬帆划桨，分别由海沧和海澄沙坛鱼贯而出，逆风行舟，朝鼓浪屿西南部进发。全体将士与船工们协力搏风击浪，力挽狂澜,终于抢占滩头,勇猛突击上岸。

同一天,就在解放军强攻鼓浪屿之战打响后,第十兵团二十八军五个突击团于当天中午12时,分别由北、西、东北登陆起航,分乘数百条小船,出敌不意对厦门岛北半部发起进攻。

10月16日中午,经过奋力苦战,迅猛进攻解放军成功登陆北半岛,夺取并巩固了高崎这个最主要的滩头阵地,全线突破厦门北半部。

10月17日上午8时,鼓浪屿解放。

10月17日上午11时许,厦门全部解放。

看来,无处可躲了!李汝成决定冒险连夜回灵岐去。

(二)认祖归宗

1949年10月23日,九月初二晚上,李汝成终于回到了灵岐。他悄悄到了圆通寺,可是一看,怎么?寺庙大门什么时候设了两扇门,关了,没法进去。丁香住在后院,又不好大声叫门。想想,只好折回"马槽",敲开大哥药店的门,把春申叫起来……

"圆通寺大门关了,进不去。"

"现在,刚解放不久,国民党潜伏的特务,晚上四出活动。是我跟父亲商量,请了木工师傅做了两扇门……走,我有钥匙。"

李开先和丁香都起来了,大家围坐一起,说了一会话后,李汝成道:"咳,兵荒马乱的,我从漳城,跑到鼓浪屿,又从鼓浪屿跑回家——"

"你怎么没有认清形势,向共产党投诚呢?"

"怎么没有呢……"李汝成一五一十地将何其兴的阴谋和陷害,说了一遍。

"那你下面有什么打算?"

"我个人倒是好办的,哪里都可以躲一下,只是丁香和孩子怎么安顿?我走了,经济来源就全断了,光靠大哥那几个卖药的钱,也不是办法。"

"我说,你到泉城军事管制委员会自首去,把何其兴如何阴谋设计加害于你的事情说清楚……"

"可是,哪年哪月才能调查清楚,我不得坐几年牢啊?再说,何其兴已经进入漳城军事管制委员会工作,我又没有证人,怎么说得清楚呢?"

"你不是说有一个党部的陈秘书告诉你的吗?"

"现在回过头去想想,这个秘书很可能是同何其兴联手设计构陷我。大家想,那么碰巧,何其兴的话让他听见呢?"

李开先,听了一直点头,道:"可惜当时就没有想到这一层!"

"我想同父亲和大哥商量一下,我准备到外地,或者先躲起来,看看时局再说。

父亲八十二了,年纪大了,没办法养活丁香和孩子。如果黄渊潭和文清母亲都同意,我不在了,丁香和孩子是不是可以先住进黄家？否则,他们母子三人非得饿死不可……”

“那得先上三清观同文清母亲商量以后才能决定。”丁香说。

李开先默然良久,才说道:“春申走一趟三清观,让文清下山来,大家商量商量。”

第二天,10月24日中午,紫文李文清、紫雪颜雪梅、紫云颜风荷都到了圆通寺。春申、汝成、丁香和小栀子都到李开先的住处。

“怎么不见虎子?”文清问。

小栀子回答道:“今天是星期一,一早就到北港读书去了。”

“读几册了?”

“第十册,高小第二册了。”丁香道。

紫雪把小栀子牵了过去:“小栀子六岁了吧,”接着连声说道,“很像丁香,是个小丁香,但是身材还是像汝成”。

大家寒暄了一会儿,李汝成终于开口了,看着文清说:“母亲,现在国民政府已经逃到台湾去了,我在漳城、厦门、泉城都待不住,灵歧也很难说是安全的。但是,李家已经破产,连住的地方都没有,父亲都还得暂时住在圆通寺。我这一次回来,有一个想法,以后我恐怕要暂时躲起来,短则一两年;长呢,几年、十几年也说不定。没有经济来源,丁香和孩子便无法生活。我想,我和孩子,都是黄家的骨肉,是不是可以送丁香和孩子先住到黄家庄去,黄渊潭不会不接受吧……这也是没有办法的事,叫‘认祖归宗’吧。李家沦落到这个地步,回黄家去,是迟早的事。想先听听母亲的意见……”

丁香接着说:“汝成想出去躲避一段时间,有两个孩子,还要供给他们读书,我一个人是再也没有什么办法。汝成多久才能回来,也还是一个未知数。他的意见是暂时让我住到黄家,可就不知道黄渊潭会答应吗？就是黄渊潭同意接受虎子和栀子,还有行远呢,他会不会接受？会不会认为我们去黄家,是想分他黄家的财产?”

“其实,儿子早有这个想法,只是当时怕伤了外祖父的心,所以一直没有提出来。今天的情势,丁香和孩子不可能再在圆通寺呆下去了。”

李文清静默了好长一会,抿了一下嘴,似乎下了很大的决心,说:“儿子和媳妇说的是。要不要母亲去黄家,同祖父说一说？我想,黄家那边,你祖父当然会很高兴;至于黄行远,其实还是很通情达理的,有什么问题,也可以做做工作。只要黄渊潭接受了,行远不至于有太大的意见,他毕竟是黄景熙的亲弟弟。”

李汝成看母亲表示赞成,知道事情基本上就可以定下来了。至于黄家那边,还是自己去说。

春申道:“父亲当年这样做,也是迫不得已。今天回黄家,也是理所当然,已经是水到渠成的事。至于黄行远,无非就是个‘财产问题’,只要丁香向他说明,自己和孩子并不想挣到什么财产,他也就不至于怎么样。而且,根据我同行远长期的接触,我觉得这人气量很大……有一件事,我本来不想说起,行远也交代我不要再提起,今天为了让汝成走得放心,我就说了——”

李开先、李汝成几乎是同时道:“什么事,只管说。”

“汝成到莆田圣路加,鼓浪屿救世医院,曾经向行远借了三千大洋,还签有田契抵押。我后来积了钱,准备将三千大洋还给他,行远说:‘都是表兄弟,让你一下子拿出三千,我心里也过意不去。’最后,他说,他愿意承担一千五百元,我只要给他一千五就够了,另外一千五百,算作他对汝成治病的一点帮助。这不是一个大好人吗?”

大家听了,沉默良久,心里感动不说,对行远的为人也有了更深入一步的了解。

还是李开先打破了沉默,道:“是个君子,行远为人确有‘儒商’精神和风范。前年除夕下午,他来看我,我和春申、丁香留他吃饭过年,那一个晚上闲聊,说到‘儒商和义利之辨’,我就看出行远是一个很有头脑、很有修养的人。所以,我觉得汝成‘认祖归宗’,丁香和孩子住到黄家去,行远不会有什么纠结……只是,只是父亲也老了,你们常常回来,走动走动,就算是‘回娘家’吧……父亲也没有多少年好活了。”

李开先说到动情之处,眼眶都红湿了。

“那是自然!”宋紫云道,“再怎么说,解元公一开始就知道汝成是文清的骨肉,从汝成一出世,解元公就在尽一个做外祖父的责任了。养育之恩不说,从小亲自教养,小学、中学、还上了大学。我看,汝成、丁香以后就是‘两边走’:李家、黄家,都是你们的家,渊潭老、解元公都是你们的父亲,孩子的祖父……”

汝成一听,感动得立刻双膝落地,跪在李开先的前面:“外祖父,今天我应该这样称呼您。您是我的外祖,又像父亲一样的爱护、关心、培养我。说实在的,我和丁香,至今都还没有让黄家知道我们的身世,也没有让黄家尽过一分的责任。今天如果不是形势所逼,丁香和孩子无法生活……”李汝成说到此,不禁放声大哭,抽噎地继续道:“我走了以后,今后有命归来,再来孝敬外祖父吧。”接着又转身跪到文清的面前:“母亲,不肖儿子走了,希望今生能回灵歧,尽一份儿子的孝心;如果没命回来,我来生也一定投胎再当您的儿子……”

李文清、颜雪梅、宋紫云、李开先、李春申都哭了,谁也不想遮掩自己,让眼泪横颐直流。

李开先用袖口把眼泪抹去后,道:“大家看,谁去黄家说清这个事?我想,还是文清、汝成、丁香和孩子都去。最好紫云道长也能一起去一下,毕竟当年文清在三清观生下汝成,紫云道长是见证人。”

紫雪道："我也去，文清怀孕、生下汝成，我都在山上，情况很清楚，我也是证人。"

李开先看着许多人都愿意到黄家说明情况，觉得自己更不能置身于外，就说："这事，我有责任，我也必须去，向渊潭老道歉，并说明当时自己的固执，造成的错误。只要有诚意，黄渊潭会接受，所谓'精诚所至，金石为开'。"

紫云道："虎子傍晚回家，这是渊潭老的长曾孙，去了，他会很高兴。今天晚上全家都去，我、文清、雪梅，都去。"

事情就这样定了。由李开先率领，李文清、李汝成、郭丁香、李晟、李馨，雪梅、李春申，宋紫云，一行九人，于当天晚上就到了黄家庄。

李开先和宋紫云走在前头，很豁达地对汝成说："早该如此。"

一行人到了黄家，也不待通报，直接上了黄家的大厅，黄渊潭听到有人到自己家了，同赵妍就迎了出来："哈，连襟也不通知一声，开了一大队人马来，是来'责问'久未问候？"黄渊潭还是那个乐观的个性，想了想，又问道："老连襟，莫不是又有人不让你继续住在圆通寺？不怕，到我这里来，有我黄渊潭在，就有我们李解元住的地方……叫行远出来拜会姨丈。"

赵妍道："你忘了，不是有什么生意，让他去泉城了？"

最后还是由宋紫云说明了来意……

李开先对着渊潭老鞠了一躬："连襟，我一生的歉疚，今天都要说出来，我真诚地向您和赵妍致歉。是我当年阻止文清和景熙结为夫妇，我一生歉疚、一生歉疚！事情的来龙去脉就是刚才紫云道长所说的那样……"

宋紫云道："当时的情况确实就是那样，是我在三清观，安排文清生下了汝成。"

"我当时刚从松江准备南下广州……正好也住在三清观，我带了儿子小法文，才七八个月，后来文清生了汝成，就当作解元公收养的两兄弟。我也可以作证。"

李文清跪下了，对着渊潭老，叫声"父亲"，眼泪簌簌地流……

李汝成、郭丁香、李晟、李馨一起在黄渊潭和赵妍面前下跪。

汝成道："祖父、祖母，我是黄家的骨肉，是黄景熙的儿子，父亲当年参加了黄花岗起义牺牲了，我还没有出世。今天，我决定'认祖归宗'，望祖父接纳我们全家四口。"

黄渊潭和赵妍都感动得泪流满面，但是满心欢喜。他对李开先道："老连襟了，道什么歉，都过了近四十个年头了……我和赵妍都高兴。其实我很早就知道景熙和文清的事，就是不知道还有个好儿子汝成。"说罢，伏下身子，将汝成、丁香、李晟、李馨，一个个扶了起来。一看李晟，似乎还能看出当年儿子景熙的一点影子，爱怜地问道："读几年级了？"

"太公，我读高小第二册了。"

"那明年就可以毕业上中学了？"

“是,我想考泉城最好的学校南江中学。”

“好呀,我们黄家要出一个新解元了!”

黄渊潭笑得嘴都合不拢了,他从第四代又看到了自己“科举”的梦可以实现了。

1949 年 10 月 30 号,九月初九重阳日,星期天,李汝成、郭丁香带着李晟、李馨住进了黄家大厝。黄行远从泉城回家后,听说大哥景熙还有后裔,还有血脉传下,心中非常高兴。特意找了汝成,对他说:“你是我大哥留下的血脉,是我们黄家的骨肉,我就是你叔叔了。到了黄家,不必感到生疏,我们是一家人。今天是重阳节,父亲摆了一桌酒宴,为叔叔、婶婶接风!”李汝成安顿好丁香和女儿,也不等过了年,很快就出外避风去了。至于为什么外出,黄渊潭、黄行远并不清楚,只有丁香、李开先、李春申知道,汝成是暂时躲避追捕。

李开先年事已高,连居住的地方都没有,自顾不暇,同丁香的联系自然也就逐渐少了。他现在只有一个养子李春申,还好这儿子非常孝顺,经常念叨说:“当年如果不是父亲收留,大雪天,我们母子就会冻死。这救命之恩,永世也报答不完。”

(三)何以解忧?

1949 年 10 月 1 日,农历己丑年八月初十,中华人民共和国成立了。毛泽东在天安门城楼上庄严宣布,中国人民从此站立起来了!

共产党代表工农兵革命群众的利益,推翻了庇护大地主、大官僚买办的国民政府,是中国历史上一次翻天覆地的革命!可是对于灵峰山旮旯的普通老百姓来说,他们担心的是自己和家人的一天三餐,能够温饱,过得像个人样。灵歧古镇老百姓说:“只要吃饱、穿暖!”种田人照样吃饭,照样下地;生意人天亮了照样开门营业,晚上照样打烊。

又过了几个月……

1950 年,中华人民共和国建国的第二年,这年的 2 月 16 日,除夕,牛年将要换成虎年的前夜。

灵歧古镇家家户户蒸年糕,做糯米粿,油炸鱼肉、花球……李开先已经八十三了,但是老人爱清静,自从 1943 年,民国三十二年秋末,老人一个人住进圆通寺,中间除了被何友良砸碎铁鼎,赶出寺庙的一段时间外,他一直住在寺庙的后院,圆通寺成了李开先的栖息地了。六七年来,清明、端午、中秋、除夕,李开先都到李春申的“马槽”家里过节,算是父子团圆吧。

除夕下午五点钟,李春申把年夜饭基本上准备好了,就到圆通寺,请父亲到家里过年。李开先提议说:“能不能告诉渊潭老和丁香,让李晟到咱家吃年夜饭?”

黄渊潭果然同意,让李晟跟着李春申到了“马槽”。

“李晟——”李开先很长一段时间没有见到外孙了。

“黄家现在改叫我黄晟，字没有改，还是字梦阳。不过行远叔说，‘都一样，还是姓李吧’。”

“好，黄晟就黄晟。虎子，今年除夕，外公给你带来爆竹。”李开先在李晟的脑壳上摸了摸，爱抚地看着小孙子，笑着说，“拿去，这是一串‘连珠原子炮’，小心不要打到自己”。

李晟接过爆竹，说：“谢谢祖父，在哪里放鞭炮？在这里，还是到黄家庄再放？”

“到黄家庄，放给他们听！黄渊潭一定会问：‘哪来的爆竹’，就说‘我外公给的’，他就会再买一串给你。”

“父亲，你和李晟聊，我还要继续油炸牡蛎圆子，还剩一些；接着准备炒蠔仔煎。”李春申给父亲沏了茶，他知道父亲爱喝茉莉花茶。

李晟一看，有两串鞭炮，就决定在“马槽”放一串。跑到门口，站在一块石头上，点燃了爆竹，往“马槽”外一扔，“连珠原子炮”的声音又响爆，又紧密。接着家家户户都点爆了，听那声音，也都是‘连珠原子炮’。空气中散发着幽微的火药香……

李家祖孙三代，李开先、李春申、李晟，就在连珠炮声中，围在一张圆桌上品尝着除夕的盛宴，还有杏花村的竹叶青酒。春申给父亲的是一个杯子，自己不会喝酒，拿了个小酒盅做做样子。

“父亲，端起酒杯。”

父子两人都一饮而尽，春申端起酒瓶又替父亲斟了酒。

“八年了，八年没有再喝过竹叶青了。”

“喝，等一下，还让父亲带回一瓶呢。”

“你哪里弄来的？”

“忘记告诉父亲了，是昨天下午高云岚带来的。她本来想到圆通寺看您的，后来时间太迟了，必须赶回去，所以就没有到圆通寺。不过，她说，以后会再来。”

“高云岚？这……这人现在当了官，没有一点架子，还很念旧情，难得！”

“父亲，你听她临走的时候怎么说的？她对我再三说：‘亏得那年春申老哥在救世医院，救了我们几个人’。十几年过去了，她还记着这事。”

“有这样的好人，我看，如果有汝成的消息应该如实告诉她。高云岚是共产党，汝成同她也很熟悉，是当年在灵峰山游击队的生死战友；汝成当时还是司令员——”

“高云岚是政治委员。对了，灵歧的土改试点快要开始了，听说来灵歧的土改队长是北港人，姓陈，要是高云岚派到灵歧就好了……”

李晟插了一句：“北港姓陈，陈缓歌也姓陈——”

“北港人大部分姓陈，就像我们李家庄大多姓李，黄家庄大多姓黄一样，”李春申笑了笑，问道，“陈缓歌同你还有没有往来？”

“我高二在北港读了一个学期，后来家里没有钱，又换到灵歧育英小学。去年8

月底陈缓歌来家,让我继续去圭峰读书,我们没有答应,后来就没有再联系了。”

李开先心里捉摸,高云岚的官位比较大,不会派到灵歧这样的小地方。他突然想起当年“灵峰抗日血魂游击队”的另外几个人,就随口问道:“还有黄夏炎、张一弓、叶知秋、戈云林几个呢?”

“张一弓、戈云林两个,听说去了江西玉山,就留在那里了。黄夏炎和叶知秋可能还在省城吧,弄不清楚。叶知秋是东瓯人,有传说,可能会回老家当什么官,可后来又回榕城。据说,当年协和大学一个学生追求叶知秋,这人是日本汉奸。开始,叶知秋不知道他的身份,差一点就上当,还是丁香的哥哥郭影秋替她查清楚的。1944 年省城后,叶知秋就潜伏下来,负责搜集日本人的情报。现在官位应该也不会低。”

“你说丁香的大哥郭影秋,同汝成是妹夫、大舅子的关系。听说现在还在省军事管制委员会,负责宣传工作,当什么官,不知道。怎么就不能帮助汝成渡过这个难关呢?那年玳瑁坡截击日军时,就是他带了队伍,开车到戴云公路,帮游击队打鬼子的。”

“共产党是讲立场的,站在共产党的对立面,是兄弟,是父母也要分清,他们叫做阶级立场,是你死我活的斗争……听说高云岚和叶知秋都在他的手下任职。这要帮忙,也用不着自己出面,只要暗示一下,高和叶两人还不出面帮忙呀?可共产党,一个个都立场坚定,我想,郭影秋这条路不能抱有希望,不过,适当的时候,可以告诉丁香,她恐怕还不知道自己的大哥当了大官了。”

“可高云岚就不是这样的人……咳,当年的战斗伙伴都当官了,只有汝成……怎么说呢?”

李春申不会喝酒,李晟是小孩,自然不喝。李开先开始只是用唇抿一抿,后来,喝得兴起,就大口饮了。李晟看着祖父眯着醉眼,脸色显得红红的。

李晟想起别人说过,脸红起来就是酒醉了,不觉问道:“祖父脸红了,是不是喝醉了?”

“哪儿的话,祖父是千杯不醉。你没听人说,喝酒脸红的人有情有义,一喝酒就脸色发白,这种人没有情义。”

李晟又问:“这酒为什么叫竹叶青?酒液青青,同竹叶的颜色有点像。”

李开先笑着问春申道:“还记得小杜,就是杜牧的那首《清明》的诗吗?”

李晟抢在曾祖父的前面就念:

> 清明时节雨纷纷,路上行人欲断魂。
> 借问酒家何处有?牧童遥指杏花村。

李开先听了虎子诵读得这么好,显得特别高兴,就问道:“这是杏花村酒竹叶青。不知道是先有杏花村酒,然后有小杜这首诗,还是先有诗,山西酒家才起了这个酒名?"

"我不会喝酒,我说不来……是不是拿竹叶泡在酒里?"李晟回答说。

"哈哈,我的虎子也说不出,那叫谁说呢?"李开先又高兴地逗起李晟来。

李晟想了想,说:"那要看杏花村酒什么时候开始有的,唐朝时有没有'杏花村'酒名……"

"嘿,说得好,"李开先也想考一考春申,就说,"我倒记不住《酒名记》里面是怎么说的,有没有杏花村竹叶青……"

李春申想了想,说:"好像有过记载。似乎北周的庾信有'三春竹叶酒,一曲鹍鸡弦'的诗句,应该是最早记载的竹叶青酒的。"

"庾信这两句出自哪首诗? 还有,这诗只说是竹叶酒,没有说是杏花村。"

"这两句出自庾信《春日离合》诗:

田家足闲暇,师友暂流连。
三春竹叶酒,一曲鹍鸡弦。

"可见竹叶青酒早在一千四百多年前就已经存在。但是不是杏花村酿制的,却说不清楚。"

李开先道:"儿子记性不错。读了书,就要尽量记住。若说竹叶青酒,它是汾酒的再制品,它与汾酒一样具有古老的历史。梁简文帝萧纲就有诗云'兰羞荐俎,竹酒澄芳',竹酒就是竹叶青酒。最早的竹叶青酒只是单纯将竹叶加入汾酒中浸泡浸泡就成了。"

"噢,那我猜对了,是拿竹叶子浸的。"李晟高兴地抢着说。

"不过,那是最早时候这样做的,浸了以后,颜色青翠,有竹叶的清香,所以叫竹叶青。但是清朝以后,除了加入鲜竹叶外,还加入广木香、公丁香、零陵香、紫檀香四种香料,还要加陈皮、砂仁、当归,大约有十几种名贵药材。起缸时再和冰糖……我也没有去过杏花村,民国十二年,山西晋阳一位客人来泉城,说起竹叶青酿制要经过一百二十多个工序呢。既然杏花村出汾酒,竹叶青又是以汾酒为底料再酿制,那么竹叶青产地自然也就是杏花村了。"

李晟说道:"祖父说这是好酒,我也尝一尝。"

李春申道:"小孩不准喝酒,我陪祖父喝,都不敢多喝。"说着,就又端起小盅,在唇边沾了一沾,说:"小虎子忘记了,那年'尾牙',你父亲多喝了两杯,就咯血了……"然后转向李开先,"还是父亲多饮几杯……"

李开先道:"也好,小孩先不喝,你也少喝一点。我虽然能喝,以前同黄家渊潭老,两个人都能喝。其实他的酒量不如我,却有酒瘾;我能喝而没有瘾头。黄渊潭送我一顶‘高帽子’说:‘能喝而没有酒瘾,是喝酒的最高境界。’”

李开先一兴奋起来就爱“掉书袋”,喜欢讲讲各种掌故:“酒只能喝一点,不可多喝。‘何以解忧,唯有杜康’,这说的是酒的一项重要功能。解一下心中忧愁,适可而止。如果贪杯,甚而酗酒,那就失去酒德。《史记》写纣王‘酒池肉林’,后来怎么样,为周所灭。但是周公吸取纣王败亡的教训,写了《酒诰》,严禁喝酒,却又矫枉过正。中国从周公到现在,三千年了,谁能把酒禁了?我看禁不绝,这就说明它对人还是有用处的。”

春申想让父亲除夜高兴高兴,也就不断提个头,让父亲打开话匣,说道:“我不会喝酒,对酒的历史知之甚少。父亲再说说看。”

李晟插了一句:“对,祖父说说看,让孙儿也增加一点知识。”

李开先端起酒杯,喝了一大口,说道:“酒可以消解人生忧患、苦痛,这一点很明显。自从解放以后,人家的儿子,参加革命的,都荣归故里。就是汝成,新中国都成立了四个多月,不知为什么就没有回家,我心中总横挂着一丝疑惑,一丝忧伤。高云岚来询问,我开始更是担忧……今天是大年夜,也想借几杯酒把心中的疑惑、忧愁消解消解。这可以说是酒的一项功能,也就是消忧解患。

“纵览历史上的仁人志士,在‘英雄末路’的时候,酒还能帮他们慷慨赴难,你看,易水荆轲,一去不返;项王四面楚歌,饮酒帐中,同虞姬悲壮自刎,如闻其声概,千古想见其为人呀!如果没有酒,项王可能就没有勇气自刎,被刘邦俘虏了,那不是要受到很大的侮辱吗?”

李春申听了,不觉连连点头道:“父亲再说,再说,酒还有什么功能?”

“酒的功能多着呢,譬如,在专制王权统治下,许多士大夫,在黑暗现实中无力反抗,他们常常借酒装疯,借酒避祸,表现出与世无争,惟酒是务的样子,让统治者误以为他们胸无大志,终于放过他们,晋代的阮籍就属于这一类。”

李晟插话道:“我喜欢项羽,不喜欢刘邦。从前父亲教我读《项羽本纪》,你看他在‘四面楚歌’的情况下,毫不气馁,痛饮几杯,高唱楚歌:

> 力拔山兮气盖世,时不利兮骓不逝;
> 骓不逝兮可奈何?虞姬虞姬奈若何!

“刘邦一点英雄气概都没有,碰到难处,就是问‘今为之奈何’‘为之奈何’?”

“好呀,我的虎子孙,大有进益!”李春申接着道:“不过项羽过于自信,知进而不知退,这一点就不如刘邦,刘邦懂得妥协,懂得在适当的时候,如何退却。”

李开先连连点头。春申继续说道:“所以,对于古代士大夫的某些‘退却’,不应该看作软弱。据我观察,士大夫中有各色各样人等,有卖身投靠者,有洁身自爱者,有醉酒佯狂者,有退隐山林者,有皈依佛道者,有作诗纾舒愤者,有寻红颜知己、慰郁结情怀者，更有一腔热血、奋起抗争，宁为玉碎、不为瓦全者……父亲，你说，我的看法有没有道理？”

“是这样，儿子你比汝成成熟多了，汝成要是能像你知进退，知进知止，我也不会太担心。”李开先说罢，将酒杯里剩下的一口酒，随意地喝了，说：“为父今天晚上高兴，这几天的担忧一扫而空！”

李春申看看时候已经不早了，他记得还有一瓶竹叶青要让父亲带去，就转身到内屋把另一瓶拿了出来，问：“父亲要再喝，还是带回去？”

“自然是带回去慢慢喝。好，我也得走了，来，干！”

春申端起面前的小酒盅，“来，干杯！”

李开先也举起酒杯，“来，干！”其实他酒杯里已经没有酒了……临走，他掏出了一个小红包，说：“虎子，这是祖父的一点小钱，来，给你的‘压岁钱’。晚上睡觉时，压在枕头下面。”

李晟迟疑地看了看大伯，李春申说：“祖父给你的压岁钱，你就拿着吧，可不能像去年除夕，再拿去赌钱了。开学时可以买书、买簿册……”

（四）暂时隐匿

为了加强对泉城的领导，准备海峡可能发生的战事，并彻底肃清派遣的、和暗藏的特务分子。省委决定任命对当地情况熟悉的干部到泉城任职：郭影秋任晋江地委书记、专署主任，兼军事管制委员会主任；任红梅为地委组织部部长、兼泉城市委书记；高云岚任晋江地委宣传部副部长、兼泉城市政府文宣部部长。

为了弄清楚李汝成这位抗战时勇敢的游击司令的下落，高云岚在年内就找了李春申了解，却是一无所获。根据李春申的建议，她决定寻个机会到黄家大厝找郭丁香谈谈。在灵歧古镇，正月初一晚上比除夕还要热闹。从前李家、黄家、赵家三个庄子都要花钱请泉城的梨园戏剧团、高甲戏剧团，或漳城的“歌仔戏”剧团，外加“布袋戏”来灵歧演出。自从李家庄被日本飞机夷为平地以后，庄子里一片废墟。赵家庄这几年也不景气。只有黄渊潭、黄行远父子那家布行开得很红火，发了大财。年年正月初一到初七晚上，都要演出连台戏。附近村子里的人，连老太婆、小孩子都赶到黄家庄看戏。灵歧所有庄子，可以说是“万人空巷”。

高云岚觉得这可能是一个好时机，乘晚上村民都去看戏，不会撞见人的时候，走一趟黄家大院向郭丁香了解一下李汝成的下落。

但是，高云岚已经是地委宣传部副部长兼泉城市委宣传部部长，地、市合署办公。一个人到乡镇，要向专员和军管会主任报告一下。专员和军管会主任郭影秋，同灵歧赵家庄赵孟颙，虽然是二十年代北大的老师，但实际上相处很少，自然也就不很了解。她就以了解戏剧演出，须作实地调查，为下一步制定文宣计划参考作理由,向郭影秋打了个招呼。

1950年2月17日,正月初一晚上八点钟,黄家庄的戏剧演出开始以后,高云岚就进入黄家大院,找到了郭丁香。

事情真有偶然性。正月初一晚上九点钟,李汝成悄悄地回到了黄家庄。村民都去看戏,路上静悄悄的,居然没有撞见一个人。他摸黑进入黄家大厝。只有外厅东厢还有一间屋里亮着灯。李汝成蹑手蹑脚地靠近窗口往房间里面看了一下:

丁香坐在床沿上,好像在给小孩打毛衣,女儿已经睡了。窗下一个女人斜靠在桌子上,似乎正在同丁香说着什么,这人是谁呀?怎么不去看戏?李汝成不敢造次就敲门,他把耳朵靠得更近一些,听听里面在讲什么。

只听见丁香说:“我因为怀孕,你知道,生孩子的事,实在很麻烦,他的事我也就没有精力去了解。后来是两个孩子都要管,一个去北港上小学,一个还在摇篮里,汝成在党部做什么,我是一点都不清楚。现在……说得难听一点,现在是死是活都不知道。我没有工作,怎么养活孩子?后来听说孩子的祖父,布行开得很成功,没办法就回到黄家庄了。”

“你知道汝成有没有秘密参加龙岩的共产党游击队?”

“好像没有。他那个时候还在漳城党部。我听他说过,说是徐蚌会战,国民党打了败仗,南京可能保不住——”

“徐蚌会战,我们叫淮海战役……那他当时有什么打算吗?”

“我也不清楚。只是有一次他说,共产党一过江,他就找游击队去……但是,后来他去了没有,确实不知道。”

“当年成立‘灵峰抗日血魂游击队’时,我们是生死战友。如果汝成弃暗投明,奔赴游击区,今天还是同志……如果有汝成的消息,一定要告诉我……你听,门外好像有什么声音……是敲门的声音?”

“咚,咚。”又是两声,很轻的。

“谁?”

“是我,汝成,快开门。”

丁香赶紧放下手里的毛衣,轻轻地把门开了一条狭缝。李汝成一下就挤进门了。

“你让人急死了,解放都好几个月了,怎么现在才回家?”

“等等说,”李汝成一转身对着高云岚弯了一下腰表示敬意,说,“很感谢,你还记得我,记得咱们共过生死的战斗友情!”

高云岚看到汝成,心中有说不出的高兴,说:“我已经来灵峰找你两次了。看到你真是高兴,当年的‘灵峰抗日血魂游击队’司令,一点都没有变!我问你,漳城国民党党部,是不是你带领党部人员起义的?”

“是,是我。”

“那,有没有安排你在军管会任职?你是起义人员……”

“没有,他们还要抓我——”

“为什么?”

“说来话长。我只能简单地说一下:漳城党部的起义,我只负责在暗中策划,公开出面率部起义的是副主委何其兴,就是何家村何友良的儿子。本来约好9月20日8点半一起到军管会去,我把党部的档案室、武器库都封存了。他却突然说‘军事管制委员会今天没空,推后一天去’。第二天,我等到8点15分,一个姓陈的秘书,突然来告诉我,说是何其兴向军管会汇报,说李汝成不肯投诚,军管会正准备来抓我,让我快跑。我怀疑这是何其兴同姓陈的秘书,共同策划让我逃跑,造成不肯投诚的假象。这何其兴是个两面三刀的家伙,同我一向合不来。

“我回忆,开始时,他坚决反对起义,还说‘杀身成仁,舍生取义’,准备给国民党陪葬。后来在我再三的说服下,才同意起义。由他出面公开身份,我在幕后指挥。可起义以后,他就暗中策划,制造了这个假象。当然,我没有出面同解放军联系,也让这个家伙钻了空子。后来,听说军管会首长通过他,命令我归案自首。我怎么能吞下这口气呢?就一直躲着,从漳城一路走到厦门,在鼓浪屿老家躲了半个多月,怕回灵歧被抓走,只好四处躲避,想看看情势再说。最近,抓我的风声越来越紧,连灵歧都在传,说我反对共产党。没办法,我只好逃回家……简单说,就是这样。”

李汝成停了停,又说道:“我现在是‘里外不是人’。据说,何其兴又向泉城和厦门的国民党上层报告,说漳城解放时,我当了共产党的‘内应’,亲自策划指挥。这样一来,国民党潜伏在‘泉漳厦纵队’的特务分子,正准备捆绑我下海去台湾,枪毙我……”

高云岚一直沉默着,不知道该说什么好。

丁香问:“那你有什么打算?两边都要抓你,你是逃不掉的。”

“对,你有什么打算?”高云岚问。

“有什么打算?走一步,看一步吧。”

“那怎么办?”丁香很担心地说,“我们还有儿子、女儿呢。”

“云岚,谢谢你关心,来看我……过去的生死战友,那时是对付日本人。今天我很惭愧,不能再同你并肩战斗了。”李汝成苦笑了一下,“没有想到,我们居然会成了敌对的人。”

“不,不是敌对,是自己人。一时的误会,终究会揭开。我建议,你还是去军管会把事情说清楚,去漳城、厦门、泉城都可以。我会将情况向上级报告的。”

李汝成又苦笑了一下:“今天晚上迟了,你让我想一想,要自首,我也得把家里的事情安顿好……你们正月放假几天?”

“就是初一、初二、初三这三天轮流休息,初四,星期一,就正式上班了。”

“那这样吧,初四我到泉城找你,你带我去,好吗?时候也不早了,演戏很快就会散场。”

“那，一言为定。我先走了，两位都不要送，以免引起别人的注意和怀疑。”

高云岚走了，李汝成赶紧关好东厢房门，想想不放心，又迅速走出房门，把大门也暂时关上，又迅速走回厢房，说：“我改姓黄，又起了个别名，记住我叫黄春晖，‘春晖寸草’，是对生我而一生劳苦的文清母亲的思念和纪念……家里还有多少银元，金子还有吗？不管多少，连银角子都给我。”

“你做什么用？”

郭丁香同李汝成于民国二十六年十一月，在嘉善，同一二八师共同战斗过七天七夜，结成了生死夫妻。他相信丈夫是一个好人，一个有正义感，有民族气节的人。丁香问道：“记得一次回家，你说‘解放军渡过长江，马上率领党部人员找游击队去’，后来怎么就没有找到呢……”

李汝成只是蹙着眉头，说：“运气不好……说不清……”

郭丁香咬了咬牙，忍住眼泪，翻箱倒柜，把所有的银元、金子，包括自己手上的金镯，脖子上的项链，都拿出来，装在一个裤兜褡裢里，交给汝成。临别，又从一本相册里，抽出一朵枯干了的蓝色小花勿忘我，只是说了一句：“你走，记住我们还有儿子李晟、女儿李馨。临行，带去往日我们定情时，你送我的勿忘我，不管走到天涯海角，别忘了我们母子三个人。”

李汝成接过勿忘我，感动的说道：“丁香，你还留着这朵蓝色的小花，我会永远收藏着，等待下次相见时，再让你收藏起来。”说罢，站起身，准备开门了，却又停下来，回过头去，突然拥着丁香的头额，轻轻地吻了一下，又转身到床上，掀开被子，伏着身，亲了一下女儿的额头，说：“我会回来的，女儿照顾好，李晟出去看戏了，我就不再等儿子了。”

说着，李汝成迅速打开房门，转过影壁，又轻轻开了大门，消失在暗夜之中……

郭丁香心中十分不忍，很不舍得，犹豫了一下，即刻冲出大门，朝门外一看，一个黑影正朝东街方向快步走去……

“汝成要去哪儿呢？这一别，不知又要多少年？”

郭丁香呆呆地望了一会，直到汝成的身影转向街北，消失了，才想到女儿还在房间里睡觉。

进了大门，刚转过影壁，她不禁趔趄了一下，差一点跌倒……

第六章　何处藏身?

(一)突遭绑架

李汝成连夜离开妻子、女儿,迅速沿着黄家庄东街小跑着,很快就转向街北小路,一直往灵峰溪岸跑去。他想:只要过了灵峰溪大桥,再往东,到了灵峰山麓就不怕了。

他想上三清观去找文清母亲,她一定能够收留自己,在三清观岩窟洞内安身。为了躲避共产党因误会而抓捕,更因为风闻国民党军队将把他捆绑下海去台湾枪毙,他只有躲进三清观岩窟洞的这一条路了……躲过这一劫,以后总有说清楚的时候。

"正月初一晚上,还有谁会到这里呢?再说要上山,须经过'回头路''苦气路'那么难登的山路!"

灵峰溪水自西向东,日夜潺潺,奔流入海。溪南大岸通赵家庄,有内外码头,大小船只从内港可以直通大海;从溪北大岸往东,五六里路程就到灵峰山麓,沿山路登攀上一千零八十级台阶,就是三清观。汝成不时往左右看看,有时也回头看一看来路,有什么异样;看一下,再往前,猛走一段;再看一下,再小跑一段……

忽然,他似乎听到近处有急促的跑步声,就停下脚步,仔细听一听……

"站住,不许动!"

"李汝成,你被捕了,捆起来!"

还来不及开口,李汝成的嘴里就被什么东西堵住了。接着,头被一个黑乎乎的、像麻袋的东西立即套上了,什么也看不见。

"李汝成,听听声音,看看我是谁?"何其兴揪着麻袋连他的头发一提,冷笑了道:"谁让你一直同我作对?我出道时,你还是毛头小子呢。"

“呜——呜。”李汝成没法说出话来，只是“呜”了两声。

何其兴笑了笑说：“你是问我们是共产党，还是国民党？告诉你吧，党国早就派人盯上你了。现在让你到台湾也死个明白：我们是‘泉漳厦纵队东南反共救国军’派来惩罚你这个叛党投共分子。哈哈，现在知道了吧，你策划起义，你是真投共；我公开出面，却是假投共；共产党军管会信任的是我，而不是你。我是‘孙悟空钻到铁扇公主的肚子里了’。押走！”

绑架李汝成的，大约有三四个人，押着他一直往赵家庄方向走。到了赵家内港码头，很快地，李汝成就被几个人推上船，似乎早已经有一艘船等在那里了。上了船不久，何其兴同船上的人叽里咕噜说了些什么，就走掉了。

已经上了船，反正不怕他跑掉，船帮把汝成头上的黑麻袋揭掉。他好不容易睁开眼睛，才看清船帮只是两个人，可都不认识。

李汝成就这样被绑架了，他是被特务算计抓走的。

正月初一下半夜，海面上的风浪很大。李汝成被丢进船底一个狭小的舱里，耳边听到的只是海风的呼啸、海浪翻滚的巨大声响。他并不怕死，只是不甘心被何其兴这个特务算计了，怪只怪自己认他为“灵歧同乡”，认他表兄赵孟颙是同学。这一下不仅对不起丁香和儿子、女儿，也对不起生养自己的母亲紫文李文清。想到情尽之处，李汝成不禁流下了眼泪……

还有，即使将来有命归来，又怎么向共产党交待呢？是呀，自己更对不起的是共产党，让这个特务潜藏在军管会里，不知道要害死多少人。都是自己看错了，这可怎么办呢？

对了，船上这两个人是谁？是外来的船主？还是赵家庄的人？他们会不会认识自己？李汝成决定试探试探！

“呜，呜，哇……”

“呜呜……”

李汝成听到，船舱上走动的声音。忽然，头顶上的舱板开了一个小洞：“喂，你叫喊什么？李汝成，肚子饿了？”

“呜，呜——”

“不要理他，哈，李公子也有今天！?”另一个人喊道。

“不行，把他饿死了，我们可得负责呢——来，李汝成，我先把你嘴上的布拿下来，吃了饭再堵上去，你可要老老实实啊！”走下来的一个，看起来还很年轻，似乎有点面熟。他一下子将李汝成嘴里的东西，拉了出去。汝成一看，是棉布裹着草纸……布团虽然拉出嘴巴，可上嘴唇和下嘴唇一下竟合不拢了，话也说不出来。

“喂，你怎么落到何其兴手里了？”

“吃吧，就是番薯干，没有别的，将就一下吧。到台湾，你就有得吃了。”

李汝成的上下嘴唇，逐渐恢复正常了。看这个人面善，正想问他叫什么名字，让他回去时同丁香说一声。可甲板上的人大声呼叫起来:“快上来！风浪太大了,船帆掉下了一扇,快！不然要翻船了——”

舱底又只剩下李汝成一个人,他忽然觉得肚子实在饿,一碗番薯干三口两口,很快就吃完了。

“喀嚓、喀嚓——”两声,是什么东西折断的声音……直觉头乱转起来,是不是船出了问题了?

船板上面两个人在对骂:“何九怪,我说你真他妈的,叫你不要拉这档生意,你偏偏给我拉了来——”

“我是何其兴家的长工,能不听他吗？好了,现在埋怨也没用……你看前面是不是一个小岛？划过去。来,两个人一起来,先到小岛上避一避,天亮了再说。”

“是一个小山埠,行,一起划过去。”

天蒙蒙亮时,船靠上一个小岛。朦胧中,还辨得出山势的高低和树木的影子。三个人上了岛屿,下到舱底的那个年轻人走在前面,李汝成夹在中间,后面就是何家的老长工叫何九怪的。好像怕他逃走似的。其实在这样的荒岛上,没有船只,往哪儿逃呢？何九怪在后面吆喝起来:“老实一点,老子为了送你去台湾,命也差不多没了!”

“你怕我跑了？跑不了的,除非你们用船送我走……”

“说得也是,你就是插上翅膀,也飞不回灵歧了。”

三个人很快就找到一块巨石下面避风。这石头下还有一个不大不小的洞,三个人躲进去,还挺宽敞。他们都累了,静静地靠在洞壁上,紧闭着眼睛,听那呼啸的海风、海浪,那声音就像要将这小岛刮上天去。

李汝成忽然异想天开起来:

能不能用钱收买这两个人,让他们偷偷把自己送回灵歧去？除了留几块钱,其他全都给他们,算是给的“买命钱”。他想了想,准备等那个年轻人单独在洞里的时候说说看。恰巧,何家长工何九怪,走出石洞,察看天气去。

“老弟,好像很面熟呀,你像是赵家庄的,认识我表兄赵孟颙吗——”

“不认识。”

“那你认识赵行健、赵大虎吗?”

“赵大虎是我父亲——”

“嗨,我记起来了,你不就是赵大虎的儿子赵天挺吗,那年我们的队伍开到漳城以后,就没再见到你。”

“我父亲在玳瑁坡牺牲以后……家里没有劳力,不出海母亲就会饿死,我就回家了……李司令,你是好人,只要有办法,我会帮你。何其兴和他家的长工找我,说是雇我开船把一个人送去台湾。要知道他们抓的是你,给我再多的钱,我也不会答应。他们交待了,只叫你李公子,不能和你多说话。”

何家长工进了石洞，听见赵天挺似乎在说话，就问："刚才李汝成同你说什么了？"

"说风浪这么大，台湾海峡就更过不去，三个人都要喂鱼——"

"废话！只有他去喂鱼……我们——"

"喂，我问你，你出去看天气，怎么样了？我这船可是租来的，现在船桅杆折断了，你们何家可要赔的……"

"你他妈的，收人钱财，替人消灾。你钱拿去了，事情还没有办完，就想要赔钱了？"

"可船桅杆断了，怎么办？你能飞到台湾去？说实在的，那几个大洋也太少了，风浪这样大，这是'卖命钱'！"

"何其兴给你们多少钱？这样的风浪，真是卖命。"汝成插上一句。

"运气不好。前天可没有风浪，一个人只给了七八块钱，要是昨天晚上叫我们送，那价钱至少也要五十。"

李汝成思想斗争得很厉害：要不要说给他们钱，交换放人？给多少？他们可以送自己回灵歧吗？说了，可能钱拿去，人还是被绑架到去台湾，但风浪这样大，他们也不一定愿意去卖命，说不定有希望；不说就一点机会都没有……

李汝成忽然想到应该换一种说法：送回灵歧，可以叫家人和亲戚给两人凑足一百块钱，每人五十。对，就这样说，即使不同意，也不会知道自己腰间褡裢里有钱……只要风静了、浪小了，是一定被送走……还是试探一下吧。

李汝成试探说："喂，两位乡亲，这样的风浪，你们一人只分得七八块钱，就去送命，说不定到了台湾，你们也回不来。这样吧，咱们前世无冤，今世无仇，你们也犯不着替别人卖命。请求两位，把我送回灵歧，我保证叫家人和亲戚给两位一百个大洋，每人五十。怎么样？俗话说，'救人一命，胜造七级浮屠'……"

"嗨，你这李公子，还真会说话。我放了你，我这'吃饭'的东西还要不要？"说着，何九怪就板起脸孔道。

"不必再说了，现在是进不得，退也不行。等风浪过了再说……"

大约中午时分，风浪逐渐小了。何九怪、赵天挺两人一起走出石洞，汝成听见两人在说着什么，只是听不清楚。过了好长时间，何九怪进了石洞，说："李公子，这样吧，我们的船桅有一根断了，台湾海峡风浪比这大得多，我们先回去，换一艘大的船来，你就在石洞里避一避，给你留下三天的干粮。另外，大米、番薯干，还有一些咸菜都留给你。三天后，我们一定再来接你。是去台湾，还是回灵歧，三天后再说……给他把绳子松开。"

赵天挺看了看李汝成，向他眨了眨眼睛，就替他解开身上的绳子，却故意解一节，缠一节，看看何家老长工走出洞外，就悄悄说了一句："放心，我会回来救你。"

绳子解开了，两个人对着干粮和洞里的番薯干，赵天挺努努嘴："都给你留下了。”说完,也不再听听李汝成的意见,就走了。只听见石洞外传来何九怪的笑声,“哈哈”了两下,说:“饿死这家伙,四五天后,东西全吃完了,哈哈,再没有人知道。”

“喂,说话轻一点……”

(二)终于没有出现

新中国成立后的第一个春节,地处沿海的泉城、厦门,面对台湾海峡,形势复杂,除当地干部放假三天外,南下干部都没有假期。

正月初四,高云岚就到市政府文宣部上班。这天,她换了一身崭新的灰色“列宁装”,出门时也没有忘记把腰间的带子系上。她要在李汝成的面前,展示作为新中国干部的风采,争取帮李汝成迅速搞清问题,加入新政府的干部队伍,像抗战时那样,在“灵峰抗日血魂游击队”里并肩战斗。

高云岚早早就到了办公室,军代表昨天夜里值班,上午不上班。她看看热水瓶里没有水了,就提了热水瓶往食堂灌开水去。刚要出门,一个看起来有五十的“半老头”站在门口,问道:“这里是军管会文宣部吗?”

“是,是军管会和市政府合署办公的文宣部。”

“您……您就是高部长?失敬、失敬,我是来报到的,我叫何其兴。”何其兴说明了来意,就小心地站着。

“请,请进,”高云岚客气地让他进办公室,心里想:这不就是李汝成说的陷害他并潜入军管会的何家村何其兴吗!倒要观察观察,听听他说些什么?“军管会首长,让我到文宣部报到,当地人,情况熟悉,配合您做些文化宣传工作。”何其兴一边说,一边掏出介绍信来。

“原来是这样……”高云岚接过介绍信,她知道春节放假,首长还来不及和自己打招呼,但信末签字的笔迹不误,就说:“好好,欢迎、欢迎!文宣部增加了力量了。”

“对不起,你先坐一下,我得打开水去,热水瓶里没有水了……”

“我去、我去,食堂我熟悉。”何其兴接过高云岚手中的空瓶,就打开水去。

高云岚心里盘算,除夕约了李汝成来,这下子却是何其兴来,怎么把两个人岔开,不要让他们遇上?对了,就说自己上午还有些要紧的事,让他过几天再来。

何其兴冲冲地提着热水瓶进了办公室,还没有放下,就迫不及待地说:“今后,还要高部长多多关照。不瞒您说,我是漳城的起义人员,本来也在文宣部,因为家在泉城,所以去年底申请调回来……”

“噢,我们欢迎起义人员回到人民的队伍。你是城里人?”

“不,我是泉城灵歧古镇人氏,家父何友良,也是当地开明士绅,坚决拥护新中国,拥护共产党。”

“灵歧在泉城很有名,是个古镇。你是哪个村的?”高云岚故意装作不知道。

“何家村的。我们何家村一直比较穷，只能称‘村’，没有什么地主。地主，资本家都在李家庄、黄家庄、赵家庄，这三个庄子有许多大户人家，所以都称‘庄’。”

“噢，还有这个区别？”

何其兴欲言又止，想了一会，问：“分配我做什么事？尽管吩咐。”

“不，你还是先休息几天，我还得请示一下军管会首长再定。今天我还有要紧的事，就先谈到这里吧。”高云岚担心李汝成在办公室碰见何其兴，就站起来，表示“送客”：“下次再见，什么时候上班，我会通知你；有需要，你也可以回何家村看看家里的人。”

高云岚左等、右等，一直等到十一点半，都没有李汝成的影子，正想起身到食堂吃中饭，恰好军管会主任郭影秋进了办公室：“怎么？一起吃饭去吧。”

“正想走。对了，上午一个叫何其兴的来报到。他是灵歧古镇何家村的，我正想找首长请示，安排他什么工作？”

“这人是漳城转过来的起义人员，漳城国民党党部副主委。据漳城那边军管会转来的介绍函件，说这个人在那里不大安心，打过好几次报告，要求调动回泉城工作；最近一次说，为了照顾老父亲的病，如果不能调动，他只好辞职……你知道，优待起义人员，是我们党的一项重要政策，所以漳城军管会就让他年内先回家。除夕前同我们联系后，决定原部门调动，到我们文宣部。他原来分管侦查反动标语的工作，暂时还让他管这事吧，考察考察，如果不合适，以后再调整。”

“这人可靠吗？”

“现在还看不出什么，那边转过来的材料，有一份匿名的检举信，说这个人是‘假起义’。目前没有证据，而且是匿名的，无从调查。就因为这个事，所以特地来告诉你，注意考察。走，吃饭去。”

李汝成终于没有出现。何其兴回灵歧，在何家村住了三天，他觉得正月头已经过了，就回泉城重新到文宣部报到。

2 月 23 日，农历正月初七，星期四上午八点钟，何其兴准时到了文宣部办公室。高云岚已经替他安排了办公桌，仍然客气地表示一下欢迎，接着随意问道：“令尊身体好些了吗？”

“好些了。其实他就是想念儿子，要我经常回家看看。没办法，只好调来泉城，其实我在那边工作挺习惯的。新单位、新工作，以后有什么差错，还请高部长多多关照。”

“工作还是同你在漳城军管会时一样。地方嘛，泉城毕竟是你老家，过一段时间，很快就会习惯。”

“敢问高部长祖籍？”

“就是晋江地区人，但不在泉城市内。”高云岚忽然觉得不宜详说，就随口应道。

“这次回灵歧，听村里和街上人说，高部长抗战时曾经在灵峰山打过游击？”

"有这事。那时日本兴亚院厦门联络部组派一支日军,企图打通厦门到省城的通道。游击队在戴云山阻击他们,我参加了。"高云岚仍然有些警惕,不多说话。

"灵峰山是戴云山的一条支脉,出了何家村几里路,上一个坡,再下去就是通省城的公路。漳城党部有个人,当时也参加了抗日游击队,叫'血魂'什么的……"何其兴说。高云岚揣测,何其兴在试探自己同李汝成的关系,就更加警觉起来。她"嗯"了两声,便有意转换话题道:"军管会首长说,要尽快把年内敌特的谣言和张贴反动标语的事情弄清楚。"

(三)躲进蝴蝶洞

何家老长工何九怪和赵天挺趁着海上风浪转小,迅速开了船回灵歧赵家内港码头。为了瞒过何其兴,也为避人耳目,何九怪轻轻地对赵天挺说:"我们把李汝成放到孤岛上,虽然过几天没得吃就饿死了,但是没有送去台湾,回去也不好交代。我想到崇武一个亲戚家避一避,半个月左右才回何家村。你最好也找个地方躲一躲,半个月后我们一起向何其兴交差,就说安全送到台湾了。"说完径自趁着暗夜悄悄走了。

赵天挺回了家,母亲问起这两天做什么去?他只好胡乱应付两句,说,"正同北港人协商一起出海讨生活,明天还得再去。"母亲听了,只说:"灶房里有吃剩的番薯,你自己去拿,我睡了。"赵天挺随便吃了点东西,躺在床上翻来覆去地想:"去,一定得再去!一定得把李汝成司令带回来,可是,让他躲到哪里呢……对了,反正他家会有亲戚可以躲一躲,只要不把自己供出去,何其兴不知道就行了……"

第二天上午,赵天挺向同族好友另外借了一条船,好在海上风浪基本上停息了,就匆匆开船出海去。下午就登上了那个没有人的孤岛。

李汝成一见,真是高兴极了,只说了一声:"天挺侄子,我会报答你的……"说着,竟然流下了两行男子汉的热泪。

"你准备到哪里避一避?"

"我找朋友去,很远,让何其兴永远也找不到,他再没有机会陷害我了……"

李汝成说了,又一次看着赵天挺道:"只要有出头的日子,我一定报答你的情义!"

"要不要我送你到朋友家?"

"不用了,不能再连累你,你就连夜开到赵家内港码头,我自己设法到远地他乡。记住,孝养母亲,赵大虎兄弟在玳瑁坡牺牲以后,我家也被日本人炸了,给你家的补偿一定不多……"

"不,不,已经够多了,解元公把全部家产都给了游击队,听说现在都借住在圆通寺。"

半夜才过，赵天挺的船就到了码头……

李汝成一个人上了岸，消失在暗夜之中。

上三清观，虽然三清观也被炸了，但据说还有几间屋子没有被炸掉。汝成一个人走过灵峰溪大桥，往北岸大路一直向东，他熟悉地登上“回头路”“苦气路”“心平路”，直达三清观大门前……

怎么，门前的“相风竿”呢？没了，门也没了？李汝成凭着记忆，在残垣破壁的废墟中觅路，一步一步，小心地走着，一直摸到了后厅，再转过北堂。

到了，有一间房子还亮着灯，汝成想，一定是哪位道姑在做早课。可是，窗子关得紧紧的，什么也看不见。李汝成壮了壮胆，轻轻敲了两下，没有动静，他再轻轻敲了两下。

“谁？”

“是我，汝成，是汝成。”窗子打开了一小扇，里面的人小心的侧着身子。李汝成借着微弱的灯光，看清脸庞，正是自己的生母紫文道姑李文清。

“母亲，我是汝成，开门，有人捉我，我来这里暂时躲一躲。”

门开了，李文清拉着儿子的手，哽咽着问：“快进来，你这半年多，到哪儿去了？”

李汝成把半年多来的情况，都向母亲诉说了，李文清听了一直流泪。她几次下山，到过父亲借住的圆通寺，也曾同父亲一道送媳妇丁香到黄家庄‘认祖归宗’……儿子还没有开口，李文清先说道：“本来叫你外公住到三清观来，他担心这里都是女道士，不方便，另外说年纪大了，山路也走不动。圆通寺虽然炸了一些房屋，但后堂还完好，很清静，就住到圆通寺了。丁香回灵歧以后，也没有地方住……到黄家庄黄渊潭大厝落脚，那一天见到你以后，你就外出了——”

“是，是这样。外公、母亲、父亲同黄家当年发生的事，丁香和李晟、李馨，应该‘认祖归宗’，我也已经改了姓，我现在是黄汝成，不是李汝成了，不过别人习惯还是叫我李汝成。”

接着，李汝成把遭受何其兴陷害的事简要地说给母亲听。

“何其兴这样陷害你，你打算怎么办？”

“就为这事来找母亲商量，我想在岩窟，就是蝴蝶洞暂时躲一躲，等风声一过，我就出来向政府说明情况。那时就不用担心了，我可以光明正大地回去。”

“这办法可以，外面风声很紧……这样吧，我马上把紫云道长和紫雪叫起来，大家商量商量，你先在我这里休息一下。”李文清说着就找宋紫云去了。

李汝成转到前厅看一看，原来供奉着的元始天尊、灵宝天尊、太上老君的全身雕像都不在了，只剩下左边一尊新的太上老君李耳的半身像，似乎是刚塑不久的；元始天尊和灵宝天尊大约被炸坏，清理以后，没有再重新安排。他想：“三尊有灵，应该保佑母亲身体健康；应该保佑自己的冤枉能够申诉得直，只要自己有命活着出去正常做事，一定把残破的三清观重新修好。只是，今天看来，不论是太清、玉清、上清,元始、灵宝、太上,都是让人朝拜的土偶,充其量只是人生不幸遭遇的一种心灵抚慰剂。是的,自己今天不也正在祈求这种安慰吗?它的作用只是心灵的汤膏,只有躲进蝴蝶洞才是安全的……”

李汝成一边想着,一面走回母亲的房间,刚刚坐下不久,母亲就带了紫云道长和紫雪一起进来了。紫云道长道:“事情紫文都已经说过了。这个何其兴,以后再慢慢找他算还这笔账。在这里住无妨,我们可以在心平路和苦气路交汇的地方,叫道静和道清轮流在那里察看,有人一旦走过回头路,立即跑上来报告。那时再进蝴蝶洞都还来得及——”

“道长,我也参加道清和道静的轮流……”

“也算我一个,我也参加。”

“可以,这样四个人轮流就轻松一些。开始时两个人合起来半天;上午两个人,下午和明天上午两个人。按照这样轮转,每个人一天轮流到半天。以后局势逐渐稳定,也可以试着四天轮一次。”

“我看,我还是进入蝴蝶洞比较保险,大家也用不着轮流在路口察看。洞里面有吃的吗?”

“经常性的饭食洞里都具备,两三天就会换一次。我们每天还可以送饭、送菜下去。万一碰到什么问题不能送饭进去,十天半月也没有什么问题。”

“洞有多深,长不长?”

宋紫云笑笑说:“玳瑁坡战斗前就想让你到蝴蝶洞察看一下,紫文说万一打不赢日本鬼子,有个退路的地方,大家都同意。后来,战事来得太突然,没有准备好,来不及叫大家来……后来你就到漳城去了。这样吧,把道清、道静叫醒,让她们守住山门,有人来就说我们三个人下山去了。我们带汝成下到蝴蝶洞先看一看。”

李文清向儿子介绍说:“三清观,原先是一个废弃的洞穴,叫岩窟洞。早在宋代就有传说,说是东南沿海开发以前,为蛮人土著族民所聚居,由十八个洞主统率盘踞在东南地域。蝴蝶洞是由唐代容州土著黄家洞迁移过来的——”

“噢,是这样!我知道‘黄家洞’的一些传说。”汝成说。

宋紫云道:“这个传说可能有些根据。他们从唐代起,就居住在容州,过着穴居的生活,其中最大、最有势力的就是黄家洞。由于安史之乱,中原鼎沸,唐朝中央政府没有能力管辖到周边的土著。黄家洞曾率领容州的土著多次反抗唐朝的苛逼侵扰。从唐肃宗至德年间,一直到唐懿宗咸通的一百多年,由于唐廷官兵的残酷镇压,一部分土著在黄家洞首领的带领下,从五代到宋初完成了大迁徙。唐朝诗人李长吉就曾有《黄家洞》诗。”

汝成有所悟地插上一句:“这传说可靠,《黄家洞》这首诗,《李长吉歌诗》中就有,其中有两句,还记得是‘闲驱竹马缓归家,官军自杀容州槎’。”

紫雪插道:“据说其中有一小股人,迁到了东南沿海的灵峰歧海一带,占据了灵峰山的岩窟。还传说北宋时候，杨文广征服东南十八洞时，打下了十七个洞，这第十八洞在哪里都找不到。及至奉命镇守海疆时才发现，还是靠一个放羊的人才发现……”

李汝成听了紫雪道姑的介绍以后，想，这真是一个好去处，既清静，又可以在洞里读读书，增长见识。他迫不及待地想察看这个岩窟到底是个怎样的洞穴。

文清和雪梅向李汝成介绍蝴蝶洞时，宋紫云想：“要不要把通往龙旗顶的隧道告诉汝成呢？蝴蝶洞经过同日本鬼子的战斗，已经有二十几个人知道这个洞，万一有人向政府报告，或者口风不紧说漏了嘴，汝成就有可能被查出来……还是乘这一次汝成进洞时，告诉他吧。对，万一出现危险，汝成还有一处可以躲藏，可以脱逃。于是决定把这个隧道的秘密告诉汝成，同时让雪梅、文清也知道，道清几个小道姑就暂时不必知道。”于是认真地说道：“我们蝴蝶洞，经过战斗已经有许多人知道这个秘密隧道，还不是很安全。虽然一般说来是安全的，但是万一有人走漏风声，还是有危险性。一次偶然的机会，我在蝴蝶洞找到一条通往龙旗顶的隧道，下去时一并告诉汝成，万一蝴蝶洞出了危险，就可以从隧道往龙旗顶跑，那就很安全了。”

紫雪高兴地说道：“还有这样的好地方，姐姐快带我们进去看看！”

“通往龙旗顶隧道，是在洞口不远的地方，一块大岩石上面。我们先把蝴蝶洞的内部情况让汝成熟悉以后，回程快到洞口时，再带大家进龙旗顶隧道。”宋紫云道。

李汝成似乎回忆起什么，突然有悟，道：“对呀，我们开始筹备游击队时，大概民国二十八九年的时候，宋道长、高云岚、春申大哥，还有我，我们四个人在龙旗顶发现有一个洞可以斜着进去，当时没有进，大家说，后续的考察让道长去做……”

宋紫云道：“是，就是那时候不久，我从蝴蝶洞内左侧一处高坡上，看到了一大片岩石夹缝当中长出了一棵小树，走上去把小树一拉，石头缝里的泥土很松，就拔起来了，下面就是通往龙旗顶的隧道了。”

大家听了，都啧啧称奇。宋紫云于是带了紫雪、紫文和李汝成进了蝴蝶洞。蝴蝶洞原来有一个入口，是从后堂宋紫云的入静道院的坐垫下进入，后来宋紫云发现后堂院子里一棵大枫树，树根后的面丛草中有一个自然洞穴。她就把洞穴慢慢挖深，通到了蝴蝶洞的梯栈。宋紫云说：“先从我的静室下去，再从枫树根的后面上来。”说罢，四个人就一起到了紫云道长的静室。宋紫云挪走了自己的蒲座，就是一片地砖，根本看不出这里有什么机关、暗道。只见宋紫云两手向左右用力一掰，立即就将四块大地砖分成左右各二，现出一个深黑的洞穴。宋紫云道：“雪梅，你带汝成先下，我同文清跟在后面。电筒带了吗？”

“带了，有电筒真好，从前都得拿火柴。”

雪梅、汝成、文清，相继下了深洞，宋紫云最后压阵，一下去，就顺手将四块大砖头合拢。

四个人沿着斜坡的土阶慢慢往下走，李汝成一步一点数，数到了第三百七十二级，紫雪回过头说：“到底了，现在要走过一条一里多长的小路，才到一个很大的石厅。”

大家一看，面前就是一条小径。一个接一个往小径走去，大约又过了十多分钟，面前忽然开朗起来：是一个又高又大的大厅，顶上和四周都是花岗岩的石头，更不可思议的是，从底部到顶上，顶天立地似地立着几根粗细不同的大石柱，真是鬼斧神工，要说这里从来没有人住过，谁也不相信！

宋紫云说：“慢点往前，看看左右两旁都有一个小室，还有石凳石床——”

大家一看，果然如此，太令人惊奇了！雪梅忽然说，“大家听，我们头顶上好像有海水流动的声音”。

“是，这里已经在海水下面了，海水就在我们头顶上。”宋紫云回答道。

汝成说：“真神奇，这个厅可能是唐朝黄家洞的人迁移到这里以后开凿、打造的。”

“有道理，但很难证实了。”雪梅说。

李文清感慨地说：“历史都是很难证实的。”

汝成接着道：“不光是历史，现实的人和事，都时常被歪曲了——”

宋紫云知道汝成心中的感慨，看了他一下，说：“要有信心，真相总会弄清楚的。”

“到了八十岁、一百岁再弄清楚，意义就不大了……再往前走，是……”

“再往前走，又要经过一条小路，不过是逐步升高，像走在山路上一样。到一定的高度，就高出海面了。”文清说。

“好，再往前。”

四个人离开花岗岩大石厅，继续往前，经过了一条“暗道”，电筒的电光显得更加亮了，似乎特地照着大家前行。不一会，小路就不大平坦，像是一条蜿蜒的山路，一直延伸到高处。越往上登，路就越窄。走完了狭窄的羊肠小道，突然又有一片开阔地，不过没有刚才经过的花岗岩石头厅大。走完了开阔地带，一块庞大的石头从高处倾斜下来，在倾斜的尽处，忽然有一线光透进。继续往前，光也越来越明了……最后在一堆屏蔽着的杂木丛草的间隙中，大家都听到了很明显的海浪的声音。

宋紫云用双手搬开几根木棒，再把杂草往两边一挪：豁然就是一片灰蓝色的天空。汝成知道这里应该是一扇通往海上的“山门”。突然一阵海风，把门边上的杂草吹了进来……

大家就站在洞口，望望天空、看看海面。大约是很久没有人到这洞口了，洞外已经是丛生的杂草，而稍远的地方虎踞着几块大石头，极像蹲着、跑着、咆哮呼啸着的老虎。再远一点就是垂直的峭壁，没人能够登上山顶。汝成忽然悟道：“这虎岩的名称跟那几块形状像老虎的石头有关系。”

宋紫云道："这座独立的高山，整座就像一只蹲着的老虎。虎头向着外海，而虎背朝着三清观。灵峰山山势走向到了龙旗顶突然中断成了悬崖，其实应该是很古远的某个年代深入海中的低洼山谷被升起的海水淹没了。我们最初走过的山径，其实是在海平面的底下。因此能听到头顶上海浪轻轻涌动的声音。"

看了一会，因为海风太大，有些寒意，大家把洞口的木棒、杂草重新遮蔽好就往回走了。又走到花岗岩的石头大厅，汝成又进了厅旁的石室，说："我非常喜欢蝴蝶洞这个花岗岩大厅，两旁还有石室，在这里住几年也不错！"

回程时，快要上洞口狭道前，大约一百多级的地方右侧，宋紫云带领大家爬上一个小坡，上面确实有两片很大的石头，像乌龟壳似的相对匍匐着。两片石头中间有一条大裂缝，就是龙旗顶隧道的入口。如果不登上高坡，或者虽然登上高坡不上大石头，也永远不会知道这里有一个很深的隧道。

宋紫云带头进了洞，其他三个人就都跟着进入洞口。

从这一天起，李汝成就藏身在三清观蝴蝶洞里，洞里储存有日常食物和用品。宋紫云、雪梅、文清，以及道清、道静几个人，不时两三个人结伴进洞来给汝成送东西，讲一点外面的消息。只是，几位道姑不敢告诉外面的任何人，包括汝成的妻子郭丁香。

（四）万物静观皆自得

自从丁香住进黄家大厝以后，李开先一直想着孙子李晟和孙女李馨。初三一早，就到了"马槽"药铺托春申去看丁香的两个孩子。

李春申对父亲道："汝成不知道去了哪里，丁香和虎子、栀子现在住进了黄家吃穿不用愁，但是，这教育的问题我们还得管一管。这个学期李晟要小学毕业了，很快就要升学考试……"

"我在想，不如趁寒假有空，你帮李晟温习一下高小三册和第四册的国语、算术，还有时间的话，再把《孟子》的重要章节重新给他讲解一遍。正好也顺便去看看丁香和两个孩子。"

正月初四，上午九点钟，李春申过了灵峰溪大桥往南到黄家大厝，恰巧丁香和两个孩子都在家。李春申准备给两个孩子"压岁钱"，就托辞说是外祖父给的，要他拿来给李晟和李馨："父亲拿了两万人民币（相当于现在的两块钱），托我来看看孩子。"说罢摸摸口袋，拿出了两个银元，道："祖父给两个小孙子的'压岁钱'，放在我那里好几天了。不过现在在泉城人民币还不很通行，我给两个孩子换成袁大头银元……另外，李晟小学剩下最后一个学期了，又要参加泉城升学考试，接着上中学以后会很忙。父亲让我利用寒假时间，给孩子补习一下国语、算术，有时间的话，《孟子》再挑几篇读读背背——"

“大伯,您大学不是读中国文学的吗,算术也会教呀?”

丁香看了李晟一眼,道:“大伯是大学生,高中就学过高等代数、三角、微积分、几何、立体几何,你这小学的课程大伯还嫌太浅呢。”

“对了,我们小学的老师有的连高中都没有毕业,甚至只有初中毕业就来学校教书了。家里没钱,妈妈很辛苦,我以后初中毕业了也出来教书挣钱给妈妈,还有给妹妹的压岁钱也有了……”

春申一听,想到汝城不知哪年哪月才能回来,心里一阵酸楚,鼻子一酸差点流下眼泪来。他牵着小虎子的手,摸了又摸,道:“《孟子》读过,还记得吗?”

“有些好句子还记得。我喜欢《孟子》的文句很感动人,很有气……气……大伯以前教我的时候,说《孟子》文章很有——”

“很有气势,气势懂吗?这是人心中情感的流荡,像一股居高临下的水势,不过它不是水而是胸中的一股‘气’,形诸言语冲激而出,写下来就成了有‘气势’的文章了。”

“我知道了,‘天时不如地利,地利不如人和。三里之城,七里之郭,环而攻之而不胜;夫环而攻之,必有得天时者矣,然而不胜者,天时不如地利也’;‘天将降大任于是人也,必先苦其心志,劳其筋骨,饿其体肤,空乏其身,行拂乱其所为,所以动心忍性,曾益其所不能’;还有,‘富贵不能淫,贫贱不能移,威武不能屈,此之谓大丈夫’……我最喜欢‘大丈夫’这几句了。对了,还有‘民为贵,社稷次之,君为轻’也很好!”

春申听了,笑道:“可是‘民贵君轻’,中国历朝何曾做到?”

丁香道:“说得是,书上说的东西,有几句是可信的?我们就是‘民’,何曾‘贵’过;说‘君为轻’,可历史上打来打去,都只想‘为君’做皇帝……”

春申感慨道:“不过,孟子毕竟还是教了中国男人应该有个男子汉的样子,可惜我们自己做不到,像我们兄弟,特别是我从小就谨小慎微,只怕惹事拖累家庭。结果,嗨……都是‘事来惹我们’。希望李晟,下一辈人……”李春申说到这里停了下来,转过身子对李馨眨了眨眼睛,继续道:“还有李馨,你们两个不要像大伯,胆子那么小——”

“大伯,我年内在黄家庄街上一家理发店。看到一面大镜子上面有四句诗,记不大清楚了,好像是这样四句:

道通天地有形外,思入风云变态中。
富贵不淫贫贱乐,男儿到此是豪雄。

“这首诗是谁写的?第三句就是《孟子》书上说过的。”

李春申笑道:“我也记不大清楚了,这诗应该是宋代理学家程颢写的,题目叫

《秋日偶成》,有两首:

闲来无事不从容,睡觉东窗日已红。
万物静观皆自得,四时佳兴与人同。
道通天地有形外,思入风云变态中。
富贵不淫贫贱乐,男儿到此是豪雄。

“李晟说得不错,‘富贵不淫贫贱乐’,用的是《孟子》书上的话‘富贵不能淫,贫贱不能移,威武不能屈。此之谓大丈夫!’不过,这两首诗写得最好的是‘万物静观皆自得’。”

李馨笑着问:“丈夫还有‘大丈夫’‘小丈夫’的吗……”

“栀子不要插话,听大伯说。”丁香道。

春申看了看李馨,道:“李馨还小,只知道现在男人叫‘丈夫’。古代‘丈夫’就是男子汉;‘大丈夫’就是顶天立地的男子汉!孟子讲的是,应该怎样做一个顶天立地的男子汉。就是说,人要有顶天立地的气魄和人格。孟子在另一个地方说的‘浩然正气’也就是‘大丈夫’的气概。”

春申说到这里,想到自己,也觉得好笑,自己有什么“浩然正气”,也算是“大丈夫”吗?

李晟抿了一下嘴,他似乎在思考一个什么问题,忽然问道:“为什么‘万物静观皆自得’?”

春申答道:“静:静养,静学,静心,静志,静观,与物无忤,一切顺其自然则得者自多,这就是‘万物静观皆自得’!”

李晟听了,似懂非懂地点了点头,又问道:“那就是说‘静’才能‘得’,那么,一个人如果不‘静’,就不能‘得’。是不是这样理解?”

“可以这样说。‘静’是一种修养,所以叫‘静养’,修养不足后天就要学习,这就是‘静学’;学到能够‘静心’‘静志’,然后对自己、对他人、对社会、对自然,对一切事物,就能够‘静观’,与物无忤一切顺乎自然,则所得者多,这就是‘万物静观皆自得’。一个人能做到‘静观’,就不会躁急、褊狭、看偏、看错,其所思、所行就能合乎‘道’——”

丁香听了春申对“静观”的讲解,心里暗暗想:“汝成出走了,是对、是错,是好事、是坏事,对人民政府这样做,是应该,还是不应该?自己能‘静观自得’吗?”她心里有些乱腾腾的,到底怎么看丈夫的出走呢?连高云岚这样的生死战友,他也不敢相信了……

正当丁香思绪乱心的时候,黄渊潭突然进门来,喊了一声,道:“春申,说得真好呀!‘静,静心,静志,静学,静观,与物无忤一切顺乎自然,则得者自多。万物静观皆自得’……我想叫孙儿黄翃也来跟你读书怎么样？再收一个学生吧。”

“好，来，你叫他今天……现在就来。”春申回答道。

黄翃在灶房里帮助母亲做杂事，听到隔壁说到自己的名字。就跑了过来，说：“李晟要读《孟子》，我也想读《孟子》。表叔，几天讲一次？我也来参加，好不好？”

“好呀，几天讲一次还没有定，今天才开始。既然想读，我们今天晚上就开始。”春申道。

“刚才，我在灶房里听到春申表叔讲‘大丈夫’精神，我和李晟能不能当‘大丈夫’呀？”

春申高兴地回答：“能，一定能！”

李晟问：“除了刚才说的‘富贵不能淫，贫贱不能移，威武不能屈’三句外，大伯能不能说说这‘大丈夫’包含有几层意思，这样我们学起来就会比较具体，有个目标。”

“这个嘛，我还没有好好考虑过……我想一想，试着说说看——”春申思考了一会儿，道：“我觉得‘大丈夫’精神，具体来说，可以包括三个方面，第一就是知性尽心，对自己，有善良的人性，有恻隐之心，有慎独的精神；第二是对他人，包括群体、社会和国家，有设身处地的移位思想，有坚毅刚强的尚志精神，有对社会现状的忧患意识和热爱家国的情怀；第三是对天地万物，有感悟自然之心，有万物天设天造之思，有热爱和珍惜生命的感情。’”

行远、丁香和渊潭老听了，不觉同时拍起手来。

黄翃道：“好，就从现在开始，有同学来叫我出去玩，我也就可以回绝他们了。”

黄渊潭道：“你刚才归纳的《孟子》书的三点精神，我再给你补充一点，就是孟子的‘民贵君轻’的思想，‘民为贵，社稷次之，君为轻’——《明书》记载，明太祖读到‘君为轻’，非常生气，立即下圣旨，将孟子塑像从孔庙移了出去——”

行远急忙道：“是《明史》吧！”

“不，是《明书》，明末清初，一个叫傅维鳞的人所著，不是康熙年间张廷玉监修的《明史》。傅维鳞是崇祯举人，顺治进士，官至工部尚书。我们家里就有这书，一百七十三卷，‘丛书集成’本，大约有三十二册，你有空可以拿去读看看。《明史》卷次更大，有三百三十二卷。从朱元璋洪武元年写到朱由检崇祯十七年。但是《明书》起于元代天历元年，比《明史》提早了四十年。”

春申道：“毕竟是表叔读书多。”

“不过，我还是不如你父亲解元公，他读的书才叫多呢。”

“明天是继续讲《孟子》，还是讲一点别的什么？”春申问。

渊潭老道：“可以讲一点诗词，黄翃比较喜欢读《唐诗三百首》。”

“那好办，李……黄晟《唐诗三百首》小时候虽然读过可以再读一回，所谓‘温故而知新’。读完以后，我再来选一册《宋词三百首》，然后再读《古唐诗合解》、金圣叹的《贯华堂唐诗解》。”

第七章　牵　连

（一）偶然听到

初四晚上，李春申还是到丁香住处，开始给李晟、黄翃、还有李馨讲解《唐诗三百首》。李春申按顺序讲五言古诗，除了李晟外，黄翃和李馨都觉得没有什么兴味。结束前，李春申就补充讲了一首刘禹锡的《扬州初逢席上见赠》的七律。李馨无所谓，李晟和黄翃就很喜欢。

大约九点钟结束，李春申就回“马槽”药铺了。

这天夜里睡觉前，李晟一直在回味刘禹锡的“沉舟侧畔千帆过，病树前头万木春”两句诗。觉得刘禹锡是把自己比作“沉舟”“病树”，还是说当时人，有的像“沉舟”“病树”。他似乎不大理解，心里一直记挂着“沉舟”和“病树”，想来想去，居然想到祖父年纪大，有时还生病，算不算是“病树”……

朦朦胧胧中，他似乎隐约听到自己房间外面的吃饭间，母亲正在同谁说着话。虽然声音很轻，但还是能辨得出是一个女人的声音：“正月初一在你这里遇见了汝成，说好初四到泉城市政府文宣部找我，我等到中午十二点可就一直没有来。所以晚上就赶来找你，不知道汝成什么时候会再来。”李晟听到母亲回答说：“我同你一样，也不知道他的下落。那天晚上他是答应今天上午，就是初四上午到你那里去。你走了不久，他忽然向我拿了一点钱就走了，说是先躲几天再说。走了都四天了，就一直没有再见到他。我还以为他已经去你那里了。”

“我以为汝成还在家……一点消息都没有。”

丁香道：“民国三十二年冬，灵峰山遭日本人飞机轰炸，接着清剿李家庄夷为平地，死了二百多人……那时传说你同汝成都到新四军去了……”

“我到漳城不久就同张一弓、戈云林几个人去龙岩，再取道江西铅山、上饶，最后到了江西的玉山，同浙江江山县交界的地方。当时日本人正出兵扫荡浙西南和赣东北，轰炸丽水和玉山的机场。我们只负责配合国军转移老百姓……汝成当时还在漳城。”

李晟仔细听，还是刚才说话的那个女人的声音。“我们也不知道他哪里去，解放这么久了，我想他应该会回家……”

接着，那个女人好像说自己肠胃有什么毛病，准备明后天找祖父，给她开个药方试试看会不会好一些。

女人临走时说：“有传说，内战时期汝成本来准备到龙岩游击队，因为他不是共产党就没有去成。就这样，我同他也失去联系……还有传说，说他暗中策划过漳城国民党党部集体起义，后来又不知道去了哪里？现在解放了，旧人员都必须登记……我猜，汝成可能还在国民党，抗战时候，我同他在灵峰游击队并肩战斗过，你不要有顾虑，我是想帮帮他。”

这一天夜里，李晟在床上翻来覆去，心里想着父亲就一直就没有睡着。隐约感到父亲可能出了什么事情，弄不好会变成了“沉舟”……但是父亲的事，自己却从来没有听说过什么……李晟在朦朦胧胧中睡去了。

不知又到了几点钟，忽然听到门扇“吱呀”地一声响，有人开门进来了。李晟被惊醒，问道：“谁？母亲，听，是开门声音，有贼？”

“你怎么醒了，是祖父和大伯刚才来过，我刚送他们走。小孩不要管大人的事，睡觉！”

第二天一早，祖父和大伯又来敲门：“丁香、丁香，开门，是我。”李开先敲了两下，又敲了两下。

郭丁香应声道：“来了。”说着连忙从床上坐起来，赶紧穿好衣服，开门。

“大门不是关着么，能进来？……大概黄家佣人早起出去时开了门。”李晟又醒来，想：不是说昨天晚上刚来过，怎么这样早又来了。一定有什么重要的事情！他决定先不起床，就躺着听听祖父和大伯说些什么。

只听见母亲说：“这么早就来？年纪大了，这样睡不够的。”

祖父似乎有些紧张地说：“你半夜找我——”

“我昨晚回来时把李晟吵醒了，只好说祖父和大伯来过，刚刚送走……”

“哄哄小孩，没事。你昨晚说，高云岚认为汝成可能还在国民党，要他快点自首……也不知道跑哪里去。解放这么久了，都快半年了，不去自首事情就会有些麻烦。你走了，我怎么也睡不着，一直躺到天亮。汝成让一家人替他担惊受怕。抗战时家里炸成平地，你母亲、杏之，还有李旦，都死在日本人的手里——”

“汝成弟弟在嘉善阻击战和戴云山拦击日军的战斗中都是英雄，相信他不会有事……”这是大伯说的。

“你说高云岚对汝成抗战时的评价很好，是吗？”李晟听到曾祖父问母亲。

“她现在，说话还算数吧？”

“当然，她现在是南江地委宣传部长，还兼泉城市文宣部部长。”

“那就好，那就好。我只担心汝成同解放军作对——”

又听见大伯说：“不会，不会，有传说汝成率领漳城国民党党部起义，归顺了共产党。”

“是起义人员就没有关系。我年纪这么大了，没有什么可怕，只是担心你和虎子、栀子将来可能受到牵连……”

听听曾祖、大伯好长时间都没有再说什么话，李晟就起了床，向祖父问好：“曾祖父早！”

“虎子早，不多睡一会……”转而对丁香道，“我得回去了。对了，你说高云岚想找我开什么药？她生什么毛病呀？”

丁香道：“好像说是胃痛。”

春申道：“春节，可能就是吃多了，肠胃病。如果是脾胃湿热，党参、白术健脾，益气；茯苓、薏苡仁利湿，开胃；芡实补脾，益肾，止泻；莲子醒脾，清心；山药滋补脾阴；白扁豆和中化湿……父亲医药知识远在儿子之上。”

“不差不差，这是一帖温和、补益、醒脾、化湿的药，没问题。”

李开先说罢就站起身，两人离开黄家庄丁香的住处时是初四早晨，正月头，黄渊潭一家都还没有起床。

李晟很聪明，联系除夕晚上祖父“喝酒解忧”的情况看来，他猜测父亲可能有大麻烦。是不是会牵连到祖父和家人呢？父亲要是出了问题，母亲可怎么办，还有妹妹李馨呢！

（二）谣　传

1950年2月下旬，正是庚寅年正月初，灵歧古镇的谣传很多，这些谣传对李家影响最大的，自然是汝成的“下海投敌”了。

李开先心里有些恐慌，虽说谣传未必真实，但解放后汝成毕竟没有回过家，一旦政府追查起来就说不清，总会被牵连到。

这天已经是正月初七“人日节”，按过去灵歧的古俗，要吃米粿，团团圆圆；炒韭菜，天长地久；红烧鱼，年年有余；炖猪肉，合家富足；以及芹菜，勤勤恳恳；大蒜，精打细算；葱，聪明才智，等等，算是农家的“七宝”，叫做“七宝羹”，寄寓新的一年合家团圆、健康长寿、丰衣足食、纳福迎祥。

李开先每当想起“人日”，就会不自禁地想起雪梅、春申母子，辛亥那年正月初七流落灵歧的苦况。于今春申成了自己的儿子，他的生母却看破凡尘，入三清观当了女道士……想起春申小的时候，很自然又想到了汝成。一想到汝成，心里就牵挂在黄家的丁香和孙子李晟、孙女李馨……

就这样，李开先一个晚上翻来覆去，辗转反侧竟无法入睡。忽然听见屋顶瓦背上“劈啪劈啪”的响声，李开先知道起风了。接着风声越来越大，“呼呼”直叫。李开先想：这初七“人日”一刮大风，今年恐怕会是春旱，一个不好的年成，也预示着将会有些不顺利的事情。

初八，天还没亮李开先就起身，急急忙忙又赶到“马槽”春申住处，药铺的门还没有开，李开先轻轻敲了两下没动静，再用力敲了几下，叫道：“春申，是父亲，开门吧。”

春申把门打开，道了一声：“父亲，这么早呀！”

李开先一进门就坐在椅子上喘气，毕竟已经八十三岁，年纪大了，一个晚上没有睡觉，说：“感到有点头晕。”就靠在桌子上闭上眼睛，说，“睡不着，最近谣言特别多，别的不说，又有谣言说汝成下海投敌了，你听到了没有？”

“初五就听说了，据说是从何家一个长工何九怪，大家叫他‘何狡狯’那里传出来的。”

“他们家这几年同我们没有来往，有没有办法托人打听一下……”

“现在还不知道，我看一定是何家传出来的，贸然去打听会被怀疑我们心虚。我想元宵日，带一点粿团去泉城看看高云岚，再把谣传告诉她，听听她怎么说。”

“好主意，父亲老了，怎么就没有想到这一条路？不过，粿团还是不要带去，共产党干部讲究廉洁奉公，不能送东西。再说，高云岚也是晋江人氏，这种土仪她也不稀罕。”

“父亲考虑周到，那就空手去吧。另外，正月十九是灵歧‘正月尾’大节日，我想十七八，抽个时间上三清观给母亲她们送一点粿团，再买两三斤黄花菜送去，也顺便说说这事，听听她们有些什么想法。”

“儿子说得是，应该去一下。你好像年前到山上给她们拜早年以后，就没有再上山了。送黄花菜正是对母亲的一种‘萱情’，所谓‘萱草忘忧’，就是忘忧草。对了，雪梅今年也已经六十多了吧。”

“母亲六十四了。”

正说话间，丁香带着李晟也到了“马槽”药铺。一进门，看到父亲也在，知道一定在商量着什么。听了一会，就是讲金针、黄花菜的事，就笑问道：“一大早讲黄花菜，准备买给谁？”

李开先苦笑道：“丁香这么早来，一定有重要的事情。”

“是，父亲、大哥，我昨晚听到一个谣言，说汝成‘下海投敌’了，一个晚上都没法入睡。”

李开先毕竟是经过辛亥、抗战历练出来的，心里一盘算，觉得谣言的事不能让丁香背上包袱，就说：“我也是昨天听到的谣传，刚刚还在跟春申讨论这个事，知道是从何家的一个老长工叫何九怪的传出来的。不可信,何家同我们有纠葛,他家说的也能信吗?”

“这个何九怪一定是秉承何其兴的‘旨意’,造出谣言来吓唬我们。不可信,弟妇不必心慌……”

“噢,是这样,那我就放心了。对了,刚才说买黄花菜给谁了?”

“正在同春申说,十九是‘正月尾’,准备十七八,买两斤黄花菜上三清观给雪梅——”

李晟插话问:“黄花菜,就是萱草花,也叫‘忘忧草’,对不对?”

“我的虎晟孙子,记性真好!”李开先很担心丁香听到谣传会受不了,正想把话题转换一下,就说:“是前年吧,你父亲在漳城还没回来时,祖父跟虎子讲过一次,就记住了。再说说看,祖父当时还说了什么?”

“忘记了。是不是说萱草花就是‘母亲花’?”

“对了,再想想看。”

“还说古代种在大屋的北堂,北堂是母亲居住的地方,儿子要出远门就把忘忧草种在北堂让母亲看到,就不会因为思念儿子而忧愁……对了对了,祖父还说一本药书上称它叫‘疗愁草’……”

“好记性,明朝李时珍《本草纲目》上叫它‘疗愁草’。”

李春申插话道:“《诗经》里卫国的卫风,有一首题目叫《伯兮》,其中两句是‘焉得萱草,言树之背’,朱熹说‘背’就是‘北堂’,大概典故就是出在这里了。”

“把萱草同北堂,同母亲连在一起的恐怕还要早,《诗经》用了这故事,就说明它应该出现得比《诗经》更早一些。历来用萱草比作母亲的诗,我最喜欢孟郊的《游子诗》:

萱草生堂阶,游子行天涯。
慈母倚堂门,不见萱草花。”

李晟抢着说:“我会背孟郊《游子吟》,

慈母手中线,游子身上衣。
临行密密缝,意恐迟迟归。
谁言寸草心,报得三春晖。”

李开先刚才的忧愁至此逐渐淡退了,看了这可爱的李晟孙子高兴地说:“你母亲生了你,真值得!”

丁香道:“小孩不能夸,一夸就会骄傲,骄傲了就会犯错误。”

（三）漏网分子

元宵上元日，不带东西空空手去找高云岚，总觉得缺了点什么，那就元宵过了再去吧。李春申看了一下“春牛图”月历：3月4日，正月十六是星期六，干部虽然还是上班，但一周的事情大多做完，比较清闲正可以去。

泉城人民政府就在鲤城东路，李春申很快就找到了文宣部。可是，办公室的门关着没有一个人，他只好一个人暂时到街上转两圈。正想转去开元寺看看，恰好在转角的一个路口遇上了高云岚。

“春申，来泉城了？你父亲身体可好？”

李春申突然决定不说特地到泉城找她，就说：“有点事来泉城，顺便转到开元寺，看看东西塔……”

高云岚笑笑说：“灵歧离泉城不远，从小恐怕看过多次了，还没有看够呀？”

“没有事，随便走走。”

“对了，你给我开的药，我到中药店买了，药店的人看了帖子说这是‘八珍帖’调养脾胃的良药……服了几帖，现在好了。”

“我也是从父亲的药书上看来的。”

“有汝成的消息吗？”

“一点都没有……正月初，灵歧有谣传，说汝成可能下海逃台湾去？是何家一个长工叫何九怪的传出来的。”

“有这样的事？你不早一点来告诉我？你先回去，继续注意这事，搜集得具体一点。”

正月十八，李春申买了三斤黄花菜，带了元宵粿团，上了三清观去看母亲，也将何家传出的谣言告诉了母亲、文清和紫云道长。三个人也说不出什么。

其实，汝成正月初一晚上已经上山住进蝴蝶洞了，只是还不能告诉春申，担心传开了会有麻烦。

临行，雪梅一直送春申到心平路口，也不敢直说，只是安慰他说：“各人有各人的命，汝成命大，相信不会有事。儿子放心，吉人自有天相。”

这年夏天，李晟恰好小学毕业，并且以优异成绩考上了南江中学，后来改为晋江一中。那一年李晟只十二岁，虚龄十三。虽然比起一般孩子，他要成熟、懂事一些，但对于未来父亲的事情将对他的家庭有着怎样的冲击，李晟还是不会知道的，他似乎也从来没有去想过，只是觉得父亲没有回家是一个问题。

1950年6月28日中央人民政府第八次会议通过30日公布的《中华人民共和国土地改革法》，在全国的“新解放区”全面施行“土改”。

其实，灵歧在1950年的春天就已经开始土改的“试点”工作了。

这一年春天旱情很严重。灵歧乡俗说："春日苦旱，夏日炎炎；秋天无米，冬天喝稀。"那就是歉收，没饭吃了。家家户户都在忙着车水插秧。但是土改是新政府的新鲜事，乡民还是很愿意知道的。尤其是选择灵歧搞试点，大家更是积极，白天插秧，晚上就连续开会、学习土改政策。

灵歧土改工作队队长，1950 年 4 月 5 日，农历二月十九，清明那一天就带人到黄家庄进行调查研究，制定土改工作计划。4 月 20 日土改工作队就进驻灵歧古镇。土改工作队队长陈崇德，是泉城市委农工部一位科长，村民都称他陈队长。只知道是北港人，至于叫什么名字人们倒不大关心。李春申也从没有打听过陈队长的来历，更不知道他就是陈海灯的大儿子。

从 1950 年 4 月 20 日开始到 6 月初，一个半月时间，灵歧土改第一阶段就结束了。

黄家庄族长黄渊潭已经八十三岁，早已将土地和布行交由儿子黄行远经管，不划成分；黄行远虽有土地出租且雇用长工，但因以商业收入为主，所以划为工商业主。

李开先也八十三岁，并在抗战期间就已经破产，也不划成分。

李春申有果园六亩多，早划给了弟妇郭丁香。因非农业用地不种五谷，虽然超过人均一亩五分，丁香仍只划为中农。李春申药铺不大，只划为小商。

赵家庄族长赵平原家，土地虽然有一百多亩并且雇有长工，但因为支持儿子赵孟颙参加革命，所以赵家就划为开明地主。

何家村的何友良，虽然土地超过两百多亩，但据说早就将土地分给两个儿子，何友良自己只留五十亩地，自己独立开灶立户。但因为雇了两个长工，还经常雇短工，被划为富农。老大何其兴据说也只有五十亩地，长年雇长工耕作，也经常雇短工，本应划为富农。因其本人是起义人员，现在泉城人民政府任职，所以只划为富裕中农。何其旺有地一百多亩并有长工四人，本应划为地主，但由于兄长何其兴是人民政府干部，也就给了个开明地主。

陈崇德领导的土改试点，还是很得民心。欢送土改工作队时，举行了一个送别晚会，有一个快板节目，说：贯彻政策稳，划分成分准。

可是，才过了十来天，上面又派了何家村的何其兴到镇上，说是进行土改试点"复查"。到 6 月底许多农户的成分复查以后，都重新进行调整。据传都是复查小组长何其兴一个人说了算。

首先就是何家村的何友良，从富农调整为小土地出租者；

何其旺从开明地主改为开明富农。

然后就是给李开先和黄渊潭戴上破产地主的帽子；

黄行远除划为工商业主，还加上兼地主。但是，在"复查"结束之前，黄行远认真地研究了土改划分成分的政策，他知道工商业主，新中国实行新民主主义，基本上还是扶持的;“地主”是封建专制对农民实行剥削的社会基础,是土改打击、打倒的对象。于是决定找何其兴“说说情”。无奈何,只能违心地送出“大礼”给何其兴,去掉“兼地主”几个字。

李春申因抗战期间在鼓浪屿救世医院任院长助理,被称为“美帝走狗”,也被重新划定为“高级伪职员”。

本来,何其兴想给郭丁香弄一个什么坏成分,但原本就只有三分七厘地,连贫农的标准也不够,而且早已经卖掉了。加上他认为李汝成已经被弄到台湾,肯定被枪毙,也就维持中农的成分,但叫黄行远将郭丁香一家“出脱”,让她仍然回到圆通寺居住。

8 月 20 日,农历七夕,复查小组撤离前的一个晚上召开宣布大会,何其旺和黄行远都没有被叫上台,只有“破产地主”李开先和“高级伪职员”李春申,被押上台跪着进行清算斗争,宣布实行“管制”。

会上,复查小组组长何其兴总结讲话时,责问台上的李开先和李春申:“李开先,你的儿子李汝成跑哪里去了?”

“不知道。”

“有人说下海去了,跑到蒋介石那里去了,下海以前有没有回过家?”

“没有。”

“李春申,你知道鼓浪屿救世医院是美国人开办的吗?”

“知道,但那是抗战时期,中、美、英、苏是同盟国……”

“你还狡辩!”何其兴蹲下身子,“啪——啪啪”,给李春申几个巴掌。

“哎哟……啊——”李春申一下被打懵了。

台下有人叫了一声:“喂,怎么打人了? 脸上、耳朵都打出血了……”

李春申用手一摸,手上都是血,很痛,似乎右边面颊和耳朵被打裂了。

“你明知道医院是美国人办的,却替美国人当院长助理,你这个美帝国主义的走狗! 以后老老实实,不准乱说乱动,出门必须向镇政府请假。”

最后,何其兴强调,要大家注意李开先、李春申的“阶级动向”,说:“李开先的儿子李汝成至今没有向人民政府登记,失踪了。有人说很可能下海投敌,跑去台湾了。建议镇政府严加管制,对李家进出的人进行监控。这一次土改复查取得了很大成绩,我们揪出了李开先、李春申两个‘漏网分子’。”

灵歧镇上传说,黄行远用了一条金项链、两个金戒指,外加两千个“袁大头”银元送给了何其兴,以换得:

黄渊潭患中风,右半身已经不太灵动,据说快成了半身不遂,就免于重划;

黄行远本人则去掉“兼地主”三个字,恢复“工商业主”的成分,不久又说黄行远只有一个小店铺没有工业,不能称“工商业主”,就改为“商人”。又由于政府保护工商业者,所以土改以后黄行远的“灵歧布行”又扩大了许多。

清算、斗争会结束的当天晚上，李春申备了一点酒菜，并特地搓了汤圆，带了一小坛绍酒送到圆通寺。恰好，郭丁香和两个孩子根据土改复查组的决定，从黄家“出脱”回圆通寺，就同时把丁香和两个孩子，一起叫到圆通寺后堂西侧李开先的住处，一家人围在一起吃汤圆，让父亲喝点酒纾怀解忧，为父亲压压惊。

李春申忍着右颊和耳朵的疼痛，原来不会喝酒，这一天晚上为了消解心中的不平和忧闷，半杯绍酒一饮而尽，道：“今天是七夕，一碗汤圆，阖家团团圆圆。父亲，端起酒来……”

李开先端起一小碗酒，头一仰也干了。

郭丁香可以说从不沾酒，也从春申的酒杯里转倒了一点，仰着头一口喝了，道：“今天晚上看着父亲和大哥跪在台上，被何其兴凌辱、殴打，真想冲上去。还好当时边上有个人喊了一声‘怎么打人了’把我喊清醒了，知道现在不是我们说话的时候……说实在，都是汝成害了父亲和大哥。来，再给我倒上一点，我敬父亲和大哥。”李春申怕丁香喝多了，只是象征性地在丁香的杯子里滴了两点酒。丁香激动地站起来，道：“这一杯酒，我敬父亲和大哥，并在这里代表汝成，向父亲和大哥谢罪了！”再一次仰头，喝了。

“不，不不，我们是一家人。”李开先一边说，一边给自己碗里倒上了满满的一碗，端着碗站起来，道：“是何其兴陷害我们，不能怪汝成……”

李晟静静地听着祖父、大伯和母亲所说的每一句话，他似乎懂得了，人和人之间的关系，远比当年吃了片白萝卜被何其旺老婆敲打头额，或女丐卖儿、投海要复杂得多，也比父亲讲的“不能站在矛与盾之间”要复杂得多了！

第八章　下海去台湾

（一）夹着尾巴

从春天开始的旱灾，一直延续到旧历七月半，就不见下过一场雨。苦旱几个月，潭窟里水干见底，水田里的早稻几乎颗粒无收；山园的泥土被晒得成了粉末，风一吹，满山满坡泥灰到处飞扬……

1950年8月30日，农历七月十七，正是灵歧的于兰盆节。

虽然新中国成立后宣传破除迷信又兼苦旱，但是灵歧人不会忘记一年一度的盂兰盆节。家家户户还是在门口摆起三牲，祭天地，祭鬼神，祭祖宗。谁都知道，祭了神鬼、祖宗以后，正是村民“打牙祭”的好日子。李春申虽然有个小药铺，但是村民没钱，有病也都熬着舍不得买药，生意并不好，因此也过得清贫、惨淡，买不起什么好东西。节日要不要去圆通寺叫父亲来团聚，一直在犹豫。倒是郭丁香想到，大哥一个人也很不容易，自己身边还有一对金耳坠，是初一那天，忘记从耳朵上拿下来给汝成带去。于是决定，今年盂兰盆节自己来做一回东，就把一对耳坠拿去卖了……

“妈妈，街上很热闹，家家门前都摆上鸡、鸭和‘猪八戒’猪头肉，我们家门口要不要摆出来呀?!”小女儿李馨问。

“妹妹，要懂事，我们父亲不在家，妈妈没有钱买鸡、鸭和猪头肉。妈妈说了，晚上给我们每人买一个粿团……”

“好，有粿团吃了——”

“还有，还有鸡、鸭、‘猪八戒’……”丁香一进门就听到李晟说吃粿团，手里提着两三串东西放在桌子上，高兴地对孩子说：“看，妈妈买来什么东西了？咱们也有好吃的了。今天晚上，还要把祖父和大伯请来一起过节呢。”

“好,妈妈,我帮你洗‘猪八戒’,‘猪八戒’最有趣,长着两扇大耳朵。”

“不,妹妹,我来帮妈妈洗,你先到西边告诉祖父,晚上来家吃饭过节。”

“好,我会说。”李馨说着就一跳一跳地出门去。

“李晟也不用帮忙,去‘马槽’请大伯晚上六点半到七点钟来家里过节,要说一声‘曾祖父也来的’。”

李开先一进门就有一股温馨的感觉,很高兴地对着丁香说:“大人不要紧,孩子总要让他们热热闹闹。咱们不能像别人家那样大鸡、大鸭吃上三天,但十七晚上总要做一餐咸饭、咸粥什么的,给孩子高兴高兴。”

“有,父亲看,我们也有鸡、鸭、猪头肉,还买了一点虾和牡蛎。父亲爱吃花生。我又买了半斤花生米,锅里炒一炒……越是贫穷,越不能显出狼狈相。不是说要‘向贫雇农学习’吗?贫雇农大翻身吃得好,咱家吃差一些总可以!”

“丁香,这样太浪费了……你那里还有钱?”李开先问。

丁香对着父亲幽默地说道:“我瞒着汝成,偷偷存起来的——”

“咳,我就知道是这样,当年你婆婆也是悄悄存一点钱,过年过节就塞给女儿和佣人。哈哈,我赞成!”

李春申一到,连小孩一家五口就乐呵呵地围在一起。李开先知道丁香不一定记得买酒,一瓶汾酒藏了好长时间舍不得吃,也带了来。虽然有点龙钟老态,但并不示弱,他慢慢地站起来,说:“不要只是我喝酒,春申、丁香,多拿两个杯子来,大家前面都得有酒。”

“父亲,就那么一斤酒,你喝吧……”

丁香一听,立即站起身,到后房把一坛绍酒提了出来:“我自己不会喝酒,把买来的酒也忘记了。”说着就问道:“先喝绍酒,还是父亲带来的酒?”

春申道:“就喝绍兴老酒吧,绍酒酒精度低温和一些,汾酒我就不敢喝了。”

“好好好,那么春申、丁香也得喝。我知道,你们都不会喝酒,就是节日,合家团圆,做做样子。酒是什么?酒就是天长地‘久’,一家长‘久’平安!你们不会喝就放在杯子里,最后父亲总能帮大家喝光。”

李春申一听父亲这样说了,就道:“丁香,我来‘喧宾夺主’,我来替你给父亲酾酒……”

“好,三个杯子都斟满。”

李开先郑重地说:“都站起来,这一杯酒首先敬祝我们的新国家繁荣昌盛!”说罢,一饮而尽。

“这第二杯,请祖先灵圣,保佑我儿子李春申、李汝成,媳妇郭丁香;我女儿李文清;春申母亲颜雪梅;春申大姨颜风荷;我的宝贝孙子李晟、我的小孙女李馨,大家一生平安!

“这第三杯,上天灵圣,敦促汝成早日返乡回家,合家团圆!”

李晟看着、听着曾祖父的祝福，觉得现在终于把一家人的关系彻底弄清楚了。他忽然觉得应该给曾祖祝福。不知从哪里学来的，李晟忽然举起酒杯，说："这一杯敬祝曾祖父健康长寿！"

春申和丁香跟在李晟后面："祝父亲健康长寿！"

"还有我，小栀子，也祝福曾祖父健康长寿！"

四个人敬了酒，都坐下了。李开先带头舀了一调羹花生米，说："我爱吃花生，你们随便。"

有吃鸡腿，有吃猪耳朵，有吃牡蛎……全家人吃得有滋有味。

李开先两杯绍酒下肚，显得非常兴奋。他的头发至少有一半脱掉了，额上在煤油灯的反射下油光发亮。他抹了一下额头，又一次举起酒杯，说："儿子，媳妇，都给我听好。人，无论在什么时候，不论遇上怎样的艰难困苦，首先是不能趴下，趴下了就是承认永远的失败。

"我给你起名春申字梦歇，是纪念你的出生地润州，你的居住地松江府正是楚国春申君黄歇的出生地，以示虽在灵歧，也不忘本。说实在的，当年父亲收养你，只是一种真诚的爱。你的生父陈汉声留学日本，参加了宣统二年庚戌广州新军起义。你是遗腹子，本名叫陈法文字景祥，取义效法景仰文天祥。这是你生母颜雪梅给你起的名和字。这一些，我想你已经知道了。不论是'陈法文景祥'，还是'李春申梦歇'，两位古人都是铁打的英雄汉！

"我给你弟弟起名李玉，字汝成，就是勉励他'艰难困苦，玉汝于成'！这是北宋思想家张载所言，'贫贱忧戚，庸玉汝于成也'。人生只有经历过艰难困苦，才是完整的人生。如果汝成还在，他经历的艰难困苦，比我们跪在台上被人凌辱殴打这样一点苦楚要大得多了。

"我从亲弟被知府陷害，瘐死狱中；辛亥之役，光复泉城，献家产一半；抗战军兴，组织游击，又倾家荡产；李家被炸，赵淑死难，杏之死难，兔子孙被日本人活埋……家道中落到了今天，汝成又失踪未归……我也有退却、颓唐的时候。每当这时，我就想到'艰难困苦，玉汝于成'，就会立定意志，站稳脚跟，渡过难关！我李开先不会倒下，更不会趴下，我和你们同在。我没有留给你们什么遗产，只留下一颗爱国之心，一个'威武不能屈'的人格！"

李春申和丁香同时举起酒杯，春申感动地说："父亲，有你在我们就有依靠，我们胆子也会壮一些。再拉我去跪，去斗争、殴打，我再不会像第一次那样害怕了。"

李晟就要进泉城最好的南江中学，似乎觉得自己也长大了，听了祖父说起《孟子》书上的话，就插上一句，说："'威武不能屈'，就是孟子说的'善养吾浩然之气，其为气也，至大至刚'！"

"李晟说得对，就是阳刚之气。"李开先说罢，又补充道："不过，人只有阳刚之气还不足以治生，还必须有阴柔之性，阴阳互补成于'中'。《中庸》说：'喜怒哀乐之未发谓之中，发而皆中节谓之和。中也者，天下之大本也；和也者，天下之达道也。’凡事不可极端，要适中，不偏不倚，无过无不及。人的个性，也须阳刚、阴柔相辅相成，该刚则刚，该柔则柔。像那天晚上，我们一家受到何其兴的凌辱、殴打，我们心中有气、有怒火，这是刚性，是阳气。但是我们不说话，不同他辩驳，这就是柔性，是阴柔之道。”

李春申插进道：“父亲说得对。那天晚上斗争会，我要是不辩解说明‘那是抗战时期，中美英苏是同盟国’，可能就不会挨打……”

“那也不一定，在那种场合父亲倒觉得你该说，不是说给何其兴听而是说给台下的民众听。你记得台下就有人喊了一声：‘怎么打人了？’……所以，人之阳刚、阴柔，除了取决于人的气质、性格外，有时也取决于外在的环境。”

李春申听了，点了点头说：“父亲说得是，孟子的‘浩然之气’，首先是刚正、忠贞。不论顺境、逆境，光明、黑暗，心中都必须刚强。当然，在逆境时，为了不吃眼前的亏，不妨多些阴柔之性，有时甚至还必须韬晦，但是韬晦只是一种手段，而不是目的。”

“儿子说得有理，再说说看就目前李家的处境，竟是以阳刚之气为主，还是应多阴柔之性呢？”

“我的意见是应以阴柔之性为言谈、处事的准则。一是我们被划了破落地主、伪职员，被圈到了‘劳动人民’之外；二是汝成的下落至今不明，他到底是率众起义，还是像传说的那样‘躲起来’失踪了呢？甚至像谣传那样下海到台湾去了。如果是这样，我们全家都将被严重牵累，一言一行都将受到监视、监督……”

李开先不断地点头称是，道：“春申说得好。就环境而论，是不容我们伸张自己的个性。像我的个性，阳刚有余而阴柔不足……但是，一个人也不能过多地迁就外在环境，自己心里要有定准。就说我吧，家产在 1942 年就全部捐给游击队，房屋、花园又都被日本人炸了，八年了，一贫如洗。土改成分是根据新中国成立前三年的经济地位划分的，怎么算到抗战以前去了……当然，所谓‘胳膊拧不过大腿’，从‘识时务’看来，现在是我们‘夹着尾巴’的时候了。”

李开先看看李晟，对孙子说道：“我们的家庭成分，分明是何其兴对我们的报复。何其兴一向同你父亲过不去，你上了中学以后，凡事都要谨慎，少言多做。首先是把自己的书读好，读好书，考第一、第二，别人就没有资格瞧不起你。”

李春申接着道：“现在强调阶级路线，越来越严了。还是父亲刚才说的那句话，‘夹着尾巴做人’吧。”

李开先颔首表示很同意，又回转头看看孙子，然后又笑着对李晟道：“虎子性格可能过于柔和，缺少阳刚之气。读书、论道、做事、处世，都不能过于谨小慎微，应该‘刚柔相济’……这四个字就算祖父在你上中学之前，赠送给你的话了。”

“祖父，我记住了。”

这一餐饭吃的虽然不是山珍海味，却是一顿心灵之汤！

李晟忽然道："我同黄翃都进了南江中学，听说很快就要改名叫晋江一中。昨天他高兴地对我说，他父亲替他改了名叫黄华生，取为'中华人民共和国的学生'，不命字。他父亲说现在新社会，不时兴命字，工人阶级、贫雇农都只有名而没有字。有了字，容易被人认为是官绅人家出身……我叫李晟，字梦阳，意思我懂。只是进了中学还要不要这个字？还有要不要改名，听说有的人改了名，叫解放，叫新中，叫抗美，叫学兵，还有叫工农……"

李春申看看父亲，意思是要不要改名字，由父亲来定。李开先笑了笑道："虎子，爱国家，不在于名字。套梁山好汉一句话说，咱'行不改名，坐不改姓'，以实际行动报效国家，而不重在形式；名字是祖父和你父亲起的，不要改了。"

"那'黄翃'和'黄华生'比较一下，哪一个名字好呢？"李晟问。

"当然是'黄翃'好，'翃'者，飞也；怎么飞？字'鹏飞'，就是说像大鹏鸟那样飞。这还不好？这名字还是黄翃祖父取的呢。我那连襟渊潭老，学问不在我之下。至于'华生'，赶时髦，还连字都没有。"

"那我的名字呢？"

"'晟'，太阳中天，光明鼎盛，日正中天，字梦阳，希望一生充满着阳光。要说赶上时代，可以解释为'新中国正如鼎盛的中天之日'，那就是歌颂共和国，是很好的……"

（二）人生过得真快！

李晟过两天就要进城上中学了，8 月 31 日，农历七月十八，星期天，郭丁香带了李晟背着几个荔浦芋，一小袋子黄芋，上三清观去向几位道姑辞别。

走到灵峰山脚，早有抬轿上山的轿夫叫喝着："两人合坐，一角钱，很便宜的……来呀。"

"喂，坐不坐轿？一角钱，八分，八分钱——"

轿夫一边吆喝，一边就追了过来……

"不坐，不坐轿，我们自己走。"

"小气鬼！"

丁香悄悄问李晟："你能走上山吗？'回头路'最难走，还有'苦气路'呢……"

"我能上。我是中学生了，中学生是新中国的少年，听说进了南江中学还要申请加入少年儿童团呢，还要锻炼，学会行军。"

郭丁香和李晟踏上三百六十级石阶的'回头路'，脚板都被棱石磨得又酸又痛。接着又是'苦气路'三百六十级石阶，那鹅卵石从路面硌着脚心，郭丁香毕竟也快四十了，走得气喘吁吁，脸上都是汗。李晟看母亲有些走不动了，想让母亲休息一会儿，就说：“母亲，我脚底有点痛，咱们石阶上坐一会吧。”

母子两人，就在鹅卵石铺成的石阶上坐着休息，说话。

“现在泉城暂时还不收人民币，这十八个银元是大伯、祖父和母亲的钱合起来给你的，是给你交学费、买书、买簿册的钱。另外，还有一元三角钱给你买牙膏、肥皂、毛巾和烧饭的柴火钱。你和同学合伙在校外租房子住，每个人一个月给房东三斤大米，母亲也已经给你准备好了。粮食我们自己挑去，每星期给你六斤番薯丝，一斤大米、一罐子咸菜和萝卜干……”

“牙膏先不买，多漱漱口牙齿就干净了。家里有一条旧毛巾我先拿去用。学校每星期六下午都不上课，让县里和农村的学生回家挑粮食，我就回家再洗衣服吧。所以肥皂也暂时不要买。我想买一支钢笔……小学六年都用毛笔、铅笔，我还没有用过钢笔。”

“那就买一支钢笔，一块钱以下的。留几角钱，碰到肚子饿了，买碗粥喝喝。走到荷子山，休息休息，五分钱可以喝两碗稀粥呢。还有五十里路远，走不动时，从荷子山到学校三十里，公路上有脚踏车载人，也可以坐在后座给人家载一段路，两个人合坐，一个人只要一角五分。”

“不，母亲，我能走。实在走不动了，听说，三个学生也可以合坐一辆脚踏车，一人只要一角……但是一角钱在荷子山粥店，可以喝四碗粥，我会节省用钱。”

郭丁香和李晟，走完‘苦气路’，上了‘心平路’，全是平坦的石板铺成，一下子就到了三清观大门外。丁香一看，观内观外全无当年的气象了。大门外再见不到高高的“相风竿”，只有大门外左右两堵颓垣、几块断石放在那，分明只是供上山的人歇脚休息坐的。从大门向里面一望，元始天尊、灵宝天尊都被日本人炸毁了，观里将破损的塑像搬掉，可没有钱再重塑起来。只有老子李耳，号称道德天尊的还有半尊，恐怕也还是重新安置的。

原来三清观大厅八年前被日本飞机炸毁了，宋紫云存的一些钱当时同李开先一起，大多捐给了游击队，所剩无几，再没有钱修理大堂了。

丁香和李晟直接到了后堂，找到紫文道姑李文清的房间。丁香看见紫文正低着头在补一件道服，就轻轻叫了一声：“母亲，我和小虎子看你来了。”

李文清抬起头，高兴地放下手中的活计，迎着站起来，说：“嘿，李晟好长时间没有上山来了。我知道，虎子用功考上中学了。”

丁香道：“考上了泉城最好的南江中学，不久就要改叫晋江一中。后天就要去注册缴费，今天特地上山辞行来了。”

“好呀，我运气好，有儿子，又有孙子……其实，母亲和紫云道长、紫雪，都早就看破世情了……”

“祖母，孙儿给您跪拜了。”李晟说着就双脚下跪，一连磕了三个头。

“起来，起来，现在解放了，不时兴这个礼节。你们坐，我去告诉师傅和紫雪。”

很快，紫云颜风荷、紫雪颜雪梅都到紫文李文清的房间里来了。大家对李晟夸奖不已。

丁香看到三位道姑都比先前老了许多，大姨紫云已经六十六岁，紫雪六十四，就是汝成的母亲紫文，也已经五十六了。即使每天静修，也掩盖不住老态和脸上的皱痕。尤其是紫云道长，和当年在义和团“红灯照”的英姿，怎么样也联系不起来。一种人生不尽如人意的沧桑感，涌上了心头，不觉有些伤怀。

“丁香在想什么呢？有这样的儿子，还不觉得高兴吗？”宋紫云笑着问。

丁香回答道：“我在想，人生过得真快！看看自己，再看看三位，感觉大家都老了许多。”

宋紫云也感叹道：“是呀，庚子八国联军攻入北京，接着辛丑赔款，那年一路往南逃，没有想到来灵歧，这么快就四十九年了！”

“我们都是‘三朝元老’了，你看，清朝倒台了，是民国，现在又是共和国了。紫文孙子都这么大了，还能不老？”紫雪笑了笑道。

宋紫云伸出手指，比划着，道：“我是清光绪二十七年到灵歧，来的时候只有十七岁，现在都六十六了。丁香说得是，人生是过得真快。所以，我们虽身在道观，早就不相信那些长生不老的教义。上个月政府通知我去泉城开会学习，大家都表示拥护共产党，反对邪教‘一贯道’。”

丁香想了一下，把自己从汝成外祖李开先那里，了解来的有关一贯道的情况随意说起：“听父亲说，三清观信奉的是道家老子的《道德经》，是一种哲学思想。至于道教的元始天尊、灵宝天尊，自然是宗教迷信。但是道教同邪教‘一贯道’毫不相干。‘一贯道’崇信所谓‘无生老母’，说什么儒、道、佛、回教、基督教五教合一，但没有一个宗教承认它。在清朝开始在民间秘密传播，同白莲教、天地会、八卦教合流。抗战胜利后‘一贯道’有所发展，在沦陷区广为传播，连汉奸汪精卫政权的要员亦有许多人加入‘一贯道’，大汉奸褚民谊、周佛海都是‘一贯道’道徒，可见其反动性。道长在学习中表示坚决反对‘一贯道’，取缔‘一贯道’，这正是觉悟高的表现。”

宋紫云道：“丁香说得对，新社会不时兴信教，更何况是邪教……谨慎一些总是好的。今后如果有道友上山来，都必须问清楚是不是信奉‘一贯道’的。是，就坚决劝走，更不要来往。”

丁香又道：“灵歧进行土改，大哥被划成‘伪职员’，父亲被划为‘破落地主’。我们昨天在家里过盂兰盆节，说了一句话叫‘夹着尾巴做人’。我觉得说得很好。不光是父亲、大哥和我要‘夹着尾巴做人’，就是道长、紫雪和母亲，虽说是脱离尘俗，但是在宣传宗教时也应该谨慎。’”

“丁香说得是，新社会了，一切都在改变，三清观也要跟着改变。”

临别时，紫云、紫雪、紫文三人都拿了一个银元，装在一个红色小盒子里，算是给李晟作为考上南江中学的奖励红包。

虎子孙考进了泉城最好的中学,紫文心里有说不出的高兴,坚持要送丁香、孙子到"心平路"口。一出大门,紫文就悄悄对丁香说:"你一个人租田种,也够辛苦的……现在李晟上了中学,用度会大起来。你不如想办法,做点小生意,像摆个小摊子呀什么的。灵歧四季都有水果,也可以挑个小担子卖水果。本钱不够可以先借一点,道长这里可能还积存一些香火钱,如果需要,我出面向她借一点,以后逐渐还给她。"

丁香点了点头,说:"母亲说得是,父亲也曾提起这事。第一个学期学费、书簿费就要交十八个大洋,下学期的钱还不知道从哪里去筹措呢……"

(三)真下海去了

1950年8月31日,农历七月十八,丁香和李晟上三清观告辞的事,当天下午李文清就进了蝴蝶洞,告诉了汝成。知道儿子考上泉城最好的南江中学,汝成真是感到安慰,高兴了好几天。

9月下旬,秋分以后,天气是一天比一天冷了。夜里秋风呼啸,洞底也能感受到海上浪涛的汹涌,李汝成心情有时很是悲凉……

李汝成藏身蝴蝶洞,已经半年多了。但是外面的情况,三位道姑,特别是生母李文清,每次进洞送饭时都会告诉他。因此,外面的形势,搞什么运动,他也基本清楚。

最近,李汝成一直在考虑这样的问题:是继续这样在蝴蝶洞里躲到死呢,还是出来自首,还是真正"下海"去台湾?

继续躲下去,总不是个办法。要躲到哪年哪月?

向政府自首,很有可能被枪毙:自己曾担任过国民党泉城、漳城、厦门联合党部的主委,比保长、三青团区队副、联保主任要大得多,共产党能放过自己吗?特别是,他一想起何其兴这个狗特务陷害自己,混淆黑白的家伙,如果去自首,落在他的手里,有十条命也都会死。

下海去台湾本非所愿,而且策划起义的事,到台湾后万一被发现,也是死路一条……不过真去了台湾……叶落归根,将来总还要回到母亲、妻子和孩子的身边。可是那时还有什么脸面回来?说自己"下海"并非本意乃为何其兴所迫,谁相信呢?

思前虑后,自父亲和大哥被拉到台上,跪打、斗争以后,李汝成没有睡过一天好觉。成天躺在蝴蝶洞里,饭也吃不下,人也逐渐消瘦了。李文清看儿子一天天憔悴下去,除了安慰以外,也不知道该问他什么。一天,文清送饭进洞,汝成说:"母亲拿回去吧,我一点胃口都没有。"

"儿子,近来有什么心事,不妨跟母亲说说。"

汝成觉得,也应该听听母亲的意见,就将自己对土改和即将开展"镇反"的担心和几种打算说了。李文清听了以后，第一个反应就是“自首危险”，她不假思索地说：“何其兴，听说他还可能当泉城市和灵歧‘镇反’的联络员，正在被重用，灵歧‘镇反’就是他说了算，你能逃过他的手掌心？”

“那继续躲下去？”

“那自然也不行。”

“那就去台湾？可我是策划起义的人，台湾方面查出来，我也是死。”

“你策划起义，除了你们党部几个人，还有谁知道？”

“那倒没有。”

“那就好，何其兴认为已经让你饿死在荒岛了，最近却以‘镇反办公室’名义张贴抓你的广告，只是想进一步陷害你外祖和春申大哥，他不可能想到你会去台湾。你去台湾，只要拿了他张贴抓你的《布告》就是根据，就可以让台湾相信你……不过，你到台湾以后，千万不能做损害共产党的事，父亲、母亲、兄弟、妻子、孩子都在大陆呢！”

“母亲，我不会做有损共产党和人民政府的事，我倒还想替政府做点事，将来落叶归根回来也好说话……只是，我当过国民党党部主委，共产党不会相信我。如果不明不白的冤死在何其兴手里，我就一辈子也见不到母亲、丁香和两个孩子了。

“说实在的，去台湾并非所愿，对丁香母女……我心里十分牵挂，都不知道怎么办才好……不过‘镇反’运动快来了，为了保命，好像还是得走。”

李汝成心中一阵悲凉，脱口念道：“‘何所独无芳草兮，尔何怀乎故宇’！”

几天后，李文清从黄家庄小学门口，弄来了两张抓捕李汝成的《布告》。又到了赵家庄，找到赵天挺把一切事情都安排停当。

八月十九，阳历9月30日，临走前一个晚上，李汝成对着母亲下跪说：“我去台湾的事，对谁都不能说，包括紫云师傅和春申大哥的母亲紫雪，都不要说。道长她们问起，只说‘洞里没人，一定是跑了，不知跑哪里去了。’我选择明天走，是十一国庆，干部和老百姓都在忙于庆祝，海上来往船只不多。

“我心里很牵挂你们，不过丁香和孩子总能对付过去，我走的事也不能告诉她。我最放心不下的是母亲，母亲守寡一辈子，一生辛苦，儿子已经三十九岁没有孝顺过母亲一天，还连累母亲担惊受怕，心里很自责。母亲今年已经五十六了，希望母亲长命百岁……我会回来孝顺你的。我也曾想到台湾以后，就不管政治，做做生意，赚一点小钱回来孝敬母亲，你一定要坚强的活着……”

汝成只感到心头梗塞得慌，说到心痛、情苦之处已经是泪流满面。倒是李文清咬紧了牙，她知道在这生离死别的时刻，不应该再给儿子增添痛苦，她终于忍住眼泪没让它流下。李文清看着儿子，抚着他的头发，只说了一句：“儿子一定要回来，母亲准定活一百岁，等你回来！”

1950年10月1日，农历庚寅九月二十。凌晨，一片月牙还挂在西边天际。为了不惊动紫云、紫雪,李汝成不让母亲送别,一个人悄悄地到了赵家内港码头,赵天挺的帆船已经在码头等候了。汝成上了船,首先想到的就是答谢这位救命恩人,马上解开包袱拿出一百块大洋塞给赵天挺,说:“抓紧用掉,现在还是银元、铜板和人民币并用时期,听说再过半年全国都要使用人民币。”

“不不,紫文道姑已经给了我钱了。”

“那是紫文道姑给的,这是我感谢你,你就收下。我如果有命回大陆,一定到赵家庄再来看你,报答你!我走了,你绝对不能告诉任何人……”

“但是前一回何其兴绑架你,他家长工都传了,说你去了台湾,其实何九怪认为你已经在荒岛一个洞里饿死了。以后如果镇里和区政府问起来怎么说?”

“就说在荒岛上饿死了。你不说也不行,因为不是你一个人知道,何九怪也知道。但是这一次对谁都不能说,包括我家里,我女儿长大以后,你都不能说出去。切切记住!”

“如果将来你回来时,那怎么说呢?”

“我已经想好了,我会说自己在荒岛上,被败退的国民党军队绑架去台湾了。但是以后,万一政府知道我去了台湾问你,你只说可能在荒岛上被国民党军队绑走了……”

赵天挺听汝成这样编,觉得还能够自圆其说,点了点头,一面将银圆收起来,一面安慰他说:“汝成伯是个好人,打死我,我也不会说出去……现在就开船了,玉皇大帝会保佑你。我看了天象气候,这几天没有一点风浪。俗话说,‘十五月圆不出航’‘初九廿三早晚涨’,正是航船的好时光。”

“对了,你孩子几岁了,一定得给他读书,有困难可悄悄找我母亲。”

“不,不困难。儿子才上小学。不过有个妹妹叫天欣,在泉城一所教会办的中学读书,今年初中二年级了。那年教会来传教让我们加入,说只要信‘主’就让天欣上圣约翰中学,还不用交学费。去年圣约翰改名叫时化中学,听说明年可能改为公立学校。”

一片孤帆,在清冷的月牙下驶向了大海……

现在是风平浪静,以后呢?

第九章　春天来了

（一）胜利的旗帜

1950年10月1日，农历八月二十，正是新中国成立后的第一个国庆节。为庆祝建国一周年，首都四十万群众集会游行。党中央和国家领导人出席了庆祝大会，大会前还举行了盛大的阅兵仪式。消息很快通过广播，传遍了全国，全国各地都举行盛大的庆祝游行。

虽说已经是中秋过后，但岐海的风轻轻地吹拂，灵峰山充满着春意。民众欢呼国庆节的到来，高举胜利的旗帜，感受春日的温暖。灵岐古镇这一天下午，也将在黄家庄集会庆祝，会后举行大游行。

这种大场面，除了当年义和团、红灯照反对洋人的集会外，已经多年没有看见了。宋紫云建议下山走一趟，一来是看看热闹，二来也想借此机会打探一下郭丁香母女在黄家的情况，回来好向汝成说一说，让他放心。

自从正月汝成上山以来，一直躲在岩窟的蝴蝶洞里，三餐都是几位道姑轮流送的饭。紫云、紫雪、紫文有时听到外面有什么消息，也进洞向汝成转述。李汝成最关心的就是人民政府对国民党旧人员的政策是否放宽了。其次就是牵挂着丁香母女，不知道她们生活情况如何。

其实，李汝成就是在国庆节这一天凌晨，乘坐赵家庄赵天挺的帆船下海到台湾去。但是汝成的下海，只有他的生母紫文道姑李文清知道，连紫雪颜雪梅和宋紫云道长都瞒着。

这一天上午，紫文李文清若无其事地跟着紫雪和紫云道长，一早就下了灵峰山，先到李家庄“马槽”约了李春申，一起到圆通寺看望李开先。

李开先听到轻轻的敲门声，就想到一定是儿子趁国庆节，给自己送什么好吃的东西来了。门一开，果然是春申，特别是紫云、紫雪和自己的女儿紫文来了，心中真有说不出得高兴，老人笑的嘴都不愿意合拢："咳，好久不见了，都好吧！"

"托解元公的福，大家都好。"

"父亲，我们下山，一是来看看你，二来也顺便到黄家庄看看国庆集会游行。"李文清说。

"我也是刚刚听说，在黄家庄集会……要是过去，当然在李家庄，李家庄才是灵歧古镇的中心。可惜，炸了，被日本鬼子坏蛋炸了。现在美国人还要重新武装日本，美国人珍珠港被炸了，还没有吸取教训……"李开先很感慨自己的庄子被炸成废墟，至今没能恢复。

春申接着道："美国之所以要重新武装日本，是让日本人充当美国在亚洲的宪兵。"

"不怕，国家成立以来，从去年10月中苏建交到上月14日，欧洲的瑞士承认我国，不到一年时间，已经有很多国家同新中国建立外交关系。"

"父亲对时事很关心，有哪些国家？"李文清问。

"苏联和东欧的保加利亚、罗马尼亚、波兰，阿尔巴尼亚；北欧有瑞典、丹麦；亚洲有越南、缅甸、印度尼西亚、印度以及最近的瑞士等。我都是从报纸上看的，十几个了。"

春申拿了"马槽"自家周边地里长的白菜、黄瓜和西红柿，还将昨天割的一片肉切了一半带来，说："没有好东西，带一点蔬菜给父亲。"

李文清和紫云、紫雪都各自拿了一个大洋，文清说："山上也没有什么好东西，我们三个给父亲庆祝国庆买件衣服，买点吃的。"

春申问道："父亲下午去不去黄家庄看游行？听说农会有化装高跷，妇女会还表演扭秧歌，育英小学有腰鼓队、歌咏队——"

"不去不去，老了，走路不大灵动。你们去的时候，到渊潭老家，我连襟那里去看看，今年春天他跌倒，中风了，现在是不是好一些，代我问声好。"

下午一点钟，灵歧镇在黄家庄的庆祝国庆集会结束以后，游行就开始了。在一片唢呐、胡琴、横笛、三弦和横弹的曲项琵琶，以及大锣、小锣，大钹、小钹，大鼓、小鼓声中，游行队伍一队跟着一队，有序地迅速出发。

走在前面的是育英小学的歌咏队，小队员清一色白衬衫，阴丹士林蓝布长裤，脖子上还系着红领巾。由一个手臂上挂着三条红杠杠的女学生指挥，一边走，一边唱道：

没有共产党就没有新中国，
没有共产党就没有新中国，
共产党辛劳为民族，

共产党他一心救中国。
他指给了人民解放的道路，
他领导中国走向光明，
他坚持了抗战八年多，
他改善了人民的生活，
他建设了敌后根据地，
他实行了民主好处多——

接着分开两声部轮唱，“没有共产党就没有新中国”的歌声此起彼落，群众的激情达到了高峰。只见小指挥手一挥，歌声戛然而止，非常整齐。队伍两边的观众，人山人海，都热烈的鼓掌。掌声过后，接着唱的是《解放区的天》：

解放区的天，是明朗的天，
解放区的人民好喜欢，
民主政府爱人民呀，
共产党的恩情说不完呀。
呀呼嗨嗨伊咳呀嗨……

小指挥举起右手，领着学生队伍呼口号：

毛主席万岁！
共产党万岁！
新中国万岁！
苏联万岁！
中苏友谊万岁！

下面不约而同地又唱起：

胜利的旗帜哗啦啦地飘，
千万人的呼声地动山摇，
毛泽东，斯大林，
毛泽东，斯大林，
像太阳在天空照……

“斯大林是谁呀？”一个老农大爷问。

“是苏联老大哥。”一个左臂上挂着“农民协会”袖章，上口袋还插了支钢笔的年轻人回答说。

“是苏联共产党、布尔什维克领袖，苏联部长会议主席。”一个小学生一本正经地纠正说，他看了看那位农会的人，口袋里还有个红本本露在外面，就说：“我们老师说了，现在有钢笔，有红笔记本，就是‘知识分子’了，你在哪个学校教书呀？”

一句话说得年轻人捂着红本子，不好意思地走开了……

育英小学的歌咏队走过，妇女会的秧歌队、腰鼓队、莲箱钱棍队，紧接在后面。三位道姑从来没有见过女人腰间系了一条长腰带，两行纵队，一边红色，一边绿色，互相映衬，非常鲜艳。一声唢呐忽然吹起“索拉索拉哆拉哆，索哆拉索米来米”。

“一、二、三，开始！”

两支队伍约莫四五十人，忽然全扭动着腰肢，左脚进一步，右脚跨过左脚半步，再扭一下；左脚退后半步，右脚再回到原地，成了个四方形前进步子……文清盯着秧歌队员的脚步，仔细地看着，她一下子就悟到，原来前进的主要是靠左脚向前一大步，另外三步实际上都在原来位置扭动，所以姿势就特别好看。头上包着两只羊角白头巾的腰鼓队来了：咚吧咚吧咚咚吧咚吧，突拢吧咚吧咚咚吧咚吧……

腰鼓原来是一个两面稍小，中间鼓起的一个长鼓，用红腰带绕过脖子和斜肩，绑在左腰，两只手都拿着一支鼓槌。右手鼓槌向下击打鼓面，就是一声“咚”；左手鼓槌自下而上向鼓面挑起，发了一声“吧”；右槌再一击，又是“咚”的声音，左槌接着一挑，又是“吧”的声音；然后第三次右手要连击两下，就成了“咚吧咚吧咚咚吧咚吧”……

一个母亲抱着一个两三岁的小孩，站在腰鼓队旁边学着，嘴里不断发出“咚吧咚吧”的声音，引得大家都转过头看着小家伙哈哈笑起来。

跟在腰鼓队后面的是莲箱队，农民都称它“打钱棍”。每个队员手里都拿着一支长棍，棍子的两端系着七八个铜钱，一震动，铜钱就发出铿锵铿锵的声音。十六个人分成两队，一边八个是男队员，另一边八个是女队员。只见她们随着音乐声，就打起钱棍。动作非常整齐，先是将钱棍点地，然后挑起另一头拍在肩膀上，再用另一手把棍子托开，旋转一下就到了脚上，用左右脚交替跨过钱棍，就算一轮。然后又从头“点地”“拍肩”……

农会的一支年轻人高跷队二十四个人，也是两行纵队，一个个双脚都绑在两支高高的木桩上。

紫雪颜雪梅觉得很新奇，提高声音道：“看，还化装呢。两个人都在高跷上：那个穿军装的解放军，一手捉住蒋介石……提着衣领。”

边上一个人问：“是不是蒋介石？”

“是，是蒋介石，你看，光头。”另一个回答。

还有一个解放军手里拿着一片硬纸板制作的台湾地图，地图贴上红纸，像一粒很大的红色稻粟的形状，写着“一定要解放台湾！”

前面育英小学歌咏队又传来豪迈的歌声：

胜利的旗帜哗啦啦地飘，
千万人的呼声地动山摇……

正在这时，李春申看见了高云岚旁边还站着何家村的何其兴。只听见高云岚说：“这支歌旋律欢快、豪放，‘胜利的旗帜’代表了新中国的诞生。是一位女作曲家叫瞿希贤写的。”

何其兴道：“你是女同志，所以能记住女作曲家的名字。”

“1935年北平‘一二九’爱国学生运动时，就听说上海一位女青年瞿希贤在救亡运动中到群众队伍教唱抗战歌曲，那时报上说她只有十六岁，那么今年也不过三十二岁——”

“听说是瞿秋白的女儿。”何其兴道。

“不是，瞿秋白女儿叫瞿独伊，好像要小一些。是杨之华和前夫沈剑龙生的女儿。1935年瞿秋白牺牲时，瞿独伊好像只有十三四岁……”

李春申本来不想在这种场合打招呼，正想走开，不料高云岚看见他却走了过来打招呼：“春申也出来参加游行呀？”

“不，不，出来看看热闹。”

何其兴问道：“高部长也认识李春申？”

“抗战时李春申在鼓浪屿救世医院工作时，救过我们地下‘厦门抗日血魂团’好几个人，逃过日本鬼子的拘捕。”

“噢……在救世医院任职？那是高级伪职员了。”

“不过，那是中美合作抗战时的事……”

（二）拖着木屐的声音

李晟和黄华生，也就是黄翃，两人都编在初一（甲）班，最让李晟高兴的是北港的陈缓歌也和自己同班。

1950年秋，南江中学初中一年级招收了城乡学生一百名，按国文、算术、时事常识三门功课的总分，从最高分数开始录取，一直到第一百名。一百零一到一百一十名为备取。李晟三门功课考了二百八十九分，得了第三名，陈缓歌第九名，黄华生第二十九名。据说单数的名次，第一名、第三名、第五，七、九、十一……一直到第九十九名，编进（甲）班；双数的二、四、六、八、十、十二……到一百名都编在（乙）班。如果正式录取的学生因故没有到校注册，就由备取生按照一百零一到一百一十的顺序替补。初一(甲)五十个学生当中有十八个女生。家住城里的学生当然住在家里。县里和农村来的学生,有的住在学校的集体宿舍,叫“寄宿”;有的在学校附近向居民租房子住的叫“通学”。“通学”的学生大多因为家里比较贫困,交不起寄宿费,个别也有因为在校外住宿比较自由,不受约束,所以选择“通学”。由于学校住宿费比较贵,在食堂吃饭还要交“搭伙费”,算一算,一个月连吃饭要交九个大洋。如果中餐不吃干饭,三餐都吃粥,每月也要六块钱。

李晟同母亲注册前上了三清观,祖母、姨婆和文清姑妈,每人给了他一个大洋,他把两元给母亲收起来,准备第二学期添作学费。母亲原来给李晟十七块多,十六块交了学费和书簿费以后,还剩下一元多准备买一支钢笔,现在口袋里总共有两块多钱。

李晟同另外三个同学“通学”,在学校附近一个叫“糊布亭”的地方租了一间房子,两张大床铺可以睡四个人,一张“八仙桌”和四把椅子,此外,还有一间煮饭的灶房。大家都从家里挑六斤番薯干、一斤大米来合伙一起烧饭吃;小菜自备,各管各的。按规定,一个人每月交给房东三斤大米,作为房屋的租金。

李晟很快就了解到(甲)班三十二个男生,除了城里几个同学住在自己家里外,有十个人“通学”不住学校宿舍。黄翃家里比较有钱,他寄宿在学校的集体宿舍,在学校食堂里吃饭。据他说,每天“两稀一干”,即早晚吃稀饭,中餐吃干饭,有四菜一汤,每月九个大洋。

在李晟的印象中,陈缓歌母亲似乎好几年前就被船霸追打,跳进海里失踪或去世了;她父亲和一个哥哥只是替别人干活的水手,家里并不富裕,怎么也有钱寄宿在学校?他每天在租屋里吃了早饭上学,进学校大门再走到教室,都要经过女生宿舍前面,每次经过时李晟都希望看到陈缓歌,可就是很少碰见。有一次在女生宿舍前偶然遇上了,李晟想走上去同她打个招呼,可陈缓歌头低低地就进了宿舍,是没有看见,还是不理他呢?他也猜不出。虽然在一个班级,但是男女同学隔阂很大,如果谁向女学生说话,就会被男同学嘲笑,说一声“这个‘厚’的”,“厚”就是“脸皮厚”的意思。所以,在班上李晟也不敢同陈缓歌说话。

而女生更不敢同男同学说话,她们走路时,如果碰见男生就只是低着头,眼睛也不敢看。只有女同学自己在一起时才有说有笑。

李晟觉得中学还不如小学时候,男女同学之间亲切一些。

虽然如此,但是李晟还是看得出,班级里几个年龄比较大的男同学,经常拿女同学当“闲话”说,评比哪个长得漂亮,哪个长得一般,哪一个是比较丑的。有一次,下午第二节课老师请假了,第三节又是自修课,男同学都离开教室到宿舍去。“通学”的同学也不好意思同女同学一起在教室里自习,就同“寄宿”的同学一起到集体宿舍里玩玩。

到了宿舍,大家都没有自修功课尽是聊天,而谈论的都是女同学的事,甚至开玩笑，将十八个女同学一个个都“分配”给男生，叫做“搭档”。

“黄华生，那个胸脯很高的给你——”

“不要，不要，那个人‘双峰’太高太大，难看死了……”

“傻瓜，笨蛋，奶子大，双峰高，说明发育得好，有弹性，懂吗？”一个大个子说。据说这个大个子已经十七岁，有同学议论说这个人“想老婆”。

黄华生又加了一句：“我就是不要，谁要就分给谁……分给李晟吧。”

全班个子最高，年纪已经十八的一个同学诡秘地笑一笑，说：“李晟这个人呀，文质彬彬，大女生都不会喜欢他这样的人……”

那个绰号叫“想老婆”的说道：“李晟应该配那个叫‘陈什么歌’的小女生，那个大奶子的黄华生不要，就给我，我喜欢——”

一声未了，整个宿舍一个个都鼓掌，哄堂大笑起来。李晟虽然觉得有些粗俗，但大家在一起，自己也不敢例外，不好意思地也随意轻轻拍了一下手。

十七八岁的男生都比较爱说女同学的事。那个把李晟同陈缓歌拉在一起的男生，对女同学观察得很细致。他忽然问大家：“你们知道女孩子走路时什么姿势最好看？”

没有人回答，不知道是没有注意到，还是不好意思说。

“我来告诉大家：你每天晚饭后到街上去散步时就能看到——”一个小同学挤到那大男生的旁边，好奇地说：“说，说给大家听听。”

“散步时走路有什么看头！”另一个道。

“咳，你们不注意观察，最好看就是拖着木屐在街上嘛里啪啦，一边扭动着腰肢，连声音都非常整齐。这个时候走起路来会把人的神魂都勾去……”

“咳，大个子，你的神魂勾去了没有？”

又是一阵哄堂大笑……那天老师不在，自修课就尽说这些怪话、粗鲁的话。泉城天气本来暖和，加上老百姓生活水平不高，一般人家的子弟即使上了中学，也都是打赤脚，晚饭后洗了脚才穿上木屐。由于风俗习惯如此，中学生上街或者是打赤脚，或者就拖着一双木屐。就是女生也都爱穿木屐，有时三五成群到街上散步或买东西，走起路来木屐的声音嘛里啪啦地，非常整齐，非常动听。

第四节课的下课铃响过，大家就各自散了，李晟也从学校走回“糊布亭”租屋。已经是初冬的季节，泉城街道两旁的刺桐树也开始落叶了，掉得满街都是叶子。他注意到几个穿木屐的女孩子在街上走，并没有像大个子讲得那么“神”，也没有发出什么整齐的嘛里啪啦的声音来。他一边走，一边想，对了，街上落满了桐叶，木屐踩在叶子上，是发不出什么声音来的。

（三）如鱼饮水，冷暖自知

学校开学不久，学生会成立了文工团，也称“南江中学剧社”。剧社成员大多是高中和初中三年级的学生，初一、初二学生除非很有表演才能或者能演奏乐器才会被选中。经过报名、测试、筛选，李晟被选为剧社乐队成员负责二胡伴奏，陈缓歌当歌剧女演员，黄华生备取，先当街头剧快板演员。

1950年秋，南江中学剧社从老解放区引进了新歌剧《赤叶河》和《白毛女》，大家说是“一红（赤）一白”，为了配合土改，先排练《赤叶河》。学校剧社到新华书店买了五十册《赤叶河》剧本，作为乐队的二胡伴奏李晟也分到一册。他拿到了剧本，当天晚上就仔细地读了。读完以后，李晟把封面、内页都认真地看一看：

原来是位于上海西康路四八九号的“中国人民文艺丛书社”，一九四九年九月出版的。剧作者阮章竞。全书一百五十六页：一到一百一十九页是剧本；一百二十到一百五十六是曲谱和歌词，共三十七曲。歌曲作者有三个人按顺序署名：高介云、张晋德、梁寒光。

赤叶河故事发生于山西吕梁一带，村子坐落在一个坡地上，赤叶河的流水静静地淌过。书中介绍《赤叶河》的故事情节，大致是这样的：

恶霸地主吕承书，看见王大富儿子王禾子的媳燕燕长得漂亮，就趁着王大富、王禾子父子不在家的时候，强奸了燕燕。等王禾子回家以后，燕燕向丈夫泣诉，但王禾子却误认为妻子不贞，怒气冲冲地离家出走。燕燕受到误解刺激，加上丈夫出走，伤痛悲苦，无处申诉，终于在一个风雨交加的晚上，含着冤恨投入赤叶河自尽。

八路军解放了赤叶河，在外颠沛流离的王禾子终于回到自己的家乡，积极投身反霸、土改运动。恶霸地主吕承书进行报复，趁黑夜时分放火烧山，躲在暗处开枪，企图杀害王禾子然后逃跑。最终被王禾子和农民群众捉获。在斗争恶霸地主吕承书的大会上，王禾子的诉苦感动了赤叶河众乡亲，清算了吕承书的罪恶。

女主角燕燕由高中学生李嘉应饰演。其他三个重要人物有，燕燕的公爹老农王大富，燕燕的丈夫王禾子，恶霸地主吕承书，也都由高中学生饰演。

其他还有牧羊人老宋，狗腿子秋贵，青年农民生卯，农民小三，农民二全，村长高山大和十多个群众演员。

陈缓歌和黄华生都只饰演群众演员。

李晟小学时打了一条大锦蛇，剥了蛇皮制作的二胡音色很不错。他胡琴已经拉得很不错了，只用一个星期时间，就将三十七支歌曲全部熟练地掌握。其中他最喜欢的是第十五曲《燕燕下河洗衣衫》：

手挽筐筐下河滩，

赤叶河边去洗衣衫，
猛抬头，天上看，
看见雁儿过南山。
大雁大雁等等我，
我把苦事说一说，
燕燕儿今年二十整，
二十年光景尽苦情。
爹娘死去没依靠，
多亏修下个女婿好。
可心姑娘可意汉，
懂不得消停好动弹。
谁知财主下绝情，
弄得俺家里两条心，
爹爱诅人儿爱闹，
吓得燕燕儿好心焦。
背着人前流眼泪，
吕家把人逼成鬼。
雁儿雁儿你说说，
这般的日子怎么过，怎么过？

所有曲子都改为泉城南音和闽南小调，按角色重新组合。这第十五曲，曲调悲凄惨，十分感人。李晟对“燕燕儿今年二十整，二十年光景尽苦情”两句最为共鸣，那悲哀、辛酸的歌词和曲子，时常使他感动得流泪，有时甚至融入自己的身世，在心中默默地唱着“李晟今年十二整，十二年光景尽苦情”……可转而一想，觉得自己有父亲、母亲、祖父的爱护，还有三清观祖母、大姨、姑妈的关心，怎么能把自己比作燕燕这苦命的女子呢？他不知道从哪里听来，说音乐会使人产生共鸣，李晟想自己恐怕是深深地“共鸣”了！

李晟练习曲子非常投入，他那把自制的胡琴一天常常要拉断两根弦。一个月不到，竟把琴筒上的蛇皮也弄凹下去，发音非常难听。他知道，这把胡琴用了许多年，快不行了。又过了一个星期，胡琴的蛇皮终于破损，再也不能用了。李晟只好把它挂在租屋的墙壁上……

距离《赤叶河》的演出，只有一个多月时间，怎么办？

李晟决定向学校“音乐室”借一把胡琴用。

但是，一问音乐科的卜老师，才知道借胡琴是很困难的。卜老师皱了皱眉头，说：“只剩一个多月时间就要演出了，你怎么现在突然说琴坏了？你还是低年级，要是没有琴,当时也不一定选上你……音乐室的二胡没有几把,都是借给高中部的同学用的。”

李晟早就听说,音乐室里的二胡分为三等:一把红木的龙头二胡,用的是钢丝弦,那龙嘴里还衔着一粒玻璃珠。弓弦推拉时要能稳住龙头嘴里的珠子,使它纹丝不动,才算功夫到家。一般都放在音乐室,由音乐老师亲自保管,不出借。

其次是曲颈二胡,虽不是红木,但琴筒是“锦蛇”的蛇皮做成的,音色特别高亢悠扬,要高中学生才有资格使用。

第三等的白木平头二胡,也只有排练时借出一下,用完要立即归还,不能带回家练习。

糟了,现在没有琴,只好在排练时同乐队中别的同学轮流使用。可这样一来,有琴的同学可以拉得很熟练;没有琴怎么办……

李晟想到,乐队里有一位初三的同学有一次叫自己帮助他写作文,对了,用写作文同他交换,借他的二胡用用。

两个人说好了,到学期结束帮写两篇作文,每天可以借用两个小时二胡练琴,但得按规定时间送还。

这一次借琴,使李晟深切感受到那种向人祈求,遭人冷遇的情景,心中真有一丝淡淡的酸楚。

学生会文艺部通知:学期考试一结束,就下农村巡回演出。现在只剩下两个星期,眼看日子越来越近了。《赤叶河》里的歌曲李晟已经全都熟练掌握。一天,学校突然通知李晟,到校长室去一下。

李晟不知是什么事,就到校长室。刚一进门,校长劈头盖脸就问:“你是不是把音乐室的龙头二胡拿去了?”

李晟惊讶了一下:谁人胆子这么大?敢把龙头二胡拿去……还没等李晟反应过来,校长又紧逼一句:“你知道,没有经过音乐老师同意,擅自把学校财物带回家,这是什么行为呢?这是偷窃,是偷窃,你知道吗?”

李晟一听见“偷窃”两个字,一点都不示弱,突然叫嚷起来:“校长凭什么说我‘偷窃’?”

“根据什么……听说你自己造了一把不三不四的胡琴,现在连这把胡琴都没有了。所有乐队成员,只有你没有琴,就根据这一点。怎么样?”

李晟认为校长不讲理,气得说不出一句话,转身就跑出校长室。跑了几步,又回头冲着校长喊了一声:“没有调查就没有发言权!你去调查,调查以后再说吧!”

校长气得乱捶桌子,连声大叫:“回来,你给我回来,回来!”

李晟头也不回地跑回“糊布亭”租屋去,蒙在被窝里委屈地流泪:“没有琴的人就会偷琴吗?人穷了,什么坏事都可以说是他……”

“李晟,走,找校长评评理去!”同租屋的同学都愤愤不平。

一个同学气地把一根烧火的木柴狠狠地摔在地上，说："我们虽穷，还没有穷到要当乞丐，李晟，你去拉什么琴？只有乞丐，要饭的人才去学拉琴，你又不准备去要饭！"

一句话说得大家忽然都笑起来，李晟深切感受到同学之间的理解和友情！

后来，乐队队长找了李晟，说："那把红木的龙头二胡找到了，是音乐老师的儿子拿出去借给他的朋友，学校叫你再回乐队去。你班级那个陈缓歌也让我告诉你，叫你回乐队……"

可是，李晟已经没有心情回去了。李晟想：人不能没有尊严，就是马上让我实现胡琴演奏家的梦，我也不会再回去。

李晟深刻地感受到胡琴好拉而知音难求！从此，胡琴再也没有进入他的梦中，他的"琴梦"就这样消失得无影无踪……

乐队队长走了以后，这一天夜里，李晟在日记中写道：人生遭际，有时别人是很难理解的。所谓'如鱼饮水，冷暖自知'，还是埋头读自己的书吧！

第一〇章　为官的痴迷送命

（一）荔枝就是“离枝”

1951年4月11日，下午第三节，泉城南江中学所有年级照例是自修课。刚刚做完一天的作业，李晟正在整理书包，伴随着下课的铃声，一个熟悉的声音从教室走廊的窗口轻轻地飘了进来：“李晟，我是妈妈……”

李晟抬头往窗外一看，母亲正微笑着站在走廊上。她穿起多年不穿的丁香色旗袍，外披蕉黄色肩帔，鬓发在秋风中飘起，像是一绺轻浪，非常美丽。

李晟急忙背了书包走出教室，高兴地问：“母亲什么时候来的？”

“我上午就到了，是来应聘的。前天，星期一就来过，时间紧，来不及看你。”

“母亲应聘什么工作呀？”

“你们学校招聘一名美术老师，上课以外，还要负责兴趣小组活动的指导工作。”

“那真是太好了，我以后同母亲就在一个学校了。”

“但是能不能录用，还不知道呢？”

“一定能，能！母亲国画、水彩画，还有西洋画都行，准能录用……星期一画了什么带来学校？”

“按规定，每人自荐三幅画，素描、国画、油画各一幅。今天下午，学校还请了泉城美术家协会的一位老画家来评画，口试，并让我当场作画……”

“没问题，母亲还是三十年代杭州国立艺专的高才生呢！对了，有几个人来应聘？”

“也就是两个人。听说开始报名时有十几个，但是看了预交的画以后，就留下两个人来口试，其实就是面谈，再即兴创作一幅画。”

“即兴，画了什么画？”李晟问。

“即兴创作，画了一幅《雨打芭蕉》的水彩画。”丁香回答道，接着又苦笑了一下说：“不过，也难说。另外一个来应聘的人，好像同本校的校长挺熟悉，有说有笑的……”

郭丁香终于没有被录用，她只好在圆通寺后堂东侧暂住。

为了适应土改后的“形势”，黄行远将布店的摊子收了起来，对丁香母女基本上也不再提供什么照顾。郭丁香觉得还是同解元公和春申大哥有话说，就带着女儿李馨在圆通寺寂寞地生活。

4 月 14 日，星期六下午，李晟步行回灵歧，路过灵峰溪南岸的小果园时，看见一个戴着箬笠的女人正从溪流的沙滩上，挑着水，一颠一簸地走上溪岸。李晟仔细一瞧，竟然就是母亲。李晟从小参加农业劳动，个头又高，力气也大，就赶忙上前接过母亲的两桶水，帮她挑到小果园。

丁香说：“我前天晚上梦见下雨了，以为一定会有一场雨，可昨天等了一整天，没有雨。本想今天早上就出来挑水灌园，心里又侥幸想再等等看，一直等着，结果还是没有雨，多晒了一天半，就得多挑几担。这不，从中午一直挑到现在。”

“母亲就休息一会，剩下的我来挑，挑水、戽水，我最拿手了。”

郭丁香没办法在灵歧生存下去，她想到，如果在城里摆个小摊子，应该会比灵歧种田、看果园轻松一些……她终于带着小女儿李馨，住到鼓浪屿中正路二十七号的旧屋里。大约张罗了半个多月，她在日光岩直对着的一条小巷里，摆了个小摊子卖些糖果、火柴、肥皂、草纸什么的。

郭丁香家父母早已故去，大哥大嫂当了干部，住在泉城。可是，由于汝成的关系，大哥大嫂似乎不大愿意同自己接近，丁香也不愿意连累哥哥嫂子，不想去麻烦他们。鼓浪屿中正路二十七号，旧屋虽然破烂，摆个小摊子，毕竟还可以暂时栖身。

李晟因为在南江中学读书，成绩全年级第一，学校给了一等奖学金，每月有六块钱，比自己在鼓浪屿摆小摊所得还多。因此，就决定李晟不回鼓浪屿，暂时还在灵歧。

李春申没有家眷和孩子，视李晟像儿子一样。每周六都替李晟准备好一个星期的番薯、大米和小菜，让李晟回灵歧带到“糊布亭”租屋。丁香回鼓浪屿以后，李春申要李晟每星期六回家时，住到“马槽”扁华堂药店。但李晟还是愿意一个人住在圆通寺东侧原先的房子里，因为一个人可以自由自在地读书、做作业，看课外书。

1951 年春天，灵歧旱情严重。这一天，天空说变就变，中午开始隐隐听到了打雷的声音，大家都翘首盼望老天爷能下一场雨！

星期六下午，李晟照例从南江中学回到圆通寺，挑下星期的粮食。刚刚到家，才坐下，突然一阵滚雷隆隆炸过。圆通寺大门外，天空一片暗黑，狂风从灵峰山西北方向呼啸而至，飞沙走石，刮得寺庙四周的树木，狂乱地摇晃……

李晟赶紧关了门窗，透过北面窗棂的缝隙朝外一看，寺庙后面隙地上栽种的那棵芭蕉，正在风中横飞狂舞着。虽然母亲回了鼓浪屿，但放学时只要有空，李晟都到果园和隙地上去看看那棵芭蕉，他知道，这是母亲特别喜欢的。可今天刮大风，又打雷，只怕很快就会有大雷雨，出不去了。

“劈啪——轰隆……啪！”又一声闷雷之后，暴雨从天顶倾泻而下。李晟随意地说了一句：“雨打芭蕉！”

他想到可悲的母亲，母亲毕业于杭州国立艺专，画得一手好画，想谋一个美术老师的工作也没办法。一个画画的手，居然要去摆小摊？！

疾雨横风，窗外的芭蕉摇晃得更厉害了。母亲的话，是如许清晰地勾起李晟对往昔的深沉的回忆。那记忆像冲破了闸门的流水一般涌了出来。

那是去年的正月初五，李晟记得阳历是2月21日。灵峰山大雨瓢泼似的，大人说是“雨水”节候，会有大雷雨。那天，李晟正在圆通寺祖父住处吃早饭的时候，母亲带了妹妹李馨，从黄家庄到圆通寺找祖父：“父亲！”才叫了一声，就哭了，“父亲，汝成不见了。”

“什么时候？”

“初一晚上突然回家，说是初四到泉城军管会找高云岚，可我打听了两天，他并没有去找高云岚，有人说‘失踪’了……”

过几天各种谣传都出来了，有说“失踪”，有说被土匪打死，有的人说被国民党逃台部队捆绑下海去了。那几天母亲悲戚的面容，李晟回想起来还如昨日一般。四岁的李馨小妹，似乎懂得家中正在发生什么大事，显得特别安静和乖巧，一双乌黑的大眼睛和发辫上的红蝴蝶，一直萦绕在李晟的心间，拂之不去。

李晟又一次看看窗外，风狂雨暴，芭蕉被打得狂舞乱飞……

李晟突然记起母亲说过的话：抗战中，由于李家被日本鬼子的飞机炸了，根据祖父的意见，父亲从漳城回到灵歧住了几天。祖父将仅余的三分七厘地的水稻田给了父亲，有一处果园，分给了大伯，大伯不要，也一起给了自家。母亲是城市里的人不会经营，只是有时到小果园里看看。果园里最多的就是芭蕉和香蕉。所以父亲号“蕉农”……

李晟突然悟到了母亲9月到南江中学应聘美术老师，创作的《雨打芭蕉》的深刻寓意了。

在李晟的印象中，父亲近些年似乎一直不大开心，有时在家里，也经常一个人沉默地在想什么……

母亲画得一手好画，尤擅芭蕉和丁香，还有栀子、紫薇、玉兰、墨竹等。至今李晟还保存母亲画的一幅紫薇花，画面上的左上角，题着两行字：

一树秾姿独看来，

秋庭暮雨类轻埃。

母亲说，这两句是李商隐咏紫薇花七律中的一联，题目叫做《临发崇让宅紫薇》。母亲是鼓浪屿人，常爱说“日光岩下是我家”……不知道这样的大雷雨，母亲和妹妹是不是还住在“日光岩下”？

自从父亲“失踪”以后，母亲便很少画画。两年来留给李晟的形象竟然像是一个农村妇女：戴着斗笠，赤脚捋袖，挑水担粪，在灵峰溪南自家小果园管理芭蕉、菠萝、龙眼、荔枝。

母亲说：“为了生存，只能学会做买卖。”

母亲常挑着龙眼，荔枝进城卖钱换米，常说的一句话是：荔枝就是“离枝”，把“离枝”卖了，一家人就能团圆。

但是，母亲从不卖芭蕉，大概因为父亲号蕉农的缘故吧！

（二）一封匿名检举信

1951 年 5 月 25 日，辛卯年四月二十，泉城市委、市政府机要室就收到从漳城转来一分绝密的匿名检举材料：《何其兴是假起义，真潜伏的反革命分子》。

机要室立即交到市委书记任红梅的手里。任红梅拆开仔细看了一下：

何其兴是假起义，真反共。真正领导漳城起义的人是李玉字汝成，以字行。李汝成是泉漳厦国民党联合党部的主任委员。当时，党部委员商定，由何其兴出面同军管会接头，何表示坚决反对起义，说要通电给台湾。但是，第二天早上，何其兴一反昨天的态度，表示愿意出面，同漳城军管会首长商谈起义的事……后来就诬陷李汝成反对起义。此外，何其兴还勾结反动道会门一贯道，把一个一贯道头子从漳城弄回泉城搞造谣破坏。这个一贯道道长叫陈寿松。

……

任红梅书记忽然想起，去年春节过，文宣部部长高云岚曾向郭影秋反映，对何其兴表示过怀疑，她想赶快听取高云岚的意见了解具体情况。于是立即拨通了文宣部的电话，可是接电话的不是高云岚。

“我是任红梅，让高云岚接电话。”

“高部长到戴云区去，上午就会回来。”

“你是谁？”

“我是何其兴。任书记有什么事，回来时我告诉她，让她找你。”

“不必了,高云岚回来时,让她给我挂个电话……对了,你不是也进驻戴云区吗？怎么就回来了?”

“我是负责灵歧这一片的联络员。我们任务完成了,前后三批,杀了三十六个,关了五十多人,还有八十多实行管制,叫民兵看管——”

“这么多呀？灵歧多少人口?”

“抗战以后,人口少了,现在大约不到四千人。”

“杀太多了！是不是都经过高云岚同意的?”

“李书记,我觉得灵歧情况特殊,抗战时这里是国民党活动的中心地带,还组织过‘灵峰山血魂游击队’,那个头子至今不知去向——”

“喂,喂喂,这个情况我是知道的,高部长汇报过……”

“我觉得高云岚部长有‘右倾偏向’,说是‘可杀可不杀的不杀’,这样怎么能震慑敌人呢？我就是从灵歧出来的,最了解情况,有一些该杀的,我也就不再请示了,‘将在外,君命有所不受’。只要群众拥护——”

任红梅书记把电话挂上,不想再听了:“咳,这个家伙,莫名其妙,还自作主张,形左实右!”

高云岚从戴云区工作队回到泉城,才进办公室,恰好听到电话响了。

“是任书记吗？我是高云岚,刚刚到……好好好,我这就去……谁呀？何其兴,他不在办公室……好,我马上去。”

任红梅把漳城转来的检举揭发信递给高云岚……

高云岚很认真地看了两遍,说:“看来检举人对当时漳城国民党党部起义的事知道得很详细,可惜没有署名。”

“我记得去年春节过,何其兴报到时,你曾经对这家伙表示过怀疑……你当时掌握了什么情况?”

“也没有什么过硬的材料……只是,任书记知道的,我抗战时期在党的指示下,把厦门‘中华复土血魂团’转移一部分人到灵峰山,成立‘灵峰抗日血魂游击队’。黄夏炎同志转移一批到漳城,宣传发动民众抗日。灵歧古镇除了零星、分散的小村落外,就是李家庄、黄家庄、赵家庄和何家村四个村庄最大,人口最多。当时积极抗战的是李家庄的李开先、李汝成和李春申父子三人,还有就是三清观的三位道姑宋紫云、紫雪、紫文。这个紫文也是李开先的女儿,实际上是李汝成的生母。

“玳瑁坡阻击战那一天,还亏了郭书记带领一支队伍到灵峰支援我们……

“根据我的观察,何家村何友良和两个儿子何其兴、何其旺抗战消极,不出一兵一卒,还‘趁火打劫’。李开先为筹备游击队的经费,一百亩水田,五十亩卖给黄渊潭是两万五千,五十亩卖给何家就只有一万五千,这些钱都是‘血魂游击队’人员的枪支弹药、服装设备和安家费,何友良、何其兴居然‘趁火打劫’……一个在民族灾难面前不是踊跃支援,慷慨解囊,而是‘趁火打劫’的人,能深明大义、率众起义吗?

我是很怀疑的。还有,不久前,何家的一个长工叫何九怪,传出李汝成‘下海投敌’,我们的情报部门都不知道,何家人怎么知道?这就更值得怀疑了。”

“分析得好,这就叫做阶级分析。对这封检举信,你怎么看?”

高云岚想了想,说:“可以从一贯道道长陈寿松入手,进行调查。首先了解一下,此人是否从漳城过来的。是通过什么关系进入泉城的道教团体。然后把他控制起来,要他老老实实交待问题——”

“太好了,小高呀,咱们想到一块了。我同意,这事就交给你。注意保密,尤其是有关文件、调查记录、口供等等不能放在文宣部,每天都作为‘密件’交到我的办公室来。对何其兴也要实行‘外松内紧’,不要让他觉察到什么。还有,派可靠的人严密监视这个家伙,预防他逃跑或者狗急跳墙。”

高云岚连夜将中央关于打击反动道会门的档案找出来,仔细研究如何对陈寿松宣讲政策,如何‘攻心’,如何引入调查何其兴……她思考了一个晚上,拟定了‘作战计划’。第二天说干就干,立即行动。

经过一个多星期的“车轮战”攻心,高云岚组织人员对一贯道道长陈寿松突击审讯,情况完全证实了匿名检举信的真实性。

陈寿松交代说:“我当时是漳城一贯道的坛主,在道里只是第三等。一天何其兴找了我,说自己早年在北平参加过一贯道,是道首。如果我听从他的指挥,可以立即把我提为第二等,叫点传师。我答应了,马上就升任点传师。过了几天,他命我跟他迅速转移到泉城……

“我们在泉城暗中发展了两百多个道徒。何其兴说他在军管会任职不便出面,就让我再升一级,当了泉城的道首。

“最近何其兴特别敏感,说‘镇压反革命运动’马上就来了,叫大家少出来活动,以免暴露身份。什么时候可以活动了,听他的指挥。”

情况已经很清楚,何其兴就是潜伏在泉城的反动党团骨干分子。根据郭影秋书记的指示,为了进一步查实,必须有其他一贯道道徒的旁证。高云岚都一个一个进行取证。落实陈寿松和何其兴的罪证。

为了麻痹何其兴,高云岚特地做了陈寿松的工作,要他争取主动,立功赎罪。叫他先回家,暂时当个“线人”,观察何其兴的动静,及时向市里报告。

过了两天,泉城一贯道道徒哄传“道首”被共产党叫去谈话,受到威胁,回家以后就自杀了。

市委书记任红梅同高云岚分析认为:“敌人狗急跳墙了！陈寿松很有可能是被何其兴‘灭口’的。”

高云岚道:“材料我们都掌握了。何其兴的棋下晚了一步,建议立即抓捕。”

第二天,任红梅布置公安,马上逮捕何其兴……

何其兴不见了,跑了！

任书记让高云岚陪同公安人员和市政府的警卫，开了吉普车，直追灵歧何家村，刚到何家门口，恰好看见何其兴背了小包，同一个老长工正开门出来。

“不许动，何其兴，你被捕了！”

一切都很顺利。本来何其兴还想负隅顽抗，无奈，何家长工何九怪，把事情都交待了：原来两人正准备下海到台湾去。何九怪还交代了他们绑架李汝成，让他留在荒岛一个石洞里饿死……

高云岚感到事态严重，赶紧找了任红梅书记把事情作了汇报，并且检讨自己当时没有抓紧找到李汝成，没有将李汝成的事情向书记汇报，要求市委给自己严厉处分。

任红梅指示：“现在，必须让何九怪和赵家庄一起开船的人，赶紧找到那个无人的荒岛，就是死了，也应该留下尸骨什么的。”

何家长工何九怪和赵天挺，被泉城公安押着，开船到海上。何九怪悄悄对赵天挺说道：“还能找到什么呢？我看有骨头也被野兽吃了……”

“是啊，都一年多了，能有什么骨头？又不是坟地。”赵天挺心里有数，就顺着何九怪的话说。他心里想，只要说骨头会被野兽吃掉，那么自己把汝成从荒岛上救回来又送下海去，就不会露馅。

海上风浪很小，当天下午两点多就上了那个没人居住的荒岛，大约步行了十几分钟，找到岩石下面那个小洞。可是，什么尸骨也没找到，只有当时留给李汝成的一个破锅子，还孤零零地靠在洞壁边上，但是都已经锈迹斑斑了。

晚上九点多，船就回到灵歧。高云岚给任书记打了个电话，汇报了情况。

“何九怪继续关押交代问题。赵天挺是被胁迫，又不知情，就不再追究。但是要告诉他，为了取证何其兴绑架的罪行，有时还要找他核实材料”。任书记在电话里作了指示。

第一一章 避 嫌

（一）想起有一个妹妹

1951年11月1日，农历辛卯年十月初三，星期四。

高云岚才进办公室，电话铃声就响了，是任红梅书记让她到办公室去一趟。

高云岚知道一定又有重要事情，任书记不便到自己这里，立即到书记的办公室，笑了笑："有重要事情？"

"没什么事，随便聊聊。"说着，就给高云岚倒了一杯水，随意道，"你孩子几岁了？"

高云岚笑笑，道："任书记不知道？我还没有成家呢，哪来的孩子？"

"怎么不早说……要不要组织上出面帮个忙？"

"不要不要，革命工作这么紧张，暂缓，暂缓……"高云岚觉得任红梅虽然是泉城第一把手，却很温和，一点架子都没有，就大胆同她拉起家常来，问道："任书记，你同郭书记是怎么认识的？"

任红梅看了一下高云岚，说："鬼丫头，打听这个干啥？"

"随便问问，关心书记呗。"

"我们两个都是厦门人，是老同学……对了，有消息说，李汝成真下海去了台湾。李汝成的家庭是否同李汝成通讯联系？"

"书记说得是，了解一下李汝成家人是否同他有联系，这一点很重要！"

任红梅继续道："我把有关情况向省里安全厅汇报了一下，有关李汝成的事，就交给你了，重要情况，及时报告；最好用'绝密'函件送机要室，直接给我个人收。"

"对了，刚才任书记说，你同郭书记都是厦门人，我有些知道。其实，郭书记曾经是我北平大学时的老师，他当时是助教。抗战时我在'灵峰抗日血魂游击队'发动玳瑁坡阻击鬼子的一次战斗，郭书记还从省城带队伍支持我们打了胜仗。不久，郭书记还带我和二十多个游击队员从漳城，经龙岩，转到江西的玉山……”

高云岚正准备详细说说玳瑁坡战斗时，郭书记同自己的妹妹郭丁香在战场上相认的事，还没说，任红梅就接着道：“有这事？没听他说起过，当时我在华北战场。”

“是这样？所以没见到你……我也在厦门搞过地下工作呢……”高云岚忽然想起当年在鼓浪屿救世医院的情况。

“你在厦门什么地方搞地下？有工作掩护吗？”

“我在鼓浪屿，以生病住院为名，长时间住在美国人办的一所医院，叫‘救世医院’——”

“噢，你还在我的家乡战斗过。不瞒你说，我们两个都是鼓浪屿人，不过很早就离家到北平……到北京读书，后来参加革命，在北京搞地下，就再没有回去过，父母过世都不知道，也没有再走过。”

“有打算回去看看吗？”

“刚解放，工作很多，还没有想到什么时候回去呢。不过我家里都没有人了，连亲戚也一个都没有。老郭嘛，也没听他说起老家的事……很早以前，好像说起过，说离开鼓浪屿时家里有个小妹，不过和郭书记年龄相差很大。离家时，这个妹妹恐怕只有八九岁或十岁左右……”

“我对鼓浪屿倒很熟悉，你们老家住哪一条街呀？”

“记不清了，好像是中华路，或者是中正路；有可能是‘中正路’，那蒋介石的字号。你知道这两条路吗？”

“有，有一条中正路，我和另外一个搞地下的叫叶知秋，两个人经常在中正路二十七号聚会——”

“叶知秋，我知道，东瓯人，福州刚解放那会儿，曾在军管会搞文字工作，不过时间不长，后来，她同一个协和大学的学生谈恋爱，那个学生是个国民党特务，还是老郭发现了，帮她把事情处理好的。”

“嘿，你刚才说，你搞地下时，在中正路几号聚会？”

“二十七号，一户姓郭的人家。”

“老郭家就是二十七号，那个姓郭的是男是女。叫什么名字？”

“他叫郭丁香——”

“这人很可能就是老郭的小妹妹，多大了？”

“二十出头吧……”

任红梅立即就在高云岚的办公室，拿起电话机给郭影秋书记打电话：“喂，是南江地委办公室吗，我是任红梅，接郭书记……

“喂，喂喂，老郭吗？你小妹是不是叫郭丁香？”

电话那头的声音听得很清楚:“是,是叫郭丁香,为什么突然问起这个?”

“高云岚认识她,搞地下时,还住在中正路二十七号呢——”

“那么丁香也是共产党了? 怎么都没有听说过。”

“电话里说不清,你快过来,高云岚正在我办公室,让她详细讲一讲……”

(二)帮不了忙

地委书记郭影秋,很快就到了红梅的办公室,刚进门,就迫不及待地问道:“高云岚,你认识我小妹丁香?”

“郭书记,我不止认识,抗战时候还同你妹夫,在你家成立‘厦门抗日复土血魂团’,你妹妹、妹夫都为抗战,付出了很多……”

“详细讲讲。”

“那就从头说了……”郭影秋和任红梅听了,沉默了很长时间,红梅才非常感叹地说了一句:“小妹够苦的了……她现在还在灵歧古镇?”

“是,没地方住,有时住黄家庄黄渊潭的老屋,有时跟李汝成的曾祖父李开先,住在圆通寺后院。还有消息说,可能已经回鼓浪屿了……”

“你最近一次见到我妹妹,是什么时候?”郭影秋终于开口问道。

“去年正月初一晚上,那时她还暂时住在黄家庄。那天跟你小妹说好,让李汝成初四到文宣部找我,我带他去自首。结果没有来,我一直等到中午李汝成仍没有来——现在知道,就在初一晚上,他就被何其兴带人绑架了,并且立即把他捆绑去台湾……后来因为海上风浪很大,船桅折断,就把他丢弃在一个荒岛上,想把他饿死。后来,大概是国民党败退的军队,经过那个小岛,把他捆绑去台湾了……现在知道李汝成在台湾基隆芊蓁林溪采砂场。”

郭书记静静地听着,红梅看了他一眼,轻轻问:“你看,怎么处理这事?”

郭影秋思考了一下,说:“同丁香见面的事,晚上回去后,我同影秋再仔细商量一下。如果决定和小妹见面,也就是明后天……”

郭影秋笑道:“可以帮我们同丁香联系一下……”

“我今天晚上就跑一趟灵歧,打听一下,丁香在灵歧还是回鼓浪屿。在灵歧的话,明天就带她来;如果已经回鼓浪屿,泉城离鼓浪屿不过三个小时的路程,后天也可以带到。在哪里同丁香见面呢?”

任红梅道:“就在我的办公室,还是我们三个人。其他人暂时没有必要让他们知道。老郭没有什么意见,就这样了。”

高云岚站起来准备走的时候,郭影秋特别嘱咐道:“见到丁香时,就说市里有个人想见你,其他都先不讲。你看看这样好不好?”

“还是先不说,让丁香明天一个惊喜。”红梅说。

第三天，11 月 3 日上午十点钟，高云岚到鼓浪屿把丁香找到了，就直接带她到任红梅的办公室。郭影秋急着想见小妹，很准时就到了。高云岚带了郭丁香，一直在任书记的办公室等。丁香和眼前的大嫂似乎有些生疏。可郭影秋一进门，她就认出了，叫了声“大哥”，眼泪就流出来了：“大哥，那年在玳瑁坡打鬼子，见一面，已经……已经九年了——”

“我记起来了，好像快十年了。”

“这十年都没有你的消息，我一直住在灵歧，不久前才带了小女儿李馨回鼓浪屿，儿子李晟在南江中学读书，还跟他外太公、大伯住在灵歧……”

“知道知道，高云岚说起你的情况了。哥哥和你嫂子到泉城不久，这里是沿海离台湾最近，敌特活动频繁，都没有空去看看你。”

“大嫂，都有点认不出来了。”

“我和你大哥离家走的时候，你还小嘛。”

“我想起来了，大嫂笑起来，鼻翼稍稍往上微微一皱，很好看……大嫂还和从前一样漂亮。”

丁香的话，让郭影秋、任红梅和高云兰都笑了起来。红梅说：“老了，‘老太婆’一个，还有漂亮的吗？”

郭丁香转向高云岚，道：“见大哥大嫂，这样高兴的事，你昨天晚上怎么不事先告诉我呢？”

云岚笑道：“给你一个惊喜呀。说了，你昨天晚上还能睡得着吗？”

寒暄过后，丁香似乎也没有太多的话可以说。长期住在灵歧，兼之汝成的事，使她见到生人都显得有些怯怯的样子。她静静坐着，也不知道下面该说些什么。

“你喝茶。”任红梅替丁香沏了一杯茶。

丁香抬起头，接过杯子，再仔细看看对面坐着的大哥，大哥分明已经老了许多，感觉上，个子好像没有从前那么高大，说：“只记得我八九岁时候，大哥和大嫂就不知道去哪里了。父母为大哥出走，哭了好长时间。后来父亲去世了，母亲很苦，还送我到鼓浪屿美术学校学画画，我考上杭州国立艺专不久，母亲也去世了……我现在是一个人带着两个孩子，没有什么亲人了……”

红梅看看丁香无依无靠的样子，心里很过意不去。

郭影秋也感到没能尽大哥的责任照顾妹妹，心中有些歉疚，道：“丁香，大哥和大嫂走的时候，你还很小。对不起小妹，对不起父母！当年我和你大嫂走得很匆忙，那时因为有消息说国民党马上就要抓我，没办法，连向父母告辞一声都来不及，走了以后，更没有办法负起孝养父母的责任。”

“大哥现在是……调动到泉城工作？”

高云岚主动介绍道：“你大哥现在是南江地委书记，大嫂是泉城市委书记……”

郭丁香没有想到，眼前的大哥、大嫂当官了，真是天大好事，至少自己有了靠山了。嘴角也露出一丝微笑，又一次仔细看看大哥，虽然多年不见，但还能记起大哥当年非常威武，非常高大，现在看起来怎么没有当时的印象了，留下的只是玳瑁坡短暂的一见。她好不容易挤出一句话来："大哥，我小时候记得你个子非常高，上楼梯的时候都要把头低下来，现在怎么没了这个印象？"

红梅道："那是因为你当时还是个小孩，所以看起大人来就非常高大；现在你也是大人了，大人看大人，就不会有'高大'的感觉了……那你看大嫂呢？"任红梅解释以后，问丁香对自己有没有印象。

丁香还是那句话："有一点回忆起来，大嫂年轻时大家都说长得好，我记得大嫂笑的时候，鼻翼上会微微皱起来——"

"小妹记得很清楚啊！"郭影秋道。

郭丁香完全放开了，高兴地说："皇天有眼，让我们兄妹、姑嫂能够重逢，父母在天之灵一定感到很欣慰。大哥大嫂都做官了。"

郭影秋道："共产党叫'当干部'，干部就是为人民服务，是人民的公仆，不叫'做官'。"

"听说现在干部实行'供给制'，大干部也没有几个钱。大哥、大嫂一个月能有多少钱呢？"

"我们是实行供给制，吃饭、穿衣都是国家供给，一个月只发一些零用的钱，买买牙刷、牙膏、毛巾、肥皂、草纸、手帕这些东西。我多一些，大约每月有零用钱十二元，你大嫂只有十元。反正我们也没有孩子，够用了。"

郭丁香转过头，问高云岚："你在抗日游击队时还是政治委员、副司令，那时李解元捐的钱都给队员和家属，你那时是没有钱的。现在呢，一个月有多少'供给'？"

"比你大哥大嫂都少一点，国家每月发给我八块零用钱。"

"但是不管怎么说，比我们老百姓总是好一些。你知道，我儿子上南江中学，第一个学期学杂费就交了十八个大洋，是我戴了多年的一对耳坠卖了……不过，孩子成绩全校第一，国家给他每月六元的奖学金……"

"噢，小妹多有福气，儿子已经上中学了！"

这天中午，郭影秋、任红梅留丁香和高云岚在市政府食堂里用餐。郭丁香细细观察了所有的人，都是自己蒸饭，一个小缸子用红色的胶水写了号码，有的还写上自己的姓。小菜也就是萝卜加上一块红烧肉，仅此而已。

中饭后，郭影秋、任红梅、高云岚三人，一直送丁香到了泉城汽车站，替她买了票，再三叮嘱再到泉城，一定到地委、市委找他们。

临开车前，红梅道："小妹家里有什么困难，以后可以跟小高说——"

丁香在高云岚耳边悄悄说了一阵子。高云岚也就走到郭书记身边，照直转告："丁香希望对她公公李解元和大伯的成分复查一下，给予改正；对汝成给予宽大——"

只看见大哥皱了下眉头，轻轻对高云岚说："这个恐怕帮不了忙，亲情之间更必须避嫌……"

（三）重到灵峰山

几天过，郭影秋书记告诉高云岚："上级有意思，想调你到省里任安全厅厅长，估计十天八天就会下文件。"

大约过了半个月，已经是1951年的12月20日，农历十一月二十二，省里文件才下达。

郭影秋把文件，拿给高云岚。高云岚看过，问道："郭书记的意见呢？"

"省委的决定，只能服从。"

高云岚道："说实在的，我喜欢泉城，不仅因为泉城是我的故乡，更重要的是，我把自己年轻的岁月都留在了灵峰山，留在那抗日烽火的年代。"

"我们都是战争年代过来的，'服从'是共产党人的天职！再说，你到安全厅任厅长很合适，职位也提高了。换个位置思考一下，要是我调离泉城，你能留下我吗？"

"行，服从组织安排。不过，得给我几天假，我想再走一趟灵歧古镇，上一回灵峰山，钻一次蝴蝶洞……"

"好，好好，支持支持，省里文件也还没有下，我让他们迟几天……对了，你说的蝴蝶洞，听说是宋朝杨文广征闽南十八洞时发现的，非常奇特，非常惊险，到了洞的底下，还能听到头顶上海水汹涌的声音。有机会，我也很想去蝴蝶洞钻一钻。"但是，省里并没有同意高云岚推迟上任，文件很快就下达，让她快一点到省城报到。当天，就开了介绍信到安全厅任职了。

历史进入了1953年的春天，高云岚出差泉城办案，终于找到一个重返灵歧的理由。她决定提前几天出发，先上灵峰山，再约当年的游击队副司令宋紫云，一起下山到灵歧看望抗战时的生死战友李解元李开先。再到"马槽"看望当年在"救世医院"曾经救过自己性命的李春申。还有，看看灵歧的老百姓……不知道李家庄被炸以后，修复了没有？

4月4日，农历清明节前一天，高云岚从省城乘车到灵歧古镇。这一年公路已经直通到灵峰笔架山。高云岚下了车，坚持步行到灵峰山麓，她迈上三百六十级的碎石"回头路"，三百六十级鹅卵石的"苦气路"，走上三百六十级平坦的"心平路"。高云岚站在三清观门前的砖埕上，当年游击队在这里举行誓师大会，分发枪支弹药和服装的情景清晰地浮现在眼前。一种说不出的，对于往昔岁月的回忆和深深的怀念之情，涌上了心头。她看到三清观破损的大门，心里充满着惭愧和对于生死与共的战斗伙伴的深切的歉疚：自己在泉城任职三年多时间，竟未能设法将三清观修一修！

道清走出大门，她还能认得当年抗战时“血魂游击队”的政委高云岚，就向里面大声叫了一声：“有贵客到了——”

宋紫云快步走出坍塌歪斜的大门，一见是高云岚，高兴地叫了声“高政委”，情不自禁地眼睛潮湿了，说：“快，快请进，外面风大。”

接着紫雪、紫文都出来了。

高云岚进了大门，道观里的一切更显得破旧不堪，想起了当年的战斗，玳瑁坡死去的游击队战友，一种历史的沧桑感涌上了心头……

宋紫云虽然已经快七十岁了，还不见苍老。高云岚一边拿出几包黑木耳、几包香菇，递给宋紫云，一边亲切地说道：“也不知道该给几位带些什么东西……宋道长真是童颜鹤发呀！”

“托政治委员的福。”宋紫云亲切地回应道，“解放了，我们也换了新思想，可能不久‘三清观’也要改名字，李解元建议改为‘圣女祠’，还写了一副楹联：

一春梦雨常飘瓦，
尽日灵风不满旗。

“还没有考虑成熟，这是唐人李商隐的《重过圣女祠》中的一联。”

“我赞成，诸位都是‘圣女’，我应该叫你们的俗名：颜风荷、颜雪梅、李文清。”

“你也是‘圣女’高云岚，什么时候给我们带一个‘高哥’来，才把你的‘圣女’去掉……”宋紫云一句玩笑的话，引得大家都咯咯咯大笑起来。

自从玳瑁坡阻击战以后，高云岚随李汝成转移漳城。几天过，又同张一弓随郭影秋经过龙岩游击区，进入江西……“灵峰血魂游击队”又经历了一场巨大的考验，那就是“引蛇入洞”的蝴蝶洞战斗。这一场战斗，是宋紫云和李开先领导的一场漂亮仗，高云岚虽然听说了，还是很想了解一下战斗的情况。

紫云颜风荷介绍说：“你们走了以后，日本人又来进行扫荡，李家庄又一次死了很多人，解元公的夫人赵淑，春申的媳妇赵杏之，儿子李旦都遭了殃，还有丁更生的妻子紫霄，也死在日本鬼子的屠刀下。最可悲的是小兔子李旦，那么小，才四岁，就遭到日寇的活埋。听说小兔子被推下土坑时，一直说：‘浅一点，不然妈妈会找不到我的。’……”

颜风荷一边说，一边流泪：“可怜的孩子呀！”

大家都悲伤地再一次为李旦流下了眼泪，紫雪颜雪梅哭出声来：“我的可怜、可悲的孙子呀……大家已经为你报了仇了！”

宋紫云继续介绍道：“1943 年 11 月 8 日，阴历十月十一，立冬那一天，日本小队长熊谷带了一个加强排四十多个鬼子清剿灵峰山，我们准备了海、陆两手，把敌人引进蝴蝶洞,全部、干净、彻底歼灭。就是这样。”

“我们牺牲了多少人?”

“我们洞里没有牺牲,只有何晓钟的母亲朱二妹从笔架山转往李家庄的路上被敌人发现,杀害了,就她一个牺牲。”

“大家打得好!”

高云岚还从没有进过蝴蝶洞,进去随意参观了一下,在三清观用了中饭,大家就一起下山,先到圆通寺后堂看望李开先。

高云岚一进门就亲切地叫了声:“李副司令好!”

李开先虽然已经八十六了,眼力还很好,一听见叫声,赶忙放下手中的线装书定睛一看,就笑着回了一句:“高政委,别来无恙。”

“很对不起解元公,几年来都没有来看你,前年又调到省里工作。这一次是专程来灵歧看望老朋友、老战友的。”

“我早说过,高云岚是一个讲情义的人。”

“是呀,讲情义,对人民有恩必报,是共产党人的品格。我们党在战争年代那种非常时期,阶级斗争十分尖锐、残酷的情况下,锻炼出许多铁铮铮的英雄汉。但是有些人,因此将中国人讲情义的传统美德看作是封建、是狭隘,造成了民众的一些误解。还有些人甚至认为不讲情义才是立场坚定,这都是错误的。”

“你又升官了? 多年前听说你从宣传部长提为省里的安全厅长了。”

“共产党不叫‘升官’,叫‘为人民服务’,实际上就是肩膀的担子更重了”。高云岚一边说,一边就在书桌边坐下,紫云、紫雪、紫文也都各自找了个位子坐下。高云岚一看桌子上尽是线装书,就把刚才李开先刚刚放下的书,拿起来看看:《重订李义山诗集笺注》。

还有一枚红色篆文藏书印:听雨轩书阁藏书。

扉页有“程梦星午桥笺注”。

扉页左边是墨笔手写“黄平泽”三个字。

“黄平泽是……”

“我连襟渊潭老……他走了,去年刚到八十五……走前一天我去看他。他告诉我,家里后继不会再有人读唐诗宋词了,让我把《李商隐诗集》带走,说让我把他家里的藏书,特别是有关李商隐的诗的各种笺注本都拿走,希望李晟将来能花一些时间笺注李义山的诗。”

“走了,真可惜! 抗战时,渊潭老在经济上对游击队还是很支持的。”

“是,我那五十亩水田卖给他,充其量也就值两万块钱,他有意给了三万,还捐了五千元。后来蝴蝶洞战斗的前夜,他又亲自送了一万块钱上山,可惜走到山下,走不动了,上不了山,后来还是春申帮他把钱拿上山的……”

“老人也是很爱国!”高云岚说着,就从背包里拎出两瓶茅台,说:“解元公,没有什么东西带来，算是老战友的一点心意。”

李开先一看是茅台酒，就一点也不客气，道：“那我就谢谢了。对了，丁香带了小女儿李馨回鼓浪屿去了……”

“我知道，还住在鼓浪屿中正路二十七号，在小巷里摆个小摊子，卖糖果什么的。我前年去找过她。他的大哥郭影秋现在是南江地委书记，大嫂任红梅是泉城市委书记。两个书记让我到鼓浪屿把丁香找到泉城见一面。可是，总因为汝成的关系，也不能帮什么忙……”

高云岚说罢，说的、听的都沉默良久，李开先也不知道该说什么好，是赞成丁香的哥嫂呢，还是批评他们不讲“情义”。

高云岚看大家一下子都静默了，知道这是对丁香的同情。她能说什么呢？转头看看解元公桌子上的线装书，问道：“桌上几种李商隐诗集，有的封面上是《李商隐诗集》，有的是《玉溪生诗集》，有的是《李义山诗集》，我知道，李商隐字义山。顺便请教解元公，这‘李商隐’和‘玉溪生’是什么关系？还有字义山，有什么来历吗？”

“李商隐为什么字义山，没有看到前人的解释。据我分析，‘商隐’，应该是‘商山隐者’的意思。商山四皓曾帮助刘邦稳住太子的地位，算是行了所谓‘君臣大义’，因此，商山就是‘行义之山’，李商隐就字‘义山’。”

“四皓是哪四个人？”

“四皓是秦代的四位博士。据《史记·留侯世家》记载，四个人叫东园公唐秉、夏黄公崔广、绮里季吴实、甪里先生周术。这是四位白发苍苍的老人，所以俗称为‘四皓’。李商隐的父亲大概并不想儿子以后当官，希望他学道隐居。你看，他的一个同宗叔叔学问非常好，却终生隐居从不参加科举考试。李商隐的弟弟，取名叫‘羲叟’，就是羲皇上人，或者可以说是伏羲时期的一个隐居的老人家。可证李商隐的父亲李嗣，本意并不希望儿子做官，而希望两个儿子隐居学道，自由自在的生活而不受官场约束。”

“好呀，古时有‘四皓’，今日我们灵峰山也有‘三皓’。”高云岚说罢，看了看紫云、紫雪、紫文，大家都忽然哈哈笑出声来。

李开先继续解释道：“唐代科举除了儒学外，还有‘道科’，就是不考孔孟，而考《老子》《庄子》和《列子》。李商隐的故乡在今天的河南荥阳，但小时候在济源玉阳山学道。玉阳山有东西两座山峰，两山之间有一条溪流叫‘玉溪’，李商隐就取来作为自己的号，就是为了纪念青年时期玉阳山学道的这一段经历。他中年时候考上进士，等候朝廷公布官职时，曾经租了长安城南，樊川南面一处小屋居住，所以他后来的骈文、古文的文集就叫《樊南文集》。”

高云岚道：“有时还真羡慕解元公没有职场的烦扰，能安静的读书……”

接着，由颜风荷带路，高云岚、颜雪梅，八十六岁的李开先由女儿李文清搀扶着，几个人一路慢慢地走到李家庄“马槽”李春申的住处。

雪梅走上前敲了敲门，喊了声道：“儿子，快开门，老战友来看你了。”

春申赶紧打开门：“哎呀，老战友，真是老战友！”

高云岚一看见李春申，就迅速伸出手去握了握，说：“最近可好？”说罢，就拿出一支五一型的钢笔，说：“给，给你记记账，写写字，实在想不出带什么东西给你。”

“好，好，虽然生意不好，也没有什么账需要记，但写字还是很有用的。那我就不客气了。”

李开先替高云岚介绍说：“高政委调省里安全厅任厅长，已经快两年了，这一次是从省城专程来看看大家……”

“现在不是‘政委’了，说实在的，我经常回忆抗战时，大家一起战斗的日子…”高云岚笑了笑却又感慨地说。

李春申道：“要是教育厅就好，汝成的儿子李晟已经进入南江中学了，很担心家庭出身背景，过几年考大学会不会受到影响？”李春申不无忧虑地说。

“家庭出身看个人。我们党历来就是‘有成分论，不唯成分论，重在个人表现’。我虽然不在泉城工作，到时候说一声，我会写信或打电话让泉城教育局关照一下。”

“听说丁香的大哥、大嫂都在泉城，都当了书记了。”

“是，是这样，刚才在圆通寺，同解元公闲谈时已经说到这事了……”

春申道：“丁香后来，好像也没有再去找过他兄弟……汝成的事，还有家里成分也不好，怕连累到他们。”

“有什么好连累的？郭影秋和任红梅只是太忙了……”高云岚没有忘记替老上级遮掩遮掩。

临走，高云岚特地当着大家，和李春申握了握手，说：“当年如果不是你在‘救世医院’救了我、叶知秋、黄夏炎、张一弓，我可能已经被日本人杀害了。”

李春申听了十分高兴，但还是说：“都过去十几年了，还记住这事！”

“一生一世都不会忘记！”高云岚充满感情地说。

第一二章　青春的觉醒

（一）第一次害羞

1953年国庆节放假三天，从10月1日星期四开始，连到星期六、星期天，总共有五天时间。星期六上午四节课，移到放假后补上。而星期天，已经是农历八月二十七。下星期一，二十八日，是自己的阴历十六虚岁生日，可惜母亲去鼓浪屿了。要是母亲在灵歧，一定提前一天，在星期天给自己煮一碗面，外加一个清煮鸡蛋……对了，八月十五，不是祖父的八十六岁生日吗？也没有给祖父庆祝一下！

李晟想，家里穷了，平常伯父和祖父都是吃番薯，连大米也吃不起，哪能买索面、煮鸡蛋？他觉得自己生日过不过，无关紧要，重要的是祖父的生日。说得难听一点，祖父即使能活到一百岁，也只剩下十四年。这样一想，他决定9月30日下午到街上去看看，买一些祖父喜欢吃的东西，也算是略表孙子的孝心，给祖父补过一下生日，只是不必说破就是。

星期三下午只上两节课。三点半一回到“糊布亭”租屋，放下书包李晟就立刻到街上去。

李晟把平时节省下的零用钱，买了“泉州蜜饯”，又买了两盒泉州著名的豆腐干，准备给祖父做生日时配酒。恰好遇上陈缓歌也在买豆腐干。同学们回家一次都买二十盒，自己没钱买得少，有点不好意思。他本来想避开，可陈缓歌已经看到他，立刻就叫了一声：“李晟，你想避开我……”

“没有啊，哪有避开你。”

陈缓歌抿着嘴，笑笑说：“上中学以后，我们什么事都在一起做……”

“你回北港，还是到市政府找你哥？”李晟没话找话地问了一句。

“先到我哥那里，再回北港……我看你那支钢笔本来就不好，再说用了两三年了。我送你一支 Parker 钢笔，是一个归国华侨送给市政府农工部的，每人一个盒子里面都是两支，配对的。”

“两支，正好你哥和你，一人一支。我这支钢笔还好用呢，丢了可惜——”

“不是叫你丢了，你可以多准备一支考试时交替用，万一有一支写坏了，或者没有蓝水了，就可以用另外一支。走，跟我到市府去，我哥想找你聊聊，了解抗战时灵峰山血魂游击队的一些情况。”

“前一次不是都说过了吗？”

“是啊，不知道他还想问些什么？”

李晟一听，觉得崇德是缓歌的大哥，应该去，就说：“去，去，但是钢笔还是你留着自己用吧……你哥知道了，不好意思——”

“有什么不好意思？我估计他是想让你帮我补一下物理电学那几章。”

“你买豆腐干给谁吃？”

“给二哥当酒配。你呢？”

“你二哥，崇义哥？哦……我买给祖父吃，他爱喝一点小酒，说一句笑话，都是配孔乙己吃的茴香豆。旧历八月十五是祖父的生日，我忘记买礼物了……所以，买了几片豆腐干给祖父——”

“就这么两盒子，可以当生日礼物？那我以后生日，你也这么小气？”

“你生日，还用得到我送礼物吗？”

“为什么？”

“给你送礼物的人，至少有一打——”

“我不稀罕，我就是要你给我送礼物。”

“好好好，我送，等我发了一笔‘横财’，一定给你送上一份重重的礼物。”李晟开玩笑地说。

“不是跟你说笑的，我想，等我们都考上大学的时候，我生日，你送礼物给我；你生日，我送礼物给你……对了，你什么时候生日？”

“不是说等考上大学再送吗，暂时保密。”

“好，说定了，考上大学时，可不要食言。”陈缓歌伸出右手指，“来，勾一下。”

李晟还想问问崇义，他从小就觉得崇义对自己好一些，很想什么时候能见到他，说说当年在北港圭峰小学大家一起读书的情况。……李晟一直在回忆当年住在陈家，同缓歌一起在西海看海祭……

“快了，快到我哥办公室了。转过来，我看看，领子整齐不整齐？”陈缓歌面对面地替李晟整理领子，领子下第一个纽扣怎么掉了。

“喂，老板娘，借一下针线包，好吗？”

“买一个针线包才一分钱……”

“好，就买一个。”说着李晟就摸出一分钱递给老板娘。这是一家卖针线、毛巾、牙刷、牙膏等等杂货的小店铺。

陈缓歌站在店门口，像个小大姐，替李晟缝纽扣。两个人几乎脸贴着脸

李晟觉得很不自然，可已经缝了几针了，也不能走掉。

“啊呀，线太短了……”陈缓歌只好向前更靠近一步，她的胸部已经完全贴在了李晟的胸口，李晟忽然觉得心脏“突突”地跳个不停，脸上一阵阵发烫。老板娘羡慕地盯着两位年轻人，她分明看见李晟羞得满脸绯红。李晟回转头，恰好看到女店主正对着自己笑，他感到一阵羞涩……

这是李晟有生以来面对着青春女孩，第一次害羞。

陈缓歌缝好纽扣，对着李晟眨了眨眼睛，说："可以了，很整齐了。"

进入农工部办公室，崇德倒了水，就说道："你读书好，多帮帮我妹妹，我觉得她的数理化还不能算最好，什么时候提高到你的水平就好了。对了，你国庆放假有什么打算？如果不回灵歧，可以住到我宿舍，同缓歌一起温习功课……"

“我给祖父买了小礼物，得送回去。”

“有同学一起走吗？”

“有，黄家庄黄华生一起走。”

“黄家庄有一个黄行远，被判了五年，后来改为两年，听说了吗？”

“知道，就是华生的父亲。”

“噢，那要注意，不要多接触。”

“有关系吗？”

“关系倒是没什么关系，只是劳改犯的儿子，总不大好。怎么样？晚餐在我们食堂里吃饭吧。”

“不了，还要同华生商量，明天几点钟出发。他还在等我。”

“那就不留你了，以后常来玩，我星期天都在办公室，要么就在宿舍里。宿舍也很近，问缓歌就知道了。”

……

“不是说想了解灵峰抗日游击队的事吗？怎么就这样几句话？”李晟不解的暗暗想。

陈缓歌把李晟送到市政府大门口，才拿出 Parker 钢笔交给他："做个纪念吧，友情长在！"

“那就谢过了，友谊长青！”李晟接过钢笔，宝贝似的赶紧放进书包里。

“不要让蜜饯和豆腐干弄脏了。”

“放心，不会的。”

（二）三人行

1953年秋季，李晟、陈缓歌考上了南江中学高中部，黄华生考进泉州市第三中学，就将‘华生’改回叫‘黄翃’。两所学校相距很近，三个人还是经常在一起。

这一年12月22日，农历十一月十七冬至，星期二。在泉城，这是一年中间的重大节日，胜过八月十五中秋节。民俗：每家每户都要搓糯米圆子，合家在一起吃汤圆，“团团圆圆”过日子。

南江中学决定将冬至日的课调到星期天上，让学生星期一和星期二冬至日在家，但规定：寄宿学校集体宿舍的学生，星期二傍晚六点钟以前必须回校参加晚上的自修课；在外租屋居住的通学的学生，星期三早上八点钟准时到校上课。

1953年12月21日，星期一，冬至前一天，李晟、陈缓歌、黄翃三人，约好早晨六点钟在泉州市北门的城洞内，相等取齐，结伴而行。

李晟是通学生，早晨五点钟就起床，轮到烧饭的同学已经煮好了番薯。李晟随便喝了两碗番薯汤，把三个番薯用毛巾一包塞到书包里，就向另外三个同学道：“再见了，你们三位家近，我先走了。”

高个子说：“急什么？‘糊布亭’离北门近，再迟15分钟也来得及。”

另一个就戏谑说：“喂，高个子，不要拉后腿好不好，人家是‘一甲进士’，三人同行，去迟了，不就只剩下两个了？”

李晟知道这个‘矮胖’喜欢开玩笑，就当作听不懂，又故意提高声音，再说一次：“喂，三位同学，再见了！”

和李晟同铺的同学回答说：“好，再见。记住，昨天约好，各家冬至好吃的东西都带来，记住！”

李晟在北门城洞里，等了约莫二十分钟，才看见缓歌和黄翃一前一后走了过来。李晟高兴地迎上去：“我已经等了二十分钟了。”

黄翃道：“对不起，我们学校食堂开饭太迟了。”

“寄宿在学校，就是这一点不自由，我早上很早就到食堂，门都还没有开，所以也迟了……”

“缓歌走得动吗？要不要雇脚踏车坐？”李晟问。

“嗨，小看人，你们两个能走的，我就能走。”

“好，走，咱们一口气走到荷子山休息，喝两碗稀饭……”

“我嫂子昨天给了我三个‘实心包’馒头，在书包里呢，到荷子山咱们正好一人一个。”

李晟说：“我也多煮了三个番薯，正好也是每人一个。”

黄翃问：“李晟，你不是每餐就只有三个番薯吗？”

“今天回家就多煮了。”

黄翃说：“好，荷子山喝稀饭，三个人一角五分算我的，这样就公平了。”

缓歌一听就笑道：“我们是‘三人行’呀，黄翃还那么顶真。”三个人一路上有说有笑，走得很有劲。缓歌说：“大家一起走，有说有笑就不觉得累，一个人低着头走就觉得很闷。”“是，走远路，不能低着头。大约是1949年春季，圭峰小学高小二册那年，从灵歧去北港，十五华里沿着山路小径走，满山满坡都是风景；红的是桃花，白的是李花；流水潺潺，十五里溪声；山雀啾啾；鸟鸣悠悠，啼叫着送我到学校……十五里，很快就走到。”

黄翃听了说：“难怪李晟文章写得那么好！有这样的生活经历，善于观察，词汇又丰富。”

陈缓歌忽然想起那年李晟冒着大雨，冲过洪水，到自己家时落汤鸡一样，拿了二哥的衣服让他换，还关门，上锁！呆头呆脑的样子，现在想起来，还觉得有点好笑……

黄翃忽然说：“1950年秋上中学，我父亲说是名字一定要跟上时代，那年出生的小孩有的叫‘解放’，有的叫‘土改’，还有叫‘抗美’‘援朝’‘学军’的。就把我名字改叫‘华生’。”

缓歌问：“那‘华生’的名字寓含什么意义呢？”

“没有什么意义，你知道，我父亲成天做生意，只担心人家说他‘跟不上时代’，所以，他起的名字会有什么深刻的含义？不过就是赶时髦，说是‘中华所生之人’‘中华人民共和国的学生’。我祖父就说这名字太土，太俗。”

“上了高中，改了名字，很好。当年你父亲把‘黄翃’改成‘黄华生’，我问过祖父‘改得好不好’，祖父说‘黄翃’是你祖父取的，‘黄翃’字鹏飞，比‘华生’好多了。祖父解释说，‘翃’就是飞。怎么飞，‘鹏飞’，像大鹏鸟那样飞翔。我后来忽然想起南宋民族英雄岳飞字鹏举。原来，‘举’有飞动的意思，‘鹏举’，也就是像大鹏那样飞动。李清照《渔家傲》词，有一句，‘九万里风鹏正举。’

“我问祖父，‘我叫李晟，要不要另外改一个’？祖父说，‘晟，日正中天，光明鼎盛’，象征祖国前程一片光明灿烂，很好了！名字是父亲和祖父一起商量取的，不能改。还笑着，引了梁山水浒好汉说的‘咱行不改名，坐不改姓’……”

黄翃听了以后说：“父亲给我改名的时候，我说‘李晟’也没有改，我父亲说‘李晟这个‘晟’字，同剩下的‘剩’读音相同，好像人家不要‘剩下’给你的——”

“我家成分不好，能捡到‘剩下’的就不错了……其实叫什么名字，真的没有什么大关系，主要看一个人的实际作为。噢，对了，我想起唐朝有一个诗人和你的名字相同，叫‘韩翃’……”

“噢，我知道了，那个写‘春城无处不飞花’的诗人。”陈缓歌接着就一边走，一边朗诵起来：

春城无处不飞花，
寒食东风御柳斜。
日暮汉宫传蜡烛，
轻烟散入五侯家，

“有没有记错?”陈缓歌问。

李晟回道:“没错,缓歌记性好。对了,缓歌,你的名字呢,为什么叫缓歌?”

缓歌说:“不知道。听父亲说,这名字是祖父起的,本来叫‘桓舸’,就是‘大船’的意思。‘桓’有大的意思,‘舸’就是船。据说祖父一生只是读书,不会营生。清朝科举取消以后,不能考功名,家里又很穷。几十年过去,家里连小船都没有。去世前一年,我出生了,祖父就给起了个‘桓舸’的名字,希望家里有一条大船……后来,逐渐就变成了‘缓歌’,大概是谐音吧。我还有个妹妹,家里穷,养不活,恰好邻居没有女儿,很想要一个女孩子,就给了邻居当女儿,叫‘锦歌’。现在大哥当了市里干部,二哥也在镇上做事,妹妹就经常回家。后来邻居自己也生了两个女儿,嫌三个太多了,前年就回家了。”

“‘舸’有‘舟’旁,应该是船,这个‘桓’,怎么是大呢?回去查查《说文解字》,或者问问祖父……”李晟笑笑说,“‘桓舸’,有意思,那你家后来也没有大船,记得我们小时候,到圭峰小学前海去放船,你家就只有两条小船的模样——”

“你还记得?”

“记得,还有到西海广场去看海祭,看道士过刀桥、登刀梯……”

陈缓歌显然非常高兴,似乎对小时候很怀念,说:“记得,记得!咳,真有趣,可惜都过去了,一去不复返了。”

“喂,缓歌,你有没有同家里人说冬至要回家?”

“没有。父亲可能认为我会在大哥家过‘冬节’呢。”

“你们北港峰尾叫‘冬节’,灵歧还是叫‘冬至’……到灵歧过‘冬至’,怎么样?”李晟随便邀请道。

没想到陈缓歌问道:“有地方睡吗?”

“有,我伯父扁华堂药店上下各有三间房子,楼下前面是店面,中间是灶房、吃饭的地方,后面有一间就空着,周末回家,伯父教我读《古唐诗合解》和金圣叹的《贯华堂唐诗解》,就在后面那一间。还有,楼上也有三间房,伯父睡一间,我睡一间,还有一间就给你住,行吗?”

“那……行,就到你家。我记得1948年8月,我还到过你伯父家,那是老师让我通知你,给你学费全免让你回圭峰读书……那时好像叫什么‘马槽’,现在还是老样子?”

“还是老样子。1942年李家庄被日本鬼子炸了,曾祖父就搬到过去养马的‘马槽’地方，后来就搬另外地方住了。”

“什么地方？”

“笔架山麓的圆通寺，当年是祖父出钱盖起来的，现在住持没有了就收回，很宽敞，单是后堂就有六个房间，还有一个中厅。祖父喜欢一个人清静，‘马槽’开了家药店，比较嘈杂，所以就住到圆通寺后堂了。”

“那你母亲和妹妹呢？”

“对了，我忘记告诉你，母亲和妹妹暂时回鼓浪屿了……母亲从小在鼓浪屿长大，说是那里生活习惯一些。”李晟本来还想说，母亲在鼓浪屿摆了一个小摊子，后来想想，觉得‘摆摊子’似乎不大好，就不说了。

黄翃插话道：“如果你觉得李晟家太拥挤，也可以住到我家……”

“不了，就住李晟家，我还想认识认识李晟的祖父呢，‘灵峰抗日血魂游击队’的副司令李开先！不过，你家也一定去拜访。”

到了“荷子山”粥店，黄翃硬是抢着替李晟、缓歌每人买了两碗粥；三个实心包，一人一个；三个番薯，也是一人一个。黄翃说：“自从父亲出了问题，祖父又中风躺在床上，还不知道冬至家里有没有做汤圆？”

李晟道：“那今天晚上你也到我家，上星期回家大伯就说要包麻心汤圆，还要特意为我搓一些实心的小圆仔，黄翃也一起到我家来，我们三个人一起吃汤圆。”

“我得在祖父身边陪他，晚上大概去不了……”其实，黄翃隐约感觉到，李晟、缓歌相好，似乎已经超过同学的情谊，可能就是“恋爱”了，至少关系是在发展，应该让他们多谈谈，自己到李家有些不便。

“是，父亲不在家，得陪陪祖父。家里如果没有做汤圆，我让伯父送两碗去。节日应该让祖父过过节，高兴高兴。我同缓歌明天中饭以后去看你，怎么样？在你家稍微坐一会，我们就一起启程回学校。”

“行，那就这样。”

（三）冬至，春来！

李晟带了陈缓歌回家，李春申和李开先都非常高兴。本来就做了实心、芝麻、豆沙三种汤圆，外加花生馅糯米粿。

李春申一见缓歌，就说：“几年不见了，都认不得了……1948 年 8 月，缓歌来过一次，到现在五年又四个月了，长得又高又漂亮——”

春申看侄儿带了这么一个“瓷器美人”回家，心里掠过一丝难以名状的感觉：李晟要是娶了缓歌，那可就是万里挑一！心里想，家境虽然不怎么样，冬至，团圆节日，又有客人，无论如何要弄得像样一些。砂锅里清炖一只鸡，本来是准备晚餐叫父亲来，放在中间，一家人团团围着吃。现在就提前给李晟和缓歌先盛一碗配米饭。

李晟对伯父说："黄翃父亲不在家，祖父中风了，家里可能没有做汤圆……"

"好，等一会我送一些去。"

春申觉得再宰一只鸡还来得及，就告诉李晟说："我马上再宰鸡，这一只要弄得更好一些，我到杂货店去看看，买几朵红菇，顺便看看再买一点别的东西。祖父晚上也来，今天一定特别高兴。"

"好，伯父宰鸡，我先把汤圆送给黄翃，再去看看祖父。"

缓歌道："我就在家帮伯父宰鸡。"

晚餐了，怎么排座？平时节日，李晟一家，连祖父、大伯，也就是五个人，小妹李馨被母亲抱在怀里，一张方桌，正好一人一面，边吃边聊。今天母亲、妹妹不在，加上陈缓歌、祖父，也恰好四个人。

李开先听说李晟带来一位小客人，还是女学生，心里特别高兴：这孩子长大了，懂得交际了。

五点半，天已经很黑了，李晟帮大伯把所有东西，能摆的都拿了出来。

中间并排两个大菜：一只大沙锅，清炖红菇全鸡；一个大瓷盘，炒米粉。

边上四个小菜：中午吃剩下的鸡，做成了红烧鸡块；春申下午到街上买来了一盘烤鸭，一盘熏鹅；又做了盘青椒炒肉片。

李春申从鼓浪屿带回家的格子盘，自从回灵歧以后，就没有用过。这一次过冬至，为了招待陈缓歌，洗了又洗，终于有机会用上了。

这是一种一大、二中、三小的六格龙泉青瓷盘。每人前面都摆了一盘，大格子里是一双糯米粿，中格各放两个豆沙汤圆和芝麻汤圆，小的三格都放着实心小汤圆。此外，每人一只小碗，可以自己盛汤盛菜。

另外，每人面前还摆上一只小酒杯。

大家入座以后，李春申先给父亲斟了满满一杯酒，向缓歌介绍道："这是李晟的曾祖父，你不是说要认识认识'灵峰抗日血魂游击队'副司令吗？我的父亲就是。"

陈缓歌立即站了起来，说："曾祖父真了不起！向曾祖父学习！"

李开先一听，笑得嘴巴都合不拢了，谦逊地说："老朽了，过时了。'长江后浪推前浪，世上今人胜古人'，未来就看你们年轻人了。"

李春申又介绍说："我父亲是前清光绪年间的解元，也就是全省的举人第一名，1911 年 11 月，还参加了辛亥光复泉城之役……"

李晟抢着说："祖父学问渊博，经史子集，诗词歌赋，样样精通。"

缓歌笑着说："难怪李晟成绩那么好，从读书以后，我看从来就没有落到第二，都是第一名，原来有一个全省举人第一名的祖父！"

李开先多年来，没有今天晚上这么高兴了，他知道在座的都不喝酒，但礼节还是要做到，就站起来，举起酒杯："这一杯敬天地，第二杯敬祖宗。"说罢，连饮了两杯后，说道，"杜甫《冬至》诗说，'天时人事日相催，冬至阳生春又来'。冬至一阳生，阴去阳来，正是阴阳交替的日子。缓歌能喝一杯吗？他们两个都不会喝酒”。

“不，我也不会喝酒，祖父喝。”

“好，这第三杯，祝我们两家，李家和陈家欢欣快乐，阖家平安！”说罢又一饮而尽。

李春申举起筷子，道：“缓歌，吃，没有好东西，你随意吃，就像在自己家里一样——”

李开先也随意道：“缓歌，多吃菜，砂锅里的红菇很好吃的……”说着，就夹了一朵红菇递进缓歌的小碗里，又高兴地说：“大家多吃菜，我多喝酒。今天高兴，很高兴！”

李开先说罢，就连连举杯。

几杯绍酒下肚，话头也就多起来了：“缓歌，为什么叫‘缓歌’，谁起的名字？”

李晟抢着回答说：“他祖父起的名字，本来叫‘桓舸’，据说是‘大船’的意思。后来，谐音就叫成‘缓歌’——”

“听父亲说，我祖父只是读书，不会营生，科举废除了，什么希望也没有了，一大家子人连一条小船都没有，希望有一艘大船，就给我起名叫‘桓舸’。”

李晟问道：“祖父，‘舸’的偏旁有‘舟’，应该是船。但是，‘桓’是‘木’旁，怎么会是‘大’呢？”

李开先点点头，略加思索，回答道：“大船、小船都可以叫‘舸’，这是偏旁相合会意。大船，指它可以重载。‘可’又表声，与‘舸’叠韵。但是，从表意来说，‘可’在古文字中是‘人徒肩挑’的象形，也就是能负重的意思。这样同‘舟’一组合，就成了可以重载的大船了。但是中国汉字的字义，一直处在变动之中，有时缩小，有时增扩，有时转移，有时反其意而用。‘舸’从大船变成了小船，成为‘走舸’，像《资治通鉴》写赤壁之战，说到周瑜火烧赤壁时，‘又预备走舸，各系大船后’。这里‘走舸’与‘大船’相对，可见就是小船。

“至于‘桓’字，原是古代立在官署、邮亭、桥梁、坟墓旁边作为标志的大木柱，现在一般称为‘华表’。好像‘桓楹’‘桓表’都是高大的柱子，所以引申为‘大’，像《诗经·商颂·长发》‘玄王桓拨’，朱熹《诗集传》就解释为‘大也’。

“不过，还是‘缓歌’的名字好听。是不是这样，缓歌——”

“原来自己的本名还有这许多学问。”缓歌心里很是羡慕，“李晟能生在这样充满学问的人家，真是有福气……”正听得入了神，被李开先一问，马上回答说：“是，曾祖。”

大家都笑起来。

李开先又问：“缓歌，将来有什么打算？学什么专业，上什么大学？”

“还没有想呢，父亲和哥哥都希望我去学医……”

“好呀，学医，应该去学西医。第一个将西医引进中国的就是一个广东女子叫张竹君,也是辛亥革命的女英雄。李晟呢,想学什么专业?”

“我也没想好呢。祖父希望我学什么专业?”

“我对当代大学的专业都不清楚,到高中以后,同学之间一定会讨论这个问题,可以和同学互相切磋,也可以问问老师。不过,我也觉得学医好。”

“随便学什么专业,只要国家和人民需要的就去学。”李春申自从被斗争过,胆子越来越小了,晚上有生分人在场,就只是说一些“正面”“进步”的话。

“吃吧,缓歌,吃吃我做的青椒炒精肉,合口味吗?”

“好吃,我吃过了,很好……我喜欢豆沙汤圆——”

陈缓歌话还没说完,李晟就把自己格子盘里的两个豆沙汤圆夹到缓歌的盘子里。陈缓歌笑笑说:“好吃,可吃不了那么多……那就交换吧。”说着,就把两个芝麻汤圆夹给了李晟。

两个年轻人的亲切互让,两个大人都看在眼里,感到特别欣慰。

陈缓歌有生以来,第一次没有在自家过冬至。虽然已经是冬天,室外海风吹的呼呼作响,但是李晟的曾祖父、伯父,都把自己看作一家人,她甚至想到:自己要是这一家的女儿,有李开先这样一个有学问的祖父,那该多好呀!心里这样想,不觉一股暖流涌上了心头,使她感到特别温暖,她又想起李晟祖父引用的杜甫《冬至》诗,“天时人事日相催,冬至阳生春又来”,就问道:“祖父,刚才说的杜甫两句诗,整首诗怎么说?”

李开先道:“刚才念的是《冬至》诗开头一联,这是一首七言律诗,整首诗是这样的——”说罢,立即就吟诵道:

> 天时人事日相催,冬至阳生春又来。
> 刺绣五纹添弱线,吹葭六琯动浮灰。
> 岸容待腊将舒柳,山意冲寒欲放梅。
> 云物不殊乡国异,教儿且覆掌中杯。

“白居易有一首《冬至夜思家》,也写得很好:

> 邯郸驿里逢冬至,抱膝灯前影伴身。
> 想得家中夜深坐,还应说着远行人。

“杜甫七律,第一联紧扣冬至日阴阳、冬春交替;第一句‘天时人事日相催’,尤其令人感慨,所谓‘岁月催人易老’。白居易的风格就是通俗浅切,这首七绝写冬至夜在邯郸旅社思念家人。不说自己思念,却怀想家中人夜深了,还坐着想念、说起自己,这叫‘翻过一步法’,或称为‘翻进一层法’。”

“真羡慕李晟,有这样学问渊博的祖父!”

春申道:“欢迎缓歌周末没有事,常跟李晟来灵歧玩……”

晚餐结束以后,李晟和缓歌坚持要送祖父一段路。

李春申开了门,让父亲先走,接着李晟和缓歌跟着出去,一人一边扶着老人。李开先道:“我虽然已经八十六,身体还健朗,回去的路不远,以前晚上来回也都是自己走,你们回去吧,天气冷。”

缓歌笑道:“不冷,不冷,‘冬去阳生春又来’。灵歧冬至,竟像是春天来了……”

(四)谈恋爱又怎么样?

为黄翃处分“说情”的事情,过去了几个月了,李晟一直都没有来玩过,缓歌似乎也有意不再提起他。陈崇德这一想,反倒有点疑心起来。

12 月 22 日,阴历十一月十七,冬至。说好缓歌中午到“南岭桥”家里过节,怎么就没有来?崇德两夫妻一直等到下午两点钟,只好不再等了。

陈崇德在恋爱上是过来人,他的妻子就是同班最漂亮的女同学。

他知道:女孩子长得漂亮,一定早早就有人追求。妹妹不要说在家乡北港,就是在南江中学,也肯定是第一朵“校花”,说不定还是“泉州第一”。会不会正在同李晟谈恋爱?看她那天维护李晟的样子,问她“除学习以外,还谈什么”,竟然脸都红了……

不想则已,一想起妹妹同李晟的这层关系,脑子就浮现出一连串的问题:

到底两个小家伙是不是在恋爱?

发展到什么程度了?

李晟这人行不行?

配得上缓歌吗?

李晟的家庭成分到底能不能改正?

要是改正了,是不是可以?

要是不能改正,加上社会关系,李晟能考上大学吗?

他家同高厅长的关系到底怎么样?

李晟家同高云岚厅长这层关系,对自己的提拔,会不会有些好处?

如果什么好处都没有,是不是就以“学习为重,不能早恋”的名义,让学校给她换一个班级?

换班级似乎也不行,这不是把事情公开化了,更糟吗……

陈崇德想来想去,决定找个适当的时机,向妹妹打探一下:她是什么想法?进展到哪一步?如果有必要,再同父亲商议。

一想到妹妹的恋爱、婚姻,陈崇德就想到“失踪”了的母亲。抗战胜利那年,李晟来家里寄住，母亲还健在。可恶！渔霸、船霸砸了家具不说，还逼得母亲从窗口跳下海去，连尸体都没有见到……要是母亲在的话，看到妹妹懂得谈恋爱了，不管怎么样，她心里应该会是很高兴的。锦歌从小给了人，虽然回家了，毕竟还小，还不会体贴、照顾父亲；崇义当了镇长，日夜忙碌，也很少在家，自己又在泉城……父亲一个人孤零零在北港老家。不行，虽然写总结缠身，不能回去同父亲过冬节，但元旦前无论如何，得抽点时间回一趟家看看老父亲。

冬至后第一天，南江中学集体宿舍的同学都从家里带来许多好吃的东西，女生宿舍更加热闹。下午第四节文体活动，很少人参加，都在宿舍里聊天，交换各地各家的冬至“特供”。陈缓歌突然想起，哥哥嫂子约好冬至日中午过节，自己“失约”了，就赶紧往“南岭桥”大哥家跑……

陈崇德等到傍晚快六点钟，才下班到家。前脚进了门，后脚缓歌就跟了进来。陈缓歌跟在大哥的后面，蹑手蹑脚，一进门，就从后面伸出双手把崇德两只眼睛一捂，自己却禁不住笑了起来，只好放手叫了声“哥哥”。

“鬼丫头，你现在才来？”

“回家同父亲过节了？有没有去看二哥？”

陈缓歌只想到冬至没有来，会让大哥挂心，就一路小跑着来，竟然没有一点思想准备，现在怎么回答？

“嗯……冬至……是的，过节真热闹……”

陈崇德一下子就感觉到妹妹回答问题很不自然，支支吾吾地，就进一步探问道：“父亲身体还好吧，还在替人家开船？”

陈缓歌不知该怎么回答，“早知道晚上就不来了”，她想着，要不要告诉说自己去了李晟家了？说吧，又担心大哥进一步追问；撒谎，更不行……竟沉默了好长时间说不出话。

“问你话呢。”

“我去灵歧李晟家了……”

“什么？你去李晟家？你住哪里？”

“住李晟家，他家有空房。”

“有谁一起去吗？”

“三个人一起走，还有黄华生黄翊……我本来想回家看父亲的，路上他们邀请我到灵歧玩玩，就去了。”

陈崇德显然非常生气，压了好一会，才训斥似地说：“一个女孩子家，怎么可以随便到一个男生家里住？还吃了人家的汤圆！《红楼梦》里王熙凤对林黛玉怎么说的，‘吃了我家的茶，就是我家的人’，现在倒好了，‘吃了人家的汤圆，就是人家的人’了。传开了，有你好看的！”

说罢，径自进了卧房，缓歌听见大嫂在卧房里说：“大姑娘了，你怎么可以发脾气？这孩子很诚实，没有隐瞒什么，大惊小怪！”说着，就出来，问：“缓歌，晚饭吃过了吗？”

陈缓歌被崇德批评了，心里委屈，想起没有母亲，一时心酸就流泪了……

“大嫂，晚上还有晚自修课，点名的，我先回去了。”说着，又向内室大声说一句：“大哥，我回去晚自修了，改天再来。”

缓歌回学校了，崇德的生气还没有消，还对妻子吆喝了一声：“大张翎，知道我为什么生气？缓歌去李晟家，还同人家一家人一起过冬节，吃了人家的汤圆，这说明什么问题？说明两个人很可能在谈恋爱，而且关系在发展……”

“谈恋爱又怎么样？”大张翎被崇德大声吆喝，有点不服气，“大惊小怪，你不也谈过恋爱……”

（五）暂时妥协

1954年元旦，阴历十一月二十七上午八点钟，陈崇德和妻子大张翎，妹妹缓歌，三个人一起乘坐市委车队的小吉普，四十多分钟便到了北港老家。才一下车，就引来了许多渔民、村妇和小孩子的好奇和围观。一个村妇羡慕地对陈海灯道：“海灯叔、崇德爸，你看，崇德坐上小轿车了，一定当大官了……”

陈海灯走出来一看，儿子、媳妇大张翎和女儿缓歌，果然是坐了小车回家，脸上忽然焕发出一丝光亮，这使他在乡亲们眼中显得极有面子。

陈海灯对着乡亲谦逊地说：“不是自家的，一定是借来的。”司机在一旁笑着回答说：“是省里高厅长特意吩咐，送陈科长回家……陈科长，下午还有事，我先走了。”

“不，喝喝茶再走。”陈崇德看崇义就在旁边，走过去：“有香烟吗？”

“有，大前门的，给。”

“不了，我不大抽烟。”

“拿着，路上提提神。”

一进门，崇德就把父亲叫到楼上，问：“有没有听说缓歌在谈恋爱？”

“没有呀，谈恋爱，那倒是好事。咱们这里有的姑娘十三岁就懂事了，有的人十六岁就结婚了。不过……”

“有这事？这是解放前的事。新《婚姻法》规定，男二十岁，女十八岁才能结婚。”

“我是说这年龄谈恋爱也可以，只要不妨碍读书，结婚自然要十八岁以后。”

“那也要看同什么样的人谈，是什么样的家庭。”

“缓歌的事，你知道些什么了？”

“七八年以前在我们家寄住的李晟，现在同我们缓歌一个班，两个人好像很好。

不知道是不是在谈恋爱，晚上最好问问。”

“李晟，记得，1945 年和 1948 年，两次到圭峰小学读书。这孩子倒是很乖，都是第一名……大约五年没有见到了，长得怎么样？”

“样子倒是挺好，个头也很高。论读书，南江中学有‘状元’的称号——”

“哦，读书种，这孩子家教好，听说祖父还是清朝的解元，很仗义的，泉北一带都说抗战时倾全家财产组织‘灵峰抗日血魂游击队’……”

“咳，事情会变化的。李晟祖父土改时被划为‘破产地主’，大伯划为‘伪职员’，父亲又‘失踪’，听说可能去了台湾……妹妹怎么能嫁到这样的家去呢？”

“那怎么办？”

“缓歌说，她今天晚上要到小学一位老师家里给老师拜年，乘她不在家，我们全家讨论讨论这件事，全家统一认识以后，也好一起做工作。”

晚饭后，陈缓歌到圭峰小学林玉霞老师家拜年去。陈崇德就召集全家在二楼开了个家庭会议，父子、兄弟、妯娌围成一桌。崇义问：“妹妹呢？”

“去小学向老师拜年去了。”

崇德首先讲了家庭会议的主题：看样子，缓歌在谈恋爱了，大家如果觉得不合适，就要一起做做工作。

崇义问：“大哥还没有介绍恋爱对象是谁，怎么就知道不合适？”

“正为这事很伤脑筋，就是从前在我们家住过的李晟——”

“有这事？你怎么知道的？”

海灯说：“崇义，让你哥把事情来龙去脉讲一讲，先不要插嘴，等一等咱全家再讨论讨论。”

崇义妻子小张翎，用手捏了一下丈夫，示意他先听，不急。

崇德继续把自己所知道的，包括怀疑的，李家过去、现在的情况，以及昨天打电话给高云岚的情况，原原本本讲了近一个钟头。最后说：“这是我们家的一件大事，我个人也一直拿不准，但昨天听了高云岚厅长的一席话以后，我觉得这事不合适，不能支持。大家都发表发表意见，特别是父亲，应该多多出出主意。”

陈崇德讲完以后，陈海灯、陈崇义、大张翎、还有崇义的妻子小张翎，都沉默了好长时间，一时都不知道怎么说。陈海灯想，老大已经表态了就是不赞同，不知道大媳妇是不是同崇德商量好了，也不赞成？按大小排，接着也应该让大媳妇先发表意见，就说：“大张翎，接着你说说看。”海灯把两个同姓同名的媳妇分别叫大张翎和小张翎。

大张翎道：“我说不好，李晟我见过，人很好，一表人才，读书也好，听说学校传他们两个是‘状元’和‘榜眼’，很相配……只是，只是李晟家庭出身不好。崇德说，只怕将来连大学都考不取……崇德说的有道理，但我也拿不准，还是听父亲的，父亲作决定。”

海灯一直闷头抽旱烟，听了大张翎发言以后，说："不要都说'听父亲的'，是要听听大家的意见。下面老二，崇义说说看。"

"那我就说了。首先，《婚姻法》第一条规定：'实行男女婚姻自由。'第三条规定：'不许任何一方对他方加以强迫或任何第三者加以干涉。'"

崇德笑了笑道："崇义对《婚姻法》还挺熟悉的。"

"大哥，不瞒你说，我这个副镇长在镇上啥事也管不来，分管民政、社会、家庭，包括夫妻吵架，结婚离婚，就是一些婆婆妈妈的事情。去年因为对《婚姻法》不熟，就说错话，让人家笑语了。上半年开始，只好下决心，一条一条背了……"

大家一听，不禁都哈哈笑了起来。

海灯说："老二说的是事实，我还听过他背呢，一天来家看我，还带了《婚姻法》背，什么'公布日期，1950 年 4 月 13 日''生效日期，1950 年 4 月 13'。我都听的耳朵生毛了。我说，你也真笨，你不能把'公布、生效日期'合起来背吗？有的反复背了几十遍，连我都会背了，好像'第一条，废除包办强迫、男尊女卑、漠视子女利益的封建主义婚姻制度。实行男女婚姻自由、一夫一妻、男女权利平等、保护妇女和子女合法利益的新民主主义婚姻制度'。"

父亲还没说完，大张翎、小张翎，都已经笑地前俯后仰，小张翎用手擦了擦眼睛，说："哎呀，眼泪都笑出来……"

崇义继续说道："大哥提出的问题，是一个很严肃的问题，不能嘻嘻哈哈。我认为，首先是咱们要研究《婚姻法》，不要触犯法律；第二，尊重妹妹的自主权利，我们，包括父亲都可以提出意见和建议，供妹妹参考；第三，分析利弊，化不利为有利因素。

"所以，我认为，如果妹妹坚持同李晟相好，我们就要支持，至少不能干涉。干涉不好了，就犯法了。将来还要被妹妹怨一辈子，如果再采用强迫手段，弄出人命来怎么办？

"还有，现在只是相好一些，还不一定是谈恋爱，以后发展的情况怎么样，谁也说不准。说不定，他们两个人后来各自都觉得不合适，要分手，那时我们也不能强凑合，也不能干涉——"

"我赞成崇义的意见。不过，崇德说的我领会精神，就是说，对缓歌的恋爱，我们全家都要关心，从旁加以引导。好一点可以，学习上互相帮助，但谈恋爱不能太早。是不是这样？"

"父亲说得很对，崇德也就是这个意思，缓歌年纪轻轻，我们都有责任引导她。听说南江高中生有十几对在谈恋爱。现在学生，时髦早恋……"大张翎说。

崇德听了点点头，道："弟弟和父亲意见当然是对的，关键是怎么化不利因素为有利因素。不过，我想，如果李晟将来能考上大学，两个都是国家干部，李晟自然也离开了家庭，甚至可能都住在外地、外省，那家庭的不利因素就降得很低了。如果考不上大学，对我们家还是有一点麻烦。现在也只能先不干预……"

小张翎觉得大哥还不是很坚持自己的意见，为了缓和气氛，就特别对崇德的意见加以肯定："大哥说得很好，希望缓歌和李晟将来都能考上大学！"

但是，小张翎想，大哥那种煞有介事的样子，总是觉得：即使李晟考上了大学，问题就能解决了？会不会有新的问题出来？

一场本来可能发生很大争论的家庭会议，就以寄"希望考上大学"而暂时调和结束了。

第二天中午返回泉城时，崇义、小张翎都来送行，缓歌悄悄对崇义说了一句："谢谢二哥。昨天晚上我回来后，在楼下都听到了。"

"死丫头，鬼精灵……不过，二哥可不赞同早恋，首先要把书读好。"

"学习上互相帮助……不是早恋，只是有些好感而已。"

第一三章　又到北港

（一）希望可以在一起

1954年7月3日，农历六月初四，星期六。泉城市区所有高中第二册，统一试题实行联考，也称统考。八所中学的八百多名学生参加了考试。7月10日，农历六月十一，学期结束那天公布了联考成绩：

第一名：南江中学李晟（语文、数学、物理、化学、英语五门总成绩500分）。

第二名：南江中学陈缓歌（语文、数学、物理、化学、英语五门总成绩495分）。

第三名：泉城三中黄翃（语文、数学、物理、化学、英语五门总成绩490分）。

原来，去年秋季全市高中升学考试，陈缓歌只考了第五。不过因为考了第五，才能编进（甲）班，同李晟编在一个班级。

南江高中一年级正式录取的二百名新生，是这样编班的：二百个学生按名次进行分班，编成高一（甲）、（乙）、（丙）、（丁）四个班级：第一、五、九、十三……至第一百九十七名，编入（甲）班；二、六、十、十四……至第一百九十八名，为（乙）班；三、七、十一、十五……至第一百九十九名为（丙）班；四、八、十二、十六……至第二百名为（丁）班。

李晟以第一名的成绩，陈缓歌以第五名的成绩被南江中学高中部录取，并且都编在高一（甲）班。第一名李晟，自然编在（甲）班，而第五名的陈缓歌，也被编入（甲）班，在（甲）班位居第二。因为，第二名成了（乙）班的第一名；第三名成为（丙）班的第一名；第四名变成（丁）班的第一名，所以第五名进入（甲）班，就成了仅次于第一名的第二了。而绰号“老夫子”的胡得元，是第一百零五名，也编在（甲）班。联考前，陈缓歌很希望能够同李晟在一起，她暗暗想：还好是第五名，才能再一次同李晟编在一个班级，两人又可以三年在一起了。如果考得好一些，譬如是第二、第三、或第四名,两人就要分开,不同班了。她暗暗庆幸,是缘分呢,还是偶然巧合?黄华生报名时,恢复原来的名字黄翃,可这一次没有被南江高中录取,而以第二志愿的第一名成绩,被泉州市第三中学录取。泉州市三中,原是私立培元中学,刚刚改制为公立中学。档次要低一些,不像南江中学是省立的重点中学,三中只是市立中学。初三(甲)班五十名学生只有五个同学没有被录取,包括那个爱挖苦、嘲讽同学的涂喜贵。对于黄翃没有被南江高中录取,李晟和陈缓歌都表示很不理解,初三(甲)班也议论纷纷,大多数人认为是被他父亲连累了。只有"老夫子"胡得元说:"八百多人考进士,我们班级的'探花'力压群雄,成了三中的'状元',这是南江初三(甲)班的光荣,没有什么可惋惜的。大家看,这一次联考,黄翃不还是全市第三名吗。所以嘛,'英雄不论出身',我们省重点不是有一百九十八个同学,参加联考的成绩不如市三中的黄翃吗?只是我们班级的'一甲'少了一个'探花',被三中拿去当了他们的'状元'了……

"本人虽然也挤进了南江高一,可自认为就是个'三等货'。嘻嘻,都是我父亲'野心'太大,起了个什么'得元'的名字,一心想第一,'得'个'元',可文曲星公偏偏不给,哈哈!"

大家听了都跟着胡得元哈哈笑了起来。陈缓歌说:"这个胡得元说话很幽默,很风趣,敢说自己父亲'野心'大。可要是这种幽默,'幽'了别人,非找你算账不可!"

胡得元一听,又来一下:"喂,陈缓歌,'幽默'是形容词,你怎么当动词用了?"

陈缓歌也不示弱:"喂,'老夫子',这叫做'词性活用',古文读到哪里去了?"

"嘻嘻,有理有理……"

联考成绩公布的日期恰好是星期六,李晟和黄翃都回到灵歧。第二天上午,李晟特地跨过灵峰溪大桥,到黄家庄去看看黄翃。进了黄家大门,叫一声"黄翃,黄鹏飞",黄翃就出来了,带李晟到祖父卧房里坐。李晟向黄渊潭招呼问好:"姨祖最近身体可好……看起来不错,气色好多了。"

黄翃给李晟倒了一杯水,黄渊潭开腔了:"真可惜,鹏飞不能再同你在一个学校读书了。"

"没关系,都在一个城市里,三中也是公立学校。这次联考,黄翃还得了全市第三,三中第一。听说,从本学期开始,各中学都奖励一二三名的学生,免缴一个学期学费。黄翃得了三中第一,很不容易,以后每学期三名内是没有问题的,每个学期学费都可以免了。"

"我宁可不要这免费!"黄翃有点赌气地说:"看来'老土'涂喜贵说的没错:'劳改犯的儿子'!南江中学就把我踢出去了。"

李晟心里想:不一定同黄翃父亲劳改有关,恐怕是去年打了涂喜贵几个巴掌,惊动了校长和教师代表会议的缘故。李晟不便把心里想的说出来,只是安慰道:"对了,市三中离我租屋的'糊布亭'很近,以后有空我们可以常来常往……""我也想在外面租房子住，省钱又自由……你们还是四个人一起住吗？如果有人要退出，我加进去。”

“另外三个同学，两个进了南江，估计不会退出。还有一个同学也进了三中，如果他退出，你正好可以进来。不过听说下学期开始，房东要提高租金了。”

“同李晟在一起……最好……那个人不退出，能不能……加一个人？

看来黄渊潭的身体不怎么样，讲一句话都气喘得断断续续。

李晟说：“尽量争取……”

（二）为了再看“海祭”

学期结束前，南江中学接到市委、市政府通知，高中学生包括新生，暑假必须全部到农村参加“扫盲运动”，并且组织文工团多准备节目，下乡宣传。任务很紧，只让高中同学休息两天，7 月 14 日，农历六月十五，星期三就要回学校报到，听取动员报告，接受扫盲任务，分配各班负责的扫盲地点。

由于时间很紧，李晟都来不及同黄翃说一声，就于星期二下午匆匆忙忙挑了粮食回到“糊布亭”租屋。

14 日上午，南江高中由校长办公室和学生会联合召开全体学生大会，传达了中央《关于在全国农村进行扫除文盲工作的指示》，以及南江地委《关于闽南地区贯彻婚姻法三年来情况的通报》。

根据学生会文娱部长张帆的布置，下午分班级讨论。全体下乡的学生，除了挑选进“南江剧社”，包括演员和乐队共六十名排练作家马烽的《结婚》外，其余三百多学生分为扫盲队和宣传队，每人自愿报名，最后由学生会确定，分到各个乡镇参加扫盲。扫盲总部设在北港镇，宣传队节目排练以后，采取各乡巡回演出的办法，先到哪个乡镇演出，演出顺序还没有最后确定。

下午两点钟高一新生都进入各自的班级。

学生会文娱部部长张帆特地到了高一（甲）班，宣布抽调陈缓歌、李晟、胡得元三人进入“南江剧社”，陈缓歌、胡得元在演员组，李晟在器乐组。宣布完以后，问：“黄华生和涂喜贵，在吗？”

“不在。”大家异口同声地回答。

“分到哪一个班级？”

一个同学笑着大声说：“哪个班级都没有。”

“黄华生改名字了，叫黄翃，到三中当‘状元’去了；涂喜贵，听说打算投亲靠友，去支援闽西山区建设。”

“涂喜贵没考取？可惜，人才各有所用，他演反面角色，像狗腿子一类，肯定你们谁也不如他！”

全班“哄”的一声，大笑起来……

李晟一方面觉得胡琴的演奏已经有些生疏了，更重要的是，他想借参加扫盲的机会，第三次到北港。再一次踏上北港的土地，那是陈缓歌的家乡。希望自己能在“旧地重游”时，唤回儿时的一些美好的记忆。

李晟举手，要求发言，得到张帆同意后，站起来说道：“我已经四五年没有再接触二胡了，手感很生疏，文娱部能否同意我到扫盲队？我去教识字，行吗？”

“不行！”不知谁怪声怪气地说了一句，“‘探花’走了，‘状元’又不在，那‘榜眼’不就很孤单了吗？”

张帆制止说：“好了，别再开玩笑了，我还要到别的班级去……李晟，确实几年没有拉过胡琴吗？”

“是这样。”

陈缓歌说：“没有关系，只要学校有琴，能拿回去练习，他很快就会熟练起来。”

“那……我再问问音乐老师，胡琴能不能借出。这样吧，先登记扫盲队。音乐老师说可以出借，就到‘南江剧社’来；不能出借，就参加扫盲……”

李晟终于如愿以偿，参加了扫盲队。学校集中队员进一步学习了有关扫盲的文件，讨论了新中国农村扫盲的重大意义，学习报刊关于纺织工人郝建秀在山东省工农速成中学学习的报导。同时学习扫盲教材《一千五百个常用字表》、注音字母，学习祁建华的识字教学法等。

7月15日，星期四下午，泉州市教育局业余教育科林科长，到学校扫盲队作报告。林科长在报告中，讲了这样一个真实的事情，对大家触动很大。她说：“东北解放得比我们南方早得多，可当时农村几乎没有人识字，连村干部也都是文盲。1949年秋，一天，黑龙江省宁安县村长接到一封‘绝密’信件。可村长不识字，找了好几个年轻小伙子，也都是目不识丁。当天晚上，有人介绍说村里只有一个‘秀才’，但是，他是地主的儿子，行不行。村长想，只是让他念一念信里说些什么，应该是可以的。可这个地主儿子看完信，胡说一通以后，连夜就逃跑了。

“原来，这是一封‘缉捕密信’，信中让村长监控的疑犯正是这个地主的儿子。”

林科长接着说道：“这是一个很严峻的现实，这说明我国农村文盲比率很高，有统计材料说在百分之八十以上，我看还不止。同时也告诉我们，农民虽然在政治上、经济上翻了身，但如果不识字，就不能在文化上翻身，我们的政权也不能巩固。为此，毛主席进行了重要部署，下定决心要让农民在文化上也能翻身做主人。根据毛主席的指示，1950年9月，教育部和全国总工会联合召开第一次工农教育会议。指出必须迅速推行识字教育，逐步减少文盲。为了尽快地提高识字水平，1951年中国人民解放军西南军区文化教员祁建华创造了《速成识字法》。这是一种借助注音字母的辅助作用，利用汉字字形、字义、字音相同与相异的不同特点，来提高识字速度的方法。运用《速成识字法》，一般只要十五天时间就能识字一千五百个以上，相当于小学二年级的水平，文盲的帽子就摘掉了。前年1月11日，新华社发表了祁建华写的《速成识字法的创造经过》。4月26日，《人民日报》发表社论，号召全国各地‘普遍推行速成识字法’。5月15日，教育部发出《关于各地开展速成识字法的教学实验工作的通知》，指出‘在全国范围内，在广大的工人农民中间普遍地推行速成识字法，有计划地有步骤地扫除文盲，已是当前刻不容缓的重大任务’。9月6日，全国总工会发出《关于在工人群众中推行速成识字法开展扫除文盲运动的指示》。9月23日至27日，教育部和全国总工会在北京联合召开了全国扫除文盲工作座谈会，扫盲运动的高潮迅速形成。

“根据各地的经验，是用‘以民教民’的方法，解决扫盲运动的师资问题。我们泉州市最好的南江高中学生，正应该利用暑假时间下农村当一回扫盲老师。只是，我们泉州这方面的工作，才刚刚起步，希望南江高中同学为泉州市的扫盲运动做出贡献，创造出好成绩，好经验……”

当天晚上，陈缓歌特地到了“糊布亭”李晟的租屋，希望他同自己一起进“南江剧社”，参加马烽《结婚》的演出。李晟深情地看了看缓歌说，自己也很想参加剧社，参加演出能学到很多东西。但是他确实没有思想准备，自从四年前退出《赤叶河》剧组的乐队以后，他再也没有练习过二胡。

“你是不是在《赤叶河》乐队受到委屈，而不想参加……”

“绝对不是。我已经申请到北港，据说，北港扫盲办公室就借住圭峰小学。我非常怀念我们小时候在一起的日子，我想借此机会第三次去北港，看看我们的小学……还有，还有……”

李晟有点不好意思，抿着嘴神秘地轻轻说道：“为了再去看‘海祭’的地方……你知道，‘旧地重游’，怀想和回忆是一种十分奇妙的感情，以后，譬如说三年后上了大学，再去的机会就不多了。”

“不会的，我会让您再次踏上北港的土地和渔村，让家里人请您到北港！”

陈缓歌连用了两次“您”，这是作为一个少女，第一次如此亲切地称呼一个男生。但她觉得很自然，好像从心底自然流露出来一般。李晟向她眨了眨眼睛，说：“已经报名了，文娱部长说，一定满足我的要求。让我们在不同的战线上互相鼓励，互相祝福吧。”

“我记得您以前胡琴拉得很好，即使不是为了进乐队，休息的时候，自我熏陶提高艺术素养，音乐是不能放弃的。”

“不会放弃。只是，我小学时自己做的那把胡琴，上初中不久就坏掉了。那时没有胡琴，音乐室又不准借出，为了练琴我用帮别人写两篇作文的条件，换取借用人家的二胡。但是，一天只能用一个小时，人家要用必须立即送还。还有……还有一次，音乐老师的儿子把音乐室一把最好的胡琴拿出去借给外校同学。我因为没有自己的胡琴，校长甚至怀疑是我拿走的。

“虽然从初中一年级以后，没有二胡，再没有机会练琴，可我对乐器的喜爱至今不衰，时常借晚饭后散步，踱到西街那家最大的乐器店去看看。很有趣，有时候在乐器店这里看看，那里摸摸，好像自己已经是个琴师了……”

陈缓歌听了，心中很受震动，没有想到李晟当时为了胡琴的事还受到冤枉！

（三）重拾儿时的记忆

暑假开始了。李晟同高一其他几位同学，在扫盲小队长高二（甲）班副班长余静波带领下，于7月16日星期一奔赴北港镇，直接到圭峰小学“扫盲办公室”报到。

余静波看李晟似乎对小学“熟门熟路”，就问：“李晟，你对圭峰小学好像很熟悉呀，来过？”

“初小第三册，高小第二册，在这个学校读过书。”

“难怪……我还来不及告诉你，张帆让你当副小队长，帮帮我的忙，出出主意。”

“我能出什么主意，你有什么吩咐只管说，”李晟开玩笑地说道，“我当跑腿没问题！”

当天下午，镇上干部还在开会，通知明天也就是星期二上午八点钟，各路扫盲小队集中小礼堂开会，既是动员会议，又是布置工作。

趁下午没事，余静波让李晟带他到镇上转一转，用静波的话说，“到一个生疏的地方，首先就要熟悉环境”。

李晟到了北港，儿时同陈缓歌在一起的美好记忆，就全都苏生过来。他迫不及待地带了余静波先到小学前面那片很浅的前海去看看，说：“我初小第三册时，有个同学家里有两只模型帆船，就带我在前海放船比赛，看谁的小船跑得快。我们都下海去，在浅海里来回跑了三趟，裤脚管都被海水浸湿了。”

“怎么？还能在海里跑？”

“浅海很浅，只到膝盖上那么高。敢不敢下去？”

“不，我是泉西山区高岭地方人，从没下过海，看到一大片水，还有点头晕呢……对，你是哪里人？”

“我家离北港只有十五里路，灵歧镇，也靠海。”

“噢，怪不得你那么喜欢海。”

“当然喜欢，大海有着宽广的胸怀，所以能包纳百川。”

“但有时也会有惊涛骇浪！”

“你们女同学都害怕惊涛骇浪，对吗？”

“不，我们女生有一个陈缓歌就很喜欢大海……对了，不就是你班级的吗？”

“是，她就是北港人，她到剧社参加马烽的《结婚》歌剧演出了……”

“说一句笑话，你可不要传到她耳朵里去，”余静波笑笑道，“这个鬼丫头，自己都还没有结婚，还要去演《结婚》？”

“这，她不是演配角的吗？群众演员……”

“听说男女主角都要分A、B角，防备A角生病了，或者有其他的事，B角就可以顶上去。”

“这个，我知道，当年学校演出《赤叶河》，女主角燕燕就有两个演员。”

“不过，有个别女生说，陈缓歌可能在谈恋爱。”

“我看没有的事，同学当中最喜欢传播这种事。”

“我看也是乱传的……”

余静波和李晟边说边走，不觉就走到了西海。李晟一看那西海的浪涛可大呢！一卷一卷的海浪拍打着海岸的巨大岩石，日日夜夜，不倦地洗刷着这古老的海岸……李晟同余静波才走上一片高岩，忽然“哗”的一声巨响，浪花兼天涌起，几片白色的水花，像是从天而降洒了下来，两个人的衣服都被淋湿了。余静波头额，胸前衣襟都是水，哈哈大笑说：“‘乱石穿空，惊涛拍岸，卷起千堆雪！’东坡《念奴娇》名句用在这里最合适了。”

“最好是‘浪淘尽，千古风流人物’，《三国演义》开篇的《临江仙》，‘滚滚长江东逝水，浪花淘尽英雄’，就借用了苏轼这词的意境。写尽了人生感慨！不过我祖父说，《三国演义》开篇的这首词，并不是罗贯中写的，而是明代嘉靖年间一个状元叫杨慎的人写的，被清朝康熙年间一个叫毛宗岗的人，在评点《三国》时加进去。”

“嗨，李晟还挺有学问的，我一点都不知道。”

旧地重游，再到儿时和缓歌一起看过“海祭”的西海，李晟又重新拾起多年不曾出现的记忆：“道士过刀桥了，登天梯了……”缓歌拉着自己的手，拨开密密的人群，钻到刀梯下，看看道士脚底有没有流血……

“我们只看‘过刀桥’‘登刀梯’，没有去看‘青梅竹马’”……

一种忆念、怀旧和莫名的感慨油然而生。他想起当年在西海岸边广场上“海祭”的情景，居然历历在目。

忽然，当年小缓歌的话，在耳边摇漾着：“北港渔民都要到外海去‘讨海’，打了鱼，卖了钱，换粮食，但是大家都说，‘行船人三分命’……”

李晟忽然有个想法：行船人，大部分时间都在船上，如果要他们从外海回来参加扫盲识字，不就影响了渔民的生计了吗？他想到了一个主意，立即对小队长余静波说：“北港渔民都要到外海去‘讨海’，打了鱼，卖了钱，换粮食，但这里有句俗语，‘行船人三分命’，很辛苦的。他们把出海打鱼叫‘讨海’也就是向大海讨生活，要鱼，要粮食。那渔民怎么能从外海回镇上参加扫盲识字呢？所以，我建议，我们把识字班办到船上去，一边打鱼，一边识字；扫盲识字，不误打鱼，一举两得。”

“真是一个好主意，明天上午开会时，我们把这个建议提交给镇长研究，看是不是可行。”

(四)琴　情

陈崇义镇长草草喝了一碗粥,一抹嘴,说了一声:“我走了。”

小张翎喊道:“喂,缓歌托人带来的胡琴,带上了吗?”

“噢,忘了,是给李晟的,我拿,我拿……不知道李晟是否真的来了?”

“那还会有错?”

“给我弄一块布,我包着带去。”

“为什么?”

“开会呀,我在会上讲话,还带了把二胡,下面干部还以为我要现场表演呢。”

小张翎哈哈笑道:“你会拉胡琴?”她看看天空一片灰暗,就说,“希望今天下一场雨,地都快干裂了。”

“咳,真是矛盾呀。不下雨,可以出海,渔民高兴。可农民地都干得裂开了……你看,我这个镇长不好当呀,各方都要照顾到。扫盲办,希望渔民不要讨海去,在家好好识字;渔业办说,不趁渔季出海,不仅镇上经济搞不上,渔民连饭也没得吃了。你说,这个矛盾,怎么解决?”

“去去去,开会时间到了,记住,叫李晟来家里吃顿饭,让我看看这个未来的‘姑爷’长个什么样子,让我们缓歌看上了。”

“好好好,记住了。”陈崇义带了妻子包好的胡琴,一走出家门,就赶紧往圭峰小学方向跑……

差一点就迟到了。陈崇义到了小学礼堂大门口,镇办公室已经叫人在门口等了,立即由人带到主席台就座。陈镇长一看台下,人已经坐得满满的了。赶紧将胡琴往座椅边上一放,拿出讲话稿,低着头就“复习”起来了。看了两页陈崇义觉得办公室写的这个讲稿,不痛不痒,四平八稳,就没有说到北港镇扫盲存在的矛盾,以及如何克服、解决的问题。他不高兴地把稿子放到一边去。

主持会议的同志宣布:“现在我们请陈崇义镇长作报告。”

台下,一片掌声……

“同志们,先不要鼓掌,我不想讲废话,中央关于扫盲的任务、政策,大家一定都已经了解了。我再说就是废话了。现在就提出一个问题,想请大家来解决:是这样的。北港百分之七十几是渔民,或者主要是靠讨海为生的少地农民。现在正是渔汛时期,扫盲任务这么重,我们叫渔民不要出海,坐下来扫盲识字,他们坐得住吗?能看着渔业‘抛荒’而安心识字?那是‘身在曹营心在汉’!也就是身在扫盲班,心却去讨海了!所以,我不多讲,讨论的时候请大家多多出主意,提出合理化建议,看这个问题怎么解决。我只是提出个问题,让大家讨论讨论,不是报告。我的话结束了,下面分组讨论。”

台下人虽然不是很多，但是对镇长如此讲求实际、抓住要害、说短话，特别称赞，报以热烈的掌声。

李晟也不禁鼓起掌来，觉得这不到两分钟的报告，胜过“照本宣科”讲两小时……

接着有渔业办的干部在台下喊了起来：“陈镇长了解我们渔民的难处，最近我们办公室想了好几天，就是想不出办法来。请大家多多出主意。”

分组讨论开始了，南江高中扫盲小队队长余静波带了李晟到主席台后面，找到了陈镇长，还没有开口，陈崇义就问：“你们哪里的？想出了什么好主意了？”

余静波回答说：“我们是南江高中的。”

李晟插话道：“她是余静波，我们学校高二（甲）班的副班长——”

“南江中学？我问你，有没有一个叫李晟的同学，来了吗？”

余静波开始还有点紧张，这下子，忽然笑了起来，说：“就是他……”

“是我，我叫李晟。崇义哥，我记得你……”

陈崇义一看，呀，光彩照人！长成这样一个小伙子了。他看了又看，瞪着眼睛又仔细看了一会：“没错，你就是李晟。还记得我崇义哥呀……那时你很小，我们还在一张方桌上做作业呢……”说着就拿出了一个长长的布包，递给李晟，

“这是我妹妹托人带来给你的胡琴，你打开看看。琴你拿去，布包，老婆吩咐要拿回去的。”

李晟感到十分突然，缓歌拿了胡琴做什么用？这里又不需要乐队。

李晟把布包解开，是一把崭新的胡琴，他似乎想到了什么。

果然不错，琴筒下面附有一张纸条：李晟你已经好几年没有胡琴了，这胡琴送给你。在北港感到寂寞冷清的时候，拉拉琴。记住，是我所赠。有空找我父亲和二哥聊聊天，相信他们一定很喜欢你。

条子下面没有署名，隔了两行，又有一句：到前海看看船模比赛，再去西海走走，看看还有没有举行海祭。

李晟是一个性格沉稳，甚至有一点内向的人，一般不会流露自己心中的感情，可这下子居然感动得眼睛都有点湿润了。他赶快忍住，叫了一声：“崇义哥，”李晟记得小时候一直跟着缓歌叫崇义“二哥”，就认真地再叫了一声，“二哥，好几年没见了，你当镇长了！”

余静波对李晟道：“好呀，李晟，你是缓歌的同学，还瞒着我……对了，还有其他同学，我得去组织讨论。你把昨天的主意，向陈镇长说一说，看看是不是可行。”

小组讨论很快就结束，分组汇报。南江高中扫盲队小队长，一直动员李晟上台把自己的意见向大会说一说，可李晟坚决不肯，说：“静波，你是我们南江扫盲队的队长，大会汇报应该由你讲述，我只是临时想到的，你才是这个建议的提出者。”

没办法，台上已经点名，轮到南江高中发言了，余静波只好上台了。

余静波第一句话就说:“我下面提出的一个建议,是我校高中一年级(甲)班李晟同学的主意。他认为,扫盲队伍应该到船上去教大家识字,这样可以做到打鱼,扫盲两不误。”

余静波讲完以后,又一次掌声雷动,比刚才陈崇义镇长讲话后的掌声还要响。台下一个大嗓门喊道:“解决了我们北港镇扫盲工作中的一个大问题。哪一位是李晟,站起来让大家认识认识!”

李晟还在犹豫,陈崇义镇长在主席台上鼓励说:“李晟,上来说几句吧!”

李晟只好走上主席台,他有些激动地说:“北港可以说是我的第二故乡,我初小第三册,高小第二册就在圭峰小学读书,我还住在陈崇义镇长的家里整整一个学期,我非常热爱北港,爱圭峰小学——”

又是一阵掌声。

“我和余静波同学代表南江高中提出的建议,概括起来只有一句话:我们扫盲队都到船上去办识字班,做到扫盲、打鱼两不误!我的话完了。”

台下掌声经久不息!

上午下半节,下午上半节,与会队员分组讨论南江高中关于将“识字班”办到船上去的建议,与会队员没有一个不赞成。镇里干部个个眉开眼笑,说:“昨天还在愁这个事,没有想到,南江高中替我们想得这么周到,能在船上扫盲,确实可以做到打鱼,扫盲两不误。”

北港镇镇长陈崇义总结时说:“大的方向和办法确定了,但是不等于一切问题都解决了。我们的扫盲队伍的师资还得加强培训,有的刚脱了盲就当上了老师。我有个建议:我们请南江高中的几位同学,当‘老师的老师’,负责培训扫盲老师。轮流在各个船队转,哪里有疑难,就在船上解决。这样,才能真正做到毛主席说的‘以民教民’……”

下午五点钟,陈崇义镇长坚持邀请南江高中正副队长余静波和李晟晚上到家里做客,说是想同两位队长进一步探讨扫盲的进度、教材等等问题。

原来镇长中午回家,谈起李晟,满口称赞,说,“古人说的潘安、宋玉,恐也不过如此”,连连称赞“缓歌好眼力”。小张翎一听,就很想看看李晟到底长得怎么样,有什么好,弄得缓歌这样着迷,还特意托人带胡琴……

“我说呀,你就不用看了。反正李晟在北港至少有三个星期,总会来家让你看个够。”

“不,你不是说过,叫什么来着,叫‘先看为快’嘛!”

“是‘先睹为快’。”

“我知道,‘睹’就是看,‘目睹’,就是眼看。不要看不起人,我是一下子忘了……”

第一四章　书声帆影

（一）好梨深山有人摘

7月17日，阴历六月十八，离“大暑”节候只有五六天，正是“小暑”“大暑”交汇的时节。傍晚六点钟，太阳还挂在西天火红火红的。扫盲工作队就住在小学前海的边上。余静波和李晟吃了晚饭，看看时间还早就到海边走走。余静波说：“生活在海边的人，空气这么好，一定会长寿。俗语有一句叫‘寿比东海’，是不是这样说？”

“差不多，有的说‘福如东海，寿比南山’，我祖父说这叫‘互文’，就是说‘福如东海南山，寿比南山东海’。”

“李晟，你脑子好像装进了一部词典——”

“不不，这是听祖父说的……”

“你祖父和父亲都很有学问吧，我祖父在我出生以前就去世了。为了维持家庭生计，父亲很早就出门，跟一家布店老板当了三年学徒。出师以后，自己回家也开了一间小布店。小商人，没有读过几本书……”

“咳，你看，北港海边，除了空气里散发一丝咸味外，海风轻轻地吹来，走在海边令人分外悠然舒坦。”

余静波和李晟在浅海海边，走了一会儿，李晟建议：“我们再转到西海岸走走，西海同镇长家一个方向。”两个人静静地往西，夕阳还挂在西边天际，欲落不落地散射着余晖，映在海面上把海水都染得一片红绉似的。余静波抬头看看夕阳，说：“啊，真好看，像一个红色的铁球，似乎滚烫滚烫，却不灼人。”

“像一朵红色的大盘牡丹花，就要凋落了……不过，它似乎还不愿意落下，正尽力地散射着它的余晖，想多发一点光和热！”

“哦,呀,看不出来,李晟还是个诗人呢!”

“余大姐,可不要笑话我——”

“为什么称我‘大姐’,说不定还是‘小妹’呢!”

“当然是‘大姐’了,你比我高一个年级,老师不是常说,‘高年级的大哥大姐们’……”

“那可不一定,你这么高,说不定你比我还大呢?说,你几岁?不,不说几岁,说十二生肖,你肖什么,我就知道你几岁。”

“你先说。”

“不,你先说。”

“我肖小虎,你呢?”

余静波十二生肖属鼠,她一听就知道李晟比自己小了两岁,她决定不说自己属什么生相,支吾着道:“我,其实我不知道自己肖什么……”她想了一想,就杜撰道,“可能是‘猫’吧。”

“哈哈,十二生肖哪有猫?”

“有呀,我们泉西山区有两种生肖,一种是‘十二个’,一种就只有‘十个’……”

“哦,还没听说过有‘十个’的生肖,说说看。”

“鼠牛虎兔猫,龙蛇马羊鹿,是不是十种?”

“是十种,我还是第一次听说。”

“第一次的事情多着呢……”

李晟想,这余静波在暗示什么呢?在暗示小猫比小虎小两岁?她有那么小吗?年级又比自己高一年,那不是要比自己早三年读书了。不可能!

两个人走到西海,又从西海回头走,似乎没有多少话,忽然,余静波悄悄问:“对了,我昨天跟你说的,有人说陈缓歌可能在谈恋爱,有没有听说同谁在谈?”李晟一听,忽然警惕起来,余静波可能在试探自己和缓歌的事,就断然说:“没听说,不会吧。”

“恐怕是真的。你想,陈缓歌长得那么漂亮,那么好看!俗语说,‘好梨深山有人摘’。陈缓歌这颗好梨,不要说在北港,就是在我们泉西山区也会有人去摘。我敢肯定,有人在追她!”

说话间,不知不觉就走到了陈镇长家门口。

“到了,我们进去吧。”李晟说。

余静波站在门口,叫了一声:“这里是陈镇长的家吗?”

小张翎一听就迎了出来,镇长也笑着跟出来,招呼道:“余静波,李晟,请进,请进!”

“张翎,倒茶,好茶;坐坐,晚上我们好好聊聊。”陈崇义道:“还记得我们小时候,在这张桌子上做作业吗?”

“记得,记得。你坐那个位置,我就习惯坐在你的对面。”

“是呀,缓歌就坐你边上,我记得她老是向你问算术题。不过后来我就到楼上去做作业了。”

“现在,缓歌数学学得很好,比我强。”

余静波看着李晟,问:“你那时几岁住陈镇长家?”

“大概七八岁吧。”

余静波听说只有七八岁,就觉得李晟和陈缓歌不可能谈什么感情,便随口道:“现在叫‘小鬼’。”

陈崇义说:“是,是,那时我们都是‘小鬼’,这‘小鬼’的称呼还是解放后才传起来的……”随即转入扫盲的正题,道,“怎么?谈谈让南江高中同学培训扫盲老师,行吗——喂,小张翎,你也来听听,你不是也准备到船上教渔民识字吗?”

“嫂子姓‘萧’?”余静波问。

“不,我大嫂也叫张翎,同名同姓,就只好按年龄大小,叫大嫂‘大张翎’,叫她‘小张翎’了。”

小张翎笑着,也坐在桌旁,端出了小鱼干和盐煮花生,说:“李晟,还有这位妹妹,喝茶,吃花生吧。”

李晟看了小张翎一眼,说:“谢谢二嫂!”

小张翎笑得嘴都合不拢,只是连声叫着:“两位,喝茶,喝茶。”说着,又起身到里屋去了。

陈崇义接着道:“怎么样?两位是南江的高才生,到我们北港可以说是大材小用了。李晟,你带个头,先说一说。”

“让余静波同学先说吧,她是我们高中二年级的学生,还是班长呢。”

余静波笑道:“李晟漏了个‘副’字,我只是‘副’班长……”说着,余静波看了看陈镇长,补充说,“李晟很有主见。我当队长,那是因为年级比他高,实际上李晟水平比我好多了,在学校有‘状元’之称。对了,镇长的妹妹,大家叫她‘榜眼’,女生宿舍都知道。不过我是通学的,在外面租房子,自己烧饭。”

李晟看静波一直不肯先说,就认真地说道:“那我先说一说,再请镇长和队长补充,指正。”李晟端起茶杯,抿了一口茶,说道,“扫盲时间按规定是三个星期,我想如果有四个星期就更宽裕一些。南江中学来的,延长个把星期没有问题。主要是镇里工作忙,要考虑是否会影响镇里的工作。

“一千五百个常用字,这一次的任务是要认识八百个。按三个星期算,每星期七天,大约必须认识二百七十个字,平均一天约四十个字。任务是很紧的。如果有四个星期,每星期二百个,每天大概只须教会三十个字,就比较容易巩固。

“我小时候,祖父和父亲教我识字,一个方法是运用押韵,顺口读出来很容易记住,所以,我们可以试试看,能不能把八百个字编成‘顺口溜’。

“第二是运用文字的构造,在初学几十个到百把个字以后,运用‘拆字法’从文字的形体,意思,读音,以及字形和字声的部件分分合合,组成新的字。不识字的人会感觉很有趣,他们会觉得认识一个字,可以同别的字合起来再认识许多字。我有些还不能说清楚,如果给我两天时间包括来回走路,实际上只有一整天,我回一次灵歧先向祖父学一点,再设计一套识字的方法……”

陈崇义觉得李晟说得很实在,想进一步了解,就说:“‘顺口溜’,上头倒是发下一份材料可以利用,不一定要自己再去编。你说,按照字的形状,意义,读音,怎么教,能不能举一两个例子说说看。”

李晟想了想,他回忆很小的时候父亲教“爸”这个字的情景,就悄悄笑了一下,说:“我说说看……就像爸爸的‘爸’字,父亲当时教我的时候,就先教一个‘巴’字,马上要我读出来,记住,还要会写。读,容易,写,我当时大概很小,怎么画,也画不好。但是也不难,多画几次就写出来了。最后,父亲教我父亲的‘父’字,这个字容易多了。然后,父亲把‘父’和‘巴’,上下搭配起来说这就是爸爸的‘爸’字;上面的‘父’表示意思、意义,下面的‘巴’表示声音。记得接着就教‘竹’,换成‘竹头’,再配上‘巴’,就是篱笆的‘笆’。接着再教‘草’字,说是‘草字头’下面一个‘巴’,就是芭蕉的‘芭’。接着再教‘手’,把提手配上‘巴’,就成了把柄的‘把’。这样我就觉得很有趣,一下子就学会了好几个字。又教‘爬’‘耙’‘杷’‘琶’,连带又得‘父’‘竹’‘草’‘手’‘篱’‘芭’‘琵琶’‘枇杷’,一连串的字就都带出来了——”

陈崇义不禁叫了起来:“好,很好,是个好办法。那就是说,会读一个就可以带出好几个。一个‘巴’,就变成很多字。”

“镇长说得很对!”余静波高兴地说。李晟补充道:“还有读音很不一样的,好像肥皂的‘肥’,特别说明一下就都会记住。这种方法,可以称它叫‘以声带字’。”

“但是,有的不是常用字。”余静波插话道。“那就不教,好像琵琶、枇杷,都可以不说。”

陈崇义道:“好呀,再举一个例子。”

李晟想了想,说:“还可以用‘以形带字’,好像一个‘女’字,配上不同声的字,如配上‘马’,那就是妈妈的‘妈’;配上‘且’,就是‘姐’。还有,配上‘未’,配上‘古’,配上‘审’,配上‘夷’,那就是妹妹、姑姑、婶婶、姨妈……”陈崇义听了,十分有兴致,道:“有意思,可以给你两天假回一趟灵歧,请你祖父再教你几招,想得更周密一些,再编个系统的方法。”

“对了,你父亲我不认识,你祖父我知道。”陈镇长补充说,“回去后,代我向你祖父问个好。”

“哦,镇长怎么认识的?”

“1944 年,蝴蝶洞歼灭战我参加了,你祖父和三清观的宋紫云道长,在山上洞里,我和北港船王郭步海,步海儿子郭大兴在海上围堵。不过郭家父子后来移居省城去了。”

李晟打量了一下陈崇义，道：“原来还有这样一段因缘！回去一定告诉祖父。”

余静波和李晟在陈家大约聊了一个半小时，临走时李晟说：“缓歌去参加南江剧社演剧呢，他们时间可能比我们扫盲队还要长，刚才说了，如果需要我们也可以延长。”

“静波说说看，延长一周，行不行？”陈崇义问。

“很好，行！”

李晟、余静波高高兴兴地走出大门，镇长和小张翎一直送到门口，小张翎说：“两位走好，有空就过来玩玩……”

“李晟真了不起！”静波说了一句，抬眼对着李晟瞥了一下。

“不，不，这是小时候祖父和父亲教的，不是我想出来的。”

这是阴历十八的晚上九点钟，月亮似乎刚刚升起，路上许多地方都还没有照着，月色就显得朦朦胧胧。

余静波对李晟越想越喜欢，甚至可以说“着了迷”，产生了一种清晰的情和爱。可惜自己比李晟大了两岁。但是，这有什么关系？在这清淡的月光下，听那海水轻轻涌动的声音，余静波那少女的心也在剧烈的跳动，要不要明确地告诉李晟：“我爱你。”

不行……还不能说……但是，好吃的梨子，即使藏在深山，也有人去摘，这个梨子会落到谁的手里呢？

不能错过机会，今天晚上一定要问个清楚：他心中有没有陈缓歌？如果确定没有，确定没有同陈缓歌在恋爱，那自己还是有机会的……她心中一直在盘算着，怎么从旁边开启李晟的心扉。

“李晟，进陈家前我在路上跟你说的，陈缓歌长得那么好看，肯定有人在追她，你还没有回答我呢。”

“我？回答你，怎么回答……没听说。”

“真没有的话，你同她家那么熟悉，关系又那么好，我看得出来，镇长和嫂子对你都不错，陈缓歌还特地送你胡琴……正是追她的好时机。要知道，女孩子都是矜持一些的，男孩子要主动！不光是陈缓歌，对任何一个女孩子，都要主动——”

“不不不不，现在是读书阶段，不谈这个……再说，配不上。跟你说一句实在的话吧，她家是革命干部，我祖父成分不好，伯父除了成分问题外，还开了一爿小药店。还有，还有其他一些复杂的社会关系……革命干部家庭怎么会把女儿嫁给一个家庭成分不好的人呢？”

“这有什么关系，要是我，我才不怕什么‘家庭成分’，什么‘社会关系’。我家……同你家一样，也是商人，你伯父开药店，我父亲开布店。”

李晟一听，不觉有点紧张起来，余静波是不是又在暗示什么……

“你没有问过陈缓歌?”

“没有,当然没有。”

“不要错过机会,好梨子你不摘,别人就摘去了,就后悔莫及。我说,像你这样让人喜欢的人,胆子应该大一些,问一问,行就行,不行就赶快转向。我估计陈缓歌对你家庭、社会关系不会有什么意见;要是我,我就没有意见。”余静波特意将“我就没有意见”一句加大了音量,强调出来。

李晟这一下全明白了,只管低着头走路,他不知道该说什么……

“呆头呆脑,真像个‘小傻瓜’,怎么一声不吭?”

李晟还是不知道怎么说,他心里想:我才不是“小傻瓜”,你说了那么多话,只有一句说得好,“好梨深山有人摘”。

(二)渔船上扫盲

根据国家教育部扫盲办公室公布的《常用字表》中,最常用的八百个字,李晟“临时抱佛脚”,从祖父和伯父那里学习了十多个小时,懂得了《说文解字》的“六书”。他将八百个字先选出“象形”“会意”“指事”三类中的二十多个基本字,采用“基本字带形声字”和“常用部首,以字连词”的方法。像“巴”带出一组形声字。像人、口、水、木、手等独体字,作为形旁或声旁,进行组合连成双音词的方式,让渔民了解词的意思,但不求马上记住。比如:

人:你(们)、他(们)、伯(父)、侄(儿)、代(表)、住(地);

口:召(唤)、(参)加、(呼)叫、兄(弟)、(点)名、合(作);

水:(汪)洋、(大)海、洪(波)、滔(天)、浪(涛)、(汹)涌;

手:扬(帆)、扶(持)、拉(网)、捕(捞)、扛(起)、抱(住);

木:村(庄)、(树)林、松(柏)、木(材)、柱(子)、(桅)杆。

北港渔民为了摘除文盲的帽子,不识字的青壮年百分之百被组织进扫盲识字班。白天打鱼,晚上识字。外海的渔船到黄昏时都纷纷靠向内海或港湾,每条船上,都在桅杆上挂起灯笼。

一到入夜,海面上渔灯点点,书声琅琅,宛如一幅“书声帆影”图。

这边读,“你们他们伯父侄儿代表住地”;

那边念,“召唤参加呼叫合作点名兄弟”;

东船上读,“汪洋大海洪波滔天浪涛汹涌”;

西船上念,“扬帆扶持拉网捕捞扛起抱住”……

忽然,哪一条船上传出北港当地的村歌小曲,那豪壮的歌声,冲跨浪涛,横越海面,响彻北港陆海的夜空:

北港北港，大海汪洋，
波涛汹涌，海浪滔天；
呼叫伯侄，召唤兄弟，
嗨嗨嗨嗨，抗大浪呀；
嗨嗨嗨嗨，拉大网呀；
嗨嗨嗨嗨，北港北港！

许多渔船，很快地向着传出歌声的船只围拢，形成了一个巨大的海洋渔阵……

"比赛了！"

东船整齐地念道："扬帆扶持抱栏拉网捕捞扛起——"

西船的人紧接着也齐声诵读："汪洋大海浪涛汹涌洪波滔天——"

第二周，陈崇义镇长特地抽了一个晚上，到李晟船上听他教渔民识字。他一边听，一边在想：李晟和缓歌确实很相配！妹妹能找到这样的人应该是很好了，为什么大哥总是反对呢？休息的时候，本来想同李晟聊聊，让他经常到大哥家里谈谈，或许可以让大哥更好地了解他……可是一休息，许多渔民兄弟都围着李晟问这问那，自己真插不上嘴，就站起来告辞，说："李晟，你的'识字教学法'很有创造性，过几天可能会有记者来采访你，准备准备。"

李晟心里自然很高兴，但还是谦虚地说："我也是临时抱佛脚，回灵歧向祖父、伯父学来的……"

"这'佛脚'抱得好。没有你'抱佛脚'，我们扫盲任务还完不成呢！"

就这样，除了自己教学以外，为了进行通盘指导，检查进度，余静波和李晟跑遍了所有船只。充分运用"以民教民"的方法，先教出一批"学生"，然后让"学生"再去教渔民。在短短的两周内，渔民的识字数量就已经接近一千个字了。特别是教会渔民学会注音字母，把"基本字带字""独体字组合"和"形声字组合"的方法结合起来……

四个星期很快就过去了，北港镇渔民的青壮文盲，就在热闹的"书声帆影"中通过了泉州市扫盲办公室的验收。

不久，《泉城日报》附印了一期扫盲办公室的《简报》增刊，登了南江高级中学"北港扫盲小队"《船上识字班——书声帆影》的长篇通讯。

扫盲结束前夕，在扫盲庆功会上，李晟和余静波同时得到泉州市政府"扫盲模范"的奖状。余静波虽然已经是高二的学生，但同李晟、陈缓歌却成了好朋友，像是一个跨年级的"三人行"。

（三）同“春生”结婚？

非常有趣，李晟到陈缓歌家乡北港去扫盲，而陈缓歌跟着南江剧社排练了一个星期以后，于7月23日，阴历六月二十四大暑这一天，到了李晟的家乡灵歧古镇演出。整个剧社六十个同学，在黄家庄育英小学打地铺。四十二个男同学，分住三个教室，十八个女生集中住在小礼堂。

当天下午，黄翃到小学看看有没有熟悉的同学。果然，在校门口，就碰上去年初三（甲）同班同学陈缓歌和胡得元。黄翃问：“李晟怎么没有来？”

胡得元回答说：“他申请到扫盲队去了。这两天听说，李晟在北港创造了‘基本字带字’‘独体字组合’和‘形声字连带’的教学法，扫盲办公室在一期《简报》中，介绍了这三种方法，提到了李晟。过去，庄校长似乎对他有些成见，这一次彻底改变了看法，在暑期教工大会上将《简报》拿出来念，高兴地说：‘这是我们泉州南江中学的光荣！’老师们都热烈鼓掌，杨老师伸出大拇指，连声说：‘Good，Good’！”

黄翃说：“我祖父经常说起，李晟天资聪明。”

胡得元点点头，补充道：“三分天资，七分勤奋。李晟确实是我们同学中的楷模……对了，光表扬李晟，也不公平，还有‘榜眼’陈缓歌，‘探花’黄华生，对对对，现在叫黄翃字鹏飞呢！”

黄翃苦笑了一下，说：“鹏飞，鹏飞，一下子就飞离了南江，到三中去了……”

“也不错，你从南江的‘探花’，成了三中的‘状元’，三中得了一名高才生，而你替我们初三（甲），也替‘南江’争了光。对自己呢，也可以免缴学费，这不是‘一举数得’吗？”

陈缓歌看看黄翃情绪不太高，也随口安慰道：“胡得元说得是。”

黄翃不想就这事再说下去，就转换话题，问：“听说你们这一次带了马烽的歌剧《结婚》来演出？”

“市委组织宣传《新婚姻法》。据说《新婚姻法》公布了好几年，可我们闽南地区，特别是泉州所属的惠安、北港、灵歧，还有崇武、东岭这些地方，包办婚姻还比较严重，青年男女自由恋爱父母坚决反对，结果有的还跳海呢——”

陈缓歌还没说完，胡得元就提高嗓子，开玩笑说：“我们还没有恋爱，却宣传自由恋爱；还没有结婚，却来演出《结婚》，哈哈哈……”

“剧情怎么样？马烽的《结婚》我还没有读过。”黄翃问。

胡得元答道：“歌剧《结婚》是根据马烽的同名短篇小说改编的。小说描写了一对新中国农村的青年男女春生和小青的恋爱和结婚的故事。最有趣的是写两人约定到结婚登记处去登记，而路上春生和小青都因为各自做好事，而没有按时到达登记处；这个到了，那个没到；这个走了，那个又来了。通过日常琐事，表现了农村新青年如何正确处理个人与集体、私人生活和社会生活的关系。很有教育意义。”

“谁主演春生？”

“高三的张力。”

“谁演小青？”

“喏，我们的‘榜眼’陈缓歌同学。”胡得元说着，故意把个嘴唇翘向缓歌坐的地方。

“‘老夫子’，不要再讲‘榜眼’了，我高中升学考试，只考了个第五……”

“但是高一全市联考，你不是又考了个‘榜眼’了……好好好，不讲不讲。可惜，这一次李晟没有来——”胡得元说。

陈缓歌把话题转移开，说：“黄翃虽然去了三中，可这一次联考，还得了全市第三呢。”

胡得元又一次把话题拉回来，道：“我说‘可惜’，是说李晟如果参加演出，一定会扮演男主角春生——”

“胡说。他就是来了，也是在乐队拉胡琴。”

“那……那，那缓歌只能同‘春生’去登记结婚了。”

“你这个死‘老夫子’，又胡说什么了？你们谈，我有事到排练室去……”

陈缓歌说着就进了大门。

歌剧《结婚》在灵歧古镇十八个村庄，要演出十八场。据说，有的村子姑娘、小伙只想看小青的戏。男人不敢说，妇女却是到处传，说是“小青”这个演员，花了一个月从三百个女生中挑选出来的。赵家庄的赵天馨说：“这小青，肯定是泉州市最漂亮的女生，至少我们第三中学就没有女生比得上！”

这歌剧才演出两三场，黄家庄街上、小学前面操场上，每天都挤满了大姑娘、小媳妇，说是来看看小青没有化妆时长得怎么样。结果，说是比台上更漂亮……弄的陈缓歌都不敢到街上去。

李家庄演出的日子，是 8 月 15 日，农历七月十七，恰好同灵歧李家庄的盂兰盆节同一天。可惜，这一天灵歧大雨，不要说演戏，连路上行人也不多。据说，灵歧有民谣，“李家盂兰盆，灵歧大雨淋”“李家过普度，大街成水路”。果然从清晨起，大雨瓢泼，灵峰溪水都快涨到大桥上。

下大雨不能开演。陈缓歌就借大雨天，特地到了圆通寺看看李晟的祖父，又搀扶着李开先到了李家庄“马槽”，去看看李晟的伯父李春申。去年同李晟一起到李家过冬至，才七八个月，缓歌似乎觉得已经过了好长时间。她什么礼物也没有带，只拿了两张演出时拍下的剧照。

陈缓歌一手挽着李开先，一手撑着雨伞，一到“马槽”门口那个石磨的旁边，就喊道：“李叔叔，我是陈缓歌——”

李春申听到是缓歌的声音，很快就迎了出来：“啊，缓歌来了！我听说你的戏演得真好……呀，下雨天……知道你每天演出很忙，也都不敢去看你。”

春申一看父亲也来了，赶紧把他扶进了门。缓歌把雨伞放在门外的石磨上，才进去。

“父亲年纪大了，要知道，我去接你……噢，缓歌先到了圆通寺……”说着就客气招呼缓歌道：“缓歌，去年冬至来，快八个月了……全灵歧都在谈《结婚》，说小青呢。”

坐定以后，陈缓歌就把两张剧照拿出来放在桌上，说：“这是我哥趁我演出的时候拍下来的。没有带什么礼物，就两张照片放在家里吧。”

“这是比什么都贵重的礼物，找个镜框挂起来。有客人来了，就都知道‘小青’是我们……我们家李晟的同学。”

李开先正在看照片，李春申拿起另一张仔细端详着，一边看，一边连连点头，就同父亲交换，再看另一张。看完了，说：“先不忙找镜框，等李晟回来，说不定他要放在相册里呢。”

“缓歌，来得正巧，今天是灵歧的‘普度节’，现在解放了，破除迷信了。要是过去，我们这里要搭台唱三台戏：梨园戏、高甲戏、歌仔戏。要用竹篾扎观音山、大士爷，再用各种颜色的纸糊起来。还有，抛粽子，祭祖宗，送莲花灯，明烛烧纸船……”李开先显然对过去节日仍存有一丝回忆的向往。

李春申接着说：“这些都是我们李家从唐朝保留下来的中元节遗风。现在不时兴了，只剩下合家团圆过节，煮一顿好吃的东西。你晚上就在这里吃便饭，晚饭后我送你回黄家庄小学。怎么样？”

“只怕晚上又有排练的事……李晟的事迹上了扫盲办公室的《简报》了，我哥来拍照时告诉我的，我们剧社都知道了。听说庄校长在全体教工大会把《简报》都念了两遍。”

“缓歌，《结婚》里小青同那个男主角结婚，他叫什么名字？哪里人？”

陈缓歌抿着小嘴，似乎没有听懂，也可能故意调皮，回答说：“他叫春生，农村青年……”

第一五章　生命的对接

（一）情感与寄托

1955年2月6日，乙未年正月十四星期天，南江中学实行各年级各班分头注册缴费；每个班级不过四、五十人，很快就办好。第二天正式上课。学生们带着新年的新气象，有的同学还穿着过年时的新衣服，一脸喜气地到了学校。同往年一样，上午四节课；下午四节，正课只上两节，第三节自习，第四节文体活动。

开学的第一天，学校校长室，教导处，学生会三个部门，联合发了一个公告：《南江高级中学三八国际妇女节征文比赛公告》。

陈缓歌看到时，已经是下午第四节文娱活动跳集体舞以后了。她知道李晟不喜欢跳舞，可能还在教室，立即跑回教室，果然，李晟正在看一本什么杂志；一进门就问："看到了吗？"

"看到什么了？"

"三八妇女节征文比赛呀。"

"那是女同学的事——"

"不是，男同学也可以参加。"

李晟跟在陈缓歌后面走，到学生会布告栏一看，果然《公告》上说，希望男同学也从"妇女解放与女性自强"的角度写文章，参加比赛。

陈缓歌碰了李晟一下手，道："去，到外面走走，帮我想个题目。"

两人一起往西，学校就在西城，走出城门就是郊野农田。一个放牛的小孩，骑在牛背上，沿着田塍，让牛低头啃着小草；手里摇晃着牛鞭，一边吆喝，一边唱着南音小调：

桃花红（呀）李花白，

春风阵阵吹过来。
小娘子把船摇过来，
小哥哥要渡船了，开过来……
小哥哥（呀）慢些来，
竹篙太短点不开。
牵上你的牛，鞭子扔过来，
你摇橹我点篙，一起把船开……

李晟听了，说："小'牛郎'不读书，也挺自在。"

缓歌道："那年我母亲不在了，为了缴学费，替人家放了一个暑假的牛，风里来，雨里去，哪有'自在'？"

李晟又借题发挥道："你说得是，替人家做事，不可能自由自在。我刚才看了放牛的小孩，想起了杜牧的诗，'借问酒家何处有？牧童遥指杏花村'，这样的自由、浪漫，恐怕只是杜牧心灵的虚幻和美化，现实中是不存在的。"

"是，心灵中虚幻的美丽，只是现实生活苦痛的一种自我补偿。"缓歌感慨地说。

李晟一听，觉得缓歌思想很深刻，随意地称赞了一句："嘿，说得好！文学艺术是作家对'现实生活苦痛的一种自我补偿'，很有思辨色彩。三八节好像已经四十多年了。谁说过，妇女的解放是衡量一个国家自由、民主、人权的标志。我们国家专制社会特别漫长，封建制度对妇女的摧残特别严重。泉州市和所属区县、乡镇，由于地处山陬海隅，交通不发达，同大城市联系很少，民主、自由的风吹不进来。所以我想，文章应该以批判为重点，对了，有没有规定文章的体裁，忘记看了。"

"什么体裁都可以，诗歌，散文，好像没有提到小说和剧本。"

"行，你写新诗，我写散文。"

"也不一定写抒情散文，前年你到北港峰尾扫盲时，创造了新的识字教学法；老师还表扬你文字学知识不错。我刚才看了征文'通告'，就想到中国汉字这个'女'字作偏旁的字，就是许多和'女'字有关的字，意思都不大好，有侮辱妇女的因素存在。这可能和儒家思想'轻贱妇女'有关，你可以写一篇批判文章……"

李晟听了，觉得缓歌的建议对自己很有启发，说："举几个例子看看。"

"好像'婦'字，女人拿了把扫帚，'妻"字；像女人手里拿了根木头拖把；'奴'字，用手捉了个女子；而'妾'是女人必须立着，连'嫉妒'，好像都是女人专有，男人就不嫉妒；更不要说'奸'字，你说，'奸臣'大都是男人，怎么也是'女'旁？"

李晟高兴地笑道："很好，很好！我怎么都没有想到？"

"我也是'三八节'快到了才偶然想起的……能不能借'女'这个偏旁，写一篇随笔或杂文？"

"可以，还可以发发议论，可以有很多话说。"

“那我写什么题目?”

“我也替你想到了一个题目。记得有一次,我们谈起中国历史上的奇女子,我们点了一下,有缇萦、班昭、貂蝉、苏若兰、武则天、杨玉环、李清照、陈端生、秋瑾……记得吗?”

“好好好,你给我点拨了一下,我回去构思就有方向了。我们要好好写一写。诗和文章重在情感与寄托,应该是自己思想、心灵、人格、个性的再现;我们一定要写得有情感,有寄托。写完,都拿来看一看,互相切磋,仔细修改,然后交上去……”

(二)雨夜花,母亲之花!

1955年2月10日,农历正月十八,正是立春到雨水的节候。

这天星期四,李晟轮到值日,回“糊布亭”出租屋,已经是傍晚六点三十分了。他离开学校,沿着福厦公路往北,大约走了一公里,然后转进东门大街,快到南岭桥时,一场春雨横扫而至,雨疾风狂,泉州市街上成了一片泽国;街道两旁盆花里的花儿,都在风中摇曳着。

大雨瓢泼,天昏地暗。李晟顶着“对头风”,强撑着一把破雨伞,沿着南岭桥方向跑,大约电线被刮断了,大街上一片漆黑。不要说是行人,连街上的店铺也都关了门。他全身都湿透了,水一直往脚下流……

李晟想:反正身上都是水,也就不怕雨大了。灵歧俗语说:“臭头(瘌痢头)了,还怕头臭!”他干脆把雨伞收起来,迅速跑过南岭桥,再转向北大街,冲刺一样,同大雨“赛跑”。忽然在打铁巷口一家店铺的檐头下,狂风把一缸盆花打向街心,还一直在滚动;花缸打在李晟的脚趾上,他顾不及疼痛,蹲下想把盆花端到檐廊下面。可是,花缸破了,花枝、花儿,含泥带水,躺在大街上。他一看,还能隐约看到红色的大花蕊。

“哎呀,还是一盆‘大红花’,一盆‘朝开暮落花’,名贵的花儿!”

他冒着大雨,连缸带泥搬到檐廊下,再把花儿插在破损的花缸里;看看,“大红花”又立起来了,在风雨中摇曳。他心里嘀咕着:大红花,不正是女性的象征吗?陈缓歌“三八节”征文,不正可以写写这花儿吗?“大红花”朝开暮落,汪灏《广群芳谱》又称她“朝开幕落花”;她赶在日头出山以前就开花,所以又叫她“日及花”;《广群芳谱》还说:“以其光艳照日,其叶如桑”,故又名“扶桑花”。

扶桑花,今天遇上大雨了,成了雨中之花,雨夜之花。她清晨即开,到暮色苍茫时,又悄悄地谢了。可哀!扶桑花的生命,只有短暂的一天,她不就是青春的“女儿花”吗!她是否意识到自己生命的短促?是呀,扶桑,你朝开暮落,不管你怎样地不在乎自己的生命,可你转瞬即逝,你的青春和生命竟是如此的短暂!

生命的历程,是一种无奈,人生就像扶桑花儿,朝开,暮落。但是,人的生命却有三万多个日子。扶桑在一天之中,经历了初旦的旭阳,亭午的艳阳,黄昏的夕阳,然后悄悄地跟着夕阳的余晖,隐入旸谷。中国的妇女,在专制制度和男权思想的桎梏下,她们的生命,似乎比“朝开暮落花”更加短暂。但是,造化给了她们一生,一些有为的女性,她们为社会,为人类,为别人,也为自己,开一次花,绽放一回美丽,中国历史上不正有许多这样的妇女吗?她们之中涌现出了许多的政治家,思想家,军事家,文学家……只是,她们在雨中开花,在雨夜开花,没有人看见,没有人欣赏她们!但是,她们是真正的美丽之花,柔情之花,悲慨之花;她们是青春之花,女儿之花,母亲之花;是民族复兴的希望之花……

李晟顾不了风狂雨疾,他的灵感像冲破了闸门的潮水,汹涌而出,他想到了陈缓歌“三八节”应征的新诗的题目可以是:《雨夜之花,母亲之花》。

2月17日,农历正月二十五。李晟同陈缓歌商量“三八节”应征的作文题目。陈缓歌对《雨夜之花,母亲之花》的题目,很表赞同,只是觉得题目中有两个“之”。有点重复,提出,将“雨夜之花”的“之”字去掉,让题目成为《雨夜花,母亲之花》。

当天晚上,陈缓歌从食堂里多买了一份饭菜,两人吃过晚饭,就一起到学校图书馆阅览室,一边构思,一边起草,一边修改;花了两个小时,才算将初稿拟定。然后,由陈缓歌自己再斟酌修改,最后定稿。2月28日,是“三八节”征文的截稿期;陈缓歌修改了整整一个星期,于2月24日将《雨夜花,母亲之花》一首新诗交到学生会办公室。算是了却一件事,剩下的就只是等待学校的评比、裁决了。

交稿的这一天,陈缓歌还真是没有把握,下午第三节自习课下课时,她告诉李晟,自己把这首诗改成了闻一多提倡的“新格律诗”,句子很整齐,只是由于追求格律和整齐的句式,有的句子,显得过于隐晦,还有一个缺点,觉得似乎历史典故多了一些……

李晟安慰她道:“这首诗的主干就是写历代妇女中的英雄人物,本来就必须引用许多历史典故。这一点评委会应该能够理解。我预感,你的这首诗诗,很可能得到一等奖,有可能还会是第一名。”

“那你写的那篇《说“妇”“女”》,怎么样?”

“这种随笔,我从来没有写过,总感到‘乏情’;没有感情的散文,没有气势的议论性文章,即使能提出某些见解,也都不能算是好文章,况且我对文字学也只是一知半解……”

3月8号,阴历二月十五,虽然晨起,还是春阴,可上学之前,却变得万里无云,好一个晴朗的日子!李晟想,天公也知道南江中学今天“三八节征文揭晓”,嘿,好彩头,预示着今天缓歌的文章一定能得到高奖,大奖!

果然一点没错!进了大门,就是学生会的布告栏,大红纸榜文贴在一块小黑板上,高高地挂着:

一等奖第一名:《雨夜花,母亲之花》

作者:陈缓歌(高二甲班)

一等奖第二名:《说“妇”“女”》
作者:李晟(高二甲班)

二等奖第一名……

李晟转动身子,看看有没有陈缓歌?没有。就赶快跑到教室……好家伙!教室里像炸开了锅了,你一言,我一语,都说“‘状元’,‘榜眼’换个位置了!”

李晟听了,无比的高兴,陈缓歌得了第一名!只听陈缓歌大声说:“没有的事,第一名是偶然的,李晟永远是‘状元’——”

“好,好啊!李晟来了,让他说说,是不是‘换位’了?”

正当大家嚷嚷叫叫的时候,第一节语文课,上课的铃声其实已经响过,可是谁也不想停下来,大家知道,老师也一定替高二(甲)高兴;还是一个劲地欢呼,应和着笑声、祝贺声,把陈缓歌弄得都不好意思起来……

“起立!”班长喊立正了,大家才静了下来,起立,站好。南江中学有一个规矩,在教室里,只要听到班长喊了“起立”,不管你是在座位上,还是站在边上,哪怕是轮着值日,正在擦黑板,都必须就地站着。

“同学们好!”

“老师好!”

“大家都坐下!首先祝贺我们班级得了两个一等奖,第一名、第二名都落在我们班级。陈缓歌同学的诗歌很精彩,李晟同学的随笔写得很有深度。陈缓歌和李晟的诗歌和散文,校长办公室正让书法、美术老师誊抄,一式三份,大门口墙上、学生会布告栏和校长室大布告栏里,各贴一份。课间活动时,大家都能看到。

“今天的语文课,我要讲的,就是陈缓歌同学的《雨夜花,母亲之花》。诗是要吟诵的,要充满感情读出来。下面我们请陈缓歌给我们朗读一遍。来,给,这是我上课前从校长办公室抄下来的,可能抄错了,缓歌同学可以自行改正。”

陈缓歌平时很大方,今天反而有点腼腆。不过,她还是接过语文老师手里的诗稿,稍事酝酿了一下,就开始朗读了:

雨夜花,雨夜之花,
你为什么开在雨夜?
你既开在滂沱的雨天,
为什么又开在漆黑的夜晚?

有谁能看见你秾丽的身姿?
有谁能闻到你馥郁的幽香?
是你把自己的身影隐匿,
收敛起发散的芳醇和韵味?

你是深山幽谷中的兰,
寂寞地开放等待着君子?
你是烟波渺茫中的荷,
顾盼着岸边远观的高士?
你是驿外断桥边无主的梅,
零落成泥依旧花香如故?
你是南山东篱下摇曳的黄菊,
等待诗人悠然相见时的搀扶?

你是许穆夫人救国奔卫,
你是巴清女子富比敌国。
你是齐国临淄救父缇萦,
你是续汉书班昭曹大姑。
你是创制诗心璇玑图苏若兰,
你是主宰域中的女皇武则天,
你是填词第一家才女李清照,
你是陈端生一世奉献再生缘。
你是红灯照林黑儿黄连圣母,
你是秋风中愁煞的女侠秋瑾,
你是引西医悬壶济世张竹君,
你是徐氏三姐妹女杰革命军。

你生生世世痛苦地挣扎抗争,
你要证明自己不是雨夜之花,
你渴望在丽日中天尽情开放,
可是夜依然漆黑雨依旧在下。

你成了勾践哄骗奔吴的西施,
你成了乌江自刎殉死的虞姬,
你成了班婕妤宠衰秋扇见弃,

你成了王昭君出塞终生失意，
你成了貂蝉以死献身美人计，
你成了帝王刀下的洛神甄妃，
你成了双文被元稹始乱终弃，
你成了马嵬冤魂不死的女鬼。

你在茫茫黑夜中寂寞地摇曳，
你在疾雨横风中艰难地饮泣，
三千多年专制历史逝者如斯，
抬起头来望望天际晨光熹微。

抛弃依赖等待奋然勇往直前！
易陌头杨柳为风萧易水之寒！
易山头望夫为桃花马背之歌！
易柳絮因风为振兴民族之魂！

你不是也不应是雨夜之花，
你是丽日中天的灿烂之花。
你是美丽之花，柔情之花！
你是侠骨之花，悲慨之花！
你是女儿花，青春之花！
你是母亲花，伟大之花！
你是中华大地的不败之花！
你是中华民族的希望之花！

陈缓歌朗诵完，全班似乎还没能从诗情和诗歌意境中，立即回到现实中来，不知谁人“啪”的一声鼓起掌来，顿时全班爆出了经久不息的掌声！

（三）情之所钟，正在我辈

下午第3节课，大家都参加课外活动去，趁教室人走光了，陈缓歌悄悄对李晟说：“晚上不要回‘糊布亭’烧饭，下课后出去走走。”原来是她大哥为庆祝三八节，给了她一张新的3元的人民币，非常好看，是浅绿的颜色；等于旧币3万元。“我们走一会，你送我回家；我们顺路到打铁巷口‘福利菜馆’吃饭，听说那里的一角钱豆腐羹非常好吃……第4节下课在教室相等。”

说罢，两个人都各自到操场上去，男生组轮到的是跳高、跳远；女同学则在4百米跑道上练习400米和800米的中距离赛跑。

李晟在跳远沙坑，他刚刚跳了6.25米，坑边的同学鼓起掌来，说："还差5厘米，就可以拿到二级运动员的证书了。"

忽然，沙坑边上的同学都转过头去，往跑道上看，李晟一看，正是陈缓歌在向400米终点冲刺，不禁喊出声来："加油啊！加油！"

"声音太小，陈缓歌听不见……"

李晟回头看，原来是'老夫子'胡得元，就应声道："'老夫子'，记得吗，高一联考成绩公布那一天，陈缓歌表扬你，说你很幽默，敢说父亲'野心'太大；可幽默'幽'到别人，她要找你算账呢！"

"岂敢？岂敢！但是有好事，得告诉'老夫子'，碰到困难，有什么事，找我……"

下午第四节下课以后，操场上同学都走光了。李晟和陈缓歌一前一后，走出了西大门，走过了四百米跑道的大操场时，李晟把刚才跳远时，胡得元开玩笑的话告诉了缓歌。

缓歌说："'老夫子'这人爱开玩笑，但是没有恶意。"

"是，胡得元为人其实非常好，他还说，有好事要告诉他，碰到什么困难，可以找他……很讲义气的。"

"是这样，你看前年学校要处分黄翊，不就是他和我们一起在努力奔走的吗？"

"他说，碰到困难找他，他有什么背景？家里是不是有人当了大干部？"

"不大清楚，这得打听一下。"

南江中学在泉州市汽车东站的南面，距车站约一公里的一处开阔地带，往南、往西、往东，都是美丽的郊野；尤其是西南面那片开阔的平野，有一个很有诗意的名字叫"月落垟"。一条涓涓的小溪静静地流过，人们称它叫"垟底溪"，顾名思义，就是月落垟底的一条溪流。溪流两岸除了青青的草丛外，就是溪岸两旁间栽种的杨柳和芙蓉树了；月落垟西北，"垟底溪"岸边，有一片不大不小的柳树林子，非常清幽。

3月8号，农历二月十五，正是绿柳垂条，春风飘拂的季节。只是，芙蓉树那红艳的花蕊，却还没有开放呢。要是到了9月，秋风轻轻吹送，应和着溪水中的绿丝红蕊，那真是一幅美丽的图画；不必说年轻人，就是老人小孩，到此无不为她的风姿所惊艳。

走过了草场，离学校远一些了，李晟才敢同陈缓歌并排着走路。又走了一段小路，快到柳树林旁边的时候，李晟伸出手去，牵了一下陈缓歌，说："今天是我最高兴的一天，征文比赛，把我们连结在一起了。老师让您朗读，同学们热烈的掌声，是对我们的认同和鼓励……"

李晟看看缓歌，似乎在思考着什么，就问："您在想什么？"

“哦，我看到柳树绿条在春风中轻轻摇漾，想起了贺知章的《咏柳》诗，可只记得一句：‘二月春风似剪刀。’还有三句，一下子怎么就想不起来了？”

“你记住的是末了一句，整首诗四句：

碧玉妆成一树高，
万条垂下绿丝绦。
不知细叶谁裁出，
二月春风似剪刀。”

“你记性比我好！大概第四句写得最好，所以就记住了。”

“很有趣，古人常把飘拂的柳枝，比喻成女孩子苗条婀娜的身子。你看，第一句‘碧玉妆成’；‘碧玉’在诗词中，时常用来象征年轻美丽的女郎。你记住的第四句‘二月春风’，裁出了碧玉婀娜的身姿，暗示由于爱的力量，才使嫩柳成条。这‘春’‘春风’就象征着爱情……”

“有这种象征吗？”

“我从古典诗词当中悟出来的。譬如这‘春’，就有自然之‘春’，那就是春天；有人生之‘春’，那就是年轻的生命，所以我们称十七、八岁为‘青春’；有爱情之‘春’，譬如说‘春情’——”

“杜撰，杜撰，举个例子……”

“《诗经》里就有‘有女怀春，吉士诱之’，说是女孩子心怀爱恋之情，一个漂亮的男士就去追求她。还有，你不是读过郭沫若翻译的《少年维特之烦恼》吗？扉页有一首题诗《维特与绿蒂》，开始两句就说：

青年男子谁个不善钟情？
妙龄女子谁个不善怀春？”

陈缓歌紧接说：“还有几句，我记得：

这是人性中的至圣至神，
谁料从此中有惨痛飞迸！
可爱的读者，你哭他笑他，
请在非毁之前救起他的名闻。
你看他出穴的精魂正在向你目语：
做个堂堂男了，不要步我后尘。”

李晟笑道:“你看,男用‘钟情’,女用‘怀春’,这就是‘互文对举’。”

“算你没有杜撰……那我问你……我脚有点走痛了,我们到柳林里坐一坐……”

“刚才说要问我什么?”

“你猜!”

“你心里想的,按理我能猜得出。”

“说,我心里想的是什么?”

“我说了,你可不要生气啊——”

“好,不生气。”

“你心里想,李晟这人还不错,可惜——”

“可惜什么?”

“可惜家庭出身,社会关系不好……”

陈缓歌想了想,说:“是想过,不过我要的是你人好,读书好,人品好,个性好,知识渊博;家庭出身、社会关系,不是主要的。我知道,你爱我,我也非常爱你。尽管父亲、哥哥叫我不要早恋,但是他们对你都很喜欢,确实的……”

李晟听了陈缓歌一席肺腑之言,那感激,那情意,那热烈的爱情,似乎就要从心窝里冲出来似的。可是,他终于还是静默地低下了头……

“你不喜欢我?”

“不,不不,我非常爱你,缓歌,你决定了?”

“决定,永不后悔!”陈缓歌孩子似的伸出了小指头,说:“拉钩,缠绕一下,算数!”

李晟的手已经被爱火烧得颤动起来了,突然伸出去,紧紧地握着陈缓歌的手,深情地看着她的眼睛……这一刻,就在这一刻,他将心中的感激,心中的情意,和火焰似的爱一起喷薄出来,凝结在他的双手和唇吻……他拥着,抱着,搂着陈缓歌的身子,热烈地吻着她……他感受到从来没有过的一种被爱的感觉,这种爱和父亲、大伯、祖父,甚至母亲给他的爱都不一样,这是一种痴情的爱,圣洁的爱,心心相印的爱,融入了青春的热血和力量的爱!

李晟和缓歌相拥着,吻着,谁也不想放开,也不知道过了多长时间……

陈缓歌重重吻了一下李晟,然后放开小嘴,轻轻问:“这是不是‘怀春’?”

“是‘怀春’,也是‘钟情’。”

“好像谁说过,‘情之所钟,正在我辈’!”

“那是晋朝的王衍,他说,‘圣人忘情,在下不及情,然则情之所钟,正在我辈’。”

1955 年 3 月 8 号,乙未年二月十五,这个可纪念的日子!

这一天,李晟和陈缓歌不仅是征文中双双得奖,更是他们完成了一次生命的对接和交融,是他们青春生命中的重大转折!用中国一句古话说,他们“私订了终身”。

第一六章　人生流程的设计

（一）逝水，飞光

李晟和陈缓歌在月落垟柳林里的一霎缠绵，相拥大约到八点半就起身回城里。一路上娓娓倾谈，爱的激情刚刚消退，同所有的年轻恋人一样，他们充满着对于生活，对于前程，对于未来的憧憬。

“明年高中毕业了，你对人生的路，有什么打算？”

“我伯父抗战时在一家美国人办的医院里做事，父亲‘失踪’，有传说他可能下海去了台湾，祖父又被划为‘破落地主’……这都可能会是一个沉重的包袱……不愿意去多想。”

陈缓歌静静地等着下文，可李晟似乎仍是没有说话，就劝慰道：“我看没事，那不是抗战时候的事了吗？”

“但是，现在讲究阶级成分，重视个人的家庭出身，我家的成分，我的家庭出身，是一个客观存在……有时想到这些，我晚上都睡不着觉。”

“好了，高兴高兴吧，就谈谈我们这一代年轻人，对人生应该有怎样的打算吧。”

“打算，筹划，实际上也就是对人生的一种设计——”

“嘿，这‘设计’两个字，我还是第一次听到，说说看。”

“人生不过百年，实际上能有八十岁也就很不错了，哪能不设计而盲目地让它白白飞逝？生命是什么？生命就是时间。所以抓住时间，就是抓住稍纵即逝的生命。在不影响身体健康的前提下，拼命抓住它，增长知识，增加阅历……”

李晟说到这里，忽然十分感叹，道，“是呀，人生过得真快！小学第三册寄住你家时，那是1945日本投降的那一年，我们都只有七周岁，回想起来就像昨天一样。可是一眨眼，已经1955年，十年过去了，我们都十七岁，明年就要上大学了。子在川上曰:‘逝者如斯乎,不舍昼夜!’孔子把时间和生命比作东逝的流水,所以有‘川流不息’‘似水流年’的说法。西方一个哲人说:‘人们的双脚不能进入同一的流水。’因为水流不断,脚还在原处。”

“以流水比喻时间和生命,确实很形象。但是,有大江的奔腾汹涌,有小河的汩汩潺湲,有小溪的涓涓漫流,那咱们还是当小溪吧,让生命慢慢地走……我,我希望永远同你在一起,不要死去。最好是干旱了,江河都静止不流,我们都不再长大——”

“大傻瓜!永远不可能,这是比喻。比喻就是‘取其一点,不及其余’。”

“我不喜欢用流水比喻生命,有没有别的?”

“有没有别的?我,想想看……古诗文里可能会有……”

“快一点想呀,我不要流水——”

“有了,‘时光’‘光阴’,你看都用‘光’来做比喻。”

“光?那不是比流水消逝得更快了吗?‘时光’还好理解,可为什么叫‘光阴’?”“我也解释不好,没有根据,胡诌一下。‘光’就是太阳光,就是明,应该是指白天;‘阴’就是太阴、月亮,应该是指晚上。那么白天和晚上交替,日月推移,不就是‘光阴’了。”

李晟挖空心思的回答,自己知道是杜撰。他觉得缓歌很会思考问题,也很好学、好问,只怕自己的回答也是“想当然”,就笑笑说:“不一定对,仅供参考。”

“我觉得你说的对,‘仅供参考’,你还跟我见外了!”

“好,受到鼓励了。你刚才说的对,用‘光’来比喻时间和生命比流水消逝得更快,我想到了古人也将生命比成‘白日飞光’,说明古人认为‘人生不过是一瞬间的事’。”

“举例,举例说说。”

李晟举例说:“你看李白的《拟恨赋》说:扶桑晓兮白日飞,玉颜灭兮蝼蚁聚。说生命就像白日飞光,‘玉颜’青春到头来总归到地下,让蝼蚁去啃啮。所以他在《春夜宴桃李园序》中说,‘天地者,万物之逆旅。光阴者,百代之过客;而浮生若梦’。

“还有,李商隐《谒山》诗说:从来系日乏长绳,水去云回恨不胜。说的也是对生命的感叹,没有人能够用长长的绳子把太阳系住。他想象只要太阳被吊住不走,时间停止不行,生命就能永在,可是没有‘长绳’也就只好像水之流逝,云之氤氲回没,于是‘不胜感恨’。”

陈缓歌道:“所以,我有一点感悟——”

“什么感悟,说说看。”

“人生最大的敌人是什么?就是时间!”

“人生最大的敌人是时间!你的感悟,怎么说?”

“人或许能够战胜无数的敌人和艰难困苦,唯独无法战胜时间。时间一秒一分地消逝，你能抓住它？你正在考试，题目还没做出来，‘时间到了’，你只好交卷；你生病了，什么事情也没法做，你希望时间停一下等等你，它不听，它只管往前走去；北港的海祭、过刀桥，我们手拉着手，你忽然发现童年有多美好。想再回童年，时间却不答应；我们到年纪老大，白发飞霜，非常怀念我们的青春年华，这样的时间却是一去不复返了，等等，等等。所以说，人都在时间的怀抱中消失了他的生命，死去……而时间依样前行，一点同情之心都不给！所以，我感受到人或许能战胜一切，唯独无法战胜时间，他不仅稍纵即逝，而且你就是紧紧抓住，不放不纵，它照样‘即逝’！”

“听你说了这些话，心情都很不好。逝去的水也罢，飞走的光也罢，时间是最大的敌人也罢，我都不管，我只要永远和你在一起，化成水流，化成飞光，我都不怕。人世间所有的人，不都是这样的一代代过来了吗。李白说‘楚王台榭空山丘’，可李白呢？”

“李白还有他的诗文在呢，所以上面一句说，‘屈平词赋悬日月’。”

（二）锦瑟年华西逝波

陈缓歌决定晚上不回学校女生宿舍，说是得了一等奖，想回南岭桥大哥家里，让哥哥和嫂子也替自己高兴高兴。

“你到崇德哥家里，会不会太晚了？”

“不会，他好像每天都有干不完的事，听大嫂说不过十一点钟，他是不会睡觉的。”绕过学校东面的墙垣进入东街，大约也就一里路，就到了南岭桥。

“喂，传说南岭桥下面有一个石壁出口，可以一直通到你们灵峰山的蝴蝶洞，不知道是不是真的？”

“好像有这样传说，但是两处相距有五十里地呢，蝴蝶洞会有五十里长？我不大相信。”

“我也不信，可年前传得有眉有眼，说是一个放旱鸭子的人不慎进入了蝴蝶洞，沿着洞里的隧道一直走，不知道走了多长时间，最后居然从泉州南岭桥下一个石壁上的洞口走了出来……要真有这个洞，以后到你家我们就走这个洞好了。”

“你真会幻想，明年应该去考中文系，出来当个作家——”

“好呀，你还讽刺我，倒是你应该读中文系，当作家你最有条件了。”

“你看，你的《雨夜花，母亲之花》就是比我的《说“妇”“女”》写得好。”

“那纯粹是偶然性，而且还是在你的启示和帮助下才完成的……”

两个人，你一句，我一句，不知不觉就走到打铁巷口福利菜馆的门口。

“进去，我有三块钱新币，用它一块钱，肚了也饿了。”

“那太浪费了，三块钱可以买好几本书，就花个两毛钱买两碗豆腐肉羹，一人一角钱,我正好还有两千元旧币零钱,也得赶快用掉,否则以后两角钱不让兑换,新币还是留着吧。"

"肚子饿了,豆腐羹煮得快,先吃了,吃不饱再买。不过,你还是加一碗米饭吧。"

两人说着,就上了楼。楼上座位都空着,大概有九点半光景,顾客都散了。李晟和缓歌正想选择靠窗的座位,两人同时都看见了胡得元,正同一个女孩子面对面坐着吃东西。胡得元看是李晟和陈缓歌,马上就站起来招呼道:"来,坐一桌,都是同学。来!"

李晟仔细辨认一下胡得元对面的女孩子,原来不是别人,正是刚升上高三年级,那位一起到北港的扫盲队长余静波。余静波有点不自然,也站起来说:"路上碰见'老夫子',他请客,就来了。坐,缓歌,你们两个也各占一面,一张桌子四个人,不多不少。"

李晟和陈缓歌也不好意思再到别的空桌子上了,就坐了下来。

"怎么样?两个人今天双双得了奖,晚上到福利菜馆来庆祝庆祝?"

"是……不是庆祝,是一起研究缓歌的文章,有没有值得修改的地方?"

"是,请李晟出出主意。"

胡得元说:"缓歌明年应该去考北大中文系,准定录取。"

"我哥叫我考医学院呢。"

"可惜可惜!"胡得元说道,"光听你朗读时引用的历史人物,中国奇女子还是很多呀,可惜都被历代统治者扼杀了。你说的那些人,只有武则天熟悉,其他的就都不知道。"

"貂蝉,李清照,总知道了。"

"嗯,这两个也听说了,不过貂蝉还是从《三国演义》里看来的……《三国演义》写得好啊!我都看了两遍了。"胡得元说。

陈缓歌接着道:"《三国》是写得好,不过,我更喜欢《红楼梦》——"

"嗨,有人说,谈恋爱中的女孩子都喜欢《红楼梦》——"

"老夫子,胡说!余静波,我们女生宿舍谁没有读过《红楼梦》,可谁在谈恋爱了?静波也读过了,我看她就没有谈恋爱,是不是?"

余静波笑着说:"这年月,谈恋爱很普通,我很想谈,可没有人跟我谈……"

一句俏皮话,说的四个人都笑起来,"老夫子"看看桌上的气氛很活跃,又很协调,觉得特别快活,就大发议论起来:"你说这《三国演义》开篇那首《临江仙》,读了真使人唏嘘感叹!"说着就拿起筷子,一边敲的盘碗'丁零当啷'作响,一边就朗诵起来了:

滚滚长江东逝水,

浪花淘尽英雄。
是非成败转头空，
青山依旧在，
几度夕阳红。
白发渔樵江渚上，
惯看秋月春风。
一壶浊酒喜相逢，
古今多少事，
都付笑谈中。

“这个罗贯中有此感慨，定然是生活道路上摔过跟头的人——”

李晟补充道：“我原来也以为是罗贯中写的。后来听祖父说，清代康熙年间一个叫毛宗岗的人评点《三国演义》，把明代状元杨慎的这首《临江仙》抄进了开篇。”

“原来是这样！看来我们这一代人，读书都不及老一辈。什么时候李晟引见引见，去拜访你祖父。咳，古今多少事，都被浪花淘尽！我辈若不把人生好好筹划筹划，很快就‘身与名俱灭’矣！”胡得元用力把筷子一敲，“叮当”一声……

“来了！豆腐肉羹两碗——”服务员快速将李晟和陈缓歌要的两碗豆腐羹送了上来。

“怎么样？你们两位再来一点什么？”

“余静波，咱们要点什么？”

“你说，我跟你。”

“说了算数——好，白斩鸡一盘，盐煮花生米一盘，绍兴老酒一斤……”

李晟一听，道：“豪情满怀，痛快！老夫子就是老夫子，不能以常人论之……”

“好说，好说，今大高兴……李晟，我们全班，不，全校，我最佩服的就是你。我今天想讨教一下，你说，我们明年就要上大学了，余静波今年就上了。你说，我们的人生道路应该怎么走，怎么规划？”

李晟呷了一口汤，道：“你这可难倒我了，这是个人生哲学的问题，要哲学家去答复，我充其量只是一个‘书呆子’，徒然读几本书，毫无人生经验，实在是答不上来……”

“咳，还不够朋友，要么就是谦虚，要么就是同静波还不是很熟悉，不好意思说。”

“不不，都不是。我和静波很熟，扫盲时，她还是我的领队呢，我们很谈得来。”

“那好，我先来抛砖引玉。”

这时，酒和菜都上了，胡得元喊了一声：“服务员，再拿两个杯子来。”

李晟和陈缓歌几乎同时说：“不会喝酒。”

李晟接着道:“为了‘老夫子’的好意,吃几颗花生米吧。”

“我先说,说完,李晟接着说,先‘砖’后‘玉’,孔夫子——”

余静波和陈缓歌听到“孔夫子”,忽然都笑出声音来。胡得元知道两个人为什么笑,就说,“今天是我‘胡老夫子’说‘孔老夫子’,不是说我这个‘老夫子’,不笑,不笑”。

胡得元继续道,“这个孔夫子在《论语·为政》里说:‘吾十有五而志于学,三十而立,四十而不惑,五十而知天命,六十而耳顺,七十从心所欲而不逾矩。’这是孔夫子逝世以前,对自己一生的回顾。他将自己一生分为六个阶段。如果加上从出生到十五岁也算一个阶段,那就是七个阶段:“第一段:从出生到十五岁,为婴幼少年期;第二段,十五到三十岁,为读书修业期;第三段,三十到四十岁,为立业成家期;第四段,四十到五十岁,成为一个有智慧的人……”

“等一等,为什么这一段是‘成为有智慧的人’?”余静波问。

李晟道:“我来替‘老夫子’回答。《论语·子罕》里说,‘智者不惑’;智者就是有智慧的人。”

胡得元继续道:“第五段,五十到六十岁,能掌握自然和人生的规律,所谓‘五十而知天命’。第六段,六十到七十岁,对于真假是非都能认真听取和判断,就是‘六十而耳顺’。第七段,七十岁以后,达到心物和谐统一,即使随心所欲也不会逾越现实法则。就是‘从心所欲而不逾矩’。可是,最后呢?‘子在川上曰:逝者如斯夫,不舍昼夜’。啊,锦瑟年华西逝波,我生蹉跎奈若何?”

胡得元“老夫子”忽然摇头晃脑,感叹起来。

李晟道:“胡得元,孔子对人生分成这样几个阶段,你有什么看法和评价吗?”

“孔夫子的人生筹划,以三十立业成家为人生的中心点,将人生分为前后两个时期。我日前认真思考了一下,觉得前期太长,而且前后各个阶段的目标也不够明确,不容易操作。当然,孔夫子不是专门说给我们高中生听的。”

李晟听了,觉得胡得元很不简单,就应声说道:“倾服,倾服。‘老夫子’果然不简单,读书而能独立思考,很不容易。从‘滚滚长江东逝水’,联想到孔子的生命流程,最后归结到‘锦瑟华年西逝波’,诗意和哲理并在其中!”

(三)人生的六期十二段

“我说李晟老同学呀,别尽给我送‘高帽子’。你书读得比我多得多,我是很想听听你谈谈人生打算的。”胡得元道。

“我只是有点书呆子气,只重查找出处什么的,缺乏思辨的能力。”

“看来只有陈缓歌才请得动了……”

李晟笑道:“不嫌絮叨,我试着说说看,不过说不好了,大家不要取笑——”

李晟正准备说,忽然‘福利菜馆’来了几个服务员,站在旁边听。

胡得元道:“怎么样?你们没事了,来来来,坐,换张大的桌子,圆桌圆桌,大家围着说。”

四个服务员安排了一张最大的圆桌,而且又送来一盘炒花生米。胡得元也不客气,抓了一把,狠狠呷了一口酒,像个指挥官,说道:“好,李晟开讲!”

余静波和陈缓歌一看“老夫子”的那个架势,都忍不住想笑……

李晟开始发表意见:“每个人都有自己的人生打算,只不过有的人筹划得长一些,有的人只是大致、简单的想一想。有的人在父母、师长的帮助下,年轻时就进行规划,并提出一整套的构想、设计来;有的人年轻时并没有什么规划,只是到年老对自己的人生进行总结时,提到了一生的几个阶段。好像刚才胡得元讲的孔子人生的七个阶段。我觉得,胡得元今天提出的问题很重要,对我们高三、高二的同学是一个很现实的问题。

“不管是叫‘人生规划’,或者叫‘打算’‘筹划’‘设想’‘构想’‘设计’,等等,大同小异,都可以。我个人倾向于叫‘人生设计’,或者完整一点可以称为‘人生流程的设计’——”

胡得元有所感,就抢着说了:“加上‘流程’两个字,非常形象,就是把人生比作一条流动的河流,一去不返,多了一些人生感慨。不愧是‘状元’呀!”

李晟继续说:“就我个人的设想,这个‘人生流程’可以划分为六个时期。我在这里以‘白日飞光’来作比喻。以早晨六点钟日出扶桑开始,作为人生的初始;到下午六点钟,日入隅谷,为人生的终结,那就是十二个小时。每个小时代表七个年头,十二个‘七年’,分成六个时期,每期十四年,如果能够活到那就是八十四岁。

“七个时期是:早晨六时日出,可比作人的诞生;六点钟到八点钟,太阳升起,象征儿童和少年的启蒙期;八点到十点,日向中天,象征青年智慧建构时期;十至十二点,太阳正中,象征壮年的事业鼎盛,可以称为创业的前期;十二点到十四点,日次午后,象征中年,算作创业的后期;十四点到十六点,日始偏斜,象征老年休养期;十六点到十八点,黄昏日落,象征晚年的复归期。”

李晟稍事停顿,接着说:“更具体一点说,第一个十四年,基本上就是少年启蒙期,对应的就是从幼儿园到小学毕业,可以分为两个阶段:第一阶段,一岁到七岁,婴儿幼年期,基本上在幼儿园、学前班阶段;第二阶段,七到十四岁,少年儿童期,基本上在小学阶。第二个十四年,智慧建构期,也可以分为两个阶段:第一阶段,十四岁到二十一岁,青春奔放期,基本上在初中、高中、大专阶段;第二阶段,二十一岁到二十八岁,青年成熟期,基本上在本科、研究生、硕士、博士阶段;少年启蒙期和智慧建构期,这两个时期,也就是从出生到知识、技能积累的完成时期;这两个时期,也就是基础训练时期和专业训练时期。这两个时期是人生的准备期,为以后所从事的事业,职业或工作,打下坚实的基础。是人生道路的准备,又是人生道路的真正的起点。”

“如果以太阳的运行来看，那就是从早上六点钟到了上午的十点钟了。”

“喂喂，李晟，那要什么时候才参加工作，为社会做出贡献呢？”

“我们的学制是从苏联学来的，同基础教育高级中学平衡的有中等专业学校，毕业时大概也就二十岁左右，就可以出来参加工作。高中毕业、甚至初中毕业，如果不想升上高一级学校，也可以走出校门参加工作，为社会做贡献。苏联现在的教育制度，大学毕业以后可以考副博士，大概相当于西方的硕士，再上去可以进入研究院继续攻读，西方称为博士。那时大致就要二十八岁了……”

“上午十点钟了，还在读书？我们老板天没亮就叫我们‘赶快起来’，到十点钟，我们至少已经干了三四个钟头的事情了。”福利菜馆一个服务员插了一句，把大家都说的乐呵呵地笑起来，给聊天平添了生动的气氛。

胡得元道：“李晟所言有点意思，再说再说。”

李晟继续说道：“第三个十四年，十点到十二点钟，日正中天，是人生的二十八岁到四十二岁，可称壮年创业期。这个时期，事业多有所创获；第四个十四年，从中午十二点到下午十四点钟，日至午后，是人生的四十二岁到五十六岁，可称中年创业期。这个时期，事业辉煌至顶点；第五个十四年，下午十四点到十六点钟，日始偏斜，是人生的五十六至七十岁，可称老年休养期。这个时期的主要任务是休养，总结，补缺——”

胡得元“老夫子”一听，就抢着问：“等等，什么叫‘补缺’？‘休养’‘总结’好懂，‘补缺’怎么理解？”

李晟道：“‘补缺’就是回顾一生，看看哪些地方原来想做而还没有做，漏掉了；看看哪些地方做得不够，存在缺憾。只要身体条件允许，就要在五十六到七十岁这段时间‘查漏补缺’。否则，到临终之前，可能会感到遗憾。”

没有想到，福利餐馆的老板什么时候也站在旁边听，忽然拍了一下手，道：“说得好，说得好！我今年正是五十六岁，回想年轻时的一些念想，许多都还来不及去做。过几年退休了，我就要‘查漏补缺’——”

一个伙计对老板开玩笑说：“听了有收获，花生米再贡献一点给几位学生吧。”

老板大方地喝了一声：“楼下，花生米再要一盘……”

“老夫子”道：“好呀，我最爱吃的就是花生米了。”说罢，端起酒壶摇一摇，道，“可惜酒没了，再要半斤绍酒，我自己掏腰包，不要老板出钱。”

“咳，你看不起我呀？半斤老酒，还要‘老夫子’出钱？”

大家一听老板也叫胡得元“老夫子”，一下子暴出大大的笑声。余静波说：“我们刚才只叫过两声‘老夫子’，老板这么快就记住了？”

李晟继续介绍说：“第六个十四年，下午十六点到十八点钟，这时正是太阳西斜，黄昏日落，是人生七十至八十四岁的晚年复归期。这个时期应该以休息、营养、适当锻炼为主，直到老死，复归自然，与天地永生！所以，人真正拼搏奋斗的，也不过二十八岁到五十六岁这二十八年时间！”

“好好好！”老夫子竟然像小孩子似地拍手雀跃起来。一个服务员提醒道：“半斤酒来了，已经倒进酒壶里了……”

“对，好，再干一大口！”胡得元干了一大口绍酒，接着问，“李晟，你怎么想到用太阳作象征？”

李晟笑笑说：“受到你‘关于孔子人生阶段’的启发，才想到了古人也曾经把时间和生命比作“白日飞光”。像沈约就有《宿东园》诗说，‘飞光忽我遒，岂止岁云暮’，李白《拟恨赋》也说‘扶桑晓兮白日飞，玉颜灭兮蝼蚁聚’。

“还有，我国传统常以朝华，晓日，初阳，早年，早岁，比喻青年；而以夕阳，残照，黄昏，暮年，晚岁，比喻老年。这种以太阳的运行比喻人生的流程，有着丰富的文化内涵。人们看到初阳的喷薄，会感受到温暖，光明和朝气蓬勃；而看到落日沉山，便有一种寒冷，昏暗和暮气沉沉的感觉。所以想到日出日落的比喻。

“当然，这个流程只是人生旅途的一般模式。有的人可能活不到八十四岁，提前‘沉山’。相信许多人能在心与身、性与命两方面进行修养，就一定会活到八十四岁以上。”

大家听了，似乎受到了一点震动：自己的人生该如何设计呢？

（四）选择坎坷

1955 年上半年，李晟很顺利地完成了高中第四册的学习任务，几乎每一门功课的学习成绩都在九十八分以上，包括体育课。不仅如此，学校图书馆公布的借书阅读量，也是全校最多。

他还特别喜欢跑书店。在他看来，功课不重，作业也很少，一般下午第二节自修课就能完成当天的课业。晚饭以后，李晟时常到街上的书店，站在书柜前就把喜欢的书读了。新华书店晚上七点半关门，有的书没能看完，就第二天晚饭后再去。那时候，泉州市南岭桥北有好几家私人书店，往往开到晚上九点三十分，李晟也就站在柜台前读到九点半，然后才回“糊布亭”租屋。

南岭桥北有一家“华洋书店”，李晟去的次数多了，和姓张的老板就熟悉起来。晚上七点半以后顾客不多，张老板也肯让李晟坐到书店里面看书，还给他端了一张椅子坐。

李晟在“华洋书店”主要看的是古代文史方面的书，他特别喜欢史传文章和古典小说，《史记》的十二本纪、三十世家、七十列传，很小的时候就一知半解的草草阅过，这一回就比较认真地看了一遍。一个周末回家，特地去圆通寺看祖父，谈了自己读《史记》的心得。李开先看孙子很有兴致，就告诉他，关于中国历史的一些重要史籍。李晟“按图索骥”，一年多时间就在“华洋书店”把《汉书》《后汉书》《三国志》的列传，也像《史记》一样重读一遍。又增读了新、旧《唐书》《宋史》《明史》四部史书的纪传。从此，一个个历史人物在他的胸中跳荡。他尤其喜欢岳飞、文天祥、史可法、黄道周等几位民族英雄。并因此对历史小说，公案小说，甚至于侠义小说，言情小说，都找来看看，可以说是无所不读。

一次，张老板开玩笑说：“李晟，我店里的文史书都被你看完了，古典白话小说读者都爱看，销路也好。但店里有许多文言短篇小说和现代小说，你看了以后认为是好的，就替我写一份推荐，我把它抄出来贴在门外，可以起一个小广告的作用。”

李晟觉得这个主意不错，算是对张老板的一种答谢和回报，同时又可以借此机会帮助读者，特别是中学生选购图书。

李晟第一次选了蒲松龄的《聊斋志异》加以介绍。老板进了一百部《聊斋》，大多数压在书库，没有卖出去。由于李晟的介绍和推荐，使得“华洋书店”积压的九十多部《聊斋志异》，一个星期里全部卖光。张老板非常高兴，特意留下一部赠他留作纪念。从此，介绍性书评是他获得好书，收藏好书的一种“交换”。从高中第三册开始，一年时间，李晟给“华洋书店”写了一百一十七篇长长短短的介绍性文字。他的藏书也就逐渐多起来了。后来新华书店也来请他写推荐，一有新书进店，就让李晟到书库里先看先读。

李春申伯父这两年的小药店开得不错，给李晟的零用钱也比以前增加了一些。可是节省惯了，李晟甚至不懂得怎样花钱。

1955 年 7 月 19 日，农历六月初一，星期二，是灵歧李家庄的盂兰盆节，俗称“小普渡”。郭丁香在鼓浪屿摆摊子，多少也挣了一点钱。她特意从厦门乘班车到了泉州南江中学找到儿子，给了李晟二十块钱。

李晟把这些钱都用来购藏自己喜欢的书，还拨出一些钱用来预订杂志。从 1954 年开始，李晟预订了北京发行的《文艺报》《人民文学》《文艺学习》《历史研究》，以及上海出版发行的《文艺月报》。他的思想开阔了许多，对文艺界、史学界的动态，重要作品、论文都能有一个大致的了解，并且时常有自己的一些想法和见解。

南江中学决定高二学生暑假推迟半个月，在校提前两周上高三的功课，到 1955 年 7 月 30 日，农历历六月十二放暑假。

其实李晟早在第四册期中，就已经把高三的数理化读完了，并且做完所有的练习题。这提前上高三的两周课的时间，他照样可以跑书店买书，增加阅读量。

7 月 30 日下午，李晟回了家，把几种预订的杂志带给伯父和祖父。李春申从来没有看过新中国的文学、史学刊物，觉得很新鲜。看了以后，还特意让李晟把刊物送到圆通寺后堂，给祖父当闲书“消遣”。

过了几天，估计祖父大概已经看完，李晟又拿了几期新的刊物去。

李开先高兴地说：“国家现在文化繁荣，全国发行了许多杂志，只有清末民初梁任公到周树人这个时期差可相比。

“你订了那么多文史刊物，明年考大学，是不是准备考文科？”

“有这样打算，但是还没有定。”

“考文科的好处，是家里残存有些书可以拿去用。去年黄翃到漳州找工作谋生去，他祖父去世前我去看他，渊潭老说黄翃去园山琵琶坂学种水仙花，《李义山诗集》留着没有用，让我带来给你……不过，现在国家建设需要科技人才，听人说学校都流传‘学会数理化，走遍天下都不怕’。有一天同你伯父闲谈时，他倒是希望你去学西医，学外科能动手术。说是中医这方面不大行。”

李晟听了想，怎么现在很多人主张学医？陈崇德叫缓歌学医，余静波今年也要报考省医学院。余静波认为，“考试时医农同一类，考不上医，考个农学院，也比考文科强”。连老夫子也说，明年想考“医农类”。

李晟想到这里，就随口回答祖父道：“同学中是有许多人想读医学院，不知为什么。”

“医生治病救人，是一种大事业。父母生老病死，有个当医生的儿子，看病、治疗也方便一些。还有，职业稳定，收入较高，你看，你伯父只开了家小药店，这两年家庭用度，供你读书费用也都宽一些。所以——”

“只是我不喜欢当医生，晚上有病人死了，我害怕。还有如果病人死了，责任是我的，不说医生当不成，我自己良心上也过不去……”

李开先听李晟说“病人死了害怕”，就想到另一个死去的兔子孙李旦，小时候“不愿意同乌龟赛跑”的事，也知道虎孙李晟十多年来背了家庭成分的包袱，胆子也变小了，连开刀手术也不敢……反正还有一年，没到时候，就改口问道：“那就报考工程技术，现在国家实行五年计划，很需要科技人才。学得好，将来当个科学家、工程师没有问题。”

“我想当作家，或者研究中国文学，中国历史文化……我对文史很喜欢，很入迷！西方有一位教育家，名字忘了，他说，‘兴趣是事业有成的先决条件’。做任何事情，学习什么学科，只要是自己喜欢的、有兴趣的，怎样辛苦也不觉得是一种负担，读起书来，干起事情来，那简直就像是在做一件有趣的游戏，在轻轻松松中度过，跟休息一样！”李晟好像自己马上就成了一个作家，一个文学、历史学的教授了，说得眉飞色舞，脸上都放出光彩。

李开先心里想：李晟的选择已经基本定型了，这就是他的一生襟抱！联想孙子周岁做“度晬”时，他什么东西都不拿，只取了一叠线装书和一支毛笔，难道冥冥中已经注定了？再说医生、科学技术怎么好，他也已经没能听进去了。

李晟知道祖父，还有伯父，都是无条件关心自己的人，但是会不会同他们经历过的生活道路有关呢？他们是从旧社会过来的，难免有这样那样的磕磕绊绊，解放时自己才十一岁，套一句同学中常说的话，叫做“长在红旗下”。

李晟的思维可以说已经定型化了。他认为:将来从事文学创作,从事学术研究,即使不能成为什么"家",但工作起来一定是令人愉快,很有兴致的。自己已经长大了,自己爱做什么工作,要从事一种什么职业,应该由自己来决定。这样即使将来错了,也不会后悔,因为毕竟是自己选择了的。本来他想对祖父说:即使前面真是一条坎坷的路,也只能这样选择;这路上即使布满荆棘,也准备走下去!

李晟是决心"选择坎坷",但他终于没有说,只是笑笑道:"祖父说的情况,我会认真考虑,反正还有一年时间……"

第一七章　风雨相伴

(一)我自念经不成佛

暑假过得真快,李晟同陈缓歌约定,提前一个星期,于 8 月 24 号,农历七月初七,星期三,回泉州市南江中学。

李晟先是在"糊布亭"租屋暂住。为了高中最后一年能更好地温习功课考大学,上学期末已经和同屋的同学说过,自己准备另外租房子单独居住。

下午,陈缓歌到了"糊布亭",两人简单交谈了暑假的一些情况,就一起出去准备寻找合适的房子。他们从"糊布亭"先往东,再往南跑了一大圈,没有找到合适的房子,不是临街过于扰攘,就是设施太差,租金又贵。两人只好再走再找,一边走一边闲谈。陈缓歌说:"我们是不是舍近求远了?"

"嗯,有启发。人往往忽略眼前,而过于专注遥远的,未来的事,结果是远的缥缈难寻,近处又没能求得,结果是两处落空。灵歧有俗语说,'远上三清观求不到仙,赶回圆通寺见不到佛'。"

陈缓歌笑道:"俗语有时还真有些哲理。我们小时候,同学中也有类似的说法,叫'赶到西海,看不到道士登天梯,回到学校却已经放学,旷了课',都是两头落空,都得不到的意思……还有的俗语,说人平时不能未雨绸缪,结果往往将事情弄糟了。北港有这样的俗话,'闲时不修船,出海命三分''平时不念佛,到时抱佛脚'。人,往往只看到眼前好景,而忘记可能发生的苦难,居安而不思危,结果是险境丛生,措手不及。"

李晟道:"不过,平时做事,也不能一定要有回报。记不清谁人说过,'但问耕耘,不问收获'。有一天不知是什么'心血来潮'了,我居然在日记里写下'我自念经不成佛'。"

缓歌道:“好呀,‘我自念经不成佛’,人有这样的境界,天下就太平了! 不过,对于我们这种凡夫俗子,恐怕就只是嘴上说说,实际上做不到。譬如明年的高考,我们能够‘但问耕耘,不问收获’吗? 能够没有追求,没有目标,只是温习功课而无所求吗? 我们的目标很明确,就是‘念了经要成佛’,要考上大学。是不是这样?”

“你说得没错。不过,人的追求、目标,实际上只是一种理想,既然是‘理想’,也就有两种可能性,一是理想实现了,一种是像肥皂泡,吹了,破灭了。所以,任何的追求、目标,都得有两种打算……像我,已经说过许多遍了:根据我的家庭背景,能上大学,固然是我的‘成佛’的心愿,可我必须有考不上大学的思想准备,那就是只管‘念经’,自我安慰,所谓‘阿Q思想’……”

对于李晟自认不一定能考上大学,陈缓歌心中不是没有想到,她甚至想到李晟如果上不了大学,他们的恋爱肯定遭到大哥的坚决反对,也就很有可能“有情人终不能成为眷属”。只是她不愿意去多想这令她烦恼的事。今年暑假,总觉得高考越来越近了,想到这事,有时晚上也睡不好觉。想到最后,就只有安慰自己:俗语说,‘船到桥墩自会直’。陈缓歌想到这里,不知不觉地就说道:“‘船到桥墩自会直’……”

“但是,船过桥,有时也会撞到桥墩……所以念经才有‘成佛’不‘成佛’的两种可能。”李晟说罢,牵了一下陈缓歌的手,把话题又转回租房子、找房子的事情上去,笑着说:“好,听你的,咱们可能舍近求远了,那就再回到‘糊布亭’附近看看,这一回就‘舍远求近’……”李晟接着又道,“其实,‘远’和‘近’就像哲学上讲的,是一对‘辩证的范畴’。学校经常对我们进行什么‘远大理想教育’,我总觉得比较空泛虚浮。人首先必须将‘近时’‘近处’,身边的人,身边的事,先处理好,尔后才去思考、筹划未来的、遥远的人和事。人生的流程必须设计,但决不可以忽略了眼前。就像走路一样,知道目的地固然重要,但是如果不是看着脚下,踏在坚实的土地上,一步一个脚印地往前走,又怎么能走到呢? 人生的路,高瞻远瞩固然很重要,但是更重要的是坚忍不拔,‘步步为营’,甚至在坎坷不平的道路上,在羊肠小道的攀登上,不失志,不回头……”

缓歌一听,笑着说道:“咳,租房子也租出‘学问’来了!”

李晟也笑着回答说:“不,不是学问,是从刚才你提示的不要‘舍近求远’,悟出一番‘舍远求近’的‘歪理’来。好,只要合适,近就更好;物有所值,就多给几个钱租下吧……”

对于李晟经常愿意听取自己的意见,“从善如流”,陈缓歌打心底高兴,她甚至在心中悄悄做起“白日梦”:将来夫妻一定会是和谐相处的一对。

李晟和缓歌一路上说说笑笑,不觉走到了“糊布亭”近邻的一条深深的小巷,抬头一看,巷口钉着的那块蓝底白字的巷名标牌上,却显示了两个字“大巷”。

“明明是‘小巷’,却叫‘大巷’,有意思,走下去看看。”

两人沿着深深的小巷，看看最靠北街一家的门牌号，左 73 号，右 72 号；走几步，左 71，右 70……

李晟说："左边有 37 户人家，右边 36 户。"

陈缓歌道："准确。我们挨家挨户看，只要门开着的，就不妨进去问问。"

两人从 69 号、68 号一直沿着巷道往下走，一户一户盯着看，一直到 3 号、2 号，陈缓歌忽然说："你看，2 号这家还有小楼，朝东朝南，侧门开着，进去看看。"

李晟敲敲门扇："有人吗？"

出来一个中年男子，像是 2 号的男主人，问道："找谁？"

"我们是南江高中学生，想租房子，你们有多余的房间出租吗？毕业班了，明年考大学，租一年，如果合适，主要是清静可以多给一点租金。"李晟迫不及待地把所有要说的话，一口气都说了。

"就你们两个？你们结婚了？"

"不不，是他租的，我住南岭桥，陪他来的。"陈缓歌赶紧解释说。

"好，看你很斯文，又很直爽，进来看看。"

大巷 2 号的主人带李晟和陈缓歌进了屋，陈缓歌一进屋，就惊叹道："啊，好大呀！"

主人说："这三进大厝，我们自家住。西厢的小楼出租，很清静，正门朝南，有阳台，东面墙壁有一个大窗子朝东，窗门一打开，正对大巷。但是已经是巷子头上，很少有人走到 2 号来……"

"问一个问题，这个巷子并不大，为什么叫'大巷'？"

"这个问题我也说不大清楚，小时候听祖父说起，'大巷'名称的来历很长久了。据说，西晋时发生'八王之乱'，接着又是'五胡乱华'，河洛许多士大夫纷纷南逃，许多人一直跑到了南安江畔定居下来。这一条巷子，聚居了几个大姓的头人，后来相沿就叫'大巷'。"

"看来，泉州历史非常悠久。我祖父也曾说过，泉州原来也叫'晋安'，就是西晋士人来以后起的名称。据说，他们又把南安江改名叫'晋江'。在晋江和惠安交界的一个小镇，由于中原人士南下，一批河洛人聚合居住，就沿中原洛阳市的名称叫洛阳，边上的一条江也叫洛阳江。"

"哦，高中生知道这么多典故，不简单，不简单！"主人说着，就带李晟和陈缓歌两人上了小楼。

"果然不错。"陈缓歌一眼就看上了，"还有木板隔成前后两间，结构有点像北港我家的楼上，只是没有我家大"。

"城里房子自然没有农村宽敞。怎么样？租下了。"

讲好月租价钱，租期一年，先付半年租金。

"房东贵姓？怎么称呼？"

“免贵姓谢,谢亦安,小时师长命字,坚石。”

李晟一听,有点玩笑地说:“好名字。你也是谢安,比谢安石更坚固!”

“好好,谢谢褒奖。家父生前说过,有这意思,有这意思……”

李晟接着自我介绍道:“我姓李,木子李;名晟,‘日’下一个‘成’,也有个字,叫梦阳。”

“哦,晟者,丽日中天,艳阳高照,字梦阳,好名字。你家一定是读书人家,现在叫‘知识分子’,才能起这样的好名字。钦佩,钦佩!”

“这位女同学呢?”

李晟代为介绍道:“姓陈,陈缓歌;缓慢的缓,唱歌的歌。”

“有意思,名如其人!缓缓唱来,音声入耳,应是一位温和柔曼的淑女……”

(二)不为物役

李晟同陈缓歌租好了房子,觉得一身轻松。李晟建议暑假快结束了,到学校里走走,看看有什么重要消息。

他们从学校的西大门进入,刚走过校团委的布告栏,就看到《南江中学团委公告》。原来是团委会批准高中部三十六个同学光荣加入新民主主义青年团。

三十六位入团同学的名单,用大红纸书写,并以《光荣榜》为题,贴在一块小黑板上面挂在专栏里。有几个提前到校复习功课准备补考的同学,正站在牌子下面,一边看,一边用手指点画着……

陈缓歌站在李晟的后面悄悄说:“‘老夫子’也入团了,还有,余静波也在名单中,她不是已经考上大学了吗……你有没有提出申请?”

这一天晚上,李晟就在大巷2号新租来的房子大扫除,其实只是把桌子、抽屉和床铺、床板用湿布擦拭一下。陈缓歌从南岭桥大哥家,也到大巷2号新租的房子帮忙。一上了楼梯,就喊道:“‘老夫子’入团了,有同学说他经常讲怪话。”陈缓歌一边嚷嚷,一边坐下,说,“听一个提早来校的高三(乙)班女同学说,‘老夫子’喜欢讲怪话。父亲是市委组织部什么干部,所以才能入团”然后放低声音说:“有同学说,‘老夫子’同余静波谈恋爱。”

李晟一听,说:“哦,想起来了,上学期‘三八节’晚上,你记得在‘福利菜馆’,我们上去时,‘老夫子’同余静波不是先在楼上的吗。”

“对呀,我当时怎么就没有想到他们两人的关系?”

“我也是听你刚才说他们谈恋爱,才想起那天晚上遇见的事……不过,‘老夫子’这人还不错,很有正义感,黄翃处分的事,他就很反对。他说话幽默,风趣,所以有的同学就误认为他‘讲怪话’。”

“那倒也是……‘谈恋爱’,倒是不能说人家什么,我分析,余静波可能是上学期申请的,一直等到大学发榜了才批准。”

“你分析得对。听说她考上了省农学院园艺系花卉专业。”

“团支部有没有叫你写入团申请书?”

“什么? 入团申请书不是自己写的吗?”

“团支部看上了,就会叫你写。”

“有这等事?”

“那你提出申请了吗?”

“我? 没有。我的家庭背景你是知道的,我从来没有想到入团的事,听其自然吧——”

“不是说‘家庭出身看个人’吗……”陈缓歌觉得李晟可能不喜欢谈论入团的事,就换了个话题,一边擦桌子,一边问道:“你说,余静波读的这个专业好不好?”

“专业当然很好,毕业以后栽栽花,种种草,研究研究培植新品种,当个米丘林式的科学家——”

“我哥叫我考医学院。”

“那更好,救死扶伤,当个‘人类肉体的工程师’!”

“又是杜撰,只听说过‘人类灵魂的工程师’‘肉体’工程师,谁说的?”

“李晟呀,李晟说的……作家写出好作品,净化人的思想,所以称为‘灵魂’的工程师;医生,治病,救活人的生命,不就是‘肉体’的工程师吗?”

“嘿,还说得真是。什么事经你一解释,我就觉得很有道理。那我就听我哥的,将来当个‘人类肉体的工程师’……不过,我觉得‘肉体’两个字好像有些不雅,不如改叫人类‘生命’的工程师,不是说‘救人一命,胜造七级浮屠’吗。”

“嗯,改得不错。”

“那你呢? 将来想成就一番什么事业? 报考什么专业呢?”

“那我就当个‘人类灵魂的工程师’。”

“你想当作家?”

“可以吗?”

“非常好! ‘灵魂’和‘肉体’……不,‘灵魂’和‘生命’,就配成对了……”

李晟诙谐地说:“是呀,我们本来就已经是‘一对’了。”

“好了,不说笑了。我问你,你到底想读什么专业? 考什么学校,有没有打算?”

李晟看陈缓歌问得很认真,想了一下,就把暑假自己同祖父关于报考文史或医学的不同意见说了一下,并且表示自己决定报考文史类大学。

“我赞成,虽然你随便报考哪一类都能考得很好,但是,你喜欢文学、历史,很有兴趣,放掉了可惜。”

李晟对陈缓歌的理解和支持,视为“知音”,非常高兴,很受鼓舞。鲁迅那句“人生得一知己足矣”的话,又涌上了心头。本来想向缓歌说一声“谢谢你的理解和支持”,后来一想,说出来反而显得生分了,就改口道:“其实,大学学什么专业,将来从事什么工作都相差无几,关键是自己喜欢,有兴趣。喜欢了,有兴趣了,即使未必成功,但工作愉快,一生快乐。还是那句话‘我自念经不成佛’。我时常想,当一个人的劳动不是为了谋生,而是一种兴趣和爱好,他就摆脱了‘物役’,进入一种自由的精神境界。我服膺庄子的说法,人不应为了某种目的,而为外物所役使。所以,我选择自己的专业,首先立足于自己的志趣、个性和喜好,不考虑将来地位如何,挣多少钱,也就是‘不为物役’。”

陈缓歌一边听着,一边点头,心中充溢着感动,禁不住心中的爱意油然而生。她为自己爱上李晟,为自己有这样一位终生的伴侣,而感到无比的温馨。她上前走了两步,轻轻地牵起李晟的一只手,放到自己的胸口:“听,她在为你呐喊:按自己的喜欢,走自己的路!”

两颗年轻的心融合在一起了,许久许久……

(三)红莓花儿开

高三上学期,很快就过了四个星期。

9月30日,阴历八月十五,星期五晚上,南江中学高三年级近两百名学生,集中在学校相连的,两个水泥地篮球场举行“庆祝国庆文艺晚会”。甲、乙、丙、丁四个班级席地分坐球场东西南北四面,中间为表演场地。集体节目是每班大合唱,自选歌曲两支;个人和小组节目,每班参加两个。全部节目十二个,估计晚会时间不会少于两个钟头。

集体合唱顺序从甲班开始,丁班结束;个人、小组节目倒过来,从丁班开始,甲班结束。

高三(甲)合唱两支歌:《保卫黄河》和《淮河两岸鲜花开》,而以《保卫黄河》雄壮的乐曲拉开了国庆晚会的序幕:

陈缓歌朗诵:

> 中华民族的儿女啊,
> 谁愿意像猪羊一样,
> 任人宰割?
> 我们抱定必死的决心,
> 保卫黄河!
> 保卫华北!
> 保卫全中国!

合唱:

风在吼,马在叫,
黄河在咆哮,黄河在咆哮。
河西山冈万丈高,
河东河西,高梁熟了;
万山丛中,抗日英雄真不少!
青纱帐里,游击队员逞英豪!
端起了土枪洋枪,
挥动着大刀长矛,
保卫家乡!保卫黄河!
保卫华北!保卫全中国!

接下去是两部轮唱:风在吼——在吼,马在叫——在叫!黄河——黄河在咆哮——咆哮——黄河在咆哮——咆哮……

高三(甲)的《保卫黄河》,一开始就把晚会推向了高潮!

接着是一支非常抒情的歌曲《淮河两岸鲜花开》。

这支歌,同样由陈缓歌领唱:

淮河两岸鲜花开,
胜利的歌声唱起来;
秋风吹来稻花香,
肥壮的谷穗迎风摆。

然后是齐唱:

胜利的丰收,
愉快的歌唱;
愉快歌唱,
歌唱丰收,
千里淮河新气象。

又是陈缓歌领唱:

美丽的淮河,

富饶的淮河，
变成了幸福的源泉……

按照顺序，高三(甲)要到最后才轮到个人节目。先是“老夫子”同一个同学说相声《集(宁)二(连)铁路通车》。

“老夫子”扮(甲)，俗称“逗哏”，另一位(乙)，是“捧哏”。“老夫子”的诙谐、幽默相，还没有说就引来一片笑声。

他一上场就抓抓头皮，说：“我是一号滑稽演员，怎么被称为‘老二’?”“老二也不错呀?”“说的也是，要是什么都能弄个‘二’，那也是很不错的呀!”“是呀，这个‘二’比‘一’还好。像我们班的陈缓歌，虽然是‘榜眼’，但是大家都认为她比‘状元’更胜一筹……”(哄笑)“怎么扯到李晟和陈缓歌?”“因为，他们两个‘一’合起来就成了一个‘二’。”(又是一阵哄笑，大家转头都朝李晟和陈缓歌看，两人都只好低下头去……)“按你这样说，‘二人’就比‘一人’好了?”“当然，当然。两人可以谈恋爱，一个就不行——”“嘿，说的倒也是。那么二班就比一班好?”“我们学校没有‘二班’‘一班’，只有甲班、乙班，不好说。”“可军队就有一班、二班，一排、二排，还有一连、二连……”“慢慢慢，最近，你有听说‘二连’吗?”“你听说了什么?”“我听说‘二连’很好，开到内蒙古去了，叫‘二连浩特’——”“刚说了‘二连’，又说什么‘二连浩特’，这‘二连’是怎样好的(浩特)? 你倒说说看。”“这‘二连’别的不说，光是从二连到集宁的铁路通了车，就了不起了!”“嗨，‘二连’还全体拉出去建铁路了? 还通到‘集宁浩特’?”“喂喂喂，谁跟你说‘集宁’也有‘浩特’。二连是内蒙和边境靠近蒙古的一个车站，离蒙古还不到五公里，连接京包铁路的集宁车站，最近建成了，据说明年元旦就要通车。”“看来，这‘二’还确实比‘一’强，那大家以后宁可要‘二’，不要这个‘一’了。但是，我好像觉得‘一’比‘二’多……”“还是‘二’多。”“还是‘一’多。”“还是‘二’多。”“还是……算了算了，你说‘二’多，那你倒是说说看。”“‘二八少女’就有‘二’。”“‘二十八岁’还是少女? 嫁不出去了……”(大笑)“‘二八’一十六岁。”“那还是有个‘一’呀。”“还有‘二百五’——”(笑声)“傻气!”“还有‘二花脸’——”“小丑!”“还有‘二郎腿’——”“姿势不好看!”“还有‘二人转’——”“太土气!”“还有‘二流子’——”“小流氓!”“还有‘二锅头’——”“六十度酒精，太冲!”“还有‘二婚头’——”“第二次嫁人!”“你怎么都说些不好的事?”“好，你提头。”“‘二房’——”“小老婆!”(笑声)“还是不好?”“不好。”“好! ‘二老’‘二弦’‘二元论’‘二十八宿’‘二十四史’‘二次大战’‘二氧化碳’‘二十四节气’‘二一添作五’‘二十四番花信风’……怎么样? 不能说都不好吧!”“还有更好的吗?”“有呀，那就是‘二连’到集宁的铁路建成了，叫‘集二’铁路，是我国一直通到欧洲了!”

两人忽然鞠了一躬，就要退场……

“说得好！‘老夫子’，胡得元，再来一个，再来一个！”

“老夫子”不得不再次上台，老老实实说：“我老夫子实在只准备了这一个节目，还费了一个星期，再没有了。”（哄堂大笑）。

临下时，老夫子没有忘记诙谐两句：“晚会嘛，就是笑笑，我献丑，大家开心就好。”

接下去就是陈缓歌独唱苏联电影《幸福的生活》的插曲《红莓花儿开》。

初中时，陈缓歌的歌声就闻名南江中学，甚至其他学校晚会，还到学生会“借”她去唱几曲。“久经沙场”，一个年级的晚会不过两百人，自然不在话下。李晟紧张地盯着她看，只担心她偶然唱不好了。“怯场应该不会。”李晟坐在自己的位置上总是有些紧张……

只见陈缓歌轻松、优雅地走到中间，笑着向大家敬了个礼——

“陈缓歌，我们这边还没有行礼呢！东面，东面……”

陈缓歌立刻转向东面的同学，鞠了一躬。

“西面，西面——”

“还有北面——”

陈缓歌只得再转两圈，恭恭敬敬都弯了个腰。礼毕，她用右手向着伴奏的乐队一挥，两句过门以后，陈缓歌那抒情的歌喉飞出了缠绵的歌声：

田野小河边红莓花儿开，
有一位少年真使我心爱；
心中热烈的爱情使我多痛苦，
满怀的心腹话儿没法讲出来……

李晟也很喜欢唱这支苏联歌曲《红莓花儿开》，伊萨可夫斯基写的歌词，杜纳耶夫谱的曲。李晟在陈缓歌的舒缓的、抒情的歌声中，用手指轻轻地点着拍子，竟也忘情地轻轻点起头来……

他对这桩事情一点不知道，
少女的思恋天天在心焦；
河边红莓花儿已经凋谢了，
少女的思恋一点没减少！
少女的思恋天天在增长，
我是一个姑娘怎么对他讲？
没有勇气诉说尽在彷徨，
让我们的心上人自己去猜想。

近两百个的高三年级的同学一起唱起来，大家拍着手，应和着陈缓歌的最后一句，而且重复了好几次：

让我——们的——心上人——
自己去猜想，
自己去猜想，
自己去猜想……

“老夫子”胡得元突然站了起来，高声喊道：“大家请李晟和陈缓歌一起唱一个，好不好？”

顿时整个晚会的会场，发疯了一样，爆出了巨大的“好呀”“来一个”“来一个”的声响：“好好好！快快快！陈缓歌李晟，来一个！”

“李晟陈缓歌，对唱一个，好不好？”

“好好好！快快快！陈缓歌李晟，快快快——”

没办法，陈缓歌只好走到李晟的位子前，邀请道：“怎么样？一起唱一个，不要辜负同学们的邀请——”

“好，上……”李晟好像下了很大的决心，从席地而坐，一跃就站了起来：“唱就唱一个！”

陈缓歌看看会场静下来以后，说：“我们还是合唱《红莓花儿开》——”

“好好，最好听了！”一个同学喊道。

又一个同学高声说：“不不，第一段让李晟独唱，李晟独唱以后，再合唱。”

李晟只好先唱了：

田野小河边红莓花儿开，
有一位少年真使我心爱，
可是我不能对他表白，
满怀的心腹话儿没法讲出来！

“第三句好像不一样，李晟，第三句唱错了，再唱一遍！”

李晟又从头唱，第三句还是“可是我不能对他表白”……

“咳，李晟，你这是从哪里学来的？你们两个唱的不一样——”

“老夫子”站了起来，说：“两个人唱的是不一样，缓歌唱的歌词是‘心中热烈的爱情使我多痛苦’，李晟唱的是‘可是我不能对他表白’。这是不同人的翻译，不能说李晟唱错了。还有人翻译成押‘昂’的韵呢：‘红莓花儿开在田野小河旁，有一位少年使我日夜想’。陈缓歌，我有没有记错了？”

全体同学齐声替陈缓歌回答,呼叫道:“没错!”

李晟同陈缓歌联袂演唱了《红莓花儿开》以后,晚会达到了高潮,谁也不肯离开,反正已经是最后一个节目,索性就再延长下去。还是这个“老夫子”提的建议:“喂,同一部电影插曲还有两支歌,唱一下吧,大家都喜欢听……”

又是一阵狂热的掌声!

既是无奈,也是乘兴,陈缓歌和李晟相继又献唱了《从前是这样》,还有库班河上的《丰收之歌》,把电影《幸福的生活》中三支最好听的插曲全都唱了……

同学们都对他们投以羡慕的目光。这《红莓花儿开》的联袂演出,在六年后的九龙江畔,翻唱了一场悲伤、痛苦的离恨之歌:红莓花儿谢了。这是后话。

(四)另一条路

国庆节清晨李晟就离开大巷2号回家,路边水田的晚稻已经抽穗,秋风轻轻地吹拂,田里的稻子随着风儿摇漾着,忽而倾斜,忽而高扬着……李晟高兴地想,看来今年又是丰收的年景。

临近中午,李晟到了“马槽”伯父家。

回家之前李晟就想到,国庆前一天,旧历八月十五,是祖父八十八岁生日。晚会之前,他就到街上买了蜜饯和一种新产品“山楂豆腐干”。昨天自己未能回家给祖父祝贺生日,这时就迫不及待地急急赶到圆通寺看祖父,把蜜饯和“山楂豆腐干”带去。已经一脚跨出大门,忽然想到还没有同伯父说一声,就又回头对伯父道:“我去看看祖父。”

说罢,头也不回就往圆通寺方向跑。没有几步,远远地看到了黄翃正朝自己家走来,后面还跟了一个女生,只好往前迎上去,说:“黄翃,好长时间不见了,你去漳州工作以后都没有回家啊?”

“还有家吗?父亲劳改,据说又留在劳改场工作一年,不过是有工资的。祖父去年也走了,‘单巢一个’……”

李晟再看看黄翃身边的女孩子,笑笑说:“你是……有点面熟,一下记不起来了……”

黄翃开玩笑说:“你真是‘贵人多忘事’——”

“不,不不,咱们是兄弟,哪来的‘贵人’?”

“倒也是,咱两家境遇也差不多,你父亲土改前就‘完了’,我父亲后来‘完了’,‘难兄难弟’,谁也不笑谁……你问她是谁?赵家庄赵天挺的妹妹,赵天欣呀。”

“记起来了,你们在时化中学,不,现在叫三中,是同学,对吗?”

“现在说对了。我们在高中读了一个学期就休学不读了——”

“为什么?到家里坐坐,慢慢谈。”

“你刚要出门,有事吗?”

“没事,没事,想去看看祖父……国庆放假连周末有三天呢。老同学好久不见了,坐一下,聊聊天嘛。”

李晟在前,黄翃、赵天欣跟着,一起进了扁华堂李春申家。

李晟从口袋里掏出一包山楂豆腐干,一边说:“我倒水,边喝边聊……”

“不了,刚刚家里喝了来。”

“好,那就尝一尝泉州新产品,山楂豆腐干吧……老同学,这两年多你都去了哪里?”

“天挺哥认识了一个漳州人,介绍天欣到龙江园山琵琶阪‘水仙花圃’找了一份工作,她先去,我也就紧跟着休学,两个人就在花圃里工作……我和天欣,既是同乡,又是同事……特地来告诉老同学,我们恋爱了——”

“咳,老同学,你真幸运!祝贺你呀,祝贺!”然后转向天欣,说,“天欣,衷心祝贺你们!什么时候请喜酒,可不要忘记李晟呀!”

“李大哥,你同黄翃是好兄弟,怎能把你给忘了呢?国庆节,我们多请假两天,昨天晚上到家。你看,第一个就是来告诉你。”

“喜欢花圃工作吗?”

“非常好,干起来很有劲儿。园山的水仙花现在是全国第一。琵琶阪有一口泉水当地人称为‘仙泉’,一定要用‘仙泉’里的水灌溉才能繁殖开花,移栽到别的地方,要嘛不长,要嘛只长叶子不开花。更有趣的是,我们都已经学会了用刀镌刻‘蟹爪水仙’,就是将水仙鳞茎刻成各种各样的姿态,有西施淡妆,飞燕掌舞,王嫱抱琶,玉环醉酒;蝴蝶双飞,鸳鸯交颈,金凤展翅,孔雀开屏……形态各异,旖旎多姿,非常好看!”

“太好了,真是为两位高兴。你们学的、干的这一行,是很有学问的。比我们高一届的,有一个女同学叫余静波,今年就考上省农学院园艺系花卉专业,你看,你们专攻水仙花,那就更是专家了。”

“李晟说的是。有许多省农学院花卉专业的老师带了同学到我们园山水仙花圃来实习。”

“他们大学生走的是一条大路,直路,先学了专业知识,然后通过实习,是一条从理论到实践的路。你们两位在探索走另一条路,先从事实际工作在工作中学习,是一条从实践到理论的路。这一条路,可能是一条小路,而且会曲折一些,但现在走的人越来越多,所以没有上大学,也一定能拼出一条康庄大道来。鲁迅说,‘地上本来没有路,走的人多了,也便成了路’!”

黄翃听着李晟的话,一直不停地点着头,说:“老同学两年不见,见识越来越深广。我的想法同你一样,决心走这‘另一条路’。咱们倒还是有不认输的劲,看看到头来,谁的路子越走越宽。”

“说实在的，我的家庭背景，明年也不一定考得上大学。我有思想准备，也可能同你走一样的路：自学，在实践中学，然后提高到理论。古今中外，通过自学获得专业知识的人，并不在少数……对了，你们现在每月工资多少？几时结婚啊？”

黄翃也站起身，毫不隐讳地回答说：“现在两人每月都是 33 元钱，粮食补贴 2 元 5 角，共 35 元 5 角。年龄还没到呢，过两三年有四五十块钱的时候，就结婚。到时请你和春申表叔都来喝喜酒。”

黄翃和赵天欣走了，李晟心里想：“黄翃参加工作以后就不一样，成熟、老练多了。谈起恋爱、结婚的事也不再脸红，不好意思……这确实是一条路！如果明年上不了大学，就走这条路吧。”

第一八章　别　绪

（一）《沈园泪》

国庆日，农历八月十六晚上，月光同中秋夜里一样明亮。

经历了昨晚的国庆晚会，同陈缓歌联袂演唱《红莓花儿开》，李晟的一颗心怎么也不能平静下来。可他不知为什么，总是隐约预感到，这段爱情最终可能是个悲剧。夜里十一点钟躺下床，翻来覆去，心中只是“悲剧”两个字，搅得他无法入眠。从“悲剧”，他想到人世间有许许多多悲剧，政治悲剧，战争悲剧，社会悲剧，人伦悲剧，婚姻悲剧、性格悲剧……李晟杂乱无章地数着有多少种悲剧，他想来想去很难进行逻辑的分类。后来好像是灵感突现，对了，所有的悲剧似乎都可以用自然因素悲剧、政治社会悲剧和个人性格悲剧来概括。可是，三种悲剧是不是绝然“分野”的呢，似乎又不是。自然悲剧，是和社会悲剧联系在一起的，一个正常的、有序的社会和强力的政府，自然因素悲剧要么不发生，要么发生以后能够减轻许多。而政治社会悲剧有时又是通过个人的性格悲剧而起作用的；个人的性格悲剧，又常常受制约于天灾人祸、政治斗争，时代烙印和社会伦理等诸多因素。

李晟想起了“悲剧”，迅即翻身下床，他想将梨园戏《钗头凤》重新改写。

原来，前年泉州市梨园戏剧团，根据陈墨香编，荀慧生演出的京剧《钗头凤》，配以泉州南音，演出了梨园戏《钗头凤》。李晟因十分倾服南宋岳飞、文天祥，读了许多宋代史籍，觉得梨园戏《钗头凤》主题的社会意义不是很大，剧情也不符合历史事实，甚至连唐琬的名字也变成了“蕙仙”：

陆游与表妹蕙仙相爱，陆母很看不惯，就“不喜欢”蕙仙。兼又佞佛，与妖尼不空往来。蕙仙婉劝，遭到不空衔恨。于是向陆母进谗，说蕙仙命相克夫。陆母乘陆游上行在赴试之时，遣送蕙仙入不空尼庵，遭不空虐待。并引奸人罗玉书垂涎，调戏蕙仙。事情被宗泽侄儿宗士程知道了,遂派遣侠客独孤策入尼庵刺杀不空,并安置蕙仙暂住沈氏园中。陆游回乡后,知道家变,悲伤不已。独孤策引陆游至沈园与蕙仙相会。陆游感喟,于是赋《钗头凤》词以寄意。蕙仙读词后,感痛成疾,郁郁病逝。

李晟认为梨园戏《钗头凤》至少有以下问题:

一、主要人物唐琬改名蕙仙,又杜撰宗泽侄儿宗士程,没有任何根据;

二、杜撰一个所谓"妖尼"不空,又杜撰一个"奸人"罗玉书,正如曹雪芹所言,着一小人,"拨弄其间",作为反面角色,批判对象,社会意义不大;

三、以所谓"命相克夫",不仅缺乏史料依据,而且有意无意宣传了封建迷信。

李晟觉得,这梨园戏《钗头凤》的剧情大多是杜撰。除了以上"败笔"外,即以陆母"不喜欢"儿媳,从而中了妖尼和小人之计,也不合情理。

他认为,像《孔雀东南飞》中的焦母就是"不喜欢"刘兰芝。但是,焦仲卿是独生子,父亲又早死。儿子成了母亲绝对的私有财产和精神寄托,因而对于儿子与媳妇的过分亲热,母亲有可能看不惯,甚至认为媳妇同自己"争夺"儿子,占有了儿子的感情,因此"不喜欢"媳妇,从而成了悲剧的制造者。这种情况有可能存在。

但是,陆游有三个兄弟,自己居三。陆母似不同于焦仲卿的母亲。李晟曾经读了《宋史》和宋代许多史料,认为"陆唐婚变"的原因梨园戏那样编排,太过于简单化,应有更复杂的社会背景,那就是陆游在进士考试的卷子中,主张迁都建康,主张北伐抗金,结果因此落第。陆游的母亲迁怒于唐琬,从而酿成悲剧。他认为,这就是政治社会悲剧通过家庭,通过陆母一手制造而成。

李晟的这些想法一直存放于心中,时时想起,不断构思……

这一天晚上,关于"悲剧"的思考使他豁然开朗:陆唐的婚姻悲剧主要的是政治社会悲剧。这样写悲剧的主题意义就要深刻得多了!

10月1日零时,李晟动笔了!2日下午三点钟,他在稿纸上奋笔疾书,十三个小时居然写了四幕六场,装订成一册,并定名为《沈园泪》。

这第一次尝试,使他进入了一种创作的亢奋状态,一种和剧中人物同命运、共呼吸的悲欢离合,获得了一种创作的体验和快乐。他一点睡意都没有,捧着装订好的稿本,翻了又翻,对自己撰写的戏曲唱词很感满意,他感受到诗歌和唱词的音声、节奏美。

李晟打开封面,幕布徐徐开启。

字幕:

1141年,南宋高宗绍兴十一年八月。

布景与效果:

绵亘蜿伏的武当山,烟尘弥漫。一阵秋风呼啸,漫天尘土飞扬,天,淡灰灰的。

透过浓薄不均的烟雾中，可以看到：

逃难避兵的人群扶老携幼，相载于道，哭声震天。唐琬母女夹杂在人群中，艰难地行进着……一阵阵穿着胡服的金兵飞速越过，胡旗飞闪，人嘶马吼……

朗诵：

这就是南宋的半壁江山！

幕外唱：

郾城兵罢，
绍兴和议告成，
风波亭，岳飞父子遇害；
从此金兵再猖獗。
国土沦亡，庐舍为墟，
山河破碎，大风飘絮。
北国遗民忍死待恢复，
宵宵垂泪望王师。
哀河山，渐衰落，
半壁江山沦敌国，
权臣昏君，
朝舞暮歌行欢乐。
遍地火炮狼烟，
置生灵涂炭不管。
朝洒壮士血，
暮拆鸳鸯散。
倡和议者升官发财，
主抗敌者家破人亡。
钗头凤，钗头凤，
也被秦桧那无情棒打，
打得钗折凤飞，

钗折凤飞……

其实这主题歌，他写完时就已经能够背诵了。

李晟又随手翻开一页，是唐琬羁栖于山阴云门寺的一支曲词：

云门山前草萋萋，
晚风呼啸夜凄迷。
不知姑恶何所恨，
一声一断魂！
孤灯暗淡影依稀，
无限相思无尽泪。
看将一绺心中绪，
化作千缕丝。
金钗已断凤孤飞，
伯劳东去燕西归。
虽说女身蹉跎命，
君姑亦忍情。
风萧萧兮雨淋淋，
红尘抛却入缁门。
始信“咸阳”无情剑，
斩断人间情。

李晟看完这一页，不觉自我欣赏了一会，忽然心中有些不自在起来。他隐然觉得有些不好的兆头，怎么写了个悲剧？是不是预示着什么呢？是不是应该给陈缓歌看一看……

在《沈园泪》写作的十三个小时中，李晟没有睡觉，没有吃饭。写完装订好，又自我欣赏了一番，然后把稿本锁进抽屉里，躺了下来。可是剧情仍然牵掣着他，他躺在床上想明天要不要到北港，同陈缓歌一起读读这个剧本呢？

自从这一年“三八节”晚上，在月落坪柳林里第一次同陈缓歌亲密以后，那种温馨的，无以言状的感觉，就一直刻印在李晟的心中挥之不去。有时偶尔触起了一丝回味，竟然会引起他从没有过的非分之想。

李晟也曾幻想，希望能同陈缓歌再有一次这样亲密的机会，可总是可望而不可即，那种温馨，那种无可言状，那种令人销魂的感觉，在他的生活中再也没有出现过。他有点按捺不住，甚至想带了《沈园泪》走十五里路，到北港去看看陈缓歌……可继而一想，不可不可，怎么这样沉不住气呢？况且也还没有定稿，怎么拿得出手呢？

李晟决定不找陈缓歌了，就一下子翻身起床，走到书柜前胡乱翻起书来。最终还是找出了那本翻得很旧了的《红楼梦》，躺在床上没有目的地随意翻了一页，竟是第五回的末段“飞鸟各投林”之后，写警幻仙姑送贾宝玉到一处香闺绣阁的事，也就不经意地读了下去。

> 早有一位女子在内，其鲜艳妩媚，有似乎宝钗；风流袅娜，则又如黛玉。正不知何意，忽警幻道：“尘世中多少富贵之家，那些绿窗风月，绣阁烟霞，皆被淫污纨绔与那些流荡女子悉皆玷辱。更可恨者，自古来多少轻薄浪子，皆以‘好色不淫’为饰，又以‘情而不淫’作案，此皆饰非掩丑之语也。好色即淫，知情更淫。是以巫山之会，云雨之欢，皆由既悦其色，复恋其情所致。
>
> “淫虽一理，意则有别。如世之好淫者，不过悦容貌，喜歌舞，调笑无厌，云雨无时，恨不能尽天下之美女供我片时之趣兴，此皆皮肤淫滥之蠢物耳……”

“好一个‘蠢物’！我是不是一个‘蠢物’？‘蠢物’……”李晟把《红楼梦》重又插进书架，深深地吸了一口气，就走出门口：“家道如此，正是男儿自警之时，如何想入非非？可耻！”

李晟正想回身进门，忽然看见西北天空，一大片乌云正在扩大向灵歧方向压了过来。几道金蛇般电闪，划破了暗黑的天空，接着炸雷一声震的灵峰山都颤抖起来。一阵从西北刮来的狂风，伴随落下一场疾雨……

李晟赶紧进屋，刚刚把窗户一扇一扇关好，忽地，又是几阵骤风，伴随着几响炸雷，滚滚而来，似乎就要吞噬灵歧古镇，把整座灵峰山炸碎，横扫进歧海里去！

接着，就“哗哗哗哗”地下起暴雨来……

然而，却没有下多久，很快就云散天青。李晟笑了笑道：“原来是‘雨疏风骤’！”

（二）补救措施

李晟决心在这最后的学年中，努力使自己在各个方面都符合党和国家的要求。他首先想到的是提高成绩，评为“三好”学生。

1955年10月23日，农历九月初八，星期天。这一周，李晟没有回家。他想利用星期天去拜访一下新来的班主任、语文老师，了解一下家庭出身不好的人为了考上大学，应该做一些什么，有没有可能评上“三好生”。

高三的班主任姓田，因为妻子在泉州市工作，为了照顾家庭本学期从省城福州一所重点学校，调到南江中学教语文。因为有家属，不住在学校宿舍里，在南岭桥北，打铁巷9号，租了人家二楼的一厅一室暂住。

田老师对李晟的语文程度，写作水平有深刻的印象。老师一般都喜欢成绩好的学生，对自己所教学科成绩好的学生，尤为偏爱。

上课还不到两个月，几乎每堂课都让李晟起来回答一些疑难问题。第一次作文课，田老师出了个题目《说幸福》。李晟在文章中缜密地从历史的和逻辑的两个方面进行论述，分析了不同时期，不同阶级的人有着不同的幸福观。然后提出了一个独特的见解，"幸福是一种感觉"。这种"感觉"，有来自环境、自然的和社会的，有来自他人的感觉和评价，也有个人的"自我感觉"，而后者显示了幸福的重要的内涵……

田老师用毛笔将李晟的作文抄了三张大幅的道林纸，贴在黑板上。道林纸的右边留出空格，给自己进行"典型点评"。整整两节课时间，一边评析，一边用红色毛笔在文章中圈圈点点……

最后，老师还戏说了一句："有些鲁迅的笔法。"

从此，同学们都善意地送给李晟一个"绰号"，叫他"李迅"。

南江中学从来没有过这种形式的作文点评，不仅给李晟本人，也给全班同学留下了深刻的印象。

那个"老夫子"对谁都不大买账，唯独佩服李晟。一次开玩笑说："李晟，你是'鲁迅'，我是'老夫子'，能不能以我为模特儿，给我写篇《孔丙己》或《孔丁己》，怎么样？"引得田老师、李晟和全班同学都哄然大笑！

自从田老师当班主任以来，高三（甲）班就更成为一个热情、和谐而又团结的班级！

早饭后，李晟准备从大巷2号去打铁巷9号找田老师。刚刚开了小门，一阵秋风吹刮，将对面一号门前的那棵枫树的叶子，呼啸一声扫将进来。李晟不禁打了个寒战，赶紧关好门，向巷北急跑了几步。到了巷口，再转往南走。李晟一看，许多店家的门楣上都插着几支黄菊，有的边上还挂着一个绛色的荷包。李晟恍然有悟：明天是重阳佳节。有心想买一束菊花送给老师，转而一想，老师家是租来的，房东可能已经把菊花插上了。至于绛囊茱萸，一时也买不到……算了吧，师生情谊不在这些俗礼俗套上。不到十分钟，就找到打铁巷田老师家，楼下大门上，房东果然已经插了菊花。一上楼，李晟就向老师祝贺"重阳节快乐"。

田老师说："你不说，我还记不住明天就是重阳。难怪今天秋风刮得那么厉害……咦，李晟，帽子掉了吗？"

"帽子？"李晟不知道老师问什么，下意识地摸摸头顶。

"古人重阳登高，秋风大，有'风吹落帽'的典故。我们南方，冬天也极少戴帽子——"

"噢，我想起来了，陶渊明的外祖父孟嘉，一次参加桓温的龙山宴会，秋风把他的帽子吹落了。唐诗里好像有一联'不知此日龙山会，谁是风流落帽人'？"

“这两句是谁写的?”

“记不大清楚了,好像是晚唐的赵嘏。”

“你家有《全唐诗》吗? 回家,帮我查一下。”

“有一部康熙年间的初刻本,下星期回去,查一查……田老师,我找你有点事。我家庭出身不大好,担心考大学会有问题……”

李晟开门见山,把自己的家庭情况简要地说了,并说明了来意。田老师很客气,请坐又倒水。他看李晟说话很实在,也就毫不躲闪地说:“我八月半就提前来学校,对全班同学的个人、家庭和社会关系档案都认真看了。你谈到的家庭情况,确实是一个问题,对高考会有影响。尤其是你父亲,解放前是国民党泉漳厦联合党部主委,解放初又下落不明,也就是说,至今没有结论,影响就会更大了。根据你的成绩,高考录取自然没有问题,但受家庭成分和复杂的社会关系的影响,那就很难说了。”

“田老师,你分析的情况,我有思想准备。但是,主观上我还想努力争取一下,不是说‘有成分论,不唯成分论,重在个人表现’吗? 你看有什么补救的措施吗? 我还可以从哪几方面去努力争取?”

“老师说的,也只是参考的意见。你愿不愿读师范院校呢?”

“愿意,愿意,我很喜欢当教师——”

“真的吗? 说说看,你怎么会喜欢教师职业?”

“第一,我很喜欢阅读和写作……”

“你不考理工类?”

“我准备报考文史类。我非常喜欢看书,当老师的人,为了教好书,每天都必须读书。可以说,没有一项工作像教师每天可以看书,阅读。所以,我觉得老师最能积累知识,大多是很有学问的人。我很早就立下志愿,希望能当个好老师,也就是羡慕‘一辈子都可以看书’这样的一种职业。”

田老师听了,连连点着头,虽然李晟说的未必全面,但也说出了教师职业的一个重要特点。确实有体会,说的是真心话,就笑笑说:“从你刚才谈‘孟嘉落帽’和唐人赵嘏的诗,我知道你确实读了不少书,刚才说的是真心话。这是一点,还有呢?”

“还有,第二,教师长年同学生、同年轻人在一起,受到青年人的感染,精神面貌,朝气蓬勃,心态非常年轻。第三,只要认真备课,书教得好,学生满意,得到学生的爱戴,那就是‘桃李芬芳,繁花似锦’。第四,教师生活和工作相对稳定,像我不喜欢到处跑的人,有这样一份工作,那是心满意足了!”

“很有见解,说得很透彻。听了,连我对教师工作都更热爱了。你讲得很实在,没有那些空头理论,什么‘培养接班人’,什么‘蜡烛精神,点燃了别人,毁灭了自己’,这些说法,实际上都是把教师拔高了;凡是有意无意,人为‘拔高’的事,往往都适得其反。现在教师工作之所以不被看好,部分原因是胡乱吹嘘,胡乱拔高,弄的大家都不愿意相信。结果有人就说:‘好工作还用这样去宣传吗?肯定是没有人愿意做,所以才拼命说好,让大家去做。”

“老师见解很深刻。鲁迅说,古时有一本叫《推背图》的书,教人倒过来看事情。报纸上大力提倡的,往往是没有人愿意去干的……”

“好,愿意报考师范专业,相对说来就好办一些。其次,党的政策是‘重在个人表现’,表现好,很重要,但必须有个‘标志’,譬如,你是不是团员,是不是三好生,是不是国家运动员,等等。目前,特别是评上‘三好生’,很重要。去年全国第一次开展评比‘三好生’,今年是第二届。毛主席祝贺青年‘身体好,学习好,工作好’。‘三好’摆在第一位的是‘身体好’。按理说,没有疾病,体能、体力符合标准,就可以说‘身体好’。可是这样的人太多了。所以‘身体好’也必须有个标志。根据我的理解,譬如体育运动,是不是达到国家二级运动员以上,有没有参加过全国和省级运动会,破过什么记录,等等,就是‘身体好’的标志。有了这些标志,评‘三好生’就相对容易了,像参加全国运动会的人,毕竟不多,谁也不能争……”

“哦,身体好是摆在‘三好’第一位?”

“没错。前年6月30日,毛主席接见青年团二届大会主席团时,正式提出‘身体好,学习好,工作好’,你的体育成绩怎么样?有没有哪一项达到国家二级运动员的标准?田老师是班主任,你们的品德评语、推荐等等都是我写的,当然我也要参考班级团支部的意见。但是,首先你必须有好的成绩,我才能写进去,否则不成了弄虚作假了?”

“我的田径运动比较好,跳远六米二五,同二级运动员只差五公分,三级跳远十三米二四,超过二级标准四十四公分——”

“非常好,非常好!有一个项目达到二级运动员的标准,就可以了。这样评‘三好’就有把握了。对大学录取会有好处。”

时间过得很快,学期结束那一天上午,1956年2月4日,农历乙未十二月二十三,体育老师通知李晟到体育教研室去一趟,告诉李晟说:“国家初步确定今年六七月或暑假,全国准备在山东青岛举行青少年田径、体操运动大会。你的跳远和三级跳远成绩比较好,时间不长了,寒假休息几天就回学校。2月13日,正月初二报到,集中训练,先参加泉州市选拔,选上的再参加南江专区和省里选拔赛。被省里选上了,就代表省田径队参加在青岛的全国比赛……不过要有思想准备,市、区、省三次选拔赛,高考的复习有可能受些影响。你考虑一下,去不去参加?”

李晟高兴地回答:“参加,不会有影响。”

李晟离开了体育教研室,立即往班主任田老师宿舍奔去:“田老师,有这样一件事……”

“太好了,能参加全国运动会,是对你家庭出身、社会关系,也是你对今年高考,最好的补救措施!”

（三）为我们一起高兴

陈缓歌知道，中饭后李晟就要回家过春节，而陈缓歌不准备回北港老家，她决定留在南岭桥大哥家复习功课。两人约好，上午九点半在李晟租屋大巷2号见一次面。九点十五分，陈缓歌提前到了大巷，北面小门关得紧紧的。缓歌敲了敲门，一点动静都没有。又等了好一会，仍然不见李晟回来。她想，会不会到房东那里告辞、闲谈呢？又转到南大门，只听见有人在念什么书；进了大门，一看，果然是房东谢坚石谢亦安，在指导几个小孩读书：

昔时贤文，诲汝谆谆。
集韵增广，多见多闻。
观今宜鉴古，无古不成今。
知己知彼，将心比心。
酒逢知己饮，诗向会人吟。
相识满天下，知心能几人
相逢好似初相识，到老终无怨恨心。
近水知鱼性，近山识鸟音。
易涨易退山溪水，易反易复小人心。
……

陈缓歌知道读的是《增广昔时贤文》，小时候念过，一听倍感亲切。她站在大门的玄关外，细细地品味“将心比心”“知心能几人”“易反易复小人心”……她心里想，人世间像李晟这样的知心，能有几人？人生贵在相知，能“将心比心”；不能“将心比心”的人，就容易反复不坚定。今生今世，发誓把自己的心只交给李晟一人！

陈缓歌正痴痴地想着，忽然听到李晟那熟悉的声音：“谢大哥，我中午就回家，正月初二回来，向你告辞了……”

“不是说好正月十五寒假结束才回来的吗？”

陈缓歌犹豫了一下，就转出玄关下了天井，叫了声“李晟”，就问：“你不是说正月十五才回来吗？”

“噢，缓歌来了？你一定等久了！”

“体育老师要我提早回来集训……在这里坐，还是回小楼去？”

“这里影响谢大哥教小孩读书。”

“那就从里面走，有小门通北边小楼。”

“两位走好……小朋友，再继续念诵——”

流水下滩非有意，白云出岫本无心。
当时若不登高望，谁信东流海洋深。
路遥知马力，事久见人心。
两人一条心，有钱堪买金。
一人一条心，无钱堪买针。
相见易得好，久住难为人
……

李晟带了陈缓歌走谢家大厝的边门，过了谢家的灶房和储藏室，就到了小楼的楼梯下，两人上了楼才坐下，缓歌就问道：“很快要升学考试，怎么寒假要体育集训?”

“是这样的……”

“好事倒是好事，只是会不会影响复习功课? 还有，如果比赛恰好碰上考试那三天呢?”

“一般不会，省体委会同招生委员会商定好的。”

“你前回告诉我，田老师还真是对你很好，给你想出了这个‘补救措施’，否则能不能录取，还真难说；体育老师让你参加选拔，如果选上，能参加青岛的全国田径运动会，学校一定会给你评上‘三好生’……没有想到，你家对你会有这么大的影响！我哥毕竟是干部，三年前就看到这个问题——”

“哦，崇德哥怎么说?”

陈缓歌知道自己有些“失言”了，赶快掩饰说：“我哥说，家庭会有些影响，但主要是看个人……”

“你哥对我们的事，有什么说法吗? 是不是担心我的家庭和社会关系连累到你?”

“没有的事，他还不知道我们的事呢。”

“记得有一次到你哥家，就是你送我 Parker 钢笔那一天，叫我们在学习上互相帮助，我好像觉得他可能就有些想法——”

“不会，你想多了。”

“那就好！”

“你正月初二就来学校，晚上还是住在大巷?”

“白天集中训练，据说有八个男同学，四个女同学。在体育办公室附近，开了一个教室让男生午间休息；女同学中午就在女生宿舍。训练到正月十二共十天，离开学还有三天，我可能还会回家挑粮食。”

“算了吧,你伯父的小药房不是开得还可以吗,拿点钱在泉州买粮食也一样。不要回去了,三天时间要用起来复习功课。”

“你对我总是很关心,心里很感动,都不知道怎么感谢你。”

“你怎么了？从来也没有听见你讲这样的客气话,是不是我长时间没有来,生分了？我也是在集中时间和精力复习功课……”

“不不,我心里总是不踏实,如果考不取,我们……这一生,我不就害了你。所以,一想到家庭,我心里总是慌慌的,有时都想得睡不着觉。”

“不要这样想,我们是从小就认识的,我早就把心交给你了。说一句俗话,我是嫁给你的,又不是嫁给你家庭,家庭的事对我们不会有什么影响……你对我也会是一样,如果我的家庭有问题,你同样不会丢了我——”

“不会,绝对不会。说得难听一点,如果你家庭有什么事,我就是像黄翊一样去栽花种草,也要和你在一起,‘执子之手’,走过一生!”

“对了,黄翊在园山牡丹花圃还好吧?”

“很好！放假前收到黄翊一封信,他很快就要调到九龙江畔的‘香草园’当技术员,领导一个技术团队,进行几种重要的花卉栽培嫁接实验。还开玩笑说,如果考不上大学就到他那里去,一个月给个三十多块钱没有问题。所以,我不担心,我已经准备了后路了,有退路了!”

“你又说到‘考不上’了,不会的！现在不是有‘补救措施’吗。今天听你说可以参加选拔赛,我觉得你一定能选上,我心里真为你高兴!”

李晟深情地望着陈缓歌,心中的感激、感动,都不知道该怎么样表白,只是接着缓歌的话,说:“为我高兴,也为你高兴——”

陈缓歌紧接说:“为我们一起高兴!”

(四)感悟榕树与茉莉

泉州市的田径选拔赛,李晟选上了。高考在七月十五到十七。可是南江专区的选拔赛在七月十二到十四。体育老师通知,必须提前三天报到,熟悉运动场地,进行预演、热身。六月底,填报志愿时,班主任田老师考虑到李晟要参加运动会,建议申请外语免试。但是李晟觉得自己外语成绩好,“免试”太可惜了。他向班主任说,自己外语能够考得好,不想免试。

在谈到填报什么志愿时,田老师问:“准备填报什么学校呢?”

李晟没有任何犹豫,就告诉田老师:“本省的学校都不填报,”李晟犹豫了一下问,“外省可以报几个省份?”

“今年是华东地区统一招生,山东、江苏、安徽、上海、浙江,都可以报。”

“那就决定全填报外省的学校,越远越好,就把青岛的山东大学报为第一个志愿。”

“为什么？省里的师范学院，1952年院系调整以前，是著名的协和大学。我就是1950年协和大学毕业的。1952年国家学习苏联老大哥，决定各个省份都必须有工、农、医、师四所高校，协和就‘一分为四’。本省师范学院很好的，我看除了北师大，华东师大、东北师大外，师范学院中应该是一流的。”

李晟不想说自己家庭的海外关系问题，就对老师说：“我想走得远一点，到外省去看看，不是说‘读万卷书，走万里路’嘛，所以想去外省看看。”

“可惜。本来厦门大学离家最近，又是全国著名的综合性大学。”

“老师说得对。不过，第一志愿我想还是填得高一些，万一根据我的表现，可以录取呢？其次，我把第二、第三志愿填到胶东师范学院和浙江师范学院。

“我如果去参加青岛运动会，录取在山东大学，或胶东师院，运动会以后就留在青岛，路费也替家里省了；如果是浙江师院，那也是离本省最近的杭州，运动会结束回来路过杭州，我就下车，也不用自己花路费。再说，青岛和杭州是我最向往的城市……”

田老师听了，点了点头，说：“那就这样填了。我想到你可能直接从省城到青岛去，赶紧写两份申请书，一份是‘三好生申请书’，一份是‘加入共青团申请书’，我转交……”

田老师最后说：“这样填报可以。昨天我听乙班的班主任指导同学填志愿时说：‘第一个志愿不妨填高一些，第二个志愿就应该填稳一些；万一可以考上好的学校，结果你没有填，那就一生错过了。’所以我想你填报山东大学或鲁东大学，这是综合大学，地点也在青岛符合你的要求。不过据说，山东大学很可能今年暑假要迁到省会济南，把校舍让给青岛海洋学院……”

“噢，如果是这样，那第一志愿就填报鲁东大学，第二胶东师范学院，杭州的浙江师范学院填第三……本省的高校还是不填。”

“山大搬迁还只是听说……还是填了吧。”田老师似乎忽然想到了什么，说，“对了，有同学说你同陈缓歌很要好，她第一个志愿就是省医学院，在省城；而你填报外省，那就不能经常在一起了，怎么样，再考虑考虑……”

李晟知道，老师在提醒自己别同陈缓歌分开两地。但是本省是“沿海”“紧靠台湾”，不是自己应该留的地方，就笑笑对老师说：“同学乱传的，没有的事。毕业了，很多同学都在开玩笑，把这个女生说是谁的朋友，把那个女同学说成什么人的相好。开玩笑的。”

南江专区的选拔赛地点在泉州市体育场，除了本市运动员以外，另有专区十一个县的青少年田径队参加。李晟必须提前一个星期集中住宿，陈缓歌特地给他买了一双跳鞋，后跟有两支钉子的，三级跳远用，匆匆忙忙就走了。

七月八日至十日，熟悉场地，进行热身训练，李晟就离开了班级同学告别了田老师,所有运动员都住在泉州基督教堂,在教堂里打地铺。三天时间,李晟同外县的一些跳远、三级跳远运动员在沙坑练习。三天后就参加比赛,果然他得了两项冠军,外加跳高得了第二名。李晟被选拔到省城福州参加全省的选拔赛,好在时间是七月二十号。

泉州市离台湾很近,由于防备飞机的空袭,三天考试都安排在晚上进行,全市实行灯火管制,电灯全部熄灭。每一个考场都点起明亮的汽灯,教室的所有门窗都用厚厚的黑色布幔遮住,以免灯光透到室外。而考场内外,每一间教室的前后都有解放军的高射炮和高射机枪竖向天空,严阵以待,预防飞机的空袭……

十五日上午,李晟到了考场熟悉一下自己的座位就又回到基督教堂暂住。傍晚七点钟,离考试前三十分钟李晟进入考场,一看到门口的大炮,心里不觉怦怦直跳……第一个晚上考语文,阅读部分都考得不错,作文题目是《幸福的生活》。他一下子有点懵了:是写自己,还是写别人,还是写大家?他想来想去,并没有觉得自己的生活有多么幸福。平时写作得心应手,从来没有像高考这一次作文,居然“咬起笔杆”来了……监考老师第一次时间预告:只剩下三十分钟。李晟只好把田老师评奖时的作文《说幸福》,改写了一些,应付了事。

李晟终于熬过了三个晚上的高考,他什么也不想,一心还在运动场上。他不知道陈缓歌住哪里,没办法去看她一下,大概陈缓歌也不知道他住哪里。

十八日,让运动员自己准备一天,十九日就要集体乘坐汽车到省城去。李晟当天回了一次大巷2号的租屋,拿了几件衣服,日记本,和自己的习作戏曲剧本《钗头凤》和电影文学剧本《沈园泪》。特别用包袱把缓歌送给自己的跳鞋包好。带什么书呢?李晟没有忘记把他喜爱的《红楼梦》,东涧写校本《李商隐诗集》放进书包里,还有祖父传给自己的两锭明代的徽墨。其他也就没有什么重要的东西了,租屋里的其他东西,就让伯父以后到泉州取回就是。

泉州离省城恰好二百公里,汽车走了一个上午,中午十一点钟到了省体育场附近的省立第五中学集体宿舍,也是打地铺睡觉。大家匆匆忙忙把地铺、行李安顿好,已经是中午十二点了。李晟又匆匆忙忙随便吃了一点米饭,就和同学到街上溜达去。

啊,不愧是一省之首城!街道非常宽阔,足足有泉州市的两倍宽,宽得让人不敢随意穿过。两旁都是大榕树,树干虬枝,树根蟠地,树阴遮天蔽日的,走在街上一点都不感到暑天的热气。原来有这么多的榕树,难怪福州简称为“榕城”。还有,到处都是茉莉花,淡淡的茉莉花香,幽幽地在你身旁萦绕,沁入你的心脾,使你顿感胸襟的开阔。你不仅感受到香气袭人扑鼻,还有一种清清凉凉的感觉。福州的美丽和气魄使他十分向往,甚至对不填报福州市大学有点后悔起来……那大榕树的恢弘和包容的气概,那茉莉花的沁人心脾的淡淡的幽香,就像陈缓歌身上散发出来的清清的淡雅……

大约下午三点多钟，李晟和同学一起到了一座大桥，问问边上的市民，知道这就是有名的南台桥。站在桥上，往东眺望，江水奔流，樯帆摇漾。他不禁想起了陆放翁《渡浮桥至南台》诗中的两联：

九轨徐行怒涛上，千艘横系大江心；
寺楼钟鼓催昏晓，墟落云烟自古今。

李晟想：感人的应是颈联对句“墟落云烟自古今”。几年后陆游入蜀过武昌时，又有“云梦风烟自古今”的感慨。人生确实是云烟依旧，人事变迁。诗人总是感受到历史的沧桑。但有时，陆游也告诫自己要奋勇直前，于云烟风月，无须轻言感慨！似乎有一首《枫桥寺》云：

七年不到枫桥寺，客枕依然半夜钟。
风月未须轻感慨，巴山此去尚千重。

这是陆游与唐琬解缡，唐琬忧郁死后写的。诗人的言辞，随着情感的变化而转移。他心里想：陆游说“风月无须轻感慨”，正是他心中的许多人生感慨，想抖擞一下摆脱那些影响自己情绪的“感慨”。不过陆游说得是，人生不可轻易“感慨”，能有所悟即是前行了一步。然而到了省城，自己“悟”到了什么？也有什么感慨吗？他想到了榕树的根深、干粗、叶茂，自荫和荫人；想到了茉莉瘦瘦的花枝，细细的花蕊，给人淡淡幽香……

第一九章　八千里路云和月

（一）在闽江的小火轮上

1956年7月，鹰（潭）厦铁路还没有通车，上浙赣线必须自省城乘小火轮到南平，再转汽车经建瓯、建阳，到江西的上饶，才能登上浙赣铁路的火车。

李晟和被选去参加在青岛举行的“中华人民共和国第一届青少年田径体操运动大会”的其他六十三位运动员，以及领队、教练、生活指导等共六十八人，于1956年7月29日，农历六月二十二，星期天上午，自榕城福州乘闽江小火轮出发去南平。

汽车从省体育场出发，年轻的男女运动员，他们都是高、初中的学生，分成甲、乙两组，在两辆大卡车上唱着歌，经过好几条不知名的街道，大家都激动地唱着一支著名的苏联卫国战争时期的歌曲：

听吧，战斗的号角，
发出警报！
万众一心，保卫国家。
我们再见了，亲爱的妈妈，
请您吻别自己的儿子吧，
再见吧，妈妈，
别难过，莫悲伤，
祝福我们一路平安吧！
再见了，亲爱的故乡，
胜利的星会照耀着我们。
再见吧，妈妈！

别难过，莫悲伤，
祝福我们一路平安吧！
再见吧，亲爱的故乡
……

六十三位同学，没有一个人离开过家庭，离开过故乡。几个女同学，一边唱，一边流着激动的泪水，频频向着街道两旁的观众挥手。路旁的观众从队旗上看到“中华人民共和国第一届青少年田径体操运动大会福建省代表队”，都立地鼓起掌来。忽然一声：“向运动员们致敬！”

跟着是许多人的喊声……

汽车很快就到了闽江码头，大家有秩序地进入小火轮的船舱。

一声汽笛，船开了……

几十分钟以后，城市的影子不见了，两岸的青山倒映在闽江奔涌的绿波上。李晟站在船头甲板上，眺望着故乡的青山绿水，江的北岸是茶树，南岸却是大片大片的果树园，褐色的龙眼和鲜红的荔枝相映，在江波照影下，顿成一幅美丽的图画。一个女同学问：“看满山满坡都是橘子树，可惜花早就谢了。”

“是呀，新历4月初，清明前后，橘树花开，一片雪白，好看极了。”

闽江边上白花洲，
橘树青青江水流；
春来橘林一片白，
腊月里橘子红满洲……

谁唱起了多幕话剧《种橘的人们》的主题歌来，人家不觉都跟着唱起来。

在六十三个队员中，初中是乙组，高中为甲组，但是年级最高的只有李晟，他是高三，并且已经参加了大学入学考试。队员们都称他“李大哥”。由于程度悬殊，李晟同初中的小同学似乎没有什么话说。几个高二的同学看李晟独自一人站在甲板上，也从船舱里出来站到李晟的身旁。一个姓张的同学问：“李晟，你看见江水不断向后退去，想到了什么？”

“你们先说，想到了什么？”

“我呀……我想到了‘学如逆水行舟，不进则退’！”

“你呢？”

“我想到了逆水和顺流，船的速度差有没有什么公式？”

“还有，你呢？”

“我想到了水的柔顺，古人说它‘随……什么东西的形状就变成什么’……有四个字，像是成语，忘了。”

李晟想了一下，道：“是不是‘随物赋形’四个字？记得应该出自苏东坡的《画水记》。原话这么说‘奔湍巨浪，与山石曲折，随物赋形，尽水之变。’不过那说的是写字、画画、写文章，以自然为师，信笔挥洒，不拘一格，也就是行云流水的意思……我领会也不深，不大懂。”

“还有吗？再说，再说。”一个同学说。

“我想到水平静时，戏水呀，游泳呀，很好玩，一旦山洪暴发，或海浪汹涌，那就要死人……”

李晟笑了笑道：“高二读过了，有两下子，回答都不错。想到了‘逆水行舟，不进则退’，就会奋力上游。想到了逆水和顺流，穿行的速度差，这恐怕是一个力学，流体力学的问题了，很深，我是完全不懂。想到了‘随物赋形’，从水的依外物形体的变化而变化，可以启发我们如何适应外界的环境和条件。想到了平静的水可以玩，可以游泳；而洪水汹涌，骇浪滔天时也会淹死人，说明任何事物都可能有好的一面，有坏的一面，不可一概而论。很好，很好，受益匪浅！”

“咳，你还没说呢。”

“对，李晟也说说看。”

“都给你们说完了，想不起什么了……好，我想想吧……”

几个高二的同学想李晟一定有什么宏论。结果等来的是——李晟说：“这一次远离家门，远离故乡，就说今天的心情吧。我想起苏东坡离开四川，沿着长江顺流东下时写的一首《初发嘉州》诗，其中两句说：故乡飘已远，往意浩无边。”

几个同学似乎都在思索着什么，一个同学说：“刚乘船离开，还不算远……”

李晟看着江水，补充道：“总是会飘流到遥远的地方！”

一个初中的小同学，听到“遥远的地方”，忽然唱起来：在那遥远的地方，有位好姑娘——

大家一听，全都笑了起来。李晟心中记挂着陈缓歌，他没有笑，只默默地重复念着：别了，故乡，亲人，我留恋的故土！

（二）宋亡以后无华夏

小火轮快速地沿着闽江溯流向西，二十四小时后，抵达闽西一座重要的城市南平。

7 月 30 日上午，六十三个运动员，一男一女两位教练，一位生活指导，一个行政管理和一位带队的团省委副书记，一行六十八人住进了延平旅社。吃了中饭，许多同学都到街上玩，李晟不喜欢玩，没有出去。他走到旅店大厅，楷书竖写“延平旅店”四个大字，从顶棚直下几乎贴地。

李晟从“延平”两字，想到了文天祥。

南宋时，南平就叫“延平”，那时文天祥从镇江的敌方兵营逃脱，指南直下，经过浙江的台州、温州，到了榕城福州，再到延平府组织义军，抵抗敌人。

臣心一片磁针石，
不指南方誓不休。

文天祥转战福建、江西、广东，母亲和一个儿子饿死军中，妻子和两个女儿、一个儿子被俘。1279 年 1 月，帝昺祥兴元年十二月，由于叛徒的出卖，文天祥在五坡岭被俘。敌人把他捆绑在船上，让他眼睁睁地看着自己国家的灭亡，十万大军无一投降，全部壮烈牺牲，珠江口被宋军尸体堵塞，江水为之不流。他写了《南海》诗，寄托了亡国之恨：

腥浪拍山碎，飙风吹鬓华。
一山还一水，无国又无家。

文天祥被押送大都（今北京），誓死不投降，最终被忽必烈杀害了……李晟想，中国历史上，英雄第一人应该就是文天祥了。于是他走出延平旅社，去看看当年延平都督府的遗址。

当天晚上，躺在延平旅社，李晟一直为文天祥的事迹所感动。他想：如果文天祥成功了，中国宋以后的历史同现在读的就不一样，应该“改写”了。

李晟到了延平，参观了延平都督府以后，一夜不曾合眼。他的思想在激荡奔腾：像文天祥那样视死如归，能有几人？厓山战后，陆秀夫背着幼主投海，跟着跳进海中的士大夫、士兵、民众十几万人！珠江口被尸体堵塞，江水为之不流。可是到了明朝末年，崇祯皇帝缢死景山时，大臣逃的逃，降的降，身边只剩下一个太监……宋、明同样亡，两相比较，触目惊心！

（三）身无彩凤双飞翼

第二天，7 月 31 日，农历六月二十四一早，汽车经建瓯，到了建阳。在建阳又过了一夜。

第三天，8 月 1 日，农历六月二十五早晨六点钟，从建阳出发。不久就过了武夷山仙霞岭的分水关，进入江西境内，中午到了铅山县。停车四十分钟，吃饭休息。李晟记得南宋爱国词人辛弃疾，晚年被罢官以后，就是居住在铅山的带湖。辛弃疾认为“民以食为天”，人生第一“须力田、稼穑”，就把带湖庄园取名为“稼轩”，并以此自号“稼轩居士”。可惜时间太短,不能去带湖看一看。

当天傍晚,到了上饶火车站,但要九点多钟才能上火车。李晟从来没有见过铁路,更没有看到火车。他在车站广场外转来转去,就不知道铁路在哪里,一直到进站了,才看到两条窄窄的铁轨。他想,这样两条窄窄的东西怎么载得了火车?正在狐疑不解时,突然汽笛声长鸣,接着就是火车轰隆、轰隆,排山倒海似的奔驰而来,震得大地都动荡起来……好家伙,这样个庞然大物,又是一节一节,那么长!

几乎全部同学都同李晟一样,从来没见过火车。女同学叽里呱啦,一指一划,大感惊奇,议论纷纷。

“这就是火车呀?”

“我从来都没见过火车,要是鹰厦铁路早一点通车,我就看到了。”说这话的大概是一个厦门的女同学。

“那么狭窄的铁轨,车厢要是站不稳,向一边倒下去怎么办?”

“这样坐上去,行不行啊?”

“如果两条铁轨的距离再放宽一些,同车厢一样宽,跑起来就稳了。”

上车了,六个人一间,三层,一边三个人。按照运动项目分配,先径赛队员,后田赛队员,最后是体操运动员。

李晟分在第六号,怎么还有女生?他吓了一跳,是不是自己走错了房间了?又走到门外看一下,是6号,没错。再进去一看,里面是有男有女。一个女同学说:“上去,上去,老师说了,下铺都给女同学睡。”

中层两张铺都已经有人了,其中还有一个是女同学。他只好攀上最高的一层。糟了,头也抬不起来。李晟一米八十几,怎么坐呢?看看中铺,也一样没法坐直。中铺的一个女同学到了下铺坐,男同学就不好意思再到下铺坐了,只好躺着。

李晟也只好躺着,张大眼睛,看看火车的顶棚。

轰隆,轰隆,轮子滚动起来了,越来越快……

管生活的老师,一间一间地喊:“大家注意了,车厢两旁有厕所,男女共用。进去以后,都要把门关紧,里面有锁。外面的同学要进去,要看一看门钮上显示的颜色,红色,就是里面有人;绿色,就是没有人,你就可以开门进去——”

隔壁突然有同学发问:“进去碰见女同学怎么办?”

老师说:“不会,她出来,你才能进去。”

“老师,火车晚上也走吗?”

“那当然。”

“可以睡觉吗?”

“我们买的是卧铺票,就是给你睡的。”

“那到的时候要叫醒我,否则你们都走了,我一个人……”一个初中小同学说得大家都哈哈大笑。

“傻瓜，老师会吹哨子，叫醒大家的。”

李晟躺在6号房间的上铺，倒是清静，没有干扰。他逐渐平静下来，又开始想念伯父、祖父，想念在鼓浪屿的母亲和妹妹李馨，他特别想念陈缓歌。自从7月初提前到运动队，已经快一个月，没有见着陈缓歌，她高考顺利吗？考得怎么样？

虽然到省城以后，写过两封信，也不知道收到了没有？她是住在泉城大哥崇德家，还是回北港老家？李晟两地都各寄了一封，只是自己行踪不定，没有固定的通讯地址，所以信中特别交待不必回信，等有固定通讯处以后，再回信。

李晟躺着，暂时睡不着，就翻转身看看车窗外面，天空一弯下弦月，悄悄地照着，一片薄云在月亮旁边静静地飞。月亮有时被云遮了，一下又露出脸来。李晟想，大概云有厚有薄，所以一下是云，一下是月。他忽然想起岳飞的《满江红》“八千里路云和月”。岳飞打到郾城，大概就是“八千里路”；“云”应该指白天，“月”是晚上。对了，岳飞说自己率领军队，是“日夜兼程”。自己这一回去青岛，应该比郾城还远，就不只“八千里路”了。这样一想，觉得这一次出来，真应了古人说的“走万里路”，不过，还是“八千里路云和月”有诗意……

李晟躺在上铺，不能坐直更不能站起来，实在有些无聊。就打开书包拿出钱牧斋的东涧写校本《李商隐诗集》，借着车棚顶上微弱的灯光，随意一翻竟是《夜雨寄北》：

君问归期未有期，巴山夜雨涨秋池。
何当共剪西窗烛，却话巴山夜雨时。

“好诗！”李晟读了，有点兴奋起来。他觉得：两个“期”，一问一答。接“君”书信，正是“巴山夜雨”，秋池水涨的时刻。“何当共剪”，思念殷切，预想归家情景；“却话”，应是“回溯”，又一个“巴山夜雨”。两个“巴山夜雨”，往复回环，前面说收信时，后面说预想归家之后，回溯今夜收信时的情景。他记得唐代还有个诗人贾岛，写了一首《渡桑干》：

客舍并州已十霜，归心日夜忆咸阳。
无端更渡桑干水，却望并州是故乡。

在并州、咸阳、桑干三地往复回环。真有异曲同工之妙！

李晟又想起陈缓歌，可人在旅途，她不可能来信问我“归期”……

再翻，是《无题二首》，其一云：

昨夜星辰昨夜风，画楼西畔桂堂东。
身无彩凤双飞翼，心有灵犀一点通。

隔座送钩春酒暖，分曹射覆蜡灯红。
嗟禾听鼓应官去，走马兰台类转蓬。

李晟想：第二联，写相思绝好句子。“身无彩凤双飞翼”，可是要飞到缓歌的身边，即使有翅膀，也没有火车飞得快……火车真快！

“轰隆，轰隆”，李晟在火车有节奏的轰隆声中睡去了……

（四）进了“大观园”

8月2日上午八点钟左右，火车到达杭州，李晟朦胧中听到门外许教练和负责生活指导的老师，正同领队在说话：“车已经停了好长时间了，听说前方几公里的地方，大风把树木刮倒吹到了铁路上，正在清理。车长说，昨天杭州、上海刮台风，街上的树都拔掉了许多。有的电线杆倒了，电线断了，还漏电，发生火灾……叫同学先别起来，不要下到站台上，我已经告诉乘务员，不要开门。”

教练吹了一声哨子，喊道：“同学们注意了，昨天杭州、上海发生大台风，现在车站站台风还很大，都不要下车……”

李晟听说是杭州，就赶紧翻转身子朝窗外看去。他看见一支电线杆有点倾斜，有根电线挂了下来，两三个穿着铁路警察警服的人，在站台上走来走去……李晟心里想：西湖呢？怎么不见西湖？噢，对了，西湖应该不会在铁路边上。

到了九点多，老师分给大家两个面包，刚吃完，火车就动起来了，轰隆、轰隆的前进了。

下铺的女同学把窗帘掀开，“啊，大家看，房屋、树木、田野都快速往后退呢，好看！”

另外两个女生也把头向着车窗外，李晟没有下来，就在上铺往窗外看，这种景致，也是他从来没有看见过的。

过了中午，老师通知，上海快到了，做好下车的准备。叫大家整理好行李，东西不要落下。

从上饶上了火车，终于可以下车了。大家在站台上排队，领队说：“上海体委有汽车来接了，好好听司机的吩咐。”

上海市体委的汽车司机向大家一鞠躬，道：“已经排好队了，好，一个跟一个，走出北站门口，那里有我们体委的车，接大家到南京西路体委招待所住宿。上海市体委就在国际饭店隔壁。大家入住以后，有什么事可以同我们联系。好，出发！”

一个同学悄悄议论道：“不是说到了上海，怎么又是‘南京西路’？”

没有人回答，李晟想，“南京西路”应该是一条路，不是南京市。

到了，有同学很快就数了一下，体委大楼十二层。

“啊,国际饭店这么高!”

许教练说:“二十四层,中国第一高楼!”

李晟同泉州五中一位高二的张同学,住在第十层的一个房间。一会儿,一个初中的小同学从隔壁跑了进来,说:“哎呀,我准备上厕所,刚刚坐上去,不知道手碰到哪里了,突然哗的一声,里面的水冲了下来,把我吓了一跳!”

1956年,泉州市还没有抽水马桶。省城福州应该是有的,但运动员都分住在各个中学,打地铺在教室里睡觉,大多数人都没见过抽水马桶,怎么用也不知道。“你们知道,这里的自来水最好玩,不像我们那里用水都得到井里去打。水很多,流不完……我再去洗洗,玩一会水,凉快凉快。”说着就跑了。

小同学是个体操运动员,初中一年级,说起话来还显得有些稚气。据说,他开了水龙头出去时忘记关了,水都流到地上,还漫到房间的外面,流到走廊上。体委招待所的人很生气,把领队叫了去。

领队回来,全队紧急集合,训话……

李晟和同房间的两个人,相约乘了电梯,从十楼下到一楼。

同学高兴地说:“真快! 一下子就下完十层。”

“下来还好,有了电梯上去才省力。否则就像是爬山一样。”

“听说上海城市大,人口多,市内很少空地,有的中学就办在一幢大楼里面,连操场都没有。体育课跑步,就都在楼梯上下,跑上跑下……”

两人走出体委大门,向右第二幢就是二十四层的国际饭店。姓张的同学仰起头,一层一层的数,竟有二十五层,说:“我数了两遍,都是二十五层。”

李晟说:“大概最高的一层可能是个钟楼,或瞭望台什么,不算一层。”

“我家在泉西乡下,一次有个生意人从外面回家,说自己到过上海国际饭店上面,终日是白云缭绕……生意人吹牛,一片云也没有。”

走到斜对面,是一个很大的公园,叫人民公园。两个人转了一下,觉得公园没有什么好看就出来,张同学说:“弄了一些花呀树呀,搬来几块石头做做样子,铺上一大片草坪,就算是什么‘公园’了。我们乡下这样的地方多得很,上海人喜欢,只管去搬,送给他们——”

李晟说:“怎么搬?”

“那倒也是,搬不过来的。”

两人又向左走,走过西藏路,上了天桥,再转到第一百货商店。好家伙,四层大楼! 两个人走马看花,一层一层的上去。李晟在四楼的乐器柜台上转了转,一看,所有二胡顶上都安了一个龙头,不禁想起六年前自己的二胡坏了,借不到胡琴,退出《赤叶河》乐队的事。很自然又想起陈缓歌托崇义二哥给自己送胡琴,心中又是一阵牵挂……下到一楼,在一个文具柜台前,李晟买了一叠信纸、十个信封,又附带买了几张邮票,每张八分。

走出第一百货公司,向右,跨过西藏北路就是南京西路,走几步,就到了上海体育运动委员会的大楼。两人在一楼电梯旁等电梯,可不知道怎么按电钮,只好到大厅住宿登记柜台里问服务员。一个女服务员走了出来,说:“你们是从哪里来的?怎么连电梯门也不会开呀?怎么乘电梯也得学呀!真是‘刘姥姥进了大观园’——”

姓张的同学问李晟:“什么‘刘姥姥’?”

“《红楼梦》里有一回,写乡下一个老太婆叫刘姥姥的,进了贾府的大观园出了许多洋相的事。说我们到上海,就像农村老太婆刘姥姥进大观园,闹了许多笑话呢。”

张同学“哼”了一声道:“上海是全国最大的大城市,我们不是第一次来的吗?让他们到我们乡下,很可能把韭菜看作兰花了,那才是进了‘大观园’呢……”

(五)碧海蓝天,白墙红瓦

8月2日晚上,住在上海市体委招待所,许多同学出去观看上海的夜市。有钱的同学,也到街上买东西去。李晟不想出去,抓紧时间给家里、陈缓歌、班主任田老师,各写了一封信。除了说说旅途上的经历外,就是说,等到达青岛以后有固定的通讯处,会再写信去。给田老师的信,特别注明,如果评上“三好生”,希望能及时告知省招生委员会。

8月3日下午五时多,离开南京西路体委招待所,又是乘上海市体委的专车去上海北站上火车。到南京时,已经快夜里十二点钟。李晟没有出过门,上了火车感到有些疲劳,就躺在硬卧的上铺睡觉了。大约睡到十二点多,他觉得口很干,甚至有些微头晕,就下来到盥洗室开水桶里舀水喝。感觉火车好像停了。正好许教练也进来倒水,说:“现在是长江轮渡,从南京,过长江,到浦口,要四个钟头。”

李晟倒了一杯水正想走,却打了下趔趄,有些站不稳……许教练一把扶住,说:“你的手有些发烫,是不是病了?”说着就伸手在李晟的额头上一摸,

“啊呀,很烫!走,到老师房间里,我们那里准备了药,有治感冒的退烧的药。”李晟服了药,老师要把他调整到下铺,李晟怕影响别的同学,就说:“如果是感冒,我那铺位也不适合其他同学睡觉,可能传染。我还是睡上铺吧。”李晟攀上顶铺,觉得身上发汗,他知道药物起作用了。他躺在上铺,想起小时候伤风发烧,母亲就只是煮了一碗热烫烫的番薯粉萝卜羹,让快速喝下去。还要烫出满身大汗,然后用厚厚的棉被,蒙头盖住……等全身都汗湿了,人也轻松了,伤风也就好了。李晟自言自语地说:“没关系,汗出了,明天就好了。”

他一直在出汗,一边又想起母亲、祖父、伯父,又想起陈缓歌,他们不会知道自己在生病。还是不要知道好,知道了会担心的……李晟想着,想着,什么时候睡去了,也不知道。

天亮了,大家好像都已经起来,李晟服了药,一觉就睡到九点多。摸摸头额,体

温似乎已经退了。听中铺的同学说，安徽的滁县过去了，下面大概是蚌埠。李晟回忆历史课上讲过的“徐蚌会战”，知道，徐州大概也不远了。他看过祖父残存的藏书，一部《通志略》的书，讲到徐州古代建立过一个小国叫徐国，后来被楚国灭了，子孙“以国为氏”，就都姓徐了。古代徐国大概就是今天的徐州地方。

毕竟伤风还没有完全痊愈，李晟又睡了，错过了蚌埠和徐州两站。朦胧中，有同学说“泰山到了”，李晟立即精神起来，翻转一下身子，朝窗外看，没有！中下铺的同学说，“在那边，快看”。李晟也不顾身体疲惫，立即下来到门外的车窗看，火车已经开过一段路了，他赶紧往后看，可看见的只是一座并不很高的山，平地耸起，显得比较突兀而已，并不险峻。是不是泰山？问了几个同学，也都说不大清楚。就算是，也已经过去了，下一次回程要好好看一看。孔子说“登泰山而小天下”，那不是很高嘛！

到了济南，全体下车，要换车，据说是换乘北京开往青岛的火车。有的同学下到站台上，买了济南的土特产。李晟身上没有什么钱，他不想下去。他下来，借女同学的下铺坐一会。他在想南北两“泉城”：

据说因为有趵突泉，济南被称为“泉城”，这是“北泉城”。有一条济水，源于河南济源县。自河南济源流经山东，顾名思义，济南应该就是“济水之南”。而自家“南泉城”，因为古时晋江江底的泉流，趵突喷涌，而有“泉城”之称，这就是“南泉城”泉州。源于戴云山西溪。

列车奔驰在胶济铁路上，到了淄博。李晟知道，这是春秋战国时候齐国的国都，那时叫临淄。人口稠密，“张袂成荫，挥汗成雨”。虽然山东省被称为“齐鲁大地”，但是比起曲阜为中心的鲁国，齐国不仅富庶，而且也强大得多。战国七雄，楚国最大，秦国最强，齐国最富，都有统一中国的条件，最后还是被秦国统一了。

到了一个叫“蓝村”的小站，据说是烟台开往青岛和开往济南的交汇点。

列车乘务员说，青岛很快就到了。

李晟大致地算了一下，自泉州到青岛的里程，当在四千公里以上。他又一次联想到岳飞《满江红》的“八千里路云和月”！

青岛到了，列车沿着海岸缓缓地开动。

啊，美丽的青岛！

列车的右边，是碧绿的大海，海水缓缓涌来，拍打着海岸，卷起朵朵浪花，又缓缓退去。远处蓝蓝的天空和大海相接，像是一条分明的线隔开了，上面是蓝天，下面是碧水。而前面呢，面前的青岛，映进你眼帘的是一幢幢白色的粉墙和屋顶上红红的瓦片。

啊，青岛，美丽的青岛！

你是中国滨海一颗闪耀的明珠！你是碧海、蓝天、白墙、红瓦，组成的彩色的画图……

第二〇章　马失前蹄

（一）心中的牵挂

1956年8月5日，阴历六月二十九，下午四点多钟，李晟和参加田径、体操运动大会的队员们，走出了青岛火车站，车站广场已经有大会汽车队两部大卡车在等着。大家依次上车，领队、教练和其他老师最后上。开车前，司机拿出一张纸片，念道："根据大会安排，大家住宿在德平路5号，青岛第四中学。第四中学的隔壁，德平路3号，是青岛市第二体育场，有标准的四百米田运动场，还有设备完善的体操训练场所。青岛四中的服务队，会在大门口迎接大家。"

从火车站开车，到德平路5号的青岛第四中学，大约走了二十多分钟。下车以后，青岛四中服务队同学们已经列队在大门口，热烈鼓掌欢迎，并带大家到了教学大楼。一间间教室都打扫得干干净净，地板上铺上了柔软的草席，还有枕头和毯子。李晟和参加甲组跳高、跳远、三级跳远、撑竿跳高的其他七名队员，住在一个教室里。

六点钟，生活指导老师在楼前吹起哨子，高喊："集合，整队到食堂吃晚饭。"

食堂在大门边上的左侧。李晟一看，还有一个讲台，他猜测应该是学校临时将小礼堂改用作食堂。老师站在讲台上说："大会提供给大家的伙食很丰盛，按国家级运动员的标准，8月12日到16日，比赛的五天，每人每天伙食费两元钱；其他时间，每天一块钱。一张桌子八个人，到齐就可以开饭。作息时间就贴在讲台边上，大家自己看。"

接着，领队补充说了几句，

"我们住宿的地方，在青岛市北面的中心区，德平路5号，相邻的3号，就是青岛市第二体育场。离比赛还有一个星期，不论田径、体操，我们都可以有七天的训练时间。今天晚上，大家先休息，熟悉一下环境。具体的训练计划，明天早上六点钟，分田径、体操两队，由两位教练向大家布置。最后，祝大家取得好成绩。”

晚饭以后，李晟就和同学到相邻的德平路3号第二体育场去看看。六个人先到大门左侧的传达室，登记完以后才准许进去。可一进入田径场，就看见几位女生已经先在场上了。李晟问：“你们怎么进来的？”

“我们走‘终南捷径’，喏，从那里下来——”

大家一看，原来第四中学同第二体育场两隔壁，中间并没有围墙隔开，只是四中地势高，下一个坡地就是体育场。

“那你们就不用经过传达室登记了？”

“不用，四中同学说，因为两隔壁，体育场特别准许四中同学使用……”

“太好了，那就不要每天到传达室去登记了！”

李晟在四百米跑道上走了一圈，恰好遇上第二体育场的一位田径教练，聊了起来。原来青岛市第二体育场开始筹划建设，时间也还不长，1954年12月才建成启用。占地面积两万多平方米。四周为德平路、热河路、包头路、武定路所环绕。

体育场正门有办公楼，楼下是各个处室办公的地方。二楼有三个乒乓球训练馆。四百米田径场的中心，是足球比赛场地。还有一幢综合训练馆，一楼是篮、排球训练场，二楼是体操训练场。每天早上六点到八点，傍晚六点到九点，田径场和足球场对外开放。许多同学还在体育场散步，个别同学对自己的训练抓得很紧，参加八百米和一千五百米项目的几位同学，已经在田径场上跑步了。李晟乘了几天车，旅途又感冒、发烧。青岛傍晚的海风吹来，他甚至觉得有点冷意，就一个人先从相邻的坡地小路回到第四中学，找到自己住宿的教室，躺下来休息……

躺了一会，他想到了，应该赶紧给陈缓歌、家里和田老师写信。还好在上海买了信封和信纸。

李晟先给陈缓歌写了信，自从7月初就没有再见到缓歌，心中很是想念，写了满满一张信纸。在信末，他第一次大胆地加了两个字：“吻您！”

写完就赶快放到书包里。然后给伯父、祖父合写一封信，再给鼓浪屿的母亲写了一封。三封信主要是介绍沿途经过的城市和初到青岛的感受，说自己非常喜欢青岛，很希望能被山东大学，鲁东大学或胶东师范学院录取。写信时，李晟不自觉地写了“路上有点小感冒”，一想，不对，家里知道自己病了会担心的，就赶紧涂掉。涂了几下，感觉字迹似乎还能猜出来，又再涂了几下。一看，又不对，祖父、伯父可能会想，“为什么涂得黑黑的”？有什么事，写了又涂掉？这样一想，干脆撕掉，从头再写……

还没写上几行，同住的几个田赛跳部的运动员就回来了。

“怎么样？不和我们一起散步，偷偷跑回来写情书呀？”

李晟刚给陈缓歌写了“情书”，一听，不觉脸就红起来。有个同学抢过李晟手中的信笺，念道："祖父、伯父……"

"原来是家信。"

"你看李晟这个人，天天只知道看书，书呆子一个，哪个女生敢和他来往，还能有什么'情书'呢？"

"说不定，有的女孩子就喜欢李晟这种有点呆头呆脑的人——"

体操教练是个女教师，突然走了进来，问："谁呆头呆脑？李晟？刚才说谁喜欢李晟？注意噢，运动队里不准谈恋爱……"

"没有，没有，大家看李晟在写信，就开他的玩笑，问是不是在写情书——"

"拿来，"女教练接过李晟的信，"很好，给祖父、伯父写信，你们怎么说是'谈恋爱'？大家听，李晟的信怎么写的：'我们于下午五点多到了青岛四中，受到四中同学的热烈欢迎。领队、教练、老师，都很关心、体贴大家，让同学先上车，让同学先吃饭。同学之间像是一家兄弟姐妹……'嘿，说得很好，这样长辈就放心了。李晟很懂事，我得向领队汇报，表扬！"

体操女教练走了以后，有个同学问："她怎么到我们田径队来？"

"听说，晚上老师都要值班，可能今天第一天就轮到她。"

李晟继续写信，给家里的信写完了，就再给班主任田老师写。现在有了青岛市德平路5号青岛四中这个固定的地址，他希望老师能把"三好生"和录取的事情告诉他……

六十三个运动员，只有他一个是高三年级，心中一直记挂着高考录取的事。怎么办？当时录取通知地址写的是"省立泉州南江中学"，现在自己不在学校了，有没有人会代收呢？谁代收？田老师？陈缓歌？可自己走得那样匆忙，并没有交代他们，信件又不能随便拆，怎么办？即使田老师或陈缓歌替自己收起来，并马上拆了信再转寄到青岛来，也要好几天，说不定运动队都要返程了。这可怎么办？

这可怎么办……李晟想起校门外就有一个邮筒，立即找了四中服务小组的同学，要了糨糊，封好信，跑到门口，把信投进邮筒里。

睡觉时，李晟心中仍然很牵挂，据说青岛和泉州书信来回，至少要十天。他躺在床上计算时日，就算田老师收到信立即回信，也要到八月十六号才能收到，那时运动会已经结束了……

怎么办？

（二）三项冠军，仅得其一

第二天一早，全体运动员都到第二体育场集合，从六点到八点，每个人都找到自己项目的训练场地，开始认真的练习。李晟先训练跳高，但是成绩不佳。在省里，跳高他是第二，成绩1米62；就全国上报的成绩看，也只有中等水平。可第一天训练,他只跳过1米57。许教练走过来,看了他一会,说:“李晟,有什么心事吗?你精神不大集中。”

李晟只好承认,说自己担心高考录取的事……

很快,早饭以后,领队就找了李晟。李晟如实把自己担心的事情向领队说了:“从南江中学转寄通知书来青岛,可能太迟,很担心收不到。”

领队安慰了两句就走了。

中饭前,领队告诉李晟,大会秘书处建议:一方面由秘书处出面,打电话给全国高等学校招生委员会,另方面由李晟亲自写封信给全国“招生委”,要求将录取通知书改寄到运动大会秘书处转。

李晟由于旅途感冒发烧,服用大剂量的退烧药,体能下降许多,加上录取的事挂在心里,几天来吃不下饭,又睡不着觉。八月八日到十日,几天训练成绩都很不理想,没有一次达到省里选拔赛的水平。许教练对此很不满意,把他狠狠批评了一顿。当天晚上,李晟一直没能入睡。看看窗外弯弯的月眉,正对着自己,他又想起了陈缓歌,不知她现在怎么样了?这样一来,就更加睡不着……

夜半,也不知道已经几点钟了,李晟独自一人起来走出室外,对着一钩弯月,心中忽而涌起一丝悲凉:前面的路会是怎么样?考不取了,回家去?到漳州市“龙江香草园”找黄翃去?陈缓歌医学院录取不会有什么问题,就是她不嫌弃自己,她那个崇德大哥对自己好像总是不怎么看好,她父亲和二哥呢?考上了,还可以争取;考不上了,为了缓歌的前途,自己也应该走掉。

大概月亮有些偏西了,李晟才进去睡觉……

第二天,李晟已经起不了床了,头额烧的比火车上还厉害。领队,许教练都来了,青岛四中的校医也来了。医生认为感冒是病毒,没有什么特效药,就是休息,多喝水。可许教练急得什么似的,认为还是应该服用退烧的药物,反正李晟第一天没有比赛项目,这样有两天休息,到八月十三日应该能好起来。

根据四中校医的建议,为了避免传染,专门给李晟安排一个小房间。这是学校一个工友的宿舍,工友是山东日照县人,暑假回去了。虽然不大,但有一张单人床,一张写字台,空气流通,环境也清静。

李晟服了退烧的药以后,当天体温就降到了摄氏三十六度九分,算是恢复正常了。十一日休息了一天,李晟坚持明天要去第一体育场参加开幕式。老师看情况基本上恢复正常,也就同意了。

八月十二日早上六点半集合,乘车出发,距离八点半的开幕式还有两个小时。第一体育场在南区,司机特地转到中山公园、水族馆和鲁东大学,让同学们在车上随意看一看。

开幕式非常紧凑。青岛市市长致欢迎词,大会总裁判,清华大学体育教研室主任马约翰教授在会上讲了话,接着大会秘书处向市政府和体育场领导表示感谢,着重介绍了青岛第一体育场的有关情况：

原来第一体育场于1932年冬就开始建造，1933年7月建成。是按照美国洛杉矶体育场的设计图，缩小比例后建造的。

体育场大门三层，第一层是大门通道；第二层会议室；第三层办公室。进入体育场是两个拱门，门楣用崂山花岗石，墙面饰以水刷石。

田径赛场有标准四百米跑道，为德国地姆博士所创的栏曲式。场内是长一百零五米，宽七十米的足球场和各项田赛场地。看台配置东西向对称观众坐席十五级，可容纳观众一万五千人以上。可称为中国第一流的体育场。

李晟参加了入场式和开幕式。虽说是滨海天气凉快，但是当天阳光仍很强烈。李晟甚感疲劳，就到大门通道上面的看台席上，坐着休息。

第二天，十三日上午，李晟的跳远没有获得名次；下午的跳高项目成绩更差。傍晚，田径许教练又特地找了李晟，说："明后天你都没有比赛项目，八月十六号，最后一天下午才是三级跳远，无论如何要争取得分。根据各省上报的三级跳成绩，你是第一名。好好休息两天，看能不能进入三名内，有个第三名，回去也好交代。"

李晟感到很负疚，这一次没能好好为本省田径队争光，白白浪费省里的差旅费、食宿费用，心里非常不安。他知道现在不是技术的问题，而是病后体力、体能恢复的问题。下决心好好休息，争取获得好名次。

可是，静静躺着，也十分无聊。越是躺着，越是想起大学录取的事，通知书能否按时寄到……无奈，只好翻书包，《红楼梦》、李商隐，都不能引起什么兴趣，就随意将自己的习作《沈园泪》电影剧本，再拿出来看看，一是排遣时间，同时也看看还有哪些笔误应该改正。

李晟翻遍了书包，也找不到，正在狐疑，突然，进来两个女同学。一看，知道是高中体操队的平衡木运动员，可是不知道她们的名字。

"喂，李晟，听说你写了一个电影文学剧本，借给我们看看好不好？"

"我们已经没有比赛项目了，借给我们，明天就还给你。"

"你们怎么知道我有剧本？谁拿去看了？"

"你不用管谁拿去。只说借不借，借了，我明天就替你找回来，还给你。不借，我们也能看到……"

李晟心里想，一定是这两天自己病了，昏昏睡觉，被同室的队友拿去看了……他们翻了我的书包？算了，反正已经拿去了，借给她们，明天就可以拿回来。"好，借给你们，不过我这剧本还是草稿，回去以后，我还得认真修改，说不定许多地方要推倒，重新写过……你们明天一定得还给我。"李晟盯着两个女生，觉得长得很像，就问，"你们两个是不是两姐妹？叫什么名字？"

大的回答："我叫梅萼，我妹妹叫梅绿，我还有一个小妹叫梅华。"

"这名字听起来好像很熟，好像是李商隐诗中的句子……"

“是不是‘萼绿华来无定所’？我父亲经常对我们三姐妹这样念了一句——”

“记起来了，这是李商隐《重过圣女祠》的诗中两联：

一春梦雨常飘瓦，尽日灵风不满旗。
萼绿华来无定所，杜兰香去未移时。

“还有呢，《无题》诗也有

闻道阊门萼绿华，昔年相望抵天涯……

“你父亲也喜欢李商隐的诗？”

“不知道，父亲不让我们看这些古书。”

梅萼说，“真可惜，没有时间了，否则就借你的《沈园泪》来抄一份——”

梅绿眨了眨眼睛，调皮地说道：“后天，不，三天三天，三天后还给你，反正你十六日要参加比赛，也没有空看，是不是……同意了？我们走了！”说罢，两个人就跑了。

李晟休息了两天，十六日上午许教练仍叫他休息，说中午十二点半会有一辆车来接。

下午一点钟，三级跳远比赛开始，李晟第一跳，只跳了 12 米 84，同省里选拔赛时，整整差了 40 公分。

第二跳，起跳一步，李晟觉得还很顺利，可是到了第三跳，却没有力气再弹起来，像是滑进沙坑里一样。成绩只有 12 米 66。

第三次跳，虽然比第二次略好一些，但是也没有超过第一次。

但是很幸运，李晟竟然有资格参加决赛，还有机会再跳三次。无奈，第四、第五两次成绩也没能超过第一跳。李晟心里想，花了国家这么多的钱，从泉州到了青岛，再不拼一下，也对不起“优秀三好生”的称号。这第六跳，李晟改变一下跳法，他将重点放在第一和第三跳，第二跳稍微缩短个 10 公分，第三跳就有可能增加 20 公分以上。果然，这最后一跳，李晟的三级跳成绩提高到 13 米 38 公分，获得了个第一名。

回到第四中学宿舍，许教练又高兴又感到遗憾，说道：“你真是‘马失前蹄’，临比赛才生了病……"

不过后面补充了一句：“总算挣了个第一名……为运动队添了七分。”

李晟一听“马失前蹄”，就想起那本书上看到的，说是清代广东才子彭星堂殿试时，‘马’字下面四点，少了一点。皇帝虽然爱他的才华，无奈一个风水先生说：‘马失前蹄’，很不吉利。这个人很可能夭寿。果然，彭星堂回家后，悔恨愧疚，不久就吐血死了……李晟想到这里，忽然振作一下精神，自语道："不，名次是小事，只要能上大学，什么都不怕，死不了！"

（三）泪　别

全国青少年田径体操运动大会，于八月十六日下午六点钟的闭幕式为标志，正式结束了。

各省运动队从十八日开始陆续返程，二十四日最后一批送走。因此，大会秘书处的工作也要到二十四日才正式结束。李晟的运动队，被安排在二十二日离开青岛。十七、十八两天让队员们自由行动，许多同学都去逛街，买东西。

李晟决定去新华书店和古旧书店看一看，正想出门，梅萼和梅绿拿了《沈园泪》稿本来还。梅绿说："看了，很感动，我都流了眼泪——"

"我也流泪了。你写的歌词，有一支还标注用《孤栖曲》，我正好会唱《孤栖闷》，是不是一样的？"梅萼问。

李晟打趣说："很高兴，有人看了还流泪……"

"问你呢，《孤栖曲》和《孤栖闷》是不是一样的？"

"差不多吧……"

正说话间，忽然四中服务小组的一个女生带进两个人。

一位大约三十四五岁的中年人说道："我是沙鸥，原名叫王世达，沙鸥是笔名。给你介绍一下，这位是大会秘书处的，给你送一封信。我跟秘书处的同志一起来，想采访采访你。"

"采访我？"李晟没有注意到"送信"的事，只觉得"采访"自己不合适，"采访我什么？"

"是的。我们秘书处知道你是运动员中年级最高的，是考了大学来的……"

"可我旅途上生病了，还没有完全恢复，比赛成绩很不理想……确实，很差。我们队有跳高第一名兼撑杆跳高第一名的同学，傍晚就回来，你可以来采访他们。"

"不，我不是来采访运动成绩的。听说你对文史很有兴趣，也很有积累，还写了个电影文学剧本《沈园泪》。我们作家协会，这一次有五个人来青岛，兼任大会的记者，有诗人臧克家，小说家艾芜，还有雷加、未央和我。我是写新诗的，想同你随便聊聊。"

"你是诗歌评论家沙鸥！我不会……不会写新诗，好像读过你的诗歌评论。"

"喏，请评论家看看，这是李晟写的《沈园泪》。"梅萼又从李晟的桌子上把剧本拿了去，交到沙鸥手里。

"对不起，很粗糙，是从自己写的一个梨园戏剧本改编的……"

沙鸥翻了几页，说："这主题歌很有激情，歌词和诗是相通的，文学创作就讲究一个‘情’字。作者心中荡起情感的波澜，笔锋就带感情；行文有情彩，就能感动读者。这是文学作品区别于其他文字样式的根本特征。”

“说得是。不过，和文学相比，我更喜欢历史学——”

“噢，对了，刚才说的，秘书处同志给你带来一封信，是刚刚收到的鲁东大学寄给你的录取通知书——”

李晟一听，竟然忘情地跳了起来，叫了一声：“乌拉！（万岁）”

接过信，拆开一看：“太好了！我被鲁东大学历史系录取了！”

沙鸥接过通知书一看，果然是录取到历史系：“为什么不读中文系？”

“小时候，我祖父、伯父和父亲，教了我许多古典文学，包括诗词、古文、小说、元人杂剧和明清传奇等等，再读就浪费时间了，而历史著作我读得很少，只是随意看了六七部史书的一些《纪》《传》文章，连《资治通鉴》都还没有读完，所以我填报了历史系而历史同哲学，比文学更近一些，我想还可以到哲学系去旁听，或者自学中国思想史，哲学史。”

沙鸥觉得这个中学生不简单，就深入再问一下：“那么，你觉得文、史、哲有什么区别吗？”

李晟抑制不住心中的兴奋，就一反往日的谨慎，高兴地回答道：“我觉得文学使人感情细腻丰富，历史使人获得人生经验，而哲学则能使人思想深刻——”

“等等，我记一下……说得好，有体会。”

“刚才说的，‘哲学使人’怎么样？”梅绿边记边问。

秘书处的同志代为答道：“哲学使人思想深刻。”

下午，李晟和一位泉城五中高二的张姓同学，一起到了新华书店和青岛古旧书店转了一下，没有钱，不敢多买书，只花了四角钱，买了两册“槐庐丛书”本纪晓岚的《玉溪生诗说》。然后就到海边的栈桥去看了一下，再转到鲁迅公园，恰好碰见运动队的领队。李晟高兴地把鲁东大学录取的事告诉领队。领队很替他高兴，并建议三个人在鲁迅公园照一张相。

十八日上午，李晟就到邮电局分别给陈缓歌、父亲和田老师，拍了三个电报，告诉录取的消息，并说了自己就留在青岛，不再回泉州了。

刚刚从邮局回到青岛四中，服务小组的同学给李晟转来了田老师的信，告诉他录取的消息，看来，招生委员会既通知运动会秘书处，又按正常程序，寄一份通知书到南江中学。通知书下面田老师附了一封信，说市委已经正式下文，批准他为“泉州市市级三好生”。尽管是好消息，但是李晟并没有像得到鲁东大学录取那么高兴。他心里甚至想：如果不是为了录取，自己实在不应该占了其他同学“三好生”的名额。我评上了，别人就失去了。说实在的，“三好生”应该给陈缓歌或者“老夫子”。

下午，李晟和姓张的同学到枣儿山，拜谒康有为坟墓。事先他们准备了砚台、笔墨,用薄纸在墓碑前面,拓下“南海康先生之墓”几个大字,并转到碑阴面,草草看了吕振文关于康有为生平事迹的记述。

晚上,生活指导到李晟住处说,十九日晚上,全体队员同江苏、山东运动员到胶州湾海军舰艇上同海军战士一起联欢。明天白天在小礼堂舞台上排练节目。

十九日晚上,大会车队两部汽车负责接送,路上司机介绍说:“胶州湾是一个半封闭型的海湾,湾口最窄的地方,从团岛南端到薛家岛北端只有两公里半,海湾南北最大长度约四十公里,东西只有二十八公里,面积大约四百三十多平方公里。”

汽车把同学们一直送到团岛南端的海滨,然后大家登上舰艇。

这天晚上,本省代表队,表演的节目是男女声对唱电影《草原上的人们》的插曲《敖包相会》。很受欢迎。

原定一男一女两位同学,女声由梅绿唱,可是男声找不到合适的人,最后是梅萼自告奋勇,女扮男装同梅绿对唱。反正除了本省运动员外,山东、江苏队和海军战士,谁也不知道梅萼是女生。李晟本来胡琴拉得不错,可是带把胡琴不大方便,就向四中服务小组借了一支竹笛,负责笛子伴奏。

梅萼用假声,模仿男中音,还唱得真像:

> 十五的月亮升上了天空哟,
> 为什么旁边没有云彩?
> 我等待着美丽的姑娘哟,
> 你为什么还不到来哟啊?

梅绿接着唱女声:

> 如果没有天上的雨水哟,
> 海棠花儿不会自己开;
> 只要哥哥你耐心的等待哟,
> 你心上的人儿就会跑过来哟喃。

没有想到,掌声雷动!演变成整齐的拍子,整个甲板上,包括年轻的海军战士都跟着应和起来,一遍又一遍:

> 只要哥哥你耐心地等待哟,
> 你心上的人儿就会跑过来哟……

最感动人的是海军战士演唱赵荣诤作词、梁启明作曲的《远航归来》。这支歌由四个乐章组成，往复回环，表达了海军战士们对祖国的深切怀恋：

祖国的河山遥遥在望，
祖国的炊烟招手唤儿郎。
啦啦啦啦啦啦啦，
招手唤儿郎。
秀丽的海岸，
绵延万里，
银色的浪花，
叫人感到亲切甜香。
祖国我们远航归来了，
祖国我们的亲娘。
当我们回到你的怀抱，
火热的心又飞向海洋……

为了不影响海军战士守卫祖国的海疆，联欢晚会八点半就结束了。李晟赶紧向海军歌咏队借了《远航归来》的歌曲，当场抄了下来。

当天晚上，整个青岛第四中学的校园里，此起彼落，响起了《远航归来》那优美的旋律……李晟心里想：同学们离家已经一个多月，借“远航归来”寄托自己归家的情思，就像出发时，汽车奔驰在榕城大街上唱的“我们再见了，亲爱的妈妈；请你吻别自己的儿子吧，再见吧妈妈，别难过，莫悲伤，祝福我们一路平安吧……再见了，亲爱的故乡！”

可是，李晟必须留在青岛，何时再见故乡？再见祖父、伯父和母亲？再见陈缓歌？再听见灵峰山上呼啸的秋风……

二十一日晚上，运动员和领队、教练、老师们都在准备行装，明天一早就要离开青岛了！李晟则需等到第二天上午十点钟，由大会派车送他到鲁东大学，提前去报到。许多队员知道李晟不能和大家一道回去，心里都有些难过。自从一起生活、训练、比赛以来，一个多月，日日夜夜在一起，一下子别离，心中说不出的惆怅！

行李整理好了，一阵一阵，三三两两的同学，到李晟住处告别。梅萼和梅绿居然哭得很伤心。一个说：“李晟，经常通讯，好吗？”

李晟也很想哭出来，只是他忍住了，问：“你们老家在哪里？”

“漳州市——”

“龙江园山琵琶阪，知道吗？”

“正宗的水仙花产地，哪能不知道？”

“有一个香草园，离城里近吗？”

“香草园就在九龙江畔，离城不过十几里路，离我家只有两三里路。”

“梅萼、梅绿，你们姓什么？”

“就姓梅呀。”

“噢，这样的姓好像不多……回漳州以后，如果有到香草园，去找一个叫黄翊的人，他是我初中的同学，告诉他，我们运动队一个月来的情况——”

“我知道，我还会告诉他，说你录取在鲁东大学，回不去了。”

有几位同学听到“回不去了”，又哭了。

李晟安慰说：“不是‘回不去’，是留在青岛，直接到学校报到，不能回去……”

（四）海天空阔风寒

李晟提前到鲁东大学，距离正式报到时间还有一个星期。学校对于一位来自参加全国青少年田径体操运动大会的新生，非常照顾。总务处负责宿舍管理的老师，特地从家里赶到学校，为李晟安排了临时住宿的房间。恰好学校图书馆工作人员提前上班，正在赶编一大批图书，教师用的小食堂也就提前开放了。

吃、住都不成问题，李晟想乘开学前，到青岛市著名的山东大学看看，是否已经搬迁去济南？他高中时，订阅了一年多的《文史哲》月刊，记住山东大学校址在鱼山路5号。中午吃饭时，李晟问一位图书馆老师：“鱼山路5号怎么走？”

“你去山大？山大正在搬家——”

“搬哪里？校舍给了什么学校？”

“山大搬去省会济南，原来的校舍给了青岛海洋学院。”

“噢，那就不去了。我原来想到他们《文史哲》编辑部去看看。”

“听说你是历史系的？还有一个星期，能不能帮我们编书，帮帮贴贴书脊的书号标签就行。”

李晟想一想，反正也没有什么事，到图书馆帮忙，还能看看进了一些什么书。就很乐意地答应了。从八月二十二日下午到八月三十一日下午，李晟在学校图书馆帮忙，图书馆按每天五角钱给工作补贴。这是李晟有生以来第二次通过自己的劳动得到的报酬：五元钱。第一次，那是八九年前替何其旺家割稻子挣的四角钱。李晟特别记得，因为中餐在汤里舀了一片白萝卜，被怀疑捡肥肉吃，头上被筷子打出了血。相比之下，这五块钱有多珍贵呀！他想应该给陈缓歌买一点小礼品……

九月一日，星期六上午，学校新生报到注册。人文学科的中文、历史两系，新生名单贴在校长布告栏里。李晟一早就到布告栏查看自己编在哪一个班级。新生来得还不多，有一位年龄很轻的女教师站在布告栏旁边，问：“你是中文系还是历史系？”

“历史系。”

“看清楚，是哪个班级的？”老师又补充了一句，“我是历史系的行政秘书，姓汪，你叫什么名字？”

“我叫李晟……噢，历史系一年级有四个班级？”

“是，每班十八人。找到了，你是第二班的班长，看，第二班第一个名字。”

李晟找到了自己的名字，在第二班是第一个名字，可是并没有写明自己是班长，就说：“不是，上面没有写我是班长。”

“四个班，第一个名字都是班长。校长室是根据高考入学成绩编班，第一高分就是一班的班长；你是第二高分，二班班长；第三高分，三班班长；第四就是四班班长。按照分数高低轮转，编到第七十二名；每班十八个同学。班长都是校长任命的。上课两周以后，由团员选举团支书；全班同学选举一个负责文娱体育、课外活动方面的同学，称为‘班主席’。这和中学不一样，大学就是由班长配合系里行政秘书，负责班级的行政领导工作……”

汪老师笑了一下，又说：“记住，你要配合我，领导第二班的工作。”

学校很快就正式上课了。李晟从来也没有担任过班干部，中学时除了读书，还是读书。到了鲁东大学，除了历史系的系主任和秘书汪老师布置的工作，他会认真、按时去做外，其他的事，他就不知道应该如何主动去开展。自己感觉，除了每天上课喊“起立”外，似乎也没有什么事情可做。

九月三日，李晟收到陈缓歌八月二十八日的信，缓歌已经被省医学院医疗系正式录取，并且准备第二天就到学校报到。字里行间，看得出缓歌还同从前一样，对自己充满柔情。虽然天气越来越冷了，但是，心却是热乎乎的。

到了九月底，青岛的天气越来越冷了，早晨气温已经降到了摄氏八度左右。李晟七月半离开泉州，身上穿的是短袖衬衫和短裤，只有一套长袖衬衫和单裤的夏装。再说泉州地处亚热带，终年不见下雪，即便是冬装，也不过是毛线背心和棉织卫生衣。他冷得全身打哆嗦。当地同学告诉他：“十月份就进入冬天，一个月有好几天气温都在摄氏零度左右，冬季三个月平均温度只有八摄氏度，其中可能有一两天气温高一些，但一般也不会超过十五度。十二月、一月，最低气温达到零下十二到十五摄氏度，还下大雪！得赶快准备棉衣、棉裤、棉鞋、棉帽、棉手套了，还得买毛线衫，毛线裤……”

同学的话，真把李晟吓了一大跳！这些带“棉”字的衣服、用品，李晟是从来都没有听说过。要买这些行头可得多少钱呀？

天气越来越冷了，十月十三日，星期六，刮了一夜北风，竟飘了一场轻轻的雪花。第二天，李晟躲在被窝里，都不敢起身。有同学报告了汪秘书，汪老师下午就到学校来看望李晟，并且带来了她丈夫暂时不穿的一件旧棉衣。她知道李晟连一件秋天的衣服都没有，更不用说冬衣了。在了解了李晟的家庭情况后才回去。

第二天下午，汪秘书就替李晟买来了一件棉衣，一床棉被，说是历史系补助他二十五元,代他买的。

李晟从小到大,第一次穿上了棉衣,上课时高兴的时常将手伸进口袋里。第一节下课了,天空又飘起了雪花。李晟穿着棉衣跑到教室外面,很高兴地伸手去接捧飘雪。有个同学问:“你们南方都没有下雪?”

“至少我们泉州、厦门一带还没有见过。我们读小学的时候,有一课书《雪花飞,飞满天》,大家从没有看见雪,就问老师‘雪是什么样子的’?老师说,‘白的,细细的,大概像面粉,粗的像食盐那样,能在空中飘的’。”

李晟的话,引得山东的同学哈哈大笑起来。

“李晟,快进教室,不要再去接雪花了,等一会,你的手都会冻坏了。”

果然,第二天,李晟的双手都生了冻疮了,又僵又痒。

虽然有一件棉衣,可是棉衣里面却是空空的。李晟只好把所有夏天的衣服全都穿在里面。但是,脚上还是单裤,一双球鞋,直冷得发抖……

这天晚上,李晟躺在床上,一直不能入眠:怎么办?还能呆下去吗?能不能转学回南方?本省不想去,能不能到杭州或广州?他翻来覆去,居然自度了一阕没有词牌的小词:

海天空阔风寒,
心路阑珊。
征鸿正路迷,
暂借胶州深处一枝栖。
乱絮飞花路,
杨朱泣歧漫漫。
南望南望,
故园归梦难。

第二天,李晟就卧床不起了。他挣扎着几次,还是天旋地转……醒来,他已经躺在不知什么地方的医院里了。系主任和汪秘书特地到医院病房来探望。

看李晟醒来,汪秘书试探地问:“给你转到南方怎么样?”

“我不想回本省去。”

“你是南方人,对北方的天气很不适应,加上冬天的衣服、棉被都不足,再下去还要冷。”

系主任说:“还是回南方,本省不想去,邻近的地方也可以。”

汪秘书说:“华东地区可以同类学校互相调整,就是杭州,广州有困难。”

“我很喜欢青岛……”李晟嗫嚅着说。

“我们知道,你是第一个志愿填到我们学校的。只是为了你的身体……

系主任停了一下又说:“我们再同杭州方面联系一下,如果他们答应了,我看杭州可以去。学校会电话同杭州联系,把一切都安排好。杭州接受以后,马上告诉您。”

两天过,李晟出院了,学校学生处和汪秘书告诉他说:“武林师范学院可以接收,但是他们历史系只有大专的名额,去不去?”

就这样,李晟到了杭州市,进入武林师学院历史系继续学习。一到杭州,他又立即给家里、老师和陈缓歌写了信。

第二一章　云无心以出岫

（一）同乡李晓雪

10月23日星期二，阴历九月二十霜降这一天，李晟沿胶济铁路，在济南换车，马上接上北京开往杭州的直达快车。到杭州，已是第二天清晨，在城站下车后，即上了1路公共汽车，在湖滨站下，然后问了路人，往南走了约一公里，就找到南山路98号"武林师范学院"。校门门楣上，隐约还留有"杭州师范学校"的痕迹。李晟想，这大概是向"杭师"借的校舍。

学校占地面积不大，正对大门是一座三层的教学大楼，一二两层是教室，第三层是系科的办公室。右侧一幢两层的大楼是学校行政办公室。传达室的工作人员把李晟带到教学大楼第三层历史系办公室，报了到，系秘书立即带李晟到大楼后面的第二学生宿舍。秘书说："就在2106房间。我们知道你今天到学校，昨天就让同学帮你把床位整理好。这里是武林师院分部，杭师搬到松木场，校舍我们暂时借用。明年春假，就搬到新建的校址，在体育场路。同鲁东大学一样，我们历史系也有四个班，不过只是大专层次。你还在第二班。有什么事情，可以问班长，班长是个姓李的女生，是你同乡，龙江专区漳州市人。"说罢，秘书就走了。

李晟想，很碰巧，同鲁东大学一样，也是四个班，也编在第二班。李晟打开行李袋，正要把被铺拿出来，门口一个女同学，伸了一下头，问："是鲁东大学转来的李晟吗？"

"是，你是……"

"我叫李晓雪，拂晓的'晓'，冰雪的'雪'，漳州市人——"

"噢，你是班长？系里秘书刚刚介绍过，坐，坐。"

"正好第二节下课，课间活动有二十分钟，听沈秘书说了，来看看你，我们是同乡。”

“我是泉州南江中学的。”

“我是龙江师范毕业，国家规定，普师毕业只能报考师范院校，你是高中毕业，又是全省的重点中学，怎么转到高师来呢？”

“青岛天气太冷了，我们南方人很不适应，也可能我在青岛时生了一场病……”李晟随意回答，笑了一下。

“好，好，班级里大多是调干生，不是干部，就是小学老师，应届高中、普师的学生只有三个同学，连你来了，也只有四个……我先去上课了，有什么事情就找我，我在女生宿舍，问我的名字都知道。

“对了，忘记告诉你，我们这校舍是暂时借来的，听说以后要给中央美术学院华东分院。所以现在只有中文和历史两个系在这里；数学、物理、化学、生物系，都在‘六和塔’。好，我先走了……对了，有钱买棉衣、棉裤吗？”

“杭州虽然比泉州冷，但是比起青岛，应该是暖和多了。我已经有一件大棉衣，大概不会冷。不过据说，一月份平均温度会在摄氏五度左右……不管怎么样，有一件大棉衣就不怕了。”

“需要添置什么东西，告诉我，我这里还有些钱。好，我去上课了。今天星期三，下午没有课，明天你就直接到教室上课。”

星期六傍晚，六点钟不到，李晓雪到2106宿舍，把李晟喊了出去，说：“大门外面不远，就是西湖十景之一，著名的风景点‘柳浪闻莺’。我陪你走走，我在大门边上等你。”说了，头也不回就走了。

李晟觉得初来乍到，找这位同乡了解一下学校情况，很好。就迅速穿好衣服，才走到大门边上，李晓雪就神秘地转到大门外。李晟跟了出去，问：“‘柳浪闻莺’名声很大，好不好玩？”

“走，跨过马路，我告诉你。快，马路对过左边就是柳林，到那里就不会有同学撞见。”

“撞见同学？怕什么？”

“你不知道，这里的同学都是年纪很大的干部和小学老师，还有报纸编辑什么的，最喜欢谈论‘爱呀’‘老婆呀’，谁同谁是‘一对呀’，有几个看人都瞪着色迷迷的眼睛——”

“我不怕，我们是同乡，光明正大的，怕什么？”

李晓雪一听，转过头来，说：“是不用怕，说得是，‘光明正大’的，就是真谈恋爱，也不用怕。”

“啊，‘柳浪闻莺’，那么多柳树！真漂亮！”李晟看那秋风吹起的柳枝，上下飘飞，像是一片柳的海洋。他特别注意听，哪里有黄莺的鸣叫，可除了风飘，柳摇，发出的声音以外，似乎并没有莺声。就笑着对李晓雪说：“‘柳浪闻莺’，怎么听不到莺声?”

“我8月底来的时候,也这样对杭州的同学说。他们回答,‘秋天怎么会有莺声?明年春天就一定能听到’。走,我们往湖边走,然后经钱王祠,我带你到涌金公园去看看。”

李晟跟着李晓雪沿着湖畔往东,一边散步,一边观赏湖光山色。

李晟偶然回一下头,啊,太漂亮了!这不是风景画里见到的“保俶倒影”吗?只见夕阳下,保俶塔倒影在西湖湖面,随着湖水的荡漾,泛起皱褶的塔影,令他顿感一阵温馨。李晟喜欢这景色和这景色给与的柔和的感觉,就建议说:“我们往西面走,到湖滨,看湖水清波,夕阳塔影,好吗?”

“好,只要你喜欢。”

两人回头往湖滨方向走去。李晓雪问:“你家里做什么的?”

李晟因为家庭出身问题,从小就有一种自卑感。他习惯于随口反问旁人,就反问道:“你家里做什么事的?”

“我父母都在马来亚槟榔屿,我住漳州北京路叔叔家,婶婶是江西鹰潭人,所以叔叔和婶婶有时到鹰潭做生意,我就一个人。”

“你是华侨?经济上应该还可以,为什么初中毕业去读普师?”

“说起来,真是笑话。我父母思想十分保守,说是女孩子反正要嫁人,用不着上大学,读个师范出来当个小学教师就有很多人要了。你说可笑不可笑?”

“不奇怪,我们那里还要‘封建’得多。贯彻新《婚姻法》以后,父母包办婚姻的情况还存在,时常听到女孩子为婚姻问题跳海自杀。黄家庄就有一个女子,自己有个相好,可父母收了人家的礼金和嫁妆钱,就逼她嫁人。结婚三年,除了除夕没办法回一次夫家,其他时间就是住娘家。一年除夕,她小姑来叫,无奈父母又逼……除夕当夜尸体就抬回来。据说去夫家时,身上藏了一把剪刀,自己刺了喉咙,死了……”

“真可悲!”

李晟同李晓雪一直走到湖滨六公园,晓雪提议说:“我们坐一坐吧,脚有点走累了。”

两人似乎都有些不自然,李晟尤其警惕,脑子一直涌现陈缓歌的倩影。李晓雪忽然问:“你家有些什么人?”

“我家有父亲、母亲,妹妹;伯父;还有祖母;曾祖父,今年八十八了。”

“还有呢?”

“没有了。”

“你哪年生的?”

“我属小虎,1938。”

“几月?”

“阴历八月二十八，阳历 10 月 21 日。”

“我比你大了一个月多一点，新历 11 月 22 日，旧历十月初一。你给我当小弟吧！”

“当小弟？我……你没有弟弟吗？”

“你就是呀。”李晓雪说着，就把李晟的手牵了过去，“走，我们回去了。我是班长，我会照顾你的。班级有两个‘狐狸精’，一个上海人，一个是金华什么地方人，你得小心！”

李晟同李晓雪，又走回柳浪闻莺，一个人影也没有。天黑黑的，借着湖面的清波，可以看见柳树像一堆堆云雾，又像是一座座小山阜，朦朦胧胧，有些阴森。李晟说：“阴冷凄清的有些怕人，我们回去吧！”说着就往学校方向走。李晓雪紧跟在后面，似乎有些气喘，但很快地一下就赶到李晟的身旁，一边牵了李晟的手，一边笑着说：“路上太冷清，要有莺声就好了……”

（二）疾雨横风

1956 年 12 月 31 日，丙申年十一月三十，李晟收到陈缓歌一封九张笺纸的信，密密麻麻。李晟估算一下，至少有一万字。

随信还寄来了她的近影。李晟一看，不禁“啊”了一声：“真是美得迷人！”

那额下的眉儿，像是天边的弯弯的月；

那柔美的眼睛，像是一汪静谧的秋水；

那微微皱起的鼻翼，又像一只翩翩起舞的小蝴蝶儿；

那两片薄薄的唇吻，翕合着，让人想起紫色的红樱桃；

最是那一绺乌云似的鬓发，

那披散飘忽在两边肩上，令人涌起心底的阵阵波澜。

兼之信末那特别工整的“吻您”两字，李晟不禁心旌摇漾……

晚饭以后，李晟想给陈缓歌写信，担心李晓雪又来找自己出去，脸也来不及洗，就赶到延龄路一家专卖各种信笺的小店，挑了两刀粉底的暗痕桃花笺，又买了一套“西湖四十景”的黑白照片，匆匆赶回学校。

李晟坐到图书馆一个不被人注意的角落里，给陈缓歌写回信。一直到 1957 年零点，新年的钟声敲响的时候，李晟才放下那支陈缓歌赠送留念的 Parker 钢笔，把信和“西湖四十景”封好带回宿舍，锁在刚买来的一只小箱里。李晟知道，除夕到新年，同学们都不会很早去睡觉，也就再踱出宿舍，到教室里看看。

为了庆祝除夕和元旦，学生会把各个教室重新作了安排，历史系二班的教室门楣上写着“扑克室”三个字。李晟不会打扑克，也随便进去看看，只见李晓雪正在同另外三位女生，聚精会神地打扑克。李晟又到了历史系其他三个教室转一转，再到中文系四个教室依次都参观了一下。比较有趣的是设在中文三班教室的“谜语室”。一条条彩线,挂着三角形的各种颜色的纸片,每一张都写着一个谜语。李晟随意看了几张,没有什么兴趣,大多没有去想它。只有一张写着:

春雨绵绵妻独宿,猜一字

李晟很快就猜出来了:“春雨绵绵”,没有“日”;“妻独宿”,“夫”不在。去掉“日”和“夫”,“春”就成了“一”字。李晟想,谜面就已经暗示“猜一字”,怎么没有人来猜呢?

忽然,李晓雪进入“谜语室”,叫了一声:“李晟,找你一个晚上都没见到,你去哪里了?”

“我呀,一个一个教室巡着看,又同中文系的同学聊天,讲唐诗、宋词——”

“你有没有到自家教室里?”

“有呀,我看到你打扑克很专注,就没有喊你……我扑克一点也不会,就走了。”

“你看到我和谁在打扑克?”

“反正你们一个小桌子,坐了四个人,我只看到你,其他好像也是三个女生,没有注意她们是什么人……”

“还算是个诚实人。我告诉你,我本来想约你去平海街东坡剧院,或者延龄路胜利剧院看戏去,不巧碰到系主任,就站着同他聊了半天。听说,省教育厅决定春假期间,把我们武林师院迁到体育场路浙江师范学院分部校舍……明天你做什么?”

“新年的钟声早早就响过了,不是明天,是天亮以后……”

“我问你,天亮以后做什么?”

“天亮以后一定还在睡懒觉。”

“好,大家都睡懒觉……”

1957年4月5日,阴历三月初六,清明节这一天,中文、历史两个系从南山路98号搬出,数学、物理、化学、生物四个系,从“六和塔”省委党校搬出,都迁到体育场路新建的武林师院校舍,一天搬完。

到了一个新的、宽敞的校园,大家都感到新鲜,兴奋。教室很大,女同学可以在教室后面踢毽子,甚至可以组合两三对,练习跳交谊舞;宿舍也从原来每间住八个人,改为四个人,并且可以安放一张长长的桌子。

还有四百米田径场,室内运动场、食堂、礼堂、音乐室、美术馆等等设施。学生的学习和活动大大改善。像是一所高等学校了!

一天傍晚,李晟独自一人走出大门,向右一直走去,大约只一站公共汽车的路程,有一处地名叫天水桥。再转回走,向左,也大约一站公共汽车路程的样子,叫宝善桥。李晟每星期大约有两次去“众安桥”旧书摊。第一次因为路不熟，就花了六分钱乘公共汽车去了。以后，李晟就都自己一个人“以步当车”，从学校一直步行到众安桥。

李晟对这样的学习环境和大专的生活补贴，非常满足：每个月伙食费十一元，据说，为了鼓励读大专，早一点到中学任教，以解决中学师资严重不足的问题，国家因此特别给大专学生提供伙食费，不论家庭贫富，也不论家庭出身。此外还有助学金，助学金分为四等，第一等每月给八元钱，二等六元，三等四元，四等二元。李晟除了伙食费外，每月还有六元的助学金，生活比自己在南江中学时好得多了。

但是，许多同学对这样的生活、学习环境，还是不满意。一部分原来志向颇高，想进综合大学，因偶然考试失利，或其他原因屈就大专层次的同学，开始向学校提出，希望取消大专层次，改成本科。历史系原来招生一百名，来报到的只有七十二个。不到一年，又有近二十个来自高中的同学不告而别，自动退学，准备明年再参加一次高考。

历史系十几个来自上海、南京等大城市的同学，经常聚在一起，谈论学校的设施和师资，认为“走错了门”。一个江苏扬州来的潘姓同学，是第二班的副班长，经常叹气说：“我的志愿是北大哲学系，怎么分到这里？莫名其妙！”

迁校不久，潘同学就借家中父亲有病“请假”回家，一去不返了。

一个姓王的同学，原是南京某家日报的副刊编辑，每月工资已经达到七十多元，据说是十九级干部，也感叹：“倒退了，倒退了，读两年书出来，当个中学历史教员，一个月才四五十块钱，等于降了四级。”

一位高中毕业、来自上海的周姓同学说：“在这样学校读书，就是‘混’，上学期在南山路，我每天到湖滨中苏友谊馆跳舞，也能混个‘中’和‘及格’。简直是浪费青春，消耗生命！”

相对来说，倒是来自小学的校长、教导主任、小学老师和普师的同学，对学校基本满意，至少没有什么牢骚。

一天，南京报社的副刊编辑王同学找到李晟，说：“你高中毕业，怎么来读这样的学校？同我们一起上书教育部、教育厅，要求改为综合大学，至少改为本科，签个名好吗？”

“我是自愿从鲁东大学转来的，怎么能签名呢？再说，我很喜欢当教师……”

“看你水平很不错，可惜‘胸无大志’。胸无大志呀！”

“你本来是新闻单位的，报考历史专业，选择时就欠考虑。但是既然来了，就要安心。文史专业，完全可以自学，未必要很高的学历，只要沉下心来两年时间读完四年，甚至更多的课程，不是什么难事。不要参与那些有损国家，于己无益的事情。还是多读些书；已经快一年了，两年很快就过去。即使不想读书。静心养性，也总比成天无谓的聚会、闲扯要好！”

武林师院毕业分配开始后，李晓雪留校任校长办公室秘书，而李晟却分配到晓雪的家乡漳城教育局。晓雪很想回漳城，征得学校人事处同意，两人对调。李晟希望搞教学和研究工作，最后到了中文系古代文学教研室任教。

李晟抓紧时间回了故乡灵歧古镇，在返乡的短短十天时间，他同陈缓歌举行了订婚仪式。

8 月最后一天的晚上，李晟返回武林师院，第二天即投入了轰轰烈烈的大炼钢铁运动……

（三）中了“举人”

李晟 8 月 20 日，农历七月初六离开武林，乘坐开往江西鹰潭的火车。一路上，李晟想到陈缓歌已经两年多没有见到了，相见时会是怎样一种情景？还有辛苦抚养自己的曾祖父、伯父和生活在鼓浪屿的母亲。年迈的曾祖父，已经九十一岁了；还有三清观的雪梅祖母，姨婆颜风荷和李文清姑妈，年纪也都七十左右了……

啊！
故乡依旧？
灵峰依旧？
灵峰溪水依旧潺潺？
溪流两岸的绿柳、紫薇和木芙蓉，
也同往年一样吗？
……

这一次旅途很顺利，李晟十八日晚上六点钟就到了鹰潭，马上到售票处买了第二天上午七点半开往厦门的火车票。然后找了车站附近的江潭旅社住下来。放好行李后，就到街上各处看一看。街上非常繁华，虽然天还没黑，有几家店面却已经亮起了灯。当然，同武林，甚至是泉州都差了一个档次。他也没有心思在市面上转，立即回到江潭旅社，给陈缓歌写了一封信，说明旅途一切顺利，并特地在信末写上“于江西鹰潭江潭旅社”几个字。

第二天早晨五点半，李晟就起床了，结了账，带着随身行李踱出旅社大门，往北只走了五六分钟就到了车站广场。鹰潭是小站，候车室很小，在里面等车的也没有几个人。李晟在候车室转悠了一下，就出了站门。一看，原来东面有一个很大的池塘，池塘岸上有许多人正在观风景。他也就踱步到了岸边，走到一块立石旁边。原来这不叫“池塘”，有篆刻大大两个字“江潭”；潭水清清，微波摇漾，岸上草色青绿。他忽然想起了唐诗名句：江潭芳草萋萋。

李晟算得很准，21 日下午三点多就回到家里。

伯父、曾祖父都在圆通寺；丁香母亲和小妹李馨，在鼓浪屿和灵歧镇来回住，两头跑；这回特地从鼓浪屿回到灵歧镇；还有，三清观三位道姑也下山来：两年多没见到虎子李晟了，大家都只想早一点见到。

六个人，外加妹妹李馨，从两点钟就围在一起聊天，一边等着。李开先虽然九十一岁了，还是很健朗；今天特别高兴，爱说几句吉祥的话，让大家欢喜欢喜。他说："自从光绪年间我中了个'举人头'解元以后，两个儿子三十年代又在上海中了'进士'，今年，小虎孙又在武林中了'举人'！"

文清说："民国以后就不时兴叫'举人''进士'了。父亲是怎么比较的呢？"

"当年春申、汝成读了四年大学，获得了学士学位。学士，算不算'三甲进士'？算！硕士，可以说相当于'二甲进士'，博士就是'一甲进士'。你看都有一个'士'。李晟论学问，应该是'一甲'状元；如果在鲁东大学，也就是'进士'……不过也不错，没有'士'这个学位，大专就同'举人'差不多。"

"那高中毕业呢？"

"高中毕业，只能算个'秀才'。"

春申听了，说："父亲的比方打得不错，可惜儿子我中了'进士'，一点用处都没有！"

"有用有用，没有这个'进士'，你能学会中医，还能开个药店？李晟要不是你多少能接济一点钱，也中不了'举人'；能中'举人'，春申是第一功！"

大家听了都觉得解元公说得好！春申听了，脸上都泛出光彩来。不过春申还是很谦和地说："药店早就'公私合营'，已经是国家的了；我只拿几个工资。"

"这三四十块薪水维持一家人，就是功劳！"

大家你一句，我一句，对春申都称赞有加。

大家正说得热闹，只听得一声："曾祖，伯父，我回来了！"

李晟叫了一声，就踏进圆通寺大门。大家忽地都不自觉地站了起来。李开先笑得嘴也合不拢，说："我们家'举人'衣锦还乡了！"

李晟将行李一放，说："没有'衣锦'也还乡了……"

"大专就像是科举时代的举人；举人回来，自然是衣锦还乡！"

李晟笑着说道："祖父这个比方，还是第一次听到呢。那本科就是进士了。"

"对对，从前有硕士、博士，解放以后不兴这个……"

丁香拉着李晟的手，看了又看，说："儿子，母亲看看，没有瘦，没有瘦，还长高了！"

颜雪梅也过来牵着李晟的手说："虎子孙，快坐下，两年多了，快说说想不想家？"

李晟说："想，很想家。"说着就打开行李包，把武林市买的礼物都拿出来，六条真丝手绢，给了三清观的道姑，每人一条；曾祖父、伯父、母亲，每人一件真丝的衬衫。

"还有一把阳伞……一把阳伞，想……送给陈缓歌；那年约好，说考上大学就给他送‘生日礼物’,可大学考上了,人在青岛……”

紫云、紫雪、紫文听了都笑起来。紫文说:“你看,大学都毕业了,还害羞呢!”

“孩子还嫩,胆子小。”丁香说。

宋紫云点了点头,接着说:“个性倒不像汝成,却同春申小的时候很像,未失赤子之心!”

李开先道:“慢慢来,当了教师以后,经常在讲台上课,讲话,就会成熟、老练起来。”

春申道:“缓歌月初回北港峰尾时,还特地转来家里看看曾祖父,很关心你的情况……我想双方家里都没有意见,趁这一次回家,就订了婚再到武林去。”

“我也是这个意思。”李开先说。

紫云、紫雪、紫文都很赞成。丁香说:“先订婚好。孩子还小,过两三年结婚不迟。”

大家都点点头。丁香看了看儿子,说:“这事,李晟先同缓歌商量一下,如果缓歌和她家都同意,就可以举行一个订婚仪式。从前有‘证婚人’,现在不时兴这个;把亲戚、朋友都请来热闹热闹,也就是见证。”

李晟这一下似乎胆子大了起来,不再感到难为情,说:“那我明天就去北港峰尾,同缓歌,还有她父亲、二哥、二嫂先商量商量。”

“他大哥呢?”

“他大哥在泉州,过几天再去说……”

春申突然想起什么,说:“孩子,峰尾回来以后,如果定了,就写封信给黄翃,借他们黄家大厝摆两桌酒。”

“我在家时间很短,虽然是 9 月 1 日开学,但是这是大学,大家说,我自己才大专,却要给本科学生上唐诗,不准备怎么能上好课呢? 所以我决定在家一个星期就走。写信给黄翃,信件来回也要四五天,来得及吗?”

“儿子两年多才回来,怎么只住六七天?”丁香问。

“本来只能住五天,我最迟 8 月 30 日就得到杭州,上 9 月 1 日星期一的课。还好,教研室主任星期一没有给我排课,我可以星期天赶到,星期一备课,星期二上课,所以头尾就有九天时间。我算了一下,8 月 29 日离家,经过榕城,同缓歌一起去看一下她们的学校。30 日离开榕城,31 日到武林,9 月 1 日备课,2 日上课,就这么紧……不过如果功课教得顺利,我明年暑假就再回家。”

“去年黄翃父亲决定到漳州谋生,就把钥匙寄在咱家。只要告诉他一声……”春申道。

“噢,这样倒是方便。明天下午峰尾回来,时间确定了,我就写信去。”

第二天,8 月 22 日早饭以后,李晟换了一套稍微新一点的衣服,拿了“西湖阳伞”和几条丝绸的手绢,向祖父、伯父和母亲说:“我去峰尾镇缓歌家,下午就回来。”

李春申说："等等，我昨天从药店里买了几支西洋参，你带给缓歌的父亲，就说：'夏天补身体，西洋参比较好，红参和高丽参都不合适。'"说了，就将一个盒子的西洋参交给李晟。

果然，下午五点钟，李晟就回家了。

"怎么样，订婚的事？"春申和丁香几乎同时关切地问。

"海灯伯和缓歌的二哥二嫂都很高兴，说，'应该的，过几天又要到外省去了。把婚订下来，双方都安心'。叫我们选个日子，我再去一趟峰尾，告诉他们。"

"你估计他们家谁会来参加？"

"我想都会来。就是她大哥崇德和大嫂张翎，在泉州当干部，可能很忙，会不会来不知道。"

"那我们也得去请他来。"

"那是当然。已经同缓歌约好，25日，我们俩都到泉城去请，缓歌从峰尾去，讲好中午十二点左右在他大哥家里等。"

春申算了一下，说："如果缓歌家里都来参加，连小孩也有八个人；自家五个，紫云那里连小道姑六个，这样也就有十七八个人了。"

（四）认清了你再来

李晟和陈缓歌的订婚仪式，8月28日，农历七月十四，借黄家庄黄翃家的大厝举行，按预定，摆了两桌酒席。

缓歌的大哥崇德、大嫂张翎两夫妻，终于还是没有来。理由自然说是"工作很忙"。本来缓歌希望至少大嫂能够来参加。开始说"争取来"，最后还是变卦了。

但是，让李晟和陈缓歌感到欣慰的是，黄翃和赵天欣两人特意从九龙江香草农场请假回灵歧，参加他们的订婚仪式。更令人高兴和激动的是黄翃带来了两位意想不到的客人：当年同在青岛"青少年田径体操运动会"，参加平衡木比赛的运动员，梅萼和梅绿。

两桌二十个人，尽兴而散！

席后，李晟让祖父、伯父和母亲，陪准丈老陈海灯，二哥崇义和二嫂小张翎到黄家大厝正房聊聊天。李开先虽然已经九十一，在曾孙虎子晟订婚仪式热烈气氛的感染下，显得无比的高兴和健谈。他先是称赏缓歌是泉州第一"玉女"，也没有忘记夸一下海灯，说海灯是"前世修来的福"，玉皇大帝才将这样一位"玉女"赐给了陈家。陈海灯、陈崇义和小张翎都感受到李开先的喜悦和对自己陈家的热情。他们知道"解元公"在灵歧、北港一带的声望，今天能够同这样家世出身的家庭结为婚姻，也确实是"前世修来的福"。陈海灯从入座喜宴起，就张着嘴，笑个不停。在这种场合下，他只是高兴，不知道应该言谈些什么，只道了一句："两家结亲，两家喜庆……"

李开先转向崇义，回忆起1942年蝴蝶洞打日本鬼子的事，问道："崇义，你当年参加郭步海船队，堵住蝴蝶洞下行出口，消灭日本鬼子，那一次战斗，是几岁呀？"

崇义很高兴，"解元公"还记得自己参加过蝴蝶洞的战斗，回忆说："已经十六年了——"

小张翎替崇义回答说："那年大概是十六岁吧。"

"是呀，只有十六岁，古人说，'英雄出少年'，难怪能当上北港镇镇长！"

"解元公老当益壮，倾家荡产，组织'灵峰抗日血魂游击队'，任游击队副司令，泉州、全省人都知道，是真正的老英雄！"

停了一下，李开先继续道："听李晟说起，崇义、小张翎两夫妻对李晟、缓歌的事一直很支持，心里很感激……"

崇义笑道："当然当然，都是一家人……李晟小学时还在我家住过，我和妹妹还同李晟一个桌子上读书、做作业呢。那时我对李晟的印象就很好。有一年到北港参加扫盲，给了我们很大的支持；我们在船上办起了扫盲识字班，李晟提出的'基本字带字''形与声互配'的识字法，还得到'解元公'的帮助！"

李开先同陈海灯、陈崇义、小张翎一直聊到夜里十点过，才由春申搀扶着回圆通寺住处。

梅萼和梅绿前年在青岛参加运动会时，还是高中一年级，今年就要成为大学生了，两姐妹家离黄翃工作的"龙江香草园"只有两里路。1956年8月25日，两姐妹一到家，就跑到"香草园"告诉黄翃，李晟录取了鲁东大学……受"香草园"上千种香花香草的吸引，两姐妹今年双双报考了省农学院的园林花卉专业。

"两姐妹什么时候到省农学院报到？"陈缓歌问。

"新生入学迟两个星期，我们9月12日报到，15日上课。"

梅萼爱开玩笑，说："缓歌姐，你同李晟真相配，令人羡慕！什么时候不想要了，就让给我吧！"

陈缓歌一听，也笑着回答说："有那么好啊？你要，现在就让给你！"

大家都起哄了："让，让，让！"

弄得李晟都不好意思了，赶紧转换话题："黄翃，记得我们同学，那个很幽默的'老夫子'吗？"

"记得，记得，不就是胡得元吗？我那年扇了涂喜贵一个巴掌，学校要处分我，还是他仗义执言——"

"对，就是他，他前年也是考进省农学院花卉专业，下学期三年级了。"

陈缓歌插话道："'老夫子'那年，同比我们高一年的余静波谈恋爱，余静波进了这个专业，他也就跟了进花卉专业。"

"好呀，今后这些大学生，很多人都会到我们'香草园'。我们香草园是省里农科院的实验基地，也是全国新品种花卉的培植基地，每年北京、上海都来了许多专家，有的一住就是半年、一年，说是搞试验，积累数据写论文。上海植物园还定期同我们进行交流……”

“你们现在有多少职工？”

“干部，种植工人，勤杂人员，加起来不下三百人。听领导说，人太多了，以后恐怕不容易进了。”

“好呀，现在我就和姐姐向黄翃哥先挂个号，我们分配工作时，得帮我们进‘香草园’。”梅绿认真地说。

黄翃想到了客人的住宿安排，道：“咱们晚上玩得迟一些。我家房间还比较多，我和李晟两人住小间房子，缓歌也单独住一间小房间，梅萼、梅绿和天欣三个人住大房间，有两张床铺，大床两人，小床一人，你们三个人自己去安排。行不行？”

“好！我和姐姐睡一张大床，天欣姐一张床。咱们晚上唱歌，大唱特唱，高高兴兴地唱，好不好？”

天欣说：“那请梅绿先唱一个。”

“我唱《敖包相会》，可惜没有人和我对唱。”

“前年在胶州湾海军舰艇上，他们两姐妹对唱，梅萼还女扮男装……”大家都鼓起掌来。

“不好，不好，要唱得换一个。不过，今天咱们不能喧宾夺主，还是请李晟、缓歌先表演一个节目。”

黄翃很表赞成，说：“你们两个先来一个，下面大家都要唱一个，只是先后问题。”

“怎么样，缓歌，《红莓花儿开》……”

“还唱这个？”

“他们都没有听过。”

缓歌说：“高三那一年国庆晚会，在南江中学，我同李晟一起唱过这支歌。这是苏联作家尼古拉·保克金编的一部反映苏联农村幸福生活的电影；伊萨可夫斯基写的歌词，杜纳耶夫谱的曲子。女演员玛丽娜唱得非常抒情。除了《红莓花儿开》，还有《从前你这样》《丰收之歌》《歌唱幸福》。今天晚上换一换，我就唱《从前你这样》吧。”

“好好！先请缓歌唱《从前你这样》。”

陈缓歌有两年没有唱过这支歌，觉得有点生疏。她酝酿了一下情绪，体味一下歌曲的情韵，就轻轻地唱了：

从前你这样，现在你还是这样，
草原的鹰，勇敢的哈萨克，
你为什么，为什么我们重逢？

为什么扰乱我的平静？
为什么，为什么我们重逢？
为什么扰乱我的平静？
为什么你，悲哀失望，
又要前来，把我冤枉，
只有一点，有一点是我的过错，
我没有力量把你忘。
只有一点，有一点是我的过错，
我没有力量把你忘……

黄翃靠在桌旁，闭着眼睛，陶醉似的听着；歌声停止，他张开眼睛说："优美的旋律，令人陶醉，百听不厌……下面李晟唱。"

李晟笑了笑说："唱什么呢？"其实他已经有准备了，说，"我来唱一支《勿忘我》，小时候，听母亲轻轻哼过，可能唱错！请批评指正。"

说着，李晟轻轻地、抒情地唱道：

一位青年就要远离心爱的姑娘，
临别时，姑娘心中十分悲伤。
她以《勿忘我》之歌倾诉衷肠，
《勿忘我》歌声在薄雾中轻轻飞扬。
邮差从远方捎来了青年的信，
姑娘的窗前，灯光闪烁明亮。
她捧着远方寄来珍贵的勿忘我之花，
是"勿忘我"花儿才使她充满着希望！

黄翃又评论道："有淡淡的忧伤，意境很美……"继而转向陈缓歌，调侃道："陈缓歌，李晟叫你'勿忘'他！"

缓歌大方地回应道："是相爱的人，怎能忘记？"

接着天欣唱了一首《喀秋莎》：

正当梨花开遍了原野，
河面上飘着柔曼的轻纱。
喀秋莎站在峻峭的岸上，
歌声好像明媚的春光；
喀秋莎站在峻峭的岸上，

歌声好像明媚的春光……

“哎呀！忘了，长久不唱了，忘记了……下面请锦歌唱梨园戏《陈三五娘》，好不好？”

梅葶说：“五娘唱的那支《有情人永结成双》，怎么样？”梅绿立即表示：“赞成！很好！符合今天晚上的特定气氛。”

锦歌站了起来，看看姐姐和李晟，缓歌说：“就唱吧，梨园戏，曲调很好听，大家都喜欢。”

锦歌清清喉咙，道：“梨园戏唱腔本来如果有洞箫、胡琴和琵琶就会好听一些……就清唱吧：

三兄为那五娘，来潮州城，
受尽苦楚，乔装呀，来磨镜。
明知伊情义深，明知伊情义长，
受尽苦楚乔装呀，来家磨镜。
五娘为了陈三，费尽心机，
……”

梨园戏唱腔，用的是接近于南昆的柔美的音调，音声迂徐，和缓悠扬，每一句末了，都有一种余音袅袅的韵味……虽然锦歌只唱了一节，李晟却听得都陶醉了。他似乎觉得泉州的南音，应该比南昆产生得更早，《荔镜记》产生于正德、嘉靖时期就是证明。

锦歌突然停下，说：“哎呀！忘了，长久不唱了，忘记了。下面梅葶、梅绿唱，就唱《敖包相会》，李晟听过，可我、天欣、我姐都还没有听过呢。”

梅绿说：“唱腻了，换一个吧。姐，你说，唱支《四季歌》好吗？有人把标题写作《花儿与少年》，我们一起唱。”

“好，就《花儿与少年》。”

春季里(么)就到了这，水仙花儿开，
水(呀)仙花儿开；
年轻轻(那个)女儿家呀，踩呀(么)踩青来呀，
小(呀阿)哥哥，
小(呀阿)哥哥呀，
小(呀阿)哥哥呀，搀我　把来。
夏季里(么)就到了这，女儿心上焦，

女儿(呀)心上焦;
石榴花(那个)籽儿呀,赛过了玛瑙呀,
小(呀阿)哥哥,
小(呀阿)哥哥呀,
小(呀阿)哥哥呀,亲手摘一颗。
秋季里(么)就到了这,丹桂花儿香,
丹(呀)桂花儿香:
女儿家(那个)心儿上啊,起了(呀)波浪呀,
小(呀阿)哥哥,
小(呀阿)哥哥呀,
小(呀阿)哥哥呀,扯不断情丝长。
冬季里(么)就到了这,雪花满天飞,
雪(呀)花满天飞;
女儿家(那个)心儿里啊,赛过那雪花白呀,
小(呀阿)哥哥,
小(呀阿)哥哥呀,
小(呀阿)哥哥呀,认清了你再来。
小(呀阿)哥哥呀,
认清了你再来;
小(呀阿)哥哥呀!
认清了你再来……

“嗨,李晟,‘认清’了没有?”梅绿一唱完,就对着李晟调侃起来。

“当然是‘认清’了!”李晟笑着回答道。

“缓歌,李晟是不是‘认清’了?”

缓歌也笑着,大方地回答道:“都五六年了,还不‘认清’啊!”

梅萼紧接着问道:“什么时候‘认清’的? 说来大家听听。”

陈缓歌又一次大方地应对道:“李晟《勿忘我》的歌声,让我认清了——”

紧接着,大家又鼓掌,又起哄……

梅家姐妹动人的歌声,把李晟带到了对于往昔岁月的深沉的怀恋。

李晟说:“记得我们高一那年,省歌舞团到泉州演出,很快,这支歌就在南江中学传遍了。那时我同缓歌还悄悄唱过——”

“为什么要‘悄悄’唱呢?”

“那时候还不懂什么谈恋爱,只是关系好一些,怕同学笑话……”

陈缓歌笑笑说:“是这样。我想起了那时东北电影制片厂拍了《草原上的人

们》,好像是海默根据玛拉沁夫的小说改编的。除了通福作曲的《敖包相会》,还有向异作曲的《草原牧歌》,也很好听,我同李晟也悄悄唱过。我觉得比《敖包相会》还要好听——”

“唱唱唱！陈缓歌唱!”赵天欣说,“我也喜欢这支歌。”

缓歌喜欢这支歌,她知道今天是自己订婚,是一个可纪念的日子,多唱一支歌,也可以留给日后更多一点回忆,就站了起来,清清喉咙唱了:

百灵鸟双双地飞,
是为了爱情来唱歌;
大雁在草原上降落,
是为了寻找安乐。
啊哈呵咿,我们努力的工作是,
为了幸福的生活!
啊哈呵咿,我们努力的工作是
为了幸福的生活……

多美的歌儿,“我们努力的工作,是为了幸福的生活”！几个年轻人全都沉浸在幸福的回忆之中,大家愉快地欢聚在一起,一直到了下半夜。李晟感慨地说:“这样欢乐,没有忧愁,没有忧虑的相聚,以后还会有吗?”

黄翊说:“会有的。有机会到龙江香草园,我们再相聚;另外,我和父亲在漳州达聪巷买了间旧房子,回城里有个落脚的地方。记住地址:达聪巷二十五号,有来龙江找我就不用住旅馆了。下一次大家在龙江香草园,在达聪巷相聚都可以。”

散会后,李晟悄悄地塞给缓歌一朵勿忘我,道了声:生生世世相守！勿忘我。

(五)闺蜜王可心

李晟和陈缓歌,第二天在戴云山麓拦车,中途登上厦门开往省城的汽车。

两人马不停蹄就到火车站,想买省城开南平的火车票再转鹰潭上浙赣线赴武林。可售票处回答是,前段时间只是试车;由于种种原因,省城到南平的火车要到十一或十二月才能通车。李晟只好再买闽江的小火轮去南平了。

李晟说:“前年坐闽江小火轮,24 小时,只有一天,到了南平就能接上鹰厦线,和去厦门乘车时间差不多。9 月 1 日到武林师院报到没有问题。”

缓歌有一个同室非常要好的同学叫王可心,两人无话不谈,女生称她们两人为“闺中密友”,后来就干脆说成是“闺蜜”。陈缓歌同李晟相好的事,只有向王可心透露过。这一次,她决定让王可心认识认识李晟,听听她怎么评价,其实缓歌,多少也想显示一下自己的恋人有多好！为了不让其他同学知道，陈缓哥在李晟入住的南桥旅舍边上的“荷心餐馆”，单请王可心吃饭。暑假回北港时，还没有想到会举行订婚仪式，匆匆忙忙，也就来不及告诉可心。这一回在“荷心餐馆”小聚，也算是对王可心的一次“补偿”。

王可心偷偷瞟了一下李晟，不觉动了一点艳羡之心。她觉得李晟和缓歌非常匹配，两个人的结合会是十分和谐的一对。自己什么时候也能找到这样的“如意郎君”，同缓歌姐就凑成了两对……想到这里，王可心不觉笑了起来。缓歌看在眼里，就捏了她一下手，问：“什么好事笑起来了，讲讲让我也分享一点。”

王可心虽然大大咧咧，但是非常聪明，随机应变的能力特别强，马上就灵机一动，说道：“我刚才想起去年，有一个高年级的同学追我。我当时一心读书，坚决拒绝，这个人就要死要活，写了信说要‘自杀’。我知道他对我未必了解，更谈不上有很深的感情，估计这种人也不会去自杀。为了让他死心，我就把他叫到没有什么人走动的，校园边上一棵大树下，当面对他说：‘没出息！想死还不容易吗？我不爱你，我是根本不会答应你的。如果你要自杀，最好是现在，你在树下，上吊给我看看……’

“这个家伙一听，讷讷半晌，说：‘我是同你开玩笑的’。说了，头也没有回一下就跑了……哈哈哈！”

“真有这事，都没有听你说起过。”

“本来想给缓歌姐说的，后来怕麻烦，心想，说不定你会叫我指点给你看看是哪一个；如果再让他发现了，那不把他又给引来了？”

“哼，王可心你还很有心计呀。你不告诉我，我以后什么事也不告诉你。”

“不不，今天不就是告诉你了，还不止告诉你一个人，连你的李晟都告诉了！”

“是是，王可心很诚实——”

“你看你看，第一次见面，李晟就看出我这个人很诚实！”

陈缓歌笑笑说：“你看，说你一下好，还‘自我表扬’起来了！”

“说实在话，我是真羡慕你们，你们两个在一起会一辈子幸福。看了李晟，我以后找朋友标准一定会大大提高，这也好，也不好——”

“说说看，怎么‘好’，怎么‘不好’？”缓歌问。

“这还用问吗？好，就是让我以后也下决心找一个像李晟这样的人；不好呢……不好呢，也就是……要求太高了，反而找不到了。哈哈哈，两位说，我说得是不是？”

“不会的，别把李晟说得什么都好……我们只是从小就认识，小学就认识，他还在我家住过。初中 3 年、高中 3 年都是一个班级。就这样。”

“这就是很好了，互相了解……记住，毕业结婚时请客可不要落下我。”

“别人会落下，王可心是‘铁姐妹’，怎能忘了呢？”

（六）杀开一条“血路”

陈缓歌送李晟到了南桥旅社，又坐了一会儿。

李晟看着陈缓歌那美丽的脸，心里就痒痒起来，走过去，牵起她的手，吻了又吻……缓歌笑了笑说：“坐到那边去，我有话同你说。”

“还有什么话没说？不都说了吗？还是亲热亲热吧，明天就离别了。”

“离别，又不是不再见……”

李晟突然逼近，把脸部往缓歌的脸上靠，想进一步去吻吻她，缓歌用手轻轻一挡，摇摇头说：“爱是很圣洁的事！小时候不懂，有时太随便了。让我们等到神圣的那一天，都献出自己的爱；离别的晚上，让我们多说一些话吧，现在……暂时……坐那边吧。”

“好，圣女，我的爱！多谈谈好，留些话儿回武林也可以咀嚼，回味。”

陈缓歌要回学校了，李晟默默地送了她一程，最后牵了她的手，吻了一下道：“明天我就走了，‘勿忘我’；你路远，不要赶来码头。三年后哪里见？武林？榕城？泉州？九龙江畔的漳州？”

“哪里都可以，只要我们在一起……”

缓歌走了，李晟一个人，躺在南桥旅社，不管是长大后听来的，还是自己亲眼目睹的，从曾祖父到姑婆、姨婆、伯父，母亲和妹妹，还有据传失踪了的父亲，一个个人，一件件往事，都浮上了心头，拂之不去。反正明天可以躺在闽江小火轮上睡觉，就让思绪去随意奔腾吧……

第二二章　在鹰潭病倒

(一)“分手”的信

1961年春季开学不久,李晟的身体因饥饿劳累而彻底垮了;一个上午,连续上四个钟点课,竟晕倒在课堂上。

根据医院的建议,学校准许李晟1961年上半年,休病假一个学期,但是工资必须打七折;每月四十二元,只剩下二十九元四角。

一个学期很快就过去了,7月初,学生正在准备学年考试。

1961年7月15日就要正式放暑假。本来,李晟想回一次家,特别是陈缓歌,已经从医学院毕业,分配到漳州市“龙江专区医院”,当了一名内科医师;三年没见到缓歌了,李晟真是挂念。只是,自己身体还没有完全恢复,而且工资又打了折扣,身边没有几个钱,似乎还不能回去。

可是,7月1日,忽然接到陈缓歌第一百六十九封信,这是一封建议“分手”的信,理由是自己最近肚子痛,经妇科检查,说是“子宫后倾后曲”。信中特别强调:得了这种病的妇女,一辈子都不能怀孕,不能生孩子,为了李家能传宗接代,自己只好忍痛提出分手……

李晟开始认为,缓歌大概由于身体不适,或者检查出患病,心情不好,随便提出“分手”,并不太在意。就给陈缓歌回了一封信,除了表示关心,还特别说道,“不管是什么病,终生不离不弃”;信中还引用了周总理和邓颖超也没有孩子的事:会不会生孩子,不是爱情的基础。我不在乎孩子,周恩来总理就没有孩子,他同邓颖超不是也很幸福吗?

可是,紧接着,7月8日,又收到陈缓歌的信,这是第一百七十封,信中还是建议“分手”,其中特别提到:你是独生儿子,你父亲又“失踪”不在了,家里只有一个妹妹，你应该另外找一个人，为你家生个孙子……

李晟又立即写了回信，信中仍给与安慰，并且说道：你在一所大医院里当医生，应该有信心，病总是能治好的；即使治不好，也不必有“分手”的想法。信写完，立即到邮局寄发。

7月17日，李晟又收到陈缓歌的第一百七十一封信，满满的三张纸，坚决要求“分手”，理由是近日小腹疼痛得更加厉害了，治疗了近一个月没有任何好转。信中多次提到“确是为李家着想”：你父亲不在，曾祖父又已经九十三岁，你父亲又失踪了十年，一点消息都没有。母亲年纪也大了，自然希望你早一点有个孩子。可我确实有病，不能满足你家的要求；你们李家总不能娶一个不能生育的媳妇吧。虽然你很理解，但我不愿意让你们李家人，心里不高兴；这样子，我会一生感到不安，一辈子受到良心的谴责。你不要感情用事，要理智一些。俗语说，“长痛不如短痛”，就此分手吧！

其中有一段言辞十分恳切，李晟读了，甚至感到缓歌有些哀伤：我们可以说是“青梅竹马”，童年伙伴（您还曾在我家住了一个学期），中学六年同窗，而且已经订了婚。只是，我总觉得，爱得非常痛苦，好像有什么力量在撕扯……我怎么也想不到这一生会同你分手！你对我的爱，我都记在心间，我会永远记着，时常咀嚼这一段令我心醉而又凄美的爱情。我只有来生报答你了……

李晟接到这第一百七十一封信以后，第一个反应就是“情况有变”，只是实在想不通：缓歌才分配漳州几个月，怎么……六年的爱情，说散就散，怎么会一定要“分手”呢？会不会是自己家庭出身和社会关系问题，遭到她大哥陈崇德的坚决反对……

李晟决定请假到漳州去一趟，当面同陈缓歌谈一谈。他赶紧到中文系总支办公室，找了叶鸿飞书记，说明情况，并谈了自己的想法；同时希望，能给一个星期假，处理好就立刻回学校。叶书记有些同情地说：“正好是暑假，你就走一趟吧。”

叶书记同意后，李晟又即刻回到宿舍，找古代文学教研室主任林梅雪，刚在门板上敲了两下，门就开了：“怎么样，找我有事？”梅雪站在门边问。

李晟告诉她，遇见了这样的事情，并且将陈缓歌的第最后一封来信，拿出来，递给梅雪看。李晟道：“现在情况还不明……我想请假到漳州去一趟，叶书记已经同意了。你先看看信……”

高梅雪看完信，说了一声：“进来说吧。”一边说，一边给李晟倒了杯水，道：“没听说过你有未婚妻……说说你的打算。”

“反正是暑假，我就先请假，但我会按期回校，想了解一下，下个年度我的功课怎么安排，回漳州以后，可以抽时间备备课……”

“功课现在还没有安排好，不过同去年不会变化太大……这样吧，回去住哪里，给我来封信，知道你的通讯处以后，我会通知你……从没有听说你已经有了未婚妻……你有什么打算?”林梅雪再次问李晟“有什么打算”。

李晟苦笑了一下,说:“情况不明,心里很乱,现在没办法打算什么。”

梅雪劝慰道:“这种事情不能勉强。双方离开时间久了,情况发生变化是常有的事。有什么情况,做出什么决定,写信来,或者发个电报也可以……我们是同事,遇上这样的事,真令人不解和同情……你放心去好了。”

“那我走了。”李晟连一声“感谢”的话也忘了说,扭头就走。

林梅雪又追出房外,说道:“还有,买点吃的、用的东西回去。现在是困难时期,漳州的物资供应,可能没有武林好……还有,记住,像个男子汉!一定要分手,就分手呗。”

李晟到武林城站,看了一下旅程表:明天上午9点钟就有车,当天晚上可以到达鹰潭,19日一早上了鹰厦线,火车上过一夜,20日一早就可以到达漳州。于是立即乘公交车到城站,买了7月18日上午9点钟,杭州到鹰潭的火车票。然后在城站附近的邮电局,分别给陈缓歌和同乡又是同学的黄翃,发了两个电报,告诉自己到漳州的日期。

刚刚发了电报,怎么就乌云盖顶,天空一下子就暗黑下来,紧接着大风大雨,李晟站在邮电局大厅,避了一会儿雨。可天空越来越黑,看看大雨一时停不下来,想到必须回宿舍整理行装,还得到总务处领取粮票,借点钱,才能走路,于是就冒着狂风暴雨,冲出邮电局的大门……

(二)江潭芳草

1961年7月18日上午9点钟,李晟匆匆离开了武林,上了浙赣线,当天晚上到了江西的鹰潭;他病倒了。

李晟重感冒、发高烧,在鹰潭旅社昏昏沉沉,从7月18日,到7月21日早上,整整睡了三个晚上又两个白天;口干舌燥,全身发烫,只想喝水。他似乎觉得天空正飘着零雨,正想张开嘴去接几滴雨水,可雨又停了……因为想到雨,不知什么时候,脑子里忽然挤进了李义山的两句诗:

> 一春梦雨常飘瓦,
> 尽日灵风不满旗。

好像是一阵“轰隆隆”的雷声,把他从睡梦中惊醒……

“糟了,开厦门的车,7点钟上车!”

李晟惊觉地叫了一声,推开枕头,赶紧坐了起来。看看窗外,天色已经蒙蒙发亮。他从衬衫口袋里摸出车票一看,改签的火车日期就是21日早上7点。

李晟下了床，可是，头还是晕晕蒙蒙，浑身酸痛。看来这感冒发烧，还没有退去。大前天晚上到鹰潭车站，同车旅客都说是重感冒了，发烧很厉害，必须住两三天，等体温退了才能走；下车时还是同座的人扶着下来。确实走不动了，才去改签，否则，给陈缓歌的电报已经发出去，说19日即可到达。可现在没法按时到了，让她久等，可怎么办？怎么跟她解释清楚呢？

李晟定了定神，自言自语道："今天7月21日，农历六月初九，正是大暑前夕，身体发烧，又碰上暑天，真是'内外交迫'！难怪一病就是三天。未'出师'倒先病倒了……不像是个好兆头。"

不管怎样，赶快穿好衣服，洗脸，刷牙……

李晟洗刷以后，又把行李检查了一遍，把梨园戏和电影文学两种剧本的《沈园泪》，拿了出来；后来一想，梨园戏的本子还是放回手提箱，而将电影文学剧本拿出来，放进背包，准备火车上仔细看看，再修改修改。这是他利用养病的这个学期，抽时间，根据自己的南音戏曲剧本改成的电影文学剧本。

看看手表，5点30分，离上车检票还有一个半小时，车站离旅社也并不远，5分钟就可以走到。这样一想，李晟又重新靠在床上，想来想去……可是，就想不明白：

青梅竹马，而且都已经订婚快三年了，"山盟海誓""风雨相伴"，怎么说变就变？不大可能呀！会不会……因为去年暑假答应回去，自己没能实践诺言的缘故，所以故意说要"分手"……可是，怎么又生出一个"子宫后倾后曲，不会生孩子"的理由，"分手"？恐怕是出了问题了……

李晟靠在枕头上回忆请假的事，他感受到教研室主任林梅雪的友情，心中有些感动，好像头也没有刚才那样晕了。他把旅社房间的门锁好，就下楼去结账。交了钥匙，结了账，提了行李，李晟走出旅社大门。一阵东南风吹拂，身子不由颤抖了一下，似乎感到有些寒意。到了车站广场，还只是6点钟。

鹰潭是浙赣线上一个不大不小的车站，从这里上车，大约24个小时就可以到厦门市，早上7点上车，明天早上7点钟就到厦门。虽然已经有人在车站广场上排队了，但是也没有几个人。李晟左肩挂一个背包，右手提着一只行李箱，不算重。趁着时间还早，就踱步到广场西边的江潭。有几个早到的旅客站在湖岸上看风景。

"也到厦门去？"一个旅客问。

"不，只到漳州。"李晟回答道。

"没有到漳州的车，你只能在郭坑车站下车，还要步行15公里才到漳州。"

"有三轮车吗？"

"只有两轮，脚踏车，可以坐在脚踏车的后座，比三轮还快……"

李晟看见岸边立着一块牌子，上面写着："江潭即将疏浚，严禁游泳、钓鱼！"

三年前经过鹰潭时，没有仔细看，原来这江潭的形状像一只展翅的老鹰；他想，鹰潭的地名是否就因为这个湖而得名？

江潭湖面很宽，近年淤浅了。鹰潭市政府公告，“八一”过后，将大规模疏浚，并拟在湖岸建环湖公园。李晟环顾一下江潭四周，只见草色青青，葱茏苍翠；湖面涟漪泛泛，荷叶抽翠。而远处天际白云飘飞……李晟不禁想起唐人刘长卿《苕溪酬梁耿见寄》中提到的“江潭”：

清川永路何极，落日孤舟解携。
鸟向平芜远近，人随流水东西。
白云千里万里，明月前溪后溪。
惆怅长沙谪去，江潭芳草萋萋。

他想，《酬梁耿》诗，说的是在苕溪。不过，苕溪的“江潭”恐非地名，这里倒确是“江潭芳草萋萋”。只是此行南奔，心情原就悲凉，路上又感冒、高烧，又不能按时赶到漳州去会陈缓歌……李晟只觉得沿途凄风多厉，苦雨侵身；人生至此，真不知下面的路该如何走？他甚至胡思乱想起来：

干脆就不去漳州！工作也不要！“天涯何处无芳草”？这里不就“芳草萋萋”吗？如果能够在鹰潭找一份差事，改名换姓，让自己“失踪”，“隐居”起来，谁也找不到……忽然，《招隐士》的辞赋突然涌上了心头，他把刘安的词句改了，又凑上王维的一句，变成了：

随意春芳歇，
王孙留兮不归！

“白云千里万里”……李晟又想起了“失踪”的父亲……

李晟抬头看看天空，南天正有几朵远逝的白云……他想起陆云的《感逝赋》：

眷南云以兴悲，
蒙东雨而涕零。

忽地又想起了《旧唐书》本传，记载狄仁杰在并州，一日登太行山，南望白云孤飞，思念双亲的情景。狄仁杰对左右说：“吾亲所居，在此云下。”

原来狄仁杰双亲居住河阳，他登高望云而思念父母，一直站在太行山上，等到白云远逝才离开。

唉，“心逐南云去”，插翅飞去吧！虽是凄风苦雨，即便折翅丧身，也得尽快南飞……

李晟抖擞一下精神，掉头就回车站广场。这时排队的人已经多起来了，男男女女,熙熙攘攘。他只顾在队伍中看看有没有人相识?没有……那就找一个知识分子模样的人,排在一起,上车后相邻而坐,聊聊天,23个小时也就好打发。李晟打量了许久,终于找到了一个他认为有点“文气”的人,就挤了上去,问:“同志,你从哪里来的,去厦门吗?”

“从北京来。我原来在厦大毕业,分配去北京一家出版社,五年了。这一次我要求调回母校任教,进不去,就调到漳州师范学院中文系……你在厦门下车吗?有人接你吗?”

“我在浙江武林师范学院中文系,也去漳州,同你结伴走吧。”

“那太好了,我们要提前下车,大约到厦门之前70分钟,一个叫郭坑的小站下去,还要走路。”

“你是漳州城里人吗?”李晟进一步打听,

“不,我是东山县的,就是东山岛,以前叫铜山岛。报到日期还有一段时间,所以准备先回东山。”

“我叫李晟,木子李,上‘日’下‘成’。”

“好名字,日正天中,光明鼎盛!”

“是,是,曾祖父、父亲说起过,我是中午十二点出生的,所以给起名‘晟’。中午十二点钟的太阳,日正中天,光明炽盛。金元诗人郝经《原古上元学士》诗,‘昂头冠三山,俯瞰旭日晟’……”

“不错,不错,记性真好!”

“还没有请教尊姓大名呢。”

“不敢,不敢,姓黄,炎黄子孙的黄,黄一春。”

“好名字,李商隐《重过圣女祠》有一联:‘一春梦雨常飘瓦,尽日灵风不满旗。’你是整个春天都有蒙蒙细雨的滋润,《大海航行》那支歌就唱‘雨露滋润禾苗壮’——”

“哈哈,我是‘雨露滋润’,可‘禾苗不壮’呀。厦门大学也调不进,只能在漳州师院,还能‘壮’吗?”

“漳州师院还不错,毕竟是地区的首要学府,跟我们武林师院差不多……对了,你到中文系,任教什么功课?”

“讲授现代文学;学校套级,给了我一个讲师职称。”

“太好了,我是古代文学的,研究方向是唐宋诗词和诗论……”

“难怪你对古典诗歌那么熟悉。我们是同行了,只是‘古今’不同;我的研究方向是茅盾、郁达夫和丁玲——”

话还没说完,后面排队的人就催着:“快,往前走,上了车再聊吧!”

（三）巧　遇

李晟还来不及回过头去，黄一春已经开腔了："这位老哥，身上'热量'很充足呀，所以声音洪亮，中医说阳气太旺，叫阳亢……"

"喂喂喂，你这人怎么这样说话？你知道他是谁？"边上一个年轻女子忽然插了一句。

李晟看了那女人一眼，啊呀！竟然是李晓雪！

"晓雪，怎么是你呀？"

"噢，李晟！几时从武林来的？你到厦门？差不多三年没有见到你了。"

"不，我到漳州。"

"你忘了？我就是漳州人；那年还是靠你的帮忙，调换分配地点，我才能回老家呀。"

"噢，记得，记得……"

"别的记不住，'勿忘我'花，总还记得！"

"'勿忘我'？噢……记得记得……武林一别三年……对了，你在漳州市哪所学校任教？"

"我教了一年书，转正后就调到龙江专区物资局，当个小秘书……"李晓雪说着，转头看看身边那个"大声门"的中年男子，介绍道："莫尚良，专区物资局局长。"

黄一春看了一眼李晟，开玩笑道："这年头物资局油水充足，你老弟有同学在物资局当秘书，好呀！"

"这是我们局长莫尚良同志。"李晓雪又一次介绍说。

莫尚良局长一看是李晓雪秘书的同学，火气就降了，脸上特别堆起一丝有意味的笑容来，说道："这位老弟是……"

不待黄一春开口，李晟就笑着替他介绍道："漳州师范学院中文系，大学讲师。"

"哦，失敬，失敬……漳州师院，我也有朋友。这年头，大学好像比我们当干部的还吃香。我在物资局当局长最了解——"他把"物资局当局长"几个字说得特别响亮，接着又像在作报告似的，说："从去年下半年开始，物资奇缺，当然了，叫'困难时期'嘛。我们龙江地委和漳州市委联合发文，对高校讲师以上每月增加副食品供应，猪肉2斤，黄豆1斤，花生油1斤；今年还增加布票1丈，还有不定期的补贴，都从我这里拿。漳州师范学院教授、讲师，吃的、用的，比我这个物资局长还好呢。"

李晓雪接着说："我们莫局长，对人可好了！我们大家吃的、穿的、用的，有些什么欠缺，尚良局长总是千方百计替大家解决。大家都很亲切地称他'莫局'。"

"好说，好说，惭愧！惭愧！"莫尚良声音不像刚才那样粗犷。

说话间，忽然来了个铁路警察，叫了声："莫局，排什么队，跟我来，我带你那边上车。”

“我们有四个人……”李晓雪说。

“不，我们自己排队上车。”李晟说。

李晓雪道：“一起走吧，莫局的面子。”

“好吧，一起去吧。”黄一春给李晟使了个眼色，两人就跟在莫尚良的后面，让铁警带着，从另外一条通道进站上了车。

好家伙，车厢空空的，只有他们四个人。李晟想，今天交了好运了，真应了那句“不打不相识”，就享受一回吧。人少，空气好，说不定感冒、发烧，也好得快一些。

车开了，只比预定的时间迟了十五分钟。大家刚坐下，又进来一个穿“铁路工作服”的人，刚才那个铁警介绍，说是列车长。莫尚良大嗓门，像是称赞又像是恭维，连声说道：“年轻有为，年轻有为。”接着又是递烟，又是亲自点火，大大客套了一番。

李晟是李晓雪的初恋，又在调整分配上帮过她……那天在体育场两人谈话的情景，都一一涌上了心头。

李晓雪关切地问道：“你留校，进了中文系，还好吗？”

“工作还过得去，就是困难时期，物资供应相对紧张。说一句落后的话：每天都只觉得吃不饱，很累……”

“一样，一样，漳州的物资供应也不大好。如果不是莫局长有办法，漳州市也一定很糟糕。”

那位列车长连连点头，顺着李晓雪的话说：“是呀，莫局很有办法，连我们车上的同志也多少沾了一点光。”

“哈哈，你们两位一直在替我说好话；晓雪，没有你婶婶在鹰潭的关系，我有什么本事呢？”

“莫局忽然谦虚起来了？”李晓雪说。

黄一春和李晟对他们说的都不感兴趣。李晟忽然想到，黄一春在出版社干了五年编辑，电影剧本《沈园泪》，正可以拿出来向他请教，听听他的意见，看如何再进一步修改？就说道：“黄兄，你看看这个，这是我不久前胡乱涂出来的——”

“好呀，‘红酥手，黄縢酒’，先睹为快呀！”

莫尚良送走了列车长就回到座位上，对着黄一春和李晟说：“在家靠父母，出门靠朋友。要不是碰到我们龙江籍的铁警，挤一身汗不要说，这么空的车厢就没得坐了。”

“这车厢怎么没有人，座位怎么全没人坐？”李晟问。

“刚刚听列车长说，是留给南平车站的，过了江西，到了南平车站，人就会多起来。”李晓雪回答说。

李晟问：“那南平一到，我们不是还要到别的车厢去？”

“那是当然，不过有好地方坐，先坐了再说。”黄一春说着，转过头对着莫尚良，“这一次托莫局的福，我们也沾了一点光了。”

“好说，好说。你们两个都是大知识分子。对了，这位老弟也是漳州师范学院的？贵姓，怎么称呼？”

“不，我是武林师范学院的……”

莫尚良道：“你以后想调来漳州，找我。鄙人是个大老粗，十五岁参加抗日战争，出生入死，革了二十年命，到现在还只是一个正处；我的部下，有的都是正厅级、副厅级了……开个后门，调个把人进漳州，不难——”

“你就是给你那个右派老婆害的。”

莫尚良低着头，似乎想说什么，而终于没有说出。他瞪了一下李晓雪。李晓雪似乎感觉到自己话说多了，不好意思地低了头，抿了嘴不自然地笑一笑，就扭转头，朝窗外看去，把话题岔开：“好像还没有进入闽山，离南平还远着呢。这老牛拖破车，拖了五年，还是个普快……”

“这条路山多、隧洞多。我每次出来都数一数，全程有二十三个隧洞，车不能开得太快。加上这几天又下了暴雨，铁路好几段被洪水和泥石流冲了；刚刚修好，更不能开快车。像鹰潭进入光泽，已经走了五个多钟头，离芦溪还有好长一段路呢。”莫尚良打了个呵欠，随便回应了两句。

一提起芦溪，李晓雪似乎有点生气，她想：去年也是到鹰潭物资局交换农畜产品，还是自己通过婶婶，从鹰潭弄来了八千多听的梅干菜猪肉罐头，龙江专署、漳州市府、各局大大小小干部都分了个够。不久却听到谣传，说自己同莫局长私下去芦溪玩，两人一路上“风流快活”，真是气死人……准是莫尚良的右派老婆造的舆论——

“李秘书，你又在想去年的事了……我说呀，市长都亲自出面替你澄清了，你面子够大的了。不就是你婶婶陪我们去了一趟芦溪的鹤山、莲花山嘛，钻了一下吕洞宾的读书洞。三个人一路走，又不是我们两个人，管他什么谣传，怕什么？”

李晟有自己的心事，又感冒发烧，身体虚弱，莫尚良他们谈什么，也没有兴趣听。李晓雪虽是老同学，三年不见了，现在跟着一位物资局长，说不定有什么特殊的关系；他觉得不宜多说什么，就更没有话了。

黄一春从北京南下，显然也有些疲劳，说着就眯上了眼睛，一只手支着头，看起李晟写的电影剧本《沈园泪》。

李晓雪显得很羡慕地说：“我们武林师范学院，历史系几十个同学，就数李晟最有学问了。”

李晓雪心中还隐藏着三年前对李晟的一段感情，正想听听他谈谈留校三年的情况，同时也谈谈自己。而且，她特别想知道李晟同他的中学同学叫陈缓歌的人，现在关系怎么样了。正想开口，却被莫尚良抢走了话头。

莫尚良听说李晟会写电影，马上“肃然起敬”起来，说：“听说《百家姓》当中，姓李的人最多？都是李世民传下来的吧……你和李晓雪也算是皇帝的后代了——”

李晟觉得，莫尚良说话总能使人有点轻松的感觉，也很愿意同他交谈，就说道：“李姓是全国人口最多的一个姓，但并不都是李世民的后代。比李世民早一千多年就有姓李的了。”

“嘿，还没有听说过。”

“春秋时期，道家的创始人老子李耳，因为他耳朵很大而且下垂，大家也称他叫老聃。这个李耳，就是历史上有记载的李姓第一人，就是老子，总听说过吧。”

“听说，听说，哈哈，‘两耳垂肩皇帝相’，‘老子天下第一’；这‘老子’确实厉害！”

李晟和李晓雪听了，一下子都哈哈大笑起来。黄一春放下《沈园泪》，抬起头，对着莫尚良轻蔑地一笑，就又躺下看《沈园泪》，嘴角边挂着不屑的笑意，说道：“我说呀，莫局长，像你……还是适合管理物资，当你的物资局长好。”

莫尚良一听黄一春话中有话，心里有些不舒服，恰好鹰潭站上车时碰到的那个铁警进来了，高着嗓子，叫了声：“大概再有一个多小时，就是南平车站，你们四个得做好准备，要换车厢了！”

第二三章　鹰厦线上

（一）换到硬座厕所间

莫尚良有当铁警的老乡帮忙，可以同李晓雪换到了软卧车厢，这位铁警让李晟同黄一春做好准备，先下到站台，再去找硬座车厢的位置。

黄一春迫不及待对着铁警说："怎么样，我们两个就不能跟着他们进软卧？"

"没办法，软卧票只有两张，车长就给两张。对不起，真对不起！"铁警说。

李晓雪确实觉得很抱歉，特别是对不起老同学，当年要不是李晟，自己现在也回不了漳州老家。她也很想四个人一起进软卧车厢……李晓雪忽然想到，是否可以让车长再想想办法补两张，就安慰说："我到8号车厢同车长说一说，看看能不能帮忙再补两张软卧？"

"李秘书，算了吧，我们讲师，软卧还不能报销呢。你真想帮我们，就跟车长说，把我们安排在比较宽舒的、有座位的车厢，那就感激不尽了。"

李晟笑笑说："老同学帮一下忙，我路上生病了，在鹰潭还住了三个晚上……"

黄一春和李晟下到站台上，好家伙，人山人海。特别是肩膀上扛着扁担，挑着大竹篮蔬菜的，提着绑得紧紧的大公鸡的，一看就知道是农民要挤上车。他们大概乘一两站短途车，上集市去卖。边上有几列整齐的队伍，排成四行纵队，一色青蓝背心、大红短裤的年轻运动员，看来就是铁警刚才说的南平市中学生田径代表队，准备上车去厦门，参加全省中学生田径对抗赛的。

只听得一声口哨，一个大黑个子体育教练，走到队伍前头，吆喝了一声："准备，车一停，就跑步上车！"

李晟心里想，看来铁警说的是实话，就转过身对黄一春说了一句："铁警看来没有骗我们。"

“车厢是给南平田径队留的，没错。但是，可以为干部安排软卧车厢，难道不能替我们找两个硬座的位置？我说呀，知识分子，就不如当干部的吃开。我在北京时，这样的事看得多了……‘特权’，这就是‘特权’！何况……”黄一春显然有点激动起来，提高嗓门叫了一声“何况”，又停了下来，看了看李晟，接着却说道：“你知道物资局长，掌管一方的物资采购、分配大权。肯定给车长有什么好处，在物资供应和软卧车票这么紧张的情况下进行交换，一个可以捞点东西，一个不用整夜排队，人家的卧铺票就送上门来了。这里用得着一句话：‘方便了别人，也就是方便了自己。’哈哈，你看大家都方便！”

“可惜，我们教书匠没有什么东西可以‘方便别人’……不过，当干部，也有很正派的。”

“那倒也是，我老子就是。”

“你父亲当什么干部？”

“老油条了，抗战时就是地下党，他只想回老家，美其名‘建设家乡’！到现在还只混个东山县委书记，不过兼了个龙江地委委员。在龙江专区，如果提起东山黄夏炎，那市委书记、省委什么大干部都得弯下腰来鞠个躬，行个礼……”

“这名字好像很熟……对了，是听我曾祖父说的，讲起‘灵峰抗日血魂游击队’时提到的，没错——”

“灵峰抗日血魂游击队？我父亲年轻时就参加过‘厦门的中华复土血魂团’，据说，后来就转移到灵峰山……你曾祖是李——”

“李开先。”

“对了，还有一个李汝成，是游击队司令。”

“那是我父亲。听曾祖说，当年我父亲是司令员，曾祖父是副司令，还有一个灵峰山三清观的宋紫云道长也是副司令，一个女地下共产党叫高云岚的，是政治委员，你父亲好像在游击队里任参谋长……”

“太巧了，我们的上辈都是抗日英雄！”

李晟开玩笑说：“今天车上要是碰见你父亲，可能就有好座位……”

“那也不行，我老子是什么‘后门’都不会去走的。再说，我们软卧又不能报销。”

列车“呜呜”几声，像鬼叫一样，轰轰隆隆地冲进南平车站。等车的人群立时骚动起来，沸腾起来，拥呀，挤呀，你推，我搡；男人往前冲，女人、小孩低着头往人缝里钻。

“他妈的，你把我的鞋子踩掉了……”

“你才‘他妈的’！是你‘他妈的’踩了我的脚，抢到我前面，不然怎么会踩到你的鞋子？”

“‘他妈的’！一场混战，一场混战啊！”黄一春看着车门，摇头叹气，也学着骂了一句“他妈的”,转过头对李晟说道:“没办法,不能冲在最前面,干脆就最后上吧。”

“不要去挤,我感冒好像还没有好,头重脚轻的,一点力气都没有,只想躺下来。”

“行啊,最后上的人,也不一定没有位置。我们上去以后,看没有座位,就赶紧往相邻的车厢找,不信找不到两个座位。”

好不容易等到最后上车了。李晟一看,不要说是座位,连过道都站满了人,有的地方座椅前两边伸脚的地方,甚至茶几下面也坐着弯腰低头的人。黄一春拿出力气,只管往前推,李晟却落在后面,挤不过去。

“李晟,快!往前面车厢走。”

“哎呀,走不过,您没看见,过道都堵了——”

“好,我先过去,你就在这儿站着,我找到位子,再回过头来找你。记住,先站着,否则,下面连站的地方都没有。”

李晟实在挤不过去了,听黄一春这样说,就站着不动了。

“怎么?不走?让开!你不走,不要妨碍别人。”后面嚷嚷的人用力把李晟往右边座椅中间一推。李晟被推倒,顺势就坐了下去。

“你这个笨猪,你手提箱把我的膝盖砸了。位置都没有,还把手提箱拿在手上?快,递上架子!”

“这么挤,上不去。”

另一个人说:“算了,你就将行李塞到座椅下面,将就坐一下吧。”

约莫过了半个多小时,黄一春果然又挤着回来了。他找到李晟,苦笑了一下,“走吧。”

“你找到位子了?”

“走吧,先跟我走了再说。”

李晟跟了黄一春挤过五六个车厢,在车门边停了下来。他看车门两端也坐满了人,就问:“到哪里去?”

黄一春把厕所门打开,说:“很不错呀,这是个废弃的厕所,没有用。我在车门边同一位女乘务员聊了起来,她听说我是从北京来的,调进漳州师院教书,就客气起来,说她哥哥在漳州师院图书馆,姐姐也在哪个系的资料室……哈哈,就开了门,让我进来了。她还有点不好意思,解释说‘虽然是厕所,坏了,已经一年多没有用了,很干净的’。”

李晟确实在发高烧,头晕、腿软,只想有个地方躺下来,连忙说:“很好,很好。”说着就躺了下去。

黄一春一点睡意都没有,在列车有节奏的轰隆声中,他想到把李晟的电影剧本快一点看完。

李晟苦笑了一下,蹲起身子,从厕所窗子往外望:

右面是山，看看左边却是水，都迅速向后退去。大约火车转了一个小弯道，一条蜿蜒曲折的小溪，一直往东偏南流去。他揣想，到了漳州以后会是什么情形？陈缓歌现在是一名响当当的内科医生，看不起自己了，她会对自己说些什么呢？

李晟靠在厕所间加了盖子的马桶上，只觉得头晕乎乎的；闭上眼睛，听着火车有节奏的声响，轰隆、轰隆地往南奔啸，时而鬼叫一般地狂吼……

（二）旧情难忘

李晓雪同莫尚良进入软卧9车厢，同8车厢餐车相挨着。列车轰隆隆前行，已经开了好长一段时间了，李晓雪还在想，没能帮李晟弄个座位，心中一直感到内疚。她看了一下莫尚良，似乎已经在火车的摇晃中睡去了。她一想起临别时，在柳浪闻莺公园，赠送李晟的蓝色小花“勿忘我”，就急不可耐地起身，到各个硬座车厢，看看李晟有没有找到座位。可是，在十多个硬座车厢里，来回走了两趟，却不见李晟的一点影子；她无论如何想不到，李晟会进了厕所间，靠在马桶盖上睡了。

李晓雪有点失落地回到软卧车厢，往昔的岁月，在她的脑子里忽地又苏生过来……

那是1956年10月23日星期二，阴历九月二十霜降这一天，李晟因不能适应北方寒冷的天气，从山东青岛鲁东大学历史本科，降格转学到武林师范学院历史专修科。那第一天相见，看到李晟的第一眼印象，至今仍十分清晰：那一米八多的个子，清瘦的面庞，两只眼睛充满着睿智的闪光……

那天上午，自己陪同历史系秘书带了刚刚转学到校的李晟，找到2106宿舍。秘书介绍说：“李晟你编入第二班，李晓雪是班长，你们是同乡，有什么事情，可以问她。”秘书走了以后，晓雪随意问道：“你是鲁东大学转来的李晟，闽南人？”

“是，泉州的，你是……”

“我叫李晓雪，拂晓的‘晓’，冰雪的‘雪’，漳州人。”

“噢，刚才系里秘书说，你是班长，坐，坐。”

“正好第二节下课，课间活动有二十分钟，听秘书说了，来看看你，我们是同乡。”

“我是泉城南江中学毕业的。”

“我是龙江师范毕业，国家规定，普师毕业只能报考师范院校，你是高中毕业，又是全省的重点中学，鲁东大学本科，怎么转到我们高师来呢？”

“青岛天气太冷了，我们南方人很不适应，在青岛时生了病了……”李晟随意回答，笑了一下。

“好，好，班级里大多是调干生，不是干部，就是小学老师，年龄大多二十七八了，最大的一个都已经三十五岁了。应届高中、普师毕业的只有三个同学，连你来了,也只有四个……我先去上课了,有什么事情就找我,我在女生宿舍,问我的名字,都知道。”

李晓雪记得,那是星期六的傍晚……

六点钟不到,心中充满着一种期待,又到2106宿舍,把李晟喊了出去,想带李晟到湖滨公园。根据李晟的建议,两人到了学校对面,著名的西湖十景之一的“柳浪闻莺”。

李小雪还记得,到了“柳浪闻莺”时,李晟问:“‘柳浪闻莺’,怎么听不到莺声?”

其实晓雪自己也不知道为什么没有“莺声”,只好随意说,“秋天怎么会有莺声?明年春天就一定能听到”。

那一天,她打听到,李晟还没有女朋友,自己只比李晟大一个月,都是1938年出生,肖虎。

……

在武林师院毕业分配时,李晟同意和自己对调,让自己回漳州老家,他留在杭州。想到这里,心里还是很感动。

李晓雪沉入了回忆之中,一边自言自语道:“这个人确实是个可信赖的人!”

那天傍晚,他们一起到了“柳浪闻莺”,坐在八角亭靠椅上的情景,又怎能忘记呢?“勿忘我”那蓝色的小花,那一段充满着憧憬的永恒的爱,虽然随着岁月流逝了,但那一段情缘,又怎么能忘怀,何况分别才三个年头!

(三)谁人拿错了行李?

在硬座车厢的厕所间里,李晟睡得很沉。虽说已经是大暑节候,但在清晨,天气还是有点凉意,可李晟发烧似乎还没有退去……

黄一春实在不想把他叫醒,可是,郭坑车站就快到了,李晟必须在郭坑车站下车,再乘坐脚踏车去漳州;再不叫醒他,就来不及了。大约又过了几分钟,黄一春伸手在李晟的头额上按了一会,虽然还有些烫,但不叫醒他也不行,就在他身上摇了几下:“李晟,醒醒……喂,起来了,不能再睡了!”

李晟张开眼睛,慌里慌张地问:“郭坑车站到了?”

“快到了。我看你睡得很熟,不想叫醒你;可不叫醒就来不及了。”

李晟听说“来不及”,就赶紧坐起来,说:“那我们就别过了?可你对电影剧本有什么意见,还没跟我说呢。”

“来不及说了,几点建议,都写在最后一页的背面。起来,剧本还给你,有拍电影的消息,可得提前告诉我。”

“那是当然了。”李晟说着,就把剧本手稿放进背包里,“大约还有多少时间到郭坑车站……天亮了,几点钟了?”

“六点半了，六点四十五分就到郭坑，可惜没有汽车去漳州。”

“不要紧，坐脚踏车去。”

“有到漳州师范学院，找我。我不能陪你走了，我得转车去东山。”

火车“轰隆”“咔嚓”几声，震动了一下，好像马上就要停车了。李晟站到椅子上拿行李，看了几件，怎么都不是自己的手提箱。黄一春正准备替他把箱子接下来，看看不对头，就问：“怎么？找不到？”

“找不到。”

“糟了，是不是给人家拿走了？”

“喂，有人拿错行李吗？我手提箱不见了。”

边上一个人说：“沿途那么多站头，一拨一拨地下车，准是给人家拿走了。”

列车颠簸了一下，停住了。听广播，郭坑站只停留三分钟。李晟心里慌得不行，他知道完了，一定是自己昨晚睡得太沉，太死，给下车的人“顺手牵羊”，拿走了。他还不死心，又吆喝了两声：“谁人拿错了行李？”

“拿错？恐怕早已经在前面几个站下车了。”黄一春知道箱子被人拿走，再也追不回来了。他关心的是里面有些什么贵重的东西，就问：“箱子里有什么东西？”

“衣服，原先写成《沈园泪》的南音戏曲本子——不过还好，电影剧本你刚刚还给我，在背包里……还有……我看看——”李晟在书包里翻了又翻，说：“糟了，三十斤全国流动粮票在里面——”

旅客一下子骚动了起来，有的感叹说：“嗨，这年头，三十斤粮票可值钱啦，在厦门，一斤粮票黑市卖到五块钱，如果是全国流动粮票，要卖到六块钱呢，可惜！”

“不是卖钱的问题，到漳州就没有饭吃了。”黄一春说了，又问：“钱呢。钱有没有放在手提箱里？”

“没有，钱在背包里，零票还在口袋里……没丢。”

列车乘务员已经在叫喊了：“还有没下车的？快！车就要开了！”

黄一春拉着李晟的手：“走！一起下。你坐脚踏车去漳州，我转汽车开东山。有什么事，写信到漳州师范学院中文系。”

“要不要等李晓雪和莫尚良？”李晟问：“管他呢，恐怕物资局早就有车来接他们了……”

第二四章　洗去旅途的风尘

（一）入住龙江旅社

火车离开了郭坑车站，风驰电掣般向终点站厦门市飞奔。李晟站在郭坑小站台上，看到卖煎饼的，似乎觉得有点饿了，就走到煎饼小摊前，问："多少钱一个？"

"有粮票吗？一个二两半粮票，咸菜馅一元五角，没粮票二元五角；肉馅的三元，没粮票四元。一斤粮票按四元算，比厦门便宜，厦门一斤粮票要六元呢，买一个吧。"

李晟笑笑说："郭坑煎饼好吃，就是太干硬了，早晨没有水，吃不下。"

说着转身就走。其实，他是没有粮票了，多花钱又舍不得，心想到龙江找到老同学黄翃再说，就掉转身走开。恰好有一辆载客的自行车过来，还招了两下手。

"喂，到漳州城北的纪念碑'圆环'多少钱？"

"上来吧，都是一样价，不会多收的，三块钱，买个煎饼也不够……"

半个多小时，自行车到了圆环。李晟下了车拿出三块钱，还真舍不得。他看看车主，本来想讨价还价，或许可以少五毛钱；转而一想，已经平安到达，马上就能同陈缓歌见面了，心里对车主不禁产生了一点谢意，也就不还价，把三块钱付了。他记起黄翃的住址是漳州城东，新华路左侧达聪巷 25 号，就顺便问道："达聪巷怎么走？"

"往东，左手，一直走，大概不到两百米。"

李晟说声"谢谢"，就往东一直走去。

李晟从"圆环"往东走，原来是新华路，大约走过新华路的三四条小巷，怎么找不到达聪巷，问问路人，才知道已经走过头了。于是又回转身走，过了一条小巷，再走一条，就是达聪巷了。往巷北才走几十步，就看到二十五号。

到了门口，抬头一看，大门锁了……

李晟这才想起，黄翃是在漳州郊区的一个“香草园”工作，但是，星期天也不在家？黄翃爱人赵天欣，又在园山琵琶阪的水仙花圃工作，就更不会回来了。看来不到晚上是不会有人的。怎么办？感冒还没有恢复，总不能带着病体、背个破书包到医院去找陈缓歌吧。再说，路上三四天，浑身发臭，总得洗个澡吧……李晟站在大门口，思之再三，决定还是先找家旅社住下来，吃了饭，洗洗澡，睡一觉再说。如果今天就去见陈缓歌，那晚上就睡在旅馆里，明天再住黄翃家也可以。

李晟又从原路返回圆环，往西就是北京路，比新华路要繁华得多，虽说是“困难时期”，各种商店也还是开着。他着实有点饿了，又看到一个煎饼摊子，也不管多少钱，先坐下啃一个聊以充饥：“煎饼一个，紫菜汤一碗，多少钱？”

“有粮票吗？”

“没粮票。”

“要不要肉馅的？”

“不要。对了，紫菜汤里放一点虾皮。”

“没粮票咸菜煎饼一个两元八角，虾皮紫菜汤一碗一元两毛，总共四块钱。”

“怎么？比郭坑还贵三角钱？”

“城里东西自然要比乡下贵啦！”

李晟从鹰潭到现在，一点东西都没有下肚子了。又饿又渴，贵就贵吧！煎饼吃了，汤也喝了，一点都不觉得饱，好像压根儿就没有吃过一样。再吃，怎么办，又是四块钱？他盯着铁镬上的煎饼，想了一下：

粮票没了，衣服也没了，身上就只一百二十多块钱，至少要维持一个星期，甚至更长的时间；还要买返程的火车票，虽然黄翃那里可以先借点钱，但是粮票是定量的，不能借……还是省着点用吧。走！

李晟就在煎饼摊子附近找了一家旅社，虽然很旧，用的却是龙江专区的名称，叫“龙江旅店”。一进到柜台，就问：“能不能只住半天？”

“不行，我们这里没有这种规矩，你要住便宜的有。”

“那就便宜的吧，我来亲戚家，他们暂时都出去了，晚上就会回来。所以刚才想只住半天。既然要一天，那就便宜一点的，仅住一宵。”

柜台知道这人身上没什么钱，就给他安排在最便宜的房间。按旅店的店规，可以住到明天中午十二点以前，一个晚上三块钱，连同钥匙押金费四块钱。李晟觉得不是很贵，就把钱给了，拿了钥匙。原来是楼底下朝西的一间；门一打开，一股热浪就扑面而来。李晟心里疑惑：7 月 23 日，对了，农历六月十一，今天是大暑。怎么这样热？后来仔细一听，才知道隔壁就是锅炉房。李晟放下小背包，觉得又闷又热，出了一身大汗，只好自我解嘲地说：“好呀，出了一身汗，感冒就好了。”

李晟想到，第一件事就是痛痛快快洗个澡，把晦气和汗臭气一起冲洗掉。他摸摸身上的钱,又把陈缓歌的几封信拿出来,再想想,书包里的《沈园泪》电影剧本手稿也应该拿出来,都放进裤袋里。后来还是改变主意,把背包一起带到澡堂里,洗澡时将旧衣服塞进书包里,钱、信件、手稿就都盖住了,这样就比较安全。

李晟洗了澡,换了衣服。他很庆幸,还好有一身衣服放在背包里;如果都装进手提箱,今天洗完澡就连换洗的衣服都没有了。房间太热,但也得进去休息一下。

好呀！反正睡够了,再同陈缓歌"谈判"吧!

(二)梦境的应验

虽然隔壁锅炉房发出的蒸汽,使龙江旅店西房很闷热,但是蒸汽发出的那种有节奏的喷气声,让李晟很快就进入了梦乡……

李晟觉得头有些晕,似乎向着医院走去……怎么?漳州的天气比武林还热,踩在地面上,脚底都发烫。他低头一看,沥青路面似乎也要融化了。太阳就在头顶,他不得不加快步伐,一直往西;一下走,一下小跑着前进。问了两次路,倒也很快找到了专区医院,快到医院路的转角的地方,迎面横过一个手持阳伞的女子,他准备再打听一下医院的大门在哪里:"同志,请问一下,专区医院怎么走……"

那女子停下脚步,将阳伞往后一倾,两人几乎同时"啊"了一声:"是你?"

李晟盯着看,就是陈缓歌。

"你失约了,迟了三天——"陈缓歌很不高兴地说……

李晟忽然惊觉,醒了,原来是在做梦……

他张开眼睛,一束阳光正从西墙上的小气窗照在床上,照在门上。李晟热得满头大汗,他一跃坐在床上,看看房间里,连一张板凳都没有。原来还想借个电话打过去,让陈缓歌到旅店来交谈,不会让别人知道她要"分手"的事。可是,这样的旅店根本就不是谈话的地方;而且让她知道自己住了这样的一家旅社,可不就太显穷酸了吗?不行,还是到医院去!

非常有趣,梦中的路依稀还能认得。

世界上的事情有时竟是那样的神奇、巧合和不可思议:就在转向医院路的路口时,陈缓歌提着一只手提袋,似乎心事重重地从另一条小巷横插过来。李晟一眼就认出她来,梦,还真应验,就叫了一声:"缓歌,缓歌……我是李晟!"

陈缓歌似乎被什么蜇了一下,抬起头,良久,似乎不知该怎么说;兼之刚刚从莫尚良家里回来,听了他阐述、分析李晟家庭、社会关系,以及对自己前程的影响……莫尚良的诚恳的态度,特别表示不再追求她,只要认他当大哥就心满意足,使她感到莫尚良还是一个很不错的老同志……

现在,李晟真来了,自己更加不知从何说起,也无法表示久别的高兴,就平平淡淡地说道:"你来了?"

“我上午刚到。”

“上午到，傍晚才来？我已经等你三天了。我想你总是同意‘分手’了。怎么样？心情还好吗？”

“我路上生病了……我想同您谈谈——”

陈缓歌听说“生病”，这时才双眼一盯，仔细地瞧瞧李晟的脸：李晟瘦得像一张被啃过的黄花鱼鱼头，眼睛也深深地陷下去，颧骨双双突出，脸色苍白带黄，两肩高高地耸起，脑袋又往下缩，瘦骨伶仃。

三年前的李晟，那英俊健壮的体魄哪里去了？面前的李晟，根本不像是一个年轻人……如果原先不是同他熟悉，乍一看，实在使人以为是一个肺痨病人站在眼前。这样的家庭出身，海外关系，这样的一个病人，以前怎么会爱上他呢？

“我们谈谈……”

“到哪里谈，到我宿舍去吧？”

“先到你宿舍，看看你住的地方。”

“有什么好看的？两个单身女子一起住，不像你们大学老师一人一间。”

“是有一间单身宿舍，很小，大约只有十八平方米。”

说着，两个人一起从侧门进了医院宿舍区，上了女医护宿舍207房间。

（三）焦躁的等待

陈缓歌自从接到李晟的电报以后，就一直没有睡好觉，白天工作时，也觉得昏昏沉沉，疲倦想睡。昨天下午内科门诊，给一个病人量血压，居然走了神，让那个病人催问了两次，又重新量了一次……

早晨朦胧中，似梦非梦，窗前小鸟的啾啾鸣叫，把她从眠梦中叫醒了。她揉揉眼睛，张眼一看，另一张床上已经是空空的了。

“起得那么早，干什么去了？”她想。

陈缓歌同王可心在省医学院同班，两人在漳城的龙江专区医院实习时，就被医院院长看上了，实习结束，就提前一个学期毕业，分配到龙江专区医院。后来学校又想留陈缓歌任助教。陈缓歌根据大哥陈崇德的意见，认为医生重要的是临床经验，当助教发展方向还是教书，而且一待就是一辈子，将来想再进到医院都很困难。另外，陈崇德也希望妹妹分回泉州市立医院，眼下父亲年龄大了，将来身体有病，妹妹也可以照顾一下。但是缓歌知道，大哥还有一层意思，能在本地当个大夫，同本地官员的交往广泛，对他的提拔，也大有好处。她听了大哥的意见后，就打报告希望分回泉州。可是，偏偏事与愿违，龙江专区医院还是把她“抢”了去，当了一名内科医生；而王可心则分到妇科。两人都是单身女子，按医院规定，合住一间宿舍。两位老同学就一起住在二楼的207。

207房间，面对上下楼梯，如果开着门，上下楼梯的人，一眼就能看到卧房里面的动静。陈缓歌提议在门上挂一条门帘遮一遮，使上下楼梯、左进右出的人看不见房间里面。而王可心表示无所谓，说："这幢三层全是女医生女护士，都是女人，怕什么？"

"你还是学校时那副大大咧咧的样子，现在我们是医生了，是国家工作人员了，不能太随便。"

"那好吧，我怕麻烦，你去做一条。"王可心还是做学生时候那样心直口快。

"怎么？我一个人做？我不会做裁缝，我们合起来去买一扇布帘，怎么样？"

"你要挂帘子，你有钱就你去买……"王可心嘻嘻哈哈地开玩笑道，"等李晟来了，你们小两口亲热时怕别人看见，就叫李晟掏腰包，咱们两个就省了……"

"你这鬼丫头，就会说鬼话。"

陈缓歌想，王可心这么早就起床出去，会不会听说李晟要来，以为很早就到，所以先避开了？她躺在床上想来算去，李晟18日离开杭州，按理20日就应该到了，最迟20日中午以前总应该到医院：17日下午发的电报，18日上午才收到，说18日早上9点坐火车，当天晚上就可以到鹰潭……如果鹰厦线19日早晨出发，那么20日早上就应该到了；再坐脚踏车从郭坑到漳州，十五公里最多一个小时，也不会迟于中午十二点。

这样一算，陈缓歌有点怀疑起来：李晟会不会不来了呢？

"离别三年重逢，还真不忍心跟他提出分手……大哥呀，大哥，你就不能帮李晟家一个忙，把他家成分降一点？"陈缓歌心里想。

起床，早餐以后，按常规，她必须到医院花园那座小洋楼去，给一位疗养的老干部量量血压，督促他吃药；因为李晟要来，下午内科门诊，她只好同别的医生调了班。说不定火车晚点，下午四五点才到，她特地把订婚时，李晟母亲送的一件丁香色上衣换上了，就专心在宿舍里等候。可是直到晚饭前，李晟还是没有来，真让人等得心焦……

20日晚饭以后，王可心说："你们这一次已经快三年没见了，你应该到汽车站去接他。"

"他会坐载客脚踏车，谁知道会在哪里停车，已经晚上了，到哪里去等？"

"不是等，是'迎接'。不能去车站，可以到纪念碑那个'圆环'的地方，从郭坑站乘坐脚踏车，一般会在'圆环'地方停下来；东面新华路，西面北京路，很热闹的，走吧——要不要我陪你去？"王可心说。

"不，不，晚上了，应该来了；我再出去，他来了找不到人——"

"那我就不陪你去，我在宿舍等他，来了，说不定还没有吃晚饭，我来负责安排。"

"不，不，不麻烦你……来不了还好呢。"

“不要说赌气话，三年不见了，晚上说说贴心话，气就消了。”

“去你的……好吧，我到医院门口去等，你真是‘皇帝不急太监急’。”

晚上了，有点凉意，陈缓歌又加了一件外套，说：“我在门口最多等一个小时，再没有接到人，说不定临时改变主意不来了。你就在宿舍里，万一我等不到，他先来宿舍，我抽屉里有两个烧饼，一小盒蒸过的梅干肉，还有桌上的荔枝酒，你帮我招待一下。”

“很丰盛嘛，上个月，莫局长给了大家两听梅干肉罐头，你不是都寄回北港老家了吗？我看你包裹单上写了‘酶干肉’又改成‘梅干肉’……怎么？还有一个罐头？”

陈缓歌听了笑了起来，回了一句：“好呀，你还监视我？多一个？偷来的，抢来的……告诉你，我们内科分的。怎么？妇科没有？”

“嗨，内科好呀，莫尚良要是女局长，那肯定拍我们妇科的马屁——”

“你要死了，叫得那么响？”

“怎么样？你怕莫尚良来找你，听到了？”

陈缓歌从宿舍到医院大门口，又从大门口走回宿舍；再到大门口，再回宿舍……就这样，来来回回也不知走了多少趟，20日晚上，她终于没有等到李晟。

21日上午，陈缓歌去了一趟医院花园的小洋楼，没有人。她又蹭到大门口，站了一会，又转到收发室，想去看一会报纸；可当天的报纸都被各个科室拿走了，只有前几天的旧报纸。陈缓歌随意翻了一下，一条醒目的消息：

> 第二十六届世界乒乓球锦标赛在北京举行，中国男子乒乓球队获得男子团体冠军，中国运动员庄则栋、邱钟惠，分获男、女单打世界冠军……

老消息，虽然也为自己国家的运动员感到自豪，但却没有心思再往下看。本来她对报纸上的运动竞技，特别是田径比赛的消息非常关注，什么跳高冠军郑凤荣，短跑能手姜玉民，她都了如指掌。那是因为李晟在高三那年，被选拔参加了在青岛举行的国家第一届青少年田径、体操运动大会。那时候，他们的恋爱已经半公开了，同学们都来向她表示祝贺，这使她感到脸上平添了许多光彩……

陈缓歌丢下旧报纸，又回宿舍里。昨天晚上一夜没有睡好；医院墙外人家的鸡已经啼了，才朦朦胧胧睡了一会儿。她分明觉得有点累了，索性就躺在床上，闭目养神。没想到，一睡就睡过了头。张开眼睛一看，已经是中午一点钟了。陈缓歌赶紧起床，随便用水抹了一下脸就到门诊部去。

这天晚上，陈缓歌又焦躁地等了一个晚上……但是，她有点等急了，甚至有点埋怨起来：这个“家伙”既不来，又不发个电报，是存心“报复”吧！她等到九点钟就回宿舍。不管怎么样，必须睡个好觉，否则明天上班出差错，可不是玩的。

一夜好眠，醒来，又是一天，已经是7月22日了。一早，脑子像清晨的露珠一样澄明。陈缓歌想，今天再不来，“解除婚约”的事他可能想通了，就让这段凄美的爱情到此结束吧。一切从头再来！这样一想，反倒轻松了，心里似乎再没有什么牵挂。

正当陈缓歌准备到花园小楼去看一看，王可心忽然从床上坐起来，说：“我昨晚做了个梦——”

“怎么样？我把你吵醒了？你夜班几点钟回来？”

“有个难产的妇女，主任处理得非常好，天还没亮，三点钟就回来睡觉了。我做了个梦，梦见李晟回来了，今天一定会到。”

“你又在胡说，人来不来，梦能知道？”陈缓歌随便回了一句，不过心里还挺感激她的“牵挂”，所谓“日有所思，夜有所梦”。自己这两天心焦烦躁，却让可心也一直为自己操心呢。

“我告诉你，梦很灵验的，我去年刚到专区医院，老是想家，有一天晚上，梦见母亲来看我，果不其然，第二天我妈真同一个同乡出差来漳州……”

（四）刺心的话

王可心话还没说完，门帘外一声，嗓门很大：“能进去吗？”

“哦，是莫局长呀——”陈缓歌正要掀开门帘，莫尚良已经用力一掀，砰砰砰地，踏得楼板轧轧响，进来了：“这一次去鹰潭收获很大！调来不少东西，都运到漳州了——”

王可心也连忙应付道：“莫局长回来了？怎么都不到我们妇科来？”

陈缓歌差一点笑出声来：“莫局，你什么时候得了妇科病，就找王大夫。”

莫尚良一时不知该怎么回答。王可心也自知失言，不好意思地说：“我有事，先走了，两个慢慢聊。”王可心说完，就拿了一件外套披在衬衫上，出去了。

“找我有事？”

“没事就不能来了？不要忘了，你可是医院派给我的医护呀，医病、看护双肩挑。你们医院书记还说了：莫局心情不好，陈缓歌还要承担心理医生呢……好，不说笑了，看，我给你带来什么了？”说着就从一个大提包里拿出梅干肉罐头、笋干、香菇……

“这一回从鹰潭弄来了很多东西。”接着又吊起大嗓门说：“另外，鹰潭的领导、朋友还送给我个人一些东西，作为我孝敬上司的礼品，像今天晚上拿来给你的香菇、木耳、黄花菜等等都是。可惜就是好几斤冰冻牛肉，来不及给你切几块来。”

陈缓歌知道莫尚良在追她，但这是不可能的。第一，是年龄相差太大，她给自己定下，作为丈夫，绝对不能超过自己五岁。可莫尚良大了自己十二岁；第二，她不知从哪里听来：夫妻互相大小十二岁，叫“一打”，就会经常吵嘴、打架，没有好结果；第三，这个人虽是老干部，但文化素养不高；第四，他老婆还是全市知名的右派分子。再说，目前同李晟的关系还挂着，结果怎么样还很难说，说不定见面以后，自己就回心转意了呢。

陈绥歌回想三年前，同李晟订婚，李晟到北港自家来商量，给自己带了一把西湖阳伞，倒是没有忘记。可就没有给父亲带什么礼物；他伯父还懂得给他带一小盒西洋参，他自己就什么也没有带。父亲虽然看上他的学问，但是认为李晟"太古意，太老实"。陈绥歌同意父亲的看法，李晟除了读书、写文章外，人情世故一点都不懂。那一天，还是自己替他买了许多水果提进门。

但是高中时，自己确实就是喜欢他，他读书肯定是一流的，文科、理科都是全年级第一；文章写得特别感人。和他同一个班级，对他的人品也很了解。父亲和二哥都很喜欢他，订婚时，父亲、二哥、二嫂都参加了。

再说，陈绥歌在龙江专区医院实习了三个月，又在龙江工作了半年多，认识的人逐渐多起来，市里的大小干部也认识了好多人。龙江专区医院院长还托人给他儿子说亲，后来知道她已经订婚，也就算了。一天，院长找到陈绥歌，开门见山地说："副市长的一位老上级叫莫尚良，是市物资局局长，市里批准他住在医院花园的小洋楼疗养……莫尚良，你应该也认识。"

"认识，到内科看过病，其实他没有什么病。"

"他是没有什么病。老婆被划为右派，心情不好，认为市里管反右运动的副市长没有出力保护他老婆。其实也不能怪副市长。材料从省里下来，谁也保不住。据说 1947 年打游击时，现在的副市长，当时还是莫局夫妻的下属。这一次特批他来医院疗养，恐怕也是对老上级的一种照顾。"

陈绥歌插了一句说："内科在传，说他来头大，掌管全市的物资命脉，所以很得市里重视。"

"可能吧，可能也是一个因素。去吧，把他照顾好，对医院也有好处。"

"去哪里？"

"哦，我说了别的，把正事给忘了：党委决定派你去照护莫尚良，你的编制还在内科。每天上午去给他量一下血压，测测体温，常规的吧。还有，就是给他开开药，反正是维生素，鱼肝油，安眠药；照顾老干部。还有，有空陪他散散步，安慰安慰他，不要因为右派老婆的事不开心。上午去照护莫尚良，下午，你就照常到内科上班，该门诊就去门诊，该在住院部值夜，就去值夜。既是内科医生，又是护理医生，还是心理医生。党把这个任务交给你，同他搞好关系，我刚才说了，对医院会有好处。何况，副市长以前还是他的老部下呢……"

就这样，陈绥歌从 3 月 6 日，她记得很清楚，是农历正月二十，他被派去看护这位物资局局长。但是在进入莫尚良疗养的小楼之前，他就发誓不能同这样的人走得太近。她想，自己是医院里的医生，院长叫你，你就得去；不过应保持一种工作关系，一种医务工作者同病人的关系。而且，她还经常给自己提醒：来往中矜持一些，警惕他的越轨言语和行为。

陈缓歌正在思索着，莫尚良忽然问："怎么样——"

"什么'怎么样'？"

"我去鹰潭以前同你说的事，你考虑得怎么样？"

"噢？是……哦，我当时就告诉过你，不可能，我已经订婚了。未婚夫是高中老同学，现在外省大学当教师……"

莫尚良看陈缓歌很长时间不说话，也不想再坐下去。他自我解嘲地说了一句："追求，追求，'追'了还要'求'。"说了就站起来要走。

"喂，你带来这些东西多少钱？"陈缓歌一边问，一边打开抽屉拿钱。

"我说呀，你能不能不这样？就是一般朋友，送点东西，总没有问题吧。就算我这几个月疗养得到你的照顾，答谢你的吧。"莫尚良说了，很不高兴地掀开门帘，临出门又回过头来不自然地笑了一下。

"就算欠你的，下次碰见再算还给你。不过，我可告诉你，最近几天我有重要事情，请你不要再到宿舍来？"

"那我什么时间可以再来呢？"

"你不要来了……可以来的时候，我会告诉你。"

莫尚良前脚刚走，王可心就进来了，说："这个人来了，你就不用再到花园疗养所了。我刚才在大门口帮你等到九点一刻，后来想到边门是本院职工和客人办事进出的，又转到边门去。可是除了本院的人以外，外来的人，连一个鬼……"

本来王可心要说"连一个鬼也没有"，才说到"鬼"，立即意识到话说得太不吉利了，赶紧停了下来，好在陈缓歌并没有想到什么，就连忙改口："怎么样？我看今天上午不一定会到。"

"你不是做梦很灵验吗？"陈缓歌随意说了一句，打开抽屉，将两个肉馅烧饼，一盒子梅干肉摆弄来，摆弄去，似乎心神不定的样子，一句话也没有。她总是猜想，李晟是临时改变主意不来了；前两年叫他回家，说什么暑假要备课。这一次，又是备课？好像又不是，这人老实得有点呆头呆脑；不来的话，准定有电报。那会不会是路上出什么问题了呢？说不定生病了？想到生病，她心里感到很内疚，很对不起李晟，要不是自己信中提出"分手"，他不会那么心急火燎地请假来漳州。现在真不知怎么办才好？

走廊上的挂钟铿地一声，陈缓歌认真地跟着时钟数着，恰好十下。她忽然对王可心说："你就在宿舍，反正星期天不上班，我到大门口再等等看，不超过一个钟头，十一点准时回来。如果他来宿舍，你让他先坐一下，跑来叫我。"说着也不等王可心回答，头也不回就匆匆走出门。王可心听到陈缓歌下楼梯的脚步声，仿佛一脚轻，一脚重，步子有点乱……

(五)那么碰巧结伴而行!

陈缓歌把门帘一掀,就对王可心道:"可心,劳驾你也替我等了三天,李晟来了,那年在榕城,你们认识的。"

陈缓歌说完,转向李晟说:"应该还记得吧,王可心……"

"记得,记得。"

王可心笑笑道:"欢迎,欢迎。"

"还站着,还要人请你坐呀?"

王可心知道陈缓歌等了三天,心里有点不痛快,想为李晟的尴尬解解围,让他解释一下为什么"失约"了,就笑笑说:"你失约了,害得缓歌足足等了你三天,天天都到大门口去等,你说该怎么罚你?"

"可心胡说什么呢? 谁等他!?"陈缓歌仍然板着一幅毫无表情的脸孔。

"很抱歉,确实失约了。我 17 日接到信,马上到系里请假,买了车票以后,就给你发了电报,18 日早上就起程了,没撒谎。傍晚到了鹰潭,患重感冒,发高烧了,还是同车厢的旅客扶下车的。后来只好改签鹰潭到郭坑的普快,在鹰潭旅社住了三个晚上,发烧三个晚上,一个人也没法去医院……21 日乘车,今天上午才到。去了达聪巷黄翃家,没有人,只好暂时住到旅馆里,洗了澡,休息一下就出来,找到医院来。"李晟真有点书呆相,他以为只要解释清楚为什么"失约",这场婚姻还会是有救的,就转向陈缓歌,信誓旦旦地说道:"不信,你写信问问漳州师范学院中文系的黄一春讲师,从鹰潭上车起,我一路和他结伴同行……还有,还有你们龙江专区的物资局局长莫尚良,他的秘书李晓雪——"

陈缓歌和王可心听了,都惊讶了一下,觉得事情竟那么凑巧……

而陈缓歌竟说不出话来,口中默默念叨着:"真是冤家路窄!"

真是奇了:一个是恋人、未婚夫,一个现在正穷追不舍的人,竟然在路上结伴而行!?

李晟看两个人都不响,还以为不相信,就继续说道:"我们四个人在鹰潭车站广场排队上车时认识的,后来有一个龙江籍的铁警帮莫尚良和李晓雪从另一个通道上车,我和黄一春也沾了一点光,跟着上车。很凑巧,李晓雪是我杭州时的同学。物资局局长非常有趣,是个老革命,但是没有什么知识,他竟然说李姓远祖老子李耳是'老子天下第一'。黄一春说他简直是一个'土包子';而且这人动不动就爱说'我这个物资局长'怎么样怎么样,生怕人家不知道他是物资局长。嘿,这种人没有见过大官,'井底之蛙'——"

"好了,好了,不要说别人'土包子',你就是'洋包子'了……后来呢?"

"我们这个空车厢,原来是留给南平市中学生田径队的,他们要到厦门参加省中学生田径对抗赛。所以到了南平车站，四个人都得离开这个车厢。这个物资局局长很有办法，补了两张软卧，把我们两个撂下了。一路上，我跟黄一春躺在一间坏掉不用的厕所里。我感冒发烧，一躺下去就睡着了。到郭坑车站之前，黄一春把我叫醒……找行李，手提箱没了，大家都说准是被前几站下车的人‘顺手牵羊’拿走了。箱子里衣服、三十多斤全国流动粮票，还有你知道的，高三那年写的戏曲剧本《沈园泪》也一起丢了……”

“你不是说改编成电影文学剧本了？”

“是，在车上，我把电影剧本《沈园泪》拿出来让黄一春看，准备请他提提意见，这样才没丢。”李晟一边说，一边就从书包里掏出剧本手稿来，说：“一百四十八页，四万多字呢，初稿一口气写了二十多个小时。记得1955年我先写成戏曲剧本时，只用了十三个钟头。嘿，现在手提箱也不知道被谁拿走了，南音戏曲剧本也丢了……现在只剩下电影剧本，是去年下半年开始构思，查阅资料……就因为上图书馆，研读南宋历史，查数据，做卡片，没办法回来……”

陈缓歌似乎动了一点恻隐之心，问：“那你吃过饭了吗？我到食堂给你买饭去？”

“不，不，我在街上的煎饼摊上吃了，一百多块钱放在随身的书包里，倒是没有偷去……没有粮票，多付点钱就是。”

三个人静了好一会，王可心打破静默，说：“你们两个聊，三年不见了，说说离别后的情况；李晟没有按时到，就道个歉，有什么误会，都说说。我去给李晟买饭去。”说着就掀开门帘出去；很快就将饭菜拿来，又出去了。

“你这个人到现在还不学乖，人家怎么说也是老干部，掌管一方物资大权，随便说人家‘土包子’，让人传开去，不就得罪人了吗？我看知识分子和老干部各有千秋，知识分子有知识，老干部有经历、经验，有的人阅历还很深。那个物资局局长我也认识，专业知识没有你好，但是经历了抗战，当过一县之长。而且人还是不错的……”

“你怎么认识他？”

“他是我的病人，就这样认识了……”

“那你同他总是有些交往，不然怎么知道他还不错？”

“怎么样？你怀疑我同人家有什么关系？说实在的，总体上说，他要比你强，但是，我对这种人，哼，才看不上呢。”

“是，毕竟是两类人，结婚了也不会有什么话说——”

“你说什么呢？怎么说到同他结婚？你是不是怀疑我……”

“不，不，说走了嘴，无意的……我这趟来漳州，只想说一句：青梅竹马，同窗六年，我们应该走到底。你说自己不会生孩子，这不是问题。你知道周恩来总理和邓颖超也没有孩子，却是人人羡慕的模范夫妻——”

“你真是大言不惭，敢跟周总理相提并论。”

“不，不是相提并论，只是借来当个话头，劝你不必把没有孩子放在心上。我也不懂得你说的什么毛病，但是不管怎么样，你是医生，又在大医院里工作，总有办法治好的。你同房间的老同学不就是妇产科的医生吗？”李晟说了，停了一会儿，想听听陈缓歌的响应，可等了好长时间，陈缓歌似乎不想说这事，他只好问道：“你的毛病现在怎么样了？”

“没什么。已经开始治疗了，不会有问题——”

“那还有什么问题要分手？”

陈缓歌笑而不答，却说：“先不谈这个。我这里还有两三斤牛肉，今天来不及了，晚上你将就吃食堂的饭。本来以为你会是20日来的，还特地给你留了两个肉馅的大煎饼。你没有口福，都进了我的嘴了。你看——”陈缓歌打开抽屉，拿出两个梅干菜猪肉罐头，“明天中午，我们在电炉里炒牛肉，还有这个……”

“我知道，这是莫尚良的功劳，从鹰潭市弄来的。”

“你怎么知道？”

“火车上，莫尚良和李晓雪都说了。”李晟停了一下，说，“我怀疑莫尚良可能在追李晓雪——”

“你又议论人家了，读文科的人大概都是这样的吧。不会的，李晓雪只是他的秘书。不过听说莫的老婆打成右派以后，心情不大好，身边就是李晓雪给他一些安慰，慢慢的心情也就好起来。龙江专署领导，漳州市市长还多次表扬他工作积极，从外地调物资进漳州，富有成效。抗战和地下斗争时期，他老婆当得比他还大。市领导中有好几个人是他老婆介绍入党的。莫尚良想离婚，他老婆坚决不肯。”

李晟听了陈缓歌一席话，虽然说得在理，但是却有点疑心：陈缓歌对莫尚良的情况怎么那样熟悉，看来不是泛泛之交。而且，这梅干肉罐头又是从何而来？再说，现在物资供应那么紧张，她还有两三斤牛肉，这又是从哪里弄来的？说不定又是莫尚良给的。他想应该利用这一两个星期，试探试探，她到底对婚姻是什么想法？信里提要“分手”，说得那么坚决，见了面对自己又不错：陈缓歌葫芦里到底在卖什么药？

第二五章　爱情究竟是什么?

(一)你试我探

李晟一边吃饭,一边做出决定:

他准备试探一下,向陈缓歌提出结婚的要求,就在漳州结婚;结了婚就可以放心走。如果她答应了,说明信中提出"分手",可能出于身体检查发现生育有问题,有些悲观,就随意写封信给自己。如果她坚决不答应,那就是对于订婚三年多的彻底否定。今天见面,虽然没有提"分手"的事,或者是一时说不出口,或者根本就是缓兵之计……

"明天中午,你来这里吃饭吧。我同别人调整班次。三年不见了,也很想知道你那边的情况。怎么样?到达聪巷黄翊家,还是再聊一会?"

"我上午到了达聪巷,没有一个人在,没办法,感冒发烧还没有完全恢复,只好在北京路找了家旅店先住下来,洗了澡,睡了一觉,才有精神到你这里来……旅舍的钱都交了,不去达聪巷也可以。"

"黄翊那里我也去过,医院分给大家两斤荔枝酒,我不会喝酒,听说很甜,很好喝,我也就买来送给黄翊。那天上午去,同你一样,也是吃了闭门羹;到晚上又走了一趟,好在路不远。我说你今天还是得到达聪巷;晚上不去,黄翊不知道你来,明天一早又出去了,你明天还是进不了门。这样吧,我陪你一起到旅店,结了账,拿了行李,我们一起去看看黄翊。香草园离市区不远,黄翊一般是星期天,或者到市里开会,办事,才住在达聪巷。"

李晟觉得缓歌说得有道理,去旅舍也好,正可以提出结婚的事。

说走就走。

陈缓歌说将牛肉分一半带给黄翊和天欣,算是一种见面礼。李晟一听,几天来的担心,瞬间都烟消云散了。他觉得陈缓歌还是爱着自己的,就高高兴兴同她到旅店去。

一进小旅店,又是这样闷热的房间,陈缓歌顿时觉得李晟太可怜了,心中不禁升腾起一种负疚的感情。她知道,夫妻是要同甘共苦一辈子的,不能让他担心这份感情,除非真的解除婚约,成了陌路人。但是她现在不再这样想,李晟的问题,主要是他的家庭的问题。至于李晟个人,不正是自己当年一直爱着的那位泉州南江中学的"状元"吗？这一次写信提出"分手",实在是崇德大哥的主意;自己也是随意试探一下,没想到让他匆匆带病赶来漳州。自从大哥升了泉州市农工部部长以后,连自己订婚宴都拒绝参加;自己工作以后,更是多次做工作,逼自己表态要"重新考虑"和李晟的关系,甚至建议"解除婚约"……

但是,尽管自己并不同意大哥的见解,可他的告诫怎么同莫尚良的话如出一口？两人进了旅馆房间,李晟就把门关了,笑着用两只手搭在陈缓歌的肩上,顺势一按,说了声:"坐下!"就把她按在床沿坐了,"这旅舍,连一张板凳都没有……现在不用担心王可心进来,在旅社只有我们两个人。我想同您认真地商量一件事"。

"什么事,那么一本正经的?"

李晟开门见山地说出自己的想法:"我们订婚都快三年了,本来如果去年你分配工作以后,我们就结婚……"

"你想说什么就赶快说,不要吞吞吐吐的。"

"我想利用暑假,咱们回泉州你家或我家,结婚吧!"

陈缓歌没有想到李晟会在这个时候提出结婚？而且那么快就说出来,自己实在是措手不及,一点思想准备都没有,怎么回答呢？按情理说,订婚也已经三年,不是不可以结婚。只是自己好像还没有结婚的打算。前段时间甚至还在犹豫,要不要解除婚约？还有,李晟的身体行吗？想到这里,陈缓歌不禁抬起头,又一次把李晟细细地瞧了又瞧,看了又看……

李晟身体似乎亏损得很厉害,那么瘦,恐怕一百斤也不到,肩膀耸得高高的,从头到脚只是一幅骨架子,皮包骨头似的,没有一块肉。这样的身体,除了路上偶感风寒,发高烧外,是不是还会有别的病呢？能不能结婚的？

陈缓歌想到这里,突然回忆起在内科毕业实习时碰到的一个病人,面黄肌瘦,一幅委顿、萎靡不振的样子。后来检查,竟是"阳痿",男人的一种令人难以启口的疾病。但是,李晟应该不是那种病;五年前,他还是田径运动员,参加过全国第一届青少年田径体操运动大会,即使生病中,还得了三级跳远第一名……应该是路上风寒高热,烧伤了元阳,元气和筋骨看来都受损了。

但是,无论如何,今天晚上应该……试探一下。如果是路上偶感风寒引起的,自己是医生,应该能够在半个月、一个月里帮他恢复;如果原本就有那种病,或者由于生病,引发了阳痿……那又当别论。但是,即使就是感冒高烧引起的,短时间内也不能结婚。

李晟看陈缓歌呆呆地在想着什么，就站了起来，走过去，突然抱着陈缓歌，把自己的脸往她的嘴边靠过去，不容分说，就是一阵狂吻。陈缓歌已经“唔唔”地叫了几声，连声说“这样不好”。但是，她的双唇被李晟紧紧吮住，嘴也张不开，只好由他热吻。毕竟是三年的远别，久别，陈缓歌这时竟觉得一阵酥酥麻麻的，返过身子，双手用力将李晟嵌住，把那热烈的唇吻送进李晟的嘴里，舌尖上。她分明感到整个心胸都有一种舒展开来的感觉；她的身体也不自觉地贴得更紧，两人的身子，几乎贴在了一起……

忽然，她怎么感觉到“不对劲”！怎么？不像是《人体解剖学》上说的那样！没有一点男子汉的强劲和雄风。这是怎么一回事？陈缓歌似乎懂得了什么，脑子一下清醒了许多，将李晟往床上一推，自己也坐在床沿。她撩了一下有点散乱的头发，良久，才镇静地说：“你是不是有病？我不知道你是这一次感冒高烧引起的，还是原来就有？你可能患了男人最忌讳的一种疾病，叫‘阳痿’。这是男人的致命伤，不治好，是不能结婚的；婚前的体格检查也通不过。”

李晟从来没听说过这种病的名称，就说：“我怎能有这种病？有病也是你造成的，你为什么要写那样的一封信？你知道我 17 日接到你的信，整个晚上都没有睡着；不时从床上起来，到凉台上吹吹风，吐吐气，就这样着凉了。第二天请假时，我已经感觉到发高烧，在鹰潭又烧了三天三夜，没有一粒饭下肚子，火车上又是那样……不说了，反正你已经决定同我‘分手’，就不必找许多借口了……”

“李晟，我这封信是写得不好，当时听说自己有病，不会生孩子，心里感到很悲凉，写封信给你，也不过是未婚夫妻想听听你说几句同情、温暖、安慰的话，我除了对你的家庭出身，你的社会关系有些看法外，我没有对你有过任何的三心二意。你看，我刚才被你撩拨一下，心中的爱比你还热烈。可是，我发现你不行——”

“你没有结过婚，怎么懂得那么多？怎么知道我不行？”

“你不要伤害我，我从来没有同男人有过什么接触。你应该知道，我是学医的，我是内科医生，男女生理上的问题，对我们来说，这是常识。你要这样怀疑我，那您看着办吧！”

李晟听了，心里很乱，也不知该说什么，话一出口就伤害了她？怎么办？

“那你说怎么办？”

“这样吧，你就当作是我的病人，我来替你检查一下，如果可以结婚，就回泉州，在你家、在我家都行，怎么样？”

“你准备怎么检查？”

“这很好办，旅店里没有别人，你这人胆小，说不定会感到害羞。不用羞，你就这样想：你是到医院给一位医生看毛病；你就想，我是你的医生，你是我的病人，就这样；或者你就想我们过去也很要好，以后还要共同生活一辈子……”

“好吧,就听你的,你检查吧。”

“那好,躺着,把裤子往下拉——”

陈缓歌像给不相识的病人看病一样,仔细瞧了又瞧,甚至有些难为情地用手摆弄了一下,也毫无动静。她终于长长地叹了一口气,说:“不能结婚,你多住一段时间,我会帮你治好。但是不能在我们医院,我介绍你到中医院,先把身体补一下,补足元气,这病就会逐渐恢复。”

“你说我到底得了什么病?不就是困难时期,饿了。有一天,上午连着上四节课,上到第四节,我晕倒在课堂里了……我不会有你说的那种什么病——”

“你粮票没了,我这里省下一些粮票,你拿去吧。”

李晟一直盯着陈缓歌,心中的疙瘩总没法解开,说是要“分手”,可对自己又这样关心……经过这样几天感情上的波折,似乎生分了。李晟觉得,自己连一点礼物都没带来,也总不应该拿她的粮票,就说道:“不,你自己留着吧……”

“粮票,我是多出来的。”

“多出来,我也不能要你的。什么礼物也没有带给你,怎能再拿你的粮票……”

陈缓歌看了一下李晟,眼前这个人,自己和他已经有些疏离;她觉得,分别三年,两个人很明显生分了,说话、处理事情都不像从前那样贴心。

两人静默了一会儿,李晟怯怯地说:“我,我……还想结了婚再回去。说实在的,我就担心你真会解除婚约。”

“你怎么像个孩子?你这是玩命!结婚,结婚,你可能当天就没命了!”

“说实在话,我就是在‘试探’你,你同我结婚了,我就放心,我自然相信你;你不愿意结婚,我就会一直想到你信中说的两个字:‘分手。’”

“好呀,你‘试探’我,我也在‘试探’你。你用是否答应结婚,来判断我会不会和你‘分手’;我试探检查你的身体,看看你能不能结婚?我的‘试探’是必须的,你的试探是你心里‘不自信’的表现,也是对我的‘不信任’——”

“可是,我以前有过这样子吗?我现在是不大敢相信你,这种所谓‘不信任’,正是你的这封信造成的……”李晟说着,打开书包,拿出陈缓歌六年来写给自己的一百七十一封信,说:“快六年了,你的心、你的信都在这里。如果不是这最后的一封……”

“你前后写给我的三百多封信……我一封一封都保存好,有几次急忙拆信,撕破的信封掉下的一条纸片,都舍不得丢掉,还要放回信封里面,你还不相信我的心,‘试探’什么呢?”

(二)三分天灾,七分人祸

陈缓歌陪李晟去达聪巷黄翃家,大门没有关,一推就进去了,太好了,黄翃和赵天欣都在家。

“缓歌,很长时间没见了,很忙呀?”天欣看陈缓歌同李晟一起来,高兴地问道,“接到李晟的电报,等了两三天,都没见来,还以为不来了呢。”

“什么时候到的?”黄翃看了看李晟,“你怎么瘦成这样子?”

缓歌笑着回答说:“李晟下午刚到,这里门关着,就到医院找我了。我最近加了个任务,替莫尚良当半天护理医生,下午、晚上又要上班——”

“哦,我知道,物资局长,哈,物资供应越紧张,这个‘莫商量’就越吃香。听说前几天又一次到省外去弄物资,人还没有回来,就传开了,说是又弄到许多梅干菜肉罐头,还有笋干、香菇、木耳、金针、牛肉……”

“黄翃,你看,缓歌带什么来了?”

“带一块牛肉给两位,要是过去,根本就不是什么好东西。”陈缓歌说了,就把一袋子牛肉递给了天欣。

黄翃看了看袋子,还真不少,这样的困难时期,能有好朋友送来那么稀罕的东西,心里着实感动,说:“礼重,情意更浓!不好意思,上一次缓歌提了荔枝酒来,这一次又是牛肉;‘礼尚往来’,真还没有什么好东西给两位呢……我这几天在市区参加省里的一个花卉会议,晚上都不回香草园。过两天会开好了,请李晟和缓歌来家吃顿便饭。没有好菜,借花献佛,牛肉热炒、清炖,前一次拿来的荔枝酒还有一瓶。这里烧菜比你医院方便。”

“黄翃也学会了炒菜?”缓歌随意问道。

“在园山水仙花圃跟一个部队下来的事务长学的。其实厨艺并不难,总比你当医生容易。嘿,这困难时期,实际上也没有什么菜好烧。”

陈缓歌坐了一会,就问起李晟在青岛运动会上认识的梅萼、梅绿两姐妹。

黄翃道:“这两个梅家姐妹在省农学院花卉专业已经三年级了……对了,没说倒忘了,‘老夫子’胡得元和余静波都分到园山水仙花圃当技术员了。”李晟一听就有些懊悔当年分配工作时同李晓雪对调的事,但是在陈缓歌面前也不好说了。

第二天一早,陈缓歌就到市立中医院找一位相熟的杨大夫。杨大夫前些日子也曾通过陈缓歌,让一位乡下亲戚进了专区医院住院,两人有些交往。

杨大夫的丈夫死得早,又没有孩子,本来可以改嫁,但是“高不成,低不就”。自认为是省协和大学医学院的高才生,西医五年毕业,又专攻了五年中医,有些自负,结果一拖就是八九年。现在一个人过惯了,就不再想成家了。她同陈缓歌特别有缘,一看到缓歌就开玩笑说:“这么漂亮的女孩子,瓷器人一般,从来都没有见过。怎么样?不嫌弃,给我当女儿吧。”

陈缓歌知道杨大夫也只是说说,并不怎样认真,也就回她一个玩笑说:“有多少财产让我继承呀,说来,选一个黄道吉日,我来拜干妈。”

陈缓歌直接到住院部把杨医生叫了出来,如此、如此,这般、这般,一五一十地把李晟的病情告诉了杨医生。杨说:“看来是风寒又兼风热,寒热相逼,热攻肾阴,寒入肾阳,阴阳两亏,阴亏则虚火重,阳亏则表现为萎缩、委顿。其体征白天萎靡不振,晚上则盗汗、失眠。如果加上心理重负,很危险。这样吧,我先看看,再和你通气。”

陈绥歌说:“都是我造成的。这个人——”

“叫什么名字?”

“叫李晟。这个人本来身体特别好,是田径运动员,1956年高中毕业时,还代表本省去青岛参加中华人民共和国第一届青少年田径体操运动大会,生病期间,三级跳远还得了全国第一名;浙江省举行大学生田径对抗赛,他跳远、三级跳远都获得全省第二名。我真不该写了那样一封信……不过,他也不会分析,我怎么有可能同他分手呢?”

“好了,我会尽力的……不过,这个病不是专靠针灸和药物治疗就能治好。首先必须固真元,养肾气,而元气来自食物,营养。我的中医药理论是,‘凡物皆药’,能用食疗,绝不用药治,所谓‘是药三分毒’,都有副作用——”

“我也在尽量给他买点营养的东西……”

“可惜呀,现在是困难时期,一个鸡蛋都卖到七角钱。人光是吃饭没有鱼肉蛋,身体体质差了,怎么治病?何况连饭也吃不饱……说不定你未婚夫就是饿出病来的——”

(三)总是同“分子”连在一起

陈绥歌赶回专区医院,上午他必须到医院花园的小洋房,给疗养的莫尚良量血压、开药等等。杨医生一直送到医院门口才进去。

陈绥歌到了花园小洋房,莫尚良已经在那里了。量了血压,开了降压片,又根据莫的要求,给他开了两瓶十全大补剂、两瓶桂圆膏;两盒苯丙酸诺龙针剂,两盒绒毛膜性促激素。莫尚良并不讳言,说这些药是准备拿去送人的。

这一次,为了李晟的病,她也多了一个心眼,她知道这几种药公费医疗目前控制很严,只有当地高干才能开;趁这时候叫莫尚良多开一些,自己也可以拿给李晟。开始觉得这样不好,后来转而一想,李晟是大学老师,也是公费医疗,而且确实有病,只是他的医疗关系在外省,用了漳州的医疗费,不是说“全国一盘棋”嘛,“羊毛出在羊身上”,国家并没有多亏钱。就这样,陈绥歌同莫尚良商量后,四种药,都各加两瓶两盒。

莫尚良问:“这药,你送给谁?”

“暂时保密。”陈绥歌笑笑说。

陈绥歌心里挂着李晟,不到十一点钟,就匆匆走了。她带了药,到达聪巷二十五号去找李晟。告诉他,这些药怎么用。苯丙酸诺龙针剂两盒十支,绒毛膜性促激素也是两盒十支,让他带去中医院找杨医生,并告诉李晟自己同杨医生的关系,叫他毫无保留地把身体情况告诉杨医生。为了鼓励他积极治病,还像哄小孩一样,说:“配合杨医生,快快治疗,治好了咱们就结婚!”

大约过了一个星期,中医院的杨大夫打电话叫陈缓歌过去一下,她知道是关于李晟治病的事。这一次,杨医生安排在自己个人办公室同陈缓歌谈。她开门见山就说:“一个星期下来,不能说一点好转都没有,但是进展似乎不如预期那么好。也就是说,李晟身体亏损得比较严重,不只是肾脏衰弱,肝脏功能也不好,中医叫作肝肾两亏。我的治疗计划是‘中西合璧’:中医治疗,采用针灸和药物相结合,药物呢,以丸剂为主,辅以水煎;西药,就用你开的苯丙酸诺龙和绒毛膜性促激素,辅以维生素E。但是按照这样的计划,我估计也要三个月,六个疗程。”

“杨医生的治疗方案,我很赞成。你可以同李晟说一下,让他好好配合,有时也可以问问他哪一种治疗效果好一些?”

“我问过了,他也说不出。但是对针灸,我在他小肚丹田下一寸的一个穴位针砭,同艾条灼炙并用;另外在会阴穴位用针。问他有感觉吗,他都点点头。李晟好像还是很嫩,别看他一米八个头,却很难为情的样子。我跟他开玩笑:‘我是医生,什么东西没有见过,男人女人什么部位我们当医生的人需要的话,都得看。’第一次针灸时,我叫他把裤衩放低一点,他一下子脸上通红,还不动手。我只好替他动手,帮他扯下去……”

杨大夫说完,两个人都哈哈大笑起来。陈缓歌说:“你别看他难为情,死要脸,却老缠着我说半个月里要同我结婚。”

“有这样的事?李晟能结婚?半年、一年过,能结婚也就谢天谢地了。而且这种病很容易反复,即使治好了,房事过多,即刻又来了。男人自己倒无所谓,行就行,不行躺倒就算了。女人可就惨了,不好受了……你们是老同学?自己谈的?我说呀,你可不要不爱听,如果是别人介绍的,赶快‘吹’了吧!”

“可他现在有病,而且多少和我都有点关系,我不能甩开他不管。”

杨大夫听了,笑笑说:“难怪!你们是自己相爱谈起来的,有感情。但是……但是有感情还不够。有人说,‘人是感情的动物’,要我说呀,人更应该是‘理性的动物’,在‘一时’和‘一生’,‘短痛’和‘长痛’之间应该如何抉择,你要掂量掂量。为了你……”杨医生看着陈缓歌,抿着嘴一笑,“为了我的干女儿,我自然会尽力的,你放心。”

才掀开门帘,就听见王可心正同李晟说起莫尚良如何如何,只是没听清楚。

“回来了?”王可心有些不自然地问。

“你们谈什么呢?有好听的也说说我听听。”陈缓歌没话找话说了一句。

“谈你呢,相信吗?”王可心马上转了话题,风趣地说,“李晟知识很丰富,谈吐也很优雅。要不是缓歌姐在先,我一定抢来给自己了。”

“哦,有那么好?那就让给你。”陈缓歌也回他一个幽默。

李晟忽然说:“你们快吃饭了吧,我先回去了。”

陈缓歌一路上心情本来就不好,下午又要上班,加上还不知道怎样转述杨医生的话,说服他放弃近期结婚的念头,所以就说:“也好,你先回达聪巷,我下午上班,明天下午我没事,你明天中午来这里吃饭。”说了,就站起来,掀起门帘送李晟出去。李晟砰砰地下了楼梯,头也没回一下。陈缓歌站在楼梯头只说了一声“明天见”,就回房间,似乎显得很疲倦,躺在床上,一句话也没有……

王可心问了两声:“怎么样了?你怎么样了?”她也似乎没有听见,只是闭着眼睛。

(四)爱的本质……

李晟听了王可心说起莫尚良追求陈缓歌的事,尽管缓歌并没有答应,可自己心中仍然感到不自在,他怀疑,这也是促使陈缓歌提出“分手”的一个原因。李晟一边走,一边想,忽然一个念头一闪而过:“物资局长,管理调配全市物资,有的是物质诱惑力。自己不过是一个穷书生,陈缓歌心中会是怎样掂量两个人呢……难怪会有那样的一封信!在这种‘物质第一’的时期,自己到底是坚持下去,还是打退堂鼓,是继续携手,还是分手,自动退出呢?”

李晟本来就很聪明,大学期间,一心扑在读书上,可以用一句话来形容他,那就是“无所不读”:古今中外,文史哲经,天文地理,花鸟草虫,只要有兴趣,就是一本一本地读。他知识丰富,记忆力惊人,又善于分析。可是对于生活实践,他恐怕还是小孩子的智力。这一次对陈缓歌的感情,总是分析不清,举棋不定。他想,陈缓歌应该是挚爱自己的,但是正因为这样,就更不能辜负她的爱,不能轻易放弃这段感情。他知道陈缓歌说的是真心话,除了自己的家庭出身和海外关系外,她对自己确实是一往情深,无可怀疑的。可是,这一次写了这样的一封信,他迷茫了,不知怎样来分析这段感情:

爱情究竟是什么?

是否三年前订婚就是错了呢?

还是自己对她这封信看得太重,解读错了呢?

是自己因家庭社会关系,身体垮了而自卑,缺乏自信呢?

还是困难时期,使自己在强大的物质力量前面矮了一截呢?

除了书本知识上可以聊以自慰外,自己究竟还有什么值得称道,值得陈缓歌爱的呢?

自己这一生还有什么能使陈缓歌生活得更幸福呢?

坚持,还是放弃呢?

携手?放手?分手?

……

一个一个问题在脑子里转悠,都无法回答。过去自诩的分析能力都到哪儿去了呢?坚持,还是放弃?继续携手,还是分手?剩下的就是这几个字。

李晟忽然自言自语地说:“对了,我只是感情倾向坚持,而理智却倾向于放弃。”

他觉得不管怎么样,爱一个人,就要让她幸福。爱情究竟是什么?李晟想,爱的本质,就是让所爱的人一生幸福!为了陈缓歌的幸福,也是给自己的一条退路。他似乎想借着这一封信作缘由,选择放弃。想到这里,他脑子里忽然涌现了一个自认为很恰当的比喻:把带子解开,否则两个人都会吊死在一棵树上!

李晟似乎做出了决定。他想,不必再去探听他是不是最终会答应那个物资局长,这已经不是自己应该管的事情了;也不必去揣测陈缓歌是否因莫尚良而更幸福,至少在目前社会经济如此枯竭的时期,陈缓歌物质上会好得多!

快走到达聪巷黄翃家的时候,李晟居然感到步伐有些轻快起来:“爱她,就应该放手!爱情,所爱在一个‘情’字,陈缓歌那么爱自己,她的‘情’,我李晟一生也难以报答。自己的家庭和社会背景既然有那么严重的问题,肯定是无法给她幸福的,那就应该放手,让她得到自由!看来只有选择离开,才能让陈缓歌一生幸福!”

又过了一天,第二天上午八点整,陈缓歌照常到花园小洋楼去看护莫尚良。她没有忘记,今天中午让李晟来吃中饭,心里还在盘算着,如何把杨医生的话转达给他,说服他推迟结婚。

莫尚良知道,上星期陈缓歌让他多开的苯丙酸诺龙和绒毛膜性促激素,是男用的药,心里好奇,总想知道她是送给谁的,就再问道:“缓歌,你说,你上星期开的药送给谁呢?还要吗?”

“还要,你什么时候再开?”

“送给谁?这是男人用的?”

“谁说?桂圆膏,我就不能吃了?”

莫尚良正要继续问,电话铃声响了。莫尚良接过电话,对方说:“找陈医生陈缓歌接电话。”

“是一个女人的声音,找你的。”莫尚良知道是一个女人打来的电话,也就爽快地将电话交给陈缓歌。

“喂,李晟上午没有来治疗……”电话那头传来杨医生的声音。

“好,我这就到你那里。”陈缓歌心里有些狐疑,李晟怎么就不治疗了呢?她看看时间已经快十一点了,就说,“莫局,我有重要事情,提前几分钟走了。”也不等莫尚良说话,脱下一身白色工作服,拿了手提袋就匆匆地走了。

陈缓歌在杨医生办公室坐到中午十二点多,告辞的时候说:“我到一位同学家去看看,是不是生什么病了?”

“前面有辆三轮车,你坐着去吧!”

陈缓歌也打算坐车,快一些,忽然想起李晟治病,正需要钱,能省就省一点吧,回过头对杨大夫说:“不,不远,不用坐车。”

说着就三步并作两步,匆匆忙忙离开了中医院。

陈缓歌到了达聪巷二十五号,大门紧闭,上了锁:李晟分明不在屋里。但她还是下意识地敲了两下门,确认里面真正没有人了,才又急急转回医院。到了医院门口已经是中午一点多钟了,她忽然想起中午叫李晟来医院吃饭:“糟了,不知来了没有?失约了。”

她小跑着,上了楼梯,门帘虽然放下来,门却是关得紧紧的。她想:“不会是王可心没在,李晟进不了门吧?”

不对,王可心今天虽然轮休会回家,但是已经吩咐过,让她一定等到李晟来了才能走;现在可心走了,说明李晟已经来过。怎么办?这次失约,恐怕又要引起一场误会了!

第二六章　逝水，柔情

（一）准备好了，放手！

李晟按照陈缓歌的吩咐，上午九点多钟就到医院宿舍，王可心一个人正躺在床上看报纸，看李晟敲门进来，就从床上坐起来，开玩笑说："李晟，遵照缓歌姐的'命令'，特在此恭候。"

"你比较乐观，活泼，幽默，不像缓歌那么娴静。"

"那么，哪一种性格好呢？你喜欢哪一种个性？"

"性格是个人的气质类型在社会生活中的反映，只要是自然而不做作，都好，都令人喜欢。你和缓歌都是多血质、重感情的气质类型，只是社会经历、人生体验不同，所以外面表现不一样，其实内里是一个样的。气质、性格，这是天性，性格不同或表现形式不同，不可强求一律。文章还提倡百花齐放呢，人的个性表现也应该是百花齐放。"

"你真会说话，我就爱听你说。我喜欢缓歌姐的性格，今天你说我们两个都是重感情的人，我很高兴，也增加了自信。"

李晟听缓歌说过，王可心虽然是龙江地区郊县漳浦人，熟人也多，可到现在都还没有男朋友，连一个追求她的人也没有见到过。有一次，可心妈妈还到宿舍来，要陈缓歌帮帮王可心，替她介绍一个对象。他知道可心刚才说的"增加了信心"是什么意思。不觉同情地瞟了她一眼：

圆圆的脸蛋，两只眼睛很大而且有神采，笑起来，两边鼻翼稍稍皱起，还挺有趣的。缺点就是嘴唇厚了一点，所以说起话来就容易给人一种缺乏温柔、细腻的感觉。

王可心看李晟静静坐着没说话，还以为自己有什么话说得不好，就把话题岔开，说："你看报吗？"就把当天的报纸递过去。

李晟没有心思阅看国际消息，就把小报撂下，问："你说，莫尚良这人不错，我想听听，好在哪里？有些什么优点？"

"你是不是怀疑缓歌姐？要知道我就不给你说了。"

"我先声明一点：这个人追求陈缓歌，是他的权利，他又不知道陈缓歌有一个未婚夫李晟。"李晟故作大度，旷达地说。

"好，那我就说了：第一，莫尚良局长还是一个讲道理，不是死皮赖脸的人。缓歌姐拒绝他以后，他就不再追着不放，他敢追、敢放；放手了，而且是很从容就放手了。我告诉你，我在医学院时，就有一个同学追过我，我当时一心读书，坚决拒绝，这个人就要死要活，写了信说要自杀。我知道他对我未必了解，更谈不上有很深的感情，估计这种人也不会去自杀。为了让他死心，我就把他叫到没有什么人走动的校园边上一棵大树下，当面对他说：'没出息！想死还不容易吗？我不爱你，我是根本不会答应你的。如果你要自杀，最好是现在，你在树下，上吊给我看看……'这个家伙一听，讷讷半晌，说，'我是同你开玩笑的'。哈哈！所以我说，莫局长这人还不是啰里啰唆的人，一听缓歌说自己订婚了，就放手。"

"这个小故事，三年前在榕城你就讲给我听了，当时我还以为你是编出来的；现在看来，还真有其事。你很风趣，有什么就说什么，很像《红楼梦》里史湘云的个性。"

"我的个性有史湘云那么好吗？听你一说，让我特别高兴。《红楼梦》许多女孩子，我就一直喜欢史湘云。"

"很多人看法同你一样，说黛玉病恹恹的，还有点小脾气；宝钗城府太深，又会耍小心眼……对了，再说，再说，第二点呢？"

"第二个优点嘛，这人是个老革命，据说战争年代打仗很勇敢，可以用'出生入死'几个字来形容他。

"第三个嘛，他能为漳州老百姓到全国各地去弄物资，弄吃的、穿的，这样的局长算是恪尽职守了吧，不管他用什么方法……"

李晟听了王可心的话，对这位物资局局长居然有些好感起来，并且设想，陈缓歌如果跟他结合，会是怎样一种美好的情景。王可心看他似乎有些走神了。就喊了两声："喂，喂，你有没有听我说呀？"

"听，听，我也觉得这个人不错。"

"所以呀，缓歌若碰到一个不怎么样的人，你倒不必担心；碰到一个不错的人，那你可就得小心了。虽说缓歌姐对你很不错，我能看出来；但是，事物是发展变化的，这个哲学道理，你也不懂吗？能结婚，就赶快结婚；我看你身体不大好，如果不想结婚，那你得有思想准备——"

"准备什么？"

"准备'吹'呀，放手让人家去'结'呀……"

"我已经准备好了，放手！"

王可心瞪大了眼睛:“吹?你随便说说的吧……”

王可心好像突然想起了什么,说:“对不起,我上午得回家,妈妈说,我舅舅要替我说一门对象,是东山岛人,漳州师范学院的老师。我得赶快回去。陈缓歌叫你吃中饭,应该很快就会回来,我走了。”王可心匆匆掀开门帘,砰砰砰大踏步地,说走就走。已经走出门口,又转回来说了一句:“我回家了,你等她!”

李晟在207号宿舍里,一个人足足等了三个多小时,他准备同陈缓歌袒露心声地说一说,就一直等到十二点三十分。他认为十一点半下班,陈缓歌一般十一点五十分以前就应该回到宿舍。现在都已经十二点半,不会回来了;或者有紧急事情缠着。本来今天就要告诉她,自己准备“放手”,所以连中医院也不想再去了……

(二)烈火芳心

傍晚,李晟想,陈缓歌也应该回宿舍了,带着一种“殉道者”的悲壮感情,他准备找陈缓歌,了结这一段青梅竹马就开始的感情。他想,应该把三百多封信取回来,以免日后影响她和丈夫的感情;如果她也要把自己的一百七十一封信要回呢?他觉得只能给一百七十封,这最后一封一定得留住,证明爱情了断的缘起是她,不是自己提出来的;万一他父亲和二哥、二嫂问起来,也好有个交代。这不是对她的伤害,而是不可省的。

李晟像往日一样,每次到医院去,都在医院路转角的地方,略为歇一歇脚,调整一下自己的心态,以免因感情激动,伤害了缓歌。一般人,这种马拉松式的爱情,早就不存在了。她能在高三毕业班一年,医学院五年,坚持等着自己,在许多“高手”云集的医务界,这种感情有多难得!我应该感念她一辈子……

李晟踏上这十二级,转弯又十二级的楼梯,心里很平静,他正在做着一个人生的重大抉择。至于自己未来的生活会是怎么样,这是无法预料的。反正已经远离故土,再怎么狼狈,家乡人也不会知道。所谓“衣锦还乡”,能有几人?同时,这所谓“衣锦”,也不是自己所期望的。自己一生或许就在外乡异土为父辈背着沉重的十字架,那也是自己的命运,谁又能选择?又怎么能再连累缓歌呢?于心何忍!

“缓歌,缓歌,开门,是我,李晟……”

门一打开,陈缓歌就怒气冲冲地嚷嚷着:“你为什么不到中医院去?你知道杨医生可是全省治疗这种毛病的一流专家。她上午十点多就打来电话,说你没去,我都急死了;赶紧就跑到中医院,又转到达聪巷去找你,回来都一点多了,你又不在房间里……我也吃不消了,我确实很累,只想躺下来……”说着就伤心地流下眼泪来。

“对不起,对不起,我昨晚想,这一次我就不该到龙江医院给你添麻烦。我不再治疗了,我得赶快回学校去,我还有教学任务,还有许多学术研究的课题……已经十一天了,我想尽快把我们的事情处理好——”

“你还想结了婚才回去？”

“不不，不是！我想通了，我连累你太多了，我们分手吧——”

“你……你怎么这样说？我写了信，是我不对，但我并没有真想和你分手呀。”

“这不怪你，你很矛盾，很痛苦。那时我们都还很年轻，不要说你，连我也没有想到家庭出身和社会关系，会如此决定人一生的命运，还会连累自己心爱的人。爱一个人，就要让她一生幸福！我不能让你一辈子为我的家庭背景担惊受怕。你虽然很文静，可我知道，你有自己的自尊，为了爱人的出身，受人一辈子轻蔑、奚落，让人瞧不起，每天都要低着头，或者叫‘夹着尾巴做人’，那我一辈子都不会原谅自己，一辈子都会生活在良心的谴责之中。所以，可以这样说吧，正因为我非常的爱你，所以我选择了分手。所以，我也就不必急着去治疗什么病。”

陈缓歌一边听着，一边抽噎流泪，她不知道该怎么说。李晟的善良，一点都没有变。分手？有那么容易吗？我会痛苦一生！李晟刚才说的，其实莫尚良和杨医生都说过了。但是，李晟有什么错？我再也找不到像他这样好的人！分手，他是怎么样转过来的？现在变成了自己不想分离了。

“李晟，你不要这样想。虽然不是‘嫁鸡随鸡，嫁狗随狗’，但我们已经订婚了，俨然夫妻一般，既然是夫妻，那就是要共同走过一辈子，同甘共苦，风雨相伴。未来的，谁也不能预测；把没法预测的事情作为判断今天的一生大事，我心里总是不甘心——”

陈缓歌已经哭得像一个泪人儿了，她一直扑在桌子上，头也没有抬起来，只是呜咽地说：“我不肯，我不同意分手，我做不到，我写那封信，只是随便说说的——”

“我已经说得很透彻了：爱一个人，就要让她幸福！我知道你爱我，刚分离，你会很痛苦，青梅竹马，同桌读书，浅海放帆，西海海祭，二胡琴情，三八征文，联袂演出，榕城惜别……六年同窗，有多少可以回忆的往事！你必须赶快答应莫尚良的追求，我听说了，这个人不错。你伤心痛苦的时候，边上有一个人可以倾吐，这样就能将感情逐渐地转移——”

“你是不是还在怀疑我同莫尚良的事？我今天可以明确告诉你，他只是我看护的病员；就是我们分手了，我也绝不会嫁给他，我即使一生单身，不嫁人，也不会嫁给他！”

“其实这个人还是比较好的——”

“好人就能当爱人？就能当丈夫了？他这个人我了解，只能是同志、朋友，不能当丈夫；当丈夫是必须有爱，没有爱情的好人，多得是……

“还有，你是不是因为最近身体有病，认为不能过夫妻生活，所以要离开我？我是医生，我知道你是营养不良，路上又患了重感冒，风寒、风热，伤了元气。调养一段时间，这病很快就会好起来的。你过去是运动员，体质好，不出半年你就会恢复。杨医生就说了，最多也不会超过一年——”

“不，我至今都没有怀疑您对我的爱。至于我的病，我很清楚；我知道这并不是什么可怕的病。没有什么病,不用为我担心,很快就会恢复。

“接到你的信那一天,太突然了,我都不敢相信。那时候,我真的错怪你了。今天向你最后倾诉一回,以后也就是天各一方了。你使我体验了个体生命中什么叫作‘伤心’。那一天晚上,我一整夜都没有睡,一想到你就要离开我,我心里就一阵阵凄楚,一阵阵酸痛,这不是一般的痛,是一种令人难受的极度的心酸、麻痹。大约两三阵心酸过后,它会从心底逐渐往两个肩胛延伸,扩散,然后从肩膀慢慢向手臂下来,一直到手心,一直到十个指尖。如果是躺着,又很快走向腿部,下肢,然后就是全身酸得轻轻地发抖。人们之所以称为‘伤心’,我这一次是深刻地体验到了……”

陈缓歌扑在桌子上突然像失去了亲人一般的大哭起来,伸出一只手,摇了又摇。李晟领会是叫他不要再说了……

过了约莫十几分钟,李晟觉得陈缓歌已经逐渐平静了一些。接着说:“你把我给你的三百多封信还给我,我也把你的一百七十封信还给你——”

“为什么要这样?你就不能留一点给我做纪念?”

“不,你将来总要再谈恋爱的;结婚以后,我的信,你怎么放,你存到哪里去?你没有地方保存!即使你藏到天花板上,藏到地板下面,终有一天会被你丈夫看到。那时候,你们夫妻会反目成仇,还可能打架,你会被殴打,甚至被抛弃,离婚……我不成了罪人了?对你,我已经是犯了一次罪了——”

“那我给你的信,你将来的妻子看了不是一样吗?你又怎么能藏得住?”

“也是藏不住的。”

“我三年之内不会再谈恋爱,不会结婚,你就先放在我这里。我等你三年,那时,你的病也早就好了,如果你还没有结婚,你再来找我;不,说定了,我去找你……”

“我想了一个万全之策,我们把两人交往的信件今天就全部烧了,今后谁也看不到,照片每人也只存一两张,将来你丈夫问,就说是同学嘛;如果我也结婚了,我的妻子也会以为就是中学的同学,对两家都不会有什么影响,趁王可心不在……”李晟一边说,一边从书包里把信拿出来,两大捆,“来吧,你的信我已经拿来了”。

要烧掉陈缓歌的信!李晟心中显然还是有些不忍。他忽然看到其中有一封明显厚得有些鼓起来,就顺手打开看看!原来陈缓歌在信笺里放进一棵蓝色的小花,已经枯干了的勿忘我,心中不觉猛烈的一颤……他马上又清醒过来,静静地又将勿忘我塞到信封里。

李晟找了陈缓歌的一个大号的钢精洗衣盆,把陈缓歌的一百七十封信丢到盆里面。他按原来的设想,留下了最后的一封信,又从口袋里拿出火柴,嚓的一声,点燃了,先烧两封作为火引,然后蹲在地上,开始一封一封地往下投;到火大了,就两三封,四五封地一起丢下去。宿舍里,烟雾腾腾,他把门关起来。后面窗子正对着医院的花园,晚上没有人到花园里,不会有人看到。

陈缓歌大吃了一惊,真的烧了?!

陈缓歌知道已经无可挽回，她只好打开箱子，拿出一个精致的小皮箱，里面全是李晟的信。眼睛一闭，全都丢进洗衣盆里。先是一阵黑烟，接下来烈焰升腾，两人都被烟熏得直咳嗽。陈缓歌从浓浓的火焰中看到了被自己亲手埋葬了的爱情，心里很痛苦："李晟啊，李晟，你就不能再等两三年，看看形势发展再说嘛？"

室内是烈火，烧掉了自己的一片芳心；心里是水一样的柔情，今天晚上都要让它永远地消逝了："李晟，我们六年的爱就这样完了？我不甘心！我不甘心！"

陈缓歌发疯似的，冲了过去，将李晟紧紧拥住："让我们一起跳进火盆里吧，用我们的柔情，用我们心中爱河里的血水，把烈火熄灭了吧，救出我们的爱情，我们六年的爱的见证……"

（三）一夜好眠

大约十点钟，李晟带着忧伤、凄怆和说不出的阵阵悲凉，踉跄地走回达聪巷 25 号黄翃家，恰好黄翃在家。他对黄翃说，过几天想回家去，打算趁着有点兴致，去看看香草园。如果有时间，再去一趟园山琵琶阪，看看赵天欣、"老夫子"和余静波，顺便参观一下水仙花的产地，如果没有时间，园山琵琶坂就不去了。

黄翃说："你学校有一封信寄来，信封上写姓林，放在桌上呢。"

李晟一看，一时竟想不起会是什么人寄来的……对了，知道达聪巷地址的只有教研室主任林梅雪……姓林？没错，准是她！

李晟迫不及待地拆开信……

信写得很长，建议"冷静处理"。梅雪信上说：女子心肠软，你一定要诚恳、柔和、体贴，多多听听她的意见，不要说些刺激性的话。如果她还有留恋之情，只要恪守一个"诚"字，或可挽回，所谓"精诚所至，金石为开"。

信的末了还附了一句："反正是暑假，虽然有集体备课的安排，但是根据你的学问和教学效果，你可以不必参加。八月底再回来，这样，处理问题的时间，会充裕一些。"

李晟看了信，心中涌起一丝暖意，不觉眼睛有些湿润。他赶紧抽出钢笔，给林梅雪写了一封回信，把情况前前后后都告诉她，只有火车上丢失行李的事没有说。最后，他在信中说：爱的本质，即在于给所爱的人一生幸福！我自觉形秽，自己也管不好自己，只能放手！

末了再附上一笔，我很快回灵峰老家，有信按学校《通讯录》上灵歧古镇的地址寄，不必再寄漳州。

李晟这一夜睡得特别好！人或许就是这样：在事情还挂着，吊着，没个着落的时候，心神不定，不知所措，最是惶惑，又怎能入眠？今晚做了决断，感到了无牵无挂，反而轻松起来，一觉睡到天亮才醒来。

第二七章　问世间情为何物?

(一)去香草园

第二天一早,李晟就把写给林梅雪的信投进邮筒。早饭后,坐在黄翃的自行车后座,向龙溪陇阪的香草园踏去。

香草园的规模很大,黄翃在这样的一个大单位任技术员,很自豪。他一边踩着自行车轮子,一边对李晟说:“我在这里过的真是神仙一样的日子。每天闻闻花香,听听鸟鸣,难得的清闲,幽静。开始我还认为在郊区工作,到市区办事要骑单车,不方便。现在看来,每天骑脚踏车,还可以锻炼身体,真是一个好地方。记得我们小的时候,在灵峰溪南岸栽了许多紫薇花,还有栀子花,真香啊!可是如果同香草园比起来,还差得远呢。到香草园以后,我们先泡一杯茉莉花茶,休息休息,吃了中饭,我带你参观。

“对了,我们最近还开挖了一个荷花池,荷叶已经露出了尖角,小箭镞一般。那是什么人的诗,‘小荷才露尖尖角’,整首诗怎么念?”

“那是南宋杨万里的诗,题目叫《小池》,是一首七绝,只有四句:

> 泉眼无声惜细流,树阴照水爱晴柔。
> 小荷才露尖尖角,早有蜻蜓立上头。”

“我高中一学期也没有上完,就同天欣到漳城谋生,读书太少。你这次多住两天,帮我补习补习。”

“文科说穿了,没有太大用处,只有非常喜欢文科的人可以去读。一个人,如果一生能够从事自己喜爱的专业,那就不会觉得是一种负担。我因为喜欢文史,所以明明知道派不了大用场,还是报考了文科——”

“不,不不,懂一些古诗、古文,就能出口成章。你没有听到那个物资局长‘莫商量’作报告时,经常引用几句古诗什么的,大家都说他很有学问。”

“读书不是为了引用炫耀,他能懂得几句古诗词?不就是那个秘书李晓雪替他写的,让他拿到台上去念。李晓雪是我杭州读书时候的同班同学,她在物资局当秘书,有什么同‘物资’有关的事,可以请她帮忙。

“我不知道莫尚良报告时念什么古诗。但是,我发现,现在有些干部报告时,动不动就插两句连自己也不懂的诗文,常常闹出笑话。大学中文系,不光中文,还有历史系、哲学系等等,那些老教授都是学富五车,偏偏是派来领导文史专业的党总支书记,大多是‘草包’,当然也有好的——”

黄翃也调侃说:“也有‘菜包’‘肉包’……”

一句话说得李晟大笑不已。

自从到漳州十来天,李晟几乎没有开怀笑过。今天到香草园,就是想给自己来一回“穷开心”。他想抖擞一下精神,跳出悲怆和凄苦,也找了一个笑话说说,居然学起说书人的口气:“话说……话说,有个地方,有一个相当一级的领导,报告、演讲,全靠秘书写好稿子,然后照本宣科,丝毫不动脑筋。一次作《全党全民总动员,大办农业,大办粮食》的报告。第一点念完,第二点还刚说了个开头,突然冒上一句:接下去转到本页的背面,他还担心下面听不清楚,特别再强调了一下:接下去,转到本页的背面……听众不知所云,一霎时,鸦雀无声;接着似有所悟,猛然爆出了哄哄、哈哈的喧笑声。原来秘书初稿写完以后,又在稿纸的背面补充了一段,怕领导没有注意到,特地在本页的末了写上一句‘接下去转到本页的背面’。”

黄翃听了,完全忘记自己正在踏车,笑得头都往后仰,车手一歪,差点把李晟给抖下去。

“小心,踩稳,跌倒摔伤了,我就回不了家了——据说,写稿子的秘书满脸通红,跑上讲台,在领导的耳边说了又说,将讲话稿子翻了又翻。”

“再来一个,再说一个,你还没有‘请听下回分解’呢。”

“下回嘛,好,话说,话说某市商业局一位局长,也是一个‘草包’。人事科上报要两名懂英文翻译的毕业生,省里给了一个英文,搭配一个德文。科长找了局长,问,‘德文要不要,不要就退回去’。‘退什么,管他是英文、天文、法文、德文,统统要’。”

这一下,黄翃没有先前那样大笑,说:“这个笑话我不久前刚听说过。漳州市传来传去,说‘不管英文、天文、法文、德文’的就是那个物资局局长莫尚良。传得活灵活现,还添油加醋说,莫尚良问,‘是男的还是女的,天文暂时用不上,男的分去搞外勤,女的负责内勤,我自己用’。人事科科长问:‘那,李晓雪呢?’莫尚良回答说:‘李晓雪自然也给我专用。’后来就传说李晓雪是莫尚良‘专用’的女人。他经常通过李晓雪在鹰潭当大干部的姨妈弄物资，结果是大家得到好处，还对他胡说八道一番，说是两人借口外出搞物资，却在外面‘风流快活’。”

李晟道：“李晓雪跟我是武林师院的同学，我知道，这人还是很正派的。看来，这种笑话，不能当真，莫尚良也还不至于水平那么低。有些老百姓看领导文化水平不高，或者作风有缺点，就编一些故事来当笑料传……”

（二）陌上花开缓缓歌

黄翃和李晟在自行车上，一路谈谈、说说，说说、笑笑，很快就到了香草园。才进大门，就听见门房的阿述伯叫了一声：“黄翃，有一位专区医院的女同志找你，说还要找你的同学叫李晟的，我已经开了会客室，让她先在那里等……”

“准是陈缓歌，她找你一定有急事，快到会客室去！”

“她怎么来得这样快？”

黄翃到了二楼，会客室的门开着，一看果然不错，陈缓歌正坐在沙发上发呆。

“缓歌，有什么事吗？”

“李晟呢？”

李晟笑了一下，随后就进了会客室：“你比我们来得还早！几点钟的车？”

“也刚刚到一会儿。”

李晟不露一点声色，仿佛昨天晚上压根儿就没有发生什么事情；陈缓歌今天要来这里，他事先并不知道。昨天晚上他就决定，同陈缓歌分手的事情，暂时不跟黄翃说，所以黄翃也并不知情。李晟就编了几句对黄翃说：“我让缓歌今天一起来香草园玩，她早上有点事，不能一起走，所以就乘汽车来了。”

“好好，那我就不陪你们玩了，香草园，到处是香草香花。我去准备中饭，你们两个自己去玩。”

“你事情多，不用张罗了。我们两个到处走走，说不定赶不回来吃饭呢？中午，我们就在香草园的餐馆里随便吃一点。下午四点钟，我们回来，再商量……”陈缓歌说。

黄翃想想，觉得也是。李晟快要回灵峰山老家了，让他们两个人自己玩玩吧，就说：“那也好，下午四点钟，我在技术科办公室等你们。”

李晟同陈缓歌一前一后，走出会客室，下了楼梯，大门外就是一个荷花池。

李晟随意道：“黄翃说，这是不久前新挖的荷塘，小荷叶已经卷起了一个个尖尖的小角。以前喜欢过‘小荷才露尖尖角’，现在更喜欢李商隐的‘留得枯荷听雨声’了？看来，人生遭际，人的心境的变化，会影响一个人对自然物象的审美情感。这或许就叫心象的外化，心物的契合。我……”李晟看了陈缓歌一眼说：“我也已经像枯荷了！”

“你一说，我就想起莫尚良去年秋冬一次《关于全市粮食蔬菜的形势报告》。”

“这跟荷花有什么关系？”

“他当时在会上传达了上头关于‘粮不足，瓜菜代’的号召。说荷叶也可以吃，结果闹得全市老百姓都到郊外看看有没有荷叶，可是秋冬时候，荷叶都枯干了，很多人就下了荷塘挖荷根，就是莲藕。第二年春天，再看不到‘小荷才露尖尖角’了。”

“咳，‘粮不足，瓜菜代’，粮食就是那么一点定量，也没有什么瓜菜可以代替。城里还好一些，农村就是饿顿。我说过，上课时晕倒过一次，最后由学生抬到学校医院。昏迷中听见医生说：饿昏了，血糖太低，输液！”

“我去年冬天就要给你寄几斤粮票，可你一直说吃得饱，不需要……我就把每月省下的粮票都拿回家里去了。对了，我二哥一次来信说起，你还特地给我父亲和哥嫂寄了两斤蛋黄粉，还有几瓶维生素——”

“顺便寄的。我家里伯父、曾祖父、三清观的文清祖母、姨婆、姑婆，几乎每天都只能吃一点番薯皮、番薯藤，全家人都得了浮肿病。所以寄两斤蛋黄粉，也顺便给海灯伯、崇义哥，还有鼓浪屿的母亲寄一点去。”

陈缓歌一听李晟叫“海灯伯”，就想起三年前在灵歧镇的订婚仪式上，李晟亲热地叫自己父亲“爸爸”的情景，没想到不过三年，情况翻覆，心里不觉很是失落。陈缓歌沉默了好长时间，终于说道：“我家在北港峰尾镇，比灵歧可能好一些，但是粮食也不够吃。父亲也得了浮肿病，但是大哥多少都能接济一点。听说你伯父后来也托人带了一些蛋黄粉，给我父亲。父亲浮肿病也很快就好了。他给我写信说，‘天地无情人有情’，让我把信转给你。”

“记得，记得，有这样一封信。”李晟一直没有说起自己寄过蛋黄粉到北港，没想到她都知道了，只是轻轻说了一句：“可惜，信都烧了，本来应该把你父亲的信留下来……”

一说起昨天晚上烧信的事，李晟这时，还真有点后悔，当时应该把自己写给缓歌的三百多多封留下来，将来都是写小说的好材料，有的甚至就可以直接照录。这些信是六年来自己青春的律动，爱的心声和抒情；每一封信都是一首美丽的诗。李晟记得，最长的一封信写了三十多张信笺，从晚饭后，一直写到拂晓。读书的时候，虽然没有什么钱，但是却一定去买那种“桃花笺纸”；这种信笺是一家文具店自己特制的，很香，拿在手上，连手都染香了。一趟路六个公交站，都舍不得乘公共汽车；步行半个小时才能走到，来回就是一个钟点。冬天，天寒地冻，但是，只要想到是给陈缓歌写信，心里就热乎乎的一点都不觉得冷。

“你在想什么呢？”

陈缓歌对昨天把往来书信烧掉，心里一直发痛。李晟走了以后，她拿起日记写了撕，撕了又写，想把这一天发生的事情记下来，最终还是一个字都没有写。写什么呢，一百七十封信，至少也三四十万字，都烧了！还写什么？李晟曾经说过，将来把两人的往来信件，按年、月、日先后，连接组纂起来，不必多加改动，就是一部书信体的长篇抒情小说……

“我在想，我们以前说过合作写书信体小说，看来已经烟消云散了。”陈缓歌伤感地说。

李晟装得十分平静，说：“点起了的火，就像泼出去的水，无法收回了。我也觉得是损失很大，但是，既然是劳燕分飞，留它又有何用？睹物思人，徒增伤感。”停了停，接着说：“时过境迁，再不可能有当年的激情了，写不出来了。”

李晟觉得离别的时刻快要到了，应该说一点高兴的事情，为陈缓歌解除一点痛苦。她今天特地到香草园，说明她一早就到黄翃家，看到大门紧闭，又急急乘车赶来。正说明她心中一直就放不下这六年的情，六年的爱。如果再说些难受的话儿，对她也太残酷了。

他忽然想到陈缓歌的名字来：“陈缓歌？陈缓歌？”记得缓歌曾经说过：是她祖父和父亲希望家里有一艘大船，请了一个算命先生，给她起了“桓舸”的名字：‘桓’训大，‘舸’就是船。后来就谐音成了“缓歌”。自己一直就没有想过，除了谐音“桓舸”外，“缓歌”这名字还有很丰富的内涵。李晟这时才觉得，她的人和她的名字是如许地和谐、完美，不只是“缓缓的歌”，她什么事情都是“缓缓”，随和，娴静，从容不迫……

今天这个名字，将随着两情的终结，从自己的现实生活中彻底地消失了，它或许只存在于自己的相思、痛苦、怀念，和一生无尽的回忆之中。李晟想，应该在临别的时刻留给她一个美好的回忆。

“缓歌，我忽然想到你的名字。记得你曾说过，是你祖父起的，起先叫‘桓舸’；后来就改叫‘缓歌’。可是，我猜，‘缓歌’可能同古人的哪一句诗有关……”

“你怎么忽然想起这个？”

“你的名字是世界上最美、最好听的名字，只有你才配用这个名字，所以我从来就没有去想什么：你就应该叫陈缓歌。”

“快离别了，就说说我的名字，留作纪念吧！”

“我似乎觉得你祖父开始可能准备给你起名叫‘缓归’；缓归，缓缓归来。说不定你小时候喜欢唱歌，后来就叫缓歌——”

“杜撰，我怎么都没听说过？”

“你知道五代十国时候，浙江钱塘，后来也叫临安，就是我现在工作的武林，建立了一个小国叫吴越国。吴越国君叫钱镠，也就是通称为吴越王的。现在西子湖畔‘柳浪闻莺’的钱王祠，就是纪念他的祠堂。吴越王的妃子戴妃，娘家大约在浙北的苕溪一带，王妃年年正月都要回娘家看望父母，一住就是一两个月。吴越王钱镠非常怀念王妃，又不好意思催她回来。一年，他登上皇城，看见凤凰山脚，白堤岸柳，早已是摇曳多姿；西湖湖滨，莺歌燕语，也已是满园春色。就回宫写了一封信，

心中想妃子快快回来,笔下却说:

> 陌上花开,
> 可缓缓归矣!

“书信传出以后,被老百姓配上吴越山歌,传遍了东南大地。到了北宋,苏东坡以《陌上花》为题,写了三首绝句。我回忆回忆,可能忘掉一两句……但大致不会错:

> 陌上花开蝴蝶飞,江山犹是昔人非。
> 遗民几度垂垂老,游女长歌缓缓归。
> 陌上山花无数开,路人争看翠辇来。
> 若为留得堂堂在,且更从教缓缓归。
> 生前富贵草头露,身后风流陌上花。
> 已作迟迟君去了,犹教缓缓妾还家。

“东坡的诗,情味隽永,同‘陌上花开,可缓缓归矣’的风格很协和,有歌谣风味。你看东坡第一首末了‘游女长歌缓缓归’。所以,我猜想,你祖父当年给你起名的时候可能是‘缓归’,反其意,叫你努力做事,不必思家,‘缓缓归可矣’。”

李晟尽量装得很自在,心情很好,就是为了让陈缓歌在别离的时刻能够快乐。

陈缓歌知道李晟在尽量装得高兴,装得若无其事,她不想说破,也就笑着说:“不过‘游女长歌缓缓归’,就有‘缓歌’两个字呢。

“不过第三首的‘生前富贵草头露,身后风流陌上花’,我似乎特别喜欢……”陈缓歌说。

“是呀,不仅富贵是草头露,爱情也是草头露。”

陈缓歌一听,不禁凝神盯着李晟看了一下,似乎在说:“如果我们不让它成为‘草头露’呢?还来得及吗?”

李晟赶紧把话题扯开,说:“你看,今天香草园景色多美呀!草香柳绿,陌上花开。我来改成这样两句,看行不行:

> 草香柳绿丝丝舞,
> 陌上花开缓缓歌。

“缓歌,让我们高高兴兴,缓缓地歌唱,祭奠我们即将永远消失了的爱情……”

李晟说着,说着,怎么又撩起离别的伤心,赶紧又一次岔开话题:“我明天可能到园山琵琶坂去看一下‘老夫子’和余静波,顺便再看看水仙花仙泉,看看那里的花农怎样镌刻‘蟹爪水仙’。”

“不过现在不是水仙花生长开花的季节，下一次争取旧历过年以前来漳州，我陪你一起去……”

“还有那样的日子吗？能再来吗？”

“对了，你哪天回武林师院？回不回老家？”

“我想后天先回灵峰，看看曾祖和伯父；母亲在鼓浪屿，这次请假时间已经过了，一去就需住几天……没时间了。7 月 18 日，农历六月六离开武林，六月初十，大暑前一天到漳州，今天 8 月 2 日，农历六月二十，从离开学校到今天，头尾恰好半个月。像过了一段惊心动魄、烈火煅烧的日子，希望从此能更加成熟起来，向纯真的青年时期告别。

“后天，8 月 4 日，农历六月二十二我就离开漳州，已经订购了车票，最早一班，五点三十分开车。因为我伯父下放在泉州黄塘畜牧场，我想去看他一下。自从父亲‘失踪’以后，母亲又定居在鼓浪屿，我同曾祖父、伯父，可以说是‘相依为命’……还有你，这种亲情和友谊，都使我觉得人间温情的可贵！现在烟消云散了！我只有曾祖父和伯父了。曾祖父实足年龄已经九十三岁，也不久于人世，剩下伯父就像我的父亲一样，几年不见了，很想同伯父在牧场一起住一个晚上。”

“然后呢？”

“然后就取道榕城回学校了。”

“你不想再从漳州经过吗？”

“怎么样？”李晟笑笑说，“还有必要重游这伤心地吗？”

“这样忍情，不像是你的性格，你是把眼泪咽到肚子里，我看不出来呀？”

“你说我‘咽泪装欢’，不，不是——”

“对了，你说已经把《沈园泪》改成了电影剧本，你再留两天，让我看看剧本，你再走，行吗？”

“以后会有机会，我会把剧本寄给上海海燕电影制片厂……说句笑话，你或许几年后可以看看电影；不能拍成电影，我会将它改成中篇小说，我着力刻画的是唐琬的形象。在剧本的首页，我集了甲骨和金文，题了七个字：

泪迸荒天遣妇魂！

“不怕你笑话，我写这剧本的二十多个小时中，自己也感动得流眼泪……”

李晟和陈缓歌都沉浸在痛苦中，1955 年写成戏曲本子的时候，两人正是初恋，没有想到改成电影剧本时，却是劳燕分飞！但是，事情已经到了这个地步，信也烧了，镜也破了，要能重圆，也不是这个时候，留给时间去决定吧。两人或许都有这种想法，谁也不想再挽回；再说，能挽回吗？能挽回，就不会出现昨夜决绝的一幕。

(三)红莓花儿谢了!

李晟和陈缓歌都只想在离别的前夕再一次回忆这一段凄美的爱情。李晟知道,这一趟再到省外,十年、二十年,大概都不会再来漳州,恐怕连泉州,连灵峰故里也未必会再到。他心里盘算着,给自己定个下限,至少二十年不再踏上故乡的土地。那时如果再一次见面,恐怕各自儿女都已经成行了。时光的流逝会冲淡一切!更不必说头颅老大,感情也就平淡了,就不会再有什么痛苦了。

两人在香草园里随意地走着,不知不觉走到了园中靠着龙江边上的一处花圃,陈缓歌看花圃围着篱笆,篱门上端的牌子上写着:"卉锦园。"李晟道:"进去看看吧。"

两人一前一后跨过篱门,一进门,是一条紫藤花长廊;两人走进长廊,在一块长条石凳上坐了下来。看着一串串、一穗穗紫藤花蕊垂挂下来,李晟不禁转过头,瞟了一下陈缓歌的长发,心里暗暗想道:缓歌的鬓发还真像那串串紫藤花。

陈缓歌忽然问道:"你知道紫藤花的'花语'吗?"

"花,还有'花语'? 今天还是第一次听说,说说看。"

"紫藤花的花语——"陈缓歌停了一下,看看李晟,然后徐徐道:"紫藤花的花语是:醉人的恋情,依依的思念。"

说罢,陈缓歌不觉再一次抬起头,看了一下李晟。

李晟不知该说什么,静静地坐了一会,就站起身;陈缓歌也跟着站了起来。两人默默地离开紫藤长廊,走出"卉锦园",一直走到九龙江江边。

眼前所见,只是九龙江汹涌的江水,疾速的奔流。李晟感慨道:"逝者如斯夫,不舍昼夜!"

忽然,天空一对大雁飞过,喀喀地鸣叫……

陈缓歌道:"我记得小时候在北港看到天空飞翔的大雁,都是成群结队地排成一个长长的'一'字队形,有时还换成'人'字形。怎么,你看刚刚飞来的大雁,怎么只有两只呢?"

"你说的是,小学第三册我在北港读书,住在你家,国语课有一篇《雁南飞》记得吗:

秋风起,雁南飞,
一会儿排成一字,
一会儿排成人字。"

缓歌又问道:"可为什么现在只有两只?"

“这是失群的鸿雁……记得金、元时期有一位诗人叫元好问，他写过一首《摸鱼儿》，题目叫《雁丘词》，非常感人——”

“记得吗？念给我听听。”

“我很喜欢这首词，都倒背如流。这首词有一段小序说：

乙丑岁赴试并州，道逢捕雁者云今日获一雁，杀之矣。其脱网者悲鸣不能去，竟自投于地而死。余因买得之，葬之汾水之上，垒石为识，号曰‘雁丘’。同行者多为赋诗，余亦有《雁丘词》。

“元好问说，这事并非他亲眼所见，是捕雁的人告诉他的。但他十分感慨，双栖双宿的大雁，却也像人那么重感情！于是填了这首《摸鱼儿》，上下两阕：

问世间，情为何物？
直教人生死相许！
天南地北双飞客，
老翅几回寒暑。
欢乐趣，离别苦，
就中更有痴儿女。
君应有语，
渺万里层云，
千山暮雪。
只影为谁去？
横汾路，
寂寞当年箫鼓，
荒烟依旧平楚。
招魂楚些何嗟及，
山鬼自啼风雨。
天也妒，未信与，
莺儿燕子俱黄土。
千秋万古，
为留待骚人，
狂歌同饮，
来访雁丘处。”

陈缓歌听了，盯着李晟深情地看了良久，忽然低下了头，道：“最感人就是开头两句,‘问世间情为何物,直教人生死相许’! 这是借双飞之雁写人……”

李晟道:“但是人世的感情,有时人还不如雁!”

陈缓歌知道李晟心中有块垒,她不想说什么,只是低着头往前走。

走了几步,陈缓歌远远地,似乎看见江岸上有几棵蓝色的小花,就惊奇地问道:“李晟,你看这蓝色的小花,是不是‘勿忘我’?”

李晟仔细端详了一下,他知道这蓝色的小花就是勿忘我之花,却故意说:“不是吧! 现在哪里还有什么勿忘我?”

两人又沿着江岸往前走,面前出现一株没有叶子的树,树干虽然不高而树冠覆盖,全是紫罗兰色的花儿,正尽情地开放。她走近一看,每一盘红红的花儿都有一丝淡淡的粉色花瓣托着,她惊喜而不无感叹地叫了一声:“李晟,你看,这是不是苏联叫‘卡利娜,卡林卡’的花吗?”

“什么,红莓花呀! 好像是吧。可红莓花本来似乎是暮春或初夏时节开放的……对了,苏联气候冷,在春夏之交开花;漳州,是亚热带气候,也许因为气候条件的不同,花儿才在秋天时节开放。”

陈缓歌伸手,摘下了一丛,是两朵对称的花蕊。她擎在手中,又一次唤起了对于消逝了的岁月的深沉的怀恋,她深切而动情地轻轻哼起了《红莓花儿开》:

田野小河边红莓花儿开,
有一位少年真使我心爱;
心中热烈的爱情使我多痛苦,
满怀的心腹话儿没法讲出来……

这歌声,李晟是多么熟悉呀! 两人也不知唱过多少回,多少遍了! 苏联歌曲《红莓花儿开》,伊萨可夫斯基写的歌词,杜纳耶夫谱的曲子。

“对了,1958 年 7 月,我在武林书店买了两册伊萨可夫斯基的《爱情诗》,28 日那天,一人一册作为订婚纪念,还在吗?”

“按当时两人说的,‘相爱至死,终生不渝’,一直珍藏着。”

李晟和陈缓歌眼前幻现的是:1955 年国庆节的联欢会上,两人联袂登台,演唱了这首歌。那时同学们的掌声,叫喊声,“再来一个”“再来一个”的呼唤声,似乎还在耳边回响。接着两人又献唱了《从前是这样》,还有库班河上的《丰收之歌》,把苏联电影《幸福的生活》中三支最好听的插曲全唱了……同学们都对他们投以羡慕的目光。他俩也就因为这《红莓花儿开》的连联演出,结成了六年的“生死恋”。

李晟一想起那青春的岁月,那少男少女时代的纯真的爱情,什么时候? 哪一个人? 不论是李晟,也不论是陈缓歌,何曾想到家庭出身和海外关系竟如此地将人间的美好打得粉碎,将这纯洁的爱毁灭成为悲剧呢?

李晟在陈缓歌的轻轻的，舒缓的歌声中，也忘情地放开他的歌喉，看着一树紫罗兰颜色的红莓花儿，对着九龙江汹涌的江水，对着漳州城郊宽旷的平野，在充满着香花香草的香草园，唱出了他深沉、浑厚的歌声：

他对这桩事情一点不知道，
少女的思恋天天在心焦；
河边红莓花儿已经凋谢了，
少女的思恋一点没减少！

陈缓歌已经是泪流满面，那曾经的岁月，竟消逝得如此之快！一去不复返了！她回转身，左手挽着李晟，然后高高地伸起右手，像是在指挥着一支庞大的乐队，喊了一声：我们合起来唱吧！

少女的思恋天天在增长，
我是一个姑娘怎么对他讲？
没有勇气诉说尽在彷徨，
让我们的心上人自己去猜想。

李晟停下了，陈缓歌却提高八度，放慢速度，用她那浑圆、高亢的女高音结束了这支美丽而令人怀思的歌曲：

让我们的——心上人——
自己去猜想……

这一次来漳州，在病魔折磨，饥饿劳顿，爱情幻灭的炼狱里，在人前，甚至在陈缓歌的前面，李晟都没有流下一滴眼泪。现在，就是这个时候，李晟像一只受了重伤，咆哮的猛兽，他忽然号啕："天呀"！

他泪流满面，那样地使人肝肠寸断。那哭声，是一个男子汉在艰难抉择后的痛苦的心声；是忍痛，是在自己胸口猛插一刀，喷薄而出的血和泪！

李晟的哭声在九龙江两岸空旷的原野上哀怨地激荡着，回旋着，久久才跌落在汹涌的江流中……

第二八章　西风寒云落日

（一）重过泉州

8月3日，农历六月二十二早晨5点30分，李晟就到了漳州汽车站，进入车站广场的大门，一眼就看见了王可心、李晓雪，还有黄一春三个人在车站广场。

“李晟，我们来给你送行——”王可心远远就喊了一声。

“怎么知道我上车的时间，谁告诉你的……”

“有人告诉的，谁，你就甭管。”

“一春，你怎么认识她们两个？到漳州师院报到了没有？”

三个人走到李晟的身旁了，王可心眨了眨眼睛，把鼻子重重地皱了一下，张着她那厚厚的嘴唇，大大咧咧地喊道：“黄一春，是我爱人，忘了？有一天你在我们207宿舍，我母亲让我回家去相亲，就是这个黄一春。记得吗？”

“噢，记得，记得……”

“告诉你吧，你今天早上回泉州，是陈缓歌告诉我的……你们两个是怎么啦？为什么一定要分手？”王可心说罢，眼睛就红了，她很想哭出来，“六年相恋，三年前订的婚，在榕城，你们还请我吃过饭呢……就没有回旋的余地了？”

李晓雪叹息道：“记得武林师院临别时，在柳浪闻莺公园，你说的，你同陈缓歌会永远相爱。要知道你们会分手，我那时就……”说着，眼睛也红湿了，李晓雪赶紧转了一下身子。

黄一春知道，这种时刻说什么也已经迟了，应该鼓励朋友走向新的生活，就把话题扯开，道：“郭坑车站离别时，我说过，‘什么时候《沈园泪》拍了电影，或者改成小说发表出来，别忘记告诉一声。祝你前路平坦！”

从漳州开到泉州，一百三十公里，汽车走了四个多小时。

“到了,泉州,久违了!”

到了家乡,心里总是高兴的,李晟说了声“久违”,就快速下车,直奔售票处,想赶上第一班车去泉西黄塘畜牧场。可是上午的票一张也没有了。连下午三点钟以前的票都已经售完。李晟再仔细看了一下《运行时刻表》牌子,原来一天也只有两个班次。上午乘车的,一般都是赶着当天回来的人。李晟是准备在牧场过夜的,所以买到三点钟的车次,也就无所谓了。座位还很多,看来下午没有什么人去牧场。

还有五六个钟头,怎么打发这段时间呢?

李晟首先想到,去看一看开元寺、东西塔,然后去一下泉州市体育场,看看 1956 年 7 月 12—14 日,在这里参加田径选拔赛的场所。

李晟沿着东街缓慢地走着。虽说是困难时期,市面上还是很热闹。街道两旁的沿街走廊,同过去一样,小摊小贩摆着一个大油桶改装的火炉,上面驾一个铁镬,清蒸番薯冒着热气,香喷喷的。还有,摆上一个大烘炉,炭火烧得旺旺,小摊主正在油锅上油炸六角形的“灯盏糕”,泉州本地话叫“浮浮果”。

李晟站在油锅旁边,看摊主熟练的操作;小时候很想买一个“浮果”吃,没钱,舍不得。他吞了吞口水,才想到肚子有点饿了,想到买一个吃,可这是大街,现在不是小孩了,在大街上边走边吃,或者站在路边吃,都很不雅。他下意识地抬头看看,是否有人在注意自己?却猛然看到对过一幢两层的大楼,楼下大门上正挂着“三自革新泉城基督教会”的牌子……是了,这就是五年前运动会选拔赛住宿的地方了。李晟走到大门边上,伸了一下头,里面空空如也,是了,今天才星期四,没有教徒做礼拜。

李晟又向前走了几步,竟是“泉州梨园戏实验剧团”,门口张贴的海报,写着今晚演出《陈三五娘》,李晟知道,这是根据明代《荔镜记》改编的。

李晟忽然想起,缓歌的妹妹锦歌,已经是泉城梨园戏剧团著名的旦角演员。三年前同缓歌订婚时,锦歌还到灵歧来参加订婚仪式,还唱了《陈三五娘》的插曲呢。是这里没错!他决定去看一下锦歌,以后可能再不会见到她了。

李晟进了剧团的传达室,一个老者正低着头,在哼着南音《陈三五娘》的曲子,李晟仔细听了一会,是用明代《荔镜记》的原词。时间有限,不能再等,就问道:“老伯,有一个叫陈锦歌的是不是在这里工作?”

“哦,你找陈锦歌,她的名气可大了,在在,我给你通报去……喂,你是她什么人?”

“就说她姐姐的老同学李晟就行了。”

很快的,传达室老伯就带陈锦歌出来了。

“姐夫,你什么时候回来的?我姐可想念你了。走,到我办公室坐坐……”

三年前与缓歌订婚时,锦歌到过自己的家,算是熟悉了;似乎不必遮掩什么,就把缓歌提出分手的信拿给锦歌——这第一百七十一封信,他留下了,没有烧掉。

“你先看看这信……这事不能怪你姐,她当时心情不好,所以才写了这样的信。

这一趟路上我生了一场不大不小的病，到漳州以后，你姐对我很照顾。你看我这么瘦，就知道我有病。但更主要的是自己的家庭背景，严重影响了你姐的前程……所以分手是我提出来的。也可以说两个人商量过，‘不能在一棵树上吊死’，这叫作‘分则两利，合则两伤’，如果分了，至少你姐这一方就不会受到我家庭的影响，会好得多……”

“怎么会这样？”陈锦歌认真地把信看完，沉默了好一会，才说了一句。又沉默了很长时间，最后说：“我会很快告诉我父亲、大哥和二哥，还有两个嫂子大张翎和小张翎，听听他们的意见，劝劝姐姐。你先不要考虑分手的事……你什么时候回灵歧镇，代我向你曾祖父、伯父问好。”

（二）此地古称佛国

离开了梨园戏剧团，李晟朝西又走了一段路，一直走到开元寺。

李晟跨过了门槛，寺内到处是盘龙柱子。小时候听大人说，开元寺是唐朝开元年间创建的，有九十九根盘龙大柱。可自己数来数去，不是九十八，就是一百根。左右厢壁上记载着开元寺的历史：

开元寺始建于唐朝垂拱二年（686 年），传说泉州巨富黄守恭梦见桑树长出莲花，遂舍桑园建寺，初名“莲花寺”。

长寿元年（692 年）改“兴教寺”，

神龙元年（705 年）又改“龙兴寺”。

唐玄宗开元二十六年（738 年）诏天下诸州各建一寺，以年号为名，遂改称开元寺。

唐昭宗乾宁四年（897 年）王审邽重建。

南宋绍兴二十五年（1155 年）被毁，寻重建。

元代赐名“大开元万寿禅寺”。

元至正十七年（1357 年）又被毁。

明洪武二十二年（1389 年）僧惠远重建。

永乐六年（1408 年）扩建。

万历二十二年（1594 年）重修。

崇祯十年（1637 年）总兵郑芝龙等重建大雄宝殿。

民国初年（1911 年），转道和尚任开元寺主持及慈儿院院长，转物和尚任开元寺监院，圆瑛法师任开元寺都监，共主修缮。

1960 年重修拜亭和大雄宝殿。

李晟一看开元寺左右厢壁上的记载，想，那大雄宝殿和拜亭就是去年才重新修理的了。

李晟迅速步入寺内，到了“天王殿”。原来开元寺的山门与天王殿合二为一，现存建筑建于民国十四年（1925 年）。殿内石柱为梭柱，石柱上有对联：

此地古称佛国，
满街都是圣人。

联语为朱熹撰作，由弘一法师李叔同所书。

李晟最想看的是闻名遐迩的开元寺东西两塔。两塔与大雄宝殿成“品”字形布局，均为仿木构八角形五层楼阁式石塔。

据介绍，东塔叫“镇国塔”，始建于唐咸通六年（865 年），由倡建者文偁禅师建成五层木塔，前后经过几次毁坏与重修，始易为砖，南宋宝庆三年（1227 年）改成七级砖塔，今石塔为南宋嘉熙二年（1238 年）至淳祐十年（1250 年）间重建，高48.24米。

西塔称“仁寿塔”，始建于五代梁贞明二年（916 年），初为七级木塔，称“无量寿塔”。北宋政和四年（1114 年）奏请赐名“仁寿塔”，前后经毁坏与重修多次，易木为砖，至宋绍定元年至嘉熙元年（1228—1237 年）由自证法师易砖为石，先于东塔十年建成。今石塔高 44.06 米，略低于东塔，其规模与东塔几乎完全相同。

开元寺东西塔是中国最高的一对石塔，经明万历年间泉州八级地震以及多次台风的考验，仍屹立不倒。其塔身浮雕之精美，无与伦比。

李晟是个“历史迷”，所到之处，看见各地风景名胜，必定拿出口袋里的小笔记本，一一记录下来。在开元寺内，他一边观看，一边记录，约莫一个小时。

记录完毕，李晟就向东、向南，径到泉州市体育场，在场里转了一大圈，看看各个项目的比赛场地，五年来基本上没有什么变化。他在跳远沙坑边上徘徊了好长时间，站了一会，又坐了一会。当年比赛穿的运动背心和短裤，还有一双鞋底加有许多钉子的跳鞋，都是陈缓歌买的。李晟坐在沙坑旁边，直想哭……他用力咬着嘴唇，咬得自己都觉得有点痛了，也感觉清醒得多。他知道，今天必须赶到牧场去，看看三年多没见过的伯父。

李晟迅速离开泉州市体育场，沿着旧路回到长途汽车站。时间还早，他有充裕的时间，转到附近一家小文具店。一看，摊子上居然摆着一大叠曲项琵琶的《泉南指谱》，足足有五六寸高；是油印的明清时期“工尺谱”和简谱的对照本。随意一翻，还有三年前同缓歌订婚那晚，锦歌唱的《陈三五娘》曲谱《有情人永结成双》，锦歌的音声似乎又萦绕在耳旁……

八块钱，他毫不犹豫地买下来。他把曲谱放进书包里，又继续没有目的地在车站附近闲逛，他实在有点饿了，就进了一家小面馆，排骨面五块钱，阳春面两元。李晟买了一碗阳春面；吃了，还是饿。要不要再买一碗？他坐在面馆，细细算一下，回学校的路费够不够……还是省省吧。要是刚才那部《泉南指谱》不买，那就有四碗阳春面呢？但这是非买不可的。再下去，文学史就要讲到杂剧和南戏，用得着；现在不买，以后可能就买不到了。

李晟走出面馆，一看，车早就停在车站门口，已经有人坐上去等开车，看看站内的大挂钟，还只两点半。一打听，原来这趟车人很少，司机就在车上检票。好吧，既然可以坐到车上等，走了三四个小时，脚也酸了，就上去吧。

（三）不如相忘于江湖

汽车从泉州一直往西，一个多钟头就到黄塘畜牧场。李晟下了车，牧场有几个人就上车了，他们是乘坐“回头车”去泉州的。司机说，明天泉州开牧场增加了一个班次，要回泉州的，八点钟就可以上车。

李晟马上到了场部人事保卫处，说明到牧场看望伯父李春申。登记，填表，拿了介绍信，才到牧场招待所，办理住宿手续。

毕竟是国营牧场，住一个晚上，才一元五角钱。交了住宿费和钥匙押金费，拿了钥匙，108 房间。还不如龙江旅店那间闷热的西房大。房间很小，床铺一摆，剩下的面积，大约只有三分之一；没有桌子，地面一片泥土，也没有天花板。一盏 25 支光的电灯泡，上面沾满了灰尘。李晟顺手一开，黄泥土墙和昏黄的灯光互相映衬，使房间显得更加昏暗。

李晟知道伯父没那么快下班。上月接到信说，他负责放牛，是一头大黄牛，力气很大，脾气又不好，曾经两次因为赶牛，被牛拉着绳索跑了两里多路。想到这里，李晟在招待所再也坐不住了。他踱出房门，问了招待所的服务员，知道下午伯父赶着牛到西面山头去放牧。他一直往西山走去，直到山脚。

这时落日已经衔在山坳，李晟忽然看到两山中间的低凹处伸出了一对大大的牛角，一忽儿，牛头露出来了，接着整头牛也上了山坳，一个戴着箬笠的人走在牛身的旁边——这一切都映照在乌蓝乌蓝的天幕上，像一幅剪影。李晟知道，伯父牵牛回来了，他赶紧冲上山坡，接到伯父时，已经气喘呼呼，叫了一声“伯父”，李晟不禁眼睛红湿了……

因为一直同伯父生活在一起，读书时的所有费用也是伯父所寄，虽然是伯父，却情同父子。两人随便在牧场的食堂里吃了晚饭，就回招待所。李晟说：“已经同牧场领导讲了，因为是外省来探亲的，领导同意让伯父在招待所里住一宿。”

牧场设在山沟沟里，据说到了黄昏，特别是晚上，西面戴云山脉不知是什么气流，西风刮得特别猛烈。李晟和伯父才走进 108 客房，就听到了呼呼的风声，伯父说：“来了，今天晚上的风可能更大，房子低，刮不倒，不要担心，就是半夜时候的风声很惊人。”

这一夜李晟和伯父李春申两人，弯在一张床铺睡觉，就像小时候同汝成父亲一起睡，依在父亲的身旁一样。刚上大学那一年，很想家，伯父就经常给自己写信。记得有一封信，自己读了非常感动。伯父在信中有几句说：

父子、伯侄，至亲至情！自从你伯母、堂弟被日本人杀害、活埋，你父亲失踪以后，伯父一直把你当作儿子一样。你远离故家，难免思亲。予亦如是，何尝不有思念……时常回想你小时候的情景。记得伯父挨打，回家时，你引用了清人徐兰的一首绝句《出关》：“凭山俯海古边州，旆影风翻见戍楼。马后桃花马前雪，出关争得不回头？”以“千山拥雪，马后桃花”，鼓励全家！

李晟问起伯父在牧场的劳动和起居情况，伯父都说很好，很习惯。

“你放牛，怎么那么晚才回来？”

伯父没有回答，他看了李晟一眼，摇了摇手。

“我从漳城过，已经同陈缓歌分手了，情况是这样的……”

李春申静静地听着，最后说：“你们订婚那年，缓歌的大哥崇德和她大嫂大张翎没到我们家，我就对这门亲事能否走到底有些怀疑。现在终于分手，说实在的，迟分不如早分。

“‘何所独无芳草兮，又何怀乎故宇！’这样很好，在外就没有牵挂……你今后有什么打算？”

“不知道，没有想过。”李晟停了停，想起陈缓歌前天留在香草园的几个罐头，就起身从书包里拿出两个，说：“她让我代问伯父、祖父好，拿了七八个梅干菜猪肉罐头，说是送给祖父和伯父，我只拿她四个。两个给伯父，两个替她带给祖父。”

李春申想到父亲一个人孤零零在圆通寺，作为儿子却不能孝养，心中很是自责。他想，这四个罐头应该都拿到圆通寺给父亲，就说道：“都拿给曾祖父吧。”

“不，伯父在牧场，天气冷，劳动量大，时间又很长，留两个伯父增加一点热量……还有，这是陈缓歌的好意，要给伯父的。”

“那好吧，就留两个吧。”

临睡前，伯父最后交代说：“你明天回灵歧看曾祖父后，再上三清观看你祖母、姨婆和姑婆，不要多停留，既然知道学校暑假要集体备课，不参加不好，诸事处理完毕，就回武林去。对于已经消逝了的旧情，不必再有留恋。《庄子》有一句话：相濡以沫，不如相忘于江湖。

“这是庄周在《大宗师》里说的。你儒家的书读得多，道家《老子》《庄子》两家也应该熟读。儒家尊阳刚之气，道家尚阴柔之性，阴阳相需，刚柔相济，正可以互补，不可或缺。

“另外，家里有一块闽江黯淡滩石，镌刻的大砚台，是祖父给我的。我没有用，一直珍藏着，放在扁华堂药店后面卧房里，第三号书橱上面的一格，用浅黄色的缎子包着，砚台底部镌刻有宋代福建莆田诗人方惟深的一首七绝。本来想早一点带给你，后来想到你们这一辈人大多用钢笔，不时行‘文房四宝’，也就没有拿出来。

“这一次你回来，陈缓歌的事情已经不存在，你也不必年年回家。外面有合适的人你就自己决定，也无须征求祖父和伯父的意见；有机会告诉一下你鼓浪屿的母亲和妹妹。砚台是祖父传给我的；今天我再传给你，你是李家的唯一传人，也算是留给你的一个纪念。那首诗的题目叫《过黯淡滩》，四句：

湍流怪石碍通津，
一一操舟若有神。
自是世间无妙手，
古来何事不由人！

“曾祖告诉我，据《福建通志》记载，‘黯淡滩，其水湍急，其石廉利，舟上下有一失，势辄破溺’。人须有阳刚之气，敢于制怪石而用之。当然，阴柔之性亦不可无，阴阳相须，阴阳互补，所谓‘天行健，君子以自强不息；地势坤，君子以厚德载物’。你喜读陆务观诗，此阳刚之诗，然不足也。唐人李义山有《玉溪生诗集》不可不读。像刚才说的，道家之阴柔不可或缺。家里除了姚培谦笺注本暂时留下，其他的本子，包括黄翃祖父留给你的，有十几种，你都拿去。陆刚李柔，读此二家，可禀刚柔之气。有刚有柔，刚中有柔，柔中寓刚，刚柔相济，始为大丈夫！”

李晟静静地领受伯父的教诲，他知道伯父传石的意思，那深刻的人生哲理：“制怪石而用之”，是呀，“古来何事不由人”！他想到伯父三十年代在上海浦江大学，读的就是中国文学系，难怪早年能教自己读《孟子》，对古典诗词也那么熟谙，道：“伯父大学中国文学系毕业，古文程度又好，比起我们学校的老师，不知要好上千百倍，要是伯父能到大学教书，肯定是一流的教授！”

“哈，小虎子还不知道呢，伯父1944年离开鼓浪屿回灵歧，到了泉州，想谋个中学教员的位置也不可得……你刚才说的《孟子》这部书，一生不可或缺，光是‘民贵君轻’‘富贵不能淫，贫贱不能移、威武不能屈’之论，就足以我们终生奉为圭臬。伯父由于历史条件和性格懦弱，未能做到像孟所说的‘大丈夫’。孟子曰：富贵不能淫，贫贱不能移，威武不能屈，此之谓大丈夫！这是天地之正气，其为气也，至刚至大，是中国人不可或缺的人格修养。

“当然，学问，修养，应须全面，不可只专注儒家；道家之老、庄必读。在人格上，儒道自有其相通之处。”

李晟确实十分疲劳，一躺下去，就睡着了。

第二天起床，牧场周围，山上、山下、山沟沟里，一片茫茫细雨，将牧场笼罩在一种淡淡的愁雾之中。

李春申早已经放牛去了，给李晟留了纸条，放在枕边，说上午不用去西山，只牵着牛在路旁草径和田塍上吃吃草。边上还放了两个馒头，纸上写了一行小字："开水自到食堂取，不必再告辞。"

李晟吃了馒头，又喝了两大碗的温开水。然后拿了书包，结了账就起程。

上了公路，四周眺望，并没有伯父的身影。又走了几十步，往西一看，在一座小山边的田塍上；茫茫细雨中，李晟看见伯父戴着一顶大箬笠，脸部全被箬笠遮住，只是看见伯父牵着牛绳的手……

李晟上了车，从泉州中转，下午就到了灵歧古镇这个生养他的地方。

李晟见了曾祖父，说了去牧场看伯父的情况，又说了同陈缓歌分手的事，祖父沉默了很久，终于开口道："虎子晟才二十三岁，工作、事业要紧。天涯何处无芳草！要不是你早先同缓歌谈恋爱了，其实订婚还是太早。她虽然也算有情，但我们家的出身背景和海外关系，是她心目中的一道阴影。你将来政治上有什么不顺遂的地方，她有可能出现埋怨、懊悔，直至夫妻关系冷淡、反目，终至离异。所以，祖父觉得同缓歌分手，并不可惜，说不定还是好事……"

"对了，差一点忘了，陈缓歌给了四个梅干菜猪肉罐头，送给祖父和伯父，一人两个。"说着就从书包里拿出两个罐头来，放到祖父的桌子上。

李开先拿起来看看，道："是江西鹰潭出的……当医生的，总有病人送东西。好，这是陈缓歌的情意，祖父就收下了……好，看来你们也是'和平分手'，'好离好散'。这样处理好，不能'不是亲家，便是冤家'……"

这一天晚上，李晟就睡在祖父另一间小房子里。一个人，心情十分凄清，想到伯父一生胆小怕事，还是逃不过人家的手掌心。李晟睡不着觉，起来，在日记本上，记下同伯父相聚一夜的情景，写了《西风寒云落日》：

漫天西风，
吹落了衔山的落日，
吹黑了寒云千里，
吹暗了牧草，
还有那弯弯的小溪。
对面坡顶，
有牵牛的剪影，
映在乌蓝的天幕，
下坡走近了，
是伯父疲惫的身子。
夜深，
牧场寂静的客房，

两人一床；
像小时候，
弯弯侧卧在父亲的身旁。
寒暄，
今天天气，
明天要下雨；
摇手，
无语。
清晨走了，
回首茫茫细雨，
不见面影，
只有箬笠罩着蓑衣，
还有那牵着牛绳的手……

李晟将《西风寒云落日》放进书包里。

晚饭后，李晟又同曾祖父诉说了三年离别的情况，同陈缓歌分手的具体细节；说了几个钟头的话……躺在床上，可是怎么样也没法合眼，翻来覆去，辗转了好长时间，脑子里总是浮现伯父那暗淡的眼神，那失意、失落而无可奈何的脸容，那赶着牛，映在天幕上的剪影，还有田塍上茫茫细雨中牵着牛绳的手……

一夜的辗转复侧，总是无法入眠，东想西想，脑子里又总是盘绕着陈缓歌的影子……

第二九章　穷愁潦倒

(一)最后一次上灵峰山

昨天的米饭和梅干肉,李开先多吃肉,李晟尽挑梅干菜吃,祖孙两人,一扫而光。

李开先对李晟说:"曾祖父今天有点事情要出去一下,你晚上再到圆通寺来,我们晚饭以后再谈,怎么样?"

"曾祖父有什么事情?"

"有点零碎的事。你晚上再来曾祖这里吃晚饭。"

李开先心里挂着灵峰山剩女祠修道的女儿文清,准备将一罐子梅干菜肉带给女儿,让凤荷、雪梅也尝尝。只是没有告诉虎子孙。

"好!曾祖父一定又有什么好东西要'贡献'出来!准时到……那我去扁华堂药店看看,据说,现在已经公私合营,有另外的人在经营。"

李开先一生深感罪疚的,是女儿文清一生在青灯黄卷中孤独的生存;不仅深深的歉疚,只要想起女儿,老人心情总是十分惨切,伤痛!

是自己当年阻挠女儿文清的婚事,让她痛不欲生,终于皈依道门……

近日,陈缓歌同李晟的分手,又从魂灵深处给这位九十五岁的老人,狠狠的一击。这是最令自己心中痛楚的事!陈缓歌因为李家成分和社会关系,断绝同曾孙子李晟的婚事,说到底,不也与自己有关吗?李开先知道,李家的一切不幸,似乎都与自己有脱不了的干系:

日本人炸毁了李家庄,赵淑、杏之的惨死,春申一生的胆小慎微,兔子孙李旦的被活埋,汝成的失踪,丁香、李馨的远走鼓浪屿摆摊谋生……

人生已经到了九十五!活一百岁,也只有五年!家中唯一的希望,就是虎子孙李晟了。这一次返乡,几天后又得回武林,何日能再见曾孙子一面呢?何况李晟还是宝贝女儿文清的孙子，汝成和丁香的儿子！

老人决定，在有生之年，趁现在还走得动，最后上一次灵峰山，到三清观探望文清女儿。他心中一直念叨着，此行上山，恐怕将是永别了！

李开先一个人，提了一个小包，锁了门就出去了。他沿着灵峰溪北岸的小街走去，再转向南，到了灵峰溪桥北，又走了一段路，真有点支持不住了。原来，李开先准备把李晟带回来的梅干菜肉罐头，送上山给女儿文清，李晟的亲祖母，还有春申的母亲颜雪梅，和她姐姐颜风荷。勉强走到灵峰山麓，坐在路口，确实走不动了。

恰巧，李家庄的一个轿夫，走了过来，道："解元公要上山吗？"

"你是……"

"我是丁大龙的好朋友；大龙，就是那个牺牲了的丁更生的儿子呀。"

"好呀，长江后浪推前浪，又一代人起来了……可我老了，没有钱坐轿。"

"那不打紧，我和我的朋友扛你上山，再把你带下山……只是你在山上时间不能太久，有什么事办了，就跟我们下山，行吗？"

就这样，李开先此生最后上了一次三清观，不过现在他已经替文清她们，把"三清观"改为"圣女祠"了。

颜风荷、颜雪梅、李文清三个人都在观门外看风景，一看见李开先上了山，都高兴地叫了起来："解元公，快快请进。怎么一个人……是呀，家里也没有什么人了。"

李文清立即返回观里，给两位轿夫沏了茶出来。轿夫轻声地说："让解元公早一点下山。"

李开先道："来，风荷、雪梅、文清，看，我给三位带来了什么？"说着就从小袋子里掏出一个玻璃罐头来，"这是江西鹰潭的特产，非常名贵。给三位尝尝。"

"父亲，就为这事，特地上了山？"

"是啊！想念女儿，想念风荷和雪梅了，很久没有见到你们了，昨天就想要上来，李晟回来了，祖孙谈历史，就聊了一个晚上——"

"好呀，李晟前次回来，有三年了吧。"李文清高兴地问道，这是汝成的骨肉，是自己的嫡孙，"李晟总还有几天吧，我们过两三天，下山去看看他。"

"你们年纪也大了，让他上山来吧，他说过两三天就上山来看看大家……"

颜风荷、颜雪梅同李文清商量，决定下午就下山去，看看李晟。

轿夫刚道了一声"解元公，我们再扛你下山吧"，文清就喊道："父亲，等等，李晟回来了，我们下午准备下山去看看。"李开先知道，李晟是汝成的骨肉，是文清的小孙子，是应该让女儿早点来看看。已经准备上轿子，连忙回应道："好，这几天李晟都同我一起住在圆通寺……"

(二)口袋里只有两角钱

李开先心中的悲哀,只有自己知道;一家之长,又如何将痛苦让晚辈去分担呢?

无论如何,应该安排同虎晟孙子,好好的同饮一杯别离酒,甚或是"死别"的酒。也应该让文清和三清观李晟的姑婆、姨婆都下山来。

这是一条清冷的小街,当地店铺大多关了门,只有戴云山、玳瑁坡那边的山民挑了一些山货摆在地摊叫卖。

李开先摸摸口袋,只有两角钱……

怎么办?他又想到,已经到了九十五,过几天同虎子孙离别,恐无再见的机会了。想想,心中一阵阵悲凉。

李开先往北,走过李家原来的清韵花园;大门的门柱已经倒塌,他不忍地往里面瞟了一眼,想进到李家花园看一看,也算是一种怀旧吧!可一转念,他想到了媳妇赵杏之和兔子孙李旦的惨死,他决定此生再也不进这地方。

李开先在街上破烂的摊子上,想看一看有什么好吃的东西可以买。他又在一家旧货店的门前停了下来,看看旧货店收购什么东西……

看看旧货店还开着,李开先加快步子,回到了圆通寺。

他翻箱倒柜,找出了一条毛呢的裤子,塞进提包里,又颤抖着双脚,走到李家庄那被炸毁了的破烂的街道上。

约莫过了七八分钟光景,他找到了那家旧货店,走了进去,怯怯的,只怕熟悉的人看见,赶忙从提包里迅速拿出那条毛呢的西裤,问:"不是典当,卖给你们,值多少钱?"

"我们是当铺,只当,不买;如果典给我们,五块钱,一个月后来取回。如果是两个月以后来取回,那就加利息。最多就是典两个月。"

李开先收回裤子,重新放进手提包里,走出旧货店门槛,真是无计可施,只好在街上没有目的地随意走着。

(三)"穷得连裤子都卖了"

李开先走到一家小贩的摊子前,随意看一看:两只竹篓里,似乎装着一些鲜蘑菇。小贩问道:"老人家买大蘑菇吗?"

"蘑菇怎么卖?"

"一斤三块钱,如果零买,或者论朵算,随你挑,一朵三角钱。"

李开先摸了摸口袋,他知道只剩下两张单角的零票,连一朵蘑菇也买不起。心里不觉一阵苦涩、羞惭,夹杂着一丝辛酸:"人生,怎么会走到这样的一种境地?"

晚上拿什么东西给我的虎孙，女儿文清，还有风荷、雪梅她们吃呢？已经说了，请大家晚上到圆通寺吃便饭，怎么办？

好，就蘑菇吧！反正旧货店不收，趁小街上没有什么行人，李开先决定把小包里那条呢料裤子卖给小贩："兄弟，我忘记带钱出来，回去拿，路又远。这样吧，我这里有一条毛料长裤卖给你。这是我儿子从厦门鼓浪屿带给我的美国夹克裤子，老了，放了好多年，反正不会再穿了。价值至少三十块，算你二十块钱；就拿你十七元，外加一斤蘑菇，怎么样？"说着就解开小包袱……

小贩细细看了看，似乎知道这是真货，又在自己脚腿上量了量，长短正好，就笑着说："行，二十就二十，十七元，加一斤蘑菇。"

"好！拿去。"

李开先知道虎子孙发过誓，困难时期"三不吃"，不吃肉，不吃鸡，不吃鸡蛋。于是又转到别处，买了半斤牛肉，用去五元六角，一斤大米三块五。

这一天晚餐，可以说是很"丰盛"了：一斤米饭全煮了，蘑菇炒牛肉丝一大盘。李开先想了想，上个月泉州的朋友送了白鲞，还带了两瓶荔枝酒。对了，拿出来，有了肉丝炒蘑菇，白鲞，就一定要有酒，不能辜负了好菜！

李开先自己动手，将半斤牛肉切成细细的肉丝，再把蘑菇也摘成一小叶一小叶的。灶台上只剩下一些菜油，倒一点，就在炒锅里拨弄起来，居然喷香喷香的。白鲞，很名贵，是黄花鱼晒干了的鱼鲞。李开先已经放了一年多了，这一次慷慨地切了半条，先泡在清水里浸透，然后再放到小蒸笼里蒸熟。两瓶荔枝酒，送来也是一年多了，平时舍不得喝，每次端起酒瓶，只在瓶口斟了一下，一年多，一瓶荔枝酒就快酌完了。今天还好剩有一瓶，可以拿出来应付应付了。

大约五点钟，太阳还没下山，颜风荷、颜雪梅和文清女儿都已经下山，到了圆通寺。一进门，颜风荷就叫了一声："李晟，快出来让姑婆看看！"

文清则叫了声"父亲"，接着道，"我们三个人，晚上就住在圆通寺，你这里不够住，还有东侧的房间可以随便住一宵。"

李晟在东侧，原来自家的住处躺着看书，听到有人喊自己的名字，马上跑了出来，咳，原来是三清观三位"道姑"。忽然想到，祖父说，他们现在都不信道了，"三清观"改叫"圣女祠"，三位道姑都还俗，叫俗名了，那就是颜风荷、颜雪梅、李文清了。怎么称呼呢？叫长辈名字又不好，一时想不出来，只好高兴地说了一声："来了，快坐。我还有几天，本来想过两三天上山去看看……"

第三〇章　死别前的一次相聚

(一)最后的晚餐

李开先已经把蘑菇炒牛肉丝,黄鱼羹端了出来,五碗米饭,小桌子上,每人前面都有一小碗。

入座以后,李开先,给每个人前面都倒了荔枝酒。

“来,李晟,还有风荷、雪梅、文清,大家举杯,庆祝虎子孙在大学任教,回乡探亲!”

大家都做做样子,端起酒杯。李晟道:“祖父,你知道,我不行,不会喝酒,还是祖父自己来。”

李开先笑了:“虎子孙就是一个诚实人,酒席上不会喝酒也得做做样子,端起酒杯,表示对敬酒人的尊重……你在大学教了三年书,都没有参加过酒宴?”

“没有,知识分子很矜持,就是喝酒,也都在自己家里,学校从来没有请老师喝过酒。”

“所以嘛……几位多少喝一点,这是前年朋友送的,陈年荔枝酒。”

“父亲喝,我们三个也都不会喝酒。”

“好呀,父亲自己喝……”

李开先很穷困,没有钱买酒,平时也就不喝,所以酒量变得很小很小,今天是高兴?喟叹?还是悲感?席上的人也无从去想。多喝了两口,李开先心中就感慨起来了,不过他还没有喝醉,只在心里想想,没有说出来:

这一生何曾想到“卖衣沽酒”呢?曹雪芹也只是“卖画钱来付酒家”,自己已经狼狈到卖裤子过日子了?这不应了俗语的一句话吗:“穷得连裤子都卖了!”可悲!可伤!可哀!可叹!

想到这里,李开先又打开酒瓶,咕噜咕噜就倒了一大杯:“大家不会喝,我只好自己来了。”说罢，一口就饮了半杯：“吃，吃，过几天就要回武林去了，以后陪祖父吃饭的机会不多了，吃！”

李晟似乎也许久没有吃到牛肉了，一闻到肉香，就一连吞了两次口水。但他牢牢记住，他宣过誓“三不吃”：不吃肉，不吃鸡，不吃鸡蛋。但是，为了不使爷爷扫兴，他没有说“不吃肉”，就尽拣蘑菇吃，其实蘑菇价钱并没有比肉便宜，更不知道这是祖父卖了毛料裤子换来的。李开先开始并没有注意到李晟尽吃蘑菇，后来看到了，还以为孙子特别喜欢吃蘑菇，就说道：“这鲜蘑菇，也只有咱戴云山、玳瑁山里头才这么新鲜，多吃，多吃，虎子孙吃蘑菇，祖父吃肉。”

“祖父酒量还不错啊！”

“是不错。当年只有我那连襟，黄翊的祖父黄渊潭，还可以应付一下，其他人都不在话下。咳，黄渊潭也死了七年了，虚年活了八十八岁，俗称‘米寿’——”

“曾祖！什么叫米寿？”

“米寿，第一第二笔，是个‘八’字，三、四两笔是个‘十’字，五、六两笔又是个‘八’，这不就是‘八十八’吗！所以叫‘米寿’。”

颜风荷道：“小时候听我父亲说起，好像还有什么‘茶寿’……”

“有有，除了刚才说的八十八‘米寿’，还有七十七‘喜寿’，九十九‘白寿’，一百零八岁叫‘茶寿’——”

李晟迫不及待地想知道，就说：“曾祖具体说一说。”

李开先抿了一口酒，笑道：“这也是一种常识，说不定虎子以后上课还用得着：‘喜寿’七十七！那是‘喜’字的草书；九十九叫‘白寿’，‘百’字，减去一横不就是‘白’字了吗？至于‘茶寿’，你看‘廿再加八十再加八’，不就成了‘茶’字？”

颜风荷、颜雪梅、李文清三人听了，不禁都点点头，觉得解释得很在理。李晟很高兴地说：“嗨，古人头脑还真是好，这不就是‘拆字法’吗？前年武林师院让中文系老师进图书馆一个星期，自由翻书备课。我看到清人周亮工编撰的一本《字触》，有许多拆字组合的字谜。好像‘二划大，二划小’，组合成‘秦’字；‘四山纵横，两日绸缪，富是它落脚，累是它起头’，又分拆！又合成，竟是一个‘田’字……”

李开先插进道：“宋末周密的《齐东野语》有一则字谜，大家猜猜看是什么字。‘一月复一月！两月共半边；一山又一山，三山皆倒悬；上有可耕之田，下有长流之川；六口共一室，两口不团圆’。猜一个字。”

大家想了好一会，都没有人能猜出。

李开先只好说破，道是“用”字。

“再出一个，是我杜撰的：‘一家五口人，上座一口，下座一口，山上坐了三个人’，谁能猜出一个古人的姓名吗？”

李晟很快就高兴地叫道：“是‘吕喦’，吕洞宾。吕和喦，合起来五口一山；‘吕’字上下各一口，‘喦’字山上三个口。”

宋紫云称赞道："还是李晟聪明！毕竟是大学生。"

（二）濩落生涯独酒知

李开先忽然感慨道："喝酒，喝酒……一提起吕洞宾，我就想起了黄翃的祖父，死去多年的渊潭老。那年，大概是1950年，为了成立'灵峰抗日血魂游击队'，招六十个战士，枪支弹药，服装伙食，战士的零用津贴等等，必须筹款七八万元钱。当时渊潭老和黄翃父亲黄行远，开了一家布行，很有些钱。我准备把五十亩地卖给他，开始以为他可能不会买，没想到一讲到抵抗日本人侵略，他竟然很痛快就高价买下，出价三万元，还捐了五千大洋；祖父除了卖地的钱，再捐两万；加上再卖五十亩给了何有良一万五千；宋道长，现在是颜风荷——"李开先看了看颜风荷，继续道："风荷当年捐了一万，外加购买许多武器的钱，也不下一万；合隆黄汝碧捐了五千，涂楼黄朝栋也捐了五千，这样就有七八万。那天祖父在黄翃家，同渊潭老、行远，足足喝了十斤绍酒，两个人还高兴地行起酒令。席上一起吟起了吕嵒，也就是吕洞宾的《赠刘方处士》：

> 瑶琴宝瑟与君弹，
> 琼浆玉液劝我醉。
> 醉中亦话兴亡事，
> 云道总无珪组累。

"吕洞宾虽然隐居学仙，形同醉仙，但是他毕竟是一个有血性的男子汉！你看，'醉中亦话兴亡事'！

"人生难得几回醉！祖父虽然老了，也是不能忘情世事——"

李文清听了，不断地点头。他觉得父亲也确实是一个血性男子，想为国家，为家乡做一点事情，却每每不顺利。尽管感觉到父亲已经有些酒意了，但是，为民族做了大量的好事，却阴差阳错，壮志难酬！心中不禁有些不平起来。

李晟看见曾祖父杯不停啜，正是一腔忧患未伸，借酒力以抒发，因此也不想劝停。他知道曾祖父的海量，那一瓶荔枝酒根本就不在话下，就让他痛痛快快地喝几杯吧！

颜风荷看见解元公心中有郁结，正是借酒浇愁，说道："那年为了请郭步海、郭大兴父子参加蝴蝶洞的战斗，大家在赵行健家里举行了一次酒宴，那时解元公酒量才大呢……"颜风荷知道李开先已经九十四，不能再开怀大饮，就旁敲侧击，道："不过，那时，解元公还只有七十多岁，好酒量！有人说，随着年龄的增长，长一年，酒量就会少一杯，是不是这样？"

"是这样，虽然不一定少一杯，但是肯定要少喝一些，因为年纪大了，血管硬化了，不能多喝。”

李晟紧接说：“祖父要活两百零八岁呢。昨天我跟祖父说了，我梦见梁山好汉，说是李解元本来只有一百岁，因为李解元坚决抗战，每人都给祖父增寿一年，这样加起来就是两百零八了。”

李晟一席话说得大家都高兴起来，一个个都端起酒杯，表示祝贺。

颜风荷想到，有人说喝酒时多说话，酒精就会散发得快，而且因为说话，就会少喝一点酒。于是又提了个话头：“听春申说起，刚解放那年除夕，解元公在家里‘借酒论道’……这酒里头，还真是有学问呢……”

李开先感慨地说：“哪里有人的存在，哪里就有忧患，有痛苦，哪里就有酒的精魂的存在！李商隐的妻子死了，留下八岁的女儿和四岁的儿子，他在悼念亡妻的诗中说：

悠扬归梦惟灯见，
濩落生涯独酒知。

“东坡妻子王弗去世，同弟弟苏子由也多年不见。对亲人的死别、生离，使他在中秋的晚上，忧怀悲伤，无法排解，就借酒浇愁，‘欢饮达旦’；慨叹说：

人有悲欢离合，
月有阴晴圆缺，
此事古难全。
但愿人长久，
千里共婵娟。

“李晟，曾祖父今日想起一生沦落，一事无成，忽忽就行年九十有四。两个儿子，一个畜牧场劳动，一个不知为何就‘失踪’了……虎子孙下一次再回来时，恐怕也见不到曾祖父了……”

李开先越说声音越轻了，往桌子上一靠，居然打了两声呼噜，就睡去了。

李晟想，曾祖本来海量，今天也许心情不佳，或者说话太用力了，会不会还有别的事……

李晟和李文清一起扶了李开先到床上睡觉，轻轻把被子给盖好……

李文清悄悄问李晟：“陈缓歌没有跟你一起回来？”

李晟笑笑道：“过两三天，我到山上时跟大家说……”

这一天晚上，颜风荷、颜雪梅、李文清就住在圆通寺后堂东侧，郭丁香和李晟原来的住处。李晟则陪祖父在后堂西侧睡觉。躺下床以后，李晟掏掏口袋，留下了回武林的路费，还剩有十几元钱，悄悄地塞在枕头下，留给祖父……

第三一章　灵峰说梦

（一）圣女祠

8 月 8 日，农历六月二十七，立秋；这天是星期二。李晟从圆通寺沿着李家坍塌的祠堂小巷向南走，一直到了灵峰溪北岸。

他踏上高高的溪桥，往西北一望，流水依旧潺潺，只是溪流两岸的芙蓉、杨柳和紫薇，稀稀落落；小时候常去的那片柳林，也已经不存在了。

他又往桥南看，黄家庄大厝静静地躺卧着，没有一点生气。三年前同陈缓歌订婚时，借黄翃家举行酒宴，当天晚上，同陈缓歌、陈锦歌、黄翃、赵天欣、梅萼、梅绿欢聚的情景，至今犹历历在目。

近处水田里，有乡民牵着牛在犁田；另外一块田里，农妇挑着箩筐，在田塍上一边走，一边把秧苗一束一束扔进水田里。李晟想起了小时候为了四角钱，替何家插秧，因为一片白萝卜被误认作肥肉，给何其旺老婆打得头额出血……

往事依稀，如电闪飞光，流水东逝，一切似乎都是瞬息！李晟走下了灵峰溪桥，沿着灵峰溪北岸快速向东，他不想在三清观祖母、姨婆那里吃饭。听祖父说起，困难时期，三清观香客极少，姨婆她们都是自己在山上种点草菜，没有什么吃的。

李晟很快就走到灵峰山东麓、“回头路”口。一看，不对，路边竖起的石碑，已经换成“前进路”。牌子下面是一条标语：“鼓足干劲，力争上游，多快好省地建设社会主义！”

李晟心里想：设计得不错，“回头路”改为“前进路”。

李晟踩在碎棱棱的“前进路”往上登，走完三百六十级一看，“苦气路”石碑的字也改成了“争气路”。“回头路”改为“前进路”；“苦气路”改称“争气路”，实在改得好极！很有时代精神。李晟一边想，一边从一粒粒鹅卵石铺成的“争气路”向上登。

又三百六十级过后,“心平路”变成了“升平路”,又是一绝！正不知何人所改?

“升平路”很快就走完了,到了三清观大门前,似乎有些改变:原来被日本人炸毁的大门,重新修了起来,虽然是简陋了一些,但晚上总是可以关闭,可以上锁了。门前还竖起了“相风竿”,两条黄色的布条在轻轻地飘着。最令李晟感兴趣的是大门的楹联:

一春梦雨常飘瓦,
尽日灵风不满旗。

门楣上大大三个字:圣女祠。

原来“三清观”改名为“圣女祠”了！再走近一看,楹联落款竟然是曾祖的姓名,篆文“李开先书”。

李晟想先转到三清观后面看一看。可一到观后,怎么大树都没有了?从道观到龙旗顶,整个山坡就只剩下灌木和杂草,十三株大榕树全没了,原先大片的枫林也都不存在,都哪里去了?李晟觉得几年不见,连灵峰山也使人有一种悲凉的感觉……他不想再看,就转回前门。

(二)一春梦雨

李晟敲了两下门,门很快开了,是姑婆李文清。

“哎呀,李晟来了?快进。”

才进门,祖母和姨婆也都迎上来了。

“李晟,什么时候回杭州去呀?”姨婆问。

李晟什么也不想隐瞒,一坐下,就直截了当地说道:“日前在圆通寺,文清祖母问我,陈缓歌为什么没有一起回来?我也不想隐瞒了。我这一次回家,是取道漳州回来的,同陈缓歌的婚约解除了……”

李晟把自己的家庭背景,父亲失踪,可能下海去了台湾,伯父和祖父的成分等等都述说了一下。然后说:“陈缓歌的大哥陈崇德当了部长了,很反对这门亲事,陈缓歌也就动摇了,她很痛苦……解除婚约,是我提出来的,不怪陈缓歌……事情就是这样。”

大家都沉默着,不知道该说什么?过了好长一段时间,李文清才问了一句:“曾祖父和你母亲都知道了?”

“都知道了……我想提早两天回程,明天就起程回杭州,9 日当天到省城,10 日到南平,接上鹰厦铁路,11 日或 12 日就可以到学校。休息两三天,15 日参加武林市的集体备课,29 日集体备课结束,9 月 1 日星期五正式上课。”

“好呀，人家有犹豫，我们也不稀罕，伯父说得好：‘天涯何处无芳草！’虎子晟看来精神还不错，只是瘦瘦的，好像没有三年前回来时那样健壮。”

“姨婆，三清观改成‘圣女祠’了？”

颜风荷回答道：“是呀，改了两年多了。破除迷信，香火不旺。很正常，连我们自己也都不信道了，还叫老百姓去信？三个小道姑前年也还俗成家。我们三个人都把道号去掉，我还叫颜风荷，你伯父的母亲还叫颜雪梅，你姑婆也还原叫李文清。以后都不要称道姑。你祖父很赞同，还替我们起了‘圣女祠’的名。连上山的路名也改成‘前进路’‘争气路’‘升平路’了。全灵歧都说改得好，有时代精神。你曾祖父确实是一位饱学的知识分子！可惜埋没在荒山野岭，没能发挥他的作用。”

我能理解，祖父称赞姨婆三个人清纯、圣洁，用的是唐朝诗人李商隐的《重过圣女祠》诗中的一联。

文清道：“虎子，考你一下，诗中‘梦雨’什么意思，还有，整首诗能背得出来吗？”

李晟笑笑回答说：“如果没有记错的话，似乎金代诗人王若虚在《滹南诗话》中就说道：细细的雨，若有若无，叫作‘梦雨’，也就是我们现在说的‘茫茫细雨’。不过，我想把它推演一下，‘梦’字就作真‘梦’解，那就是梦境虚无缥缈，若有若无，所以李义山就借‘梦’字来说‘雨’，意思是整个春天只是梦境般的茫茫细雨，缥缥缈缈。我觉得，李义山用典、用词，每含双关，我另作解释，将‘梦’解释为‘梦见’，引申为‘希望’，也未尝不可，那整个句子就是：整个春天，我都希望能得到春雨的滋润，可是苦于春旱，竟然一滴春雨也没有！”

颜风荷知道李晟的解释有寄托，他在寄托什么呢？

接着李晟把李商隐的《重过圣女祠》，背诵了一遍：

白石岩扉碧藓滋，上天沦谪得归迟。
一春梦雨常飘瓦，尽日灵风不满旗。
萼绿华来无定所，杜兰香去未移时。
玉郎会此通仙籍，忆向天阶问紫芝。

背诵完毕，李晟想起了日前一个晚上，同祖父的交谈中谈到“未来是否可以预测”的问题，就向姨婆又一次提出这个问题：“未来，能不能预测？”

颜风荷对于李晟的提问，感到有些突然，看了看李晟，似乎想从他的脸上猜想为什么提了这样的一个问题？

“有一天晚上，我在圆通寺，同祖父闲聊，祖父认为‘未来很难预测，只有‘人终要复归’‘一切事物都有终结’，是可以预测的……”

“虎子想预测什么，想知道什么？”颜风荷问。

“譬如，我父亲汝成，是不是去了台湾，什么时候能回来？回来以后，李家的境遇是不是会好一些?”

李文清暗暗思量:看来汝成的问题,影响了李家的命运,也影响了李晟的前程和婚姻,李晟同陈缓歌的解除婚约,主要也应该同汝成的‘海外嫌疑’有关?她想,应该给孙子一个充满希望的回答,给他一个安慰,就对李晟笑笑说:“虎子,曾祖父说得有道理,事情有发生就会有终止,会有一个了结的时候!就像人有生,也就必然有死。至于怎样生,怎样死?有很多的偶然、巧合和变化,是没有办法预测的。如果你父亲像传说的那样,去了台湾,从我们李家‘分’出去了,有一天也一定会回来,这就是‘合’。分分合合,人生和历史一样,就是这样。如果你父亲真在台湾,还能做些促进国家统一的好事,那李家的境遇自然会好一些!”

颜风荷同李文清的想法不同,她觉得李晟刚刚经历了一场感情巨变,很可能还挣扎在这场巨大的心灵的风雨之中。这一次陈缓歌的离去,他虽然也能够平静地接受,但似乎还有些无法释怀,心中还有所不解,有所不甘,这就有可能反复,重新迷恋,以至于悲伤、颓唐而不能自拔。应该借禅宗佛法,给他一个当头棒喝,让他猛醒,促使他参悟,这对于他的人生途程会有好处。她不想给李晟什么“希望”和“安慰”,就平静地说道:“你祖母说得好,任何事物,具体的细节都很难预测。但是,起始、终结,分分、合合,到处存在。自然、社会、历史、人生,都是如此,这叫作‘道’。而‘分’不悲,‘合’不喜,人只有到了这种境界,才能叫作‘悟’。所以东坡说的‘但愿人长久’;说‘但愿’,就只是对‘人生永恒’的一种‘希望’和‘追求’。看来,东坡还不能说已经参透、勘破。文天祥有诗,‘死生已勘破,身世如遗忘’,才是‘彻悟’。

“因此,‘一春梦雨常飘瓦’,‘梦雨’,梦一般的蒙蒙细雨,这是‘自然’。你把‘梦雨’改成‘希望春雨的滋润’,和东坡的‘但愿人长久’一样,只是自我点燃心中的一丝火苗,一种虚幻的‘梦境’。”

李晟听了以后,点头说:“我懂了,‘自然’就是‘道’;一切顺其自然,就是‘悟’。我因为心中还有‘情’在,还有‘世俗之情’的存在,所以就还不能勘破……”

第三二章　心中的望乡台

（一）如烟如梦……

1990 年 12 月 11 日，农历十月二十五，李晟自厦门又回到灵歧古镇，再一次到了当年同曾祖父、母亲、妹妹一起栖居的圆通寺，进了大门，满目萧然，许多木柱均已腐朽，后厅西侧也已经坍塌，心中充满着一种历史的沧桑感。好在后厅东侧还可暂时栖息一夜。

第二天一早，李晟辞别了故乡，跨过笔架山、玳瑁坡，到了戴云山麓的公路准备中途拦车上省城。

李晟等了半个多小时，竟没有一辆客车开过，不禁回忆起当年同陈缓歌也正是在这里拦住泉州开往省城的汽车。不过那天是 8 月 29 日，农历七月十五，处暑节气中，缓歌被暑气热得鼻心沁着微微的汗珠，打起了那把杭州都锦生丝织厂的西湖阳伞，亭亭玉立在路旁，像伞舞中的仙女……

这样的回忆，不知还要多少年，才会逐渐褪去？祖父去世了，伯父去世了，姨婆也去世了，母亲也早走了，李馨小妹的尸体也不知道漂到什么地方的海上……只有文清祖母还健在，父亲又回到台北……

陈缓歌为什么还是单身一人！?

李晟一个人孤零零地站在路旁，他想起漳州车站送别时，李晓雪的悲伤，王可心的泪眼，黄一春的惜别……可是，到底要不要取道漳州去看看陈缓歌？然后转郭坑车站上鹰厦线、浙赣线，到杭州呢，还是直接从厦门经鹰潭到杭州呢？从感情上说，总觉得自己对不起陈缓歌，她至今还是孤单一人，似乎应该去看她一下。可是，那不是要勾起她对三十年前往事的痛苦回忆吗？心里一直拿不定主意……

正痴痴地想着，去不去漳州？他竟然把是否取道漳州的事，让汽车去决定：

如果是开漳州的车，就到漳州看看陈缓歌；如果汽车是开厦门，那就不去漳州……正在痴痴地想着，汽车来了……但车是从福州开往厦门的班车。李晟脑子一闪，“这是命运的安排，不让他和陈缓歌再见一面”。上，上车！取道厦门、鹰潭去杭州，林梅雪还在家里等着自己呢；从此也别再返回故乡了！

李晟毅然登上开往厦门的车，心底忽又浮现起东坡离别故乡的两句诗：

故乡飘已远，
往意浩无边。

啊，人生过得真快！悲欢离合，恩恩怨怨，都随着无情的岁月，“梦雨”般消散得无影无踪，如烟如梦！

陈缓歌，六年的同窗，六年的爱恋，一生一世，永不忘却的爱……

（二）不知何处是故乡？

李晟同父亲在厦门西山奠祭了母亲和妹妹以后，回到武林师院。又经过了七年。已是 1998 年。一次，同林梅雪闲聊时，道：“我们成家到现在已经三十六年，孩子也有两个了，儿子、女儿都有，并且都已经考进名牌大学，分别在北京和上海工作，成家生儿育女了。从对家庭的义务上说，我们已经完成了。说实在的，老天爷待我不薄，让我遇见您，结为夫妻，是我一生的幸运！我老家您还没有去过，过几年，陪我走一趟吧。”

“现在都六十岁了，已经成了老太婆了。您家乡人看到，准说‘李晟怎么娶一个老太婆回来呢’？”

“没那么老，没那么老！我们不是约好了，要一起度过‘茶寿’吗？才六十岁，还是个‘年轻婆’呢！”

梅雪不禁哈哈大笑起来，回应道：“哪有六十岁的‘年轻婆’……”

梅雪心里忽然感慨起来：女人都要经历天真烂漫、青春靓丽的“年轻婆”、唠叨叨、婆婆妈妈的“中年婆”、白发苍苍、脸如核桃的“老太婆”，自己虽然还不是“脸如核桃”，但是头发却已经斑白，离走上黄泉之路恐怕也不远了。

她不知道是听来的，书上看来的，还是虚幻的梦境中显现的，说是人死了以后，都要经过忘川河，奈何桥。只是在进入地府之前，会十分怀念故乡和亲人，一定要登上望乡台眺望故乡。

想到这里，梅雪不无伤感地对李晟道：“假如有一大我走了，我会在望乡台上遥望杭州，深情地看着您。”

李晟回应道："如果我先走了，除了遥望杭州，还有生我养我的故乡泉州，和母亲、李馨小妹往生的厦门鼓浪屿……"李晟说罢，心中不觉涌起一阵悲凉感，想起妹妹小时候发髻上那褪色的红蝴蝶。

啊，不知何处是故乡……

尾声　彼岸花

（一）梦　境

这天晚上，李晟做了个梦：忘川河畔奈何桥上，望乡台边，李馨小妹甩着两条乌黑的长辫子，对着自己笑道："哥哥，谢谢你同父亲给我带来了两条发辫……"

李晟正想对妹妹说"发髻上的红蝴蝶应该换新的"，妹妹忽然就从望乡台边消失不见了。李晟高声叫道："妹妹，李馨——"

李梅雪一听，知道李晟正在做梦，就推了推道："李晟，醒醒，你在做梦……做梦了，醒醒！"

李晟醒来，仿佛记得昨天晚上做了个奇怪的梦，梦见一个老太婆拄着一根拐杖，颤巍巍地走到自己跟前，也不待招呼，就坐在自己身旁的椅子上，说："我是孟婆，专门负责接引阳世进入地府的人；你父母都是我接引的。

你本来的阳寿是七十九，我在忘川河畔的奈何桥上，等了你一整天，都没见你来。回去查查阎罗王抄给我的'生死簿'副本，原来阎罗已经在你的名下，改为九十九。看来你在阳世做了二十件好事，所以给你增添了二十年寿命。"

孟婆话刚说完，天井里忽然刮起一阵阴风，孟婆轻快地驾着阴风，飞走了……

李晟把梦境告诉了梅雪，梅雪一听，就知道这是一个无可稽考的"糊涂梦"，有人说，"日有所思，夜有所梦"，就问道："你是白天胡思乱想什么了？"

"没有呀！白天根本就未曾想过此等事，为什么却夜有所梦呢……昨晚我梦见李馨小妹投海自尽的事。"

"听您说起过，真可伤……"

李晟笑道："我是不相信有什么'应梦'的，但'日有所思'，所思所想的内容如果很重要，或者给人以深刻的印记，人们往往就存入于潜意识之中。在偶然因素的激发下,潜意识就有可能演化成梦境……我早晨醒来,梦境比做梦时还要清晰。记得那个自称叫孟婆的老太婆,还说,‘佛家有言,荼蘼是花季最后盛开的花,开到荼蘼花事了,只剩下开在遗忘前生的彼岸的花’。花儿的翅膀,要到死亡,才懂得飞翔,在无爱无恨的土壤里,才会再萌芽开花。

“回忆当时,我似乎觉得自己就是一株荼蘼花,开过了就到彼岸世界同小妹和母亲作伴。

“孟婆还说,‘开到荼蘼花事了’,人总有一天,都要走上黄泉之路,在奈何桥上,但可以站在望乡台上,遥望一会故乡……”

(二)开到荼蘼花事了

荼蘼,在春天结束的日子之后开花,开过了,春日也就过去了。荼蘼花开,就是一年花季的终结。

苏轼有《杜沂游武昌以荼蘼花菩萨泉见饷》诗云:

荼蘼不争春,
寂寞开最晚。

朱淑真《鹧鸪天》云:

独倚阑干昼日长,纷纷蜂蝶斗轻狂。一天飞絮东风恶,满路桃花春水香。当此际,意偏长,萋萋芳草傍池塘。千钟尚欲偕春醉,幸有荼蘼与海棠。

王琪《春暮游小园》云:

一从梅粉褪残妆,涂抹新红上海棠。
开到荼蘼花事了,丝丝天棘出莓墙。

每一字一句,都是春日最后一抹花语的诠释。

《红楼梦》中《寿怡红群芳开夜宴》一回,曹雪芹用以花喻人的手法暗示几个人物的命运,其中就有荼蘼。麝月抽到一张花签,是“荼蘼——韶华胜极”。意指花事到了尽头,之后自然是群芳凋谢了;荼蘼花在春末开花,凋谢后即表示花季结束。

“开到荼蘼花事了”,花已凋谢,一切结束。

荼蘼花显示了“末路之美”! 她是一种“伤感之花”,“哀怨之花”,象征着青春的将逝，感情的终结，人生中最灿烂、最繁华、最刻骨铭心的美好事物的即将失去，所谓“三春过后诸芳尽”了。

开到荼蘼花事了，就只剩下开在“遗忘前生”的彼岸之花了。

（三）彼岸花

彼岸花，生长在忘川河畔的接引亡灵之花。传说彼岸花能唤起死者生前的记忆。彼岸花，一年两度花开：春分前后三天开放叫“春彼岸花”，秋分前后三天开的叫“秋彼岸花”，是为逝去的先人上坟的日子。

佛经中说，彼岸花于尘世，花开时看不到叶子，有叶子时看不到花，花叶两不相见，生生相错。

相传彼岸花只开于黄泉，是黄泉路上唯一的风景。其火红色的花径，指引着刚刚死去的人走向忘川河的彼岸。

神话传说：

从前有两个人，名字分别叫作彼和岸，上天规定他们两个永不能相见。他们心心相惜，互相倾慕，终于有一天，他们不顾上天的规定，偷偷相见。正所谓“心有灵犀一点通”。他们见面后，彼发现岸是一个貌美如花的女子，而岸也同样发现彼是个英俊潇洒的青年，他们一见如故，心生爱念，便结下了百年之好，决定生生世世永远厮守在一起。可是因为违反天条，这段感情最终被无情地扼杀了。天庭降下惩罚，给他们两个下了一个指令：既然你们不顾天条要私会，便让你们变成一株花的花朵和叶子，花开不见叶，叶生不见花，生生世世，花、叶两相交错。

传说轮回无数次以后，有一天佛来到这里，看见地上一株花，气度非凡，妖红似火，佛便来到它前面仔细观看。佛一看，便看出了其中的奥秘。佛既不悲伤，也不愤怒，他突然仰天长笑三声，伸手把这花从地上给拔了出来，把花放在手里，感慨地说道：“前世你们相念不得相见，无数轮回后，相爱不得厮守，所谓分分合合，不过是缘生缘灭，你身上有天庭的指令，让你们缘尽却不散，缘灭却不分，我不能帮你解开这无情的指令，只好带你们去那彼岸，让你的花开遍原野吧。佛在去彼岸的途中，路过地府里的忘川河，不小心被河水打湿了衣服，而衣服里正放着佛带着的这株红花；等佛来到彼岸解开衣服包着的花再看时，发现火红的花朵已经变得一片惨白。佛沉思片刻，大笑云：大喜不若大悲，铭记不如忘记，是是非非，怎么能分得清呢？好花，好花呀。”佛将这花栽在彼岸，叫它做彼岸花。

可是佛不知道，他在忘川河上，被河水褪色的花，把所有的红色滴在了河水里，终日哀号不断，令人闻之哀伤。地藏菩萨神通非常，闻知彼岸花已生，便来到河边，拿出一粒种子丢进河里，不一会，一朵红艳更胜之前的花朵从水中长出。地藏将它拿到手里，叹道：你脱身而去，得大自在，为何要把这无边的恨意留在本已苦海无边的地狱里呢？我让你做个“接引使者”，指引世间的亡灵走向轮回，就记住你这一个色彩吧，彼岸之花，已有红色的曼陀罗华，你就是白色的曼珠沙华吧。

从此，天下就有了两种完全不同的彼岸花，红色和白色的两种彼岸花。

话说又过了很多年，天下有两个很相爱的人，可是有一年，男的在出外办事的时候，不幸遇难了，他来到忘川河边，看见曼珠沙华满眼的血红，心里哀伤无比，痛哭道：“我不要轮回，我要回去找我的妻子，她还在家里等我。”他跌跌撞撞地来到守卫忘川河的孟婆跟前。孟婆要他喝一碗孟婆汤，在喝下孟婆汤之前，他问孟婆，为何这汤独要人忘情。孟婆笑而不语，只是要他快喝，他呆呆地看着汤，说：“人都要忘情，我偏不忘，轮回后，我要去找我的妻子。”

男人的妻子得知他的死讯后，悲痛绝伦，几度寻死都被男子的家人救了下来，最后女子答应不再轻生，但是要终生守寡。男子的家人一来看她性格刚烈，怕旧事重提，又要徒惹她伤心，二来念她有心，便暂时答应了她，等她情绪稳定后再劝她改嫁不迟。就这样，女人便在男子家继续住了下来，靠缝补为生。

再说这男子轮回后，还真重新出生在他和女子一起生活的乡里。光阴飞逝，不知不觉二十年过去了，一天他出门经过女子守寡的门前，感觉到心里怪怪的，便停下来看了一眼，这一看不要紧，刚好被女子迎面看见。轮回后，这男子的相貌气质均已完全变了，可是女子一看见他，眼泪就哗哗地流了下来，她走到男子面前，说了一句：“你来找我了。”便昏倒在地上。男子一看，是一个素不相识的老太婆，倒在自己面前，吓得赶忙逃离。后来这个女子病重不起，到死前翻来覆去地说什么，但是声音十分微弱，没有人能听清楚，所以也没有在意。这女子最后滴下两行血泪，死了。

女子来到地府，看见孟婆，轻轻地问道：“老婆婆，以前是不是有个男子在这里告诉你，他不会忘记我，一定会回来找我？”孟婆点点头。女子心疼非常，哽咽道：“那为何他回来却不肯认我，哪怕他跟我说一句话，在我临死前来看看我也好呀。”孟婆拍拍她的肩膀，说：“你们很相爱，我很心疼你们。这样吧，二十年后答案来临那一刻，我会让你看看，只是这之前你无法转世，要在这里受苦二十年，你愿意吗？”女子说：“我愿意，不看见那个答案，我放不下对他的爱，即使投胎转世，也要心痛一世。”这女子于是被孟婆安排给彼岸花锄草，其实本无草可锄，但是女子的眼里满岸是草，锄了又生，永远锄不完，就这么日复一日，年复一年。

二十年后，孟婆把她带到奈何桥，说：“你站在忘川河畔的奈何桥上看着，但不要说话，你等了二十年的人，要来了。”女子十分激动，好不容易平复下来的情绪，紧张得站在那里等着她所爱的人出现。终于，他走过来了，原来他得了病，没有治好，四十出头，又死了。他走到她和孟婆面前，孟婆把忘情水递给他，他拿起就要喝，女子急了，说：“你忘了你说的话吗？”男子看了她一眼，把手中碗里的水一饮而尽，接着走进了轮回之门。

孟婆看着失魂落魄的女子，说，爱情是什么？不过一碗水罢了，你也喝了吧，能不能忘掉，不是你说了算的，有今生，没来世，纵然你记得，他若忘了，跟陌路又有什么不同？

（四）忘川河畔：黄泉路·奈何桥·望乡台

曼陀罗花，这美丽而又悲伤的名字来自法华经《摩诃曼珠沙华》，为天界四华之一。一般认为是生长在忘川河边的接引之花。传说中，此花的花香很有魔力，盛开在七月，生长于夏日，大片大片，鲜红如血，倾满大地，能唤起死者生前的记忆。这是一种生长在墓园，令死者都深深陶醉的死亡之花。相传此花只开于黄泉，红艳惨烈，一整片似血般盛放，远远看上去就像是血所铺成的地毯。又因其红得似火，因而被喻为“火照之路”，人就在这花的指引下通向幽冥之狱。又传说，这也是黄泉路上唯一的风景。当灵魂踏上黄泉，渡过忘川河，便会忘却生前的种种，而曾经的一切留在了彼岸，开成妖艳的花。

佛经云，释迦牟尼成佛之时，大地震动，诸天神齐赞，地狱里的饿鬼、畜生及诸多坠入苦厄的鬼魂，都可以有一时的休息。此时天鼓齐鸣，发出妙音，天空像下雨般降落了曼陀罗花，曼珠沙花，以及金花、银花、琉璃花、宝镜花、七宝莲花等。至此，释迦牟尼已成就菩提道果，遂开始教收佛徒，传授他所证悟的宇宙真谛。红色彼岸花，曼陀罗。

传说，在西方极乐世界的佛国，地上都是黄金装饰。有一种极芬芳美丽的红色花朵，就是曼陀罗华，不论昼夜，没有间断地从天上落下，满地缤纷。

《广群芳谱》引《法华经》曰：佛说法时，天雨曼陀罗华。看来，此花与佛门有缘。七月开花，九月采实。

《本草纲目》详细地记述了曼陀罗华的来历：当佛说法时，从天空降下曼陀罗华花雨；而道家的秘籍却记载，北斗星有叫曼陀罗使者的，手执此花。

相传人死后先到鬼门关，过了鬼门关便上一条路叫黄泉路。

过了那条盛开着彼岸花的黄泉路，就到忘川河（又叫三途河），忘川河水呈血黄色，里面尽是不得投胎的孤魂野鬼，虫蛇满布，腥风扑面。忘川河旁边有个三生石，石身上的字鲜红如血，上面刻着四个字“早登彼岸”，你可以在石头上刻下你今生你最爱的人和来世你想等待的人的名字。

忘川河上有一座唯一的桥叫作奈何桥。奈何桥尽头有个望乡台，望乡台是最后遥望家乡和亲人的地方。在忘记今生一切的记忆前，在脱胎换骨重新做另一个人之前，你可以在这里，最后望一眼你的爱恨情仇，你的魂牵梦绕，你今生的最爱的人，你来世还想等待的人。

望乡台旁边有个孟婆，手里提着一桶孟婆汤，每个人都要走上奈何桥，孟婆都要问你是否喝碗孟婆汤。孟婆汤是用忘川水熬成，也叫忘情水，喝下去就会忘记今生今世。一生的爱恨情仇,一世的浮沉得失都会随着这碗孟婆汤忘记得干干净净。今生牵挂之人,今生痛恨之人,来生都形同陌路,相见不识。不是每个人都会心甘情愿地喝下孟婆汤。因为这一生,总会有爱过的人不想忘却。为了来生再见今生的最爱,你可以不喝孟婆汤,那便须跳入忘川河,受尽折磨,等上千年才能投胎。但是,千年里你在河里受尽折磨,却只能眼睁睁看着你的爱人一次次过桥却无法相见,千年之后,他(她)已不记得你,你可能也已不是他(她)的最爱。

李晟一直回忆不起,忘川河、黄泉路、奈何桥、望乡台! 是在哪一部佛经中读到的? 关于彼岸花的传说,心里明明知道,这全是荒诞无稽的“鬼话”,可是不知为什么,这些“鬼话”,毕竟使自己知道并彻悟了:“人生毕竟是‘欢乐少兮哀情多’!”

2016 年 7 月 20 日于美国马里兰州哥伦比亚

图书在版编目(CIP)数据

勿忘我/黄世中著.—合肥:黄山书社,2017.11
ISBN 978-7-5461-6949-1

Ⅰ.①勿… Ⅱ.①黄… Ⅲ.①长篇小说-中国-当代
Ⅳ.①I247.5

中国版本图书馆 CIP 数据核字(2017)第 287777 号

勿忘我
WUWANGWO

黄世中 著

出品人 王晓光
策　　划 汤吟菲
责任编辑 朱莉莉
装帧设计 尹　晨
出版发行 时代出版传媒股份有限公司(http://www.press-mart.com)
黄山书社(http://www.hspress.cn)
地址邮编 安徽省合肥市蜀山区翡翠路 1118 号出版传媒广场 7 层 230071
印　　刷 合肥精艺印刷有限公司
版　　次 2018 年 1 月第 1 版
印　　次 2018 年 1 月第 1 次印刷
开　　本 787mm×1092mm 1/16
字　　数 450 千
印　　张 22.5
书　　号 ISBN 978-7-5461-6949-1
定　　价 39.80 元

服务热线 0551-63533706
销售热线 0551-63533761
官方直营书店(http://hsssbook.taobao.com)